Valentina Fast

Secret Academy – Gefährliche Liebe

Weitere Titel der Autorin:

Secret Academy – Verborgene Gefühle

Über die Autorin:

Valentina Fast wurde 1989 geboren und lebt heute im schönen Münsterland. Beruflich dreht sich bei ihr alles um Zahlen, weshalb sie sich in ihrer Freizeit zum Ausgleich dem Schreiben widmet. Ihre Leidenschaft dafür begann mit den Gruselgeschichten in einer Teenie-Zeitschrift. Ihre E-Book-Reihe ROYAL wurde zum Bestseller. SECRET ACADEMY ist nun ihr Debüt bei ONE.

Valentina Fast

SECRET ACADEMY

GEFÄHRLICHE LIEBE

one

MIX
Papier aus verantwortungsvollen Quellen
FSC® C014496
FSC
www.fsc.org

Dieser Titel ist auch als E-Book & Hörbuch-Download erschienen

Originalausgabe

Valentina Fast wird vertreten durch die Agentur Brauer

Textredaktion: Annika Grave
Umschlaggestaltung: Sandra Taufer, München
Satz: 3w+p GmbH, Rimpar
Gesetzt aus der Adobe Caslon
Druck und Einband: GGP Media GmbH, Pößneck
Printed in Germany
ISBN 978-3-8466-0117-4

5 4 3 2 1

Sie finden uns im Internet unter: one-verlag.de
Bitte beachten Sie auch luebbe.de

Für Mama,
weil du einfach jedes meiner Bücher feierst.

1. Kapitel

Alexis

Das klapprige Gestell, auf dem meine Matratze lag und das sie als Bett bezeichneten, quietschte unter meinem Gewicht – obwohl ich mich nicht bewegte.

Ich lehnte mich gegen die kalte Wand und umschlang meine angezogenen Beine, während ich versuchte, tief durchzuatmen und all die Gefühle auszublenden, die auf mich einprasselten.

Mein Blick fiel auf meine Füße, die in fadenscheinigen grauen Socken steckten. Ich konnte die abgeblätterten Reste des rosafarbenen Nagellacks erkennen, die durch den dünnen Stoff schienen. Eva hatte ihn mir aufgetragen. Nur wenige Tage, bevor ich hierhergebracht worden war.

Meine Lippen pressten sich zu einer dünnen Linie zusammen. Mein Schild wackelte. Das Elend dieses Ortes kratzte an mir wie ein hungriger Wolf.

Mein Blick glitt über die Betonwände, eine, zwei, drei, bis zu der Glaswand. Sie war genauso aufgebaut wie die Zellen in der Akademie. Beton und Glas.

Wieder griffen Emotionen nach mir und wollten mich verschlingen.

Ich kniff meine Augen zusammen, hielt die Luft an und konzentrierte mich. Auf mich selbst. Auf die Bilder in meinem Kopf.

Erinnerungen. Sie brannten hinter meinen Augenlidern und tanzten wie Sterne.

Ich hatte alles und jeden verloren, den ich liebte.

Mir wurde schwindelig.

Ich stieß die angehaltene Luft aus und öffnete meine Augen wieder.

Es war ein bisschen heller geworden. Sonnenlicht drang nun durch die Bullaugen an der Decke des Flurs, die sich ungefähr zehn Meter über meinem Kopf befand. Bei meiner Ankunft vor knapp drei Wochen hatte ich von der Umgebung aufgrund der getönten Scheiben nicht sehen können, wohin sie mich brachten, und das war so geblieben, bis Mr Turner mich in einer Tiefgarage aus dem Wagen geschubst hatte.

Mr Turner, mein ehemaliger Lehrer, der zu den Leitenden des MI20 gehörte und es genossen hatte, mich abzuführen. Nicht aus persönlichen Gründen. Sondern einfach nur, weil er ein Arsch war.

Ich dachte an meine letzte Simulation bei ihm zurück, die ich gemeinsam mit Thomas durchgeführt hatte. Thomas, der sich in die Luft gesprengt hatte, als ich herausfand, dass er Mitschuld an der Entführung meiner Schwester hatte.

Thomas, der mit Vivien geschlafen hatte.

Vivien.

Vivien, die mich an Mr Turner ausgeliefert hatte, als sie herausfand, dass ich dem MI20 Daten gestohlen hatte, um meine Schwester zu retten.

Es war seltsam zu wissen, wie weit man aus Liebe für einen anderen Menschen gehen würde.

Das war der Grund, weshalb ich hier saß. In einem Gefängnis, das niemand kannte. Einem Gefängnis, in dem die übelsten Gestalten saßen, die man sich nur vorstellen konnte. Ich hatte nicht einmal die Hälfte von ihnen kennengelernt.

Meine Finger trommelten auf dem harten Stoff meiner grauen Hose, die ein wenig ausgeblichener war als mein graues Hemd. Beides trug ich Tag und Nacht. Es gab nichts anderes – nur die zusätzliche Unterwäsche und ein Unterhemd. Einmal in der Woche durfte ich duschen gehen und bekam dann einen neuen Satz Kleidung für die nächste Woche.

Ich erhob mich, als in einer der Zellen weiter oben ein Klagelaut ertönte. Gänsehaut schlängelte sich über meinen Körper, und ich legte mich auf den Boden, machte Liegestütze, nur um mich abzulenken.

Hoch. Runter.

Hoch. Runter.

Einatmen. Ausatmen.

Einatmen. Ausatmen.

Fünfzig.

Einundfünfzig.

Hoch. Runter.

Hoch. Runter.

Zweihundertneun.

Zweihundertzehn.

Einatmen. Ausatmen.

»Young!« Die Stimme des Wärters peitschte durch meine Zelle und brachte mich dazu, sofort aufzuspringen.

Ich drehte mich zur gläsernen Zellentür und entdeckte meinen Wärter. »Guten Morgen, Agent Donalds.«

Er war Ende zwanzig und sah mit seinem blonden, kurz geschorenen Haar und seiner blauen Uniform ziemlich gut aus. In einer Hand hielt er einen weißen Plastikbecher und in der anderen Hand ein weiteres Gefäß, in dem eine kleine Tablette lag. »Guten Morgen. Zeit für deine Medikamente. Post gibt es keine.«

Ich nickte, auch wenn mich eine Welle der Enttäuschung überkam. Direktor Roberts hatte mir zu Beginn meiner Haftzeit ein paar Mal geschrieben. Dann auf einmal nicht mehr. Ich hatte jeden Morgen nach Post gefragt, sodass Agent Donalds es mir inzwischen automatisch mitteilte.

Ich blieb in der Mitte des Raumes stehen und sah zu, wie er beides auf den kleinen, festgeschraubten Tisch neben der Tür abstellte. Bisher war mir nur einmal der Fehler unterlaufen, mich einem Wärter zu nähern, der meine Zelle betrat. Die Fußfessel hatte sofort reagiert, und auch jetzt spürte ich das leise Kitzeln von Elektrizität auf meiner Haut. Würde ich ihm nur ein bisschen zu nahe kommen, würde sie mich wie ein Blitz inmitten eines Unwetters von den Socken fegen.

»Danke.« Ungeduldig betrachtete ich ihn, und mein Kopfschmerz pulsierte mittlerweile wütend hinter meiner Stirn. Dabei betrachtete ich die Tablette in dem Becher, und man hätte meinen können, ich hätte Angst, sie würde mir gestohlen werden, bevor ich an sie herankam.

Es war das Medikament, das Dr. Sam entwickelt hatte, und nun war ich abhängig von ihr, weil dieser Ort meine Kräfte verrücktspielen ließ. Soweit ich wusste, bekam nur ich diese Art von Tablette, weil es so aufwendig war, sie zu produzieren. Aber ich war mir sicher, dass dies die perfekte Waffe war, um auch andere mental Begabte unter Kontrolle zu bekommen.

Ich wartete darauf, dass Agent Donalds meine Zelle verließ und die Tür hinter sich abschloss. Erst dann ging ich zum Tisch, nahm mein Medikament und stürzte das Wasser hinterher.

Es dauerte einen Moment, bevor die Wirkung sich entfaltete und mir ein wohliges Stöhnen entkam. Die Gefühle in der Umgebung dämpften sich, wurden zu einem dumpfen Hintergrundrauschen, und ich musste nicht mehr krampfhaft mein Schild oben halten.

Als ich meine Augen öffnete, stand Agent Donalds noch immer vor der Glastür. Ich trat so weit zurück, dass ich fast gegen mein Bett stieß, und sah dabei zu, wie er die Tür erneut aufschloss. Dafür legte er seine Hand auf das Glas, und der integrierte Scanner leuchtete einmal blau auf, bevor sich das Schloss mit einem Klicken öffnete.

Er schob die Tür auf, ließ mich dabei aber nicht aus den Augen und nahm sich die Becher.

Agent Donalds verschwand, und ich blieb zurück, jetzt viel entspannter als vorher. Wie jeden Morgen. Weil an diesem Ort meine Kraft mehr Fluch als Segen war.

*

Eine Stunde später wurden die Neonröhren eingeschaltet, die die Zellen in gleißendes Licht tauchten. Protestlaute erklangen. Unruhe brach in den Zellen aus. Ich konnte sie spüren, aber sie überrannten mich nicht länger.

Kurz darauf erklang ein Dröhnen, das meine Knochen vibrieren ließ.

Die Zellentüren öffneten sich.

Zeit für das Frühstück.

Ich drückte meinen Rücken durch und verließ meine Zelle, um mich in den Strom aus grau gekleideten Häftlingen einzureihen. Wir hoben uns kaum von den dicken Betonwänden und dem dunklen Betonboden ab, der uns umgab.

Wir hielten Abstand, jeder mindestens zwei Meter, und

falls wir uns versehentlich doch mal zu nahe kamen, begann sofort ein elektrisches Knistern die Luft zu erfüllen. Wir würden bewusstlos umfallen, bevor wir uns auch nur berühren könnten. Ein Segen an diesem Ort.

Ich hielt meinen Kopf erhoben und mein Schild leicht gesenkt, während wir die Zellen passierten und am Ende des langen Ganges im Speisesaal ankamen.

Dort reihten wir uns in die Schlange der Essensausgabe, wo ich mir meine Ration besorgte. Es war eine undefinierbare Pampe, meist völlig geschmacklos, aber es machte satt, und das war das Einzige, was für mich zählte.

Ich setzte mich an meinen üblichen Platz, mit der Wand im Rücken und den Blick auf den Raum gerichtet. Es war ein trostloses Bild. Überall waren Stühle und Tische aus schwerem Metall, eiskalt, unzerstörbar, unbeweglich. Die anderen Häftlinge verteilten sich. Einige saßen zusammen an den runden Achtertischen, andere für sich. Viele unterhielten sich und kannten sich schon eine ganze Weile. An den Wänden hingen Fernseher, auf denen die meiste Zeit irgendwelche Tierdokumentationen liefen.

Ich aß und schaute mich unauffällig um. Ich traute hier niemandem und wollte es auch nicht darauf ankommen lassen. Obwohl mir Agent Donald versichert hatte, dass hier von niemandem eine Gefahr ausging.

Angeblich war niemand hier, den man nicht unter Kontrolle hatte. *Das lag aber nur an den Fußfesseln. Mörder konnten trotzdem hier rumlaufen.*

Ich schluckte und schob mir einen weiteren Löffel in den Mund.

Mein Blick wanderte ruhelos umher. Erst letzte Woche hatte einer der Häftlinge einen anderen mit einer Gabel angegriffen. Sie waren von den Elektroschocks ohnmächtig geworden, bevor irgendwas passiert war. Aber der Wille zählte bekanntlich.

Mein Blick fiel auf einen Mann mit lila Haut. Er saß bei einer Gruppe und unterhielt sich lachend mit seinen Tischnachbarn. Seine Gefühle nahm ich nicht wahr, wie bei ein paar anderen auch nicht. Ich fragte mich, wie das sein konnte, denn normalerweise nahm ich die Gefühle von Menschen *immer* wahr. Diese Ausnahme hatte es nur für Agenten des MI20 gegeben.

Die lila Hautfarbe war ein deutliches Zeichen dafür, dass der Mann zumindest teilweise nicht mehr menschlich war, und deshalb vermutete ich insgeheim, dass er etwas mit dieser Gruppierung zu tun haben musste, auf die wir in dem alten Fabrikgebäude getroffen waren. Mit diesen Menschen, die Cassie entführt und ihr ein falsches Serum gespritzt hatten. Diejenigen, vor denen Adam mich vor seinem Verschwinden noch gewarnt hatte. Ob er auch einer von diesen *Numbers* gewesen war? Doch dafür schien er zu alt, zumindest älter als die Jugendlichen, gegen die ich gekämpft hatte. Jugendliche, die Cassie in ihre Gewalt gebracht hatten.

Ich blinzelte, als Cassies Gesicht vor mir auftauchte und umklammerte mein Besteck fester. Zwar befand sie sich in der Akademie, doch ich hatte keine Ahnung, wie es ihr ging, ob sie mittlerweile aufgewacht war oder ihr Zustand sich vielleicht sogar verschlechtert haben könnte.

Auch ihre Gefühlssignatur hatte ich nicht spüren können, als ich sie das letzte Mal gesehen hatte. Vielleicht lag es wirklich an dem nachgemachten Serum.

Ich zwang mich, den Griff um mein Besteck zu lockern, und ließ meinen Blick erneut durch den Raum schweifen.

Ich hatte keine Ahnung, warum die anderen Häftlinge hier eingesperrt worden waren und was sie so besonders machte, dass sie nicht in ein normales Gefängnis gebracht werden konnten. Mal von den optischen Besonderheiten abgesehen. Aber die weniger auffälligen Leute? Waren sie etwa alle mit dem nachgemachten Serum in Berührung gekommen? Allein der Gedanke war lächerlich. Dafür waren es einfach zu viele.

Plötzlich trat eine Gefühlssignatur auf mein Radar, die ich *kannte*. Eine, die ich niemals hätte vergessen können.

Ich richtete mich auf, ließ meinen Löffel sinken und schaute mich um. Die Schlange an der Essensausgabe war nicht mehr lang, und die meisten der rund fünfzig Insassen des offenen Vollzugs hatten sich im Speisesaal verteilt.

Mein Herz schlug schneller. Das konnte nicht sein. Das war unmöglich!

Ein Lachen ertönte, glockenhell und so einnehmend, dass sich mehrere Köpfe zum Eingang drehten.

Im nächsten Moment trat eine junge Frau mit blondem Zopf, schmaler Figur und der grauen Häftlingsuniform in den Speisesaal. »Ich bin wieder zurück! Wer hat mich vermisst?«, rief sie mit einem Lachen in den Raum hinein.

Ich erzitterte.

Nummer 17.

Sie lebte!

Direktor Roberts hatte mich also wirklich belogen, als er sagte, sie sei tot. Ich hatte gewusst, dass etwas nicht stimmte, als er mir von ihrem Tod erzählt hatte. Aber ich rechnete doch nicht damit, sie jetzt hier wiederzusehen. Ich merkte, wie ich die Luft angehalten hatte, und atmete tief durch. Denn ein kleiner Teil von mir hatte befürchtet, sie wäre *beseitigt* worden. Zwar hatte ich noch nie gehört, dass das MI20 so was tat, aber nach allem, was vor wenigen Wochen passiert war, hatte meine Fantasie irgendwann verrücktgespielt.

Die meisten Häftlinge hatten sich auf ihre Frage hin desinteressiert weggedreht. Doch der Tisch, an dem der Mann mit der lila Haut saß, begann lauthals zu grölen.

Die zehn Wärter, die sich an den Wänden positioniert hatten und uns beobachteten, hoben wie zur Warnung die Arme mit ihren Uhren – denn mit diesen konnten sie unsere Fußfesseln steuern. Das Grölen wurde leiser.

Nummer 17 lachte erneut und ging geradezu beschwingt zur Essensausgabe.

Ich konnte nicht aufhören, sie anzustarren. Ungeschminkt war sie sogar noch hübscher, und in der grauen Häftlingsuniform wirkte sie geradezu harmlos. Doch die Erinnerung daran, wie sie mich mühelos herumgeschleudert hatte, zeigte mir, wie dumm es wäre, sie zu unterschätzen.

Als sie sich mit ihrem Tablett in den Händen umdrehte, senkte ich schnell meinen Kopf.

»Nein!« Ihr Keuchen durchzuckte den ganzen Raum.

Ich spürte die ruckartig ansteigende Alarmbereitschaft der Wachmänner und hob meinen Kopf.

Nummer 17 kam direkt auf mich zu. Ihre Augen leuchteten. »*Du!*«

Köpfe drehten sich zu uns. Beäugten uns. *Neugier und Anspannung.*

Sie wurde auch nicht langsamer, als sie direkt vor meinen Tisch trat.

Ich sprang auf, als die Luft um uns herum zu knistern begann. »Komm mir bloß nicht zu nahe!«

Sie stoppte und grinste mich an. »Noch genauso herrisch wie beim letzten Mal.« Ihr Blick flog über ihre Schulter in

Richtung der Leute, die bei ihrer Ankunft gegrölt hatten. »Ich komme beim nächsten Mal zu euch! Hier ist eine alte Freundin von mir!«

Enttäuschte Rufe wurden laut, die die Wärter schnell wieder eindämmten.

»Wir sind keine Freunde«, erwiderte ich und sah zu, wie sie mir gegenüber Platz nahm und dabei gerade so den nötigen Mindestabstand einhielt.

Einen Moment lang zögerte ich, setzte mich dann aber doch, als ich die Blicke der Wärter spürte.

»Verrückt, dass du hier bist!«, begann sie aufgeregt, bevor sie ihre Stimme senkte und mich aufgekratzt angrinste. »Oder ist das hier ein Undercover-Einsatz? Habe ich jetzt deine Tarnung auffliegen lassen? Das wäre echt übel! Aber ich würde den anderen wohl erzählen, dass du keine Agentin bist, wenn du das möchtest.«

»Nein!«, zischte ich und spürte weitere Blicke auf uns. Es war klar, dass wir belauscht wurden. »Es geht dich zwar nichts an, aber ich bin hier, weil ich Mist gebaut habe. Ich bin *keine* Agentin«, betonte ich zusätzlich, als ich die Unruhe der Umsitzenden spürte.

»Nein! Wie spannend!« Sie begann zu essen und betrachtete mich mit großen, offenen Augen. Ihre Harmlosigkeit spielte sie perfekt. »Erzähl mal, was kann eine gesetzestreue Agentin wie du schon angestellt haben, um hier zu landen?«

»Ich bin keine Agentin«, wiederholte ich und seufzte, als sie ihre Augenbrauen herausfordernd hob. Ich sollte nicht mit ihr sprechen. Sie bedeutete Ärger, und den konnte ich nicht gebrauchen. Aber sie war die erste Person seit Wochen, mit der ich ein halbwegs normales Gespräch führte. »Ich war nur ein Trainee, und auch das ist jetzt vorbei.«

Ihr Gesichtsausdruck veränderte sich, und sie sah mich geradezu entsetzt an. »Du Ärmste. Das ist sicher hart.« Im nächsten Moment verzog sich ihr Gesicht voller Wut. »Solche miesen Arschlöcher! Du hast die gar nicht verdient, wenn die dich nicht wollen!« Sie blinzelte, seufzte dann und schüttelte ihren Kopf.

Durch mein halb geöffnetes Schild spürte ich ihr plötzliches Mitgefühl. Warm und echt. »Danke.« Ich beäugte mein Essen und schaufelte etwas davon auf meinen Löffel. Bevor ich aß, sah ich sie jedoch wieder ernst an. »Direktor Roberts sagte mir, du seist tot.«

Sie nickte und grinste mich an, als hätte sie gerade etwas ziemlich Unanständiges getan. »Das bin ich. So tot, wie es nur geht. Ich hätte niemals gedacht, dass es so cool sein würde, tot zu sein!«

Ich hob meine Augenbrauen und schob mir den Löffel mit Essen in den Mund. »Aha.«

»Ja! Verrückt, oder?« Sie lachte und beugte sich leicht zu mir vor, kam mir dabei so nahe, dass es um uns herum erneut zu knistern begann. »Er hat mich umgebracht, damit ich leben kann.« Sie verdrehte ihre Augen und grinste. »Dieser Mann ist echt großartig.«

Einen Moment lang sah ich sie nur an, dann nickte ich. Adam tauchte vor meinen Augen auf. »Du bist also entkommen. Adam hatte so etwas angedeutet.«

»Adam.« Sie lachte kurz und glockenhell, so laut, dass ihr Lachen für einen Moment alle Blicke auf sich zog. »Er war der Hübscheste von allen, die überlebt haben.«

Ihre Worte lösten eine schmerzhafte Gänsehaut auf meinem Körper aus.

Das nachgemachte Serum. Das, was vielleicht auch Cassie

während der Entführung gespritzt wurde. *Cassie.* Ich schluckte die Enge in meinem Hals herunter, die mich immer überkam, wenn ich an sie dachte. »Was sind das überhaupt für Leute?«

Nummer 17 blickte auf ihren Teller herunter und kniff ihre Lippen zusammen. Schmerz flutete jede Zelle meines Seins, genauso wie unkontrollierbare Wut, und ich ruderte zurück, denn ihre Gefühle drohten mich zu überwältigen. »Ist Nummer 17 wirklich dein Name?«

Sie blickte auf und grinste, der Schmerz und die Wut verflogen so plötzlich, wie sie gekommen waren. »Nummer 17 ist tot. Jetzt habe ich einen Namen, den ich mir selbst aussuchen durfte.« Eine bedeutungsvolle Pause folgte, durchzogen mit einer Aufregung, die mein Herz ein wenig schneller pochen ließ. Ich hatte vergessen, wie stark ihre Gefühle waren. »Grace, die Gnade.«

Ich aß einen weiteren Bissen. »Schöner Name. Hat Gnade für dich eine besondere Bedeutung?«

Grace kicherte. »Ich bin die Gnade. Wer mitspielt, dem bin ich gnädig. Wer nicht …« Sie zuckte mit ihren Schultern.

»Wow«, murmelte ich, eine Augenbraue hochgezogen. »Hier drin bringt Gnade vermutlich nicht sehr viel.«

Sie kicherte erneut und schüttelte dabei ihren Kopf so sehr, dass ihr Zopf hin und her schwang. »Du bist göttlich! Aber das ist gar nicht schlimm! Wenn man noch nicht so lange hier ist, weiß man eben noch nichts über die Regeln und Strukturen.«

»Ich bin seit drei Wochen hier«, korrigierte ich sie und aß weiter, als ich einen Blick auf die Uhr an der Wand warf und feststellte, dass mir nur noch wenige Minuten blieben. Drei Wochen. Es kam mir vor wie eine Ewigkeit.

»Drei Wochen?« Ihre Augen weiteten sich. »Nicht dein Ernst!«

Dieses Gespräch war bescheuert. Und erfrischend. »Wo warst du denn die ganze Zeit?«, fragte ich.

»In Einzelhaft.« Sie zuckte mit ihren Schultern und aß ebenfalls weiter. »Hab eine Wette verloren.«

»Eine Wette ...« Vor Verblüffung konnte ich nur blinzeln.

Grace schmunzelte. »Die anderen meinten, dass ich mich nicht trauen würde, Agent Sexy zu küssen.«

»Was?« Ich prustete los, spürte, wie ich mich ihr gegenüber ein wenig entspannte. »Wer ist denn Agent Sexy?«

»Agent Donalds natürlich. Kennst du ihn?«

Ich nickte.

»Er ist der heißeste Wärter überhaupt. Die anderen meinten, er würde auf mich stehen.« Sie lachte kurz, als würde sie sich zurückerinnern, und verdrehte dann die Augen. »Natürlich hat die dumme Fußfessel mich außer Gefecht gesetzt, bevor ich es testen konnte. Aber ich schwöre dir«, betonte sie nun, »ich habe in seinen Augen gesehen, dass er es auch wollte.«

»Das ist verrückt.« Ich lachte. »Er ist für so was viel zu sehr *Agent*, das sieht man doch.«

Sie hob ihre Augenbrauen und zeigte mit ihrem Löffel auf mich. »Warst du das nicht auch?« Ein Lächeln, so fein, dass man es beinahe als liebreizend bezeichnen könnte, legte sich auf ihre Lippen. »Gib einem Menschen nur genug Anreiz, dann wechselt er von ganz alleine die Seiten.«

Ich wollte gerade etwas erwidern, da flackerte etwas in ihren Augen auf. Sie stöhnte und schien ein Stück weit in sich zusammenzusinken.

»Was ist los?«, fragte ich und schaffte es nicht, den Argwohn und die leichte Sorge aus meiner Stimme herauszuhalten.

Sie wedelte mit ihrer Hand und wischte sich mit der anderen über ihr plötzlich blasses Gesicht. »Wenn sie einen kaputt machen, dann so richtig.«

»Wer?«, fragte ich leise, plötzlich angespannt.

Ein Gong ertönte so plötzlich, dass ich kurz die Luft anhielt.

»Aufstehen«, riefen die Wärter, und sofort erhoben sich alle von ihren Plätzen.

Grace zuckte zur Antwort mit ihren Schultern und erhob sich ein wenig zittrig. Ich dachte an unseren letzten Kampf zurück, daran, wie sie mittendrin einfach zusammengebrochen war, und fragte mich unwillkürlich, ob ihr gerade dasselbe passierte. Es wirkte, als würden sie plötzlich all ihre Kräfte verlassen.

Ich folgte Grace, die noch immer wackelig auf den Beinen war. Wir gaben unsere Tabletts an der Rückgabe ab und reihten uns in den Strom aus Häftlingen ein.

Wir sprachen nicht, während immer wieder einige Häftlinge zu ihren Zellen abbogen und andere mit Wärtern in den Gängen rechts und links verschwanden. Tausende Fragen wirbelten in meinem Kopf umher, doch ich konnte keine einzige stellen, nicht, solange wir uns in diesem Strom aus Häftlingen befanden.

Als Grace zu ihrer Zelle abbog, drehte sie sich grinsend zu mir um. »Komm auf jeden Fall zum Freigang! Es war so schön, mit dir zu quatschen.«

Ein Wärter schloss sie ein, und ich warf einen irritierten Blick über meine Schulter. »Mal sehen.«

»Bis später!« Ich sah noch ihr Winken, bevor ich weiter den Gang entlang geschleust wurde und kurz darauf meine eigene Zelle betrat.

2. Kapitel

Alexis

Ich verbrachte die Zeit zwischen den Mahlzeiten damit, in meiner Zelle zu trainieren. Bei drei mal drei Metern war dafür gerade noch genug Platz, um nicht überall anzustoßen.

Während ich Sit-ups machte, starrte ich an die Wand und konnte nicht verhindern, dass die Erinnerungen mich immer tiefer in einen Strudel aus Schuld und Wut zerrten.

Thomas hatte mich verraten, er hatte mich erpresst und sich lieber umgebracht, als sich zu stellen. Es brodelte in meinem Bauch. Wäre er nicht gewesen, hätte ich das MI20 niemals verraten.

Gleichzeitig kämpfte ich gegen meine Schuldgefühle, die Vivien heraufbeschworen hatte, kurz bevor sie mich ans Messer geliefert hatte.

Hätte ich den anderen mehr vertraut, hätten wir vielleicht eine Lösung gefunden, um Thomas zu helfen.

Nach wie vor machte mir die ganze Sache Bauchschmerzen. *War er vielleicht doch zu alldem gezwungen worden?*

Nach dem dreihundertsten Sit-up blieb ich rücklings auf dem Boden liegen. Die Kälte des Betonbodens fraß sich durch mein verschwitztes Top.

Am Ende war ich festgenommen worden. Vor den Augen meiner Freunde.

Vivien. Eva. Christopher. George.

Ich schluckte.

Dean.

Meine Lippen kribbelten jedes Mal, wenn ich an ihn dachte. Wir hatten uns geküsst. Ich hatte mich ihm geöffnet, ihm meine Verletzlichkeit gezeigt und geglaubt, dass das, was auch immer sich zwischen uns entwickelte, etwas Besonderes sein könnte.

Doch auch er hatte mich verraten. Er hatte Vivien von den Erpresserkarten erzählt. Weil er dachte, dass ich ihn nach dieser besonderen Nacht einfach sitzen gelassen habe.

Kurz erlaubte ich mir, an den ersten und einzigen Brief zu denken, den ich ihm aus dem Gefängnis geschickt hatte. Es waren nur wenige Zeilen gewesen.

Doch ich hatte nie eine Antwort von ihm erhalten.

Das reichte mir, um zu wissen, dass er mich wohl endgültig aus seinem Leben gestrichen hatte.

Ich wollte ihn nicht vermissen, aber wie sollte ich das bitte meinem Herzen erklären?

Ich atmete tief ein und schloss für einen Moment meine Augen.

Jetzt war es zu spät, und am Ende war ich hier wegen dem, was ich getan hatte. Weil ich das MI20 bestohlen hatte, egal ob es Beispieldaten waren oder nicht, musste ich in diesem Gefängnis bleiben, bis über meine Strafhöhe entschieden wurde.

Wann auch immer das passieren würde.

Ich schloss meine Augen und zwang mich, meine Gedanken woanders hinzulenken. Mit meiner Kraft ließ ich hinter meinen geschlossenen Augenlidern Lichter tanzen. Gefühlssignaturen. Sie waren überall um mich herum, denn ich konnte die Gefühle von so gut wie allen Häftlingen in der Nähe wahrnehmen.

Dr. Sam hatte mir versucht beizubringen, die Gefühle anderer Menschen zu berühren, und gemeint, dies zu erlernen bräuchte Zeit. Und wenn es etwas gab, wovon ich massig hatte, dann war es Zeit.

Vorsichtig steuerte ich mental auf den Häftling drei Zellen weiter zu. Er war entspannt und wach.

Langsam näherte ich mich seinen Gefühlen, die wie ein Knäuel aus sanftem Leuchten waren. Ich konzentrierte mich, spürte in mir Unruhe aufkommen und sandte sie weiter zu dem Häftling. Zu schnell. Zu viel. Ich zuckte zusammen, merkte es zu spät. Es dauerte einen Moment, bis plötzlich ein wütender Schrei durch das Gefängnis hallte. Die Unruhe des Häftlings spiegelte tausendfach meine eigene wider. Wärter rannten an meiner Zelle vorbei, und ich öffnete meine Augen.

»Mist«, flüsterte ich und strich mir über meine schweißnasse Stirn.

Ein Rattern erfüllte mit einem Mal die Flure, hallte an den Wänden wider und erfüllte die Zellen mit Tumult.

Mittagessen.

Dieses nahmen wir immer in unseren Zellen ein, bevor danach der Freigang war.

Ich erhob mich und setzte mich auf mein Bett, während ich zusah, wie eine Agentin einen Wagen vor sich her durch den Gang schob. In der Mitte des Wagens befand sich ein riesiger Topf. Der Geruch nach Suppe lag in der Luft.

Sie hielt an meiner Tür, prüfte, ob ich genug Abstand hielt, und schöpfte dann eine Kelle mit Suppe in die Brotschüssel, die man ebenfalls essen konnte.

Dann entriegelte sie mit ihrer Handfläche auf dem Scanner die Tür und stellte das Essen auf den Tisch daneben.

Ich wartete, bis sie alles wieder verriegelt hatte, bevor ich mich an den Tisch setzte und den ausgehöhlten Brotlaib in beide Hände nahm, um die lauwarme Suppe daraus zu schlürfen.

Es war die einzig wirklich halbwegs leckere Mahlzeit am Tag, auf die ich mich tatsächlich freute.

Während ich aß, schaute ich nach draußen auf die triste Betonwand des Flurs. Drei Wochen. Es kam mir länger vor. Die Tage schienen sich auszudehnen, wurden zäh und gleichmäßig. Gleichzeitig blieb die Anspannung, das Gefühl, sich vor einem plötzlichen Angriff schützen zu müssen. Direktor Roberts hatte mir aufgetragen, mich unauffällig zu verhalten. Das tat ich auch, aber irgendwas sagte mir, dass Grace' Auftauchen alles ändern würde.

Kaum hatte ich aufgegessen, ertönte erneut ein Dröhnen. Ich ging zur Tür, die sich kurz darauf öffnete, schnappte mir mein graues Hemd sowie eine Jacke und zog mir beides schnell über. Dann ging ich hinaus und folgte den anderen Häftlingen.

Als ich an der Zelle des Häftlings vorbeiging, dem ich versehentlich meine Unruhe geschickt hatte, lag dieser auf seiner Pritsche. Sie hatten ihn ruhiggestellt. Wegen mir. Ich schluckte und schaute wieder nach vorne.

Mein Weg führt durch den Flur und dann hinaus in einen Außenbereich, der von einer zehn Meter hohen Mauer umgeben war. Zwischen den Mauerkronen, direkt über uns, war ein Netz gespannt, das so engmaschig war, dass nur Regen hindurch kam. Von Weitem sah man es schimmern, weshalb ich davon ausging, dass es aus Metall bestehen musste.

Der gesamte Außenbereich war so groß wie ein Fußballfeld, und durch die Fenster, die in die Mauern um uns herum eingelassen waren, beobachteten uns Dutzende Agenten. *Ich hätte eine von ihnen sein können.*

Ich wandte mich frustriert von den Fenstern ab und ging meine übliche Runde. Allein.

Über mir hingen die Wolken so tief, dass ich meinen könnte, sie mit nur einem Satz nach oben berühren zu können. Obwohl ich mir sicher war, dass das Gefängnis unter der Erde lag und diese Außenfläche von oben vermutlich wie eine Grube wirkte, schienen die Wolken immer recht nah zu liegen. Vielleicht befanden wir uns auf einem Berg?

Der Boden der Außenfläche war aus grün angemaltem Stein, und hin und wieder ragten dünne Grashalme zwischen feinen Rissen empor.

Während meines Ausgangs sah ich mich unauffällig nach Grace um, die ebenfalls irgendwo hier draußen sein musste, entdeckte sie aber nicht.

Automatisch öffnete ich mein Schild, betrachtete die einzelnen Gefühlssignaturen und hüpfte so lange von Person zu Person, bis ich ihre erspürte. Sie verließ gerade das Gebäude und war gut gelaunt.

Ich drehte mich nicht um, sondern ging weiter und überlegte, was ich jetzt tun sollte. Natürlich hatte sie behauptet, mit mir quatschen zu wollen. Vielleicht erhoffte sie sich irgendwas durch eine Freundschaft mit mir. Oder sie wollte mich dafür fertigmachen, dass ich sie damals außer Gefecht gesetzt hatte – aber das hatte sich vorhin eigentlich nicht so angefühlt.

Direktor Roberts hatte mir geraten, mich von Ärger fernzuhalten. Und bis er mich hier endlich rausholte, würde ich seinen Worte Folge leisten. *Doch warum hatte er sich so lange nicht bei mir gemeldet?* Langsam bekam ich Zweifel, ob ich ihm noch glauben konnte.

Während ich weiter die Mauer entlangging, mied ich die anderen Häftlinge, so wie die letzten Wochen auch schon. Viele von ihnen sahen typisch menschlich aus, doch es gab einige, denen man sofort ansah, dass sie irgendwie *anders* waren. Entweder anhand einer Hautfarbe, die so auf der Welt eigentlich nicht existierte. Lila. Grün. Blau. Oder anhand anderer körperlicher Merkmale. Eine Frau hatte Hörner. Ein Mann trug Stacheln auf dem Kopf, und ein weiterer hatte überall dort, wo seine Haut sein müsste, Fell.

Ich wusste nicht, wieso diese Menschen alle so anders waren, und mir wurde plötzlich klar, dass Grace diejenige war, die mir vielleicht Antworten geben konnte.

Ich durfte nicht zulassen, dass sie mich benutzte. Immerhin hatte ich noch immer die Hoffnung, dass Direktor Roberts mich hier rausholte. Da wäre es unklug, Grace zu nah an mich heranzulassen und Gefahr zu laufen, ihr aus Frust wegen der Situation versehentlich irgendwelche Informationen zu geben.

Ein Schnauben entfuhr mir. Das sollte mir bei meiner Ausbildung eigentlich nicht passieren. Immerhin war ich dazu trainiert worden, andere auszuspionieren. Vielleicht konnte ich also wirklich etwas aus ihr herausholen. Das machte mich vielleicht nicht unbedingt zu einem guten Menschen, aber zu einer guten Agentin.

Ein bitteres Lächeln umspielte meine Lippen. Ich wusste, dass ich eigentlich nicht mehr davon ausgehen sollte, dass ich wirklich Agentin werden konnte. Nicht mit einer Haftstrafe. Gleichzeitig wusste ich nicht, was sonst aus mir werden sollte. Immerhin hatte ich noch nie gehört, dass jemand, der Kräfte ausgebildet hatte, nicht mehr zum MI20 gehörte. Diese Frage war mir bis zu diesem Zeitpunkt auch nie in den Sinn gekommen.

Die Vorstellung, dass ich stattdessen für den Rest meines

Lebens hier drinbleiben musste, ließ Angst und Widerwillen in mir aufkommen. Das würde ich nicht zulassen.

Am Ende des Platzes drehte ich um und ging wieder zurück, darauf bedacht, dass Grace mich entdeckte. Ich sollte mich wirklich von ihr fernhalten. Aber andererseits konnte es nicht schaden, mit ihrer Hilfe ein bisschen mehr über diesen Ort und die anderen Häftlinge herauszufinden.

Kurz darauf spürte ich, dass sie mich beobachtete. Ihre Gefühlssignatur war noch immer das stärkste Durcheinander, das ich jemals bei einem Menschen wahrgenommen hatte. Dennoch war mir, als wäre das Chaos in ihr ein wenig milder geworden.

Sie stand mit einigen anderen Häftlingen zusammen, wobei sie wie der Mittelpunkt wirkte und die anderen Häftlinge den erzwungenen Abstand hielten und einen Kreis um sie gebildet hatten. Die meisten von ihnen waren recht jung, höchstens Mitte zwanzig.

Als ich näher kam, traten die anderen Häftlinge zurück, während Grace vor Freude auf und ab wippte. »Ich wusste doch, dass wir Freundinnen werden!«

Ich zuckte mit meinen Schultern und versuchte mir die aufkommende Bitterkeit nicht anmerken zu lassen. »Freunde können nie schaden.«

3. Kapitel

Dean

Mein Atem bildete Wölkchen in der Luft, die sofort vom Wind davongetragen wurden.

Ich spürte meine Füße kaum noch und konnte mich nur mit Mühe davon abhalten, meine Hände aneinander zu reiben, nur um mich zu bewegen und Wärme zu erzeugen. »Das war eine beschissene Idee.« In meiner Stimme lag ein leises Knurren.

Eva lachte in meinem Ohr. Vermutlich war es in ihrem Hotelzimmer, von wo aus sie die Observation durchführte, um einiges wärmer. »Er müsste jeden Moment rauskommen. Dann erledigen wir unseren Job, und du bekommst danach einen heißen Kakao von mir.«

»Wir wären viel schneller, wenn *du* den Job erledigen könntest.«

»Tja«, erwiderte sie mit einem erneuten Lachen. »Wir haben gelost. Sei kein schlechter Verlierer.«

»Wieso behaupten eigentlich immer alle, ich sei ein schlechter Verlierer?«, beschwerte ich mich leise und hielt mich weiterhin in dem Schatten der Seitengasse auf, von der aus ich das Hotel beobachtete, in dem unsere Zielperson sich befand.

»Sicher wegen …« Eva verstummte, bevor sie seufzte. »Wegen Alexis und eurem Konkurrenzding. Egal. Konzentrier dich lieber.« Sie presste die letzten Worte heraus, als würde sie es hassen, auch nur an Alexis zu denken.

Ich schwieg, verdrängte die Erinnerungen, die in mir aufsteigen wollten, und presste meine Lippen zusammen.

Ich fixierte die Tür des Hotels, spürte, wie die Kälte in meine Glieder drang, und war plötzlich dankbar, mich auf den Schmerz meiner Haut zu fokussieren als auf das plötzlich vor meinen Augen auftauchende Gesicht.

»Da kommt jemand.«

Ich nickte, auch wenn Eva das natürlich nicht sehen konnte. »Ich sehe es.«

Die Tür des schäbigen Hotels, dessen Fassade bereits zu bröckeln begann, öffnete sich. Unsere Zielperson trat heraus und schien sich so in Sicherheit zu wiegen, dass sie sich nicht einmal umdrehte.

Meine Kontaktlinsen scannten ihn. »Dorian Smith«, sagte die elektronische Stimme in meinem Ohr. »Dreiundvierzig Jahre alt, aktiver Agent des MI20, geschieden, ledig, Geheimhaltungsstufe *Top Secret, Klasse drei.* Abteilung organisiertes Verbrechen.«

Ich trat aus dem Schatten, im selben Moment, als die Eingangstür des Hotels hinter ihm zufiel und er gerade auf den Gehweg trat.

Als er mich sah, zog er leicht seine Schultern nach oben.

Das Licht der nahen Straßenlaterne ließ den Frost auf der Straße glitzern.

Meine Schritte waren laut und schwer, als ich ihm folgte, und es dauerte nur einen Augenblick, bis mein Handy klingelte und das Geräusch die Stille der Nacht erfüllte.

»Ja?«

»Versuch, noch näher an ihn heranzukommen«, sagte Eva am anderen Ende der Leitung.

»Natürlich, Schatz.« Ich lachte. »Bin schon längst unterwegs. Dachtest du etwa, ich vergesse dich?«

»Dieser schmalzige Ton passt irgendwie zu dir.« Ich hörte das Schmunzeln in Evas Stimme.

»War nur kurz bei der Bank. Ich will doch nicht, dass du im Kino verhungern musst.« Ich lachte und lief schneller, während ich eine kurze Pause einlegte, als würde ich ihr zuhören. »Keine Angst, wir kommen schon nicht zu spät. Ich bin gleich da.«

»Perfekt! Gib mir drei, zwei, eins«, sagte Eva, als ich nur noch drei Meter von der Zielperson entfernt war. »Er hat es!«

»Sehr gut«, erwiderte ich, während ich an der Zielperson vorbeilief und dann in die nächste Straße einbog.

»Bleib in seiner Nähe. Wir müssen die Übergabe filmen. Wir brauchen handfeste Beweise.« Ich hörte, wie Eva eine Tür zuschlug und vermutlich gerade das Hotel verließ.

»Bis gleich.«

Ich wollte gerade antworten, doch im nächsten Moment tauchte sie schon neben mir auf und wischte sich ihre Haare aus dem Gesicht. Dann zog sie ihr Handy aus der Tasche und öffnete die Ortungsapp, mit der wir seine Position verfolgen konnten. »Er wird die Daten sicher schnellstmöglich loswerden wollen.«

»Ich verfolge ihn weiter, und du machst Bilder.«

Sie nickte, synchronisierte ihr Handy per Knopfdruck mit meiner Uhr, sodass ich den Weg unserer Zielperson darauf erkennen konnte, und verschwand dann.

Evas Schnelligkeit war eine der wenigen Kräfte, von denen ich auch eine Scheibe abhaben wollen würde.

Ich sah mich unauffällig um und folgte dann unserer Zielperson.

Ein paar Straßen weiter blieb er unter einer Brücke stehen und verschmolz dort mit der Dunkelheit.

Ich hielt mich an einer Häuserecke ebenfalls im Schatten auf und achtete darauf, nicht in sein Sichtfeld zu kommen. Schließlich war auch er Agent und hatte die Fähigkeit, im Dunkeln zu sehen.

»Hast du ihn im Blick?«, fragte ich leise.

In meinem Ohr knisterte es, bevor Evas Stimme ertönte. »Perfekte Sicht. Sobald ich die Bilder habe, greifen wir zu. Du übernimmst die Zielperson, ich kümmere mich um sein Gegenüber. Verstärkung ist in der Nähe.«

»Alles klar.«

Es dauerte einige Minuten, bis endlich etwas passierte. Langsam kam ein unscheinbarer schwarzer Kleinwagen angerollt und hielt direkt neben Agent Smith an.

Ich beobachtete, wie dieser sich zu der heruntergelassenen Scheibe lehnte und ein Päckchen übergab. Im Gegenzug erhielt er einen Briefumschlag.

»Alles ist gefilmt. Zugriff!«

Das Auto rollte davon. Gleichzeitig schlenderte Agent Smith die Straße entlang, auf mich zu. Ich spürte die Anwesenheit der anderen Agenten nicht, auch wenn ich wusste, dass sie in unmittelbarer Nähe sein mussten.

Schließlich trat ich aus dem Schatten. »Agent Smith, Sie sind wegen Verdachts auf Korruption festgenommen.«

Er betrachtete mich, und ein höhnisches Lächeln trat auf seine Lippen. »Ich lasse mich sicher nicht von einem Grünschnabel ohne jegliche Beweise festnehmen.«

Im nächsten Moment seilten sich drei Agenten von den

Dächern der umliegenden Gebäude ab und umstellten uns. Einer von ihnen war Mr Turner, mein Lehrer und Teil der Leitung des MI20. Er ging mit Handschellen in der Hand auf Agent Smith zu. »Ich hätte dich nicht für einen Verräter gehalten, Dorian.«

Er schnaubte. »Was soll das denn? Ich kann alles erklären.«

»Dazu wirst du gleich Zeit haben. Kooperierst du, oder müssen wir dich zum Mitkommen zwingen?«

In den Augen des Agenten flackerte es. Im nächsten Moment zerrte er eine Waffe aus seiner Jacke und begann zu schießen. Wir sprangen aus dem Weg.

Gleichzeitig zielte einer unserer Männer mit einem Elektroschocker auf Dorian Smith, der im nächsten Moment zuckend zusammenbrach.

»Gewöhn dich dran«, zischte Mr Turner und legte ihm die Handschellen um. »Im Gefängnis wirst du regelmäßig unter Strom gesetzt. So lange, bis du gehorchst.«

Mein Magen verkrampfte sich. Unweigerlich wanderten meine Gedanken zu ihr. *Alexis.* Machte sie genau das Gleiche durch, oder waren das nur leere Drohungen?

Ich drängte sie aus meinen Gedanken und konzentrierte mich auf das Geschehen.

Da mein Job erledigt war, konnte ich nur zusehen, wie Mr Turner den Festgenommenen zum Aufstehen zwang und vor sich herschob.

Kurz darauf fuhren mehrere schwarze SUVs vor, aus denen Eva und noch weitere Agenten ausstiegen.

Eva gesellte sich zu mir. »Lief doch mal wieder wie geschmiert.«

Ich brummte zustimmend und behielt meine Gedanken für mich, da Mr Turner gerade auf uns zukam.

»Gut gemacht. Wieder ein korrupter Agent weniger auf der Straße. Ihr könnt nun fahren. Eure Berichte gebt ihr bitte noch heute in der Basis ab.«

Wir nickten und gingen zu einem der SUVs des MI20. Eva ließ sich von einem Agenten die Schlüssel geben.

Ich setzte mich auf den Beifahrersitz und lehnte mich erst vollständig zurück, als wir Mr Turner und die anderen hinter uns gelassen hatten und uns in den spätabendlichen Verkehr Londons einfädelten.

»Was ist los?«

Ich schaute weiter durch das Beifahrerfenster, während ich Eva antwortete. »Wie lange wollen sie uns noch abtrünnige oder korrupte Agenten ausspionieren lassen? Wie lange müssen wir uns im Unterricht noch anhören, was für schlimme Folgen solche Agenten für einen Geheimdienst haben können?«

Eva lenkte den Wagen gekonnt durch die Stadt. »Vermutlich bis auch der Letzte von uns vollständig einsieht, dass Alexis einen Fehler gemacht hat.«

»Als hätten wir das nicht längst kapiert.«

»Haben wir das?«, fragte sie herausfordernd.

Ich drehte mich zähneknirschend zu ihr. »Sag, was du zu sagen hast, Eva. Spuck's aus.«

Sie presste kurz ihre Lippen zusammen, bevor sie hörbar ausatmete. »Sie war auch meine Freundin, Dean. Dennoch hat sie uns alle hintergangen. Alexis hat uns nicht vertraut und das MI20 verraten.« Ihr vorwurfsvoller Tonfall machte deutlich, wie persönlich sie das alles nahm. »Sie hat uns sogar *verdächtigt.*«

»Ich habe nie gesagt, dass ihr Verhalten richtig war«, erwiderte ich hart und sah nach vorne, wo Rücklichter rot aufleuchteten. Die Ampel weiter vorne sprang auf Grün.

Eva fuhr weiter, als die Bremslichter erloschen. »Du verurteilst sie aber nicht.«

Ich dachte an die Nacht zurück, als ich Alexis beim Einbruch in Direktor Roberts' Büro erwischt hatte. Ich bereute nicht, dass ich sie damals gedeckt hatte, aber ich hätte mehr Fragen stellen müssen. Vielleicht hätte ich sie dann davor bewahren können, das MI20 zu verraten. Meine Zähne knirschten, weil ich sie so fest aufeinanderpresste. Adam hatte gewusst, zu was die Entführer sie gezwungen hatten. Und natürlich hatte er sich verpisst, bevor die Konsequenzen offensichtlich wurden. Verdammter Feigling!

Mir wurde klar, dass Eva darauf wartete, dass ich weitersprach. »Was willst du von mir hören? Sie hat Scheiße gebaut, und trotzdem tat sie es aus einem Grund, den ich nachvollziehen kann.«

»Sie hat uns verdächtigt!«, brach es aus Eva raus. »Wir waren wie eine Familie!«

»Genau.« Ich schnaubte und zwang mich, meine Hände zu entspannen, die ich unbewusst zu Fäusten geballt hatte. »Und am Ende war es tatsächlich ein Familienmitglied, das hinter allem steckte. Alexis hat uns allen misstraut. Zu Recht.«

Thomas' Tod hing plötzlich zwischen uns wie ein schwerer Vorhang.

Eva schluckte hörbar und bog dann in die Einfahrt zum Gelände des MI20 ein.

Ein großes schmiedeeisernes Tor verbarg das Anwesen. Wir hielten neben einer Sprechanlage, die an einem Pförtnerhaus angebracht war.

Eva ließ ihr Fenster runter und sah den Agenten an, der

hinter dem kugelsicheren Glas saß. Es war nicht der Mann, den Alexis manipuliert hatte. Soweit ich gehört hatte, war er nach dem Zwischenfall versetzt worden.

»Eva Andrews, Kennnummer MI20090889EA. Dean Nolan, Kennnummer MI20230587DN.« Wir holten unsere Ausweise heraus und hielten sie in Richtung des Agenten, der unsere Daten mit dem System abglich.

Kurz darauf hörte man den Scanner, der den ganzen Wagen durchleuchtete. Natürlich hatten wir Waffen dabei, doch dafür hatten wir eine Genehmigung. Alles, was unbefugt eingeschleust wurde, egal ob Mensch oder Waffe, hätte sofort einen Alarm ausgelöst.

Der Agent nickte. »Sie dürfen passieren.« Kurz darauf ertönte ein Surren, und das Tor öffnete sich.

Eva fuhr über den Weg in Richtung des riesigen Herrenhauses. In der rechten Hälfte befand sich die Akademie und in der Linken die Basis des MI20. Statt bis vor die Tür zu fahren, bogen wir rechts auf einen Weg ab, der in die Tiefgarage führte.

Das Licht von Dutzenden Neonröhren löste das Licht des Mondes ab, und Eva parkte den Wagen zwischen den anderen Autos des Geheimdienstes.

Erst wenige Wochen zuvor hatten wir zwei davon gestohlen, um Alexis' Schwester Cassie zu retten.

Bedingungslos hatten wir alle an einem Strang gezogen und gegen unzählige Regeln verstoßen. Das war es uns wert gewesen. Bis herauskam, dass Alexis zuvor schon im Alleingang gehandelt hatte. Zumindest war es das, was sie uns hatte weismachen wollen. Doch ich war mir immer noch nicht sicher, ob Adam nicht von Anfang an Bescheid gewusst hatte.

Alexis hatte sich entschieden. Für ihr Schweigen. Für Adam.

Ihre Stimme erklang so plötzlich in meinem Kopf, dass ich den bitteren Geschmack des Vermissens herunterschlucken musste.

Uns bereue ich nicht.

Ihre letzten leise gesprochenen Worte, kurz bevor sie abgeführt worden war.

Sie hätte mich genauso gut ohrfeigen können.

Ich wusste nicht, ob sie es ernst gemeint hatte oder sich nur an etwas Normalität hatte klammern wollen. An mich. Daran, dass sie sich in der Nacht vor ihrer Festnahme bei mir ausweinte, sich mir geöffnet hatte und mich dazu brachte, dass ich einfach nicht mehr aufhören konnte, an sie zu denken. Dabei hätte sie mir einfach die Wahrheit sagen sollen.

Doch das war jetzt egal. Natürlich verstand ich sie, verstand, *warum* sie das alles getan hatte. Das, und meine plötzlich aufwallenden Gefühle, hatten mich dazu gebracht, sie zu decken.

Ich war unvorsichtig geworden. Das würde mir nie wieder passieren.

Alexis hatte sich als Naturgewalt erwiesen. Doch das nächste Mal würde sie mich nicht mit sich reißen. Wenn es ein nächstes Mal gab.

Aber ab jetzt hatte ich mich und meine Gefühle besser im Griff.

Ich stieg aus, als Eva den Motor ausmachte, und streckte meine angespannten Glieder. »Wir sollten den Schlüssel abgeben und dann die Berichte fertig machen.«

»Ich bin so sauer«, brach es auf einmal aus Eva heraus.

Ich drehte mich überrascht zu ihr um.

»Auf Alexis! Sie war meine *beste* Freundin, und ich dachte

wir hätten uns alles sagen können! Natürlich verstehe ich sie«, fügte sie leise hinzu und rieb sich erschöpft mit beiden Händen über ihr Gesicht. »Aber es darf keine Ausnahmen geben und keinen Grund, die Regeln zu umgehen oder zu brechen, nur weil man es versteht.«

»Trotzdem hätte man sie nicht direkt wegschaffen müssen«, erwiderte ich.

Offiziell hatten wir keine Ahnung, wo sie war.

Inoffiziell hatten wir von einem Gefängnis gehört. Eines, wo Leute wie wir hinkamen, die man nicht in normale Gefängnisse stecken konnte.

Während unserer Einsätze hatte Mr Turner immer wieder Andeutungen gemacht, und ich würde wetten, dass er das mit Absicht tat. Wenn es nach ihm ginge, hätten wir alle weitaus schlimmer bestraft werden müssen.

Es reichte ihm nicht, dass wir unsere Ausbildung um ein halbes Jahr verlängern mussten und noch härter geprüft wurden als jemals ein Jahrgang zuvor. Vermutlich hätte er es am liebsten gesehen, dass wir alle weggesperrt wurden.

Eva und ich gingen zu der Tür, durch die wir in die Basis gelangten. Die Flure waren verlassen, und unsere Schritte schienen durch das gesamte Gebäude zu hallen.

»Alexis ist stark«, sagte Eva plötzlich leise, jedoch auch mit einer Spur Zweifel in ihrer Stimme.

»Wir haben keine Ahnung, was das für ein Ort ist.«

»Das erfahren wir, wenn sie rauskommt.«

Ein höhnisches Lachen entfuhr mir. »Denkst du wirklich, dass sie da so einfach wieder rauskommt? Hast du jemals was von einer Verhandlung gehört? Sie wurde weggesperrt, und im schlimmsten Fall werden sie sie vergessen. Uns wird eingetrichtert, dass sie die Böse ist und wir keine Fragen stellen sollen.« Ich schaute mich um, blieb kurz vor der Treppe stehen, die aus dem Keller herausführte, und sah Eva eindringlich an. »Wieso wird Alexis so stark angeprangert, statt dass sich das MI20 auf das Wesentliche konzentriert? All diese Jugendlichen, gegen die wir gekämpft haben, sind noch frei. Genauso wie die Leute, die dafür verantwortlich sind, dass sie diese Kräfte besitzen. Wieso konzentriert man sich nicht auf die?«

Eva schluckte. »Das weiß ich nicht. Aber ich bin mir sicher, dass Direktor Roberts und das MI20 ihnen schon auf der Spur sind.«

Ich war mir da nicht so sicher. Schon wieder spürte ich, wie Wut in mir hochbrodelte. »Lass uns den Papierkram erledigen. Ich will endlich meinen Feierabend.«

Sie folgte mir nach einem kurzen Zögern. Wir brachten den Autoschlüssel zum Empfang im Eingangsbereich der Basis. Dort bekamen wir die Unterlagen für unsere Berichte, setzten uns in die davorstehenden Sessel, füllten die Unterlagen aus und gaben sie dann wieder ab. Schließlich gingen wir durch die Verbindungstür nach nebenan zur Akademie.

Dort durchquerten wir den Eingangsbereich, gingen zu den Treppen und dann nach oben in den dritten Stock, wo sich die Schlafräume befanden.

Ich verabschiedete mich von Eva und verschwand in meinem Zimmer. Als ich die Tür hinter mir schloss, konnte ich mich gerade noch davon abhalten, auf irgendwas einzuschlagen.

Stattdessen ging ich zum Fenster und schob den Kaktus zur Seite, den Alexis mir irgendwann in unserem zweiten Jahr an der Akademie angedreht hatte. Sie hatte ihn nach dem Kauf zu trostlos gefunden und dann mir geschenkt, weil er angeblich *perfekt zu meiner Persönlichkeit passte.* Ich schluckte, als ich das zerknüllte Blatt Papier darunter sah, und starrte die handgeschriebenen Zeilen an.

Dean.
Es tut mir leid, wie es geendet ist. Ich hoffe, wir können reden, sobald ich zurückkomme, und ich hoffe, du gibst mir eine Chance. Uns.
Alexis.

Ich biss mir auf die Unterlippe, fuhr mir durch mein Haar und stellte den Kaktus wieder auf den Zettel. Ich hatte keine Ahnung, was sie damit bezwecken wollte. Vermutlich hoffte sie, dass ich sie weniger hassen würde für das, was sie getan hatte.

Aber ich konnte es nicht. Ich konnte nicht dieser Fels für sie sein. Nicht, nachdem ich mich wegen irgendwelchen dummen Gefühlen derart falsch verhalten hatte. Am Ende waren wir Trainees und wollten Agenten des MI20 werden. Uns wurde das Serum verabreicht, weil unsere DNA besonders war. Das aufs Spiel zu setzen, diese Zukunft, von der ich seit Jahren träumte, einfach wegzuwerfen, war so unglaublich falsch.

Es klopfte an meiner Tür. Nach einem kurzen »Ja« trat Christopher ein. »Heute ist Ausgang. Das erste Mal seit Wochen. Die anderen haben keine Lust, bist du wenigstens dabei?«

Sofort nickte ich. Ich musste hier raus. Mein Blick fiel auf die Uhr, und ich stellte fest, dass es gerade mal kurz nach halb elf war. »Ich könnte mal wieder ein wenig Spaß vertragen.«

Christopher lachte. Ich hielt mich nicht damit auf, mich umzuziehen. Stattdessen streifte ich meine Jacke über und folgte ihm nach draußen. In den letzten Wochen hatte man uns aufgrund der Vorkommnisse den Ausgang verwehrt, und auch jetzt durften wir die Akademie nur unter strengen Auflagen verlassen. Aber das war es mir wert. Ich musste raus. Ich musste Alexis endlich aus meinem Kopf bekommen.

Gemeinsam fuhren wir zu einem Club in Soho, dessen Schlange wegen der späten Stunde kaum nennenswert war. Im Inneren des Clubs war es laut, stickig und voll. Der schwere Geruch von Schweiß, Parfüm und Hormonen lag in der Luft.

Wir setzten uns an die Bar, bestellten alkoholfreies Bier und betrachteten die tanzende Menge.

»Endlich«, seufzte Christopher und wippte mit seinem Körper zur Musik. »Ich hatte echt Schiss, dass die uns für den Rest unserer Ausbildung einsperren.«

»Ich habe auch schon fast damit gerechnet, dass uns der Ausgang für immer gestrichen wird.« Gerade bei Mr Turner hätte mich diese Entscheidung nicht gewundert. Der Penner liebte es, andere fertigzumachen. Dennoch war er ein guter Lehrer – und ein noch besserer Agent.

»Die gehört mir.« Bevor ich wusste, von wem Christopher redete, klopfte er mir auf die Schulter und glitt von dem Barhocker, um eine hübsche Blondine anzusprechen, die am anderen Ende der Bar stand.

Ich blieb sitzen und beobachtete die Party, versuchte mich von der ausgelassenen Stimmung mitreißen zu lassen. Doch es klappte einfach nicht. Früher waren die Partys anders gewesen. Nein. *Ich* war ein anderer gewesen.

Ich musste Alexis endlich vergessen. Diese Gefühle machten mich schwach, und das konnte ich nicht zulassen.

»Hey.« Eine helle Stimme riss mich aus meinen Gedanken.

Ich schaute zur Seite, gerade als eine ziemlich attraktive Brünette sich lächelnd neben mich auf den frei gewordenen Barhocker setzte. In ihrer Hand hielt sie einen Cocktail, und sie sog aufreizend an dem Strohhalm, während sie mir in die Augen sah. »Ich dachte, ich setze mich einfach mal zu dir.«

Ein träges Lächeln breitete sich auf meinen Lippen aus. »Was für eine gute Entscheidung.«

Ihre Augen blitzten erfreut, und sie legte selbstbewusst ihre Hand auf mein Knie. Sie fühlte sich selbst durch den Stoff meiner Jeans heiß an. »Ich bin Alice.«

»Dean. Freut mich.« Ich trank einen Schluck von meinem Bier und betrachtete sie, während ich spürte, dass meine Laune immer weiter sank. »Sorry, irgendwie ist heute nicht mein Tag.«

Ihre Hand wanderte höher, und sie biss sich auf ihre Unterlippe, wahrte den Schein von Scham und Schüchternheit. Dabei war offensichtlich, worauf sie hinauswollte. »Ich könnte es aber zu deiner Nacht machen.«

Ich erhob mich und griff nach ihrer Hand, ließ kein weiteres Zögern zu. »Vielleicht könnte ich tatsächlich ein klein wenig Aufmunterung gebrauchen.«

Sie lachte und stellte ihr nun leeres Cocktailglas auf die Theke, bevor sie sich auf ihre Zehenspitzen stellte und ihre warmen Lippen auf meine drückte.

4. Kapitel

Alexis

»Du willst mir wirklich erklären, dass ihr Trainees keine Ahnung habt?« Caesar, ein fünfundzwanzigjähriger Häftling, der mir am Tisch im Speisesaal gegenübersaß, brach in so lautes Gelächter aus, dass sich die Wachmänner um uns herum sofort anspannten.

Zwar spürte ich durch mein heruntergelassenes Schild, dass er mich nicht direkt auslachte, fühlte mich aber dennoch angegriffen und funkelte ihn entsprechend böse an. »Woher sollen wir denn deiner Meinung nach wissen, dass es Leute gibt, die vom Serum verrückt werden und dann hier landen?«

Er tippte sich an die Schläfe. »Mitdenken.« Wieder lachte er auf, bevor er sich beruhigte und mich mit diesem mitleidigen Ausdruck ansah, der mich dazu bringen wollte, ihm ins Gesicht zu boxen. »Ich habe mein erstes Jahr an der Akademie absolviert, bevor mich meine Kräfte umgehauen haben. Sie konnten die Wirkung des Serums teilweise rückgängig machen. Aber natürlich durfte ich nicht einfach aussteigen. Ich wurde hier eingesperrt und darf jetzt den Rest meines Lebens hier drin sitzen und mich wie ein Schwerverbrecher behandeln lassen.«

Ich spürte, dass er die Wahrheit sagte – oder wenigstens seine eigenen Worte glaubte. Trotzdem zweifelte ich an der Echtheit seiner Aussage. So grausam konnten die Menschen nicht sein, für die meine Eltern gearbeitet hatten. Das war unmöglich. Ich schüttelte meinen Kopf. »Das ist …« Ich verstummte. Ich fand keine Worte dafür, denn der Teil von mir, der ihn als Lügner bezeichnen wollte, schwieg selbst in meinem Kopf.

»Schrecklich, oder?« Grace seufzte und schaute mich wissend an. »Aber da sie mir auch geholfen haben, sehe ich sie nicht als super böse an. Kein Mensch ist nur ausschließlich gut oder böse. Ich denke, wir können auch das MI20 nicht einfach in eine Schublade stecken.«

»Oh doch«, murrte Memphis, der Mann mit der lila Haut. Seit ich mich heute Morgen mit an ihren Tisch gesetzt hatte, war er ziemlich wortkarg gewesen. »Es gibt mindestens eine Organisation, die ich als böse bezeichnen würde.« Sein Blick wanderte zu seinen lilafarbenen Händen und verdunkelte sich kurz, bevor er zu Grace sah. »Oder?«

Sie presste ihre Lippen zusammen und wandte sich von ihm ab, bevor sie ein Grinsen aufsetzte, das überraschenderweise sogar echt war. Ich konnte es bis in meine Knochen spüren und zog mein Schild an, als das Kribbeln eines Lachens meine Kehle emporstieg. »Was ist eigentlich aus Nummer 8 geworden? Wird er jetzt ein sexy Agent?«

»Er heißt jetzt Adam, und ich hoffe es für ihn«, antwortete ich ihr und schöpfte mein Essen auf einen Löffel. »Er ist gegangen, bevor ich … festgenommen wurde.«

Mitgefühl. Grace' Augen wurden warm. »Die erste Festnahme ist immer hart. Aber keine Angst, irgendwann ist es nicht mehr so schlimm.« Sie runzelte ihre Stirn. »Das denke ich zumindest. Das war auch meine erste, aber am Ende das Beste, was mir passieren konnte. Euer Direktor ist echt großartig!«

»Was hatte er davon, deinen Tod vorzutäuschen?«

Sie lächelte mich an und zuckte mit ihren Schultern. *Aufregung.* Sie verheimlichte etwas. Ich ging nicht darauf ein, nahm mir aber vor, sie zu fragen, wenn wir irgendwie mal alleine sein sollten.

»Der tut immer nur so nett«, ergriff Caesar wieder das Wort und schnaubte abfällig. »Ohne zu zögern hat der mich hier reingesteckt!« Seine Stimme wurde lauter. *Wut.* Mein Blick zuckte zu einem der Wärter, und ich hob warnend meine Augenbrauen in Caesars Richtung.

Im selben Moment sprang Caesar brüllend von seinem Platz auf. »Dieser gottverdammte Hurens-« Im nächsten Augenblick brach er zuckend zusammen und wand sich zitternd auf dem Boden, während blaue Stromlinien über seinen Körper zuckten. Es ging so schnell, dass es innerhalb weniger Millisekunden vorbei war.

Dennoch klopfte mein Herz rasend schnell.

Plötzlich ertönte ein Gong.

»Danke, Caesar«, murrte Memphis, stand auf und schob sich währenddessen noch schnell eine Portion Essen in den Mund. »Jedes Mal musst du so einen Scheiß am Anfang der Pause abziehen. Kannst du uns nicht wenigstens einmal aufessen lassen?«

Caesar, der noch immer bewusstlos am Boden lag, antwortete natürlich nicht.

Ich folgte den anderen zur Tablettrückgabe, als Grace sich im Gehen zu mir umdrehte. »Caesar hat ein *kleines* Aggressionsproblem. Aber ansonsten ist er echt nett. Ich freue mich wirklich sehr, dass du dich unserer kleinen Gruppe angeschlossen hast. Auf Dauer kann es hier im Knast echt langweilig werden.«

Ich schluckte mein Essen herunter. »Ja, die meisten wirken echt okay.«

Grace strahlte mich an, als hätte ich ihr ein persönliches Kompliment gemacht. »Finde ich auch!«

Kurz überlegte ich, sie auf ihren mysteriösen Tod anzusprechen, spürte aber die neugierigen Blicke der anderen in meinem Rücken und ließ es. »Gibt es hier denn auch Leute, die nicht so okay sind?«

Noch immer rückwärtsgehend nickte sie langsam, behielt aber das Lächeln bei, was irgendwie gruselig aussah. »Oh ja. Richtig schlimme Leute.« Sie lachte plötzlich auf. »Wie kommt es, dass du drei Wochen hier rumlaufen konntest, ohne irgendetwas mitzubekommen? Sind Agenten nicht eigentlich neugieriger?«

»Mir wurde geraten, mich möglichst unauffällig zu verhalten. Und das habe ich getan.« Rechtfertigung. Immer dumm. Viel zu passiv. Aber irgendwie konnte ich mich nicht zurückhalten. »Außerdem können die meisten Menschen nicht so mühelos Freundschaften schließen wie du.«

Grace machte ein entzücktes Geräusch. »Danke schön!«

»Grace! Drehen Sie sich gefälligst um!«, brüllte eine Wärterin, worauf Grace sich mit einem Hopsen umdrehte. Sie kam mir dabei ein wenig zu nah, und sofort knisterte die Luft um uns herum.

»Dieser Ort ist echt elektrisierend, nicht?« Grace grinste mich über ihre Schulter hinweg an, während sie in den Gang zu ihrer Zelle abbog.

Ich ging weiter und bereute es zutiefst, dass ich Direktor Roberts vertraut hatte. Er hatte gesagt, dass ich mich zurückhalten und im Hintergrund halten sollte. Jetzt fühlte ich mich wie eine Idiotin. Seit über zwei Wochen hatte ich nichts mehr von ihm gehört, und ich kam mir vor wie ein naives kleines Mädchen. Als ich in meiner Zelle ankam und dann eingeschlossen wurde, schwor ich mir, dass dies ab sofort vorbei war. Ich würde so viele Informationen sammeln wie möglich. Vielleicht würde ich irgendwann hier rauskommen, und dann würden sie mir vielleicht nützen. Sollte ich aber mein Leben lang hier eingekerkert sein und sollte an Caesars Geschichte irgendwas dran sein, würde es erst recht nicht schaden, mehr über die Leute zu wissen, mit denen ich hier eingesperrt war.

Ich setzte mich auf meine Pritsche, die unter meinem Gewicht quietschte, und betrachtete jeden einzelnen Häftling, der an meiner Zelle vorbeikam.

Einige waren ruhig, doch ich spürte in vielen von ihnen Unruhe und Zorn, ebenso Ungeduld und Missfallen. Die meisten von ihnen sahen aus wie normale Menschen. Doch sie alle waren anders. *Besonders.* Und jeder von ihnen war aus einem Grund hier.

Mit einem Mal wollte ich wissen, was für Leute mich täglich umgaben. Ich wollte wissen, was sie verbrochen hatten und wem ich besser weiterhin aus dem Weg gehen sollte.

Ich stieß ein wütendes Schnauben aus, sprang auf und zerrte mein Hemd über meinen Kopf, bevor ich mich auf den Boden meiner Zelle legte und das Einzige tat, was mich von meinen Gedanken ablenkte – ich trainierte.

*

Als ich am nächsten Tag nach draußen in den Hof kam, spürte ich eine Unruhe unter den Häftlingen, die ich in den letzten drei Wochen noch nicht vernommen hatte. Sie vibrierte auf

meinem Körper und ließ Gänsehaut über meinen Nacken wandern.
Die Außenfläche wirkte düsterer als sonst, was aber an den dunklen Regenwolken lag.
Nieselregen benetzte binnen weniger Sekunden meine Haut, als ich stehen blieb und mich umsah. Grace war mit ihrem glockenhellen Lachen kaum zu überhören und befand sich gemeinsam mit Memphis und Caesar links von mir in der Nähe der Mauer. Ich gesellte mich zu ihnen. »Was ist los?«
»Sie ist wieder da«, flüsterte Grace bedeutungsvoll. Ihre Augen blitzten, und ihre Gefühle waren so stark, dass ich nicht wusste, ob sie sich freute oder Angst hatte.
»Wer?« Ein ungutes Gefühl stieg in mir auf.
Sie lachte auf. »Die böse Königin höchstpersönlich.«
Mein fragender Blick glitt zu Memphis, dessen Miene absolut nichts preisgab. »Von wem redet sie?«
»Doloris Humphrey. Sie war vor knapp zehn Jahren die meistgesuchte Verbrecherin in ganz Europa.« Er verschränkte seine Arme vor der Brust, während er sich umsah. »Dann wurde sie gefasst und hier eingesperrt. Angeblich hatte sie vor, den Platz der Queen einzunehmen, und sie konnten sie kurz vor dem geplanten Attentat fassen.«
Ein Lachen entfuhr mir, so lächerlich war dieser Gedanke. Als keiner in mein Lachen einstimmte, stockte ich. »Nein! Ernsthaft?«
»War wohl eine knappe Geschichte«, nickte Memphis, und sein Mundwinkel zuckte. »Ich bin ja kein Fan von der alten Dame, aber sie ist immer noch besser als Doloris.« Die letzten Worte sagte er nur ganz leise. »Sie hätte vermutlich mit Freuden die absolute Monarchie eingeführt. Nein, vermutlich sogar eine Diktatur.«

»Zudem ist sie irre heiß«, fügte Caesar hinzu und sah sich um. »Aber übelst gefährlich. Nachdem ihr letztes Mal einer sagte, dass sie eine schlechte Königin gewesen wäre, hing dieser einen Tag später kopfüber an der Decke. Mausetot.«

»Wie ist das möglich?« Mein Magen zog sich leicht zusammen. »Wir können uns nicht mal auf zwei Meter einem anderen Häftling nähern. Wie sollte sie dann jemanden umbringen können?«

Grace kicherte. »Die Frau hat Kräfte, von denen bekommt man Albträume.«

»Deshalb hat man sie weggesperrt. Aber niemand konnte ihr etwas nachweisen«, sagte Memphis.

»Und weshalb wird sie wieder rausgeholt? Und wo war sie vorher? Einzelhaft? Und was für Kräfte sollen das sein?«

Caesar nickte. »Sie kann Dinge mit dir machen, ohne dich zu berühren. Und sie war zehn Jahre lang eingesperrt. Alleine. Das muss irre sein. *Sie* muss völlig irre sein.«

Ich konnte mir nicht vorstellen, was er mit *Dingen* meinte, fragte aber nicht nach, weil sein düsterer Tonfall meine Gänsehaut nur noch verstärkte. »Zehn Jahre. Ohne Beweise?«

Memphis schnaubte. »Hast du einen Anwalt bekommen? Hier gibt es kein Recht mehr, wenn sie dich einmal reingesteckt haben.«

»Deshalb solltest du auch nicht einfach Leute umlegen lassen.« Grace nickte und trat von einem Fuß auf den anderen.

Ihre Aufregung machte mich irre, und ich rieb mir meine Hände, als ich sie fast automatisch ausstrecken wollte, um sie endlich zum Stoppen zu bringen. »Warum bist du so nervös?«

Grace grinste mich an. »Weil sie meine Mutter ist.«

Ich öffnete meinen Mund, schloss ihn wieder, öffnete ihn und brachte keinen Ton heraus.

»Zumindest hofft Grace, dass Doloris ihre Mutter ist«, korrigierte Memphis und betrachtete mich mit einem zuckenden Mundwinkel, während seine Belustigung mich streifte.
»Wie kann es sein, dass du nicht weißt, wer deine Mutter ist?«, fragte ich vorsichtig, da ich bisher rein gar nichts über Grace' Vergangenheit herausgefunden hatte.
Das Zappeln stoppte, und auch wenn sie versuchte, ihr Lächeln aufrechtzuerhalten, wackelte es kurz. Sie öffnete ihren Mund, sah plötzlich an mir vorbei nach oben und stieß ein spitzes Jubeln aus. »Adam!«
Verwirrt folgte ich ihrem Blick und brauchte einen Moment, um die Person zu finden, die sie so zum Schreien gebracht hatte. Oben, in einem der Fenster, wo die Wärter standen und uns beim Freigang beobachteten, stand er.
Adam.
In der schwarzen Uniform des MI20.
Adam.
Er blickte nach unten, sah uns aber nicht an und betrachtete die Menge.
»Das kann nicht sein«, flüsterte ich und verschränkte die Arme vor meiner Brust.
»Von wem redet ihr?« Caesar schaute sich um, versuchte herauszufinden, über wen wir sprachen, fand aber niemanden.
»Ist er wegen dir hier?«, fragte Grace mit unverhohlener Begeisterung in ihrer Stimme. »Das wäre so romantisch. So. Romantisch!«
»Natürlich ist er nicht wegen mir hier«, erwiderte ich und wurde plötzlich unsicher. *Was aber, wenn doch?*
»Wer denn? Ein Ex von dir, oder was?« Caesars Ungeduld wuchs hörbar.
»Ein Mitschüler«, erklärte ich, weil ich keine Lust auf einen

erneuten Ausraster hatte und seine Ungeduld über meine Haut streifte. »Scheinbar gehört er jetzt zu den Wärtern.«
Adam verschwand aus meinem Blickfeld, und ich konnte das nervöse Pochen, das sich in meiner Brust ausbreitete, nicht länger ignorieren.
Adam war hier. Aber wieso? Und wie lange schon?
»Was für ein Zufall«, sagte Memphis und hob eine Augenbraue, als ich ihm einen fragenden Blick zuwarf. »Na, du kommst in den Knast, und zufällig taucht ein alter Mitschüler auf. Ist doch seltsam.«
»Ich habe keine Ahnung, was das hier für Andeutungen werden, aber ich bin selbst überrascht, ihn hier zu sehen.«
Wieder hob Memphis eine Augenbraue, doch ich ignorierte sie und drehte mich zu Grace. »Wie sieht es eigentlich mit Gruppenbildung aus? Gibt es hier Gangs oder so?«
Grace lachte. »Natürlich!«
»Ja? Und wer sind die Anführer?«, fragte ich überrascht und sah mich um.
»Ich«, sagte Memphis und lächelte halb. »Zu mir gehören die Freaks der Anstalt. Du passt zwar nicht zu uns, aber Grace hat so gebettelt, dass du zu uns gehören musst, da konnte ich nicht Nein sagen. Die anderen Gangs kannst du also getrost ignorieren, falls sie versuchen, dich anzuwerben.«
»Was?« Ich starrte ihn an, ungläubig, weil ich glaubte, alle hätten sich um Grace geschart. Zudem war seine ruhige Art mir nie so vorgekommen, als würde mehr dahinterstecken. »Ich bin Mitglied einer Gefängnisgang?«
»Ja! Ist doch cool, oder?«, rief Grace begeistert und hüpfte leicht auf und ab.
Automatisch tastete sich meine Kraft an Memphis heran, und hinter seinen oberflächlichen Gefühlen spürte ich mit einem

Mal eine Mauer. Er konnte es kontrollieren. Sein Blick schien dunkler zu werden, als würde er spüren, was ich tat, und ich zog mich vorsichtig zurück. »Ich bin nur ein wenig überrascht. Ich dachte immer, man müsse irgendein Aufnahmeritual durchführen oder so.«

Memphis hob eine Augenbraue. »Wenn du willst, kann ich mir was für dich einfallen lassen.«

»Nein, nein. Schon okay. Danke«, erwiderte ich und hatte keine Ahnung, wie ich aus dieser Nummer wieder rauskommen sollte.

Als unsere Ausgangszeit kurz darauf mit einem lauten Gong endete, war ich erleichtert, mich wieder in die Schlange einreihen zu können, um erst mal Abstand zwischen mich und dieses Chaos zu bringen.

Meine Gedanken landeten erneut bei Adam.

Als Agent Donalds mich in meiner Zelle einschloss, musste ich meine Chance nutzen. »Kennen Sie Adam White? Ich glaube, er ist hier Wärter.«

Statt zu antworten, sah er mich abwartend an.

»Könnten Sie ihm sagen, dass ich nach ihm gefragt habe? Bitte. Wir kennen uns von früher.«

Neugier kam in ihm auf. Doch er schwieg, sah mich nur ernst an und ging.

Ich setzte mich schließlich auf mein Bett.

Adam war hier, obwohl ich geglaubt hatte, ihn nie wiederzusehen.

Ich war Mitglied einer Gefängnisgang, auch wenn ich Direktor Roberts gesagt hatte, dass ich mich zurückhalten würde.

In was für ein Chaos war ich da nur geraten?

5. Kapitel

Dean

»Wie geht es ihr?« Ich lehnte mich an die Wand neben Cassies Bett und betrachtete das blasse junge Mädchen. Sie hatte mit ihrer Schwester absolut keine Ähnlichkeit. Alexis hätte vermutlich selbst im Koma stark ausgesehen. Ganz anders als dieses Mädchen, das geradezu zerbrechlich wirkte.

Dr. Sam, unsere Ärztin, und gemeinsam mit Mr Turner auch unsere stellvertretende Leiterin des MI20, drehte sich nicht zu mir um, sondern konzentrierte sich weiterhin auf ihre Unterlagen, während sie neben Cassies Bett auf einem Stuhl saß. »Schlechter.«

Ich nickte langsam. »Werden Sie es ihr sagen?« Alexis hätte die Wahrheit verdient. Alexis, wegen der ich den Kuss mit Alice gestern Nacht nicht hatte genießen können. Alexis, die in jeden Winkel meiner Gedanken eingedrungen war, bis ich den Kuss beendet und Christopher dazu gebracht hatte abzuhauen. Alexis, die mein Herz zum Erzittern brachte, obwohl ich mich mit aller Macht dagegen wehrte.

Dr. Sam kniff kurz die Lippen zusammen und sah nun doch zu mir hoch. »Es würde ihr nichts als Kummer bereiten.«

»Wird Cassie sterben?«

»Wenn wir kein Gegenmittel finden, dann ja. Ich versuche alles in meiner Macht Stehende zu tun, um ihr zu helfen, und ein ganzes Team des MI20 unterstützt mich dabei. Aber wenn wir nicht herausfinden, was genau sie ihr verabreicht haben, wird es noch eine ganze Weile dauern, bis wir ihr helfen können.«

»Ich verstehe.«

»Und trotzdem kommst du jeden Tag her.« Sie legte ihren Stift hin und drehte sich vollständig zu mir um. »Woran liegt das?«

Ich zuckte mit meinen Schultern. »Würde ich es nicht tun, wäre sie ganz alleine.«

Dr. Sam lächelte leicht. »Oder liegt es vielleicht daran, dass du dich Alexis gegenüber dazu verpflichtet fühlst? Empfindest du Schuld, weil du Vivien von der Erpressung erzählt hast? Und weil sie dann Alexis' Verhaftung angestiftet hat?«

Ich stieß ein Lachen aus. »Das wird es wohl alles sein.«

Dr. Sam hob interessiert eine Augenbraue. »Denkst du, Alexis müsste begnadigt werden?«

Ja. »Ich bin nicht derjenige, der das entscheidet.«

»Aber?«

»Ich habe so einige Fragen, und natürlich weiß ich, dass wir einige Fehler gemacht haben. Gerade Alexis. Trotzdem.« Ich atmete hörbar ein und stieß mich von der Wand ab. Ich hatte genug gesagt. »Sagen Sie Bescheid, wenn es was Neues gibt?«

Sie betrachtete mich nachdenklich und lächelte dann. »Natürlich. Ansonsten bis morgen?«

Ich lachte. »Vermutlich, ja.« So, wie es seit knapp drei Wochen jeden Tag lief.

Als ich das Krankenzimmer verließ und durch den Flur ging, stieß ich mit Vivien und George zusammen, die gerade aus der Bibliothek kamen.

Viviens Blick glitt von mir zu der Tür des Krankenzimmers, woraufhin sie ihre Augen kaum merklich zusammenkniff. Sie schnaubte leise und rauschte dann davon. Als würde sich hinter der Tür das Böse höchstpersönlich befinden und nicht ein junges, wehrloses Mädchen.

George sah ihr hinterher, bevor sein Blick zurück zu mir schweifte. »Werdet ihr euch jemals wieder vertragen?«

»Sag du es mir«, erwiderte ich.

Er lachte trocken. »Ich kann nur in die nahe Zukunft sehen, und das weißt du auch.«

»Entschuldige, ich bin mies drauf. Viviens Egotrip geht mir einfach auf den Keks.« Ich rieb meine Handflächen aneinander, als würde ich frieren. »Sie tut so, als wäre sie die beste Agentin überhaupt. Am Ende hat sie einfach eine ihrer besten Freundinnen verraten.«

George zischte, um mich zum Schweigen zu bringen, und schaute sich um. »Sag solche Sachen am besten nur leise. Sie hat genau das getan, was von uns verlangt wird, und sie trauert. Wie wir alle.«

»Um Thomas zu trauern ist keine Rechtfertigung. Auch ich vermisse ihn.« Mein Magen verknotete sich bei der Erinnerung an meinen besten Freund. Jahrelang hatten wir gemeinsam gelernt, trainiert und waren wie Brüder füreinander da gewesen. Und dann sprengte er sich in die Luft. Einfach so. Allein bei dem Gedanken wurde mir schlecht.

Noch war nicht endgültig geklärt, wie es dazu kommen konnte. Doch die Gerüchte, dass selbst Direktor Roberts glaubte, Thomas wäre ein Doppelagent gewesen, hielten sich hartnäckig.

Einfach nur lächerlich! Als wir an die Akademie kamen, waren wir gerade mal sechzehn Jahre alt gewesen. Wo bitte gab es denn sechzehnjährige Doppelagenten? So ein Schwachsinn!

Ich war mir sicher, dass ihn irgendwer dazu gezwungen hatte. Es musste einfach so sein.

Mein Magen zog sich noch weiter zusammen. Ich hatte nichts bemerkt. Weder bei ihm noch bei Alexis. Beide hatten alleine und für sich gekämpft, und beide hatten am Ende verloren.

Nein, das stimmte so nicht ganz. Alexis hatte mit Adam gemeinsam gekämpft, doch dieser Feigling hatte sich aus dem Staub gemacht, noch bevor Alexis festgenommen worden war.

»Musst du nicht auch zum Meeting der Jahrgangssprecher?«, fragte George gerade, als ich erneut die Wut in mir hochkochen spürte.

Ich starrte ihn fragend an.

Er deutete mit dem Daumen hinter sich in Richtung der Bibliothek. »Oder die Vertreter der Jahrgänge sitzen gerade nur zufällig mit dem Direktor zusammen.«

»Ach ja!« Ich lief an ihm vorbei. »Danke!«

»Keine Ursache«, rief er mir hinterher.

Ich warf einen Blick auf meine Uhr. Fünf Minuten zu spät. Als ich um die Ecke bog und die Runde in der Sesselgruppe sitzen sah, wurde ich langsamer.

Als der Direktor mich sah, nickte er zu einem freien Sessel. »Mr Nolan, wie erfreulich, dass Sie es einrichten konnten.«

Ich lachte und gesellte mich zu der kleinen Gruppe. »Immer wieder gerne.«

Direktor Roberts schmunzelte und sah dann wieder in die Runde, die sich aus insgesamt vier Trainees zusammensetzte. »Das Jahr neigt sich dem Ende zu, und wie immer möchte ich Sie alle bitten, die Trainees Ihres Jahrgangs zu bewerten. Wie immer erwarte ich *absolute* Ehrlichkeit und Verschwiegenheit. Ihre Bewertungen werden in keiner Weise die Noten ihrer

Mitschüler beeinflussen. Doch wie Sie wissen, werden Sie alle auch nach der Ausbildung ständig bewertet. Nach jedem Einsatz. Diese Bewertung hier wird nur eine von vielen sein.«

Ich kannte das Spiel schon und nickte. Keiner der anderen Trainees wusste davon, dass wir sie ebenfalls bewerteten – und das sollte auch so bleiben. Vermutlich würden sie sich unfair behandelt fühlen. Doch jeder von ihnen hätte diesen Job machen können.

Allerdings hatte ihn keiner so sehr gewollt wie ich, und jedes Jahr aufs Neue war ich wiedergewählt worden.

Während die Vertreter der jüngeren Jahrgänge Vorschläge zur Verbesserung einiger Ausbildungsinhalte machten, hielt ich mich dieses Mal zurück.

Unser Jahrgang musste die Ausbildung ein halbes Jahr länger machen als gewöhnlich, und auch wenn die Jüngeren über die Gründe ungefähr Bescheid wussten, kursierten die wildesten Gerüchte.

Offiziell war Alexis freigestellt worden. Adam beendete seine Ausbildung woanders, und nach der Gedenkfeier für Thomas wurde einfach nicht mehr über ihn gesprochen.

Ich war aktuell also nicht unbedingt der beste Mann, um irgendwelche Verbesserungsvorschläge zu machen.

Als wir uns alle eine halbe Stunde später erhoben, bat Direktor Roberts mich noch einen Moment zu bleiben. Also ließ ich mich wieder in den Sessel fallen.

Er wartete, bis die anderen Trainees die Bibliothek verlassen hatten, bevor er das Wort ergriff. »Mr Nolan, wie ist die Motivation aktuell in Ihrem Jahrgang?«

»Unsere Motivation ist sehr hoch, Sir. Wir wollen alle beweisen, dass wir bald gute Agenten sein werden und uns unseren Abschluss verdient haben.«

Direktor Roberts nickte, lehnte sich auf seinem Platz zurück und legte seine Fingerspitzen aneinander. »Davon gehe ich aus. Mir ist zu Ohren gekommen, dass Sie Alexis' Schwester Cassie noch regelmäßig besuchen.«

Ich nickte. »Ihr Schicksal interessiert mich. Einerseits wegen Alexis, andererseits, weil wir bei ihrer Rettung auf diese … äußerst starken Jugendlichen getroffen sind.«

»Warum ihr nicht mehr Informationen bekommt, ist euch aber klar?«

»Natürlich«, sagte ich und betrachtete den Direktor nachdenklich. »Ist es mir nicht erlaubt, Cassie zu besuchen?«

»Doch. Sicher.«

»Dr. Sam hat mich nämlich vorhin dasselbe gefragt.«

»Wir haben uns gestern darüber unterhalten.«

Ich sah Direktor Roberts abwartend an, doch er schien dem nichts mehr hinzufügen zu wollen. »Haben Sie bereits eine Entscheidung über Alexis' Strafe gefällt?«

Der Gesichtsausdruck des Direktors veränderte sich nicht, doch ich meinte ein winziges Zucken um seine Augen gesehen zu haben. Eine Emotion, die er nicht zurückhalten konnte, und doch war sie so schnell weg, dass ich sie nicht einzuordnen wusste. »Unsere höchste Priorität liegt momentan auf der Verfolgung der flüchtigen *Numbers* und ihrer Entführer.«

»*Numbers?* So nennen Sie diese Jugendlichen?«

Er nickte.

Keiner von uns wusste, was mit den Jugendlichen, diesen *Numbers*, genau los war, und mir war klar, dass dies Priorität haben musste. Dennoch klangen seine Worte ein wenig zu ausweichend. *Sie würden Alexis also weiterhin schmoren lassen.* Gerade von unserem Direktor, bei dem man immer gemerkt hatte, dass er Alexis aus irgendeinem Grund immer bevorzugte, hätte ich so was nicht erwartet.

Ich lockerte unauffällig meine Hände, die sich während unseres Gesprächs zu Fäusten ballen wollten. »Dann würde ich nun zum Unterricht gehen, falls ansonsten nichts mehr ansteht.«

Er nickte. »Tun Sie das.«

»Danke für das Gespräch.« Ich erhob mich und verließ die Bibliothek mit gemäßigten Schritten, obwohl es in mir brodelte. Natürlich wollten er und Dr. Sam wissen, warum ich Cassie so oft besuchte. Sie vermuteten sicher, dass meine Besuche etwas mit Alexis zu tun hatten, und natürlich stimmte das auch. Aber es bedeutete trotzdem nicht, dass ich all ihre Taten guthieß.

Während ich durch den leeren Hauptflur der Akademie in Richtung der Unterrichtsräume ging, konnte ich nicht verhindern, dass Alexis' Gesicht mal wieder vor meinem inneren Auge auftauchte.

Uns bereue ich nicht.

Ihre Stimme erklang in meinem Kopf, leise, und in diesem neckenden Tonfall, den sie immer nur mir gegenüber benutzt hatte.

Ich presste meine Lippen zusammen und öffnete die Tür zum Informatikraum.

Unser Lehrer, Mr Saunders, sah kurz von seinem Platz vorne auf und nickte mir zu, bevor er sich wieder auf die vor ihm ausgebreitete Zeitung konzentrierte. Meine Mitschüler saßen hinter ihren Computern und tippten geschäftig. Seit letzter Woche versuchten wir uns in die Datenbank des MI6 zu hacken. Wer es als Erster schaffte, würde Zusatzpunkte bekommen. Und die konnte jeder von uns gerade gut gebrauchen.

Ich setzte mich an meinen Tisch und fuhr den Rechner hoch. Dabei sah ich nicht auf den freien Platz neben mir, auf dem Thomas fast vier Jahre gesessen hatte. Vier Jahre lang war er mein bester Freund gewesen, und nun war er tot. Ich hatte immer noch so viele Fragen. Wie ein Feigling hatte er sich umgebracht, anstatt sich zu erklären. Ich war so wütend und gleichzeitig so unfassbar traurig. Ihn nicht hier zu haben tat weh, und ich wollte auf irgendetwas einschlagen, bis der Schmerz endlich verging.

Ich versuchte, die aufkommende Verzweiflung zu verdrängen, diese verfluchte Machtlosigkeit, die sich jedes Mal in mir ausbreitete, wenn ich an ihn dachte. Hätte ich nur besser hingesehen! Es hätte mir auffallen müssen, dass etwas nicht stimmte!

Ich war so wütend, und zugleich vermisste ich Thomas derart stark, dass ich meine Lippen zusammenpressen musste, um nicht wie ein kleiner Junge loszuflennen.

»Alles klar?«, fragte George auf meiner anderen Seite.

»Sicher.« Ich tippte meine Kennnummer und mein Passwort in die vorgegebenen Felder. Dabei schluckte ich all diese unerwünschten Emotionen herunter.

»Ich frag ja nur«, erwiderte er abwehrend, und mir wurde jetzt erst klar, wie schroff mein Tonfall gewesen war.

»Das war nicht …«

Plötzlich ertönte ein Schrei, so laut, dass ich mir die Hände über die Ohren schlug. Um mich herum taten alle anderen dasselbe.

Doch es nützte nichts. Denn der Schrei ertönte in meinem Kopf, gellend, beißend und an jedem meiner Sinne zerrend. Es war, als würde das Geräusch sich durch mein Hirn fressen und jede einzelne Synapse sprengen wollen.

Die Erkenntnis löste Panik in mir aus. Fast zeitgleich erhoben wir uns alle von unseren Plätzen. Mr Saunders verließ den Raum als Erster, wir folgten ihm. Erst auf den Flur hinaus, dann vorbei an den sich öffnenden Türen der anderen Klassenräume. Keine Ahnung, wohin er lief, aber wir folgten ihm.

Der Schrei in meinem Kopf schien lauter zu werden, bis er plötzlich wieder leiser wurde.

Ich stoppte, fuhr herum und wäre beinahe mit Eva zusammengestoßen, die direkt hinter mir herlief.

»Wohin willst du?«, rief sie gegen das Schreien an, doch ich antwortete ihr nicht, sondern rannte zum Krankenzimmer, an dem wir gerade vorbeigekommen waren.

Ich riss die Tür auf und erkannte zunächst die am Boden liegende Dr. Sam und dann Cassie. Sie lag im Bett. Die Hände über dem Kopf zusammengeschlagen. Schreiend, als würde sie bei lebendigem Leibe verbrennen.

Binnen Sekunden war ich bei ihr. Mein Schädel pulsierte, als würde er jeden Moment explodieren.

»Was sollen wir tun?«, schrie Eva, die mir gefolgt sein musste.

Ich hob Cassie aus ihrem Bett und drehte mich zu ihr um. »Bring sie in den Regenerationsraum! Dann hol Mr Turner!«

Eva nickte, nahm mir Cassie ab und verschwand so schnell, dass die herumliegenden Unterlagen aufgewirbelt wurden.

In dem Moment, als ich zu Dr. Sam trat, verschwand das Schreien in meinem Kopf. Dennoch klingelte es mir wie ein Echo nach, und ich fühlte mich einen Moment lang wie in Watte gepackt.

Ich versuchte Dr. Sams Puls zu ertasten. Als ich ihn fand, atmete ich erleichtert auf und brachte sie dann in die stabile Seitenlage.

Die Tür wurde aufgerissen. Mr Turner kam herein, dicht gefolgt von Eva. »Was ist hier passiert?«, verlangte er zu wissen.

Er entdeckte die am Boden liegende Ärztin, und seine Augen weiteten sich kurz, bevor er zu ihr trat und sich zu ihr herunterbeugte. Auch er kontrollierte zunächst ihren Puls.

»Als wir herkamen, war sie bereits bewusstlos«, erklärte ich ihm und sah zu Eva. »Ist Cassie in einem Regenerationsraum?« Sofort musste ich an Alexis denken, deren Kräfte ihr zu Beginn unserer Ausbildung so viel abverlangt hatten, dass sie öfter dort gewesen war. Diese Räume, die alles nach innen und außen abschirmten, hatten ihr geholfen, ihre Kräfte nach und nach besser zu beherrschen.

Eva nickte ernst. »Sie wurde wieder ohnmächtig, als ich sie dort ablegte.«

»Um sie kümmern wir uns gleich«, sagte Mr Turner schroff und legte Dr. Sam auf den Rücken, bevor er ihr die Taschenlampe aus der Kitteltasche zog und ihre Augenlider öffnen wollte.

Gerade als seine Hand über ihrem Gesicht schwebte, schlug Dr. Sam ihre Augen auf. Sie schaute irritiert von Mr Turner zu Eva und dann zu mir, bevor sie sich mit einem Ächzen erhob. »Was ist hier los?«

»Scheinbar ist deine Patientin gerade kurz aufgewacht.«

Dr. Sam lehnte sich gegen eins der aufgereihten Betten und rieb sich ihre Stirn. »Wo ist sie jetzt?«

»Im Regenerationsraum«, sagte Eva. »Sie ist aber wieder ohnmächtig geworden.«

Die Ärztin nickte mit einem schwachen Seufzen. »Offensichtlich hat sie Kräfte.«

»Wie ist das möglich?«, fragte Eva.

Bevor Dr. Sam antworten konnte, wedelte Mr Turner ungeduldig, beinahe wegwerfend mit seiner Hand. »Geht wieder in den Unterricht!«

Mistkerl! Ich bereute es zutiefst, dass ich Eva darum gebeten hatte, ihn zu holen. Protestierend öffnete ich meinen Mund, doch im selben Moment wurde die Tür zum Krankenzimmer aufgerissen, und Direktor Roberts erschien. »Was ist passiert?«

»Cassie ist aufgewacht«, erklärte Dr. Sam und richtete sich langsam auf, während Sorgenfalten ihre Stirn kräuselten. »Und sie hat Kräfte.«

»Ich habe schon lange nicht mehr so eine Kraft gespürt«, nickte der Direktor und sah sich um. »Wo ist sie?«

»Im Regenerationsraum«, antwortete ihm Mr Turner knapp.

»Sehr gut.« Sein Blick fiel auf Eva und mich. »Ich gehe davon aus, dass Sie beide eine Hilfe gewesen sind, und danke Ihnen. Am besten gehen Sie jetzt zurück in den Unterricht. Alles Weitere werden wir nun klären.«

Ich wollte schon widersprechen, doch Eva legte ihre Hand auf meinen Unterarm und lächelte. »Das haben wir gerne gemacht.«

Mr Turner nickte, ging zur Tür und öffnete sie. Erst dachte ich, er wollte uns rauswerfen. Stattdessen ging er hinaus.

Eva schob mich leicht an, und ich folgte ihm nach draußen.

»Was soll das?«, fragte ich sie, als wir wieder auf den Informatikraum zuhielten.

Sie schnaubte und hob ihre Augenbrauen. »Du wirst jetzt sowieso nichts erfahren. Frag besser später Dr. Sam, wenn du Cassie besuchst.« Sie warf mir einen wissenden Blick zu. »Das wirst du doch sowieso tun.«

Ich nickte, denn ich hatte keinen Grund zu lügen. Irgendwas war während der Entführung mit Cassie passiert. Sie hatte das Serum nicht vom MI20 injiziert bekommen. Das wusste ich, weil Dr. Sam es mir verraten hatte. Aber irgendwie hatte sie dennoch Kräfte entwickelt. Das bewies schon allein die Tatsache, dass sie das gesamte MI20 innerhalb von Sekunden lahmlegen konnte. Direktor Roberts' Worte hatten es gerade nur noch mal bestätigt.

Ich würde wetten, dass die Entführer ihr dasselbe gegeben hatten wie auch diesen *Numbers*. Cassie war also gar nicht vergiftet worden. Aber sie hatten ihr etwas eingeflößt. Etwas, womit auch die übrigen *Numbers* so stark geworden waren.

Als wir den Informatikraum erreichten, kamen auch die anderen gerade wieder. Wir erzählten ihnen, was passiert war, und sofort wurde es unruhig.

Mr Saunders unterhielt sich mit einem Lehrer aus dem Nebenraum und schien den Unterricht nicht fortführen zu wollen.

»Was genau ist wohl mit ihr passiert?«, fragte George leise in die Runde.

»Scheinbar wurde ihr irgendwas gegeben, das dieselbe oder zumindest eine ähnliche Wirkung wie das Serum hat«, vermutete Christopher und schüttelte schnaubend den Kopf. »Das würde die superstarken Jugendlichen erklären, gegen die wir kaum eine Chance gehabt hätten, wären sie nicht wie von selbst wie die Fliegen umgefallen.«

»Cassie scheint offenbar eine Gefahr für sich und andere zu sein. Gut, dass ihr sie weggesperrt habt«, sagte Vivien und hob leicht ihr Kinn, als würde sie nicht nur von Cassie sprechen.

»Klar, dass *dir* das gefällt«, stichelte Christopher sofort. »Schön jeden wegsperren, der nicht ganz auf derselben Spur ist wie du.«

Vivien kniff ihre Lippen zusammen, denn sie hatte schon lange aufgehört, sich für ihre Tat zu rechtfertigen.

Eva und George schauten betreten zu Boden. Beide wussten nicht, was sie sagen sollten, ohne zu verurteilen oder zu verteidigen.

Mit einem Seufzen betrachtete ich meine Freunde. Vor Wochen waren wir noch ein Team gewesen, und nun klaffte eine Wunde mitten unter uns. Und ich hatte keine Ahnung, wie ich sie wieder schließen konnte.

Ich war mir nicht einmal sicher, ob wir ohne Thomas und Alexis jemals wieder die Alten sein würden.

6. Kapitel

Alexis

Meine Ungeduld war bis ins Unermessliche gestiegen, während ich darauf wartete, dass Adam auftauchte.

Doch er kam nicht. Ich wusste nicht, ob es daran lag, dass Agent Donalds ihm nicht Bescheid gesagt hatte, oder daran, dass er nicht kommen wollte – aber ich musste ihn einfach finden.

Er war meine Möglichkeit, Kontakt zur Außenwelt aufzubauen und herauszufinden, wie es Cassie ging. Wir hatten uns im Guten getrennt, und er war vermutlich der einzige Mensch aus meiner Vergangenheit, der nicht wütend auf mich war.

Ich war ausnahmsweise mal eine der ersten Häftlinge, die nach draußen eilte, als sich die Zellen für uns öffneten.

Als ich schließlich auf den betongepflasterten Gefängnishof hinaustrat, lief ich direkt zu der Stelle, von der aus ich gestern Adam gesehen hatte. Ich wollte wissen, ob er noch immer dort stand. Ob ich Kontakt zu ihm aufnehmen konnte. Doch als ich nach oben blickte, stand da ein anderer Agent. *Natürlich.* Enttäuschung wallte in mir auf. So heftig, dass es mich überraschte, wie groß meine Hoffnung tatsächlich gewesen war.

Mir blieben nur noch meine Kräfte, um ihn zu finden.

Meine Augen zuckten aufgeregt umher. Niemand achtete auf mich. Nicht zum ersten Mal war ich dankbar für die Fußfessel, die uns voneinander fernhielt.

Dennoch presste ich meine Lippen vor Unbehagen zusammen, atmete tief ein und schloss dann meine Augen. Als ich mein Schild senkte, wankte ich kurz, als all die Gefühle mich einen Moment lang zu überwältigen drohten. Ich ballte meine Hände zu Fäusten, bohrte meine Fingernägel in meine Handinnenflächen und zwang mich, all die fremden Gefühle zur Seite zu schieben. Dann konzentrierte ich mich ganz auf die Menschen über uns. Auf all die Agenten, die uns Tag und Nacht beobachteten. Ich sprang von Person zu Person, checkte die Gefühlssignaturen nach etwas Bekanntem und …

»Was machst du da?« Grace' Stimme, die direkt an meinem Ohr ertönte, ließ mich meine Augen aufreißen. Sie stand direkt vor mir. Auch Caesar und Memphis waren da, und beide starrten mich irritiert an, während Grace ganz entzückt wirkte. »Was tust du?«

»Ich meditiere.« Die Lüge war schneller raus, als ich darüber nachdenken konnte. Zugleich ohrfeigte ich mich innerlich. Trotz meiner mentalen Suche nach Adam hätte ich mich auf mein direktes Umfeld konzentrieren müssen. Das wäre mir im Training niemals passiert.

Mein Magen verkrampfte sich, als ich an unsere Simulationen in der Akademie zurückdachte – und damit auch unweigerlich Deans Gesicht vor meinem inneren Auge auftauchte.

Grace strahlte. »Genial! Das wollte ich schon immer mal machen! Du musst es mir unbedingt beibringen.«

Ich wollte etwas erwidern, da weiteten sich ihre Augen. »Da ist er«, flüsterte sie und wurde mit einem Mal ganz blass.

Ihrem Blick folgend drehte ich mich um und suchte den Innenhof nach der Quelle für Grace' Reaktion ab. »Wer?«

»Loverboy«, stöhnte Caesar. »Jetzt geht das schon wieder los.«

Eine Welle aus Angst, Überraschung und Ehrfurcht fegte so plötzlich über den Gefängnishof hinweg, dass ich zu abgelenkt war, um weiter nachzuhaken. Mit einem Mal schien das Thema *Loverboy* abgehakt zu sein und etwas anderes die Aufmerksamkeit aller zu fordern.

Ich folgte den Blicken zum Hofeingang und entdeckte sofort den Ursprung für all diese starken Emotionen. Eine Frau, etwa Anfang vierzig, mit blonden Haaren und von unverwechselbarer Schönheit stand dort und sah sich gelangweilt um. Eine Aura aus Macht umspielte sie, und ich konnte selbst aus dieser Entfernung spüren, dass man sich vor ihr lieber in Acht nehmen sollte.

Das musste Doloris Humphrey sein, von der die anderen mir gestern erzählt hatten.

Grace folgte meinem Blick. »Sie ist viel hübscher, als ich sie mir vorgestellt hatte.«

»Du hast sie noch nie gesehen?«, fragte ich überrascht, ohne die Augen von dieser Fremden abzuwenden. »Ich dachte, sie soll deine Mutter sein.«

»Ich bin nur durch Hinweise auf sie gekommen. Getroffen oder gesehen habe ich sie noch nie.« Kleinlaut war sie plötzlich, geradezu leise.

Ich riss mich vom Anblick der Fremden los und schenkte Grace ein aufmunterndes Lächeln.

Sie bemerkte es jedoch nicht, denn sie war viel zu gefangen in den Anblick ihrer potenziellen Mutter. Noch so eine seltsame Geschichte, mit viel zu vielen fehlenden Details, die ich unbedingt noch aus Grace herausbekommen musste.

»Das ist also wirklich Doloris Humphrey«, sagte ich nun noch einmal, wie um mich selbst zu bestärken, und sah fragend zu Memphis, der sie ebenso zu betrachten schien wie der Rest der Häftlinge. Es war, als würden alle den Atem anhalten und nur darauf warten, dass sie irgendwas Spektakuläres tat. »Was gibt es so über sie zu wissen?«

»Sie ist machthungrig und geht über Leichen, wenn sie sich ein Ziel gesetzt hat. Man sollte sie niemals unterschätzen.« In seiner Stimme schwang ein Unterton mit, den ich nicht ganz einschätzen konnte, genauso wie seine widersprüchlichen Gefühle keinen Sinn für mich ergeben wollten. Es war eine Mischung aus Spott, Ehrfurcht, Unbehagen und Überheblichkeit.

Schließlich siegte meine Neugier. Ich versuchte die anderen Emotionen um mich herum komplett auszusperren und mich ausschließlich auf Doloris Humphrey zu konzentrieren. Langsam näherte ich mich mit meinen mentalen Fühlern dieser mächtigen Frau. Es war, als würde etwas auf ihrer Haut pulsieren, als würden unsichtbare Blitze sie umspielen. Ihre Macht war immens, und doch konnte ich nicht sagen, was für Kräfte sie wohl genau hatte. *Ob ich versuchen sollte, es herauszufinden?*

Ich tastete mich an sie heran, ganz langsam und vorsichtig, so wie es mir Dr. Sam beigebracht hatte. Meine mentalen Finger strichen über ihre pulsierende Macht, wollten sich langsam darunter graben und sie sanft erkunden.

Im nächsten Moment keuchte ich panisch auf, griff mir an meinen Hals und rang nach Luft.

Irgendetwas, irgendwer, hatte mich gepackt und drückte meinen Hals zusammen.

Panik stieg in mir auf. *Nein! Oh verdammt, nein!* Innerlich schrie ich und bettelte, dass dieser Schmerz endlich aufhören würde.

Grace, Memphis und Caesar redeten wild durcheinander, doch ich konnte sie nicht verstehen.

Meine Augen suchten. Sie fanden. Blaue Augen bohrten sich in meine.

Ich ging in die Knie.

Doloris Humphrey kam direkt auf uns zu.

Ich schnappte nach Luft, kratzte am Betonboden unter mir.

Ein Raunen ging durch die Menge.

Schuhe tauchten in meinem Blickfeld auf.

Der Druck verschwand.

Ich keuchte, sog gierig Luft ein und blieb einen Moment auf meinen Knien, während meine Muskeln vor Anspannung bebten. Diese Frau war nicht die böse Königin, sie war der Teufel höchstpersönlich.

»Netter Versuch.« Eine Stimme, genauso dunkel wie samtig.

Ich erhob mich und blickte die Frau vor mir an, die kaum größer war als ich. Von der würde ich mich nicht fertigmachen lassen! Gleichzeitig lachte eine kleine innere Stimme höhnisch über meinen Gedanken und schickte Bilder von mir selbst auf den Knien durch meinen Kopf. »Ich wollte nur wissen, was für Kräfte Sie haben«, sagte ich ehrlich, als mir bewusst wurde, wie sehr ich diese Frau unterschätzt hatte. Scheiße, sie hatte mich mental gewürgt!

Meine Beine waren noch weich wie Gummi, und mir war, als würde ich noch immer ihre unsichtbaren Hände an meinem Hals spüren. Ich schluckte unter Schmerzen und zwang mich, nicht zusammenzucken. Gleichzeitig konnte ich nicht aufhören sie anzustarren.

Oh mein Gott!

Meine Augen weiteten sich – sie sah genauso aus wie Vivien! Nur ein paar Jahrzehnte älter.

Ich schluckte, als mein Hals plötzlich trocken wurde. Mein

Herz wummerte vor Schreck, und ich zwang mich, meine Miene neutral zu halten, während die Ähnlichkeit zu Vivien immer deutlicher wurde. Dieselbe feine Nase, dasselbe stoische Kinn, und die Augen waren trotz der Fältchen ebenso stechend wie die von Vivien, wenn sie mich streng angesehen hatte.

Meine Hände wurden plötzlich schwitzig, doch ich widerstand dem Drang, sie an meiner Hose abzuwischen.

Bleib cool, Alexis. Aber die Tatsache, dass die Mutter meiner besten Freundin hier im Hochsicherheitsgefängnis vor mir stand und als gefährlichste Frau Großbritanniens galt, ließ dennoch Nervosität in mir aufkommen. Wusste Vivien davon? Natürlich, alles andere wäre unlogisch. Aber wieso hatte sie nie etwas gesagt?

Doloris betrachtete mich mit einem leicht überheblichen Lächeln, und ihre Haltung drückte nichts als Selbstsicherheit aus. Mit so einer Mutter hätte ich vermutlich auch nicht angegeben. »Nett. Wie ich sehe, bist du eine der wenigen Mentalbegabten hier. Ab jetzt gehörst du zu mir.«

»Was? Sorry, aber ich stehe nicht zum Verkauf.« Ich blinzelte voller Verwirrung. Dann schluckte ich eine weitere Erwiderung herunter, und der Schmerz in meinem Hals erinnerte mich an ihren mentalen Würgegriff.

Sie alle hatten recht gehabt – man sollte diese Frau nicht unterschätzen. Ihre Fähigkeit war tatsächlich mehr als nur zum Fürchten.

»Sie gehört zu uns.« Memphis verschränkte seine Arme vor der Brust und schaute auf sie herunter, da er mindestens einen Kopf größer war als sie. »Willkommen zurück, Doloris.«

Sie sah ihn an, und ihre Mundwinkel zuckten, als sie ihn scheinbar erkannte. »Memphis, wie nett. Hast du dich vom Handlanger zum Boss hochgearbeitet?«

»Zehn Jahre sind eine lange Zeit.« Er hob seine Augenbrauen. »An dir scheint die Zeit aber wohl vorbeigegangen zu sein. Du hast dich kein Stückchen verändert.«

»Viel Schlaf hält eben jung«, erwiderte sie geradezu fröhlich. Doch ihre Augen waren die einer Schlange, die kurz davor war zuzuschnappen. »Ich gehe wieder rein«, sagte sie dann und lachte kurz auf. *Dasselbe Lachen, das auch Vivien hatte, wenn sie sich über jemanden lustig machte.* »Meine Haut ist so viel Sonne nicht gewöhnt.« Sie drehte sich um und verschwand mit wiegenden Hüften in Richtung des Hofeingangs.

Ich musste mich dringend von dieser Frau fernhalten.

Caesar schnaubte. »Hier scheint überhaupt nicht die Sonne.«

Mein Blick glitt zu Memphis, der Doloris Humphrey noch immer hinterher sah. »Du kennst sie persönlich?«

»Ich war quasi ihr Handlanger. Doch die Zeiten ändern sich. Sie ist nicht länger die inoffizielle Herrscherin des Gefängnisses.« Seine Stimme gab nichts über das Brodeln in seinem Inneren preis, das so stark war, dass er es nicht vor mir verbergen konnte.

»Wie hast du ihre Aufmerksamkeit erregt?«, wollte Caesar wissen. »Was meinte sie mit mental begabt? Was genau ist deine Kraft?«

Ich zuckte mit meinen Schultern.

»Sie hat mich überhaupt nicht beachtet«, sagte Grace leise und lachte dann. »Aber sie ist großartig, findet ihr nicht?«

Gruselig traf es eher. »Ich denke nicht, dass sie deine Mutter ist.«

»Wie kommst du darauf?« Grace starrte mich an und tausend Gefühle rangen in ihrer Brust. Wie Flammen züngelten sie empor, kurz davor, zu einem Inferno zu explodieren.

»Sie sieht dir nicht ähnlich«, antwortete ich vage, unsicher, ob es klug wäre, Vivien zu erwähnen. »Wie bist du überhaupt auf sie gekommen?«

Sie presste ihre Lippen zusammen, gleichzeitig wütend und enttäuscht.

»Komm schon. Deine Leute haben meine Schwester entführt und irgendwas mit ihr angestellt. Als ich sie das letzte Mal gesehen habe, lag sie deshalb im Koma! Thomas ist gestorben, nein, er hat sich in die Luft gejagt! Ich will endlich Antworten.«

»Jeder will Antworten«, zischte Grace. »Vielleicht bekommst du deine, wenn du mir sagst, weshalb sie nicht meine Mutter sein soll.«

Der Gong ertönte, und ich spürte das einsetzende Knistern auf meiner Haut. Sofort setzte ich mich mit den anderen in Bewegung.

Memphis und Caesar gingen voran und unterhielten sich leise, weshalb ich meine Chance nutzte und mich weiter auf Grace konzentrierte. »Vielleicht könnte sie es auch doch sein. Was weiß ich.«

Grace stöhnte. »Vermutlich ist sie es nicht. Ich hatte gar keinen Draht zu ihr. Außerdem sind die Chancen dazu sowieso mehr als gering gewesen. Trotzdem ist sie cool.«

Geht so. »Kennst du überhaupt Thomas Walker? Er war Trainee beim MI20 und hat sich … umgebracht«, fügte ich hinzu, obwohl allein der Gedanke an die Nacht seines Todes schmerzte.

Sie lief neben mir her und hielt den erzwungenen Abstand ein. »Dasselbe hat euer Direktor mich letztens auch erst gefragt. Natürlich kannte ich Thomas. Wir sind zusammen aufgewachsen.«

»Du bist mit ihm aufgewachsen? Mit Thomas Walker?«, hakte ich nach, nur um sicher zu sein, dass wir wirklich von demselben Thomas redeten. Unglaube wallte in mir auf, ebenso der Drang danach, ihn zu verteidigen. Dann blinzelte ich verwirrt. »Moment – was meinst du damit, dass du mit dem Direktor gesprochen hast? Wann war er hier?«

Sie nickte und lachte plötzlich auf, bevor sie mir zuflüsterte. »Alle sagten immer, dass ich verrückt wäre, aber Thomas war ein richtiger Psychopath.« Auf meine zweite Frage antwortete sie nicht, doch ihre Worte ließen mich ein wenig schneller atmen. Thomas sollte ein Psychopath gewesen sein?

Vor meinen Augen blitzte das Bild von ihm auf – von diesem letzten Moment, bevor er gestorben war. Dieser Thomas hatte nichts mehr mit meinem früheren Freund gemein gehabt. Er war nichts weiter als ein Fremder gewesen. »Wie meinst du das?« Ich wurde langsamer, wollte noch nicht, dass sie in ihre Zelle ging, doch das plötzliche elektrische Knistern in meinem Nacken stieß mich weiter vorwärts.

Ich stöhnte vor Unbehagen und musste zusehen, wie ihre gläserne Zellentür geschlossen wurde, bevor Grace mir eine Antwort geben konnte.

Widerwillig drehte ich mich von ihr weg, während das elektrische Surren des nächsten Häftlings hinter mir mich weitertrieb. Meine Lippen pressten sich aufeinander, und Frustration stieg in mir auf, als ich schließlich meine eigene Zelle betrat.

Thomas soll sich *freiwillig* umgebracht haben? Aber er ist mein Freund gewesen! Niemals hätte er all die Jahre vorspielen können, einer von uns zu sein!

Ich schüttelte meinen Kopf. Grace musste mir so einiges erklären.

Die Zeit bis zum Abendessen verbrachte ich damit zu trainieren.

Schweiß benetzte meine Haut, während ich Hunderte Liegestütze machte. Irgendwann hörte ich auf zu zählen. *Hoch. Runter. Einatmen. Ausatmen.*

Plötzlich durchzuckte ein gellender Schrei das gesamte Gebäude.

Der heftige Schmerz ließ mich zusammenzucken und mein Schild ruckartig heben.

»Memphis«, flüsterte ich und sprang auf, um zur Zellentür zu rennen.

Von Weitem sah ich Agent Donalds in die Richtung des Schreis rennen.

Ich spürte ihn. Es war Memphis, da war ich mir sicher. Sein Schmerz überlagerte alles um mich herum. Obwohl meine täglichen Tabletten die Emotionen um mich herum dämpften, war der Schmerz so stark, dass er direkt in mich eindrang und mit sich fortriss. Dass ich in die Knie sank, merkte ich erst, als ich hart auf dem Betonboden aufkam und der dünne Stoff meiner Hose riss.

Überall war nur dieser Schmerz.

Schmerz.

Schmerz.

Und dann war er plötzlich weg.

Einfach so – und ich wusste instinktiv sofort, was passiert war.

Memphis war tot.

Diese innere Gewissheit fühlte sich wie ein Peitschenhieb an.

Mit zittrigen Händen strich ich mir über meine schweißnasse Stirn und suchte mit letzter Kraft das Gefängnis ab. Doch seine Gefühlssignatur war fort. Einfach verschwunden.

Ich rutschte auf dem Boden nach hinten, bis mein Rücken schließlich die Wand berührte. Mir Halt gab. Meine Sicht verschwamm vor meinen Augen, als ich leer auf die gläserne Gefängnistür starrte.

Doloris Humphrey hatte ihn getötet. Ob selbst oder durch fremde Hände, das wusste ich nicht, aber dass sie daran beteiligt war, bezweifelte ich keine Sekunde lang.

Sie hatte ihn umgebracht. Einfach so.

Ich umschlang meinen Oberkörper mit den Armen, als eine eisige Gänsehaut über meine Haut kroch und drohte, mich zu überwältigen.

7. Kapitel

Dean

»Dean.« Mein Name knallte durch den Trainingsraum und ließ jeden anwesenden Trainee innehalten.

Die dunkle Stimme, die voll von Autorität war und in der ein immerwährendes Schmunzeln lag, ließ es auch gar nicht anders zu. Überrascht hob ich meine Augenbrauen und legte die Hanteln weg. Die Stimme war mir nur allzu vertraut, und ich konnte das aufkommende Lächeln nicht zurückhalten, als ich auf sie zuging. »Onkel Ben? Was verschafft mir die Ehre?«

Er grinste schief, und obwohl er im Gegensatz zu meiner Mutter dunkelhaarig war, sah er ihr für einen Moment erschreckend ähnlich. Beide hatten das gleiche herzförmige Gesicht mit vollen Lippen und dunklen blauen Augen. Mein Onkel griff nach meiner Hand und drückte sie fest. »Ich habe ein paar sehr interessante Dinge gehört.« Sein Blick glitt über die Trainees, die uns neugierige Blicke zuwarfen. »Aber das besprechen wir lieber unter vier Augen. Ich werde jetzt zunächst Edward einen Besuch abstatten. Wir sehen uns zum Abendessen.« Damit drehte er sich wieder um und verließ den Trainingsraum, in dem er mit seinem schwarzen Anzug völlig fehl am Platz wirkte. Sein Gang vermittelte pure Selbstsicherheit, und auch wenn seine Mundwinkel leicht angehoben waren, strahlten seine Augen eine kühle Distanziertheit aus. Das hatten sie schon immer.

Eva, die zuvor auf dem Laufband gewesen war, kam zu mir herüber, während die anderen nach und nach ihr Training wieder aufnahmen. »Einen heißen Onkel hast du, Dean.«

»Der ist viel zu alt für dich«, erwiderte ich und brauchte einen Moment, bis mir klar wurde, dass er mit Edward vermutlich unseren Lehrer Mr Turner gemeint hatte. Ich fragte mich, was er wohl mit ihm besprechen wollte.

»Ach, das Alter spielt doch irgendwann sowieso keine Rolle mehr«, winkte Eva ab und schnurrte wie ein Kätzchen, während sie zum Ausgang schaute, obwohl mein Onkel längst gegangen war.

»Okay, jetzt wird es ekelig«, erwiderte ich und ging zurück zu meinen Hanteln, auch wenn sich meine Gedanken vor lauter Fragen beinahe überschlugen.

Christopher, der auf einer Trainingsbank lag, betrachtete Eva skeptisch. »Ich hätte nicht gedacht, dass du auf Ältere stehst.« Sein Atem war mehr ein abgehacktes Keuchen, während er mit einer Langhantel über seinem Kopf knapp dreihundert Kilo stemmte.

George stand hinter seinem Kopf, bereit, die Gewichte aufzufangen, falls Christopher sie fallen lassen sollte. »Er sah aus, als wäre er nicht einfach so für einen Plausch vorbeigekommen. Laut Scan ist er Agent der Top-Secret-Klasse zwei. Hat er hier einen Auftrag in der Nähe?«

»Das werde ich wohl bald herausfinden«, erwiderte ich langsam.

Nach der Trainingseinheit gingen wir zurück auf unsere Zimmer. Ich duschte noch schneller als üblich und war einer der Ersten, der sich auf den Weg zum Speisesaal machte. Doch als ich nach unten kam, lehnte mein Onkel bereits lässig am Türrahmen. Er schien auf mich gewartet zu haben, denn als er mich bemerkte, kam er mit langen Schritten auf mich zu. »Wir gehen essen. Edward ist bereits informiert.«

Ich war mir nicht sicher, ob ich ihm das glauben konnte, stellte aber keine Nachfragen und folgte ihm. Meine Neugier war zu groß, als dass ich dieses Treffen infrage stellte.

Im selben Moment kam Mr Turner die Treppe herunter. Als er uns sah, wurde sein sowieso schon kühler Blick regelrecht eisig. Er sagte nichts, nickte nur knapp und ging an uns vorbei in Richtung des Speisesaals.

»Er ist eingeschnappt«, sagte mein Onkel leise, aber laut genug, dass jeder Trainee in unserer Nähe ihn mühelos verstehen konnte.

Ohne sich zu erklären, verließen wir schließlich das Gebäude.

Onkel Bens Wagen stand direkt in der Einfahrt und blinkte, als er ihn im Gehen mit seinem Schlüssel entriegelte, bevor wir einstiegen.

»Du fragst dich sicher, was das hier alles soll«, begann mein Onkel, als er das Grundstück verließ und auf die Straße fuhr.

»Kannst du dir ja denken.« Ich lachte und lehnte mich in dem hellen Ledersitz zurück. »Immerhin kam es in den letzten vier Jahren nicht ein einziges Mal vor, dass du mir einen Besuch abgestattet hast.«

»Ich habe von den Geschehnissen der letzten Wochen gehört«, begann er ernst.

»Natürlich«, murmelte ich, und meine Stimmung änderte sich schlagartig.

»Ihr habt Bekanntschaft mit *Projekt Herakles* gemacht. Nun, ihr habt an seinen Ausläufern gekratzt. Aber ihr hattet Kontakt und habt euren Teil dazu beigetragen, dass wir unseren Job nicht richtig machen konnten und nun einige sehr gefährliche und labile *Numbers* weiterhin frei herumlaufen«, erklärte er nüchtern. »Edward lässt euch unsinnige Aufträge erledigen, aber meiner Meinung nach solltet ihr die Möglichkeit bekommen, eure Fehler geradezubiegen.« Seiner Stimme entnahm ich keinen Vorwurf, auch wenn dieser durchaus angebracht war. Wir hatten durch unsere Rettungsaktion eine laufende Ermittlung behindert – was uns Mr Turner in den letzten Wochen oft genug unter die Nase gerieben hatte. Dennoch war er nie genauer auf das Thema eingegangen und hatte die Sicherheitsstufen als Vorwand genommen. Sicher, wir verstanden alle, dass wir keine Freigabe für *Top-Secret*-Aufträge hatten. Dennoch war es eine Sauerei, dass er ständig Anspielungen auf diese *Numbers* machte und dann nichts weiter dazu sagen wollte.

Ich schluckte. »Das fände ich ebenfalls angebracht.«

»Sehr gut«, sagte mein Onkel hörbar zufrieden, während er an einer roten Ampel anhielt und mich von der Seite musterte. »Von meinem Neffen habe ich auch nichts anderes erwartet.«

Stolz breitete sich in meiner Brust aus, doch ich ließ es mir nicht anmerken. »*Projekt Herakles* also?«

»So nennen wir es. Sie wollen das Serum nachmachen. Sie nennen es den Heraklestrank.« Er schnaubte und gab Gas, als die Ampel auf Grün sprang. »Leider sind sie schon ganz schön nah dran. Aber nicht nah genug. Ihr seid auf ihre halb ausgereiften Experimente, die *Numbers*, getroffen.«

Überrascht von seinen offenen Worten, von denen ich nicht sicher war, ob ich sie wirklich hören durfte, blinzelte ich. »Sie wollen das Serum nachmachen und testen es bereits an Menschen?« Das erklärte die *Numbers* und ihre Fähigkeiten. Zugleich erschienen tausend neue Fragen in meinem Kopf. »Was ist das für eine Organisation? Was wollen sie dann von uns? Haben die Cassie entführt?«

»Das haben sie. Sie wollen Versuchsobjekte, und Cassie ist eines davon gewesen«, erklärte er mir schonungslos und schnaubte. »Unsere Aufgabe ist es, sie unschädlich zu machen, sobald sie außerhalb ihrer Zentrale sind. Je mehr wir da draußen ausschalten, umso weniger Probleme wird es später geben.«

»Später?«

Mein Onkel parkte direkt vor einem noblen Restaurant am Straßenrand. »Wenn ich alles habe, was wir brauchen, um die Bude von innen heraus hochgehen zu lassen.«

»Du bist Teil der Organisation«, stellte ich fest, und mir wurde klar, was das alles bedeutete. Wie viel näher wir dem Feind waren, als ich zuvor angenommen hatte. Mein Onkel war ein Doppelagent. Ehrfürchtig blickte ich ihn an und konnte mir ein Grinsen nicht verkneifen.

»Allerdings. Die denken, ich wäre auf ihrer Seite.« Er schnaubte und wurde dann wieder ernst. »Ich bin zwar irgendwie Teil des Ganzen, aber sie kommen dem Serum immer näher und erschaffen *Numbers* wie am Fließband. Wir müssen sie aufhalten.«

Ich nickte. »Direktor Roberts sagte, sie wären uns knapp entkommen. Kanntest du den Standort in den alten Fabrikhallen nicht?«

»Nein. Ihr Labor befindet sich immer an einem anderen Ort als das Versteck. Scheinbar hatte man eure Geisel im Labor festgehalten.«

»Mist«, flüsterte ich, als mir klar wurde, *wie* gründlich wir mit unserer Aktion dem MI20 in die Quere gekommen waren. Dann schüttelte ich meinen Kopf. »Sie hatten es ohnehin schon geräumt. Cassie wäre ohne unser Einschreiten gestorben.«

»Trainee Young hätte mit dem MI20 arbeiten sollen – ihr Verhalten ist unentschuldbar.« Mein Onkel schnaubte. »Mittels ihres eingeschleusten Virus auf dem Stick hätten wir sie kriegen können.«

Er hatte recht. Alexis hatte viele Fehler begangen. Auch wenn ich ihre Gründe verstehen konnte, hatten sie weitreichende Folgen. »Und was erwartest du von uns?«

»Das ist der Grund, wieso ich hier bin.«

Gespannt hob ich meine Augenbrauen.

»Euer toter Freund hat vor seinem Ableben eine Liste möglicher Testpersonen übermittelt. Namen und Adressen von Jugendlichen, die unsere Agenten in den nächsten Jahren testen möchten.«

Mein Magen verkrampfte sich.

»Dein Bruder ist auch dabei.«

Ich ballte meine Hände zu Fäusten. »Werden die Familien unter Schutz gestellt?«

Onkel Ben schnaubte. »Der Einsatz ist zeitlich so knapp, dass Direktor Roberts nicht genug Kapazitäten dafür hat.« Er spuckte die Worte geradezu aus. »Dabei ist es *die* Liste des MI20. Wir sind für diese Leute verantwortlich!« Wut schwang in seiner Stimme mit, und für einen Moment bröckelte seine Fassade. »Und da kommt ihr ins Spiel.«

»Wir müssen sie warnen.«

Mein Onkel schüttelte den Kopf. »Geheimhaltungsstufe *Top Secret*. Ihr werdet Personenschutz leisten müssen. Morgen Nacht. Da sollen die *Numbers* zugreifen.«

»Haben wir genug Leute dafür?«

Onkel Ben presste seine Lippen zusammen und schüttelte erneut seinen Kopf. Dann legte er seine Hand auf den Türöffner und sah mich ernst an. »Wir müssen äußerst vorsichtig sein. Niemand darf auch nur ahnen, dass wir etwas wissen. Sonst fliegt meine Tarnung auf, und all die letzten Jahre waren umsonst. Aber wir haben noch eine Chance.« Er lächelte knapp und öffnete die Tür. »Lass uns was essen, und dann erzähle ich dir von meinem Plan.«

Ich nickte und atmete tief durch, während ich ausstieg und versuchte mich zusammenzureißen. Mit einem Mal wusste ich ganz genau, wie Alexis sich gefühlt haben musste. Bei dem Gedanken daran, dass meiner Familie etwas passieren könnte, bildete sich eine geradezu lähmende Wut in meinem Bauch, die meinen Verstand mühelos ausschalten konnte.

8. Kapitel

Alexis

Der Gang zum Frühstück war durchzogen von aufgeregtem Gemurmel, einem Summen, das mir bis unter die Schläfen ging. Nach den Ereignissen gestern Nacht war nicht an Schlaf zu denken gewesen.

Die plötzliche Aufregung der Wachleute war schlagartig auf die Insassen übergegangen und hatte mich wie eine Welle überrollt.

Das tosende Meer hatte mich regelrecht verschluckt und erst heute Morgen wieder ausgespuckt, als mir der Wärter meine Tablette gebracht hatte.

Jetzt fühlte ich mich wie in Zuckerwatte eingewickelt, und all die Emotionen erreichten mich nur noch gedämpft. Dennoch war ein dumpfer Kopfschmerz geblieben.

Als ich in den Speiseraum kam, sah ich sie sofort. Doloris Humphrey saß seelenruhig dort, wo Memphis immer gesessen hatte. Sie thronte wie eine Königin zwischen anderen Insassen, die sich ehrfurchtsvoll um sie geschart hatten.

Sie saß auf *seinem* Platz.

Offensichtlicher ging es wohl nicht.

Ich entdeckte Grace, die ebenfalls an dem Tisch saß und die förmlich an den Lippen dieser grausamen Frau hing. Dieser Frau, die es geschafft hatte, in dieser Hochsicherheitseinrichtung jemanden ungestraft zu ermorden. An ihrer Schuld hatte ich keinen Zweifel.

Ich folgte den anderen Häftlingen und nahm mir ein Tablett, auf dem eine undefinierbare Pampe in einem Teller lag, während ich überlegte, was ich als Nächstes tun sollte. Doch Doloris nahm mir diese Entscheidung ab, als sie ihren Kopf hob, mir in die Augen sah und mit einer Handbewegung unmissverständlich zeigte, dass ich zu ihr kommen sollte.

Ein Teil von mir sträubte sich dagegen.

Der andere Teil spürte noch immer ihren Würgegriff.

Ich ging auf den Tisch zu und spürte das elektrische Prickeln der Häftlinge um mich herum.

»Alexis. Wir haben dir extra einen Platz freigehalten«, begrüßte Doloris mich mit einem Lächeln, das ich unter anderen Umständen beinahe als freundlich eingestuft hätte. Ihre Gefühle gaben nichts preis, und ich würde den Teufel tun und noch mal danach greifen.

Ich setzte mich auf den mir zugewiesenen Platz ihr gegenüber, neben Grace, und verzog meine Lippen zu einer Grimasse. »Wie nett.«

»Leider haben wir heute Morgen erfahren, dass Memphis letzte Nacht an einem Herzinfarkt verstorben ist.« Sie seufzte schwer und machte eine ausladende Bewegung. »Natürlich habe ich mich dazu bereit erklärt, meine ursprüngliche Rolle als Gruppenoberhaupt wieder einzunehmen.«

Natürlich hat sie das.

Ich nickte knapp und schaute verstohlen in die Runde. Niemand schien entsetzt, mehr bestürzt über Memphis Tod.

Selbst Caesar wirkte gefasst, obwohl ich davon ausging, dass er mit Memphis befreundet gewesen war.

»Überraschenderweise wurde ich des Mordes an ihm bezichtigt.« Sie schüttelte geradezu enttäuscht ihren Kopf. »Aber als sie mich festnehmen wollten, lag ich friedlich schlafend in meiner Zelle.«

Ich sagte nichts dazu, denn ich glaubte ihr kein Wort. Die Frau war eine Psychopathin! Ihre Augen durchbohrten meine, und ich hielt ihrem Blick stand. Gleichzeitig bahnte sich ein eisiger Schauer seinen Weg über meinen Körper. Mein Magen zog sich zusammen, und zum ersten Mal seit meiner Festnahme bekam ich das Gefühl, so richtig tief im Dreck zu stecken.

»Da nun alle anwesend sind, können wir mit dem Essen beginnen.« Doloris nickte geradezu königlich. Erst jetzt griffen alle Häftlinge am Tisch, und auch die von den umliegenden Tischen, nach ihrem Besteck.

Ich tat es ihnen nach und aß, obwohl ich nichts schmeckte. Die Tabletten dämmten zwar meine Kräfte ein, und die Kopfschmerzen machten die Situation nicht besser, aber ich versuchte mich trotzdem auf die anderen Häftlinge zu konzentrieren. Was ich fühlte war … *Ehrfurcht.* Nicht Angst, wie ich angenommen hatte. Ich schaffte es, meine Überraschung zu verbergen, indem ich mein Essen fokussierte. Diese Leute hier verehrten sie, obwohl sie eine Mörderin war.

Ich schluckte. Oder eben gerade deshalb.

Ich erhob mich sofort von meinem Platz, als Doloris uns nach dem Essen mit einer Handbewegung entließ. Grace folgte mir.

»Sie ist toll, oder?«, fragte sie leise, als wir unsere Tabletts wegbrachten.

»Glaubst du ihr etwa, dass sie nichts mit Memphis' Tod am Hut hat?«, fragte ich leise und hoffte, dass Doloris gerade genug abgelenkt war, damit sie uns nicht belauschte.

»Krasser Gedanke«, murmelte Grace und schüttelte dann den Kopf. »Sie hatte doch gar keine Gelegenheit dazu.«

»Du musst sie nicht in Schutz nehmen«, erwiderte ich und folgte ihr in Richtung Ausgang. »Sie ist nicht deine Mutter.« Mein Tonfall klang schärfer als beabsichtigt.

Grace schnaubte und schaute über ihre Schulter hinweg zu mir. »Das glaube ich mittlerweile auch. Viel zu verkrampft.« Im Gehen drehte sie sich herum und ging rückwärts weiter, während sie mit den Armen ausladend gestikulierte. »Aber sie ist echt ein krasses Vorbild! Es gibt ja viel zu wenige Frauen in Führungspositionen!«

Ich blinzelte und schüttelte dann langsam meinen Kopf. »Aha.«

Grace bog in ihre Zelle ab und flüsterte: »Aber ein bisschen gruselig ist sie schon.« Dabei grinste sie, und ich hatte keine Ahnung, ob sie das ernst gemeint hatte.

*

Als ich Grace das nächste Mal draußen im Innenhof sah, fiel feiner Nieselregen zu Boden und hatte mich durchnässt, noch bevor ich sie mir geschnappt hatte. Ich zog sie zur Seite, um uns aus Doloris' Sichtfeld zu bringen.

»Da ist er«, flüsterte Grace plötzlich und sah aus, als würde sie sich vor Angst gleich in ihre Häftlingsuniform machen.

Ich drehte mich um und runzelte die Stirn. »Wer? Schon wieder dieser *Loverboy*, von dem Caesar gestern geredet hat?«

Grace' Blick war auf einen breitschultrigen Typen mit kurz geschorenem Haar gerichtet, der mindestens zwei Meter groß sein musste, einen übergroßen Bizeps hatte und aussah, als würde er direkt jeden verprügeln wollen, der sich mit ihm anlegte. Sofort runzelte ich meine Stirn. »Hast du Probleme mit ihm?«

»Ja!«, stieß sie in schierer Verzweiflung aus.

Irritiert sah ich sie an. »Was für Probleme genau?«

Sie stöhnte und sah mich geradezu wütend an. »Er beachtet mich nicht. Ich bin ihm einfach egal. Dabei sieht man es doch!«

Meine Verwirrung wuchs ins Unermessliche. »Was sieht man?«

»Dass wir – verdammt noch mal – füreinander geschaffen sind!«, knurrte sie und fixierte ihn wütend. »Doch er ignoriert mich einfach!«

»Okay«, erwiderte ich lang gezogen und massierte meine Schläfen. »Dein Problem ist also, dass du auf ihn stehst und er dich nicht beachtet?«

Ihr Kopf fuhr ruckartig zu mir herum. »Genau! Es ist zum Kotzen! Immer wenn ich ihn ansprechen will, komme ich mir wie eine Idiotin vor! Wir kennen uns von früher, und ich fand ihn schon damals unglaublich heiß, aber da hat er mich auch immer ignoriert!«

Unter anderen Umständen hätte ich diese Unterhaltung sicher witzig gefunden, wenn mich nicht im selben Moment eine allzu bekannte Welle aus Macht überrollte. *Doloris.* Der ganze Innenhof schien den Atem anzuhalten.

Abschätzend. Vorsichtig. Abwartend.

Als ich schließlich zu Doloris sah, bemerkte ich, dass sie uns bereits anstarrte. Ihr Blick bohrte sich förmlich in meinen, und ich spürte ein geradezu sanftes Streicheln an meiner Kehle. Obwohl sie knapp zwanzig Meter von mir entfernt stand, war ich mir *sicher*, dass sie das war.

»Wir sollten zu ihr gehen«, murmelte ich. Gleichzeitig fiel

mir auf, dass sich Grace' sogenannter *Loverboy* ebenfalls in Bewegung setzte.

»Unbedingt«, knurrte Grace, und ich war mir nicht sicher, ob sie sexy oder wütend klingen wollte.

»Nummer fünf«, begrüßte Doloris ihn zuerst, als wir fast zeitgleich bei ihr ankamen. »Wie schön, ein bekanntes Gesicht zu sehen.«

Er lächelte dünn. »Ich heiße nun Clyde.«

»Clyde«, wiederholte sie und lächelte ebenfalls, bevor ihr Blick auf Grace und mich fiel. »Ich habe meine Schäfchen gerne um mich.«

»Natürlich«, nickte Grace eifrig und mit einem Lächeln, das geradezu berauscht von der Aufmerksamkeit dieser Frau war. *Vielleicht aber auch von Clydes Anwesenheit.*

Dieser sah sie kurz mit erhobenen Augenbrauen an und schaute dann über sie hinweg.

Grace kochte innerlich.

Ich presste meine Lippen zusammen und versuchte mich auf Doloris Humphrey zu konzentrieren. »Ich war schon immer ein schlechtes Schaf.«

Doloris' Mundwinkel zuckte, während sie mich einen langen Moment einfach nur ansah. »Es gibt nicht viele mental Begabte, die dein Potenzial haben. Erst recht keine hier drin. Wie wäre es, wenn wir eine kleine Runde gemeinsam gehen?« Sie deutete auf den vor uns liegenden Platz, als wäre es ein Park, der zum Flanieren einlud.

Ich nickte, denn mir war bewusst, dass ich keine andere Wahl hatte. Als wir uns in Bewegung setzten, hob sie ihre Hand, und sofort stoppten die anderen, die ihr auf dem Fuße folgen wollten. Ich spürte ihre Unschlüssigkeit und gleichzeitig diesen Drang, ihr gefallen zu wollen. Es war ein ekelhaft schleimiges Gefühl.

»Wir hatten einen schlechten Start«, begann sie mit geradezu entschuldigendem Tonfall, den ich ihr in keiner Weise abkaufte. »Du hast mich mit deinem mentalen Angriff überrascht. So einen forschen Eingriff in meinen Kopf hat noch niemand gewagt.«

Ich schob meine Hände in die Hosentaschen und spürte, wie der feine Nieselregen bereits meine Haare schwer werden ließ.

»Wusstest du, dass du, wenn du zu tief in einen Geist eindringst, ihn in den Wahnsinn treiben kannst? Einen irreparablen Schaden anrichten kannst?«

Widerstrebend schüttelte ich meinen Kopf. »Nein, das habe ich nicht gewusst.«

»Dachte ich mir bereits«, sagte sie sanft und dirigierte uns in eine andere Richtung.

Ich spürte die Blicke der anderen Häftlinge auf uns. Manche verstohlen, manche direkt. Sie machten uns Platz, wenn wir ihnen zu nahe kamen, mehr noch als die erzwungenen zwei Meter.

»Weißt du, Alexis, ich möchte dich trainieren. Dir helfen, dein volles Potenzial zu erkennen und zu nutzen. Du könntest eine wahre Künstlerin sein. Mit deiner Kraft könntest du in jeden Geist eindringen und die Menschen dazu bringen, alles zu tun, was du von ihnen verlangst.«

»Warum? Was würde es Ihnen nützen?«, fragte ich und konnte mein Misstrauen nicht verbergen. Gleichzeitig dachte ich an Mortimer, den ich dazu gebracht hatte, uns vom Akademiegelände fahren zu lassen. Schuld kam in mir auf, doch ich zwang meine Konzentration wieder zurück auf Doloris.

Sie blieb stehen und wandte sich mir zu. Ihre Augen blitzten vergnügt, während ihr Gesichtsausdruck ernst blieb. »Du wirst mir helfen auszubrechen.«

»Werde ich nicht«, erwiderte ich automatisch und hielt ihrem Blick stand.

Ein breites Lächeln breitete sich auf ihrem Gesicht aus, und obwohl sie eine schöne Frau war, zeigte sich nun ihre grausame Seele. »Oh doch. Und ob du das wirst, Alexis.«

9. Kapitel

Dean

Niemals enden wollender Regen peitschte mir ins Gesicht und nahm mir die Sicht. Ich rannte durch den Wald und versuchte, auf dem mittlerweile schlammigen Boden nicht auszurutschen.

Meine einst weißen Schuhe waren voll von braunem Schlamm, und mein Trainingsanzug klebte kalt an meiner Haut.

Ich hörte die anderen Trainees um mich herum, während wir rannten, als wäre der Teufel höchstpersönlich hinter uns her.

Obwohl meine Lungen brannten, zwang ich mich, noch ein wenig schneller zu werden, und biss die Zähne zusammen.

Vor mir tauchte ein riesiger Felsbrocken auf. Mit einem Satz sprang ich über das Hindernis und landete mit einem lautlosen Keuchen auf der anderen Seite, bevor ich weiter sprintete.

Rechts von mir tauchte George auf, links hinter mir hörte ich Christophers keuchenden Atem. Eva hatte uns schon mehrmals überholt, aber ihre Zeiten zählten nicht. Vivien hatte ich schon seit Beginn des Rennens aus den Augen verloren.

Ein Knurren entfuhr mir, als George mich beinahe überholte, und ich beschleunigte erneut.

Im nächsten Moment brachen wir aus dem Wald heraus, das Akademiegebäude ragte vor uns auf, und ein schriller Pfiff ertönte. »Trainee Nolan ist Erster«, brüllte Mr Mazur über das Tosen des Regens hinweg, der wasserfallartig an seinem Regenschirm hinunterlief. Sein Blick war auf die Stoppuhr in seiner Hand gerichtet. »Persönliche Bestzeit von drei Minuten achtundfünfzig«, rief er und schaute auf, während wir uns keuchend und triefend nass vor ihm aufstellten. »Die Verliererzeiten werden wie immer nicht gemessen. Der Unterricht ist beendet.«

Ich ging voraus in Richtung Akademie und hörte, wie die anderen mir folgten. Während ich mir eine Mischung aus Schweiß und Regen aus dem Gesicht wischte, vibrierte meine Uhr.

Es war eine Nachricht vom Direktor. Wir sollten uns noch heute Abend bei ihm einfinden.

*

Direktor Roberts und Mr Turner erwarteten uns bereits. Von Onkel Ben war keine Spur, denn um seinen Status als Doppelagent durfte niemand wissen. Auch ich nicht. Auch wenn ihm das im Gespräch mit mir herzlich egal gewesen war.

Direktor Roberts hielt sich nicht mit langen Worten auf, wie so oft in letzter Zeit. »Diese Aufträge müssen kurzfristig ausgeführt werden. Sie haben eine Stunde Zeit, sich zum Aufbruch bereit zu machen.«

Mr Turner verteilte Akten und sah uns finster an. »Sie werden alle einem Kontakt des MI20 laufend Bericht erstatten. Es gibt diesmal keine Sicherheitsteams im Hintergrund. Heute sind Sie auf sich allein gestellt.«

Ich nahm eine der Akten von meinem Lehrer entgegen und nickte. Ich hatte verstanden.

»Sie werden Personenschutz leisten, und es kann sein, dass Sie auf die modifizierten Testpersonen treffen werden, mit denen Sie es bereits einmal zu tun hatten. Sie nennen sich *Numbers.* Gehen Sie keine Risiken ein. Absolute Priorität hat der Schutz Ihrer Zielperson.«

»Das ist meine Cousine«, flüsterte George hörbar verwirrt, als er die Bilder der Zielpersonen sah.

»Nach dem Ableben von Trainee Thomas und Trainee Youngs Verhaftung haben wir uns im Netzwerk umgesehen. Unsere Kollegen von der IT haben festgestellt, dass eine Liste potenzieller Trainees kopiert und nach außen geschleust wurde. Wir haben Hinweise auf einen möglichen Angriff heute Nacht«, erklärte Mr Turner, wie mein Onkel es bereits mit mir abgesprochen hatte. Nichts würde auf ihn hindeuten.

»Alexis«, flüsterte Vivien mit einem Zittern in ihrer Stimme, dass ich nicht zuordnen konnte.

Wut flammte in mir auf. Sie wollte Alexis so dringend als die Böse sehen, dass es sie blind machte. Was auch immer Thomas ihr eingeredet hatte, seine Arbeit war ordentlich gewesen. Viviens Veränderung hätte mich traurig gemacht, wenn ich nicht so wütend gewesen wäre.

»In einer Stunde erwarte ich die Akten zurück«, überhörte Direktor Roberts ihren Vorwurf und entließ uns damit.

Unsere armselige Truppe wurde erneut von Schweigen begleitet, während wir zum Foyer gingen und von dort aus in die Basis des MI20, um uns in der Waffenkammer ausstatten zu lassen.

Ich bezweifelte, dass die schlechte Stimmung zwischen uns ein Problem während des Auftrags werden würde. Dennoch wäre es mir anders lieber gewesen.

Außerdem konnte ich mit keinem der anderen Trainees so

gut zusammenarbeiten wie mit Alexis. Wir waren von Anfang an ein unschlagbares Team gewesen und hatten uns gegenseitig zu Bestleistungen angestachelt. *Alexis.* Immer wieder Alexis.

Während ich mir eine handliche Waffe übergeben ließ, musste ich mir eingestehen, dass ich sie vermisste. Die Alexis, die irgendwie meine Freundin gewesen war – und die mich geküsst hatte, als würde sie ohne meine Lippen ersticken.

*

»Ich habe die Zielperson im Blick. Nichts Außergewöhnliches zu sehen«, sagte ich leise.

Kurz darauf knackte es in meinem Ohr. »Verstanden«, antwortete Mr Mazur am anderen Ende der Leitung. Er war mir zugeteilt worden, und ich hatte das Gefühl, er würde in dieser Aufgabe regelrecht aufblühen. Gleichzeitig hörte ich, dass er am liebsten selbst im direkten Einsatz gewesen wäre. Doch es war allgemein bekannt, dass er nach einem verpatzten Einsatz erst mal untertauchen musste – und deshalb nun den ihm verhassten Job als Lehrer ausübte.

Mein Blick fiel durch das Küchenfenster, hinter dem ich Georges Cousine am Esstisch sitzen sah. Sie lachte über etwas, was ihr Dad gesagt hatte. Ihre Mutter fiel in das Lachen mit ein und ließ dann einen Brotkorb herumgehen. Es gab Eintopf.

Ich verdrängte den Funken Heimweh, der plötzlich in mir aufkam, und konzentrierte mich wieder auf die Umgebung. Die Dunkelheit wurde durchbrochen vom Licht der Straßenlaternen. Eine Katze klagte irgendwo ihr Leid, und es roch nach brennendem Holz, weil die Nachbarn ein Feuer in ihrem Kamin entzündet hatten. Mein Atem bildete eisige Wölkchen in der Luft, doch die Kälte um mich herum war nichts im Vergleich zu der Kälte, die sich in meiner Brust ausgebreitet hatte.

Mein Bruder wurde von Eva überwacht, und ich wusste, sie würde einen guten Job machen. Das *musste* sie einfach.

Ich durfte und wollte diesen Job nicht übernehmen, denn als mein Bruder stünde er mir zu nahe. Mir war bewusst, dass ich dann vor lauter Sorge nicht mehr wie ein zukünftiger Agent handeln würde, sondern wie ein Familienmitglied.

Ich blinzelte und stellte die Empfindlichkeit meiner Wärmebildkamera in meinen Kontaktlinsen ein wenig höher. Die drei Personen im Haus leuchteten nun in einem satten Rot und waren von einem gelben Rahmen umgeben.

Plötzlich tauchte auf der anderen Seite des Hauses eine weitere Person auf. Ihre Wärmesignatur war deutlich intensiver als die meiner Zielperson.

»Möglicher Angreifer in Sicht. Person befindet sich auf der Südseite des Hauses. Werde mir das genauer ansehen.« Nach einem kurzen Check der Umgebung trat ich aus meinem Versteck im dicht bewachsenen Vorgarten der gegenüber wohnenden Nachbarn.

»In Ordnung. Seien Sie vorsichtig«, ertönte Mr Mazurs mahnende Stimme in meinem Ohr.

»Priorität hat der Schutz der Zielperson«, wiederholte ich Mr Turners Worte.

Mr Mazur sagte nichts dazu, verfolgte aber sicher über die Livefunktion meiner Kontaktlinsenkamera das Geschehen.

Lautlos huschte ich über die Straße und schlich in die Einfahrt, während ich die verschiedenen Wärmesignaturen im Auge behielt. Wenn ich die Situation richtig einschätzte, versuchte die Person auf der anderen Seite des Hauses durch einen Hintereingang einzubrechen.

Ich wurde schneller und umrundete das Haus, wobei ich mich vor dem Küchenfenster bückte, um ungesehen zu bleiben.

Als ich die Hausecke kurz vor dem Hintereingang erreichte, stoppte ich und sah mich erneut um. Keine weiteren Personen in der Nähe. *Sehr gut.*

Langsam zog ich meine Waffe aus der Halterung an meinem Gürtel, bevor ich um die Ecke trat. »Keine Bewegung.«

Der Schatten vor dem Hintereingang erstarrte.

»Das ist jetzt überraschend«, sagte der Schatten, der offenbar ein junges Mädchen war. Sie drehte sich zu mir um, und durch meine verbesserte Sehkraft konnte ich sie nun eindeutiger erkennen. Das Mädchen konnte höchstens zwölf sein. *Ernsthaft?* Musste ich jetzt wirklich gegen eine Zwölfjährige kämpfen?

Sie lächelte mich geradezu schüchtern an und deutete auf meine Waffe, die direkt auf ihr Herz gerichtet war. »Sir, hier handelt es sich um ein Missverständnis. Ich habe mich rausgeschlichen und wollte nicht, dass meine Eltern etwas davon mitbekommen. Können wir das nicht unter uns ausmachen? Bitte sagen Sie meinen Eltern nichts.«

Sie war überzeugend, das musste ich ihr lassen. Ein bitteres Lächeln legte sich auf meine Lippen. »Nette Story, aber auch damit wirst du das Mädchen nicht bekommen.«

Schlagartig wich die Schüchternheit aus ihren Zügen, und sie baute sich vor mir auf. »Das werden wir ja sehen.« Ohne zu zögern, stürmte sie auf mich los.

Ich senkte die Waffe, zielte auf ihr Bein und drückte ab.

Ein metallisches Klackern ertönte, und die Kugel prallte einfach an der Haut des Mädchens ab. Großartig.

Ich steckte die Waffe weg und ging leicht in die Knie, bevor ich ihrem ersten Schlag auswich. Wenn eine Kugel aus zwei Metern Entfernung so leicht an ihr abprallte, wollte ich gar nicht wissen, wie hart erst ihre Faust sein musste.

Sie schlug unaufhörlich zu, versuchte mich zu treffen und war schnell und wendig. Doch ich konnte ihr mühelos ausweichen und überlegte fieberhaft, wie ich sie außer Gefecht setzen konnte.

»Hast du Angst oder warum weichst du nur zurück?«, geiferte sie mit einem Lachen, das nur so vor Hohn triefte.

Mit einem Grinsen wich ich ihr erneut aus. »Ein Tänzchen hat doch noch niemandem geschadet.«

»Ihr haltet euch echt für was Besseres«, zischte sie. Meine Worte hatten sie wohl wütend gemacht. Sie wurde schneller, ungenauer.

»Ist es das, was sie euch erzählen?«

Sie schnaubte und sprang auf mich zu, versuchte mich endlich zu erwischen. »Von mir erfährst du überhaupt nichts!«

Ich hob meine Hand, drehte mit der anderen an meiner Uhr und packte die stahlharte Faust des Mädchens. Ihr Schlag warf mich zurück, doch ich hielt sie so fest, dass sie auf mich fiel.

Gleichzeitig stieß meine Uhr Stromstöße ab, die über meine Einsatzkleidung hinwegtanzten und direkt in meine Angreiferin hineinflossen.

Sie schrie, zuckte in meinen Armen und wehrte sich, bevor sie schließlich ohnmächtig wurde.

Ich schob sie von mir und fesselte sofort ihre Hände mit verstärkten Gummihandschellen.

»Angreiferin unschädlich gemacht«, sagte ich und erhob mich schwer atmend, während ich mich prüfend umsah. Niemand hatte mich bemerkt. Sehr gut.

»Gute Arbeit. Bring sie zum Fahrzeug«, befahl Mr Mazur mit einem triumphalen Tonfall.

Ich grinste und hob das Mädchen über meine Schulter. »Ja, Sir.«

Bevor ich ging, warf ich noch mal einen kurzen Blick durch das Küchenfenster. Dieselbe friedliche Szene. Sie hatten uns nicht gehört.

Ich schluckte, dachte an meine Familie und hoffte, dass es bei Eva genauso glatt lief.

Während ich mich in den Schatten der Nacht hielt und das Mädchen auf meiner Schulter trug, spürte ich endlich wieder Befriedigung. Endlich war da wieder dieses Gefühl, etwas geleistet zu haben.

Abtrünnige Agenten zu beschatten war eine Strafe, die Mr Turner sich für uns ausgedacht hatte. Nur in einem Bruchteil der Fälle hatten die Agenten wirklich das MI20 hintergangen. Die meisten waren einfach Menschen mit ihren privaten Geheimnissen. Mr Turner war ein misstrauischer Mistkerl. Ich hatte keine Ahnung, wieso Direktor Roberts ihm so viele Freiheiten ließ. Sicher, er war gemeinsam mit Dr. Sam der stellvertretende Direktor des MI20, doch das bedeutete nicht, dass er jeden Agenten von den Trainees beschatten lassen durfte, der ihn auch nur schief ansah.

Ich erreichte das Einsatzfahrzeug, das als Lastwagen getarnt an einer einsamen Straße am Rande eines Wohngebiets stand.

Erst jetzt schaltete ich die Wärmebildkamera aus, sah aber noch, wie jemand innerhalb des Lastwagens aufstand.

Im nächsten Moment schwang die Tür auf. Christopher grinste mich an und nahm meine Gefangene entgegen. »Und die nächste Maus ist in die Falle gegangen.« Seine Stimme war ein freudiger Singsang.

Ich lachte und folgte ihm in den Lastwagen hinein, wobei ich die Türen hinter mir zuzog. »Da warst du wohl schneller als ich.«

Christopher genoss den kleinen Sieg sichtlich. »Du kannst ja nicht immer der Vorzeigeschüler mit allen Bestleistungen sein.« In seiner Stimme lag kein Vorwurf, und sein Grinsen blieb.

Er trug die Gefangene in eine der zehn gläsernen Zellen, die die eine Wand des Lastwagens einnahmen, und sperrte sie ein. Dem gegenüber saßen fünf unserer Lehrer mit Headsets auf den Köpfen vor Monitoren, auf denen sie durch die Londoner Verkehrskameras zappen konnten, um uns zu helfen, da es die in London einfach an jeder Ecke gab. Daneben waren Monitore mit Bildern der Kontaktlinsenkameras.

In der hintersten Zelle saß bereits ein Junge, der ebenfalls höchstens dreizehn Jahre alt sein konnte. Auf seiner Stirn war eine blutende Platzwunde, und er starrte Christopher wütend an. Das Glas um ihn herum hatte Eiskristalle gebildet, und feine Muster zogen sich fast über die gesamte Zelle.

»Eis?«, fragte ich überrascht.

»Äußerst selten«, mischte sich meine Ethiklehrerin Miss Graham ein und drehte sich mit dem Headset auf dem Kopf in ihrem Drehstuhl zu uns um. Auf dem Bildschirm hinter ihr sah ich, dass George jemanden auf die Schulter hob. Er hatte es geschafft. Fehlten nur noch Vivien und Eva.

»Dr. Sam brennt schon darauf, ihn zu untersuchen«, sagte Miss Graham und lächelte den Jungen in der Zelle an, wobei dieser umso finsterer dreinblickte. »Keine Angst. Wir machen keine Versuche an euch. Sie wird dir nur ein wenig Blut abnehmen.«

»Ja, klar«, zischte der Junge und deutete mit dem Kinn auf

das bewusstlose Mädchen in der Zelle neben seiner. »Und dann sperrt ihr uns wie Tiere ein!«

»Tu nicht so unschuldig«, erwiderte Christopher und hob seine Augenbrauen. »Was hattet ihr denn mit den Kindern auf der Liste vor? Dachtet ihr, es würde uns nicht auffallen, dass ihr die Namen aus unserer Datenbank geklaut habt?«

»Das ist nur ein kleiner Sieg für euch. Am Ende gewinnen wir sowieso«, erwiderte er trotzig.

»Was genau möchtest du denn gewinnen?«, mischte sich nun auch Mr Mazur ein, der bis gerade Unterlagen ausgefüllt hatte – vermutlich seinen Teil des Berichts. Mit höhnischem Blick drehte er sich in seinem Stuhl um und nahm seine Kopfhörer ab. »Hast du überhaupt eine Ahnung, wofür du kämpfst?«

Der Junge starrte ihn an, und seine Fäuste zitterten vor Wut, doch in seinen Augen blitzte kurz etwas Fragendes auf. Er hatte keine Ahnung, und das war ihm bewusst.

Bevor er etwas sagen konnte, ertönte ein Warnsignal, das uns eine sich nähernde Person anzeigte. Unsere Blicke glitten wie automatisch zu den Bildschirmen über den Türen im hinteren Teil des Lastwagens. Eva und George.

Vor Erleichterung musste ich lächeln, als ich Christopher zu den Türen folgte. Wir begrüßten die beiden und halfen ihnen, ihre Gefangenen ebenfalls in die noch freien Glaszellen zu sperren.

»Das fühlt sich so gut an«, sagte Eva und ignorierte das protestierende Grunzen ihres Gefangenen, während sie sich ihre Haare zu einem Zopf band. »Endlich mal eine Festnahme, die Spaß gemacht hat.«

Einer der Lehrer schnalzte mit der Zunge, doch sie grinste nur stumm und zuckte mit ihren Schultern.

»Vivien braucht Hilfe«, zischte plötzlich Mrs Ansari, unsere Lehrerin für Waffentraining.

Alarmiert wandten wir uns ihr zu. Sie deutete auf den Bildschirm. Dort sah ich Vivien, die von mehreren Jugendlichen eingekreist wurde.

»Alle sofort los!«, bellte Mr Mazur und zog sich das Headset wieder über den Kopf. Hinter ihm lachte der Junge in der hintersten Ecke höhnisch auf.

Ein Knopfdruck unseres Lehrers reichte, und die Scheiben der Zellen wurden milchig, während das Lachen verstummte und Stille eintrat.

Wir sprangen nacheinander aus dem Lastwagen und rannten die Straße hinunter.

Auf meiner rechten Kontaktlinse leuchtete kurz eine Adresse auf und dann ein Pfeil, der mich sofort scharf links abbiegen ließ. Eva, George und Christopher liefen neben mir.

»Scheinbar sind sie als Gruppe losgezogen, und ihr Treffpunkt befand sich in der Nähe von Viviens Zielperson«, klärte Mr Turner mich über mein Implantat im Ohr auf. »Ihr Wagen befindet sich zwei Straßen weiter. Darin befinden sich drei gefesselte Zivilisten. Gesichert von einem der *Numbers.* George wird sich um sie kümmern. Eva, Christopher und du werdet Vivien unterstützen.«

»Alles klar«, sagte ich und wurde schneller. Gleichzeitig bog George nach rechts in eine schmale Gasse zwischen zwei Mehrfamilienhäusern ab.

Wir brauchten nur wenige Minuten, um das Wohnviertel zu erreichen, in dem Vivien ihren Einsatz hatte. Dort teilten wir uns auf, um aus verschiedenen Richtungen zugreifen zu können.

Die Kampfgeräusche waren so laut, dass schon hinter vereinzelten Fenstern das Licht entzündet wurde. Wir mussten uns dringend beeilen, bevor noch irgendjemand auf die Idee kam nachzusehen.

Es schepperte, und ein Stöhnen ertönte unweit von mir. Ich wurde langsamer.

»Vivien hat sie auf einen schlecht einsehbaren Spielplatz gelockt«, informierte mich Mr Mazur. »Versucht die Lage unter Kontrolle zu bringen, bevor die ersten Zivilisten auftauchen!«

»Wird erledigt«, sagte ich leise und schlich geduckt auf den Spielplatz zu.

»Na, wenn das alles ist, was ihr großartigen Trainees draufhabt, dann werden wir euch mit Leichtigkeit plattmachen«, höhnte ein Junge, und Lachen ertönte ringsherum.

Ich schaltete meine Wärmebildkamera ein, als ich langsam an die Mauer herantrat, die den Spielplatz umgab. Mit einer fließenden Bewegung hangelte ich mich an der Mauer hoch und landete lautlos auf der anderen Seite. Tannen umgaben mich, sodass ich noch ein wenig näher an die Gruppe herantreten konnte.

Fünf Personen umkreisten eine Einzelne. Vivien. Vom anderen Ende des Geländes konnte ich erkennen, dass sich von rechts und links zwei weitere Personen anpirschten. Eva und Christopher.

Einer von ihnen hatte mittlerweile ein Handy rausgeholt und telefonierte. »Genau, eine von diesen Trainees.« Pause. »Keine Ahnung, woher die wusste, dass wir da sind.« Pause. »Okay, wir bringen sie mit.«

Er legte auf und schob das Handy zurück in seine Hosentasche. »Dann bist du jetzt wohl unsere Gefangene.«

In diesem Moment sprang Christopher auf der anderen Seite über die Mauer und landete einige Meter vor der Gruppe im weitläufigen Sandkasten. »Ganz schön mutig, das zu sagen, obwohl ihr sie noch nicht einmal gefesselt habt.«

Eva kam hinter der Rutsche hervor, und auch ich trat aus dem Schutz der Bäume.

»Gott sei Dank«, flüsterte Vivien und stieß im nächsten Moment einen markerschütternden Schrei aus, der die Gruppe so sehr irritierte, dass sie einen Moment lang abgelenkt waren.

Wir ergriffen unsere Chance, stürmten los, überwältigten sie innerhalb weniger Minuten und flohen, gerade als die ersten Polizeisirenen durch die Nacht hallten.

Wir rannten mit den Überwältigten auf unseren Schultern zurück zum Lastwagen.

Dieses Mal öffnete George uns die Tür. Mr Mazur, Miss Graham und Mrs Ansari halfen uns, die Gefangenen einzusperren.

»Wo sind die anderen?«, fragte Eva und deutete auf die leeren Stühle, auf denen zuvor noch zwei weitere Lehrer gesessen hatten.

»Bringen die Zivilisten zur Polizei«, antwortete Miss Graham. »Straßenkinder, von denen man wohl glaubte, dass sie niemand vermissen würde. Sie werden glücklicherweise niemals erfahren, was das alles sollte.«

»Bastarde«, murmelte Christopher.

Mr Mazur stimmte ihm mit einem Nicken zu und deutete dann zur Tür. »Ein Wagen ist gerade vorgefahren und bringt euch zur Akademie. Wir bringen die Gefangenen weg. Sehr gute Arbeit. Von euch allen.«

Wir zeigten stoische Mienen, während wir erst nickten und dann nacheinander aus dem Lastwagen stiegen. Tatsächlich parkte dort bereits ein schwarzer SUV, und hinter dem Steuer saß Mr Turner.

»Gute Arbeit«, lobte er knapp, bevor er uns zurück zur Akademie fuhr.

Schweigen hatte sich zwischen uns allen ausgebreitet. Doch zum ersten Mal seit Wochen schien es frei von erdrückender Schuld und Wut zu sein.

Der Weg zur Akademie dauerte nur eine knappe halbe Stunde, und als Mr Turner auf das Gelände abbog, läutete am Horizont bereits ein sanftes Leuchten den baldigen Sonnenaufgang ein.

Wir immer beendeten wir unsere Mission, indem wir die Unterlagen für unsere Berichte ausfüllten.

Eine lange Zeit hörte man nur das leichte Kratzen der Kugelschreiber auf dem raschelnden Papier.

»Danke«, sagte Vivien plötzlich in die Stille hinein. »Danke, dass ihr mich gerettet habt.«

»Ist doch selbstverständlich«, erwiderte Eva mit einem verwirrten Lächeln.

»Ich war mir da nicht so sicher«, gab Vivien leise zu und offenbarte damit einen kleinen Teil ihres Innenlebens, das sie in den letzten Wochen so gut vor uns verborgen hatte. Trotz der Stärke und der stoischen Geradlinigkeit, die sie uns allen jeden Tag präsentierte, war sie tief in sich drin eben auch verletzlich.

»Du hast Alexis ausgeliefert. Einfach so, ohne mit der Wimper zu zucken«, meinte Christopher und sah nun auch von seinem Bericht auf, »aber wir sind immer noch eine Einheit. Und eine Einheit lässt niemanden zurück.«

Vivien presste ihre Lippen zusammen, offensichtlich unschlüssig, wie sie reagieren sollte, und nickte schließlich. »Danke.«

Wir konzentrierten uns wieder auf unsere Unterlagen. Christopher hatte es auf den Punkt gebracht:

Wir waren eine Einheit und würden es auch immer sein, auch wenn zwei Mitglieder unserer Gruppe inzwischen fehlten und dieses entstandene Loch sich weiterhin wie ein endlos tiefer Graben anfühlte. Doch wir waren Agenten. Und deshalb mussten wir auch wie Agenten handeln und immer weitermachen.

10. Kapitel

Alexis

Mein erschreckend grausamer Traum von gesichtslosen Vögeln endete so plötzlich, dass ich panisch nach Luft schnappte. Ich brauchte einen Moment, um zu realisieren, was mich geweckt hatte. Es fühlte sich an, als hätte mich jemand getreten.

Sofort setzte ich mich kerzengerade auf meiner Pritsche auf, die unter meiner ruckartigen Bewegung quietschte. Das Geräusch fügte sich in die von gequältem Stöhnen und von wehmütigen Seufzern durchzogene Stille des Gefängnisses.

Ich war allein. Es war noch mitten in der Nacht, und fahles Licht erhellte den Flur vor meiner Zelle.

Einen Moment lang wollte ich mir einreden, ich hätte mir das Gefühl nur eingebildet. Doch mein Instinkt sagte mir etwas anderes.

Plötzlich fühlte es sich an, als würde mich jemand mitten ins Gesicht boxen.

Meine Hand fuhr zu meiner Nase. Ich stöhne erschrocken und spürte warmes Blut an meinen Fingern. *Was zum Teufel war hier los?*

Der nächste unsichtbare Schlag traf mich mit solch einer Wucht, dass mein Kopf gegen die Wand knallte.

Ich sprang von meinem Bett auf. »Was soll der Scheiß?«

Ein helles Lachen hallte durch das Gefängnis.

Dann landete ein Schlag in meinem Magen. Ich schlug um

mich, doch traf nichts als Luft, während es sich anfühlte, als wäre ich mitten in eine Schlägerei geraten.

Wieder und wieder wurde ich getroffen und hatte keine Chance, mich zu wehren.

Ich hatte keine Ahnung, wie lange ich durchhielt, doch als sanftes Sonnenlicht von draußen die gläsernen Kuppeln im Gefängnisflur erreichte, sank ich verletzt und nach Luft ringend auf den Boden.

Wieder hallte ein Lachen durch das Gefängnis.

Doloris Humphrey hatte mich in die Knie gezwungen.

Ein grimmiges Lächeln erschien auf meinen Lippen, während ich Blut auf den Boden spuckte. Sie konnte mich vielleicht fertigmachen, doch ich würde immer wieder aufstehen.

Ich würde ihr niemals dabei helfen auszubrechen. Jemanden wie sie konnte die Welt ganz sicher nicht gebrauchen.

Ein Seufzen entwich mir, als mir klar wurde, dass es vorbei war. Vorerst. Aber es war nur eine Atempause.

Schritte ertönten.

Ich erhob mich wankend und kam zum Stehen, als Agent Donalds an meiner Zellentür stehen blieb. Wie immer mit einem Becher und einer Tablette in der Hand. Er betrachtete mich prüfend. »Was ist hier los?«

»Bin wohl blöd gegen die Türklinke gerannt«, erwiderte ich trocken.

Er hob seine Augenbrauen und öffnete die Tür, bevor er die Tablette und das Wasser auf meinem kleinen Tisch abstellte. Doch anstatt zurückzutreten, musterte er mich ernst. »Sie können sich immer an mich wenden, wenn es ein Problem mit anderen Insassen gibt.«

Als würde mir das irgendwer glauben. Sie hatten ihr nicht mal den Tod an Memphis nachweisen können. Wieso sollten sie dann gerade mir glauben? Nein, ich brauchte zunächst handfeste Beweise. Gerade an diesem Ort, an dem man sich körperlich nicht näher als zwei Meter kommen konnte. »Danke. Aber da gibt es nichts zu sagen.«

Er sah mich erneut an, trat dann aber zurück und schloss die Tür hinter sich wieder ab.

Ich ging langsam und behutsam zum Tisch und musste mich an ihm festhalten, um überhaupt gerade stehen zu können. Es tat sogar weh, das Wasser zu trinken, mit dem ich die Tablette runterspülte.

Ich stellte den Becher wieder ab, ging zurück und ließ mich vorsichtig auf meine Pritsche sinken.

Agent Donalds kam wieder herein, um den Becher an sich zu nehmen. Er wirkte tatsächlich besorgt, was seine Gefühlssignatur bestätigte. Mein Schild hatte ich schon seit Stunden kaum noch halten können, und nun drang alles nahezu ungefiltert auf mich ein. »Wollen Sie zu einem Arzt?«

»Das ist bis heute Abend sowieso alles verheilt«, erinnerte ich ihn und war dennoch versucht, Ja zu sagen. Einen Tag lang krankgeschrieben zu sein wäre nett. Doch das wäre, als würde ich vor Doloris kapitulieren. »Aber nett, dass Sie sich so um mich sorgen.« Plötzlich wurde meine Kehle eng. »Es ist vermutlich keine Post für mich gekommen?«

Er schüttelte seinen Kopf. Durch die nur langsam einsetzende Wirkung der Tablette spürte ich sein Mitleid noch immer mit voller Wucht.

»Ich würde jetzt gerne noch eine Runde schlafen.«

Agent Donalds nickte mir daraufhin knapp zu und verschwand.

Ich unterdrückte ein Stöhnen und legte mich unter Schmerzen hin. Nach dieser Nacht fühlte sich selbst meine durchgelegene Matratze an, als wäre ich im Himmel.

Ich schloss meine Augen und stellte mir vor, ich wäre an der Akademie und nicht hier.

Sofort erschien Deans Gesicht vor meinen Augen. Ich stellte mir vor, ich läge wieder in seinen Armen. Wärme umhüllte mich und ließ mich für einen Moment all diesen Horror um mich herum vergessen. Dean hatte sich vielleicht gegen mich entschieden, aber ich konnte nichts gegen das Herzklopfen tun, das mich überrannte, jedes Mal, wenn ich an ihn dachte. Allein der Gedanke an ihn half mir, mich wieder zu entspannen und mir einzureden, dass ich es schaffen würde. Auch wenn er mein Geheimnis Vivien erzählt hatte, konnte ein Teil von mir ihn einfach nicht hassen.

*

Während ich am nächsten Morgen in der Schlange für die Essensausgabe wartete, fiel mein Blick auf den Fernseher. Gerade liefen Nachrichten. Als ich Thomas' Vater entdeckte, versteifte ich mich. Lukas Walker war leitender Angestellter bei Heal Inc. und stand neben seinem Chef vor der Kamera. Ich erinnerte mich daran, wie vor ein paar Wochen über einen Durchbruch in der Krebsforschung berichtet worden war. Laut eingeblendeter Schlagzeile gab es wohl Unstimmigkeiten bei der Bilanz. Der CEO David Matthews wirkte ziemlich angepisst, ebenso wie Lukas Walker. Er war blass und angespannt.

Ich biss mir auf die Unterlippe bei dem Gedanken daran, dass er erst vor wenigen Wochen seinen Sohn verloren hatte. Ob er wusste, was wirklich mit Thomas passiert war?

Mir wurden Grace' Worte wieder bewusst, und ich

schnappte nach Luft. Sie hatte behauptet, Thomas wäre ein Psychopath gewesen. Wusste sein Vater von seiner Vergangenheit? Das *musste* er – oder?

Mir wurde eiskalt.

»Verflucht! Alexis! Was ist denn mit dir passiert?« Grace' Keuchen übertönte das allgemeine Besteckklappern, während sie aus der Reihe trat und zu mir zurückgehen wollte.

Sofort trat einer der Wachen vor und zwang sie an ihren ursprünglichen Platz. Dennoch wehrte sie sich und starrte ihn an, während ihr Auge bedrohlich zu zucken begann. Gleichzeitig machte sich Unruhe in der Schlange breit, weil es nicht weiterging.

»Grace, lass den Unsinn«, rief ich ihr zu. »Wir reden gleich!« *Wir mussten sogar ganz dringend reden.*

Grace zögerte, nickte dann ausladend mit einem verkniffenen Ausdruck den Wärter an und ließ dann von ihm ab.

Obwohl es wehtat, musste ich schmunzeln. Zumindest so lange, bis ich Doloris an dem Tisch entdeckte, an dem ich vermutlich auch gleich sitzen würde. Sie beobachtete mich und lächelte.

Ich lächelte zurück. Sie würde mich nicht kleinkriegen.

Als ich mit meinem befüllten Tablett an den Tisch kam, schaute sie mich an, als hätte sie nie weggesehen. »Sieht aus, als würde es wehtun«, sagte sie, als ich mich setzte.

»Ist nur ein Kratzer«, erwiderte ich leichthin.

Doloris schmunzelte, als würde ich sie amüsieren.

Unter dem Tisch ballte ich meine Hände zu Fäusten.

Sie schien meinen Unmut zu spüren, denn ihr Mundwinkel zuckte nun, als könnte sie nur mit Mühe ein Lachen zurückhalten. Dann endlich nahm sie ihr Besteck, löste ihren Blick von mir und schaute in die Runde. »Guten Appetit.«

Das Essen begann, und sofort rückte Grace näher, und ein feines Kribbeln überzog meine gesamte linke Seite, die uns daran erinnerte, dass wir Abstand halten mussten. »Was ist mit dir passiert?«

Ich zuckte mit den Schultern, denn ich wollte sie nicht belügen. Doch die Wahrheit zu sagen stand außer Frage, solange Doloris in der Nähe war.

»Oh nein. Du kannst nicht so«, sie wedelte mit ihrer Hand in meine Richtung, »hier auftauchen und glauben, ich würde mich einfach abspeisen lassen!« Ihre Stimme wurde schriller. »Niemand tut meiner besten Freundin das an und kommt ungestraft davon!«

»Beste Freundin?« Ich schmunzelte, dankbar, einen Moment lang an etwas anderes als Doloris denken zu können. »Wann wurde ich denn dazu befördert?«

Grace entspannte sich und ging auf meinen Themenwechsel ein. »Es war uns von Anfang an vorherbestimmt. In dem Moment, als du mich aus der Limousine geschleudert hast.«

Ich verzog meinen Mund. »Ein unvergessliches Kennenlernen.«

»Keine Sorge, ich verzeihe dir. Du hattest gar keine andere Wahl. Mein Auftrag war es, Nummer 8 zu fangen und jeden zu töten, der sich mir in den Weg stellt.«

Mein Herz stockte, während ich versuchte, ruhig zu bleiben und mir nichts anmerken zu lassen.

»Welche Wache war das noch mal, wegen der du in Einzelhaft gegangen bist?«

Grace lachte. »Donalds, diese Zuckerschnitte! Ich wünschte wirklich, er würde mir mein Mittagessen bringen und dann direkt als Nachtisch bleiben.« Die Häftlinge um uns herum lachten, und ich tat es ihnen nach. Innerlich betete ich weiterhin, dass Grace nicht Adams richtigen Namen erwähnte. Nicht vor Doloris. »Ich verstehe wirklich nicht, was du so faszinierend an ihm findest.«

»Seinen Arsch«, sagte sie wie aus der Pistole geschossen, und wieder wurde um uns herum gelacht. Doch ich sah, wie Grace ihre Aufmerksamkeit auf ihren Loverboy, Clyde, richtete. Er schaute nicht mal zu ihr herüber. *Wollte sie ihn etwa eifersüchtig machen?*

»Hübsche Augen hat er auch«, mischte sich ein voll tätowierter Häftling aus der Runde ein, und noch mal lachten alle. Selbst ich. Dabei spürte ich Doloris' Blick auf mir ruhen.

*

Während des Freigangs lockte ich Grace zu einer entlegenen Ecke des Außengeländes, nachdem Doloris uns *entlassen* hatte. Wenn ich die Zeit richtig einschätzte, blieben uns nur noch wenige Minuten.

»Okay, was gibt's?«, fragte sie und ballte ihre Hände zu Fäusten. »Wem muss ich aufs Maul hauen?« Ihr Blick war auf meine Wunden gerichtet.

Ich schüttelte meinen Kopf. »Darüber sprechen wir später. Du meintest doch, dass Thomas ein Psychopath gewesen sei, oder?«

Sie nickte langsam, offensichtlich verwirrt von dem Themenwechsel. »Ja, wieso?«

»Was genau hat Thomas bei euch gemacht?«

»Er hat bei uns gelebt und wurde ausgebildet.« Sie zuckte mit ihren Schultern. »Richtiger Freak, wenn du mich fragst.«

»Wusste sein Vater davon?«

Sie nickte langsam. »Klar. Er hat ihn sogar freiwillig da reingesteckt.«

Ich schnappte nach Luft. »Was? Das ist nicht dein Ernst! Wie meinst du das, er hätte ihn freiwillig da reingesteckt? Und sein Vater weiß von all dem …« Der Gong ertönte, und ein elektrisches Kribbeln drängte uns in Richtung des Gebäudes.

»War klar, dass er sich für diesen kranken Verein umbringen würde«, murmelte Grace und schlang ihre Arme um ihren Oberkörper. »Gott sei Dank hat Direktor Roberts mich da rausgeholt.«

»Warum hat er das überhaupt getan?«, fragte ich sie leise und versuchte noch zu verarbeiten, was sie mir gerade eben gesagt hatte.

Sie grinste mich an. »Natürlich für Informationen. Die habe ich ihm nur zu gerne gegeben. Aber pst«, machte sie und legte ihren Zeigefinger an die Lippen. »Wäre mies, wenn das jemand erfährt.«

Ich war so schockiert von ihrem Vertrauen, dass ich sie nur anstarren konnte, während wir zurück zu unseren Zellen gingen.

*

Am Abend waren meine Verletzungen so weit abgeheilt, dass ich mich ohne Schmerzen auf meine Pritsche legen konnte. Doch innerlich war ich angespannt und wartete nur auf einen erneuten Angriff.

Ich hatte davon gehört, dass es Menschen gab, die solche mentalen Kräfte entwickelten: Sie konnten anderen per Gedankenkraft Schmerzen zufügen. Reale Schmerzen. Aber niemals hätte ich gedacht, dass dies tatsächlich möglich sei.

Ich hatte gerade meine Augen geschlossen, als ich plötzlich Schritte hörte. Automatisch richtete ich mich auf, spannte mich an, wartete.

Meine Augen fixierten das Glas, das mich vom Rest des Gefängnisses trennte. Die näher kommenden Schritte wirkten unnatürlich laut. Viele der Häftlinge um mich herum schliefen bereits, sodass es ansonsten sehr ruhig im Gebäude war. Ich spürte es an ihren Gefühlssignaturen. An dem warmen Rauschen, das meine Sinne umspielte und es mir erlaubte, mich wenigstens mental ein wenig zu entspannen.

Die Person trat an die Scheibe.

Sofort sprang ich auf und lief zum Glas. »Adam«, flüsterte ich und spürte tausend Empfindungen, während ein Zittern mich erfasste. »Du bist gekommen.«

Adam nickte fahrig, voller Sorge in seinem Blick, der mich abtastete und meine Wunden begutachtete. »Donalds meinte, ich würde dich kennen. Ich wusste nicht, dass du hier bist.« Er fuhr sich durch seine Haare und offenbarte erstmals wirklich seine Gefühle, die er in der Akademie schon immer unter Kontrolle gehalten hatte. »Wenn ich das gewusst hätte, wäre ich längst hierhergekommen. Was ist passiert?«

»Sie haben mich erwischt«, sagte ich mit einem Lächeln, das eigentlich überhaupt nicht passend war, aber ausdrückte, wie sehr ich mich freute, ihn zu sehen.

Adam nickte langsam, gequält und schloss kurz seine Augen. Als er sie wieder öffnete, wütete in ihnen ein Sturm aus Schuldgefühlen. »Wer hat dir das angetan?«

Ich wich seinem Blick nicht aus, auch wenn er mich so eindringlich musterte, dass ich mich ihm am liebsten anvertraut hätte. Doch das würde vermutlich eine Menge Ärger bedeuten – für uns beide. Adam war niemand, der einfach tatenlos zusah. »Jemand, mit dem ich schon selbst klarkomme.«

»Alexis …«

»Wirklich«, beharrte ich und lächelte ihn an. »Lass es mich erst mal alleine versuchen.«

Er zögerte, bevor er schließlich nickte. »Okay, aber wenn du meine Hilfe brauchst …«

»Dann werde ich mich an dich wenden«, unterbrach ich ihn und atmete tief aus, wobei das Glas zwischen uns beschlug. »Warum bist du hier im Gefängnis?«

»Direktor Roberts hat mir die Möglichkeit gegeben, meine Ausbildung hier zu beenden. Es ist gar nicht übel. Man lernt ziemlich viel.« Er zuckte mit den Schultern. »Es ist nicht besser als auf der Akademie, aber auch nicht schlechter. Die Leute sind nett, und ich fühle mich wohl.«

»Das ist gut.« Meine Nasenflügel blähten sich zittrig auf, und ich fixierte ihn. »Du bist mit einigen Geheimnissen gegangen, und ich habe es zugelassen. Aber ich kann nicht länger auf Antworten warten. Scheiß auf die Geheimhaltungsstufen und …«

»Ich bin schuld am Tod deiner Eltern«, unterbrach er mich so plötzlich, dass ich zurücktaumelte.

Mein Herz schien für einen kurzen Moment stehen zu bleiben, nur um darauf doppelt so schnell in meiner Brust zu pochen. »Das musst du mir erklären.« Meine Stimme klang hohl. Der Verdacht, dass meine Eltern irgendwie anders als bei einem Unfall ums Leben gekommen sein könnten, war mir bereits gekommen, als ich an der Akademie aufgenommen wurde. Es ging hier schließlich um Geheimagenten, um gefährliche Aufträge, um Kräfte, die jenseits von allem lagen, was sich ein normaler Mensch vorstellen konnte. Da sollten gerade meine Eltern bei einem Autounfall gestorben sein? Bei meinen Nachforschungen hatte ich nichts herausfinden können, aber auch nur, weil die Akten meiner Eltern Top-Secret-Akten gewesen waren.

»Ich habe dir ja erzählt, dass meine Mutter entführt wurde und ich sie nicht retten konnte.«

Ich nickte und lauschte gespannt seiner gedämpften Stimme. Schließlich durfte uns niemand hören, und noch mehr Aufmerksamkeit war das Letzte, was ich auf mich lenken wollte. Ich biss auf meiner Unterlippe herum, und mein Herz hämmerte noch immer viel zu laut und viel zu fest in meiner Brust.

»Sie gehörte gemeinsam mit meinem Dad und deinen Eltern zu den ersten Agenten des MI20. Na ja, sie hat das Serum mitentwickelt und an sich und Dad ausprobiert.« Er lachte kurz, und sein Blick schweifte den Gefängnisgang entlang, unfokussiert, erinnernd. »Natürlich erst als sie sicher war, dass es funktioniert. Gemeinsam mit Direktor Roberts und anderen Mitgliedern gründeten sie das MI20 und injizierten das Serum auch anderen Soldaten. Mein Dad starb bei einem Einsatz, und zurück blieben nur Mom und ich. Auf jeden Fall mussten wir plötzlich untertauchen. Ich wusste sofort, dass irgendwas los war, auch wenn niemand mir etwas sagte. In einem Hotelzimmer tauchten sie dann plötzlich auf.«

»Wer?«, hauchte ich, und selbst ich hörte die Anspannung in meiner Stimme.

»Die Leute von Herakles.«

Ich blinzelte. »Wer sind die?«

»Herakles ist eine Organisation, die das Serum kopieren möchte. Sie tarnen sich als Forschungsabteilung innerhalb des Heal Inc.-Konzerns«

Dieser Name war mir hingegen bekannt. Natürlich. Jeder

kannte die Firma, die Kopf von Dutzenden Wohltätigkeitsorganisationen war. Erst vorhin hatte ich einen Bericht über sie im Fernsehen gesehen.

»Bisher konnte das MI20 ihnen nichts nachweisen. Aber ich konnte ihnen zumindest ein paar nützliche Informationen liefern.« Er schüttelte seinen Kopf und stieß beinahe erschöpft die Luft aus. »Sie haben meine Mutter verschleppt, aber ich hatte es geschafft, mich zu verstecken. Das MI20 fand mich und nahm mich auf. Die Akademie wurde zu meinem Zuhause. Natürlich durfte ich keine Außeneinsätze mitmachen, denn wir wussten durch Informanten, dass die Entführer meiner Mom über mich im Bilde waren. Es war eine harte Zeit, aber ich war so stolz, als man mir das Serum injizierte und ich das Werk meiner Eltern fortführen konnte. Ich war Teil von etwas Großem.«

Ich nickte erneut, denn ich kannte dieses Gefühl nur zu gut.

»Auf jeden Fall starb meine Großmutter. Jahre später. Herakles hatte sich in Bezug auf mich nicht gerührt. Sie machten weiter mit der Erforschung des Serums, und wir hofften, dass ich für sie nun unwichtig geworden war.« Adams Augen bohrten sich in meine. »Deine Eltern kannten meine Großmutter. Deshalb haben sie mich begleitet, auch wenn sie schon lange nicht mehr im aktiven Dienst beschäftigt waren.«

Meine Kehle schnürte sich zu, und plötzlich brannten meine Augen. Ich erinnerte mich an ihre schwarze Kleidung, die sie an jenem Tag getragen hatten. Nur wenige Stunden hatten sie wegbleiben wollen. Stattdessen war die Polizei gekommen.

»Während der Beerdigung war es ruhig. Doch auf dem Rückweg wurden wir verfolgt. Ein schwarzer Jeep drängte uns von der Straße, und wir hatten einen Unfall. Der Wagen überschlug sich, als wir in einen Graben fuhren, und krachte gegen einen Baum.«

Ich stieß die angehaltene Luft aus. Es war doch keine Lüge gewesen. Man hatte mir nur nicht die ganze Wahrheit erzählt.

Mitleid überschwemmte mich, genauso wie Schuldgefühle und Wut. »Deine Eltern waren sofort tot. Ich wurde schwer verletzt aus dem Wrack gezogen. Das Nächste, was ich weiß, ist, dass ich in einem Labor wach wurde. Dass Herakles sich hinter Heal Inc. versteckt, erfuhr ich natürlich erst Jahre später, als ich auf meinen ersten Einsatz geschickt wurde.«

»Es ist die perfekte Tarnung«, flüsterte ich.

Adam schnaufte. »Allerdings. Zudem bezweifle ich, dass die Bosse wissen, was in ihrer Forschungsabteilung getrieben wird. Sie verstecken sich unter der Aussage, sie würden ein Heilmittel für Krebs und all diese unheilbaren Krankheiten finden wollen, und werden gut bezuschusst.«

»Aber wieso lassen wir sie nicht einfach auffliegen?«

»Weil die Beweise kaum ausreichen und bisher niemand an die Forschungsunterlagen gekommen ist. Irgendwer würde sie immer warnen, bevor das MI20 auch nur auf die Idee kommen könnte, jemanden rauszuschicken. Es wäre nicht das erste Mal, dass das passiert. Wenn die Daten nicht beschlagnahmt werden können, wird man nicht vorankommen.«

Schweigen breitete sich zwischen uns aus, und ich dachte über all diese neuen Informationen nach, die so vieles klarer machten und gleichzeitig weitere Fragen aufwarfen.

»Warum bist du nicht sofort geflohen, als Herakles dich für deine erste Mission rausgelassen hat?«

Adam presste seine Lippen zu einer schmalen Linie, und erneut spürte ich die Schuld so stark in ihm aufwallen, als wäre es meine eigene. »Sie haben mich völlig verwanzt und mit

Elektrostößen gequält, wenn ich nicht tat, was sie wollten. Sie haben mich Dinge tun lassen …« Seine Wangen blähten sich auf, und er pustete laut Luft zwischen seinen Lippen hindurch. »Erst als sie mich als Doppelagenten in der Akademie einschleusen wollten, habe ich endlich den Mut gefunden, alles auszusprechen. Was das für Folgen hatte, hast du ja mitbekommen.«

Cassies Name hing wie ein Schwert zwischen uns in der Luft. Bereit zuzustechen. Doch der Schmerz blieb aus. *Cassie war in Sicherheit.*

»Du hast das Richtige getan«, sagte ich und lächelte, als er mich skeptisch beäugte. »Als du entführt wurdest, warst du noch so jung, mehr Kind als Teenager, und ich weiß nicht, wie ich mich entwickelt hätte, wäre mir das passiert. Hör auf, dich für Dinge verantwortlich zu machen, an denen du keine Schuld trägst.«

»Der Tod deiner Eltern …«

»Das ist die Schuld von Herakles«, unterbrach ich ihn erneut. »Wer ist Leiter dieser Abteilung, die dir das angetan hat?«

»Lukas Walker.«

»Walker?« Ich traute mich kaum diesen Namen laut auszusprechen. »So wie …«

»Thomas Walker.« Er nickte. »Sein Dad. Er leitet die Forschungseinrichtung.«

Mir wurde schlecht. Genau das hatte ich befürchtet. »Dann kanntest du Thomas bereits, als du an die Akademie kamst?«

»Nein.« Er schüttelte seinen Kopf. »Ich wusste bis dahin nicht, dass er sein Dad war. Eigentlich kannte ich Lukas Walker nicht, wusste nicht einmal, wie er aussah, denn nur die Doktoren – so nannten sie sich zumindest – und Einsatzleiter hatten Kontakt mit uns. Erst später, als Thomas sich umbrachte, wurde mir alles klar. Ich habe Direktor Roberts mit meinen Vermutungen konfrontiert, und er bejahte. Hätte ich das früher gewusst …« Er schluckte hörbar. »Ich hätte sofort aufklären können, dass Thomas hinter all dem steckt. Ich hätte mit dem Direktor sprechen müssen. Wir hätten Cassie retten können, noch bevor ihr der Heraklestrank gespritzt worden wäre.«

»Heraklestrank?«

»So nennen sie das Serum, das sie entwickeln.«

Ich blinzelte, konnte ihn nur ansehen, und mein Magen verkrampfte sich. *So viele falsche Entscheidungen. Alles war meine Schuld.* »Wir sollten uns nicht mit dummen Vorwürfen aufhalten.« Ich zwang mich, den Schmerz von mir zu schieben. »Lukas Walker ist Leiter der Forschungsabteilung. Er hat Thomas also ins MI20 eingeschleust. Wenn das MI20 aber wusste, dass dort das Serum nachgebaut werden soll, wieso haben sie Thomas überhaupt in der Akademie aufgenommen?«

»Zu dem Zeitpunkt wussten sie es noch nicht. Thomas' Vater arbeitete für eine andere Abteilung von Heal Inc. und stand niemals im Fokus der Ermittlungen. Zumindest konnten sie uns lange Zeit glauben lassen, dass er nichts mit ihnen zu tun hatte. Später hat sich herausgestellt, dass er schon lange der Kopf der ganzen Geschichte war und sich nur im Hintergrund gehalten hat. Thomas wurde danach besonders beobachtet, doch Direktor Roberts konnte nichts machen, ohne Aufmerksamkeit zu erregen und die Ermittlungen zu gefährden.«

Ich brauchte einen Moment, um das alles zu verdauen, und starrte auf den Boden, die Augenbrauen fest zusammengezogen.

»Thomas war von Anfang an ein Verräter, und sein Vater,

dem Direktor Roberts während der Veranstaltung so freudig die Hände schüttelte, ist also der wahre Feind.«

»Ja.«

»Woher wissen wir, dass der Direktor da nicht auch mit drinhängt?«

Adam starrte mich an, als wäre ich vollkommen bescheuert. »Ich würde ihm mein Leben anvertrauen, Alexis.«

»Dennoch hast du ihm nichts gesagt, als ich dir von den Nachrichten erzählt habe.«

Adam schüttelte seinen Kopf und lächelte. »Das war das Mindeste, was ich tun konnte, nachdem ich schon diese Mistkerle zu deiner Schwester geführt habe.«

Mir wurde ganz warm, denn mit einem Mal wurde mir klar, dass ich einen Freund vor mir stehen hatte. Auch wenn er auf der anderen Seite des Glases stand, ich in einer Zelle war und er eine Uniform trug. »Danke. Auch wenn sich jetzt herausgestellt hat, dass ich alles falsch gemacht habe, was man nur falsch machen kann.« Ich wusste noch immer nicht, wie ich zu dem Direktor stehen sollte. Doch ein Teil von mir wollte ihm genauso trauen, wie Adam ihm vertraute. Wie meine Eltern es getan hatten. »Wie weit sind sie mit dem Heraklestrank?«

»Mein letzter Stand ist, dass die Testpersonen Kräfte entwickeln, diese aber nicht halten können – oder enorme Nebenwirkungen eintreten.«

»Deshalb sind sie damals in der Lagerhalle umgefallen wie die Fliegen.«

»Richtig.« Er atmete schwer aus und öffnete den Mund, um irgendwas zu sagen, doch plötzlich vibrierte seine Uhr. Sein Blick senkte sich, als er auf die neu eingetroffene Nachricht schaute. »Ich muss gehen«, sagte er und sah dann auf, um mich warm anzulächeln. »Wir reden morgen weiter.«

»Danke«, flüsterte ich, und meine Kehle wurde mit einem Mal ganz eng, weil ich nicht wollte, dass er ging. Dennoch lächelte ich ihn an und winkte ihm. »Es war schön, dich wiederzusehen.«

Er versuchte ebenfalls zu lächeln, doch ich konnte es ihm nicht abkaufen. Mit einer Handbewegung deutete er auf meine Zelle. »Ich schaue mir deine Akte an.«

»Tu das.« Er würde sowieso nichts finden, was mir helfen könnte. Dennoch regte sich ein Funken Hoffnung in mir.

Seine Uhr vibrierte erneut. »Geh schon.« Ich lachte und überspielte so das Zittern in meiner Kehle.

»Pass auf dich auf, Alexis.« Er schenkte mir ein letztes Lächeln und eilte dann davon.

Ich starrte ihm hinterher, bis ich ihn nicht mehr sehen konnte, und blieb dann noch eine Weile stehen. Adam war hier. Trotz allem, was gerade passierte, hatte ich das Gefühl, es würde weitergehen und der Stillstand würde endlich aufhören. Es war wie ein Lichtblick darauf, dass mein Leben doch nicht hier enden würde.

Auch wenn ich wusste, dass Adam nichts an meiner Festnahme ändern konnte, war allein seine Anwesenheit wie ein Licht in der Dunkelheit.

Als Adam schon lange weg war, ging ich langsam zu meiner Pritsche und setzte mich. Plötzlich musste ich an Dean denken. An seine Eifersucht. Die Erinnerung daran löste so plötzliches Vermissen aus, dass mir Tränen in die Augen schossen.

Im nächsten Moment spürte ich einen Faustschlag. Er war so heftig, dass ich rücklings gegen die Wand knallte und dann von meiner Pritsche rutschte. Ein Stöhnen entkam meinen Lippen. Ich hörte Doloris' Lachen durch die Gänge hallen, bevor alles um mich herum in Dunkelheit versank.

11. Kapitel

Dean

»Was willst du ständig hier?« Viviens Stimme war schneidend, als würde sie hinter meiner Anwesenheit einen Hinterhalt vermuten.

Ich löste meinen Blick von Cassies eingefallenem Gesicht und drehte mich langsam zu Vivien um. »Du musst deinen Hass auf Alexis nicht auf ihre Schwester projizieren. Sie hat dir nichts getan. Die ist hier das Opfer.«

»Ich projiziere gar nichts«, zischte sie, und dennoch wich sie meinem Blick aus, während sie in die Richtung von Dr. Sams Büro ging. »Es kommt mir nur seltsam vor, dass du ständig hier rumsitzt.«

»Sie sollte einfach nicht alleine sein.«

»Sie ist nicht Alexis.« Viviens Worte wurden gedämpft, als sie hinter die Glasscheibe des Büros trat. Dennoch hörte ich den Hohn darin. Als würde ich einem Geist hinterherjagen. Nur, dass Alexis kein Geist war und das hier nur entfernt mit ihr zu tun hatte. Natürlich war Cassie ihre Schwester. Aber meine Gefühle für Alexis hatten nichts mit ihr zu tun. Ich hielt es einfach für meine Pflicht, hier zu sein. Wir hatten sie gerettet. War es dann nicht falsch, sie im Krankenzimmer abzuladen und alleine zu lassen? Niemand interessierte sich für sie. Nur für das, was sie und ihre Existenz bedeuteten.

Nach ihrem Anfall war sie nicht wieder aufgewacht. Dr.

Sam hatte sie in ein künstliches Koma versetzt, nachdem Sensoren angezeigt hatten, dass sie an unerträglichen Schmerzen litt. Zur weiteren Überwachung war sie anschließend wieder ins Krankenzimmer verlegt worden.

Ich blickte zurück zu Cassie und erhob mich gleichzeitig von meinem Stuhl, obwohl ich mich gerade erst gesetzt hatte.

In diesem Moment kam Dr. Sam mit einem Klemmbrett unterm Arm in das Krankenzimmer. Als sie mich sah, lächelte sie warm. »Guten Morgen, wie ich sehe, bist du für den Morgenlauf bereit.« Sie deutete auf meine Sportklamotten und dann nach draußen. »Dieser ständige Regen könnte wirklich mal ein Ende nehmen.«

»Da gebe ich Ihnen vollkommen recht, Dr. Sam«, antwortete Vivien, bevor ich überhaupt die Chance dazu hatte, und trat aus dem Büro.

»Meine Assistentin ist ebenfalls schon da. Wie fleißig! Auch dir einen guten Morgen, Vivien.«

»Morgen«, sagte Vivien knapp. »Ich habe die Proben von gestern Nacht ausgewertet. Das Gegenmittel wirkt im ersten Moment, mutiert dann aber sprungartig und frisst das noch lebende Gewebe auf.«

Dr. Sam presste ihre Lippen zusammen. »Wir müssen es weiter probieren. Aber du wirst dich jetzt für den Unterricht fertig machen.«

Vivien seufzte. »Ich bin hier nützlicher.«

»Du darfst meine Assistentin sein, unter der Voraussetzung, dass der Unterricht nicht vernachlässigt wird. Der Morgenlauf gehört dazu«, erinnerte die Ärztin sie und starrte sie auffordernd an.

»Natürlich«, seufzte Vivien und verschwand dann aus dem Krankenzimmer.

Ich hingegen blieb. »Das Gegenmittel für Cassie?«

»Wir sind dran, aber …« Ihr Blick heftete sich an Cassie, und ich folgte ihr.

Mit einem Mal sah sie noch blasser aus, fahl, krank. »Sie stirbt.« Keine Frage. Eine Feststellung.

Dr. Sam nickte, nahm ihre Brille ab und rieb sich die Nasenwurzel. »Unaufhaltsam. Wir tun, was wir können, doch ohne die genaue Zusammensetzung des nachgestellten Serums dauert es seine Zeit. Zeit, die wir nicht haben.«

»Diese Leute versuchen also, das Serum zu kopieren?«

Dr. Sam nickte erneut, während sie gedankenverloren auf Cassie schaute. »Sie nennen es den ‚Heraklestrank', und sie wollen mit allen Mitteln herausfinden, wie wir unsere Agenten so stark bekommen, ohne dass sie sterben oder anfällig für Fehler sind.«

Das erklärte, wieso die *Numbers* während der Kämpfe Aussetzer gehabt hatten.

Ich wartete darauf, dass Dr. Sam noch mehr verriet, aber sie schwieg.

»Wir finden einen Weg«, sagte ich schließlich und betrachtete weiterhin Cassie, die mehr und mehr wie eine Sterbende aussah. »Irgendwie.«

Als ich das Krankenzimmer schließlich verließ, steuerte ich auf direktem Wege den Hintereingang der Akademie an. Von dort aus startete ich den Morgenlauf und rannte in den Wald, der sich kilometerweit über das Gelände des MI20 erstreckte.

Ich hörte etwas weiter vorne jüngere Trainees, die sich während des Laufes unterhielten. Für sie war der morgendliche Lauf eine Strafe, doch bald schon würden sie verstehen, dass dieses Training ihnen im schlimmsten Fall den Arsch retten konnte. Ich wusste nicht, wie viele Aufträge oder Simulationen ich schon mit einer Flucht beenden musste, doch in nicht einer dieser Situationen war ich geschnappt oder getötet worden. Das war alles, was zählte. Unsere Kondition und Schnelligkeit waren zwei unserer wichtigsten Waffen.

Von hinten näherte sich jemand, und ich brauchte einen Moment, um die Schritte zu erkennen. Christopher.

»Guten Morgen«, rief er und passte seine Schritte meinen an.

»Morgen.«

»Hast du von einem neuen Auftrag gehört?«, fragte er ohne Umschweife, während wir uns duckten und so einem tief hängenden Ast auswichen.

Ich lachte. »Wieso fragst du mich das?«

»Na ja, dein Onkel taucht auf, und plötzlich bekommen wir endlich eine Chance, mal was anderes zu machen, als potenziellen Abtrünnigen hinterher zu schnüffeln. Höchst auffällig, oder?« Er sah mich von der Seite her an und hob seine Augenbrauen. Sein Gesicht glänzte von dem Nieselregen, der durch das dichte Blätterdach fiel. »Und sag jetzt nicht, dass das ein Zufall ist.«

Ein Schnauben entfuhr mir. »Er hat mich besucht und herausgefunden, was für Aufträge Mr Turner uns reindrückt. Mein Onkel konnte ihn noch nie leiden. Er hat seine Beziehungen spielen lassen.« Ich sprang über eine große Baumwurzel, und als ich geradeaus schaute, tauchten vor uns die drei jüngeren Trainees auf, die deutlich langsamer als wir waren.

»Wie auch immer er das angestellt hat, ich bin ihm dankbar«, meinte Christopher und schnaubte neben mir. »Wenn das so weitergegangen wäre, hätte ich eine offizielle Beschwerde eingereicht. Geheimdienst hin oder her, das ist immer noch eine Behörde, und sicher gibt es Regeln für Machtmissbrauch.«

»Mr Turner gehört zu den Leitern des MI20«, erinnerte ich ihn lachend.

»Na und?« Christopher grinste ebenfalls. »Scheiß drauf. Endlich hat es ein Ende, und wir können uns auf richtige Aufträge konzentrieren. Ernsthaft«, stöhnte er, und wir überholten die jüngeren Trainees, »das hat doch keinen Spaß gemacht. Und entgegen Viviens Meinung bekommt man keinen Orden, wenn man einen Agenten ans Messer liefert.«

»Dir ist aber schon klar, dass die alle eine Festnahme verdient haben?«

»So wie Alexis?«, fügte er meine unausgesprochenen Worte hinzu, als wir außer Hörweite der Trainees waren.

»Ja, genau wie sie. Auch wenn es nicht die feine Art war, hat Vivien das getan, was getan werden musste.« Meine Hände ballten sich zu Fäusten, und ich musste kurz durchatmen, bevor ich sie wieder entspannen konnte.

»Alexis gehörte dennoch zur Familie. Wir waren ein Team. Jetzt sind wir … ich weiß auch nicht … irgendwie kaputt.«

»Daran sind weder Alexis noch Vivien schuld. Sondern Thomas.« Allein der Gedanke an meinen ehemals besten Freund ließ mich die Zähne zusammenbeißen. »Er hat uns alle verraten.«

»Bist du dir da sicher? Gibt es dafür Beweise? Du warst derjenige, der mich fertigmachen wollte, nur weil ich euch über die Gerüchte aus dieser Richtung informiert habe«, erinnerte er mich mit einem amüsierten Tonfall.

»Ja, ich bin mir sicher. Ich weiß nicht, wieso er das getan hat oder ob er gezwungen wurde, aber sicher ist, dass er Alexis erpresst hat.« Das hatte mein Onkel mir bestätigt, als ich ihn nach unserem Essen über weitere Details ausgequetscht hatte. Er hatte nichts von der Erpressung gewusst, sondern erst später davon erfahren, als es bereits zu spät gewesen war. Dennoch hatte ich das Gefühl, dass mein Onkel mir weiterhin irgendetwas verschwieg. Es war so eine Ahnung, dass er mir nicht alle Details genannt hatte. Aber auch das würde ich noch herausfinden. Diese ganze Sache musste viel größer sein, als ich es mir vorstellen konnte. »Vielleicht wäre es anders gelaufen, wenn er sich uns anvertraut hätte.«

»So wie bei Alexis? Die Katze beißt sich hier in den Schwanz.« Christopher wischte sich im Laufen über sein durchnässtes Gesicht. »Aber ich wüsste gerne, wie es mit Alexis' Verurteilung aussieht. Dieses Hinhalten ist doch Mist.«

Plötzlich meldete sich brennende Eifersucht in meiner Brust. Ich versuchte mir nichts anzumerken, konnte aber die Kälte in meiner Stimme nicht verhindern. »Wieso interessiert dich das?«

Christopher schien es nicht einmal zu bemerken und schaute nach vorne. »Was ihr passiert ist, hätte auch mir passieren können. Ich habe auch eine kleine Schwester und bin Teil dieses Teams. Meine Schwester war zwar nicht auf dieser Liste, aber sie ist jung. Vielleicht steht sie irgendwann drauf.« Er schnaubte voller Wut. »Ich muss die ganze Zeit darüber nachdenken, wie ich gehandelt hätte.« Seine Stimme dämpfte sich, und dann sah er mich direkt an. »Und ich weiß es nicht. Ich weiß es einfach nicht«, wiederholte er noch leiser und schaute leer geradeaus, bevor er blinzelte und gerade noch einem Ast auswich. Er schüttelte seinen Kopf. »Lässt dich das alles etwa kalt? Klar seid ihr nicht die besten Freunde gewesen, aber Feinde ja auch nicht, oder?«

Unser Kuss bahnte sich seinen Weg nach vorn, brannte in meinem Gedächtnis wie ein loderndes Feuer. »Nein, das waren wir nicht.« Die unsinnige Eifersucht löste sich so schnell auf, wie sie gekommen war. Zurück blieb ein schmerzhaftes Vermissen in meiner Brust, in meinem Herzen, einfach weil ich plötzlich Alexis' Gesicht vor Augen hatte.

»Ich hoffe wirklich, dass wir bald was vom Direktor erfahren.« Er presste seine Lippen zusammen und hielt sich offensichtlich davon ab, das zu sagen, was ihm wirklich auf der Seele brannte.

»Was ist?«, hakte ich nach und sah mich um, ob vielleicht irgendwer in der Nähe war.

Er tat es mir nach und wurde langsamer. »Ich meine, Alexis wurde ohne Prozess einfach abgeführt und weggesperrt. Und sie war Teil dieser Akademie. Sie war eine der Besten unseres Jahrgangs. Wer sagt uns, dass uns nicht dasselbe passieren könnte? Egal aus welchen Gründen.« Er schüttelte seinen Kopf und beschleunigte sein Tempo wieder. Vor uns tauchte die Akademie zwischen den Bäumen auf.

»Solange wir uns an die Regeln halten, sollte sicher nichts passieren«, versuchte ich ihm seine Sorge zu nehmen.

»Sicher«, meinte er und glaubte mir dennoch nicht. »Kannst du das für dich behalten?«

»Na klar!« Es kränkte mich ein wenig, dass er glaubte, ich wäre ihm nicht loyal gegenüber. Aber vielleicht hatte ich zu oft gesagt, dass Alexis verdiente, was ihr passiert war.

Seine Worte spukten noch in meinem Kopf herum, als wir die Akademie betraten und uns auf den Weg in unsere Zimmer machten.

Mir wurde klar, dass ich ständig betonte, dass Vivien in dieser ganzen Misere recht hatte. Aber weshalb?

Ich stand schon unter der Dusche, als es mir wie Schuppen von den Augen fiel. Alexis hatte sich mir nie wirklich anvertraut. *Warum hatte sie mir nicht vertraut?*

Immerhin hatte ich sie sogar gedeckt, als ich sie beim Einbruch in Direktor Roberts' Büro erwischt hatte. Diese ganze Situation war so frustrierend.

Ein Schnauben entkam mir, und ich wischte mir über mein Gesicht.

Dabei schloss ich meine Augen, und plötzlich sah ich erneut Alexis vor mir. Ich *vermisste* sie. Ich vermisste unsere Schlagabtäusche, unsere Diskussionen, ihr Lachen. Ich vermisste sie so sehr, dass sich ein heißes Brennen in meiner Brust ausbreitete. Allein an sie zu denken ließ meinen Kopf vor Schmerz pulsieren, denn ich wollte mir einreden, dass es gerecht gewesen war, sie wegzusperren. Das es richtig war, so wie es gelaufen ist. Doch gleichzeitig wollte ich auch die nagenden Zweifel ausschalten, die ich nur mit Mühe davon abhalten konnte, an die Oberfläche zu kommen und auf irgendetwas einzuschlagen.

*

Als ich aus dem Badezimmer trat, meinte ich kurz ein Déjà-vu zu erleben.

»Onkel Ben«, begrüßte ich ihn. Er stand überraschenderweise an meinem Fenster und tippte auf seinem Handy herum.

Er hob eine Hand, um mir zu signalisieren, dass ich einen Moment warten sollte.

Also ging ich zu meinem Schreibtisch und suchte die Bücher zusammen, die ich gleich für den Unterricht brauchen würde. Mein Magen knurrte dabei und wartete schon sehnlichst auf das Frühstück.

»Entschuldige.« Mein Onkel sah von seinem Handy auf und lächelte mich knapp an, während er es in die Tasche seines

Jacketts schob. »Ich wollte euch zu eurem guten Einsatz gratulieren. Sie schöpfen keinerlei Verdacht.«

Erleichtert nickte ich. »Sehr gut. Aber ist es für sie nicht etwas auffällig, wenn du so oft hier bist?«

»Es wäre eher verdächtig, wenn nicht.« Er lachte. »Ich muss aber jetzt auch in die Basis.«

Er wollte schon gehen, doch da drängte sich eine Frage in mir auf. »Weißt du, ob es ein Gegenmittel für diesen Heraklestrank gibt?«

Seine Augenbrauen zogen sich zusammen. »Ungeachtet der Tatsache, dass du nichts von dieser Bezeichnung wissen dürftest – meinst du für das junge Mädchen, das ihr befreit habt?«

»Genau.«

»Ja, soweit meine Informationen stimmen. Aber es befindet sich im … Labor.«

»In dem versteckten Labor.« Ich nickte langsam und spürte gleichermaßen Enttäuschung wie Hoffnung. »Ich will helfen.«

Der Mundwinkel meines Onkels zuckte, und er öffnete meine Tür. »Das tust du, mein Junge. Wenn alles glattläuft, bekommt ihr schon bald einen weiteren Auftrag. Wir sehen uns.«

Mein rechter Mundwinkel hob sich. »Bis dann.«

12. Kapitel

Alexis

Blinzelnd öffnete ich meine Augen. Mein Kopf pochte wie verrückt, und ein Stöhnen entkam mir, als ich mich umsah und die Metallbetten und der Geruch nach Desinfektionsmittel mir klarmachten, dass ich mich auf der Krankenstation befinden musste.

Aber warum? Ich hatte den Gedanken noch nicht zu Ende gebracht, als ich mich wieder an den unsichtbaren Faustschlag, an Doloris' Lachen und das Krachen von Knochen erinnerte.

Ich bewegte meinen Kiefer und wimmerte unter Schmerzen.

Schritte kamen näher, bevor das strenge Gesicht einer Ärztin über mir auftauchte. Sie fragte mich, wie ich mir den Kiefer gebrochen hatte.

Das erklärte damit wohl auch die Schmerzen.

»Bin ungünstig hingefallen.« Automatisch wollte ich mich erheben und spürte nun auch die Gurte, die mich an das Bett fesselten.

Na toll.

»Diese Wunden bekommt man nicht, indem man unglücklich fällt«, widersprach die Ärztin meinem Versuch, die Geschehnisse der letzten Nacht zu vertuschen, und schüttelte immer wieder den Kopf.

Langsam wendete ich mich ihr zu und hob meine Augenbrauen. »Und wie soll es sonst passiert sein?«

»Es ist unmöglich«, betonte sie noch einmal und presste ihre Lippen zu einer dünnen Linie zusammen. »Wenn das einer ihrer Wärter war, muss er bestraft werden. Es ist untersagt, die Fußfesseln für solche schändlichen Bestrafungsmethoden auszuschalten.«

Ich zog meine Augenbrauen noch ein Stückchen weiter hoch, bis es sich anfühlte, als würden sie meinen Haaransatz berühren. »Sie glauben, das war ein Wärter?« *Natürlich glaubte sie das. Alles andere wäre unsinnig.*

»Natürlich«, erwiderte sie kopfschüttelnd und trat von dem Bett zurück. »Das wird ein Untersuchungsverfahren für alle Nachtwächter der letzten Schicht geben.« Sie verließ den Raum, ohne jegliche Erklärungsversuche zuzulassen. Natürlich wollte sie die einfachste Lösung sehen.

Ich starrte wieder an die Decke, und mir entfuhr ein freudloses Lachen. Sie würde mir die Wahrheit niemals glauben. Dennoch fragte ich mich, ob sie alle wirklich nicht wussten, wozu Doloris Humphrey in der Lage war. Immerhin hatte man sie so lange weggesperrt. Wieso hatte man sich entschieden, sie in den offenen Vollzug zu verlegen? Wieso wurden die Häftlinge einer solchen Gefahr ausgesetzt? Das alle ergab einfach keinen Sinn.

Irgendwas war an dieser gesamten Situation falsch, und ich musste einen Weg finden, um noch mehr über sie herauszufinden.

Ich schloss meine Augen und nutzte den kurzen Moment der Ruhe für ein Nickerchen. Immerhin gab es in diesem fensterlosen, weiß gestrichenen Raum nichts anderes als dieses Bett und die Tür – und noch dazu war die Matratze deutlich weicher als die, die auf meiner Pritsche lag.

*

Die Krankenschwester behielt mich noch ein paar Tage bei sich, und ich genoss die Ruhe. Leider schien Doloris Humphrey nur darauf gewartet zu haben, dass ich zurückkam, denn sie passte mich bei meinem ersten Ausgang sofort ab.

»Alexis, du musst es uns nicht so schwer machen.« Sie schüttelte ihren Kopf, als bereite ihr dieser Umstand reale Kopfschmerzen. »Was hast du nur gegen mich?«

»Ich werde Ihnen nicht helfen auszubrechen«, beharrte ich und blickte in ihre grünen Augen.

Sie schmunzelte. »Du kennst mich doch gar nicht. Wieso wehrst du dich so sehr dagegen, mir zu helfen?«

»Sie haben Memphis umgebracht«, sprach ich aus, was ich dachte.

Ihr Schmunzeln wurde breiter. »Hast du dafür irgendwelche Beweise?«

»Natürlich nicht«, erwiderte ich. »Aber jemand wie Sie sollte nicht frei herumlaufen.«

»Tja, du tust so, als wäre *ich* die Böse hier. Dabei bist du doch, genauso wie ich, eine Inhaftierte. Du hast das MI20 verraten und dich zur Aussätzigen gemacht.« Ihr Lachen war glockenhell. »Du hast längst die Seiten gewechselt. Wenn du mit mir zusammenarbeitest, könntest du wenigstens davon profitieren.«

»Meine Antwort lautet *Nein*«, sagte ich und wunderte mich nur kurz, dass sie über meinen Fall Bescheid wusste. Dann fiel mir wieder ein, wie laut Grace bei unserem ersten Wiedersehen diese Details durch den Speiseraum herausposaunt hatte. Natürlich musste sich diese Information wie ein Lauffeuer verbreiten, sodass Doloris direkt nach ihrer Umsiedlung in unseren Trakt davon gehört hatte.

»Hmm«, machte sie und schob ihre Unterlippe vor. »Wie schade. Vielleicht brauchst du ein wenig mehr Anreiz.«

Ich sah sie nur an, wartete darauf, was jetzt kommen sollte.

»Vielleicht bedeutet dir ja das Leben deines Freundes, Agent White, etwas. Der, der dich vor einigen Nächten besucht hat.«

Ich spürte, wie mir jegliche Farbe aus dem Gesicht wich, doch ich versuchte, mir keinerlei Emotion anmerken zu lassen. »Er ist nicht mehr als ein alter Bekannter. Machen Sie mit ihm, was Sie wollen.«

Ihre Lippen kräuselten sich, und mit einem Mal hatten ihre Augen etwas von einer Schlange. »Ganz wie du möchtest.« Sie schlenderte davon, und ich spürte, wie mich das Grauen packte. Ich musste Adam irgendwie warnen!

Ich starrte Doloris hinterher und spürte tiefsten Hass in mir aufflammen.

Grace kam auf mich zu und sah mich besorgt an. »Was wollte sie von dir?« Sie lächelte und wollte mich scheinbar aufheitern. »Wenn sie dich noch öfter beiseitenimmt, muss man ja fast glauben, du wärst ihr Liebling.«

»Oh bitte!«, entfuhr es mir. »Bist du blind? *Sie* tut mir das an! Nur weil ich mich nicht auf ihre Spielchen einlassen will.«

Grace blinzelte und schaute Doloris hinterher, die bei ihrer Gruppe aus Anhängern stehen geblieben war. »Wie?«

»Keine Ahnung! Ihre Kraft ermöglicht es ihr, mich selbst auf Entfernung fertigzumachen, und jetzt erpresst sie mich! Entweder ich tue, was sie sagt, oder sie tut Adam etwas an.«

Grace blinzelte mich an und schien völlig überrumpelt zu sein.

»Vergiss, was ich gesagt habe.« Ich wandte mich von ihr ab und konnte meine Enttäuschung kaum verbergen. »Sie ist dein Idol, ich weiß, aber bitte sag ihr nicht, dass ich dir das alles erzählt habe.« Ich sprach so leise, dass ich hoffte, Doloris würde nichts von unserer Unterhaltung mitbekommen. Als ich einen Blick zu ihr herüberwarf, schien sie glücklicherweise in ein Gespräch vertieft zu sein.

Ohne mich noch einmal nach Grace umzudrehen, ging ich zurück in Richtung des Gefängnisses. Gerade als ich den Eingang erreichte, ertönte der Gong. Der Ausgang war beendet. Glück für mich.

*

Als Adam in dieser Nacht auftauchte, hatte er ein blaues Auge.

Bei seinem Anblick wollte ich Doloris Humphrey am liebsten umbringen.

Meine Hände ballten sich wie automatisch zu Fäusten, und ich trat so dicht an die Scheibe meiner Zelle, wie ich nur konnte. »Wer war das?«

Er hob seine Augenbrauen. »Ich hatte gehofft, du könntest mir das erklären. In dem einen Moment sitze ich in meinem Zimmer, und im nächsten werde ich von einem Geist vermöbelt.«

»Das war Doloris«, flüsterte ich und presste meine Lippen zu einer schmalen Linie, bevor ich sie befeuchtete und einen Entschluss fasste: Keine Geheimnisse mehr. Ich brauchte Hilfe – und jemanden, dem ich vertrauen konnte. »Sie hat mir dasselbe angetan. Du bist jetzt ihr Druckmittel, damit ich tue, was sie sagt.«

»Doloris Humphrey? Was will sie von dir? Ich wusste nicht, dass sie schon in den offenen Vollzug durfte.« Adams Entsetzen war so groß, dass es sich in meine Brust fraß und mein Herz schneller pumpen ließ.

»Sie will mit meiner Hilfe ausbrechen.« Ich strich mir über meine Stirn und massierte den dumpfen Kopfschmerz, der sich seit ihrem Schlag gegen meine Schläfe gestern Nacht festgesetzt hatte. »Ich war unvorsichtig. Sie hat meine mentale Kraft gespürt und möchte mich benutzen.«

»Sie muss wieder weggesperrt werden«, stieß Adam aus und ich sah Angst in seinen Augen aufblitzen. »Diese Frau ist wahnsinnig.«

»Der Häftling, der kürzlich gestorben ist, Memphis, geht auf ihr Konto. Sie hat es heute so gut wie gestanden«, erklärte ich ihm mit bitterer Stimme. »Halte dich am besten bedeckt. Ich möchte nicht, dass du mit reingezogen wirst.«

»Aha«, machte er und sah mich an, als wäre ich völlig wahnsinnig. »Noch was? Soll ich mich jetzt von dir fernhalten, damit ich nicht mehr in Gefahr bin?«

»Unsinn!« Ich lachte leise. »Du bist mein erster Lichtblick seit Wochen. Direktor Roberts hat mich hier abgeladen und scheinbar inzwischen vergessen. Aber das ist jetzt egal«, murmelte ich und konzentrierte mich wieder aufs Wesentliche. »Ich tue so, als würde ich mich auf den Deal einlassen, nur um dich zu schützen. Sie will mich trainieren. Dann soll sie es tun. Ich werde vortäuschen, dass ich kooperieren werde, und dann weitersehen. Aber ich werde ihr bestimmt nicht helfen zu fliehen.«

»Das gefällt mir alles nicht, Alexis.«

»Ich wünschte auch, ich hätte mich nicht erwischen lassen und könnte ihre kleine Machtübernahme von Weitem beobachten. Apropos«, fügte ich hinzu. »Wie kann es eigentlich sein, dass es hier Gangs gibt?«

Adam schnaubte. »In dieses Gefängnis kommen nur Häftlinge, die lebenslänglich eingesperrt werden. Sie können ihre Spielchen spielen, aber keiner von ihnen wird jemals wieder rauskommen. Normalerweise ist diese ganze Gangsache harmlos, aber scheinbar haben sich die Regeln jetzt geändert.«

»Und was mache ich dann hier?«, fragte ich leise.

Adam betrachtete mich mitleidig und gleichzeitig ratlos, bevor Entschlossenheit seinen Geist flutete. »Ich werde es herausfinden.«

*

Als ich am nächsten Morgen mit meinem Tablett an den Tisch trat, sah ich Doloris in die Augen und bemühte mich, geknickt auszusehen. »Ich mache es.«

Sofort breitete sich ein zufriedenes Lächeln auf ihrem Gesicht aus. »Sehr gut. Der Unterricht beginnt heute Mittag. Wir treffen uns beim Ausgang.«

Ich nickte und begann, stumm zu essen.

»Was machst du?«, fragte Grace mich leise, ernst.

Ich linste sie von der Seite her an und bemerkte, dass ihr typisches Grinsen fehlte.

»Alexis bekommt von mir persönlich Nachhilfeunterricht für ihre Kräfte«, beantwortete Doloris ihre Frage laut.

Grace sah sie mit schmalen Augen an. »Das ist aber nett.« Ihre Stimme triefte nur so vor Argwohn.

Ich brummte vor mich hin, und schaute auf mein Frühstück. Heute gab es Porridge, und zur Abwechslung schmeckte es gar nicht so übel.

»Ich könnte Freiwillige gebrauchen«, sagte Doloris auf einmal. »An irgendwem müssen wir wohl üben.«

»Ich mache es«, rief Grace sofort aufgeregt. »Ich helfe Alexis gerne.«

Als ich aufsah, lächelte Doloris zufrieden. »Wunderbar.«

Großartig.

Ich spürte plötzliche Unzufriedenheit aufblitzen. Meine Augen wanderten unauffällig umher und versuchten herauszufinden, woher dieses Gefühl stammte. Als mein Blick Clyde streifte, Grace' Loverboy, wurde mir sofort klar, dass die Unzufriedenheit von ihm ausgegangen war. Der Kerl sah aus, als könnte er mich mit bloßen Händen in der Mitte durchbrechen. Ich hatte echt keine Ahnung, was Grace so anziehend an ihm fand.

Mein Blick fiel wieder auf Doloris, und sofort vergaß ich Clyde. Ich hatte wirklich dringendere Probleme.

*

Grace stand mir gegenüber, konzentriert und voller Tatendrang. Sie wollte mir unbedingt helfen. Das hätte ich sicher nett gefunden, wenn mir nicht Doloris' Warnung im Kopf herumschweben würde. *Nur ein falscher Schritt im Geist eines anderen, und ich könnte ihn wahnsinnig machen.*

»Wir beginnen mit etwas Einfachem«, ergriff Doloris das Wort und drehte sich zu Grace. »Alexis versucht dich gleich etwas fühlen zu lassen, und du wirst mir sagen, was du wahrnimmst.«

Grace nickte heftig und schloss ihre Augen. »Okay.«

Doloris wandte sich mir zu, deutete mit dem Finger auf ihre Wange und zog die Mundwinkel nach unten.

Ich sollte Grace traurig machen. Am liebsten hätte ich Doloris den Mittelfinger gezeigt. Stattdessen schloss ich meine Augen.

Grace' Gefühlssignatur traf mich mit voller Wucht, jetzt, da ich mich ganz auf sie konzentrierte. Das Durcheinander ihrer Gefühle biss sich wie ein tollwütiges Tier in meiner Brust fest. *Freunde. Angst. Wut. Trauer. Hoffnung.* All das und noch viel mehr fühlte sie gleichzeitig und so intensiv, dass ich die Luft anhalten musste, um mich nicht von ihren Gefühlen mitreißen zu lassen.

Laut pustete ich die Luft aus meinen geschürzten Lippen und drängte ihre Gefühle nach und nach zurück. Es dauerte einen Moment, doch dann wurden sie zu einem leisen Hintergrundrauschen. Erleichterung machte sich in mir breit.

Trotz meiner geschlossenen Augen nahm ich ihre Gefühle nun wie einen leuchtenden Schatten hinter meinen Lidern wahr. Zart und doch intensiv.

Ich konzentrierte mich auf dieses Leuchten und atmete ganz langsam, nahezu meditativ durch die Nase aus.

Traurig.

Werde traurig.

Ich näherte mich ihr mental, und es war, als würde ich meine Hand ausstrecken und nach ihr greifen wollen. Dennoch zögerte ich, versuchte es ganz langsam.

Und dennoch war ich zu schnell. Zu fest.

»Aua«, schrie Grace plötzlich.

Ich riss meine Augen auf und keuchte vor Anstrengung. »Habe ich dir wehgetan?«

Grace hatte ihre Arme um ihren Oberkörper geschlungen

und zitterte, während sie mich angrinste. In ihren Augen hingegen sah ich den Schmerz und die Angst. »Schon okay.«

»Nicht okay«, donnerte Doloris' Stimme über uns hinweg. Ihre kalten Augen fixierten Grace. »Du sagst uns jetzt in allen Einzelheiten, was du gespürt hast.«

Grace' Blick zuckte zu mir. Ich nickte kaum merklich, sodass Doloris es nicht sah.

»Es war«, begann Grace, stockte mit zusammengezogenen Augenbrauen und suchte scheinbar nach den richtigen Worten. »Es war, als hätte mir jemand plötzlich ein Messer in den Magen gerammt. Nur ohne das Blut. Da war Schmerz. Angst. Und Trauer. Aber so viel auf einmal, dass es wehgetan hat.« Blinzelnd sah sie Doloris an und wirkte auf einmal wie ein kleines Mädchen. »Ich glaube, besser kann ich es nicht erklären.«

Doloris lächelte sie warm an und legte ihre Hand auf Grace' Unterarm. »Das hast du toll gemacht. Aber jetzt geh und lass uns alleine.«

Grace lächelte, aber es erreichte ihre Augen nicht. Sie suchte meinen Blick, bevor sie ging, doch ich sah weg. Ich wollte nicht, dass sie mich ansah wie Vivien damals, als ihr zum ersten Mal klar geworden war, dass meine Kraft gefährlich sein könnte.

»Und du«, meinte Doloris und schaute mich mit hochgezogenen Augenbrauen an. »Du solltest besser ein wenig üben, bis wir morgen weitermachen. Das war jämmerlich.«

Ich wollte sie anspucken, aber ich blieb stattdessen einfach stehen und starrte sie wütend an.

Doloris schenkte mir ein kühles Grinsen. »Du siehst mich an, als würdest du dich für was Besseres halten. Dabei bist du genauso wie ich. Unsere Kräfte ähneln sich mehr, als du glaubst. Du ahnst ja nicht, wie gerne ich deine Fähigkeit, andere Gefühle zu manipulieren, einfach aus deinem Inneren saugen würde.«

»Wieso? Reicht es nicht, anderen mental Schmerzen bereiten zu können?«, fragte ich sie trocken und meinte es zugleich vollkommen ernst.

Ihr Mundwinkel zuckte. »Das menschliche Gehirn ist etwas Interessantes. Ich kann deine Organe versagen lassen, wenn ich es möchte, und dir die schlimmsten Schmerzen bereiten. Aber *du* könntest andere in den Selbstmord treiben und sie dabei noch lächeln lassen.«

»Haben Sie keine Angst, ich könnte das mit Ihnen machen?«

Vor Belustigung kräuselten sich ihre Lippen. »Deinen Angriff auf meinen Geist würde ich sofort spüren, und sobald wir hier raus sind, wirst du vielleicht sogar Gefallen an einer Zusammenarbeit finden.«

Sie würde mich loswerden wollen. Töten. Ich sah es in ihren Augen. Irgendwann hätte ich genug Kraft, um sie zu besiegen – und das würde sie nicht zulassen.

»Vielleicht«, erwiderte ich und neigte leicht den Kopf. »Kann ich jetzt gehen?«

»In Ordnung. Ruh dich aus. Du hast noch viel Arbeit vor dir.«

Ich formte meine Lippen zu einer schmalen Linie, was wie ein angedeutetes Lächeln aussah, und ging wortlos davon. Doloris war eine Sadistin, und dennoch zeigte sie mir eine Seite meiner Kraft, die ich zuvor nur ansatzweise erahnt hatte. Das, was Dr. Sam mir beigebracht hatte, war in dieselbe Richtung gegangen, und dennoch hatte sie es nie so … brutal ausgedrückt.

Ich könnte Menschen in den Selbstmord treiben und sie dabei lächeln lassen …

Natürlich war allein der Gedanke daran lächerlich. Aber die Vorstellung, anderen meinen Willen aufzwingen zu können, war so neu, dass ich sie erst einmal sacken lassen musste.

Während ich in Richtung Gefängnis ging, suchte ich den Platz nach Grace ab, die jedoch nirgends zu sehen war.

Ein dumpfes Gefühl machte sich in meinem Magen breit.

Der plötzliche Gedanke, sie könnte mir aus dem Weg gehen oder Angst vor mir haben, fühlte sich falsch an. Und seltsamerweise tat er weh.

Ich spürte die Gefühle der Häftlinge jetzt deutlicher als vorher. Vielleicht, weil mich diese kurze Übung so fertiggemacht hatte, dass ich nicht mehr die Kraft besaß, mein Schild noch sehr lange oben zu lassen.

Ich beschleunigte meine Schritte. Schweiß stand auf meiner Stirn, und der kalte Wind ließ mich zittern.

Als der Gong ertönte, machten sich Dutzende Häftlinge auf den Weg zurück ins Gebäude. Sie zwangen mich, langsamer zu werden, zwangen mich, zwei Meter Abstand zu halten, wenn sie sich vordrängelten. Ich biss meine Zähne zusammen, atmete flacher und grub meine Fingernägel in meine Handinnenfläche.

Als ich endlich in meiner Zelle ankam, war ich klitschnass, und jegliche Kraft hatte meinen Körper verlassen. Ich ließ mich auf meine Pritsche sinken, rollte mich ein und schloss meine Augen. Meine Barriere wankte, doch ich hielt sie aufrecht. Würde sie fallen, würde ich vermutlich durchdrehen.

13. Kapitel

Alexis

Als Adam spät am Abend auftauchte, kurz bevor die Lichter ausgeschaltet werden mussten, hatte der Schwindel nachgelassen. Dennoch fühlte ich mich, als hätte mich ein Lastwagen angefahren. Mehrmals. Und der Fahrer hätte noch auf mich drauf gespuckt.

»Du siehst echt beschissen aus«, begrüßte er mich mitleidig und schüttelte seinen Kopf. »Bist du sicher, dass du das auf dich nehmen willst?«

»Bleibt mir denn eine andere Wahl?«, fragte ich leise und lehnte mich gegen die kühle Betonwand der Zelle. »Es ist fast wie ein Training mit Dr. Sam. Nur mit schlechteren Anweisungen.« Das war absolut untertrieben, aber ich musste mir den ganzen Mist ja irgendwie schönreden.

»Ich habe mich umgehört und konnte nicht herausfinden, wieso sie diese Frau in den offenen Vollzug gelassen haben.«

Meine Lippen pressten sich zusammen. »Wer hat denn die Anweisung dazu gegeben?«

»Mehrere Personen waren daran beteiligt. Der Leiter des Gefängnisses und ein paar höhere Agenten. Aber Direktor Roberts muss sein Okay gegeben haben.« Er schüttelte seinen Kopf. »Ich verstehe es einfach nicht. Er weiß, wie gefährlich sie ist.«

Neugier regte sich in mir. »Was genau hat sie überhaupt getan?«

»Du hast vermutlich die Gerüchte darüber gehört, dass sie die Queen stürzen wollte.« Sein Mundwinkel zuckte.

Ich nickte.

»Das waren nur Gerüchte – zumindest wurde nie etwas Derartiges in ihren Akten vermerkt. Sie war die Leiterin der Forschungsabteilung von Heal Inc.«

Ruckartig richtete ich mich auf und bereute es sofort, als ein stechender Schmerz von einer Schläfe zur anderen schoss. »Was?«, entfuhr es mir, während ich mir über die Stirn rieb. »Etwa von der Forschungsabteilung, die den Heraklestrank entwickelt?«

»Genau die. Sie ist die Vorgängerin von Lukas Walker.«

»Das ist nicht dein Ernst«, flüsterte ich. »Und wieso genau wurde sie festgenommen?«

»Sie hat versucht, die damalige Version des Serums zu verkaufen, aber die Testpersonen sind explodiert.«

»Explodiert?«

»Ja, war eine Riesensauerei«, sagte er leise, und ich hörte Scham über seine Wortwahl, die viel zu flapsig für etwas derart Schreckliches war. »Die Fotos habe ich auch nur überflogen.«

»Aber die Forschungsabteilung hat man trotzdem nicht gefunden? Hatte sie keinen Mittelsmann, der die Verkäufe erledigen konnte?«

Adam schüttelte seinen Kopf. »Sie schweigt wie ein Grab über die internen Abläufe und Standorte. Aber das war zu erwarten. Und ja, die Verkäufe hat sie selbst über die Bühne gebracht. Scheinbar traut sie niemandem über den Weg.«

»Und jetzt denkt sie, sie könnte *meine* Kräfte dazu missbrauchen rauszukommen.« Langsam lehnte ich mich wieder gegen die Wand und blinzelte müde. »Ich wünschte, ich könnte sie so manipulieren, dass sie einfach alles gesteht.«

»Wärst du denn dazu fähig?«

Ich runzelte meine Stirn, schüttelte dann aber meinen Kopf. »Keine Ahnung. Vielleicht irgendwann. Aber ich denke nicht, dass ich so schnell *so* gut sein würde. Außerdem«, begann ich leise und schaute zu Boden, »habe ich die Hoffnung noch nicht ganz aufgegeben, dass der Direktor mich hier nicht versauern lässt. Dann wäre diese Geschichte zu Ende und ich zu Hause.« Langsam hob ich meinen Blick und schaute Adam in die Augen, in denen so viel Verständnis lag, dass mir Tränen in die Augen schossen. Ich blinzelte sie weg. »Ich will nicht den Rest meines Lebens hier verbringen.«

»Das wirst du nicht.« Seine Stimme war leise und doch energisch. Seine Gefühle schwappten auf mich über wie eine Flut aus Selbstbewusstsein. Er glaubte an seine Worte.

Ein Teil von mir versuchte es auch. »Danke.«

Er sah mich an, als würde er noch etwas sagen wollen, doch dann schaute er den Gefängnisgang entlang und atmete tief durch. Ein gezwungenes Lächeln umspielte seine Lippen. »Du hast viel mit Grace zu tun.«

Ich schnaubte und musste dennoch lächeln. »Sie hat mich zu ihrer besten Freundin auserkoren.«

»Sie ist kein schlechter Mensch. Sie hatte einfach Pech im Leben. Ich denke, du hättest es schlechter treffen können.«

»Denke ich auch.«

Adams Uhr vibrierte. Ich konnte das leichte Surren hören. Er hob seinen Arm, blickte darauf, und wieder erschien dieser mitleidige Blick in seinen Augen. »Ich muss jetzt gehen. Ich wünschte wirklich, ich könnte mehr für dich tun.«

»Dein Besuch ist mehr, als ich mir erhofft habe. Danke, Adam.«

*

»Versuch es dieses Mal nicht so fest und mit etwas mehr Bedacht«, befahl Doloris in einem klebrig süßen Tonfall, während ihre Augen eiskalt auf mir ruhten.

Wieder stand mir Grace gegenüber. Und wieder lächelte sie mich an. Von der gestrigen Traurigkeit und ihrer Verwirrung war keine Spur mehr zu sehen.

Dennoch waren ihre Gefühle so überladen, dass ich nicht wusste, was sie wirklich empfand. Mein Blick flog über das Gelände, in der Hoffnung, einer der Wärter würde zu uns herübersehen. Doch von Weitem wirkten wir wie eine normale Gruppe von Häftlingen, die sich auf dem Hof unterhielten. Wir konnten uns ja nicht einmal berühren, wieso sollten sie dann auch misstrauisch werden?

Dieser Gedanke schmeckte bitter auf meiner Zunge, und ich konzentrierte mich wieder auf Grace.

»Tut mir leid wegen gestern«, sagte ich leise und zog meine Nase kraus. »Ich mache es heute besser.«

»Das solltest du auch«, unterband Doloris Grace' mögliche Antwort. »Und jetzt los!«

Ich schloss meine Augen und konzentrierte mich. Dieses Mal trafen mich Grace' Gefühle nicht so stark, weil ich darauf vorbereitet war.

Sanft näherte ich mich dem seichten Schein ihrer Gefühlssignatur und konzentrierte mich. *Traurig. Sei traurig!*

Behutsam streifte ich sie.

Im nächsten Moment hörte ich ein Schluchzen und riss meine Augen auf.

Kurz darauf ging Grace vor mir in die Knie, das Gesicht schmerzverzerrt, während Tränen über ihre Wangen flossen.

Ich machte einen Schritt auf sie zu, doch Doloris hob ihre Hand, und eine unsichtbare Barriere schubste mich zurück.

»Wie hat es sich angefühlt?«, fragte sie Grace harsch.

»Ich bin so unglücklich«, flüsterte sie und krümmte sich.

»Sie hat dir wieder wehgetan«, stellte Doloris tonlos fest, ohne ihren Blick von Grace zu nehmen, die gerade versuchte aufzustehen.

Grace schüttelte ihren Kopf.

»Lüg. Mich. Nicht. An.«

Grace' Kopf hob sich ruckartig. Die Augen waren weit aufgerissen, panisch.

Doloris würgte sie!

»Aufhören!«, knurrte ich und wollte auf sie losgehen.

Doloris schnaubte. Gleichzeitig traf mich ein unsichtbarer Schlag in die Magengrube. »Ich habe eine Idee. Für jeden fehlgeschlagenen Versuch breche ich unserer kleinen Grace einen Finger.«

Ein Knacken ertönte, und Grace schrie vor Schmerz auf, bevor sie erneut in die Knie ging. »Wie gemein!«, zischte sie und drückte eine Hand nah an ihre Brust, während sie Doloris entsetzt ansah.

»Du hättest nicht lügen dürfen«, erwiderte diese kalt und sah auf uns herunter, als wären wir nichts als Maden. »Morgen macht ihr es besser.«

Und mit diesen Worten rauschte sie davon, ließ uns am Boden liegen.

Grace schaute ihr hinterher. Noch immer liefen Tränen

über ihre Wangen, doch in ihren Augen loderte nun nichts als Wut. »So eine Bitch!«

Mein Mundwinkel zuckte, und ich rieb mir den Magen. »Und das aus deinem Mund.«

Ihr Blick fiel auf mich. Ihre Miene war nun ernst. »Du hattest recht. Wir hätten uns von Anfang an von ihr fernhalten sollen. Keine Ahnung, wie ich auf die Idee kommen konnte, so eine Frau als mein Vorbild zu nehmen.«

»Sie war die Leiterin der Einrichtung, die das Serum erstellt hat, das dir verabreicht wurde«, sagte ich leise und befeuchtete nervös meine Lippen. »Dachtest du deshalb vielleicht, sie sei deine Mutter?«

Grace nickte. »Ich hatte es gehofft. Ich meine … jeder braucht doch eine Mutter, oder? Aber vermutlich ist meine Mutter längst tot.«

Ich wusste nicht, was ich darauf erwidern sollte.

Doch das musste ich auch nicht, denn im nächsten Moment sprang sie auf und grinste mich an. »Aber jetzt erklärst du mir mal, woher du das überhaupt weißt!« Ihre Augen blitzten förmlich. »Hat dich etwa ein gewisser *A-heißer als die Hölle-dam* besucht?«

Ich lachte, erhob mich und nickte. »Ja. Wie geht es deinem Finger?«

»Tut weh«, winkte sie mit der gesunden Hand ab und grinste noch breiter. »Lenk nicht ab. Sag schon, hat er dich gefesselt und geknebelt? So richtig häftling-und-wärter-mäßig, nur, dass es kein Rollenspiel ist?«

»Ugh«, machte ich angewidert und musste wieder lachen. Dabei warf ich einen kurzen Blick zu Doloris, die aber außer Hörweite stand.

Dennoch ging ich in die entgegengesetzte Richtung. Dabei

spürte ich erst, wie ausgelaugt ich mich fühlte, und schlang meine Arme um meinen Oberkörper. »Adam und ich sind nur Freunde.«

»Okay«, meinte sie mit einem Schulterzucken und schien mir zu glauben. Zumindest ließ sie es auf sich beruhen. »Wie geht es ihm?«

»Ich denke, es geht ihm gut. Er macht seine Ausbildung hier zu Ende.«

Grace' Gesichtsausdruck wurde sanft. »Ich hoffe, es macht ihm Spaß. Er hat ein gutes Leben verdient.«

»Du hast damals alles mitbekommen, oder? Wie war es für euch, dort aufzuwachsen? Wie hat das überhaupt funktioniert? Es gibt so viele von«, *euch*, wollte ich sagen, korrigierte mich aber, »denen. Wie kann man all diese Jugendlichen kontrollieren und verstecken?«

Sie blickte zu Boden. Heimweh durchzuckte sie, genauso wie Wut, Trauer und Erleichterung. »Wir lebten in großen Hallen, alten Fabrikgebäuden. Es gab keine Privatsphäre, und dennoch war es immer still. So still«, wiederholte sie leise und sah dann auf, als die Wolkendecke plötzlich aufriss. Ihr Gesicht badete in Sonnenstrahlen, und sie lächelte. »Wir waren eine Familie, Dutzende Geschwister, sind gemeinsam aufgewachsen und standen füreinander ein. Doch wie falsch das alles war, wurde mir erst klar, als ich und meine Geschwister aus meinem Jahrgang gemeinsam den Heraklestrank verabreicht bekommen haben. Manche … sie vertrugen es nicht gut. Sie verschwanden einfach, und niemand redete wieder über sie. Irgendwann hörte ich, wie jemand sagte …« Sie biss sich auf die Unterlippe und sah mich entschuldigend an. »Ich habe sie belauscht. Ich hätte gar nicht da sein dürfen. Sie sagten, die Körper seien entsorgt worden. Meine Geschwister wurden … *ent-*

sorgt. Wie Abfall. Danach war es, als hätte jemand einen Filter von meinen Augen genommen.« Ihre Stimme zitterte, während sie sich fahrig durch ihre Haare strich. »Die monatlichen Tests, die ständigen Kontrollen, die Spritzen mit dieser Flüssigkeit. Irgendwann kamen die Aufträge dazu. Ich habe getan, was sie verlangten. Wieso auch nicht? Trotz aller Zweifel war es immer noch mein Leben. Ich wurde schließlich in dieses Leben hineingeboren.«

Der Gong ertönte, und beinahe wäre ich zusammengezuckt, so gespannt hatte ich ihr gelauscht und ihre Geschichte in mich aufgesogen.

Wir setzten uns langsam in Bewegung. »Was meinst du damit?«

»Beinahe alle von uns, Adam und einige andere mal ausgenommen, sind von Laborantinnen gezeugt worden. Sie verführen eure Agenten, werden schwanger, und wir werden dann von Forschern großgezogen.« Sie sah hinunter auf ihren gebrochenen Finger und drückte ihn vorsichtig an ihre Brust.

»Grundgütiger«, flüsterte ich und starrte sie entsetzt an. »Das ist Wahnsinn. Diesen Aufwand veranstalten sie für das Serum?«

Grace schnaubte. »Für dich bedeutet das Serum mehr Kraft. Für sie ist es Macht. Wenn sie es einmal hinbekommen haben, könnten sie die Welt damit bezwingen.«

Ich schüttelte entsetzt meinen Kopf, wusste nicht, was ich erwidern sollte.

Ich hätte so viel sagen können. So viele Fragen brannten in meiner Brust. Doch nichts davon war gerade von Belang.

»Es tut mir leid, dass du so aufwachsen musstest.«

Sie war in Gefangenschaft groß geworden, gefüttert durch

Lügen, gewickelt mit Kontrolle. Die Freiheit hatte sie im Gefängnis gefunden. Es war ein grotesker Scherz des Lebens.

»Ich würde dich jetzt am liebsten in den Arm nehmen«, gestand ich ihr, weil ich es nicht einfach tun konnte.

Grace hüpfte und seufzte laut. »Dich das sagen zu hören ist beinahe wie eine Umarmung!«

Ich lachte, obwohl mir vor Erschöpfung wieder Sterne vor den Augen tanzten.

Als ich in meiner Zelle ankam, sank ich sofort auf die Pritsche und atmete tief durch. Grace' Gefühle zu manipulieren und dann noch ihre Geschichte zu hören, hatte mich mehr ausgelaugt, als ich mir eingestehen wollte.

Diese Menschen hatten meine Schwester in ihrer Gewalt gehabt. *Menschen, die Kinder … entsorgten.*

Wieso hatten sie Cassie dann uns überlassen? Klar, es war eine Falle gewesen, und sicher hatten sie sich den Ausgang anders gewünscht. Dennoch brannte in mir plötzlich die Befürchtung, dass ich mich über Cassies Rettung zu früh gefreut hatte.

Ein Dröhnen ertönte, und als ich aufschaute, stand eine Wärterin vor meiner Zelle. »Zeit fürs Duschen.«

Sofort richtete ich mich von meiner Pritsche auf und folgte ihr nach draußen, nachdem sie die Tür geöffnet hatte. Die Duschzeiten wurden spontan eingeteilt, und auch die Mithäftlinge wurden immer gewechselt.

Die Duschen befanden sich ein paar Gänge weiter. Ich betrat die bis unter die Decke gefliesten Räume mit fünf anderen weiblichen Häftlingen und zog mich ohne jede Scham aus. Meine Sachen warf ich auf den Haufen, den die Häftlinge vor uns bereits aufgetürmt hatten. Dann stellte ich mich unter einen der Duschköpfe, die an der Decke hingen. Ich kannte das Prozedere inzwischen nur zu gut.

Erst als die letzte Inhaftierte sich unter den Duschkopf gestellt hatte, drückte die Wärterin den Knopf, und lauwarmes Wasser schoss in einem harten Strahl auf mich hinunter.

Ich nahm die Seife von der schmalen Ablage, seifte mich von oben bis unten ein und dachte dabei an Cassie.

Ich musste herausfinden, wie es ihr ging.

Ich musste Adam um Hilfe bitten.

Ihn zu fragen, ob er sich mit dem Direktor in Verbindung setzen könnte, war mir schon vorher in den Sinn gekommen. Aber ich hatte ihn nicht fragen wollen, weil ein kleiner Teil von mir die ganze Zeit gehofft hatte, der Direktor würde jeden Moment auftauchen. Doch das würde er nicht.

Jetzt hatte ich keine andere Wahl, als Adam um diesen Gefallen zu bitten, auch wenn ich ihn eigentlich nicht in dieses Spiel hineinziehen wollte. Nicht, nachdem er entkommen konnte. Niemand wusste von seiner Verwicklung in meine Taten, und das sollte auch so bleiben. Immerhin saß ich hier im Gefängnis und hatte keine Ahnung, was sie mit einem Mitwisser anstellen würden.

Das Wasser wurde in dem Moment abgestellt, als ich die Seife aus meinen Haaren gespült hatte. Ich nahm mir das klamme Handtuch, das an der Wand hing, und trocknete mich ab. Dabei starrte ich die Fliesen auf dem Boden an und spürte, wie langsam die Wirkung der Tablette nachließ. Durch meine hochgezogenen Mauern sickerten Gefühlssplitter, und ich kniff für einen Moment meine Augen zusammen, um mich wieder zu konzentrieren.

Ich war die Erste, die bei der Ablage mit der neuen Kleidung ankam, und zog mich eilig an.

Erst als ich wieder in meiner Zelle war, entspannte ich mich ein wenig und genoss das Gefühl von sauberer Haut und frischer Wäsche.

14. Kapitel

Dean

Laute Schritte durchzogen die leere Eingangshalle, als ich die Bibliothek mit den anderen Semestersprechern verließ. Seit unserer letzten Besprechung waren zwei Wochen vergangen, und nun hatten wir die Bewertungen unserer Mitschüler abgegeben. Ich für meinen Teil war schonungslos ehrlich gewesen.

Vivien war nach Thomas' Tod labil und ungewohnt wankelmütig, machte ihre Jobs dennoch gut.

Eva arbeitete hart und war besser in Form denn je.

Georges verbesserte Kräfte hatten sein Selbstbewusstsein gestärkt, was sich positiv auf seine Aufträge auswirkte.

Auch Christopher schien die Einsätze ernster zu nehmen.

Plötzlich hörte ich energische Schritte durch die Eingangshalle marschieren. Obwohl ich zur Treppe abbiegen sollte, weil es bereits spät war, siegte meine Neugier, und ich ging dem Geräusch nach.

Ich sah gerade noch jemanden um die Ecke biegen, dessen Anwesenheit ich als Allerletztes hier vermutet hätte.

Adam.

Ohne zu zögern, folgte ich ihm.

Er ging geradewegs in die Richtung von Direktor Roberts' Büro.

Allein sein Anblick reichte, um meinen Puls in die Höhe zu treiben. Er trug Mitschuld daran, dass Alexis weg war. Von

Anfang an hatte er über die Erpressung Bescheid gewusst, und wenn er ihr ins Gewissen geredet hätte, wäre diese ganze Geschichte vielleicht anders ausgegangen. Wegen *ihm* war Alexis nun weggesperrt.

Ich presste meine Zähne so fest zusammen, dass es wehtat, und zwang mich zur Ruhe, als ich das Büro erreichte. Die Sekretärin des Direktors hatte um diese Zeit längst Feierabend. Gut für mich.

Ich schaute mich im Gang um, bevor ich in das dunkle Vorzimmer trat und mich wie ein neugieriger Schuljunge neben die Tür stellte.

Direktor Roberts' Stimme war für mein verbessertes Gehör deutlich zu vernehmen. »… denkst du, dass ich dir darauf eine Antwort geben werde? Immerhin bist du noch ein Trainee, und gewisse Informationen unterliegen eben höheren Sicherheitsstufen. Du weißt das so gut wie jeder andere.« Er versuchte ruhig zu klingen, doch ich hörte den Tadel in seiner Stimme.

»Doloris Humphrey ist eine Gefahr. Das wissen Sie genauso gut wie ich! Aber lassen wir das mal außer Acht. Viel interessanter ist für Sie hoffentlich, dass sie sich Alexis als ihren Schützling ausgesucht hat.«

»Was?« Beunruhigung schwang in der Stimme des Direktors mit. Sie war so deutlich zu hören, dass sich mein Magen verkrampfte. Wenn der Direktor so reagierte, mit was für einer Gefahr hatte Alexis es dann zu tun? Und woher wusste überhaupt Adam davon?

»Genau«, sagte dieser nun ruhiger. »Doloris will mit ihrer Hilfe ausbrechen. Alexis wird stärker und stärker. Doloris zwingt sie zum Training, und das Tempo setzt Alexis zu. Sie wissen ja selbst, wie behutsam mentale Fähigkeiten trainiert werden sollten.«

Der Direktor antwortete nicht darauf, oder zumindest konnte ich es nicht hören.

Kurz darauf sprach Adam weiter. »Sir, entschuldigen Sie meine Vorwürfe, aber wieso haben Sie Alexis abgeschoben? In diesem Gefängnis verrotten die Häftlinge für den Rest ihres Lebens. Wieso ist sie dort?«

»Wir müssen ihr Strafmaß genau abwägen. Das dauert seine Zeit, und hier haben wir keine Ressourcen für eine dauerhaft inhaftierte Person in den Zellen der Basis«, erklärte er zu meiner Überraschung offen. »Alexis wird dort nicht verrotten.«

»So fühlt sie sich aber«, erwiderte Adam langsam, bedeutungsvoll. Er war also in diesem geheimen Gefängnis, wo auch Alexis war. Mein Magen rebellierte vor Eifersucht, und ich hasste mich dafür, denn in dieser beschissenen Situation hatte dieses Gefühl nichts zu suchen. Verdammt, aber ich vermisste sie, und der Drang, sie ausfindig zu machen, wurde mit jedem vergehenden Tag stärker. Ich hatte mich selbst in den letzten Tagen immer wieder dabei erwischt, wie ich unauffällig nach Informationen über dieses Hochsicherheitsgefängnis suchte. Es war wie ein Drang, den ich nicht abstellen konnte, und nun war Adam hier und redete über Alexis, als hätte er das Recht dazu, über sie zu bestimmen! Niemals hätte sie jemand anderen für sich sprechen lassen. Meine Hände ballten sich zu Fäusten, und ich atmete tief durch. Es war ja nicht so, als könnte sie gerade für sich sprechen. Vielleicht war Adam ihr einziger Weg. Ich musste wissen, wie es ihr ging.

»Sie ist stark.«

»Sie ist völlig fertig, auch wenn sie es selbst nicht sehen will. Doloris laugt sie aus, dabei gehört sie in Einzelhaft!«

»Es war unsere einzige Möglichkeit, an Informationen zu kommen«, erwiderte Direktor Roberts schroff. »Herakles ist uns immer drei Schritte voraus. Doloris hat einen Deal abgeschlossen. Dies war unser Teil davon.«

»Hoffentlich lohnen sich die Informationen«, erwiderte Adam hörbar angespannt. Seine Sorge um Alexis machte mich rasend, denn er hatte kein Recht dazu. Gleichzeitig war ein kleiner Teil von mir erleichtert, dass es jemanden dort gab, der auf sie aufpasste. Nicht, dass sie das nötig hätte, aber es schadete nicht. Vor allem dann nicht, wenn sie tatsächlich in Schwierigkeiten steckte.

»Das ist etwas, dass du den Agenten überlassen solltest«, erwiderte der Direktor unerbittlich.

Ein Teil von mir wollte schadenfroh sein, doch ich merkte selbst, wie unsinnig das war. Hier ging es einzig und allein um Alexis' Sicherheit. Ich würde Adam vermutlich nie besonders mögen, aber zu wissen, dass er sie hier vor Direktor Roberts verteidigte und für sie einstand, ließ ihn in meiner Achtung steigen.

»Das werde ich wohl müssen«, knurrte Adam.

»Wenn das alles war, dann wünsche ich dir noch einen schönen Abend.« Direktor Roberts' Aufforderung zum Gehen hätte nicht deutlicher sein können.

Ich stieß mich von der Wand ab und verließ den Vorraum, bevor mich einer von beiden erwischen konnte. Mit schnellen Schritten durchquerte ich den Flur und wurde erst im Eingangsbereich langsamer.

Kurz darauf hörte ich Adam.

Er bemerkte mich erst, als er schon die halbe Eingangshalle durchquert hatte, doch er schien nicht überrascht, mich zu sehen. »Hätte mir denken können, dass du derjenige warst, der uns belauscht hat.«

»Neugier ist mein Laster.« Ich zuckte ohne Scham mit meinen Schultern. »Alexis ist also in Gefahr?«

»Ist sie«, gab er bereitwillig zu und schüttelte seinen Kopf. »Direktor Roberts hat sie fallen lassen wie eine heiße Kartoffel, und jetzt schmort sie mit dem Abschaum unserer Welt in der wahr gewordenen Hölle.«

Ich schluckte bei der plötzlichen Vorstellung davon, wie sie in einer winzigen Zelle mit zehn anderen Häftlingen saß. »Wie geht es ihr?«

»Sie kämpft und tut so, als hätte sie alles im Griff. Aber das wird sie nicht lange durchhalten. Irgendwann wird Doloris zu weit gehen, und ich weiß nicht, wie ich ihr helfen kann.«

»Du beendest also in dem Gefängnis deine Ausbildung?«

»Du wurdest eingeweiht?«

»Nein, aber ich kann eins und eins zusammenzählen.«

Er nickte. »Ja, du hast recht. Ich wurde quasi versetzt. Auf meinen Wunsch. Erst vor ein paar Tagen habe ich zufällig von Alexis erfahren.«

»Wenigstens ist sie nicht alleine dort«, sprach ich meinen Gedanken von vorhin aus, wenn auch nur widerwillig.

»Das stimmt. Aber ich bin nichts im Gegensatz zur Freiheit.«

»Wie kann ich ihr helfen?«

»Vermutlich gar nicht«, sagte er trocken, und sein Blick ging zurück in Richtung von Direktor Roberts' Büro. »Es gibt nur einen, der es könnte. Und der weigert sich seltsamerweise.«

Ich folgte seinem Blick in den leeren Flur. »Wer ist diese Doloris?«

»Jemand, der man besser aus dem Weg gehen sollte. Sie ist

gefährlich. Ihre mentalen Kräfte können einen Menschen von innen heraus zerfetzen.«

»Und sie hat Alexis als ihren Schützling auserkoren?« Die Worte fühlten sich falsch in meinem Mund an. *Schützling*. Jemand, den man beschützen musste.

»Richtig. Doloris denkt sicher noch, sie würde Alexis einen Gefallen tun.«

»Was genau tut sie?«

»Du weißt ja, was Alexis für Kräfte besitzt.«

Ich nickte.

»Doloris bringt sie dazu, sie zu trainieren. Sie hat uns ja schon vor ein paar Wochen bei dem armen Wachmann demonstriert, wie sie Gefühle manipulieren kann. Er hat völlig anders gehandelt, als er es üblicherweise tun würde. Doloris ist scheinbar der Ansicht – und ich vermute es mittlerweile ebenfalls –, dass Alexis sogar Gefühle erzeugen kann, die gar nicht da sind. Sie soll Menschen lenken können, sodass sie tun, was Alexis möchte, ohne dass sie merken, dass sie manipuliert werden.«

Allein die Vorstellung hatte etwas Grauenvolles, und zugleich spürte ich eine seltsame Art von Stolz. »Und hat diese Doloris keine Angst, dass Alexis ihre Fähigkeiten gegen sie anwenden könnte?«

Adam schnaubte und schüttelte in einer beinahe hilflosen Geste seinen Kopf. »Ich würde darauf wetten, dass sie Alexis umbringt, sobald sie von ihr hat, was sie möchte.«

»Ihre Freiheit.«

»Richtig. Wenn Alexis es richtig anstellt, könnte sie die Wärter so manipulieren, dass diese sie mit allem Schnickschnack rauslassen und sie nicht einmal mehr belangt werden könnte.«

Mein Mundwinkel zuckte. »Nur, dass du und jetzt auch Direktor Roberts Bescheid wissen.«

»Alexis wollte sich nicht noch einmal erpressen lassen. Scheinbar benutzt Doloris mich als Druckmittel, damit Alexis tut, was sie möchte, und Alexis macht dieses Spiel mit. Sie will nutzen, was Doloris ihr ermöglichen kann. Doch ich mache mir Sorgen, dass sie irgendwann eine Grenze überschreitet.« Sein Blick wurde eindringlich, und ehrliche Sorge stand in seinen Augen. »Du würdest nicht glauben, wie sie aussieht. Zwei Tage in Doloris' Fängen, und schon ist sie blasser und schmaler, als ich sie je gesehen habe. Mentale Fähigkeiten sollten immer mit Bedacht trainiert werden.«

»Du klingst, als hättest du damit Erfahrungen gemacht.«

Adam seufzte. »Ich weiß nicht, wie viel du über mich weißt, aber ich war ebenfalls ein Opfer von Cassies Entführern. Ich habe gesehen, was sie da mit den Jugendlichen, nein, Kindern anstellen. Sie trainieren sie hart und intensiv. Wenn jemand das Tempo nicht mitmacht, wird er *entsorgt* oder stirbt einfach an den Folgen des Trainings. Und dieses Training hat schon so einige mental Begabte in die Knie gezwungen.«

Diese Neuigkeit war wie ein Schlag in den Magen. Ich starrte Adam an und konnte nicht fassen, was er da sagte. »Du bist … bist du etwa schuld an Cassies Entführung?«

»Gewissermaßen«, gab er zu und schaute weg, als könnte er mir bei seinem Geständnis nicht in die Augen sehen. »Alexis hat mir verziehen.«

Diese Worte ließen Eifersucht in mir hochkochen. »Schön für dich.«

»Es ist mehr, als ich verdiene«, sagte er leise und rieb sich das Gesicht, während er schwer ausatmete. Dann schüttelte er seinen Kopf. »Ich muss jetzt wieder fahren. War echt nett, dich zu sehen.«

»Fand ich auch«, murmelte ich. Und ich meinte es auch so.

»Und mach dir keine Gedanken. Alexis und ich stehen nicht aufeinander.« Er grinste mich an, bevor er zum Haupteingang ging und die Hand hob. »Wir sehen uns.«

»Bis dann.« Ein wenig überrumpelt schaute ich ihm hinterher. Es nervte mich, aber seine Worte schickten ein Gefühl von Erleichterung durch meinen Körper. Gleichzeitig verkrampfte sich etwas in meiner Brust bei der Vorstellung, dass Alexis in Gefahr war und Direktor Roberts nichts dagegen unternahm. Hatte er sie etwa wirklich schon aufgegeben?

»Warte!«, platzte es aus mir heraus, und ich lief Adam hinterher, noch bevor ich so richtig darüber nachdenken konnte. Er war an der Eingangstür stehen geblieben und hob fragend seine Augenbrauen.

Ich zog ein zusammengefaltetes Stück Papier aus meiner Hosentasche, das ich in Alexis' Zimmer gefunden hatte, nachdem sie abgeführt worden war. Einen Moment lang starrte ich die Papierblume an, bevor ich sie Adam überreichte. »Kannst du das Alexis geben?«

Adam betrachtete das Papier, und einer seiner Mundwinkel hob sich. »Soll ich ihr sagen, dass es von dir ist?«

»Ich boxe dich, wenn du behauptest, es wäre von dir«, erwiderte ich und hob ebenfalls meine Augenbrauen.

Adam lachte und nickte, während er das Papier behutsam in seine Hosentasche schob. »Wir sehen uns.«

»Danke.« Ich wartete, bis er das Gebäude verlassen hatte, drehte mich um und ging dann schnurstracks in Richtung der Trainingsräume. Ich musste dringend meinen Kopf freikriegen und all diese Informationen verarbeiten.

»Adam war gestern Nacht hier«, platzte Christopher heraus, als hätte er diese Information keine Sekunde länger für sich behalten können.

Wir setzten uns gerade alle mit den Tabletts an unseren üblichen Tisch im Speisesaal, und für einen kurzen Moment herrschte schockiertes Schweigen.

»Was!?«, rief Vivien entsetzt.

George hob neugierig seine Augenbrauen, und Eva machte ein *O* mit ihrem Mund. »Wirklich? Warum?«

Christopher zuckte mit seinen Schultern und deutete auf mich. »Mit mir hat er sich nicht unterhalten.«

Ich war nur einen kurzen Moment lang überrascht, dass er von meinem Gespräch wusste. Immerhin befanden wir uns inmitten einer Akademie voller neugieriger zukünftiger Agenten. Es war nicht verwunderlich, dass uns jemand gesehen hatte.

»Erzähl schon«, sagte Eva, und ihre Augenbrauen hüpften auf und ab. »Was wollte er hier? Wieso hat er nichts gesagt?«

»Du solltest echt mal aufhören, so zu sabbern«, zischte Vivien und konnte kaum verbergen, wie aufgewühlt sie war.

»Was hast du gegen ihn? Hat er dir was getan?«, fragte Eva kühl und sah über den Tisch hinweg zu ihr. »Du solltest aufhören, dein Gift zu versprühen, und darüber hinwegkommen.«

»Adam ist schuld am Tod von Alexis' Eltern«, platzte Vivien heraus und starrte ihr Tablett an, als könnte sie nicht fassen, dass sie das gerade laut gesagt hatte.

Totenstille breitete sich zwischen uns aus, während das Klappern von Besteck und Gelächter von den anderen Tischen zu uns herüberwehten. Es war, als wären wir in einer anderen Welt gefangen und würden hinter einem Spiegel sitzen, der uns zeigte, wie es einst zwischen uns gewesen war.

»Wie bitte?« Christopher fand seine Sprache zuerst wieder.

George atmete hörbar aus, als hätte er die Luft angehalten. »Vivien, du hast scheinbar wichtige Informationen, die du mit uns teilen willst. So oder so hast du eine Bombe platzen lassen, und jetzt kannst du uns auch erklären, was du damit meinst.«

»Dafür könnte ich eine Abmahnung bekommen«, flüsterte sie, noch immer fassungslos über sich selbst.

»Da hättest du vorher drüber nachdenken sollen«, meinte Eva kalt. »Raus damit.«

Vivien schluckte hörbar. »Ich wollte das nicht …«

»Meine Güte!«, rief Eva hörbar aufgebracht. »Dein ätzendes Getue geht mir auf den Keks! Erst haust du so etwas raus, und dann zerfließt du in Selbstmitleid? Was ist los mit dir?«

Ich hob meine Hand, um sie zum Schweigen zu bringen.

Eva kniff ihre Augen zusammen, verschränkte ihre Arme und lehnte sich schweigend auf ihrem Platz zurück.

»Vivien«, begann ich vorsichtig und merkte, wie sehr meine Einschätzung ihres labilen Zustandes passte. »Ich weiß, dass du viel Wut in dir trägst – und scheinbar auch einiges an Informationen. Wie wäre es, wenn du sie mit uns teilst? Anscheinend musst du sie irgendwie loswerden, sonst hättest du vermutlich nichts gesagt. Wir werden es niemandem sagen. Also, was ist los? Was weißt du?«

Sie schluckte und starrte mit leerem Blick auf ihr Tablett. Ihr ordentlicher Dutt hatte sich gelöst, und blonde Strähnen fielen ihr auf die Schultern. »Als ich für Thomas ein paar Informationen über Adam raussuchen sollte, bin ich darauf gestoßen. Scheinbar haben Alexis' Eltern ihn auf eine Beerdigung begleitet und sind gestorben, als sie ihn beschützt haben.«

Diese Erklärung stopfte kaum alle Löcher einer vermutlich viel größeren Geschichte. Aber sie reichte mir. »Ich vermute, dass Adam etwas jünger war, als es passiert ist?« Alexis hatte einmal erwähnt, dass sie ein Jahr nach dem Tod ihrer Eltern zur Akademie gekommen war.

Vivien nickte langsam.

»Dann ist es wohl kaum seine Schuld gewesen. Die Leute, die ihre Eltern getötet haben, waren achuld daran und nicht er, der beschützt werden musste.«

Vivien nickte erneut und vergrub die Hände in ihren Haaren. »Ich weiß nicht, was mit mir los ist.« Sie hob ihren Kopf und traf auf das Unverständnis der anderen. Dann sah sie mich an. »Dean ...«

Ich nickte und lächelte sie an, denn ich wusste genau, was mit ihr los war. Vielleicht wollte sie es sich nicht eingestehen, aber ihre Schuldgefühle standen ihr so deutlich ins Gesicht geschrieben, dass sie eigentlich niemand übersehen konnte. Langsam stand ich auf, umrundete den Tisch und legte meine Hand auf ihre Schulter. »Komm, wir machen einen Spaziergang.«

»Aber das Mittagessen ist gleich vorbei«, flüsterte sie, erhob sich aber dennoch, als sie sah, wie die anderen sie ansahen. *Abscheu. Mitleid. Unverständnis.*

Ich ließ meine Hand auf ihrer Schulter liegen und führte sie aus dem Speisesaal. »Vivien«, begann ich noch mal vorsichtig und mit einem Lächeln in meiner Stimme. »Thomas fehlt mir genauso, wie er dir fehlt.«

Sie nickte und zog ihre Nase kraus, während sie zu Boden sah. »Ich weiß nicht, wie das passieren konnte. Woher diese Gefühle kommen. Ich hasse es, dass ich ihn so sehr vermisse. Es ist, als würde sein Tod alles andere überschatten.« Sie sah auf, und Tränen standen in ihren Augen. »Ich vermisse ihn so sehr. Dean, ich weiß nicht, wie ich das abschalten kann«, schluchzte sie plötzlich.

Mitten im Flur vor dem Speisesaal zog ich sie in eine feste Umarmung. Worte waren unwichtig, und so hielt ich sie und strich beruhigend über ihren Rücken, während sie stille Tränen weinte und von stummen Schluchzern geschüttelt wurde. Sie litt, und auch wenn ich, genauso wie die anderen, nur das Mädchen hatte sehen wollen, dass unsere Freundin verraten hatte, war sie immer noch eine Freundin. Eine Freundin, die ich alleine gelassen hatte. Weil ich Alexis vermisste. Aber vielleicht musste ich eine Grenze ziehen und nicht mehr allein die Schuld in Vivien sehen.

Sie hatte getan, was sie tun musste. Daran war nicht zu rütteln.

Doch wir hatten sie alle fallen gelassen.

Ich hielt sie ein wenig fester und spürte, wie sie sich beruhigte. »Es tut mir leid«, sagte ich leise und spürte einen Kloß in meinem Hals.

»Nein, mir tut es leid.« Sie schniefte und löste sich mit einem verlegenen Lächeln von mir. »Ich bin so mitleiderregend.«

»Nein. Du trauerst.«

»Wieso trauere ich so viel mehr als ihr?«

Mein Magen verkrampfte sich, und auch wenn sie es nicht gewollt hatte, fühlte ich mich plötzlich wie ein Verräter an meinem ehemals besten Freund. »Vielleicht will ich nicht trauern«, gab ich zum ersten Mal offen zu. »Vielleicht bin ich dazu einfach nicht bereit und werde irgendwann ausflippen, wenn ich realisiere, dass er …« Nun stockte auch ich und sah mit einem traurigen Lächeln zur Seite. »… dass er nicht zurückkommt.«

Schweigend standen wir einander gegenüber und sahen uns an. Vivien rang sich nun ebenfalls ein trauriges Lächeln ab, mit verschmierter Schminke und doch irgendwie erleichtert. »Danke.«

»Irgendwann wird es aufhören, so sehr wehzutun«, sagte ich. Ich wusste nicht, ob es wirklich stimmte, aber das sagte man doch so, oder?

Vivien nickte langsam, zögernd. Sie strich sich unter ihren Augen entlang und wischte die verschmierte Schminke weg. »Tut mir leid, dass ich so viel Hass versprühe. Ich bin nur so wütend auf alles und jeden ...« Sie klang, als würde sie noch etwas sagen wollen, sah stattdessen aber nach unten, da ihre Uhr vibrierte und eine eingegangene Nachricht anzeigte. »Ich soll in Direktor Roberts' Büro kommen.«

Überrascht ging ich ein paar Schritte zurück und schaute in den Speisesaal. Tatsächlich war der Direktor nicht beim Essen. »Es ist bestimmt nichts Schlimmes.«

»Vermutlich schon. Ich werde nie zu ihm zitiert«, erwiderte Vivien matt und strich sich über ihr Gesicht, bevor sie mich mit einem wackeligen Lächeln ansah. »Wie sehe ich aus?«

»Verheult«, antwortete ich ihr ehrlich. »Aber das sollte sich bis zu seinem Büro gelegt haben.«

Sie lachte. »Wir sehen uns dann gleich in Spanisch. Falls ich zu spät komme, kannst du dann Mrs Ansari Bescheid sagen?«

»Mache ich.«

»Danke«, sagte sie erneut und ging, wobei sie ihre Schultern straffte und ihr Kinn leicht hob, als müsse sie sich Mut zusprechen und größer machen, als sie war.

Kurz schaute ich ihr hinterher und verfluchte Thomas mit einem Mal, dass er ihr so sehr den Kopf verdreht hatte. Sicher war es keine Absicht gewesen. Dennoch wünschte ich mir die alte Vivien zurück. Diejenige, die mit Bedacht an alles heranging und sich niemals beirren ließ. Diese Vivien hier war zu emotional, und auf einmal bezweifelte ich, dass sie die psychischen Tests bestehen würde, die uns am Ende unserer Ausbildung erwarteten. Zumindest nicht, wenn sie ihre massive Trauer nicht bald überstand.

15. Kapitel

Dean

»Onkel Ben, hey, hier ist Dean«, begrüßte ich meinen Onkel durch das Telefon. Ich stand vor dem Haupteingang der Akademie. Es regnete schon seit einer Stunde, und ich nutzte die kurze Pause zwischen den Unterrichtsstunden, um meinen Onkel anzurufen. Während des Spanischunterrichts hatte ich die ganze Zeit über an die gestrige Begegnung mit Adam gedacht.

»Dean, wie geht es dir?« Mein Onkel klang ungewohnt entspannt.

»Gut. Ist es gerade ungünstig?«

Er lachte. »Nein, alles in Ordnung. Ich sitze gerade im Auto auf dem Weg zu einem Auftrag. Was kann ich für dich tun?«

Ich lächelte ins Telefon und bemerkte zufrieden, wie entspannt das Verhältnis zwischen mir und meinem Onkel geworden war, seitdem wir zusammenarbeiteten. Früher hatte ich immer das Gefühl, da wäre so eine Art Barriere zwischen uns, auch wenn wir aus derselben Familie kamen und beide dem MI20 angehörten. Niemals waren unsere geheimen Tätigkeiten zum Thema geworden, und diese neue Offenheit zwischen uns bedeutete mir mehr, als ich zugeben wollte. »Es geht um etwas, das ich gestern Abend erfahren habe.«

»Nur zu. Ich werde sehen, ob ich dir helfen kann.«

»Ich habe gehört, dass eine Doloris Humphrey in den offenen Vollzug verlegt worden ist und Trainee Young jetzt als ihren Schützling auserkoren hat. Kennst du sie?«

Mein Onkel sog scharf Luft ein. »Doloris Humphrey? Bist du dir sicher, dass du diesen Namen gehört hast?«

»Ja, das bin ich. Wer ist das?« Ich versteifte mich, als ich dasselbe Entsetzen in seiner Stimme wahrnahm wie bei Direktor Roberts.

»Sie ist eine äußerst gefährliche Frau und gehört für den Rest ihres Lebens in Einzelhaft. Ich kann das nicht fassen. Du bist dir wirklich ganz sicher?«, fügte er leise hinzu. »Weiß der Direktor Bescheid?«

»Ja, ich bin mir sicher, Ben. Und nein – das, was ich dir jetzt erzähle, muss absolut unter uns bleiben.«

»Natürlich«, erwiderte mein Onkel ernst.

»Ich habe gehört, dass der Direktor ihre Verlegung angeordnet hat, weil er durch sie Informationen zu Operation Herakles bekommen hat. Ben, du bist der Leiter dieses Auftrags. Stimmt es? Hast du neue Informationen erhalten?«

»Habe ich nicht«, sagte er und schwieg einen Moment. »Ich habe keine Ahnung, was der Direktor plant. Oder warum er mich dabei offensichtlich übergeht. Aber ich werde es ganz sicher herausfinden«, fügte er leiser hinzu, und ich hörte ein dunkles Grollen in seiner Stimme. »Danke, dass du mir das gesagt hast. Ich muss jetzt auflegen und ein paar Telefonate führen.«

Ich nickte, auch wenn er es nicht sehen konnte. »Okay.«

»Wir hören uns!« Damit legte mein Onkel auf.

Im nächsten Moment kam ein Auto die lange Einfahrt auf die Akademie zugefahren. Da es nicht in die Tiefgarage abbog, musste es ein Besucher sein. *Wer besuchte denn um diese Uhrzeit das MI20?*

Gerade als ich mein Handy in meine Hosentasche steckte, öffnete sich die Tür der Akademie in meinem Rücken, und Vivien trat in den Regen hinaus. Sie war kreideweiß und bemerkte mich nicht einmal, als sie die Stufen hinunter nahm und auf dem Kiesweg zum Stehen kam.

Das Auto hielt direkt vor ihr. Ein Mann in schwarzem Anzug und mit hellen Haaren stieg aus und ging auf Vivien zu. »Schätzchen.«

»Dad«, schluchzte sie und warf sich in seine Arme. »Weißt du es schon?«

»Ich habe so eine Ahnung«, hörte ich ihn sagen, während er Vivien an sich drückte. Er sah mich und nickte kurz, bevor er sie wieder von sich schob und sie ernst ansah. »Lass uns zu Direktor Roberts gehen. Er soll uns erklären, was hier vor sich geht.«

Ich blieb stehen und beobachtete die Szene neugierig.

Vivien bemerkte mich erst, als sie direkt an mir vorbeiging. Sie schenkte mir ein gequältes Lächeln und folgte ihrem Vater in die Akademie.

Ich wartete einen Moment, bevor ich ihnen ins Gebäude folgte. Kurz überlegte ich, ob ich sie belauschen sollte, doch dann ertönte die Klingel. Jetzt hatten wir Japanisch, und mein Fehlen würde auffallen.

Also ging ich vorerst in Richtung der Klassenräume, auch wenn mir das alles mehr als merkwürdig vorkam.

*

Als wir uns nach dem Essen in Direktor Roberts' Büro einfanden, warteten er und Mr Turner bereits auf uns. Wir hatten erst vor wenigen Minuten die Benachrichtigungen bekommen, dass wir herkommen sollten. Es lagen keine Akten bereit, also schien es keinen Auftrag zu geben, doch wir sollten in unseren Agentenanzügen erscheinen. Schwarze Hose, schwarzes Jackett, schwarzes Hemd, schwarze Lackschuhe und ein dunkellila Tuch in der Jacketttasche.

Bisher hatten wir diese Outfits nur zu offiziellen Anlässen der Akademie getragen.

»Guten Abend«, begrüßte uns der Direktor. Im selben Moment ging die Bürotür auf, wurde wieder geschlossen, und kurz darauf stand Vivien neben mir. Doch unsere Konzentration lag ganz bei unseren Vorgesetzten.

Direktor Roberts und Mr Turner begrüßten sie mit einem knappen Nicken.

Ich hörte ihr zittriges Einatmen und sah aus dem Augenwinkel, dass sie ebenfalls ihre Agentenuniform trug.

»Sosehr sich unsere Agenten auch bemühen, können sie dennoch nicht jede Katastrophe verhindern«, sprach der Direktor weiter und sah uns nacheinander an. »Wir haben einen Tatort, den wir mit den *Numbers* in Verbindung bringen und den Sie untersuchen sollen. Mr Turner und Mr Mazur werden Sie begleiten. Bitte finden Sie sich in zehn Minuten in der Eingangshalle ein.« Er nickte und entließ uns damit.

Wir gingen geradewegs in Richtung der Eingangshalle. Eva, George und Christopher diskutierten leise, während ich mich zurückfallen ließ, um neben Vivien herzugehen. Sie war blass, und ihre Augen glänzten, als hätte sie kurz vorher geweint. »Alles okay bei dir?«

Sie schüttelte ihren Kopf. »Nein.«

»Willst du darüber reden?«

Wieder schüttelte sie ihren Kopf, lächelte aber dabei. »Danke, aber nein.«

Schweigend sah ich sie an und nickte dann, während wir zu den anderen aufschlossen. Mr Mazur war bereits da und schien auf uns gewartet zu haben. Wie wir trug er seinen Agentenanzug, und die Vorfreude in seinem Gesicht war für einen Tatort überhaupt nicht angemessen. »Auf geht's, Leute!«, rief er, als wir alle beieinanderstanden, und lief voraus in Richtung Treppe. »Beweise sammeln sich nicht von alleine!«

Sein Gang war geradezu beschwingt, während er uns durch die Verbindungstür zur Basis des MI20 führte und dann weiter in den Keller. Hier mussten wir nicht durch eine Geheimtür, die durch die Putzmittelkammer getarnt war, sondern landeten direkt in der Tiefgarage. Mr Mazur hielt auf einen schwarzen SUV zu und entriegelte den Wagen schon von Weitem.

Wir stiegen alle in das Auto, und unser Lehrer startete den Motor.

»Warten wir nicht auf Mr Turner?«, fragte Eva, die in der mittleren Reihe saß.

»Er kommt mit einem eigenen Wagen nach«, erklärte Mr Mazur, während er losfuhr und langsam die Tiefgarage durchquerte. »Nur um eins klarzustellen, ihr baut gefälligst keinen Unsinn oder macht irgendwelche Alleingänge. Ich darf das erste Mal seit meinem Untertauchen an einen Tatort, und wehe, einer von euch macht mir das kaputt!«

»Auf keinen Fall, Sir«, rief Christopher militärisch laut und grinste dabei.

Mr Mazur funkelte ihn von der Seite an, doch sein Mundwinkel zuckte, während er den Wagen aus der Tiefgarage lenkte und auf den hellen Kiesweg fuhr, der die Akademie mit der Außenwelt verband.

Nachdem wir uns bei den Agenten am Tor abgemeldet hatten, fädelte sich unser Lehrer in den Feierabendverkehr Londons ein.

Christopher reichte unsere Ausweise vom MI5 nach hinten durch, die uns für Aufträge im Inland erstellt wurden. Behalten durften wir sie während der Ausbildung nicht, aber nach unserem Abschluss würden wir nach außen hin ein Teil davon sein. Und ebenso ein Teil des MI6.

Es gab nur wenige Menschen, die von der geheimen Abteilung MI20 wussten. Nicht einmal Agenten mit der Sicherheitsfreigabe *Top Secret* wussten zwangsläufig von uns und unseren Fähigkeiten.

Dieses Geheimnis war ein gut gehüteter Schatz des Vereinigten Königreichs.

Wären da nicht Mitglieder von Herakles – denn sonst wüssten sie wohl kaum von dem Serum.

*

Der Tatort befand sich im nördlichen Teil des Hyde Parks. Als wir eintrafen, durchzuckte Blaulicht die Nacht, und weiträumige Absperrungen machten es den Schaulustigen unmöglich, etwas zu erkennen.

Als wir die Absperrung erreichten, wurden wir von einigen Polizisten aufgehalten, die aufpassten, dass keine Unbefugten das Gelände betraten.

»Wir sind das Sonderkommando.« Mr Mazur zückte mit Genugtuung in der Stimme seinen Ausweis.

Einer der Polizisten musterte uns weiterhin skeptisch, während er unsere Ausweise ganz genau studierte. »Ihr seht ganz schön jung für Agenten aus.«

»Schon mal was von Anfängern gehört?« Mr Mazur lachte. »Rufen Sie ruhig meinen Vorgesetzten an.«

Der Polizist schaute zu einem älteren Kollegen, der seinen Kopf schüttelte, nachdem auch dieser unsere Ausweise betrachtet hatte und sie nicht für Fälschungen hielt. »Schon okay. Ihr könnt gehen.«

Wir durchquerten die Absperrung, und ich spürte die Blicke der Polizisten in meinem Rücken. Natürlich stellten sie Fragen. Immer wenn wir uns als offizielle Personen ausgaben, stellten die Leute Fragen. Glücklicherweise hörten sie damit auf, sobald man sich ordentlich ausweisen konnte.

Kalter Wind fuhr mir durch mein Haar, und tief stehender Nebel wanderte am Rande der Dämmerung entlang. Der regennasse Rasen machte unter unseren Füßen schmatzende Geräusche, als würde er die Tritte missbilligen.

Ich roch das Blut schon, bevor ich es sehen konnte. Metallisch schwebte der Geruch an den Polizisten und der Spurensicherung vorbei, wie ein sich davonstehlender Geist. Hier am Tatort selbst waren keine Polizisten mehr, sondern Agenten des MI20, wie ich unschwer an dem unscheinbaren lila Tuch erkennen konnte, das aus den schwarzen Uniformen oder weißen Schutzanzügen herausblitzte.

Das Erste, was mir auffiel, waren die vielen Tücher, die über Dutzenden von Körpern ausgebreitet waren.

»Oh mein Gott«, flüsterte Eva neben mir.

»Keine Panik.« Mr Mazur lachte hämisch und ging zur nächsten Leiche. Er packte das Tuch und zerrte es von dem leblosen Körper. Ich verkrampfte mich. Einem leblosen Körper, der nie gelebt hatte.

»Das sind nur Puppen, übergossen mit Schweineblut, wenn der Schnelltest nicht falschlag.«

»Wer macht denn so einen Scheiß?«, stieß Christopher aus, und ich meinte, Erleichterung in seiner Stimme zu hören.

»Laut den Überwachungskameras rund um den Park waren es Jugendliche. Deshalb ist die Wahrscheinlichkeit groß, dass es unsere *Numbers* sind. Na dann, sucht Spuren, mischt euch unter die Leute, und in ein paar Stunden möchte ich Ergebnisse sehen. Ich will wissen, warum sie so einen Unsinn veranstaltet haben!« Er klatschte in seine Hände und wedelte dann damit, als würde er uns verscheuchen wollen.

Wir verteilten uns. Ich ging direkt zu einem Agenten, der neben einer der Puppen stand und etwas notierte. »Hallo. Ich bin Trainee Nolan, kann ich Ihnen helfen?«

Er nickte und sah nur kurz auf. »Agent Williams«, stellte er sich knapp vor und deutete mit seinem Kugelschreiber auf die abgedeckten Plastikkörper. »Wir brauchen Fotos. Von jeder Puppe, aus jedem Blickwinkel. Schon mal gemacht?«

»Ich habe gelernt, wie es geht.«

»Gut, dann machen wir direkt mal den Test am nicht lebenden Objekt.« Er gluckste über seinen eigenen Witz und deutete auf die Kameratasche neben ihm. »Schnapp dir die Kamera. Nummernkarten sind bereits verteilt und müssen auf jedem Bild zu sehen sein.«

»Alles klar.« Ich nahm mir die Tasche und machte mich an die Arbeit.

Es dauerte mehrere Stunden, bis ich die dreißig blutverschmierten Puppen fotografiert hatte. Sie lagen ohne ersichtliche Ordnung herum, und mehr als einmal fragte ich mich, was genau das hier werden sollte. Sicher zog so eine Gruselshow Aufmerksamkeit auf sich, und die meisten Agenten vermuteten eine Botschaft dahinter. Aber was für eine?

Meine Uhr vibrierte, und als ich sah, dass mein Onkel anrief, drückte ich auf das Annehmen-Symbol. »Hallo?«

»Wo seid ihr gerade?« Onkel Bens schroffe Stimme erklang über die implantierten Knöpfe in meinem Ohr.

»An einem Tatort im Hyde Park, wieso?« Ich betrachtete das Display der Kamera und überprüfte die Bilder.

»Weil es ein verdammtes Ablenkungsmanöver war!«

Ich ließ die Kamera sinken. »Was?«

»Ich habe es dem Direktor immer wieder gesagt!«, brüllte er, völlig außer sich.

»Was hast du ihm gesagt?« Ich schaute mich um und sah, wie ein zuvor nicht anwesender Agent über den Platz lief und auf Mr Turner und Mr Mazur zusteuerte. Sie unterhielten sich, und die zuvor recht entspannte Haltung der beiden Lehrer versteifte sich merklich.

»Die Kinder auf der Liste waren nicht außer Gefahr«, erklärte mein Onkel noch immer aufgebracht.

Ich sah zu, wie die Lehrer gemeinsam mit dem Agenten zu George gingen, der mit einem anderen Agenten in einem improvisierten Zelt Proben auswertete.

»Oh *nein.*« Meine Worte waren ein Hauch im Wind.

»Sie haben eins von den Kindern erwischt. Die Cousine eines Trainees. Der überwachende Agent wurde überwältigt. Ein. Einziger. Verdammter. Agent!«

»Haben die sie entführt?«

»Sie haben es versucht. Sie hat sich wohl gewehrt und ein Nachbar hat es gesehen und wollte ihr helfen. Er hatte scheinbar eine Waffe. Beide sind gestorben.«

Mein Atem klang unnatürlich laut, während ich zusah, wie George immer blasser wurde und versuchte, die Fassung zu bewahren.

»Direktor Roberts hätte die Leute auf der Liste besser beschützen lassen müssen!«

Mein Onkel gab ihm die Schuld, und ich musste zugeben, dass es mir ähnlich ging. Wie leichtsinnig war es zu glauben, dass sie es nicht noch mal versuchen würden?

»Was ist mit den anderen?«

»Die zuständigen Agenten konnten sie beschützen.«

Ich schluckte schwer und sah mit an, wie George und Mr Turner den Tatort verließen. Gleichzeitig machte sich Erleichterung in mir breit. Mein Bruder war also in Sicherheit.

»Und das hier? War der Hyde Park wirklich nur eine Ablenkung?«, fragte ich tonlos und sah zu, wie die Agenten wild gestikulierend auf den Tatort zeigten.

»Ja, sie haben so geschlampt, dass es dem MI20 auffallen musste. Scheinbar haben sie gehofft, wir würden nachlässig werden und so viele unserer Agenten wie möglich hinschicken.« Er klang ruhiger, dennoch hörte ich deutlich die Wut in seiner Stimme.

»Was passiert jetzt?«

Er seufzte. »Mach deinen Job, mein Junge. Ich wollte dich nicht mit in den Mist ziehen.«

»Dafür ist es schon lange zu spät«, erwiderte ich. »Danke, dass du mir das alles erzählst.«

»Es ist nur fair, dass mein Neffe das gesamte Wesen des MI20 kennt. Außerdem seid ihr schon zu tief in den Fall verstrickt, als dass man euch mit Lügen abspeisen sollte.« Er atmete tief ein. »Wir hören uns bald wieder.«

»Bis dann«, konnte ich noch sagen – dann hatte er aufgelegt.

Ich hatte noch die Kamera in der Hand und bemerkte, dass das Display schwarz geworden war.

16. Kapitel

Alexis

Caesar kniete vor mir und keuchte mit gespieltem Schmerz, während er sich den Kopf hielt.

Ich starrte ihn an, spürte das Pochen in meinem Kopf und wusste nicht, wie ich reagieren sollte.

In den letzten Tagen hatte ich mit Grace trainieren müssen, so viel, dass ich jeden Abend erschöpft ins Bett fiel.

Doloris war so wütend über meinen scheinbaren Misserfolg, dass sie Grace alle Finger gebrochen hatte und einen anderen Häftling an ihrer Stelle mit mir trainieren ließ.

Doch Caesar schauspielerte so schlecht, dass ich es auch ohne dieses Wissen bemerkt hätte.

Ebenso wie Doloris. »Was soll dieser Unfug?«

Sie hob eine Hand. Plötzlich versteifte sich Caesar und griff mit seinen Händen an seinen Hals. Er röchelte und starrte sie mit schreckgeweiteten Augen an, während er versuchte, die unsichtbaren Hände von sich zu schieben. »Ich verstehe nicht …«

Bei diesem Anblick verengte sich mein Hals, und ich schluckte nur mühsam die Erinnerung an diese Qualen herunter. »Ich werde es nächstes Mal besser machen«, beteuerte ich, um die Situation zu entschärfen. »Ich glaube, ich habe den Dreh langsam raus.«

Doloris' funkelnde Augen trafen meine. »Ich lasse mich

nicht verarschen.« Sie hob ihr Kinn, worauf Caesar ein geradezu unmenschliches Fiepen von sich ließ. Er wurde ganz grün im Gesicht. Rote Adern durchzogen das Weiß seiner Augen. Seine Gefühlssignatur wurde schwächer.

»Sie bringen ihn um«, presste ich durch meine zusammengebissenen Zähne.

»Ach ja?« Ihre Stimme war bedrohlich leise. Sie wusste *genau*, was sie da tat.

Irgendwo hinter mir hörte ich Grace keuchen.

Mein Blick glitt zu Caesar, dessen Gesicht sich gerade blau verfärbte. Doloris' Anhänger umringten uns wieder in einem lockeren Kreis, und scheinbar sah keiner der Wärter, was hier los war.

»Hören Sie sofort auf«, forderte ich mit bedrohlich leiser Stimme. »Lassen Sie ihn sofort los!«

Caesars kraftloses Röcheln dröhnte in meinen Ohren. Ich senkte mein Schild und spürte seinen Schmerz, der so heftig war, dass ich wankte. Nur mit Mühe konnte ich mein Schild wieder anheben.

»Zwing mich doch«, zischte Doloris und blitzte mich an. »Zwing mich, ihn freizulassen.«

Ich starrte sie an, und obwohl ich wusste, dass sie das alles nur tat, um mich zu provozieren, ging ich darauf ein. Ich konnte ihn nicht sterben lassen!

Meine Augen schlossen sich, und ich spürte Doloris' Gefühlssignatur sofort, die so stark war, dass sie alle anderen übertraf. Ohne zu zögern griff ich nach ihr und schrie in meinen Gedanken, dass sie Caesar loslassen sollte. Ich zwang ihr das Gefühl auf, ihn freilassen zu wollen. Dann ging alles ganz schnell. Mein Körper bebte, während mich meine Kräfte unkontrolliert zum Zittern brachten und ich verzweifelt versuchte, meine Beherrschung zurückzuerlangen. Heftig atmend sank ich auf die Knie.

Ein Raunen ertönte um mich herum.

Ich öffnete meine Augen und sah, dass Doloris Caesar tatsächlich losgelassen hatte. Er lag auf dem Boden und rang nach Luft.

Ihr Blick ruhte auf mir, mit einer Überlegenheit, als wäre genau das eingetroffen, was sie sich gewünscht hatte. Gleichzeitig sah ich so etwas wie Furcht in ihren Augen aufblitzen. »Sehr gut. Du kannst es also doch.«

Ich befeuchtete meine plötzlich trockenen Lippen und schluckte schwer, während ich versuchte, den Schwindel in meinem Kopf zu besiegen. Die Selbstsicherheit, die in ihrer Stimme lag, hatte so überhaupt nichts mit Furcht zu tun. »Ach ja?«

»Ich wollte ihn loslassen. Ganz plötzlich.« Sie lächelte, irgendwie überrascht und dennoch begeistert. Ihr Blick schweifte ab, wanderte über die Mauern um uns herum, bevor sie mich wieder ansah. »Aber es kam zu plötzlich. Du solltest behutsamer vorgehen. Morgen übst du mit jemand anderem. Jemandem, der mich nicht bescheißen will.« Sie machte eine Handbewegung, während sie sich umdrehte und ging, und natürlich taten es ihre Leute gleich.

Im selben Moment stöhnte Caesar, bäumte sich unter Schmerzen auf und griff sich an die Brust.

Ich zögerte nicht länger und stolperte schreiend auf ihn zu. Mein Schild schoss herunter, als würden Gewichte daran hängen. Sein Schmerz schwappte ungefiltert auf mich über, und ich spürte, wie die Dunkelheit an ihm zerrte. »Nein!« Ich brüllte lauter, wollte ihm helfen und wurde von der Barriere zurückgeschleudert, die mir elektrische Stöße durch den Körper jagte.

»Hilfe!« Ich schrie noch lauter und versuchte mich ihm zu nähern, ihm zu helfen, doch konnte es nicht. Mein Kopf fuhr herum. »Hilfe!«

Im Augenwinkel sah ich herannahende Wärter.

Zu langsam.

Caesars Schreie verstummten.

Der Schmerz verging.

Wir sackten gleichzeitig zusammen.

Ich entkräftete.

Er war tot.

»Scheiße, nein«, flüsterte Grace irgendwo hinter mir.

Jemand schleuderte mich zur Seite. Nein, eine elektrische Barriere schleuderte mich weg. Irgendwie robbte ich außerhalb des elektrischen Knisterns, spürte meine Hose an den Knien aufreißen und würgte.

»Aufstehen!«, brüllte einer der Wärter.

Doch ich konnte nicht. Der Schock lähmte mich, während ich kniend auf den steinernen Untergrund des Außengeländes starrte.

Caesar ist tot! Der Gedanke tobte wie ein Sturm in meinem Kopf.

»Steh gefälligst auf!« Ein Tritt traf mich in die Seite, und ich wurde weggeschleudert.

»Sie kann nicht!«, hörte ich Grace schreien.

Doch wieder traf mich ein Tritt. Ich schlug mit dem Kopf auf dem Boden auf. Der Schwindel war überwältigend, dennoch schaffte ich es, bei Bewusstsein zu bleiben.

»So ein Dreck«, fluchte der Wärter.

Verschwommen beobachtete ich, wie er sich mir näherte, mir so nahe kam, dass ich in Erwartung eines Stromstoßes zusammenzuckte. Doch da war kein Stromstoß. Es war eine Nadel in meinem Nacken. Ich spürte sofort, wie die Flüssigkeit durch meine Adern floss. Schwärze breitete sich in mir aus. Meine Muskeln krampften und wurden zugleich tonnenschwer.

Das Letzte, was ich sah, war Caesar, der bleich nur wenige Meter von mir entfernt lag. Wärter umkreisten ihn wie hungrige Geier.

Er war tot, weil er mir hatte helfen wollen. *Doloris wird dafür bezahlen.* Dann riss mich die Injektion in die Tiefe.

*

Als ich wieder zu mir kam, hatte ich einen ranzigen Geschmack im Mund, und mein ganzer Körper schmerzte. Blinzelnd öffnete ich meine Augen und erinnerte mich gleichzeitig an Caesars tote Augen. Mein Hals brannte und wurde eng, während ich meine Augen immer wieder zusammenkniff, um die aufkommenden Tränen zurückzudrängen.

Ich war nicht überrascht, als ich mich umsah und mich in einem Verhörraum wiederfand. Mauerwerk umgab mich von allen Seiten. Ich saß an einem Tisch, in dessen Mitte sich ein Ring befand, an dem ich angekettet war. Wie ein Tier in einem Käfig.

Mir gegenüber saß Agent Donalds und betrachtete mich ausdruckslos. Mein Blick wanderte weiter, und ich entdeckte einen älteren Agenten, der in der Ecke des Raumes stand. Seine Arme waren verschränkt, und er lehnte an der Steinwand, während er mich ansah, als versuche er, mich zu lesen.

»Könnte ich etwas zu trinken bekommen? Bitte?« Ich versuchte meinen trockenen Hals mit ein wenig Spucke zu befeuchten.

»Erst müssen Sie uns ein paar Fragen beantworten, Miss Young.« Agent Donalds beugte sich vor und stützte sich auf seine Unterarme, dabei lächelte er mich offen an.

Ich senkte mein Schild, wollte seine Gefühle ergründen, doch spürte nichts. Scheinbar hatten sie mir irgendwie den Wirkstoff verabreicht, der auch in Dr. Sams Tabletten war. Anders konnte ich mir diese völlige Abwesenheit von Gefühlen nicht erklären. »Okay.«

»Was ist mit Caesar Simmons passiert?«

Ich lehnte mich zurück und erzählte den beiden alles. Von Doloris Humphreys Mord an Memphis, und dass sie seinen Platz übernommen hatte. Ich erzählte ihnen von den Trainingseinheiten und davon, wofür sie mich benutzen wollte.

Doch sie glaubten mir nicht. Natürlich taten sie das nicht.

»Doloris Humphrey braucht niemanden«, sagte nun Agent Donalds, nachdem wir uns ewig lang im Kreis gedreht hatten und sie mich meine Aussage mehrere Male wiederholen ließen. Sicher suchten sie nach Widersprüchen, die sie aber nicht finden würden.

»Reicht Ihnen das jetzt? Caesar ist tot, und Sie glauben mir sowieso kein Wort.«

Ein kurzes Schweigen folgte, das schließlich von dem älteren Agenten durchbrochen wurde. »Das war zunächst alles. Wir bringen Sie nun in Ihre Zelle.«

Ich nickte nur und versuchte mir meine Erleichterung nicht anmerken zu lassen. »Okay.«

Agent Donalds holte einen Schlüsselbund aus seiner Hosentasche und öffnete meine Handschellen. Ich stand auf und streckte mich leicht, bevor ich ihm nach draußen in den Flur folgte.

»Ich werde nun die Fußfessel aktivieren«, warnte mich der ältere Agent und trat einige Schritte zurück.

Ich nickte und spürte kurz darauf ein leises Knistern, worauf ich noch einen Schritt zurück machte.

»Folgen Sie mir«, befahl Agent Donalds und ging voraus.

Ich tat, was er mir sagte, und spürte, wie der ältere Agent dicht hinter mir war, sodass ich zwischen ihnen eingekeilt war.

Dunkelheit umhüllte uns, und als wir an den ersten Zellen vorbeikamen, schliefen die meisten Häftlinge bereits. Ich wunderte mich, dass ich so lange bewusstlos gewesen war, stellte aber keine Fragen.

Als wir meine Zelle erreichten, sperrten sie mich ein.

Der ältere Agent presste kurz seine Lippen zusammen, die einzige Regung in seinem sonst so unergründlichen Gesicht. »Danke für Ihre Kooperation.«

Ich musste lächeln, weil er mich für einen Moment nicht wie eine schuldige Schwerverbrecherin betrachtete. »Einen schönen Abend noch.«

Sein Mundwinkel zuckte, dann gingen er und Agent Donalds und ließen mich in meiner Zelle zurück. Ich schaute ihnen hinterher, bis ich sie nicht mehr sehen konnte, und ging dann zu meiner Pritsche, um mich auszuruhen. Ich schloss meine Augen und schluckte. In diesem Moment wünschte ich mir so sehr, woanders zu sein.

Unweigerlich tauchte Deans Gesicht vor meinem inneren Auge auf. Ich vermisste seine blöden Sprüche und seine Besserwisserei. Ich vermisste *ihn*.

*

»Ich konnte die ganze Nacht nicht schlafen«, gestand mir Grace am nächsten Morgen, als wir uns an der Essensausgabe zum Frühstück trafen.

Kurz schaute ich mich um, doch von Doloris war noch nichts zu sehen. »Kann ich verstehen.« Mir war es nicht anders ergangen. Ständig war Caesars Gesicht vor meinen Augen aufgetaucht, und immer wieder hatte ich das hämische Lachen von Doloris in meinem Kopf gehört.

Wie aufs Stichwort erklang ihre Stimme, und sie trat in den Speiseraum.

Wir ließen uns unser Essen geben, als wir an der Reihe waren, und gingen dann zu dem üblichen Tisch.

»Irgendwie muss das enden«, hörte ich Grace murmeln, die ungewohnt ernst war.

»Psst«, zischte ich leise, denn ich wollte nicht riskieren, dass Doloris ihr etwas antat, wenn sie sie hörte. »Wir finden einen Weg. Aber jetzt halten wir die Füße still.«

Sie presste ihre Lippen aufeinander und nickte nur stumm.

Als Doloris sich auf ihren Platz setzte, betrachtete sie mich mit einem warmen Lächeln. »Bereit?«

»Die haben mir was verabreicht, das meine Kräfte dämmt«, erklärte ich ihr ernst.

»Dann hoffen wir, dass das Zeug bis zum Ausgang heute Mittag abgebaut ist. Ich will wirklich niemandem wehtun müssen.« Sie seufzte schwer und lächelte dann wieder. »Es kommt ganz auf dich an.«

»Versuchen Sie nicht, mir die Schuld für Ihre Taten zuzuschieben«, zischte ich, und prompt durchzuckte mich ein sanfter Stromstoß, als Grace scheinbar versucht hatte, mich zu treten und mir dabei zu nah gekommen war. Eine Warnung, nicht zu weit zu gehen.

Doloris' rechter Mundwinkel hob sich. »Der arme Tropf

gestern hatte scheinbar ein schwaches Herz. Wer könnte denn ahnen, dass dein kleines Training ihm so zusetzen würde.« Ihre Augen blitzten und erinnerten mich an die einer Schlange. Bereit zuzubeißen. »Die Agenten gestern hatten sicher so einige Fragen.«

Mein Magen verkrampfte sich, doch ich schaffte es, äußerlich völlig gelassen zu bleiben. »Die hatten sie. Aber natürlich gab es keine Beweise. Sonst säße ich vermutlich nicht hier.«

Sie lachte, amüsierte sich offensichtlich köstlich und nahm ihr Besteck in die Hand. »Was für ein Glück für dich.«

Ich presste meine Zähne so fest zusammen, dass es wehtat, nur um nicht dem Drang nachzugeben, ihr ins Gesicht zu spucken.

Als ich wenig später zurück in meiner Zelle war und mit meinem täglichen Training beginnen wollte, tauchte Agent Donalds vor meiner Glaswand auf.

Ich hielt die Luft an und begegnete seinem Blick, der auf mir ruhte, während ich mich aus der Liegestützposition aufrichtete. Plötzlich kehrten tausend Befürchtungen zurück.

»Sie haben Besuch.« Agent Donalds' Schatten tauchte in meinem Augenwinkel auf.

»Von wem?« Verwirrung und Aufregung kämpften mit mir, während ich mich aus meiner Liegestützposition erhob und ihn verwirrt durch die Glaswand hindurch ansah.

»Das werden Sie schon noch herausfinden.« Er öffnete die Tür und bedeutete mir, ihm zu folgen.

Ich tat sofort, was er sagte, und entdeckte im nächsten Moment einen jüngeren Agenten, der einige Schritte hinter Agent Donalds gestanden hatte. Kurz musterte er mich misstrauisch, bevor er vorausging. Gemeinsam eskortierten sie mich durch das Gefängnis.

Wir nahmen denselben Weg wie gestern, vorbei an gläsernen Zellen, den endlos scheinenden Gang entlang. Immer wieder gingen zur Seite hin Gänge mit weiteren Zellen ab, und über uns schien spärlich das Licht durch die kleinen Dachkuppeln.

Schließlich gelangten wir in einen weiteren Trakt. Hier gab es keine gläsernen Zellen, die Türen waren mit Milchglas versehen. *Hinter einer dieser Türen lag sicherlich die Freiheit.*

Sie führten mich in einen anderen Raum als gestern Nacht. Erneut wurden meine Hände mit Handschellen an dem Stahlring auf dem Tisch festgemacht.

Agent Donalds ging nach einer kurzen Überprüfung meiner Fesseln wortlos hinaus, und der andere namenlose Agent blieb in einer Ecke des Raumes stehen. Er starrte mich an, als würde er erwarten, dass ich mich vor ihm in Luft auflöste.

Da ich mit dem Rücken zur Tür saß, wusste ich nicht, wer eintrat, und die noch immer wirkende Injektion verhinderte, dass ich eine Gefühlssignatur wahrnehmen konnte.

Der Besucher zögerte einen Moment, bevor er mit entschlossenen Schritten näher kam. Diese Gangart hätte ich überall herausgehört. Auf Absätzen, entschlossen, schnell und präzise.

»*Vivien*«, flüsterte ich, als sie schließlich in mein Sichtfeld trat.

Ihre Hände waren zu Fäusten geballt, und ihr Kiefer schien angespannt. Sie starrte mich an, während sie sich auf den Stuhl mir gegenübersetzte.

Am Rande nahm ich wahr, wie die Tür geschlossen wurde und sich jemand daneben positionierte. Vermutlich Agent Donalds.

»Hallo Alexis«, begrüßte sie mich kühl.

Tausende Bilder unserer Freundschaft spielten sich in meinem Kopf ab, während ich sie betrachtete. Sie wirkte müde, unglücklich und wütend. Die Vivien, die ich gekannt hatte, war in jeder Lebenslage halbwegs gefasst gewesen. Es war, als säße mir eine Fremde gegenüber. Eine Fremde, die aussah, als könnte sie eine Umarmung vertragen.

Natürlich blieb ich still sitzen. Sicher war sie nicht wegen einer herzlichen Umarmung gekommen.

Vivien hier zu sehen, löste Tausende Gefühle in mir aus. Zu viele, um mich zu entscheiden, ob ich es gut, schlecht oder beunruhigend finden sollte. Sie war wie eine Verbindung zu einer Welt, die unendlich weit entfernt schien. Eine Verbindung zu Cassie. Ich wollte unbedingt wissen, wie es ihr ging, doch ihre angespannte Haltung verriet mir, dass sie vermutlich ebenso wenig hier war, um mit mir über meine Schwester zu sprechen.

»Ich habe nicht mit einem Besuch von dir gerechnet«, ergriff ich stattdessen das Wort.

»Du hättest einen Besuch auch gar nicht verdient.« Sie biss sich auf ihre Unterlippe, als würde sie die Worte sofort bereuen, und blickte zur Seite. Kurz schloss sie ihre Augen. Sie schien sich zu sammeln.

Ich war so bestürzt von diesem Anblick, dass ich schwieg.

»Wieso arbeitest du für meine Mutter? Was erhoffst du dir davon?« Ihre Worte waren voller Vorwürfe, und ich war überrascht, dass sie offensichtlich davon ausging, dass ich um ihre Beziehung zu Doloris Humphrey wusste. Wobei dies bei der Ähnlichkeit zwischen den beiden kaum zu leugnen war.

»Sie zwingt mich dazu«, erwiderte ich und hielt ihrem anklagenden Blick stand. »Ich würde auch lieber ein paar Meter mehr Abstand zu ihr haben.«

Sie glaubte mir kein Wort. »Und was sollte sie gerade von dir wollen?«

»Sie will hier raus. Ich soll ihr helfen«, antwortete ich ehrlich. Je mehr Leute es wussten, umso besser. Falls irgendetwas schieflaufen würde oder mir etwas passierte, würde hoffentlich irgendwer eins und eins zusammenzählen können. Allein bei dem Gedanken daran wurde mir ganz kalt. »Aber das werde ich nicht tun.«

»Du sollst jemanden hier drin umgebracht haben. Schon wieder«, fügte sie kalt hinzu.

»Das war *sie*«, zischte ich und wollte demjenigen, der diese Lügen verbreitete, am liebsten eine reinhauen.

»Aber du bist sicher nicht hier, um den Tod eines Häftlings zu untersuchen.« Nun war auch meine Stimme kalt. »Was willst du?«

»Ich soll dich davon abhalten, mit meiner Mutter gemeinsame Sache zu machen. Direktor Roberts meinte, ich soll verhindern, dass sie dich auf ihre Seite zieht.«

Ihre Worte waren wie ein harter Schlag in meinen Magen. *Das* glaubte der Direktor also? Dann schien er mich tatsächlich aufgegeben zu haben.

Ich wusste nicht, was ich dazu sagen sollte, und starrte meine ehemals beste Freundin einfach nur an.

Sie interpretierte mein Schweigen völlig falsch und bekam hektische Flecken am Hals. »Hat sie es etwa schon geschafft?«

»Du hast mich vor deiner Mutter gewarnt. *Danke.* Aber wenn du sonst nichts zu sagen hast, würde ich das hier gerne beenden.«

»Du bist mir das schuldig«, presste sie durch ihre zusammengebissenen Zähne hervor.

»Ich schulde dir überhaupt nichts«, erwiderte ich leise und gefasst.

»Du bist eine Mörderin!« Ihre Augen glänzten, als würde sie jeden Moment in Tränen ausbrechen. »Genauso wie meine Mutter.«

Ihre Worte ließen den letzten Funken Hoffnung in mir sterben, dass wir irgendwann vielleicht wieder normal miteinander umgehen könnten. »Ich habe niemanden getötet.« Meine Stimme war ruhig, während ich innerlich zitterte.

»Du hast es doch schon in den Simulationen genossen«, warf sie mir angewidert vor.

Ich starrte sie an. Fassungslosigkeit flutete meine Sinne, und ich war einen Moment lang wie schockgefroren, bevor ich meinen Kopf langsam schüttelte. »Das war unser Job. Es waren *Simulationen.* Das kannst du nicht ernst meinen.«

Sie schien noch etwas sagen zu wollen, doch ich schnitt ihr das Wort ab und sah den Agenten in der Ecke an. »Muss ich mir das anhören, oder kann ich diesen Besuch auch beenden?«

»Der Besuch ist beendet, wenn Sie es möchten«, sagte hinter mir Agent Donalds glücklicherweise. Ich hörte, wie er hinter mir die passenden Schlüssel für meine Handschellen raussuchte. Gleichzeitig klopfte er an die Tür. »Agent Summers, begleiten Sie bitte Trainee Vivien Taylor nach draußen.«

Ich hörte, wie hinter mir die Tür geöffnet wurde und ein weiterer Agent eintrat.

Vivien starrte mich wütend an, während sie sich von ihrem Stuhl erhob. »Du solltest dich nicht mit den falschen Personen abgeben. Meine Mutter begleitet der Tod, wohin sie auch geht. Aber eigentlich passt du perfekt zu ihr.«

Ich schluckte und konnte einfach nicht fassen, dass sie das alles wirklich glaubte. Am liebsten hätte ich sie zum Teufel geschickt. Gleichzeitig lauerten Tausende Fragen in meinem Kopf. »Wie geht es Cassie?«

»Sie stirbt«, antwortete sie schlicht und ging einfach an mir vorbei.

Ich wollte aufspringen, doch meine Handschellen hinderten mich daran und raschelten laut. »*Was?* Was meinst du damit? Vivien!«, brüllte ich, doch sie ging einfach weiter und ließ mich zurück.

»Vivien! Das kannst du mir nicht antun! Sag mir, was mit meiner Schwester los ist!«, schrie ich noch lauter, obwohl ich hörte, dass die Tür des Verhörraumes längst hinter ihr zugefallen war.

»Wir kommen gleich wieder, wenn Sie sich beruhigt haben, Miss Young«, sagte Agent Donalds hinter mir, und kurz darauf verließen er und sein Kollege den Raum.

Ich kreischte, als würde mir jemand ein Messer in den Magen rammen. Immer wieder. Doch vermutlich hätte das nicht mehr wehtun können, als Viviens Worte. *Sie stirbt.*

Das konnte nicht wahr sein. Ich hatte Cassie gerettet, alles aufgegeben, nur damit sie leben konnte! Sie durfte nicht sterben!

Ich schrie, bis meine Stimme heiser war, und brach schließlich erschöpft auf dem Stuhl zusammen, während stumme Tränen über meine Wangen rannen.

Eine Lüge, durchzuckte es plötzlich meine Gedanken. Es musste eine Lüge gewesen sein. Vivien hatte mir wehtun wollen.

Ich wischte meine Wangen an meinen Schultern ab, versuchte die Tränenspuren zu beseitigen. Es *musste* einfach eine Lüge sein.

Adam. Er würde mir die Wahrheit sagen. Er hatte mir versprochen, bald wiederzukommen. Er würde die Wahrheit sagen.

Ich atmete tief und zittrig durch.

Obwohl ich äußerlich ruhiger wurde, war mein Inneres in Aufruhr.

Sie stirbt.

Und ich schrie erneut.

17. Kapitel

Dean

Als Vivien den Unterrichtsraum betrat, drehten sich alle Köpfe zu ihr um. Sie sah aus, als hätte sie einen Geist gesehen. Keine Ahnung, wo sie gewesen war, aber ihr Ausflug hatte fast einen ganzen Tag gedauert.

Wortlos setzte sie sich auf ihren Platz und starrte geradeaus, ignorierte unsere neugierigen Blicke.

Der Unterricht ging weiter, als wäre nichts passiert.

Ich beobachtete Vivien, fragte mich, was passiert war.

Auch die anderen beobachteten Vivien, und vor allem in Evas Augen war so deutlicher Argwohn zu sehen, dass es schon fast lächerlich war. Ich hasste, was aus unserer Gruppe geworden war. Selbst nachdem ich geglaubt hatte, dass Viviens Rettung vor den Numbers uns alle irgendwie näher zusammengeführt hatte – es schien nur von kurzer Dauer gewesen zu sein.

George war nicht anwesend. Er war für die Beerdigung seiner Cousine vom Unterricht befreit worden. Seine Abwesenheit war so deutlich spürbar, als wäre eine weitere Lücke zwischen uns aufgeklafft.

Wieder musste ich an die Worte meines Onkels denken. Das MI20 hatte seine Cousine nicht richtig beschützt. Genauso wenig wie meinen Bruder.

Dennoch war es nicht das MI20, das Georges Cousine umgebracht hatte. Es waren die Versuchsobjekte von Herakles, die *Numbers.* Wir mussten ihnen endlich das Handwerk legen und das Labor finden, damit sie von innen zerschlagen werden konnten.

Mein Blick wanderte von Georges leerem Platz zu Viviens gesenktem Kopf. Doch jetzt musste ich erst mal dringend herausfinden, was hier los war.

*

Nach dem Unterricht eilte Vivien als Erste aus dem Unterrichtsraum, und ich folgte ihr. Sie bemerkte mich nicht, rannte durch die Eingangshalle und eilte dann durch den Hinterausgang nach draußen. Dort wurde sie langsamer.

Ich blieb in der langsam zufallenden Tür stehen und stoppte sie mit meinem Fuß, während ich auf ihren Rücken sah und mir klar wurde, dass sie telefonierte.

»… so getan, als würde sie nicht mit ihr zusammenarbeiten, aber sie lügt. Ganz sicher.« Sie schniefte und trat von einem Fuß auf den anderen. »Dad, was machen wir jetzt? Sie haben uns versprochen, dass sie niemals wieder Tageslicht zu Gesicht bekommen würde.«

Ich wusste, dass dies der Augenblick wäre, Vivien auf mich aufmerksam zu machen oder zu gehen. Aber ich konnte einfach nicht.

Über wen sprach Vivien? Über jemanden im Gefängnis? Sofort musste ich an Alexis denken. Aber das machte keinen Sinn. Viviens Vater hatte nichts mit Alexis zu tun.

Mir fiel das Gespräch zwischen Adam und Direktor Roberts ein. Er hatte jemanden freigelassen, der in Einzelhaft hätte bleiben müssen, im Austausch für Informationen. *Doloris.* Das war ihr Name gewesen.

Aber das ergab alles keinen Sinn. Was sollte Vivien mit dieser Schwerverbrecherin zu tun haben?

Meine Gesichtszüge entglitten, während ich blinzelte und mir die Informationen über Vivien durchsagen ließ. »… Mutter Doloris Taylor …«

Ich blinzelte erneut, um weitere Informationen abzurufen, und erhielt die Antwort »Freigabe benötigt«.

Doloris Taylor – wie Doloris Humphrey. Das könnte ihr Mädchenname sein …

Sie war Viviens Mutter? Die Doloris, die Alexis das Leben schwer machte. Ob Vivien davon wusste?

»Ich versuchte wirklich ruhig zu bleiben, aber Dad … ich habe Angst«, fügte sie leise hinzu und starrte auf den Wald hinaus. Kurz schwieg sie und nickte dann langsam. »Okay, ja, ich werde es versuchen. Danke.« Sie legte auf und ließ ihr Handy sinken, während sich ihre Brust schwer hob und senkte. Ich wusste nicht, was ich jetzt tun sollte, also ergriff ich einfach das Wort. »Hey.«

Vivien zuckte so stark zusammen, dass sie ihr Handy fallen ließ. Sie fuhr herum und starrte mich einen Moment lang an, bevor sie ihre Lippen zusammenpresste und ihr Handy aufhob. »Wie lange stehst du da schon?«

»Lange genug, um zu wissen, dass deine Mutter im Gefängnis ist und scheinbar Alexis das Leben schwer macht.« Es war geraten. Aber es war die einzige Möglichkeit, um herauszufinden, ob mein Verdacht stimmte.

Misstrauen wallte in ihren Augen auf, und ihre beschleunigte Atmung deutete darauf hin, dass ihr meine Worte nicht gefielen. »Woher weißt du von Alexis?«

Es stimmte also. »Ich habe so meine Informationen.«

Vivien schluckte und spielte mit ihrem Handy herum. »Du weißt, dass ich dir das nicht sagen dürfte, selbst wenn ich es wollte.«

»Wieso? Nichts an deinem Telefonat klang, als würde es sich um einen Auftrag handeln.«

Sie starrte den Boden an und atmete hörbar durch die Nase aus. »Alexis lebt. Und sie sieht nicht aus, als würde es ihr besonders schlecht gehen.« Bitterkeit lag in ihrer Stimme. »Falls du das wissen willst.«

»Wann und warum warst du bei ihr?«

»Gestern. Wir waren *Freundinnen*, Dean. Und es geht immerhin um meine … ich kenne sie beide. Direktor Roberts hielt es für eine gute Idee.«

»Warum?«

Sie presste ihre Lippen zusammen und schüttelte dann ihren Kopf. »Ich denke, Alexis macht mit ihr gemeinsame Sache.«

»Was sollten sie denn gemeinsam tun wollen?« Ungläubig starrte ich Vivien an, die ihrer ehemals besten Freundin mittlerweile alles zuzutrauen schien. Ich wollte mehr über ihre Mutter erfahren und herausfinden, wie gefährlich sie wirklich war. Aber anhand ihrer Reaktionen musste ich davon ausgehen, dass sie dann vollständig dichtmachte. Aber beim Thema Alexis wurde sie emotionaler. Als wäre sie eine noch offene Wunde, die Vivien Schmerzen bereitete.

Trotzig hob sie ihr Kinn und drückte das Handy in ihrer Hand so fest, dass es knirschte. »Das wollte ich herausfinden.«

»Weil du sie hasst, nicht weil es wirklich so sein könnte.«

»Sie hat uns schon einmal verraten!«

Bestürzt betrachtete ich das nervliche Wrack, das einst nichts aus der Ruhe hätte bringen können. »Vivien …«

»Schau mich nicht so an!«, blaffte sie mir entgegen und drehte sich von mir weg. »*Sie* hat mich genauso angesehen! Als wäre ich verrückt! Dabei ist sie diejenige, die verrückt werden wird.«

Ich verstand nicht, was sie meinte. »Was meinst du damit?«

»Sie liebt ihre Schwester doch so sehr. Bestimmt wird es sie wahnsinnig machen zu wissen, dass Cassie stirbt.«

»Du hast ihr gesagt, dass ihre Schwester stirbt? Vivien, was ist denn los mit dir? Wie konntest du ihr das antun?« Entsetzen machte sich in mir breit. »Sie ist im *Gefängnis.* Sie hat für ihre Familie alles aufgegeben und hat nichts mehr, nicht einmal ihre Freiheit. Wie konntest du ihr sagen, dass Cassie stirbt?«

Plötzlich schossen Tränen aus ihren Augen, strömten über ihre Wangen, und ein Zittern erfasste ihren Körper. »Keine Ahnung! Ich war so wütend und so verletzt! Ich wollte ihr wehtun, aber als ich ihr Gesicht gesehen habe …« Sie presste ihre Hände auf ihre Ohren, ihre Stimme wurde zu einem Wispern. »Sie hat so laut geschrien.«

Ein Knoten, so groß wie ein Fußball, bildete sich in meinem Bauch, ließ mich kaum atmen. Ich konnte mir nicht ansatzweise vorstellen, wie groß Alexis' Schock gewesen war, aber alleine eine leise Vermutung reichte, um mir den Atem zu nehmen.

Langsam ging ich auf Vivien zu. Ich wollte sie schütteln, so wütend und so schockiert war ich. Wie konnte sie Alexis das antun? Wie konnte man nur so von Hass zerfressen sein? Sie verdiente es nicht, dass ich weiter hier stand und mir ihre

Beichten anhörte, die klangen, als würde sie sich von ihrer Schuld befreien wollen.

Doch stattdessen nahm ich sie vorsichtig in den Arm. Sie versteifte sich, bevor sie sich an mich lehnte und leise weinte. »Es tut mir so leid. Das war nicht richtig von mir.«

»War es nicht«, stimmte ich ihr zu und strich ihr dennoch über den Rücken, während ich in den Wald starrte, durch den wir erst heute Morgen gejoggt waren.

Sie schwieg, schniefte und löste sich dann langsam von mir. Ihren Blick hatte sie auf den Boden gerichtet. »Vielleicht haben sie recht.«

»Wovon redest du?«

»Mein Dad und Direktor Roberts. Sie meinten, eine Pause würde mir guttun.«

»Was für eine Pause? Von deiner Ausbildung?«

Erneut schniefte sie und nickte dann. »Ich bin nicht wahnsinnig geworden«, murmelte sie. »Aber ich bin … instabil«, sagte sie und lächelte schief. »So hat Dad es genannt. *Instabil*, als wäre ich ein schief stehender Turm.«

»Vielleicht warst du dem Sturm nicht gewachsen und brauchst einen Moment, um deine Wurzeln wiederzufinden.«

Bei meinen Worten blickte sie auf. »Wie eine Blume?«

Ich schüttelte meinen Kopf. »Wie ein Baum.«

»Hmm.« Sie schaute an mir vorbei, und ein Lächeln huschte über ihre Lippen. Der Schatten ihrer Narbe, die sie von unserer verbotenen Rettungsaktion vor einigen Wochen zurückbehalten hatte, schimmerte leicht in der Sonne. Vielleicht würde sie niemals verheilen, aber sie sah definitiv schon besser aus. »Klingt besser als ein schief stehender Turm.«

Eine Weile breitete sich Stille zwischen uns aus, bis ich

meine Worte nicht mehr zurückhalten konnte. »Wie geht es ihr?«

Vivien befeuchtete ihre Lippen und schindete Zeit, bevor sie mir antwortete. »Geht so. Sie wirkte blass, irgendwie erschöpft.«

Wenn sie von Viviens Mutter zu einem harten mentalen Training gezwungen wurde, war das kein Wunder. Dennoch machte mich die Vorstellung einer schwachen Alexis rasend. Sie war vieles, aber ganz bestimmt nicht schwach.

Ein Teil von mir wollte Vivien für alles die Schuld geben, doch das wäre zu leicht und falsch gewesen.

»Können wir … kann ich ihr helfen?«

»Niemand kann ihr mehr helfen«, flüsterte sie, schüttelte ihren Kopf und rieb sich dabei das Gesicht. »Sie hat sich im Gefängnis auf die falschen Leute eingelassen.«

»Wird der Direktor ihr helfen?«

Sie schüttelte erneut ihren Kopf. »Keine Ahnung, was mit ihm los ist, aber er meinte tatsächlich, es hätte alles seine Richtigkeit, dass … sie *raus* ist. Dabei ist daran überhaupt nichts richtig!«

Sie wirkte, als wäre sie kurz davor durchzudrehen.

»Es wird schon alles gut gehen.«

»Da wäre ich mir nicht so sicher«, flüsterte sie mit düster gesenkter Stimme.

»Deine Positivität ist ja mal wieder erschreckend«, scherzte ich trocken.

Kurz blitzte die alte Vivien in ihren Augen auf. »Ich war schon immer Realistin.«

Bevor ich noch etwas sagen konnte, vibrierte meine Uhr. »Scheinbar bekommen wir einen neuen Auftrag.«

»Schon wieder?«

»Das ist im Abschlussjahr üblich«, versuchte ich sie aufzumuntern, erreichte aber scheinbar das Gegenteil damit, denn sie wirkte regelrecht geknickt. »Vielleicht brauchst du wirklich eine Pause.«

Sie biss sich auf die Unterlippe und zuckte mit den Schultern. »Lass uns zum Direktor gehen.«

18. Kapitel

Alexis

Adam kam nicht.

Nicht, als sie mich Stunden später aus dem Verhörraum holten.

Nicht, als ich zurück in meiner Zelle war.

Nicht, als die Nacht verstrich.

Nicht, als meine Tablette gebracht wurde, die ich nicht nahm.

Nicht, als ich am nächsten Morgen in den Speiseraum ging.

Grace starrte mich an, als wäre ich der Tod höchstpersönlich. »Was ist mit dir passiert?«

Ich öffnete meinen Mund und schloss ihn wieder, mehrmals hintereinander, wie ein Fisch.

Grace sah aus, als würde sie mich schütteln wollen. »Was ist los? Du machst mir Angst.«

»Weitergehen!«, knurrte ein Wachmann, und mir wurde klar, dass wir mit unseren Tabletts an der Essensausgabe stehen geblieben waren. Ein Knistern im Rücken bedeutete mir, dass mein Hintermann mir immer näher kam. Vermutlich ebenfalls weitergeschoben von den nachfolgenden, hungrigen Häftlingen.

»Für dich würde ich alles tun«, rief Grace dem Wachmann zu, grinste schief und ging voraus. Dabei warf sie mir einen besorgten, fragenden Blick zu.

Meine Kehle war rau, eng, meine Brust fühlte sich an, als würde ein Gebirge auf ihr sitzen.

Cassie stirbt.

Ich folgte Grace, nahm um mich herum kaum etwas wahr.

Ich wollte kämpfen, wollte jemandem wehtun, wollte Antworten. Doch ich war gefangen, mit einem Sack über dem Kopf und einem Tropf in der Armbeuge, aus dem tröpfchenweise Informationen kamen, die mir nichts brachten.

Doloris' kalter Blick traf mich, als ich mich setzte. Im nächsten Moment wurde mein seelischer Schmerz körperlich. Ihre boshaften Augen waren träge, halb geschlossen, doch ihr verkniffener Mund strafte ihre vorgetäuschte Ruhe Lügen. »Für eine Verräterin hätte ich dich nicht gehalten.«

»Ich weiß nicht, wovon Sie reden.« Ich röchelte, und mir wurde schwarz vor Augen. Dumpf nahm ich Grace' Stimme wahr, hörte ihre Angst.

»Du hast mich verraten.«

Mein Schild war gesenkt, und da ich heute keine Tablette genommen hatte, spürte ich alle Gefühle um mich herum ganz deutlich. Obwohl Doloris mich schwächte, spürte ich von ihr auch einen Hauch Unsicherheit.

»Wie kommen Sie darauf? Weil man mich verhört hat?« Meine Stimme war kaum mehr als ein Kratzen. Mir wurde erneut schwarz vor Augen. Wieso tat denn keiner was? Mein Blick glitt zum nächsten Wächter, doch einer von Doloris' Anhängern verbarg mich vor ihm.

Ihre Augen zuckten, ihr Griff lockerte sich. »Warum wurdest du verhört?«

Sie schien nicht zu wissen, dass Vivien hier gewesen war. *Ihre Tochter.* Kurz überlegte ich, sie damit zu konfrontieren, doch tief in mir spürte ich, dass dies nur noch mehr Probleme mit sich bringen würde. Für mich. Für Vivien. Egal, was sie mir antat, ich war nicht wie sie. Auch wenn sie das glaubte.

»Mein ehemaliger Ausbilder wollte mich vor meinem schlechten Kontakt hier drin warnen.« Mein Mundwinkel zuckte. »Als hätte ich eine andere Wahl.«

»Dein Ausbilder?« Ihr Mundwinkel zuckte. »Dann ist meine Tochter etwa schon fertig mit ihrer Ausbildung? Wie erfreulich. Sie war schon immer schneller als andere Kinder in ihrem Alter.« Nun war sie es, die lächelte. »Versuch mich nicht zum Narren zu halten. Ich konnte die Anwesenheit meiner Tochter spüren, noch bevor sie das Gefängnis betreten hat. Also, was wollte sie hier?«

Bitterkeit stieg in mir auf, während ich mich fragte, woher sie das wusste. »Mich vor meinem Umgang warnen.«

Sie starrte mich an, prüfte wohl, ob meine Worte stimmten, bevor sie schallend zu lachen begann. »Das passt zu ihr. Sie ist schon immer ein Papakind gewesen.« Abfällig schnaubte sie und fixierte mich mit ihrem wieder träge gewordenen Blick. »Wie nett zu wissen, was für Kontakte du so hast.«

»Als Druckmittel wird sie nicht ausreichen. Sie war diejenige, die mich hierhergebracht hat«, stieß ich hervor und legte so viel Hass in meine Stimme, wie ich nur konnte. Vivien war ein Thema, das ich hier drin nicht haben wollte.

Stolz flammte in Doloris' Augen auf, und sie spitzte ihre Lippen. »Fantastisch«, flüsterte sie, bevor sie zu essen begann und mich aus der Befragung entließ.

*

Ich brachte einen von Doloris' Anhängern zum Weinen. Genau an der Stelle, an der Caesar gestorben war. Er weinte, als würde er seinen Tod betrauern, als würde er spüren, was ich empfand, wenn ich an ihn dachte. Sein Tod löste so viel Schmerz und Schuldgefühle in mir aus, dass ich kaum atmen konnte. Dennoch wusste ich, dass es nicht meine Schuld war. Sondern ihre.

Mein Blick traf den meiner Feindin über den weinenden, am Boden kauernden Mann hinweg. Sie nickte. Ich war entlassen. Vorerst. Sie würde sich nicht mehr viel Zeit lassen, um ihren Plan in die Tat umzusetzen. Das sah ich an ihrem entschlossenen, zufriedenen Gesichtsausdruck. Aber ich würde ihr nicht helfen. Niemals.

Ich wandte mich ab, brachte so viel Abstand wie möglich zwischen mich und diese Frau.

»Alexis.« Grace lief mir hinterher, als ich in Richtung des hinteren Bereichs der Außenanlage lief, in dem sich kaum Häftlinge befanden. Ich wollte weg von all diesen Menschen.

»Ich habe erfahren, dass meine Schwester sterben wird, und ich habe keine Ahnung, ob es stimmt«, stieß ich aus, ohne mich nach Grace umzusehen.

»Was meinst du damit? Von wem weißt du das?«

Ich stoppte, kurz bevor ich die Mauer erreichte, und starrte an ihr hoch. Die Betonwände wurden von Löchern durchzogen, in denen sich Fenster befanden. Tief über uns hingen dunkle Wolken, als würden sie sich jeden Moment wie eine Decke über uns legen wollen. Der zuvor feine Nieselregen verwandelte sich in dicke Tropfen, die meine Haare zu schweren Strähnen werden ließen. Im nächsten Moment blitzte es, und Donner ließ den Himmel beben.

Ich starrte Grace an und spürte die dicken Regentropfen wie Tränen über meine Wangen laufen. »Jemand aus der Akademie war hier.«

»Das Mädchen, das dich ausgeliefert hat.«

»Genau.« Ich starrte einen langen Moment vor mich hin, in dem Viviens und meine gesamte Freundschaft an meinem inneren Auge vorbeizog. *Cassie stirbt.* »Sie hat mir gesagt, dass meine Schwester stirbt.«

»Deine Schwester?«

»Sie wurde von den Leuten entführt, die dich auf Adam angesetzt haben. Sie haben mich erpresst, und am Ende konnten wir sie retten. Nein, eigentlich haben sie uns Cassie quasi überlassen. Unsere Ärztin fand heraus, dass ihr eine Nachahmung des Serums gespritzt wurde. Der Heraklestrank. Sie lag die ganze Zeit im Koma.« Meine Stimme zitterte, und ich konnte nicht verhindern, dass mein Gesicht zu einer gequälten Grimasse wurde. »Vivien sagte, Cassie stirbt. Meine Schwester … sie stirbt.«

»Sie haben ihr das Zeug gespritzt?« Grace' Gesicht verzog sich vor Wut. »Diese Schweinehunde!«

»Sie haben es an ihr getestet«, vermutete ich. »Und irgendwas ist wohl dabei schiefgegangen.«

»Kurz bevor ich hierhergebracht wurde, haben sie an einer neuen Version des Heraklestrank gearbeitet«, sagte Grace, und ihre Wut stieg. Auf ihrem Hals bildeten sich rote Flecken. »Sie meinten, es wäre zu stark und zu viel. Es würde die Testpersonen zerreißen. Von innen. Keine Ahnung, wie sie das meinten.«

Zittrig holte ich Luft. »Sie stirbt. Ich weiß nicht, was ich machen soll.«

»Ich kann es nicht fassen! Sie zerstören all diese Leben«, knurrte Grace und ihre Hände ballten sich zu Fäusten. »Sie zerstören nur und tun so, als wären sie Heilige!«

»Aber warum das alles? Wofür?«

Meine Stimme war inzwischen nur noch ein kraftloses Flüstern, während die von Grace immer lauter, immer schriller wurde. »Sie wollen Macht! Es geht immer nur um Macht! Jemand muss das beenden. Jemand muss diesen Wahnsinn endlich beenden!«

Ich starrte auf Grace' Fäuste, von denen dunkle Adern unter ihren Ärmeln verschwanden. Auch an ihrem Hals konnte ich die Verfärbung erkennen. Sie erinnerten mich an giftige Finger.

»Grace«, flüsterte ich und versuchte einen besänftigenden Klang in meine Stimme zu legen. »Beruhig dich.«

»Ich kann mich nicht beruhigen, solange sie das unschuldigen Kindern antun«, brüllte sie, und ihre Stimme wurde von einem nahen Donnergrollen untermalt.

Ich spürte, dass sie die Kontrolle über sich und ihre Fähigkeiten verlor, und zuckte gleichzeitig unter einem weiteren Donnergrollen zusammen.

»Ich werde mich niemals beruhigen, solange sie immer und immer wieder kleine Mädchen in Monster verwandeln!« Plötzlich schrie sie, so laut, dass ich nichts anderes mehr wahrnahm. Ihre Haare flogen um ihren Kopf herum, während der Wind sie wie einen Tornado umspielte. Aber sie sprach nicht mehr von Cassie. *Sie sprach von sich selbst.*

»Was haben die dir angetan?«, fragte ich leise, und obwohl meine Stimme im Tosen ihres Sturms unterging, hörte sie mich.

Ihre Augen waren nicht mehr ihre Augen. Sie waren durchzogen von einem wolkigen Grau, das den aufgewühlten Himmel über uns widerspiegelte. Ihre Gefühle waren so stark, dass sie mein Schild durchfluteten, es einfach beiseiteschoben und mich zum Wanken brachten. In ihr war so unendlich viel Schmerz und Hass.

»Nie wieder.« Ihre Stimme war ein unnatürliches Dröhnen. »Nie wieder wird ein Kind wegen ihnen leiden!«

Wieder schrie sie unkontrolliert los, und im selben Moment schoss ein Blitz herunter und schlug direkt in die Gefängnismauer ein. Fenster explodierten und Trümmer regneten auf uns herunter. Ich wehrte sie ab, schützte Grace, die wie ein Todesengel dastand, den Sturm um sie herum und in ihren Augen. Meine Fußfessel rauchte, ebenso die von Grace. Schreie wurden laut. Die Häftlinge, die zuvor in unserer Nähe gewesen waren, flohen.

Über uns strahlte das elektromagnetische Feld, das den Außenbereich wie eine Decke abschirmte. Es flackerte und dann verstummte das ewig da gewesene Surren.

»Wir werden deine Schwester retten.« Grace streckte ihre Hand nach mir aus. »Sag nur ein Wort, und ich setze die Welt in Flammen.«

Ich zögerte nicht und umfasste ihre Finger. Das erwartete Kribbeln der elektrischen Barriere blieb aus. Die Fußfessel war zerstört. »Lass es uns beenden.«

Grace' Griff wurde fester, und im nächsten Moment offenbarte sie ihre immense Kraft. Sie ging nur ganz leicht in die Knie, bevor sie hoch in den Himmel schoss und mich mit sich riss.

»Ach du Scheiße!« Ich schrie und klammerte mich an ihr fest.

»Du sagst es!« Sie lachte und schrie gleichzeitig. Wind zerrte an meiner grauen Häftlingsuniform und Regen peitschte mir ins Gesicht. Das Donnergrollen schien immer lauter zu werden, und kurz flammte in mir die Angst auf, wir könnten inmitten der Wolken landen und dem Sturm zum Opfer fallen.

Ich hatte meine Augen geöffnet, sah das Gefängnis unter mir und sah zum ersten Mal die Umgebung. Es lag mitten in einem dichten Wald. Von oben war das Gefängnis nicht als solches zu erkennen. Der Außenbereich war von Bäumen umgeben, und da der Betonboden grün war, wirkte es von oben wie eine normale Lichtung. Sicher war noch mit irgendwelchen technischen Tricks nachgeholfen worden. Ich staunte über die schier endlose Landschaft, in der es kein Lebewesen zu geben schien.

Im nächsten Moment wurde Grace ohnmächtig, und ihr Körper erschlaffte.

»Grace!« Ich brüllte und versuchte sie zu schütteln. Gerade noch waren wir mit höchster Geschwindigkeit in Richtung Himmel unterwegs gewesen, doch jetzt verloren wir an Tempo. Bis wir für einen Augenblick schwerelos wurden – und im nächsten wie Steine in Richtung Boden fielen.

»Nein!« Mein Kreischen vermischte sich mit dem Rauschen des Windes, der an uns zerrte und Grace aus meinen Armen reißen wollte. Leblos schlackerten ihre Gliedmaßen hin und her, und ich schaffte es kaum, sie festzuhalten.

Ich schaute nach unten.

Die endlosen Wälder kamen immer näher. Nein, wir *rasten* unaufhaltsam zu Boden.

Wir würden jeden Moment aufprallen. Ich kniff kurz meine Augen zusammen, versuchte etwas zu erkennen, lotete unsere Chancen aus. Sie gingen gegen null.

Doch Moment. War das …

Ein See!

Ich kreischte auf und versuchte mich so in den Wind zu lehnen, dass wir in Richtung des Sees fielen.

Der Boden kam immer näher.

Mir war eisig kalt und zugleich feuerheiß.

Ich hatte keine Ahnung, ob es klappte, dennoch hörte ich auf, nach unten zu schauen. Ich kletterte an Grace herunter und packte sie an ihren Füßen, bevor ich mich steif machte und meine Zehen ausstreckte.

Im nächsten Moment klatschten wir in eisig kaltes Wasser, das uns so schnell umschloss, dass ich keine Chance hatte, vorher Luft zu holen.

Wasser packte uns, zog uns herunter, während es unseren Fall ausbremste.

Wir erreichten den Grund des Sees, und ich sank in die Knie, packte Grace am Oberkörper und stieß mich ab, so fest es der weiche Untergrund zuließ.

Sand wirbelte auf, umschloss uns und ließ mich einen Moment lang nichts sehen. Fest strampelte ich mit den Füßen, hielt Grace an mich gepresst und schwamm so schnell ich konnte der Wasseroberfläche entgegen.

Dann schafften wir es. Wir durchbrachen die Oberfläche, und ich sog gierig die Luft ein. Schnell brachte ich mich in Rückenlage. Die bewusstlose Grace positionierte ich über mir, ebenfalls in Rückenlage, packte beidseitig ihren Kopf, um zu verhindern, dass sie Wasser schluckte. Dann begann ich meine Beine in Richtung Ufer zu bewegen.

Schließlich erreichten wir das Ufer. Ich zerrte Grace aus dem Wasser und legte sie auf den Boden. »Okay, mach keinen Scheiß«, beschwor ich sie und begann sofort mit der Wiederbelebung. Ich setzte mich neben sie und legte meine Hände auf die Mitte ihres Brustbeins, bevor ich dreißigmal drückte. »Komm schon!«

Dann verschloss ich mit meinen Fingern ihre Nasenlöcher und presste meine Lippen auf ihre, um sie zu beatmen.

In diesem Moment schlug sie die Augen auf.

Sie hustete und lachte unter meinen Lippen.

Ich richtete mich ruckartig auf und musterte sie besorgt. »Alles okay?«

Grace spuckte Wasser und blieb dann mit einem zufriedenen Grinsen auf dem Rücken liegen. Erst als ich die Regentropfen auf ihrem Gesicht sah, spürte ich, dass das Unwetter noch immer nicht nachgelassen hatte. »Wir haben es geschafft.«

Ich ließ mich neben ihr auf den Rücken sinken und stieß Luft aus. »Wir sind ausgebrochen.« Als mir wieder einfiel, wie genau wir das angestellt hatten, richtete ich mich wieder auf. »Was war das überhaupt? Was für Kräfte hast du denn, dass du einen Blitz dazu gebracht hast, das Gefängnis zu zertrümmern?«

Grace lachte leise. »Ich habe ihn nicht dazu gebracht. Ich habe ihn nur angelockt.«

»Wahnsinn«, erwiderte ich schockiert. »Aber wie?«

Sie zuckte mit ihren Schultern. »Keine Ahnung. Ich habe es irgendwann mal zufällig entdeckt und niemandem gesagt. Das sollte man nicht leichtfertig rumerzählen.« Sie kicherte und schloss ihre Augen. »Aber diese blöde Ohnmacht …«

»Als wir gegeneinander gekämpft haben, da wurdest du auch ohnmächtig«, erinnerte ich mich. »Wieso?«

»So ist das eben mit uns Freaks. Die haben uns verändert, aber es nicht richtig gemacht. Wir verpulvern unsere Kräfte so weit, bis unsere Körper die Reißleine ziehen.« Sie lachte erneut, und dieses Mal klang sie ein wenig wahnsinnig. »Danke, dass du mich gerettet hast. Wäre sonst echt übel ausgegangen. Jetzt ist mir aber schon ganz schön kalt.«

Ich schnaubte und setzte mich auf, um mich umzusehen. Wir waren umringt von Bäumen. »Wir sollten verschwinden. Sie werden uns sicher schon suchen.«

Ich half Grace auf und orientierte mich anhand des Mooswachstums an den Bäumen. Obwohl ich vom Hinweg zum Gefängnis nicht viel gesehen hatte, wusste ich, dass wir in Richtung Norden gefahren waren und nur vier oder fünf Stunden gebraucht hatten.

Wir mussten also nach Süden gehen.

Und das sollten wir so schnell wie möglich, denn ich hatte keine Ahnung, wie weit das Gefängnis von unserem derzeitigen Standort entfernt lag.

Dennoch schlug ich zunächst den Weg Richtung Westen ein. Wir mussten dringend aus den nassen Sachen raus und unsere Spuren verwischen.

»Die werden uns definitiv suchen.« Grace schlang die Arme um ihren Oberkörper und begann zu rennen.

Eine Zeit lang waren nur unsere Schritte zu hören, die dumpf über den Waldboden hallten.

Der Sturm ließ die Baumkronen über uns bedrohlich wanken, und das laute Knarren von brechenden Ästen ließ in mir die Sorge aufsteigen, jeden Moment erschlagen zu werden. Wie eine Symphonie aus feinen Trommelschlägen donnerten Regentropfen um uns herum zu Boden.

Wir rannten und rannten.

Ich wog mich nicht in Sicherheit, horchte nach dem verräterischen Geräusch von Hubschraubern, die uns mit Wärmebildkameras suchten.

Nach einiger Zeit erreichten wir die Ausläufer einer Stadt, und obwohl es sicherer wäre, sie zu umrunden, brauchten wir dringend andere Klamotten.

Neugierige Blicke folgten uns, doch wir hielten unsere Köpfe gesenkt, während wir nach einem Laden suchten. Einige Klamottengeschäfte schmiegten sich aneinander. Unter den herausgefahrenen Markisen standen Ständer mit Kleidung.

Wir warfen uns Blicke zu, liefen los und packten uns, was wir tragen konnten, bevor wir davonrannten. Schreie und Rufe folgten uns, doch verklangen so schnell, wie wir rennen konnten.

Erst als wir die Stadt hinter uns gelassen hatten, blieben wir stehen, um unsere Ausbeute anzusehen.

»Leggings«, seufzte Grace und nahm mir das hellblaue Stück Stoff ab.

Wir hatten hellblaue Leggings, weiße Kapuzenpullover, schwarze Jacken, schwarze Gummistiefel und viel zu große Unterwäsche erbeutet. Es sah bescheuert aus, fühlte sich ohne Socken auch so an, doch alles war besser als die völlig durchnässten Gefängnisoutfits.

Nachdem wir uns umgezogen hatten, konnten wir in Richtung Süden aufbrechen. Nach London.

»Wo laufen wir eigentlich hin?«, fragte Grace.

»Zur Akademie.« Ich warf ihr einen Seitenblick zu. »Ich muss wissen, wie es meiner Schwester geht.«

Grace nickte ernst und schaute zu Boden, um sich auf den Weg zu konzentrieren. »Danach werden wir bei Heal Inc. die Türen eintreten, Herakles ausfindig machen und ein paar Ärsche aufreißen.«

»Weißt du, wo wir sie finden können?«

»Nein, aber das finden wir heraus. Die Doktoren wechselten ständig. Aber eine blieb immer. *Dr. Meier.*« Grace knurrte diesen Namen wie einen Fluch. »Dieses sadistische Miststück war die übelste von allen und gehört in die Hölle.«

Der Name kam mir bekannt vor, aber ich konnte ihn nicht so recht zuordnen. »Sie war für dich zuständig?«

»Für alle, die überlebt haben. Sie zwang uns, mehr zu geben, als wir konnten, und viele von uns hielten sie lange Zeit für ihre Mutter.«

»Auch du?«

»Auch ich«, sagte sie voller Hass in ihrer Stimme. »Dabei waren wir alle nichts als Versuchsobjekte, nichts als namenlose Körper und Seelen, die man formen und zurechtbiegen wollte.«

Ich sah sie ernst an. »Das tut mir sehr leid für euch.«

Grace schüttelte ihren Kopf und sprang über eine hohe Wurzel, die aus der Erde ragte. »Es tut mir leid, dass wir jetzt quasi Schwerverbrecher sind. Wenn sie uns packen, lassen sie uns niemals wieder gehen.«

Ich lachte auf, ein bisschen verrückt und gleichzeitig erfüllt von dem betörenden Gefühl von Freiheit. »Irgendwie hatte ich sowieso das Gefühl, sie würden uns niemals gehen lassen.«

»Mich nicht, aber was ist mit dir?«

Ich schluckte die plötzliche Enge in meinem Hals herunter. Aber bevor ich etwas sagen konnte, hörte ich ein Knacken.

Mein Kopf fuhr herum, und ich suchte zwischen den dicht aneinander stehenden Bäumen nach dem Ursprung des Geräusches.

»Was ist los?« Alarmiert fuhr nun auch Grace herum und ging dabei in die Knie, als würde sie sich zum Angriff bereit machen.

»Ich habe etwas gehört und bin nicht sicher, was es war.«

»Könnte es nicht ein Tier gewesen sein?«

»Könnte es«, sagte ich leise und wollte mich schon umdrehen, als ich ein erneutes Knacken hörte. Es kam eindeutig von rechts.

»Da lang«, zischte ich und deutete nach links.

Grace ließ sich nicht zweimal bitten und sprintete los, wobei sie es schaffte, deutlich leiser zu sein als zuvor. Dennoch hinterließ sie eindeutige Spuren, die ein Agent des MI20 mit Leichtigkeit lesen konnte.

Während des Rennens liefen wir im Zickzack, versuchten, falsche Fährten zu legen. Und dennoch befürchtete ich, dass es nicht ausreichte.

Plötzlich hörte ich jemanden rufen und hielt den Atem an, um die Worte zu verstehen.

»Alexis! Ich bin es! Adam!« Es war seine Stimme. Eindeutig.

»Hast du das auch gehört?«, fragte Grace keuchend, und so langsam machte sich bemerkbar, dass sie sich seit ihrem Anfall noch nicht regeneriert hatte. Es war sowieso ein Wunder, dass ihre Ohnmacht nur so kurz angehalten hatte, obwohl sie derart viel Kraft verbraucht hatte.

»Es könnte eine Falle sein«, erinnerte ich sie ernst und wurde nicht langsamer. »Er ist Trainee, und er liebt, was er tut. Glaub mir, Adam wird uns festnehmen.«

»Aber ihr seid doch Freunde!«

»Freundschaft bedeutet in dieser Welt gar nichts, wenn man sich nicht an die Regeln hält.« Die Bitterkeit in meiner Stimme war kaum zu überhören. Dennoch zögerte ich, denn Adam hatte sich bisher immer als wahrer Freund erwiesen. Aber ich durfte ihn nicht schon wieder in meine Angelegenheiten reinziehen. Er hatte endlich seinen Platz gefunden. Er sollte nicht schon wieder wählen müssen.

»Wie gut, dass ich auch nie Fan von Regeln war.«

Ich lachte und konzentrierte mich auf den ebenen Weg vor mir. »Irgendwie wundert mich das nicht.«

»Wenn er uns schon fast eingeholt hat, werden die anderen nicht weit sein.« Grace blickte über ihre Schulter, als würde sie erwarten, jeden Moment überwältigt zu werden.

»Wir müssen so schnell wie möglich weg von hier und uns ein Auto besorgen.«

»Wird das MI20 nicht davon ausgehen, dass wir zur Akademie wollen?«

Ich lachte. »Sicher glauben die, ich wäre nicht so dumm, da wirklich einbrechen zu wollen. Und falls doch, werden wir uns dann dort darüber Gedanken machen.«

Grace lachte wieder, doch ihre Augen waren ernst auf den Wald vor ihr gerichtet. »Wir werden Heal Inc. endlich das Handwerk legen. Du ahnst ja nicht, wie lange ich schon Dr. Meier eine reinhauen will.«

Stille breitete sich zwischen uns aus, während wir weiterrannten und ich darüber nachdachte, was unser nächster Schritt sein könnte. Als Erstes musste ich Cassie sehen. Ich musste herausfinden, wie es ihr wirklich ging.

Direktor Roberts' Gesicht tauchte vor meinem inneren Auge auf. Er hatte mir versprochen, er würde sich um sie kümmern. War das eine Lüge gewesen? Vermutlich.

Ich presste meine Lippen aufeinander. Wieder beschlich mich das Gefühl, er habe etwas mit all dem zu tun. Vielleicht wurde es Zeit, nach Hinweisen zu suchen.

»Ich denke, ich weiß, was wir danach machen werden.«

Grace hörte meinen grimmigen Tonfall und lachte. Sie war so was von dabei.

19. Kapitel

Dean

Als Onkel Ben in den Unterricht geplatzt kam und Mr Turner mir unwirsch mitteilte, dass für mich der Unterricht heute beendet sei, stand ich sofort unter Strom.

Ich folgte ihm hinaus und machte mich darauf gefasst, dass irgendwas mit meiner Familie passiert sei. Irgendwas mit meinem Bruder, der auf dieser Liste gestanden hatte.

Ich fragte meinen Onkel nicht, was los sei, denn ich ging davon aus, dass er es mir sagen würde, sobald es möglich war. Aber meine Neugier stieg mit jedem weiteren ahnungslosen Schritt.

Schweigend durchquerten wir den Eingangsbereich, in dem sich einige Trainees befanden, die aussahen, als kämen sie gerade aus einer Simulation.

»Sie haben mir gekündigt!« Onkel Ben knurrte und schien sich nicht einmal bewusst zu sein, dass die Trainees ihn gehört hatten. Er warf die doppelflügelige Eingangstür auf, die gegen die Wände donnerte, und stürmte heraus.

Es regnete unaufhörlich, und der Himmel sah aus, als würde jeden Moment die Welt untergehen.

»Wer hat dir gekündigt?« Seine Worte ergaben in meinem Kopf keinen Sinn.

Mein Onkel deutete hinter sich auf das Gebäude, das seit vier Jahren mein Zuhause war. »Das MI20! Diese dreckigen

Bastarde haben mich rausgeworfen! Aber das werden sie noch bereuen!« Er lief die Stufen herunter zu einem Privatwagen, der offensichtlich ihm gehörte, denn er zerrte einen Schlüssel aus seiner Hosentasche und entriegelte das Auto.

Ich hielt neben der Beifahrerseite und sah meinen Onkel über das Wagendach hinweg an. »Wohin fahren wir?«

»Soll ich dir mal etwas verraten?« Seine Stimme war nun leiser, bedrohlich. »Sie haben uns verarscht. Die ganze Zeit über. Auch dich und deine Freunde.«

»Wobei?«

Doch Bens Blick war an jemandem hinter mir hängen geblieben, und anstatt zu antworten, begegnete er dem Blick des Direktors, der plötzlich hinter uns in der noch offen stehenden Eingangstür stand. Er beobachtete uns ernst, die Hände hinter dem Rücken verschränkt, und mit einer Kälte in seinem Blick, die ich noch nie zuvor bei ihm gesehen hatte.

»Du hast die Wahl«, hörte ich Onkel Ben sagen und drehte mich wieder zu ihm um. Regen trommelte auf das Dach des Wagens, laut und dröhnend. »Du kannst mit mir kommen und die Wahrheit erfahren oder hierbleiben und eine Lüge leben.«

Erst wollte ich lachen und erwartete, dass er mich verarschte. Doch als ich in seine Augen sah, wurde mir bewusst, dass er jedes Wort ernst meinte. Entsetzen breitete sich in mir aus. Ich drehte mich zu dem Direktor um, hinter dem sich eine Traube an neugierigen Trainees gebildet hatte. Irgendwie erwartete ich, er würde mich aufhalten wollen. Doch er starrte uns einfach nur an. Etwas an diesem Blick brachte mich dazu, mich wieder meinem Onkel zuzuwenden und die Autotür zu öffnen. »Ich will alles wissen.«

Mein Onkel nickte grimmig und warf noch einen letzten Blick zum Direktor.

Dann verließen wir den Ort, der so lange mein Zuhause gewesen war und von dem ich nicht wusste, wann ich ihn das nächste Mal wiedersehen würde. Ich dachte an meine Freunde, an Christopher, George, Eva und Vivien. An die Jahre, die wir in der Akademie miteinander verbracht hatten.

Als wir das Tor erreichten, durchfuhr mich kurz der Gedanke, dass es falsch war, ihnen allen den Rücken zu kehren. Gerade jetzt sollten wir füreinander da sein und den kläglichen Rest unserer Truppe wieder zusammenfügen.

Mein Blick wanderte zu meinem Onkel, und mir wurde klar, dass es hier um etwas weitaus Größeres ging. Ich hatte keine Ahnung, wohin Ben mich bringen würde. Doch nach den letzten Wochen, in denen Mr Turner uns mit Sticheleien und Pseudo-Aufträgen zum Narren gehalten hatte, war Ben derjenige gewesen, der mir endlich wieder eine richtige Aufgabe gegeben hatte.

Und Direktor Roberts – ich wusste nicht, was ich über sein Verhalten denken sollte, aber nach dem Tod von Georges Cousine vertraute ich meinem Onkel mehr als ihm.

Dennoch drehte ich mich nicht noch einmal um, als mein Onkel das Gelände des MI20 verließ. Ich blickte nur nach vorn.

20. Kapitel

Alexis

Wir klauten ein Auto. Es war ein älteres Modell, das es vermutlich nicht mehr lange machen würde. Das sagte ich mir immer wieder und versuchte mir dabei nicht vorzustellen, dass wir es einem alten Opi geklaut hatten, dessen letzter Lebensinhalt vielleicht dieses alte Ding war.

Nach wenigen Minuten Fahrt nervte ich Grace mit dieser Vorstellung so sehr, dass wir uns dazu entschlossen, das Auto wieder abzustellen und einen Mercedes zu klauen. »Wer sich so einen Schlitten leisten kann, kann sich auch eine Versicherung und all den anderen Mist leisten.« Grace grinste, während sie hocherfreut das Gaspedal durchdrückte.

Obwohl wir erst vor wenigen Stunden aus einem supergeheimen Hochsicherheitsgefängnis ausgebrochen waren, machte mich dieses Autogeklaue nervöser, als ich vermutet hätte. Keine Ahnung, warum ich so ein schlechtes Gewissen hatte.

Vielleicht lag es daran, dass ich mit dieser Aktion mein Schicksal besiegelt hatte. Ich war aus einem Gefängnis geflohen, und sicher würde man mir das negativ auf mein Strafmaß anrechnen. Ich hatte ja keine Ahnung, wie das beim MI20 lief, nachdem sich herausgestellt hatte, dass ihr Rechtssystem sehr einseitig war.

Ich ließ das Fenster ein Stückchen nach unten gleiten und spürte sofort Regentropfen auf meinem Gesicht. Der Scheibenwischer arbeitete auf Hochtouren und tat sein Bestes, um den Regenmassen Herr zu werden, während im Radio der neueste schnulzige Song von Ed Sheeran lief.

»Ich liebe diesen Typen«, rief Grace und drehte die Musik noch ein wenig lauter.

»Du meinst seine Musik«, berichtigte ich sie.

»Nein.« Sie lachte laut auf. »Ich stehe auf ihn. Sein Babyface und seine roten Haare machen mich total an.«

»Okaaaay«, meinte ich lang gezogen und musste dann kichern. »Ernsthaft?«

»Das meine ich absolut ernst. Niemand kommt gegen meinen Ed an.«

»Von mir aus kannst du ihn haben. Er ist so gar nicht mein Typ«, stieß ich unter Lachen aus. Diese Situation wurde immer bescheuerter, und ich konnte einfach nicht aufhören zu lachen. »Aber ich dachte, dieser Loverboy, Clyde, wäre dein Typ. Der sieht ja mal gar nicht wie Ed aus.«

»Clyde ist ein Trottel.« Sie seufzte schwer. »Ein heißer Trottel.«

Ich lachte erneut.

»Pinkelpause?«, frage Grace plötzlich, und ohne meine Antwort abzuwarten, bog sie von der Landstraße zu einem kleinen Imbiss ab, der aussah, als hätte er seine besten Tage schon hinter sich. Besser so. Die hatten sicher keine Videoüberwachung mit Gesichtserkennung so wie die Tankstellen, die wir alle hatten meiden müssen.

Dort kauften wir uns zwei frisch belegte Sandwiches und fuhren nach kurzer Zeit weiter.

»Wir haben noch knapp zwei Stunden bis nach London.« Ich versuchte so wenig wie möglich zu krümeln, scheiterte aber kläglich.

»Hast du schon eine Idee, wie wir in die Akademie reinkommen?« Grace biss herzhaft in ihr Sandwich, während sie weiterfuhr. Soße tropfte auf das Lenkrad, aber das schien sie nicht zu stören.

»Mit meiner Kraft«, sagte ich mit einem Schulterzucken. »Sollte ein Kinderspiel werden.«

Sie warf mir einen eindringlichen Blick zu. »Dann bring mich mal zum Lachen.«

Ich hob meine Augenbrauen, doch als ich bemerkte, wie ernst sie es meinte, schloss ich meine Augen. Ihre Gefühlssignatur war ein Knäuel aus Farben und Linien, ohne erkennbares Muster und doch irgendwie einzigartig.

Ich konzentrierte mich auf etwas Lustiges, eine Erinnerung an meinen Vater, wie er meine Mutter reingelegt hatte, als er ihr erzählte, wie er uns im Einkaufszentrum vergessen hatte. Dabei hatten wir uns hinter der Küchentür versteckt, während meine Mom ausflippte und Dad vor Lachen in die Knie gesunken war.

Mein Mundwinkel zuckte bei der Erinnerung an sein Lachen, und im nächsten Moment hörte ich Grace loskichern.

Meine Augen öffneten sich, und ich sah ihr zu, wie sie sich Lachtränen aus den Augenwinkeln wischte. »Okay, das wird ein Kinderspiel. Eins muss man Doloris ja lassen, sie hat dich echt gut unterrichtet.«

Mein Hochgefühl verschwand, und ich presste meine freie Handfläche gegen meinen Oberschenkel, weil meine Hände vor Anstrengung angefangen hatten zu zittern. »Ich bin froh, wenn ich diese grausame Person nie wiedersehen muss.«

Grace machte ein zustimmendes Geräusch und stellte den Scheibenwischer runter, da der Regen langsam an Intensität verlor.

Wir blieben auf den Landstraßen, auch wenn der Weg dadurch länger dauerte.

Als wir schließlich in London eintrafen, war es stockdunkel. Wir parkten das Auto im Stadtteil Barnet, dann gingen wir zu Fuß weiter.

Zwar machte es mir nichts aus, wieder im Regen herumzulaufen, doch die wohltuende Wärme der Sitzheizung vermisste ich schon nach wenigen Metern. Ich betrachtete die Gegend, die mir so vertraut war, und dachte daran, wie nah wir dem Ort waren, den ich die letzten Jahre als mein Zuhause gesehen hatte.

Meine Gedanken wanderten zu den anderen. Meinen Freunden – oder was auch immer sie jetzt für mich waren. Und zu Dean.

Mir entfuhr ein leises Seufzen.

»Uhh«, machte Grace. »Das klingt ganz eindeutig nach einem Liebeskummerseufzer. Erzähl einer gefallenen Lady ein wenig was über ihn. Wer weiß, ob ich mich nicht am Ende mit irgendeinem Knasti begnügen muss, falls sie uns wieder einbuchten. Viel Auswahl gibt es da weiß Gott nicht.«

Nun musste ich lachen. »Er ist ein Trainee an der Akademie, und ich habe keine Ahnung, wie es passieren konnte.«

»Es? Ihr hattet Sex? Während eines Einsatzes oder heimlich im Zimmer? Gib mir alle schmutzigen Details!«

»Nein, hatten wir nicht!«, wehrte ich ein wenig zu heftig ab und musste dann über mein eigenes Verhalten grinsen. »Wir haben uns geküsst. Mehr ist nicht passiert. Aber allein das hätte ich niemals … ich meine, wir waren lange Zeit nie mehr als Konkurrenten. Bestenfalls Mitschüler und vielleicht irgendwie befreundet, aber *das*.«

»Wow«, murmelte Grace ernst. »Dich hat es echt erwischt.«

»Quatsch.« Ich schüttelte meinen Kopf und atmete tief durch, während ich mir mit dem Handrücken über mein regennasses Gesicht wischte. Dann seufzte ich. »Aber ich habe in den letzten Wochen ziemlich viel an ihn gedacht.«

»Erwischt. Sag ich doch.«

»Selbst wenn es so wäre«, murmelte ich und verzog mein Gesicht. »Ich habe das MI20 verraten, und er gehört zu der gesetzestreuen Sorte. So wie ich es auch hätte sein sollen.«

»Du hast es für deine Schwester getan!« Grace klang empört. »Dafür sollte man dich wirklich nicht verurteilen.«

Ich lachte, auch wenn ich mich fühlte, als hätte ich Steine im Magen.

Schweigen breitete sich zwischen uns aus, und als wir uns der Akademie näherten, wurden wir langsamer.

»Meinst du, ich wäre ein guter Trainee gewesen?«, fragte Grace plötzlich, als wir hielten, um erst einmal die Lage zu sondieren.

»Die Beste«, sagte ich und lächelte sie an.

Sie grinste und nickte nach einem kurzen Zögern. »Glaube ich auch.«

Dann wurde ich ernst, konzentrierte mich wieder auf die Umgebung und unser weiteres Vorgehen. »Auch wenn ich jetzt scheinbar Leute beeinflussen kann, sollten wir kein Risiko eingehen. Sicher wissen schon alle, dass wir ausgebrochen sind, und man erwartet uns vielleicht sogar schon. Wir müssen also besonders vorsichtig sein. Vielleicht solltest du …«

»Ich werde auf gar keinen Fall draußen bleiben! Denkst du, ich lasse mir die einmalige Chance entgehen, den Ort zu besichtigen, an dem Superagenten ausgebildet werden?«

»Okay.« Ich nickte und wusste, dass ich gegen ihre Entschlossenheit sowieso nicht ankommen würde. Nicht, solange die Gefahr bestand, dass wir jeden Moment entdeckt werden könnten.

»Zur Not werde ich die heiße Ablenkung sein, während du nach deiner Schwester siehst.«

Doch mir war auf einmal nicht mehr nach Lachen zumute. Ich biss mir auf die Unterlippe, als ich zum ersten Mal seit Stunden wieder einen Gedanken an Cassie zuließ. »Was ist, wenn sie wirklich stirbt?«

»Dann retten wir sie.« Grace sagte dies mit so viel Überzeugung, dass ich mir dann doch ein Lächeln abrang. »Ich kann doch nicht die Schwester meiner besten Freundin sterben lassen. Das würde so viele Tränen geben, und ich bin eher der Typ für Spaß und Party.«

Ich schnaubte und war gleichzeitig dankbar für diesen blöden Spruch, weil er mir ein wenig die Anspannung nahm. »Dann lass uns mal reingehen.«

Grace nickte grimmig.

Wir näherten uns der Mauer, die das Grundstück umschloss, und positionierten uns einen Moment schweigend davor. Ich lauschte und konzentrierte mich, konnte aber weder Gefühlssignaturen wahrnehmen, noch Geräusche von der anderen Seite hören. Das musste aber leider nichts heißen.

»Du darfst die Edelstahlplatte auf der Mauer nicht berühren«, warnte ich Grace, als ich an die Mauer trat und meine Finger in die Fugen grub, um hochzuklettern. »Dort ist ein Sensor eingebaut, der sofort Alarm auslöst, sobald sich etwas Schwereres als eine Katze darauf setzt.«

»Alles klar.«

Schweigend kletterten wir nach oben, und dabei konzentrierte ich mich die ganze Zeit auf die andere Seite und hoffte, dass dort nicht gerade eine Wache stand, deren Gefühle ich dummerweise nicht wahrnehmen konnte. Das war der Nachteil meiner Kraft – sie funktionierte eben nicht bei jeder Person, der das Serum injiziert worden war.

Kurz bevor wir den oberen Teil der Mauer erreichten, stoppten wir. Ich konnte von hier aus einige Baumkronen der Bäume sehen, die zu dem Wald gehörten, in dem ich knapp vier Jahre lang jeden Morgen joggen gewesen war. »Wir müssen gleich auf einen Baum springen. Die ersten paar Meter hinter der Mauer sind mit Bodensensoren ausgestattet …«

»Die losgehen, sobald sich etwas Schwereres als eine Katze darauf setzt?«, vollendete Grace schmunzelnd meinen Satz.

Ich grinste sie schief an. »Genau.«

»Noch was zu beachten, bis ich auf dem Baum bin?«

»Nein«, antwortete ich ihr.

Grace nickte, ihr Körper spannte sich an, und im nächsten Moment sprang sie, drehte sich im Sprung und packte einen Ast, an dem sie sich bis zum Stamm des Baumes hangelte.

Ich machte es ihr nach, und kurz darauf war auch ich auf der anderen Seite. Während ich mich kurz an den Stamm lehnte, schaute ich in den Wald, konnte aber natürlich nicht die dahinterliegende Akademie entdecken. »Im Wald gibt es keine weiteren Sensoren mehr. Erst wieder näher am Gebäude.«

»Was ein Glück. Ich habe schon befürchtet, wir müssten uns wie Affen von Baum zu Baum hangeln.«

Dieses Mal rannten wir nicht, um nicht versehentlich doch Geräusche zu verursachen oder irgendwelche möglichen Beobachter zu übersehen.

Als die Akademie schließlich in Sicht kam, wurde mir plötzlich ganz anders. Es war, als würde mich eine Welle aus Heimweh überrollen, die ich zuvor so erfolgreich verdrängt hatte. Obwohl ich das Gebäude schon so oft gesehen hatte, wirkte es selbst in der Nacht imposant und wunderschön.

»Wow«, hauchte Grace neben mir, als wir noch gerade so weit im Wald stehen blieben, dass uns von der Akademie aus niemand sehen konnte. Obwohl hinter keinem der Fenster Licht brannte, wäre es natürlich möglich, dass noch irgendjemand wach war und nach draußen schaute. »Das nenne ich mal eine imposante Hütte.«

»Die sieht von innen genauso aus.«

»War sicher cool, hier zu leben.«

»Das war es«, murmelte ich und schaute mich um. Niemand war zu sehen. »Ich denke, es ist zu riskant, wenn wir einbrechen.«

»Oh nein.« Grace stöhnte leise. »Du willst doch nicht, dass wir an der Außenwand hochklettern, oder?«

»Doch, das war der Plan.«

»Na toll«, murrte sie und legte ihren Kopf in den Nacken, um an dem Gebäude der Akademie hochzusehen. »Und wie hoch müssen wir? Bis unter das Dach?«

»Das Krankenzimmer, wo ich Cassie vermute, liegt im Erdgeschoss.«

»Gott sei Dank«, stöhnte Grace und brachte mich damit trotz meiner Anspannung erneut zum Lächeln.

»Dann mal los. Jetzt kommt bestimmt der schwierigste Teil.«

Da hatte sie vermutlich recht, denn unbemerkt auf das Gelände zu kommen, war ein Unterschied dazu, unbemerkt in das Gebäude zu gelangen.

Ich scannte die Umgebung erneut nach Gefühlssignaturen, doch fand keine.

Wir huschten wie Schatten durch die Nacht und waren innerhalb weniger Augenblicke dicht am Mauerwerk. Während wir am Gebäude entlang in Richtung Krankenzimmer schlichen, dachte ich daran, wie oft ich hier schon gestanden und auf die anderen nach meinem Morgenlauf gewartet hatte. Besonders oft auf Vivien. Obwohl sie es nie zugab, war mir immer bewusst gewesen, dass sie sich insgeheim darüber gefreut hatte.

Bei dem Gedanken an sie verspürte ich eine Schwere in meinem Bauch, die ich nicht gebrauchen konnte. Dennoch konnte ich sie nicht abschütteln. Vivien war hier im Gebäude. Sie schlief sicher bereits schon – dort oben, in dem Trakt mit unseren Zimmern. Genauso wie Eva, Christopher, George und … Dean. Mein Herz machte einen Satz.

Innerlich schüttelte ich den Kopf. Das war so bescheuert. Ich führte mich auf, als wäre ich ein verliebter Teenie. Dabei war ich ein entflohener Häftling, zum Teufel!

Als wir die Fenster des Krankenzimmers erreichten, stoppte ich und deutete mit dem Finger nach oben. Die Fenster lagen etwas erhöht, knapp anderthalb Meter über der Erde.

Grace nickte, grinste mich an und legte ihre Hände zu einer Räuberleiter ineinander. Völlig unnötig, da ich genauso gut springen konnte. Doch irgendwie konnte ich nicht anders, als diese freundschaftliche Geste anzunehmen und meinen Fuß in ihre Hände zu legen.

Mühelos hob sie mich an, sodass ich durch das Fenster schauen konnte.

Fahles Licht erhellte den Raum, sodass ich alles überblicken konnte.

Ein Trainee lag in einem Krankenbett, doch ich konnte seine Gefühlssignatur nicht sehen. Das gläserne Büro von Dr. Sam war leer. Am Ende des Raumes war ein weiteres Bett besetzt. Doch der Vorhang war so weit vorgeschoben, dass ich die Person darin nicht erkennen konnte. Das musste ich aber auch nicht. Ich wusste einfach, dass es Cassie war.

»Siehst du sie?«

»Fast. Aber da ist noch ein anderer Trainee in einem Bett. Ich kann seine Signatur nicht lesen.«

»Könnte eine Falle sein.«

»Davon müssen wir ausgehen.« Ich nickte und griff nach dem Fensterrahmen, um mich daran hochzuziehen. »Bereit?«

»Umkehren wäre jetzt bescheuert«, erwiderte Grace.

Ich verdrehte die Augen, setzte mich auf den Sims und streckte ihr meine Hand entgegen, um ihr hochzuhelfen.

Bei dieser Geste wurde ihr Grinsen ganz weich. Sie nahm meine Hand und war kurz darauf neben mir auf dem Fensterbrett. »Gibt es hier eine Alarmanlage, oder kann ich es einfach aufbrechen?« Sie deutete mit ihrer Faust auf die Scheibe.

»Wäre wohl ein bisschen laut, oder?«

Sie zuckte mit ihren Schultern, als gäbe es für sie keine Alternative.

»Ich habe daran zum Glück schon gedacht.« Mit diesen Worten zog ich einen Schraubenzieher heraus, den ich in dem Imbiss geklaut hatte, während ich mich vermeintlich nach der Toilette umgesehen hatte. Es wurde immer schlimmer mit mir. Die Zeit im Knast hatte mich zu einem richtigen Bösewicht werden lassen.

Die Fenster waren zwar mit einem Alarmdraht gesichert, doch ich hatte gesehen, wie dieser vor einigen Monaten erneuert worden war.

Vorsichtig hebelte ich das Fenster auf, jedoch nur so weit, dass ich den schmalen Draht sehen konnte.

Ich sog konzentriert meine Lippen zwischen meine Zähne

und kniff leicht die Augen zusammen. Behutsam löste ich den Draht aus der Halterung und hielt ihn fest, bevor ich das Fenster einen Spalt öffnete. Dann schob ich meinen Arm durch die schmale Öffnung und griff an das daneben liegende Fenster. Als es aufschwang, ging kein Alarm los – wir hatten es von innen geöffnet.

Ich drückte den Draht wieder in die Halterung und schloss das erste Fenster wieder. Mit einem Winken und meinem Zeigefinger an den Lippen, bedeutete ich Grace mir zu folgen.

Lautlos kletterten wir in das Krankenzimmer.

Mein Blick war auf die Person im Krankenbett gerichtet, und ich wartete nur darauf, dass sie sich erhob.

Plötzlich spürte ich eine Bewegung im Rücken. Im nächsten Moment packte mich jemand von hinten, und der kühle Lauf einer Waffe wurde mir an die Schläfe gedrückt. »Ich wusste, du würdest früher oder später herkommen.«

21. Kapitel

Alexis

Adams Stimme war leise und kalt.

Mein Herz sank mir in die Hose. Ich hätte gegen ihn kämpfen können und ihm vielleicht auch die Waffe abnehmen können. Doch dass er hier war, bedeutete, dass sicher noch zwanzig andere Agenten positioniert waren, um uns festzunehmen. Die Frage war nur, warum sie uns so weit haben kommen lassen.

»Du scheinst mich gut zu kennen«, erwiderte ich.

Grace kam auf mich zu, den Blick wild auf Adam geheftet. »Soll ich ihn fertigmachen?« Sie boxte sich in die Hand. »Ich könnte es tun!«

»Grace.« Adams Stimme war sanft, wie ein Streicheln auf der Haut.

Sie presste ihre Lippen zusammen und sah gleichzeitig überrascht aus. »Du kennst meinen Namen.«

»Er ist viel schöner als die Nummern, die sie uns gegeben haben.«

Sie stoppte, wirkte unentschlossen und suchte meinen Blick.

Ich lächelte sie traurig an. Wir hatten verloren. Aber es war okay.

Sie sah wieder zu Adam. »Lass uns gehen. Wir müssen denen endlich das Handwerk legen.«

»Ihr habt ein ganz schönes Chaos hinterlassen. Wieso? Wieso musstet ihr so plötzlich abhauen?«

»Vivien war da«, platzte ich heraus und stieß die Luft aus meinen Lungen aus, als wäre ich zu lange unter Wasser gewesen. »Sie sagte, Cassie würde sterben. Das Serum, das diese Leute ihr gegeben haben, bringt sie um.«

Adams Griff wurde kurz fester, bevor er ihn lockerte.

»Du wusstest es«, flüsterte ich, als er nichts erwiderte.

Dann ließ er mich plötzlich los und trat so weit zurück, dass ich mich zu ihm umdrehen konnte.

Ich kniff meine Augen zusammen. »Was machst du hier?«

Sein Blick bohrte sich in meinen. »Es ist meine Schuld, dass sie überhaupt in dieser Situation ist.« Er wandte sich von mir ab und schaute zu dem halb zugezogenen Vorhang. »Ich habe mir geschworen, ihr zu helfen, und das gilt noch immer.«

Grace stieß ein leises Quietschen aus und fiel Adam um den Hals.

Alarmiert starrte ich auf den Trainee im Bett, doch er regte sich nicht. Er schien tief und fest zu schlafen.

Einen Moment lang bewegten wir uns nicht, doch so ganz traute ich der Ruhe nicht. Ich schlich zum Bett, und betrachtete die Person genauer. Es war Agnes aus dem ersten Jahrgang. Mit ihr hatte ich meine mentalen Kräfte in Dr. Sams Kurs trainiert. Doch warum konnte ich ihre Gefühlssignatur nicht mehr lesen? Als ich sie das letzte Mal gesehen hatte, war es kein Problem gewesen. Es kam mir merkwürdig vor, doch ich drängte meinen Argwohn an die Seite. Solange sie schlief, würde sie auch nicht zum Problem werden. Es gab jetzt Wichtigeres.

Ich wandte mich wieder den anderen zu und nickte, dann ging ich auf Cassies Bett zu. Mit jedem Schritt wuchs meine Anspannung, mein Magen krampfte sich zusammen, und ich wusste nicht, ob ich zu ihr stürzen oder lieber wegrennen wollte.

Viviens Worte verpesteten meine Gedanken. *Sie stirbt.*

Als ich neben den Vorhang trat und Cassie sah, fühlte ich mich, als wäre ich zerbrochen gewesen und zum ersten Mal seit einer langen Zeit wieder ganz.

Meine wunderschöne kleine Schwester lag blass, mit eingefallenem Gesicht und schwer atmend im Krankenbett. Da waren zu viele Schläuche, zu viele Kabel, die an ihr angeschlossen waren und ihre Vitalwerte überwachten. Und auf einmal wusste ich, dass es stimmte. Cassie starb.

Ich hatte nicht einmal bemerkt, dass Adam und Grace neben mich getreten waren, bis er seine Hand auf meine Schulter legte und sie ihre Hand in meine schob.

»Wir werden sie retten«, flüsterte Grace.

»Wir werden alles dafür tun, dass es ihr bald wieder besser geht«, versprach Adam und drückte meine Schulter leicht.

Ein Zittern überkam mich, und ich brauchte einen Moment, um mich zu sammeln. Ein Teil von mir wollte bleiben, an ihrer Seite sitzen und ihr versichern, dass ich sie nie wieder alleine lassen würde. Der andere Teil von mir wusste, dass dies ihr Todesurteil sein würde.

»Lasst uns gehen.« Meine Stimme war rau und zittrig, aber auch voller Entschlossenheit.

Ich drückte Grace' Hand und legte meine andere auf Adams. »Danke.«

»Dank uns später«, meinte Grace ernst und löste sich als Erste von mir. Dabei schniefte sie und wischte sich unter ihren Augen entlang. »Dieser gefühlsduselige Kram bringt mich echt immer zum Heulen.«

Ich lachte und stieß sie mit dem Ellenbogen an. »Dann sollten wir damit aufhören und weitermachen.« Ich drehte mich zu Adam. »Mein Plan ist, in Direktor Roberts' Büro einzubrechen und nach Hinweisen zu suchen.«

»Wieso in sein Büro?«

»Weil ich das Gefühl habe, dass irgendwas mit ihm nicht stimmt.«

Adam schüttelte seinen Kopf. »Ich glaube nicht, dass er etwas mit alldem zu tun hat. Ich vertraue ihm.«

Ich erinnerte mich an das Vertrauen, das *ich* ihm blind entgegengebracht hatte. Dennoch hatte er mir Cassies Entführung verschwiegen. »Ich weiß, dass du ihm vertraust. Aber ich kann es nicht mehr. Er hatte zu viele Geheimnisse vor mir.«

Adam seufzte. »Er ist der Direktor des MI20. Es ist sein Recht, Geheimnisse vor uns zu haben.«

In diesem Moment ertönte ein lauter Knall auf dem Flur, ganz in unserer Nähe.

Wir drei zuckten gleichzeitig zusammen und tauschten Blicke.

Adam bedeutete uns, leise zu sein, und schlich schließlich zur Tür, die er lautlos öffnete, und spähte hinaus. Als er sich verspannte, schlich ich ihm hinterher und linste an ihm vorbei, hinter mir spürte ich Grace.

Von hier aus konnten wir halb den Eingangsbereich sehen, in dem der Direktor und Mr Turner standen.

»Das ist ein zu großes Risiko«, sagte Mr Turner gerade, und ich spürte seine Wut zu mir herüberschwappen.

»Uns bleibt keine andere Wahl. Das Mädchen wird sterben, wenn wir es nicht tun«, erwiderte der Direktor hart und wandte sich zum Gehen. *Er redete von Cassie!*

»Doch. Wir haben eine Wahl.«

Ich sog lautlos die Luft ein, als ich die unausgesprochenen

Worte in Mr Turners Stimme hörte. *Sie sterben lassen.* Ich hatte immer gewusst, dass er ein seelenloser Mistkerl war, und nun hatte ich dafür den Beweis.

Bei seinen Worten stoppte Direktor Roberts und warf meinem ehemaligen Lehrer für Simulationen einen finsteren Blick zu. »Das ist keine Option.«

»Das Mädchen wurde nur am Leben gelassen, um Sie mit einem angeblichen Gegenmittel anzulocken! Das ist mit Sicherheit eine Falle!«

»Ich weiß. Aber ich muss es trotzdem versuchen.«

Mr Turner öffnete seinen Mund und wollte etwas sagen, doch der Direktor verließ bereits das Gebäude.

»Das kann nicht wahr sein!«, brüllte Mr Turner, fuhr herum und stürmte davon.

»Ich würde sagen, wir schauen mal, was euer Direktor jetzt vorhat«, schlug Grace nach einem Moment der Stille vor. »Es klang auf jeden Fall so, als ging es dabei um Cassie.«

Einstimmig nickten Adam und ich.

»Ich habe draußen einen Wagen stehen«, erklärte uns Adam. »Wir sollten uns beeilen.«

»Lasst uns durch das Fenster abhauen«, flüsterte Grace, die noch durch die Tür spähte. »Der Typ, der da gerade abgehauen ist, vermittelt mir echt ein übles Gefühl.«

»Er war derjenige, der mich abgeführt hat«, erklärte ich ihr und schloss leise die Tür. »Und zwar mit extrem viel Schadenfreude. Deshalb stimme ich dir da absolut zu.«

Sie grinste mich an. »Ich habe einfach eine unglaublich gute Intuition.«

Adam war bereits am Fenster und öffnete es. »Können wir jetzt oder wollen sich die Damen noch ein wenig gegenseitig den Bauch bepinseln?«

»Ich habe keine Ahnung, was das bedeuten soll«, erwiderte Grace und hüpfte auf ihn zu. »Aber ich hätte nichts dagegen, wenn du mir den Bauch mit irgendwas einreiben würdest.«

Adam verdrehte seine Augen.

Ich lief noch einmal zu meiner Schwester und drückte vorsichtig ihre Hand. Erst wollte ich ihr versprechen, dass wir ein Gegenmittel finden würden. Doch ich war mir nicht sicher. Und sie anzulügen, selbst in ihrem Zustand, wäre nicht richtig gewesen. »Halte durch, Cassie.«

Wir kletterten nacheinander durch das Fenster, und ich zog es hinter mir zu, damit unser Einbruch morgen früh möglichst unbemerkt blieb.

So wie wir reingekommen waren, schlichen wir auch raus. Adam kam mit uns. Dann drängte sich eine Frage in mir auf.

»Wieso haben uns hier eigentlich keine zwanzig Agenten erwartet? Der Ausbruch ist schon einige Stunden her.« Neugierig sah ich Adam von der Seite an, als wir durch den Wald liefen.

Adam schaute mich nicht an. »Ich habe mich von der Truppe abgesondert, die nach euch sucht.«

»Können ja nicht viele gewesen sein«, meinte Grace.

Adam nickte. »Der Rest konzentriert sich auf die größere Bedrohung.«

Mir wurde übel, und eine dunkle Vorahnung beschlich mich. »Was meinst du damit?«

»Ihr habt es geschafft, das Magnetfeld über der Außenanlage für wenige Sekunden auszuschalten. Glücklicherweise waren die meisten Häftlinge bereits in das Gefängnis geflohen, um dem Sturm zu entkommen. Aber ein paar waren noch draußen.«

»Ist noch jemand rausgekommen?«, fragte Grace, und auch sie klang so, als wüsste sie bereits, was er jetzt sagen würde.

»Doloris Humphrey, Clyde und Mikael Gibson. Gibsons Leiche wurde wenige Kilometer entfernt vom Gefängnis gefunden. Vermutlich brauchte Doloris ihn nur, um die Mauer zu überwinden. Clyde scheint noch bei ihr zu sein. Oder seine Leiche wurde einfach noch nicht gefunden.«

»Scheiße«, flüsterte Grace, und ich stimmte ihr innerlich zu. Obwohl ich es nicht gewollt hatte, waren wir schuld daran, dass eine der gefährlichsten Frauen Großbritanniens auf freiem Fuß war. Kein Wunder, dass sich die meisten der Agenten auf sie konzentrierten. Gegen sie waren wir völlig unbedeutend. Kleinkriminelle, wenn überhaupt – auch wenn ich mich aktuell wie eine Schwerverbrecherin fühlte.

»Was hat sie wohl vor?«, überlegte Grace laut, als wir in die Nähe der Mauer kamen und auf die nächstgelegenen Bäume kletterten. »Und Clyde ist sicher bei ihr. Der ist ihr ja schon die ganze Zeit wie ein Straßenköter hinterhergerannt.« Sie klang geradezu enttäuscht von ihm.

»Vermutlich die Weltherrschaft an sich reißen«, meinte ich trocken und zugleich ernst. Was auch immer es war, es würde sicher mächtig Probleme bedeuten.

Wir erreichten die Baumkronen und sprangen über die Mauer. Gleichzeitig landeten wir auf der anderen Seite und wollten weiter zu Adams Wagen rennen. Doch kurz bevor wir ihn erreichten, hielt er uns plötzlich zurück und schob uns zwischen zwei Müllcontainer.

»Was soll das?«, quietschte Grace leise und versuchte an ihm vorbeizulinsen.

»Die Einheit, mit der ich nach euch suchen sollte, hat wohl

gerade mein Auto gefunden.« Adam knurrte, und ich konnte ihm ansehen, wie er über eine Alternative nachdachte.

»Wir müssen uns beeilen.« Grace deutete in Richtung des geschlossenen Tores, hinter dem Scheinwerfer zu sehen waren. »Das ist bestimmt der Direktor.«

Plötzlich hörte ich ein leises Klimpern hinter uns und fuhr panisch herum – und traute meinen Augen kaum. An der nächsten Ecke stand Agnes und wedelte ungeduldig mit einem Autoschlüssel.

Grace folgte meinem Blick. »Ist das nicht die Kleine, die gerade noch schlafend im Krankenzimmer gelegen hat?«

Ich nickte langsam und richtete mich leicht auf. »Scheinbar hat sie nicht so tief geschlafen, wie wir angenommen haben.«

Adam hielt mich zurück, als ich mich in Bewegung setzen wollte. »Was hast du vor?«

»Herausfinden, was hier los ist. Wir müssen uns beeilen, wenn wir den Direktor nicht verlieren wollen, und sie scheint ein Auto zu haben. Woher auch immer.«

»Könnte das eine Falle sein?«

»Könnte es.« Ich nickte und rannte dennoch los. Als ich Agnes erreichte, sah ich, dass sie noch einen Schlafanzug trug und alleine war. »Was zum Teufel machst du hier?«

Sie grinste mich an. »Das musst du gerade sagen. Ich habe euch natürlich belauscht.«

Ich unterdrückte den Drang, meine Augen zu verdrehen. »Das habe ich mir gedacht. Aber was *machst* du hier?«

»Euch helfen.« Sie strahlte mich stolz an und hielt wieder den Autoschlüssel hoch. »Mein Opa wohnt hier um die Ecke. Und ich habe den Ersatzschlüssel seines Wagens, falls er seinen mal verliert.«

»Aber warum?« Agnes hätte ja nicht wissen können, dass wir einen brauchten.

»Na, um euch zu verfolgen«, sagte sie, als wäre das völlig klar.

»Du hast das Auto deines Opas geklaut, um uns zu verfolgen? Wieso? Darfst du überhaupt Auto fahren?«

Sie verdrehte ihre Augen. »Alexis, ich glaube, dass du ein guter Mensch bist. Egal, was alle sagen. Lass mich euch helfen.«

Ich runzelte meine Stirn und senkte automatisch mein Schild, konnte ihre Gefühle aber nicht wahrnehmen. *Interessant.*

Dennoch hatte ich nie an Agnes' freundlichem Wesen gezweifelt.

Dass Thomas mein Freund war, habe ich aber auch nie infrage gestellt.

Der Gedanke schoss mir durch den Kopf, und ich wusste sogleich, dass ich ihn und Agnes nicht vergleichen sollte. Ich *wollte* ihr vertrauen, und jetzt gerade war sie unsere beste Option.

»Okay.« Ich wollte nach dem Schlüssel greifen, doch sie zog ihre Hand zurück.

»Ich werde natürlich mitkommen.«

Ein resigniertes Stöhnen entfuhr mir, doch ich nickte. »Natürlich.«

Dann winkte ich Adam und Grace heran, während Agnes zum Auto huschte, sich schnell auf den Beifahrersitz setzte und anschnallte, als könne sie so verhindern, dass ich meine Meinung änderte.

Adam blieb neben mir stehen. »Können wir ihr trauen?«

»Ja.«

Er nickte und ging zum Auto, setzte sich hinters Steuer und nahm ihr den Schlüssel aus der Hand.

Grace und ich setzten uns währenddessen auf die Rückbank.

Adam fuhr gerade rechtzeitig los, als der Wagen von Direktor Roberts am Ende der Straße abbog.

Er folgte ihm mit so viel Abstand, dass es nicht auffiel, wir ihn aber auch nicht aus den Augen verlieren konnten.

Agnes drehte sich vom Beifahrersitz zu mir um und sah mich mit großen Augen an. »Wieso traust du dem Direktor nicht? Und wo warst du die ganze Zeit? Wo hat man dich hingebracht? Stimmen die Gerüchte, dass man dich eingesperrt hat, weil du was mit einem Staatsfeind hattest?«

»Was?« Ich prustete los und winkte ab, bevor sie mir weitere Details dieses Gerüchts erläutern konnte. »Ist eine lange Geschichte. Erzähl du mir mal lieber, wieso ich deine Gefühle nicht mehr wahrnehmen kann.«

Sie kicherte und wurde ein wenig rot. »Ich habe geübt und kann mich jetzt abschirmen. Voll cool, oder?«

»Megacool!«, antwortete Grace an meiner Stelle und strahlte sie an. »Also bist du auch mental begabt? Ach ja! Entschuldige! Ich bin Grace, Alexis beste Freundin.« Sie hielt Agnes die Hand hin.

Agnes nahm sie und schüttelte sie mit einem Strahlen in den Augen. »Ich bin Agnes. Ja, ich habe mentale Kräfte, ähnlich wie die von Alexis, nur nicht so stark.« Plötzlich machte sie ein O mit den Lippen. »Woher kennt ihr euch überhaupt? Bist du auch eine Agentin? Woher kommst du? Mache ich mich jetzt strafbar, weil ich euch diesen Wagen verschafft habe?«

Ich hob meine Augenbrauen.

»Nicht, dass ich es bereuen würde«, ruderte sie sofort zurück. »Dir vertraue ich zu hundert Prozent.«

»Danke«, sagte ich trocken, und mein Mundwinkel zuckte amüsiert, bevor ich mit meiner Hand zwischen Grace und mir hin und her wedelte. »Wir kennen uns schon länger.«

»Oh ja!« Grace nickte ausladend. »Alexis hat mich ausgeknockt, weil ich sie umbringen wollte.«

Agnes starrte Grace an und wartete wohl auf eine Erklärung für diesen Satz.

»Na ja«, meinte ich und zog Agnes' Konzentration wieder auf mich. »Wir sind dir jedenfalls dankbar für deine Hilfe. Aber wenn wir am Ziel sind, möchte ich, dass du sofort wieder umkehrst.«

Sie seufzte schwer, als würde sie mit sich hadern, mir dieses Versprechen zu geben. »Na gut.«

Ich hob meine Augenbrauen. Sie klang nicht sehr überzeugend.

Sie hob abwehrend ihre Hände, was ein wenig unbequem aussah, weil sie sich noch immer in ihrem Sitz umgedreht hatte. »Wirklich!«

»Na gut. Danke für deine Hilfe«, fügte ich hinzu und grinste sie an. »Was hast du überhaupt im Krankenzimmer gemacht?«

»Ach, ein Trainee aus meiner Klasse wurde frech und dann habe ich ihm die Nase gebrochen.«

Grace lachte auf. »Müsste er dann nicht im Krankenzimmer liegen?«

»Seine Freundin war sauer und hat mir im Gegenzug den Arm gebrochen.«

Ich riss vor Entsetzen meine Augen auf. »Wow, also das klingt nicht wirklich nach einem tollen Team.«

Sie zuckte mit ihren Schultern. »Tja, wir beide haben unsere Strafe bekommen. Morgen machen wir weiter wie immer.«

»Tolle Einstellung«, lobte Grace sie.

»Danke.« Sie grinste breit, und eine leichte Röte breitete sich auf ihrem Hals aus.

»Wir sind da«, unterbrach Adam unser Gespräch und parkte den Wagen.

Sofort wurde es still, und wir schauten gebannt durch die Windschutzscheibe. Wir standen auf einer Anhöhe, und weiter unten befand sich ein beinahe leerer Parkplatz, wo Direktor Roberts gerade aus einem SUV des MI20 ausstieg.

Aus einem weiteren Wagen stieg zur gleichen Zeit ein Mann in einem schwarzen Mantel aus.

»Wer ist das?«, fragte ich, als ich bemerkte, wie Adam und Grace sich anspannten.

»Das ist Josef Pavlacek«, presste Grace heraus. »Er ist Dr. Meiers Handlanger für die richtig fiesen Sachen. Leichen wegschaffen, Auftragsmorde und so.«

»Deine damalige Ärztin?«, erinnerte ich mich und sah im Augenwinkel, wie sie knapp nickte. »Also was hat der Direktor mit den beiden zu tun?« Meine schlimmsten Befürchtungen schienen sich zu bewahrheiten.

Wir sahen zu, wie Direktor Roberts etwas aus seiner Tasche zog und dabei wütend gestikulierte. *Ein Zettel.*

»Keine Ahnung«, murmelte Grace auf meine vorherige Frage und sog scharf die Luft ein, als plötzlich Dutzende schwarz gekleidete Männer aus den Büschen traten, die den Parkplatz umrandeten.

Direktor Roberts sah sich um, wirkte überrascht, aber nicht beunruhigt.

Im nächsten Moment tauchten Agenten des MI20 auf, die

scheinbar die ganze Zeit auf der Lauer gelegen hatten. Gebrüll wurde laut, und dann gingen die beiden Parteien mit Waffen und ihren Kräften aufeinander los.

Adam spannte sich an, schien mit sich zu ringen und eingreifen zu wollen. Grace legte ihre Hand auf seine Schulter. »Wir brauchen dich mehr als diese *Men in Black* da unten.«

»Wir müssen abwarten«, stimmte ich ihr zu.

»Ich glaube, unsere Leute werden verlieren«, stieß Agnes aus und beobachtete mit ebenfalls angehaltenem Atem den Kampf dort unten. Dabei wurde Direktor Roberts von den Agenten abgekapselt und in den Wagen von Pavlacek geschubst.

»Greifen wir immer noch nicht ein?«, fragte sie mit zittriger Stimme.

»Nein.« Ich atmete tief durch. »Wir müssen wissen, wohin sie ihn bringen. Vielleicht finden wir dort das Gegenmittel für meine Schwester.«

Schweigen breitete sich zwischen uns aus, während wir zusahen, wie die zahlenmäßig unterlegenen Agenten des MI20 fertiggemacht wurden.

22. Kapitel

Alexis

Josef Pavlacek schlug die Tür hinter dem Direktor zu und stieg ebenfalls in den Wagen ein.

Grace klatschte in ihre Hände und rieb sie aneinander. »Jetzt geht der Spaß erst richtig los. Kleine, willst du nicht lieber aussteigen?«

»Zwingt mich nicht hierzubleiben!« Agnes sah mich panisch an. »Nachher finden die mich noch! Nehmt mich mit! Ich warte auch im Wagen.«

»Beides ist gefährlich«, sagte Adam von vorne und sah mich durch den Rückspiegel fragend an.

Hin und her gerissen schloss ich meine Augen und seufzte. »Wenn wir dich mitnehmen, tust du, was wir dir sagen. Ohne Widerworte, okay?« Ich verstand, dass sie nicht hierbleiben wollte. In wenigen Minuten würde es hier vor Polizisten nur so wimmeln, und ich war mir nicht sicher, ob sie es alleine zurück zur Akademie schaffte. Immerhin war sie im ersten Jahr, fast noch ein Kind. So wie Cassie.

Agnes nickte heftig. »Ich verspreche es!«

Adam startete den Motor, und schweigend ließen wir den Kampf hinter uns, während wir dem Auto von Pavlacek folgten.

Die Fahrt dauerte knapp eine Stunde und führte uns aus London heraus. Da es mitten in der Nacht war und es kaum

Verkehr gab, mussten wir mehr Abstand halten, als wir wollten.

Als der Wagen weit vor uns in einen Wald einbog, wurden wir noch langsamer.

»Wir werden ihn verlieren«, murmelte Agnes und kaute vor Nervosität auf ihren Fingernägeln herum.

Grace gab ihr einen Klaps auf die Schulter. »Ein bisschen Optimismus bitte!« Sie hatte sich von hinten so an dem Sitz vor ihr festgeklammert, dass Agnes sicher ihren Atem spüren konnte. Dann bogen wir ebenfalls auf den Waldweg ein und uns empfing nichts als Schwärze.

»Jetzt bitte alle Superaugen schärfen«, bat Adam und schaltete die Scheinwerfer aus. Völlige Dunkelheit umhüllte uns, doch meine Augen gewöhnten sich schnell an das wenige Licht. Adams Augen scheinbar auch, denn er beschleunigte das Auto im nächsten Moment. Trotz der Stoßdämpfer fühlte ich jede Unebenheit des Bodens, und der Wagen ruckelte nur so über Äste und Erdlöcher.

Die Minuten vergingen, zähflüssig und angespannt.

»Haben wir sie verloren?«, fragte Agnes leise in die drückende Stille hinein.

Ich wollte den Kopf schütteln, war mir aber absolut nicht sicher.

»Da hinten!« Grace streckte ruckartig ihren Arm aus und hätte beinahe Agnes geschlagen, doch sie konnte sich noch rechtzeitig zur Seite ducken. »Seht ihr das auch?«

Ich folgte ihrem Blick und sah tatsächlich ein ganz schwaches rötliches Leuchten zwischen den Bäumen aufblitzen. »Bremslichter«, flüsterte ich.

»Vielleicht sollten wir von hier aus zu Fuß weitergehen«, sagte Adam und stoppte etwas ruckartig unseren Wagen.

»Gute Idee.« Grace riss ihre Tür auf und sprang im nächsten Moment heraus. Dann steckte sie den Kopf wieder durch die Tür und starrte Agnes mit hochgezogenen Augenbrauen an. »Du solltest zurückfahren.«

»Aber …«, wollte sie schon einwenden, doch Adam unterbrach sie.

»Sie hat recht. Was auch immer jetzt kommt – es ist zu gefährlich für dich. Du solltest zurückfahren. Schlag Alarm und hol Hilfe. Bis die eintreffen, sind wir hoffentlich weg.«

»Aber was ist mit euch? Braucht ihr keinen Fluchtwagen?« Sie sah mich besorgt an.

Ich versuchte sie aufmunternd anzulächeln, so gut ich nur konnte. »Wir schaffen das schon. Bitte, fahr. Ich könnte mich nicht konzentrieren, wenn ich mir um dich Sorgen müsste.«

Das schien sie zu verstehen und nickte, bevor sie sich abschnallte und die Tür öffnete. »Du hast recht.«

Ich atmete vor Erleichterung laut aus und stieg ebenfalls aus, genauso wie Adam.

Agnes kam um den Wagen herum, nahm von Adam den Autoschlüssel entgegen und fiel mir dann um den Hals. »Passt auf euch auf. Ich werde bei deiner Schwester warten und ihr erzählen, wie mutig du bist.«

Ich lachte und erwiderte die Umarmung fest. »Danke. Sei vorsichtig.«

Sie löste sich von mir. »Das werde ich.«

Wir warteten noch kurz, bis sie eingestiegen war, und bahnten uns dann den Weg durch den dunklen Wald. Völlige Stille umgab uns. Diese Art von Stille, die unnatürlich laut war, in den Ohren dröhnte und einem bewusst machte, dass sich der Feind in der Nähe aufhalten musste. Es war, als wüssten selbst die Tiere der Nacht Bescheid und würden sich deshalb fernhalten.

Nach einigen Minuten tauchte ein uraltes Gebäude in unserem Sichtfeld auf. Es war durch einen Drahtzaun vom übrigen Wald getrennt, und wir verlangsamten unseren Schritt. Wir mussten vorsichtig sein.

»Ich kann keine Kameras oder sonstige Überwachung erkennen«, flüsterte Adam.

Als ich zu ihm herüberschaute, sah ich, dass er blinzelte. Er hatte also seine Kontaktlinse im Auge. Die vermisste ich gerade schon ziemlich. »Wem gehört dieses Gebäude?«, fragte ich ihn.

»Josef Pavlacek«, knurrte Grace auf meiner anderen Seite. »Ich war hier schon mal. Ohne all den Schnee habe ich es nicht sofort wiedererkannt. Es war eines unserer Verstecke.«

Ich betrachtete das riesige Herrenhaus, das schon bessere Zeiten erlebt hatte. Hier, mitten im Nirgendwo, könnte man tatsächlich Kinder versteckt halten, ohne dass es jemand merkte. Allein der Gedanke daran ließ Übelkeit in mir aufsteigen. »Weißt du zufällig, wie wir reinkommen?«

»Ja. Der Zaun steht unter Strom, ansonsten hatten sie früher keine anderen Sicherheitsvorkehrungen. Die Älteren haben schon dafür gesorgt, dass die Jüngeren hören.« Grace fasste sich in einer unbewussten Bewegung an den Hals, und ihre Stimme zitterte leicht. Sie räusperte sich und ließ ihre Hand wieder sinken. »Ich kann uns reinbringen.«

»Ich kann mit der Wärmebildkamera knapp fünfzehn Leute erkennen«, sagte Adam.

Ich blinzelte und konzentrierte mich ebenfalls auf das Haus. »Ich sehe zehn Gefühlssignaturen.«

»Super, also mindestens fünf *Numbers*, gegen die wir kämpfen müssen«, knurrte Adam.

Ich räusperte mich und schluckte die plötzliche Anspannung in meiner Brust herunter. »Dann drücken wir uns mal die Daumen, dass wir herausfinden, was hier los ist. Und dass die da drinnen unser Gegenmittel haben.«

Adam und Grace nickten zustimmend.

Nacheinander sprangen wir über den etwa zwei Meter hohen Maschendrahtzaun, und ich spürte das leichte Kribbeln, das von ihm ausging. Ohne Zweifel stand der Zaun unter Strom.

Die Dunkelheit war unser Freund, als wir uns dem Haus näherten und ungesehen zum Hinterausgang gelangten.

Grace machte sich an der Holztür zu schaffen, die aussah, als würde nicht einmal ein Bär sie zerbersten können. Diese Tür sollte definitiv ungebetene Gäste draußen halten. *Oder drinnen.* Ich schluckte bei der Vorstellung, dass Grace so aufgewachsen war.

Auf einmal klickte es, und Grace stieß ein triumphierendes Geräusch aus, als sie die Tür vorsichtig aufzog. Dahinter erhellte dumpfes Licht einen langen Flur.

»Seid vorsichtig«, wisperte sie und ging mit einem großen Schritt voran. »Da ist eine lose Diele, die quietscht.«

Vom Flur gingen weitere Türen ab, und wir blieben vor jeder einzelnen stehen. Während Adam mit den Kontaktlinsen nach Wärmesignaturen suchte, überprüfte ich die Gefühlssignaturen.

»Alles, was ich wahrnehme, kommt aus dem hinteren Bereich«, flüsterte ich.

Adam nickte. »Bei mir auch.«

»Gut. Wir bleiben wachsam. Dummerweise befindet sich

dort hinten auch eines ihrer Labore … Vielleicht ist da ihr Gegenmittel. Sie müssen den Direktor nur übergangsweise hierhergebracht haben. In dem aktuellsten Versteck befinden sich normalerweise viel mehr Menschen.« Grace nickte den Flur entlang. »Aber ich würde gerne vorher …« Sie zögerte und schaute nach links zu einer Tür.

»Was würdest du gerne?«, hakte ich nach, als sie weiter schwieg.

»Na ja«, murmelte sie und räusperte sich dann. »Es können keine Kinder hier sein, die Schlafzimmer sind ja oben, und ihr hättet sie wahrgenommen. Aber manchmal sperren sie einzelne Kinder ein. Kinder, die nicht hören wollen. Vielleicht haben sie seit ihrem letzten Aufenthalt hier welche zurückgelassen.« *Kinder, wie sie eines gewesen war.* Sie sagte es nicht, aber es stand unausgesprochen zwischen uns.

»Dann lass uns nachsehen«, wisperte ich und schob sie sanft an.

Fragend hob sie ihre Augenbrauen.

»Los, wir haben nicht mehr viel Zeit«, drängte ich sie. Es war ein Wunder, dass wir bisher noch nicht erwischt worden waren.

Ein dankbares Lächeln huschte über Grace' Gesicht, und auch Adam nickte ihr zu.

Sie ging voraus und öffnete vorsichtig die Tür, hinter der sich ein unscheinbares Büro befand. Sie lief zu einem Aktenschrank und fuhr mit den Händen links und rechts entlang, als würde sie etwas suchen. Ein Klicken ertönte, und sie grinste kurz, bevor sie den Aktenschrank öffnete, als wäre es eine Tür. Dahinter befand sich eine weitere Tür. Eigentlich sah es eher aus wie die Tür eines Tresors, nur ohne Drehscheibe und nur mit einem Hebel.

Grace packte den Hebel und drückte ihn herunter. Die Tür sprang leise quietschend auf.

Ein beißender Geruch aus Kot und Urin sprang uns entgegen. Ich musste ein Würgen unterdrücken, doch ich trat näher, als ich sah, dass sich dahinter ein Raum befand, der völlig mit Matratzen ausgelegt war. Sechs Kinder drückten sich fest an die Wand, ausgemergelt und blass.

Adam fluchte leise und hob seinen Arm, bevor er einen Notruf mit unseren Koordinaten absetzte. Wir mussten diesen Kindern helfen.

Grace zögerte nicht, als sie in den Raum kletterte. Ihre Gefühle, die sonst kaum zu bändigen waren, schienen in diesem Moment äußerst gefasst. Übrig blieb eine nie gekannte Ruhe, die sie nun auch ausstrahlte, während sie mit Abstand vor den Kindern auf die Knie ging. »Dr. Meier ist echt eine blöde Kuh«, scherzte sie leise und neigte den Kopf leicht. »Ich habe sie noch nie gemocht«, flüsterte sie, als würde sie mit den Kindern ein Geheimnis teilen.

Doch sie reagierten kaum, so verängstigt schienen sie.

»Ich weiß, warum ihr hier seid«, redete Grace ruhig weiter. Ich konnte ihr Gesicht zwar nicht sehen, aber ihre Stimme lächelte. »Sie hat bestimmt behauptet, dass ihr böse Kinder gewesen seid. *Unartig*. Ihr Lieblingswort. Aber wisst ihr was?« Sie machte eine kurze Pause, und in den Kinderaugen blitzte vorsichtige Neugier auf. »Ich war immer sehr gerne unartig. Das bin ich vermutlich jetzt noch. Da draußen, wo es keine Dr. Meier gibt, ist das auch gar nicht mehr so schlimm. Man wird nicht mehr dafür in dieses dunkle Loch gesperrt.«

Grace setzte sich und schien es sich gemütlich zu machen. »Ihr habt bestimmt Angst. Die hatte ich auch immer. Aber seht ihr die zwei Leute hinter mir?« Kinderaugen flogen zu uns, musterten uns besorgt. »Das sind Freunde von mir. Sie sind mitgekommen, damit wir euch hier rausholen können. Wollt ihr mitkommen? Dr. Meier wird es nicht erfahren.«

Zuerst sagte keiner etwas, bis ein kleiner schmächtiger Junge sich bewegte. »Das ist ein Trick.« Er schniefte, und sein Blick wurde ernst. »Sie wird uns wehtun, wenn wir rausgehen. Sie will bestimmt testen, wie gehorsam wir sind.«

Grace seufzte schwer, aber noch immer völlig ruhig. »Das würde ihr ähnlich sehen. Hmm, womit kann ich euch überzeugen, mir zu glauben?«

»Wasser«, krächzte ein Mädchen plötzlich mit dünner Stimme.

»Ich hole was«, sagte Adam und verließ den Raum. Es dauerte nicht lange, da kam er mit einem Blumenkübel voller Wasser zurück. Als er ihn Grace reichte, grinste er schief. »Habe keine Tasse gefunden.«

»Schon okay«, meinte Grace und stellte den Kübel vor sich auf die Matratze, so nah an die Kinder, dass sie nur danach greifen mussten.

Alle Augen waren auf das Wasser gerichtet. Erst reagierte niemand, dann beugte sich das Mädchen vor, schnappte sich den Krug und nahm einen zaghaften Schluck.

»Sehr gut«, meinte Grace mit einem bedächtigen Nicken. »Ihr habt lange nichts mehr gegessen und getrunken, oder? Dann versucht es mit kleinen Schlucken.« Sie seufzte. »Aber vermutlich kennt ihr das Spiel bereits.«

Nacheinander tranken die Kinder, nur der misstrauische Junge zögerte und sah immer wieder zwischen Grace, Adam und mir hin und her. »Warum seid ihr hier? Nicht wegen uns. Niemand würde uns vermissen.«

Mein Magen verkrampfte sich bei dem Gedanken daran,

dass er recht hatte. Es gab niemanden, der überhaupt von diesen Kindern wusste. »Meine Schwester wurde von den Leuten entführt, die euch hier eingesperrt haben. Sie haben ihr was injiziert. Das bringt sie jetzt um.«

»Cassie«, stieß er aus und runzelte seine Stirn. »Du bist …« Er schwieg. Entweder fiel ihm mein Name nicht ein, oder es war ein Test.

»Alexis.«

Er starrte mich an, als könnte er nicht glauben, dass es mich tatsächlich gab. Dann blinzelte er und wurde schlagartig wieder ernst. »Wie geht es ihr?«

»Nicht gut«, gestand ich leise. »Wir sind hier, weil das unsere einzige Spur ist, um ehrlich zu sein. Dann hat Grace euch gefunden. Kommt mit uns. Wir bringen euch hier raus.«

»Ich bin übrigens Nummer 17«, erklärte Grace, als wäre es ihr gerade erst eingefallen. »Das MI20 hat meinen Tod vorgetäuscht, und ich war im Gefängnis.« Sie winkte ab. »Lange Geschichte. Aber ich habe jetzt einen Namen. Ich bin keine Nummer mehr. Ihr könntet auch einen Namen bekommen, wenn ihr möchtet.«

»Kommen wir auch ins Gefängnis?«, fragte eines der Mädchen mit zittriger Stimme.

»Nur wenn ihr versucht, jemanden umzubringen«, scherzte Grace und schüttelte gleichzeitig ihren Kopf. »Wir werden euch helfen. Niemand von euch kommt ins Gefängnis. Wir sind jetzt aber schon ziemlich lange hier. Und ich möchte ehrlich gesagt nicht erwischt werden.«

Die Kinder sahen alle zu dem misstrauischen Jungen, auf dessen Meinung sie scheinbar hörten.

Sein Blick heftete sich auf mich, und was auch immer er in meinen Augen sah, schien auszureichen. Er nickte schließlich und erhob sich mit zittrigen Knien. Obwohl seine Augen Härte ausstrahlten, war sein Körper schwach. Ich wollte gar nicht wissen, wie lange sie schon in diesem Loch festsaßen.

»Wundervoll«, sagte Grace und erhob sich ebenfalls. »Leider haben wir das Fluchtfahrzeug ziehen lassen. Aber das ist kein Problem.«

So leise wie möglich brachten wir die sechs Kinder heraus, die bei genauem Betrachten schon viel älter zu sein schienen. So ausgemergelt wie sie waren, erkannte man dies nur nicht auf den ersten Blick.

Ich atmete erst wieder ruhiger, als wir sie alle nach draußen hinter den Zaun gebracht hatten.

»Ich werde hier mit ihnen warten«, sagte Adam leise. »Sie sind kaum in der Verfassung zu laufen. Das MI20 wird gleich da sein.«

»Das ist zu gefährlich«, zischte Grace und zog ihn ein wenig von den Jugendlichen weg. »Wir müssen ihnen helfen. Sobald irgendwer rauskommt, werden sie uns sehen.« Sie sah ihn flehend an. »Bitte.«

Sein Blick flog zu mir.

Ich nickte. »Sie hat recht. Bringt sie weg. So weit wie möglich. Ich werde noch mal reingehen.«

»Nicht alleine«, erwiderte Adam.

»Ich bin eine fast vollständig ausgebildete Agentin. *Ex-Agentin*«, fügte ich hinzu und grinste schief, während ich zu den Jugendlichen nickte. »Ich kann mich wenigstens wehren. Rettet sie. Ich komme gleich nach. Die Leute vom MI20 werden jeden Moment da sein. Sicher werden sie den Direktor retten wollen. Ich muss nur vorher herausfinden, ob es hier etwas gibt, was Cassie helfen könnte. Bitte«, fügte ich hinzu, als

Grace ihre Hand auf meine Schulter legte und sie sanft drückte. »Danke.« Sie brachte das Wort nur als Flüstern heraus.

»Ich rette meine Schwester und du deine Geschwister.« Ich lächelte. »Wir sind eben Familienmenschen.«

»Du bist echt die tollste beste Freundin, die ich mir hätte aussuchen können.«

»Du auch«, erwiderte ich sanft und schob sie und Adam von mir. »Geht. Und passt auf euch auf.«

»Wenn du in zehn Minuten nicht draußen bist und wir auf das MI20 treffen, sage ich ihnen, dass du da drin bist.«

Ich grinste Adam an. »Alles klar. Und jetzt haut ab und bringt die Kinder in Sicherheit.«

Er nickte, zögerte dann jedoch einen Moment, während seine Hand zu seiner Hosentasche wanderte. »Bevor ich es vergesse.«

Irritiert beobachtete ich, wie er ein zusammengefaltetes Stück Papier aus der Tasche zog und mir hinhielt. *Eine Blume.* Eine von denen, die ich immer für Cassie gefaltet hatte. »Woher hast du die?«

»Dean hat sie mir gegeben.«

»Wann …« Ich unterbrach mich selbst und nahm das Stück Papier an mich, während ich lächelte. »Danke. Und jetzt verschwinde, schnell.«

Adam lächelte mich aufmunternd an, und kurz darauf verschwand die Gruppe in der Dunkelheit des Waldes.

Dean hatte ihm eine Blume gegeben. Für einen Augenblick war ich nicht mehr im Wald, sondern wieder in Deans Zimmer, in seinen Armen und erzählte ihm von alldem. Von Cassie, den Blumen und so viel mehr.

Er wusste, was sie bedeuteten, dass sie eine Verbindung herstellten, die voller Liebe und Wärme war. Und er hatte sie *mir* geschenkt. Sehnsucht wollte mich ablenken, doch das konnte ich mir nicht leisten. Deshalb steckte ich die Papierblume in meinen Ausschnitt, nah an mein Herz, um sie nicht zu verlieren, und konzentrierte mich.

Ich wartete noch einen Moment ab, horchte, ob irgendwer hier draußen war und sie verfolgte. Doch ich nahm niemanden wahr und drehte mich erneut zum Haus. Wieder schlich ich durch die schwere Eingangstür, bevor ich mich diesmal weiter den Flur hinunter bewegte. Ich musste jetzt dieses Labor finden, von dem Grace gesprochen hatte, und nachsehen, ob es irgendeinen Anhaltspunkt für das Gegenmittel gab oder ob sie irgendetwas anderes dort lagerten. Und dann musste ich schleunigst verschwinden.

23. Kapitel

Alexis

Mit zusammengekniffenen Augen suchte ich nach den Gefühlssignaturen, die ich vorhin schon wahrgenommen hatte. Noch immer befanden sich die Personen im hinteren Teil des Hauses. Ich bog an einer Holztreppe ab, nachdem ich hochgelinst und niemanden entdeckt hatte.

Als ich das Ende des Flures erreichte, saß ich in einer Falle. Um mich herum waren verschlossene Türen, doch die Gefühlssignaturen schienen noch immer auf der anderen Seite des Gebäudes zu sein.

Plötzlich hörte ich Schritte von der Treppe. Ich zögerte nicht und öffnete vorsichtig die nächste Tür, nur um festzustellen, dass sie in ein Durchgangszimmer führte.

Die Tür auf der gegenüberliegenden Seite stand weit offen, und dahinter waren Stimmen zu hören.

Ich schaute mich um und entdeckte außer einer Sitzgruppe mit aufwendig verzierten Ottomanen unter einer breiten Fensterfront noch einen Sekretär an der Wand stehen. Hastig lief ich los und duckte mich hinter eine der gelben Sofas.

Keine Sekunde zu spät, denn im selben Moment wurde die Tür geöffnet, durch die ich gerade gekommen war. Leicht panisch wurde mir klar, dass ich mich mit der Entfernung der Gefühlssignaturen völlig verschätzt hatte.

Als ich die Stimme der Person hörte, erschauerte ich und

spürte, wie sich schmerzhaft Gänsehaut über meinem Körper ausbreitete. *Wie war das möglich?*

»Es ist alles vorbereitet. Wir bringen ihn ins Labor.«

Fassungslos öffnete sich mein Mund vor stummem Entsetzen, während ich begreifen wollte, was hier passierte. Meine Hände ballten sich zu Fäusten, und ich versuchte mich zu beruhigen, versuchte, keine voreiligen Schlüsse zu ziehen. Das musste ich mir einbilden. Irgendetwas war hier faul!

Vorsichtig reckte ich meinen Kopf seitlich zwischen den Sitzmöbeln hindurch und versuchte mehr zu erkennen. Hoffentlich entdeckten sie mich nicht.

Es war eindeutig sein Profil. Ich sah, wie er nickte, auf die Person am anderen Ende der Leitung reagierte, während er das Handy an sein Ohr gepresst hielt.

Thomas.

Als hätte ich meine Gedanken laut herausgebrüllt, hob er seinen Kopf.

Ich zuckte zurück, spürte meinen viel zu schnellen Herzschlag und versuchte zu verstehen. Es war unmöglich! Ich hatte mit eigenen Augen gesehen, wie er direkt vor mir explodiert war!

»Nein, alles ist ganz wunderbar«, sagte er gerade, völlig ruhig, gelassen und erfreut. Seine Schritte kamen langsam näher. Hatte er mich etwa entdeckt? Ich spannte mich an, bereit, ihn anzugreifen, falls es nötig sein sollte.

»Soeben ist der letzte Gast eingetroffen.« Thomas trat hinter die Ottomane und lächelte mich an, während er sein Handy in seine Hosentasche schob. »Hallo Alexis.«

Ich sprang auf und ballte meine Fäuste, verwirrt, wütend, fassungslos. »Thomas.«

Sein Mundwinkel zuckte, und seine Augen tasteten meinen

Körper von oben bis unten ab. »Die Zeit im Gefängnis hat dich dünn werden lassen.«

»Und der Tod steht *dir* unnatürlich gut«, erwiderte ich und versuchte dabei, ruhig zu klingen. Aber er war am Leben, und ich hatte mich die letzten Wochen immer wieder gefragt, ob sein Tod hätte verhindert werden können. Ob *ich* ihn hätte verhindern können.

Ein wissendes Lächeln lag auf seinen Lippen. Er wusste genau, wie überrascht ich war. »Es ist ein Wunder.«

»Aha«, meinte ich unbeeindruckt. »Und da dachtest du dir: wieso nicht zum Feind wechseln?«

Er zuckte mit den Schultern und grinste etwas breiter. »Wenn das Leben einem Zitronen gibt und so weiter.«

Ich hatte das Gefühl, einem Fremden gegenüberzustehen, obwohl wir uns schon so lange kannten. *Er hatte seinen Tod inszeniert.* Das war nicht gerade etwas, das Freunde taten. »Also machst du hier Limonade, oder was?«

»So in etwa«, meinte er vage und schob seine Hände in seine Hosentaschen. Er trug eine dunkle Jeans und dazu ein helles Hemd. Lässig, aber schick, ganz anders als sein zuvor so cooler Style, der aus Sweatjacke und zerrissener Jeans bestanden hatte.

»Und Direktor Roberts braucht ihr für das Geheimnis der perfekten Süße?«

Er lachte auf, kurz und hart. »Ja, das könnte hinkommen. Dann lass uns mal gehen.« Er nickte mit seinem Kopf in Richtung der offenen Tür, als würde er mich zum Spazierengehen ausführen wollen. »Die anderen warten sicher schon.«

Ich rührte mich nicht. »Wie hast du das gemacht?«

Seine Augenbrauen hoben sich, als hätte er keine Ahnung, wovon ich redete.

»Du bist explodiert.« Ich schluckte, als die Erinnerung sich wie ein Film vor meinen Augen abspielte. »Direkt vor mir. Wie hast du das gemacht?«

Thomas genoss meine Neugier sichtlich. Seine Haltung strotzte nur so vor Überlegenheit und Macht. »Sagen wir, ich habe ein paar Tricks auf Lager, von denen das MI20 nichts wusste.«

»Tricks?«, hakte ich nach, und es war mir egal, dass er sich dadurch gut fühlte. Ich musste es einfach wissen.

»Tricks. Ein bisschen Illusion, ein paar Blutkonserven und einen ganz lauten Knall – mehr brauchte es nicht. Du hättest dein Gesicht sehen müssen.« Er lachte in sich hinein und nickte erneut zur Tür. »Los jetzt.«

Wieder rührte ich mich keinen Zentimeter. Sollte er doch versuchen, mich zu zwingen. Im Zweikampf könnte ich ihn schlagen. Das wusste er sicher noch, so oft, wie ich ihn früher auf die Matte geworfen hatte. »Zwing mich.«

Sein träges Lächeln ließ mein Blut gefrieren. Er hatte irgendwas in der Hinterhand.

»Alexis?« Deans Stimme ließ mich herumfahren.

Er kam in den Raum gelaufen, als wäre er ein rachsüchtiger Geist. Sein wilder Blick war auf mich gerichtet, und ich spürte so viel Erleichterung in seinen Gefühlen, dass meine Knie zu zittern begannen.

Er kümmerte sich gar nicht um Thomas, sondern kam direkt auf mich zu und schlang seine Arme um mich.

»*Dean?*« Mein Herz polterte, und Verwirrung und Freude ließen mich erstarren. »Was …«

Klick.

Handschellen umschlossen meine Handgelenke, fesselten

mich. Ich wollte mich wehren, wollte meine Arme wegreißen, doch Dean hielt sie hinter meinem Rücken fest.

»Es ist besser so«, sagte er leise, beinahe sanft. »Sonst tust du dir noch weh.«

»Was soll das?«, fragte ich und schubste ihn mit meinem Körper weg, während ein Teil von mir längst wusste, was mein Herz noch nicht bereit war zu begreifen. Dean stand nicht mehr auf meiner Seite. Die Papierblume schien plötzlich unter meinem Oberteil auf meiner Haut zu kratzen und mich zu verhöhnen. Was war passiert, in den wenigen Wochen, die ich im Gefängnis verbracht hatte?

Er trat zurück und lächelte mich weich an. »Es ist okay.«

»Was ist okay?« Sein Anblick ließ mein Herz schneller klopfen, doch seine Worte ließen Panik in mir aufsteigen. »Dean, was soll der Scheiß?«

»Er hat sich für die richtige Seite entschieden.« Thomas' Freude war so stark, dass ich sie mit voller Wucht spürte. »Nun lasst uns gehen. Das MI20 wird jeden Moment auftauchen, und ich habe echt keinen Bock auf die.«

»Einen Scheiß werde ich tun!« Mein wütender Blick war weiterhin auf Dean gerichtet, der mich mit einem milden Lächeln betrachtete. »Erklär mir, was das hier soll!«

Sein Blick wurde mitleidig, bevor er zu Thomas sah. »Ich glaube, das wird nichts.«

Thomas nickte und hob seine Hand, in der eine kleine Fernbedienung lag.

»Was …« Meine Welt kippte. Ein kurzer heftiger Stromschlag durchzuckte mich, und im nächsten Moment wankte die Welt. Ich fiel einfach nach vorne, und Dean fing mich auf, bevor ich auf dem Boden aufschlagen konnte.

Das Letzte, was ich sah, waren seine sanften, betrügerischen blauen Augen, bevor die Welt in Schwärze versank.

*

Mein Erwachen kam schlagartig und schmerzhaft. Irgendwer bohrte mir eine unnatürlich dicke Nadel in den Arm.

»Au!«, stieß ich hervor, riss meine Augen auf und wollte meinen Arm wegziehen, doch konnte es nicht. Ich war mit Gurten an ein Bett geschnallt worden. Meine Arme und Beine waren extra fixiert.

Neben mir stand ein Arzt, vermummt mit Kittel, Gesichtsmaske und Haube. Er sah mich nicht einmal an und machte damit weiter, mir Blut abzunehmen. »Ich bin gleich fertig.«

»Hören Sie sofort auf damit, sonst mache ich Sie fertig«, zischte ich und wehrte mich weiter, bis mir klar wurde, dass es keinen Sinn ergab. Die Gurte waren so stramm gezogen, dass sie mir in die Haut schnitten, und voller Widerwillen gab ich meine Gegenwehr auf.

»So können wir arbeiten«, murmelte der Mann und machte weiter, während ich nur dalag und ihn finster anstarrte. Seine Gefühlssignatur strahlte völlige Ruhe aus.

Ich kniff meine Augen zusammen und konzentrierte mich auf ihn. Er war entspannt, und doch spürte ich einen leichten Widerwillen in ihm, als würde etwas tief in ihm nicht mögen, was er hier tat. Vorsichtig näherte ich mich dem Gefühl, reizte es und brachte es dazu, sich zu winden. *Mach mich frei*, dachte ich. *Löse die Fesseln.*

Der Mann versteifte sich und richtete sich langsam auf.

»Mach ruhig weiter so. Dann muss ich ihn umbringen, und es wäre deine Schuld.« Die Frauenstimme ließ mich erstarren.

Langsam drehte ich meinen Kopf, scannte den weißen Lagerraum, in dem es mehrere gläserne, abgetrennte Räume gab, von denen einige Wände milchig weiß waren. Der kleine Raum, in dem ich lag, war gerade mal so groß, dass das Bett, eine Toilette an der Wand, daneben ein kleines Waschbecken und der Arzt darin Platz fanden. Von diesen Räumen gab es insgesamt vier, die sich in einer schmalen Halle gegenüberstanden. Ein weiterer war leer, zwei andere milchig. Dazwischen lag eine Art Flur, an dessen Enden sich jeweils eine Tür befand. Sie waren flankiert von schwarz gekleideten Typen, die scheinbar unsere Zellen bewachten.

Einer von ihnen war Josef Pavlacek.

Der andere war Clyde. *Loverboy.* Ich erinnerte mich daran, dass Adam erwähnt hatte, dass auch er geflohen war. Übelkeit stieg in mir auf, als mir klar wurde, was das bedeuten musste.

Und dann entdeckte ich sie. *Doloris Humphrey.*

Sie stand an einer der Türen, und ihr amüsiertes Lächeln ließ Gänsehaut über meine Arme wandern. »Ich sagte doch, du würdest mir helfen, diesen Ort zu verlassen und endlich frei zu sein.« Sie lachte kurz. »Ich hatte es mir zwar anders vorgestellt, aber effektiv war eure kleine Show definitiv. Schade, dass Grace nicht ebenfalls hier ist.« Ihr Lächeln vertiefte sich. »Ich würde ihr zu gerne danken.«

»Sie wäre bestimmt erfreut«, erwiderte ich und versuchte noch immer, den Schock zu verdauen. Sicher, sie war früher Teil von Heal Inc. gewesen, aber ich hätte nicht gedacht, dass sie dorthin zurückkehren würde. Immerhin wurde sie gesucht, und das MI20 würde sie sicher dort vermuten. Aber ich wusste auch nicht, wo genau wir hier waren. Vermutlich nicht in der Firmenzentrale.

Doloris trug ein blaues Kostüm, das sich eng um ihren

schlanken Körper wickelte. Als sie näher kam, klackerten ihre hellen Pumps auf dem weiß gefliesten Boden. Sie hatte sich geschminkt und ihre Haare hochgesteckt. Wenn man sie so sah, konnte man kaum glauben, dass sie gestern noch in einer Häftlingsuniform herumgelaufen war. Sie wirkte eher wie die Gastgeberin bei einem Teekränzchen.

»Wie schön, dass du persönlich zu uns gefunden hast. Ich konnte mich bereits ein wenig mit deinen ehemaligen Mitschülern austauschen.«

Thomas.

Dean.

Mein Herz schlug schneller.

»Und natürlich auch mit deiner kleinen Freundin.«

Ich blinzelte langsam, und obwohl ich bereits so eine Ahnung hatte, wollte mein Herz nicht verstehen. »Von wem reden Sie?«

Sie grinste, hocherfreut, mir die Neuigkeit unterbreiten zu dürfen. Dann nickte sie dem Arzt zu, der mein Blut gerade in einem kleinen Koffer verstaut hatte. Er drückte auf einen Knopf auf der Fernbedienung, die er aus seinem Kittel zog. Im nächsten Moment wurde das milchige Glas des einen Raumes durchsichtig.

Dort lag Agnes, schlafend, blass, genauso angekettet wie ich.

In meinem Inneren rastete ich vollkommen aus. Nach außen hin blieb ich ruhig. »Ärgerlich«, murmelte ich, als wäre ihre Anwesenheit nicht mehr als das. Dann sah ich zu Doloris Humphrey. »Was wollen Sie von mir?«

»Du meinst, warum du noch am Leben bist?«, formulierte sie meine Frage treffend um.

Ich nickte nur, da es dem nichts hinzuzufügen gab.

Sie zuckte mit einer Schulter. »Testpersonen kann man nie genug haben. Manchmal macht nur eine andere Genstruktur den Unterschied. Je mehr wir untersuchen können, umso besser.«

»Wieso sollte es ausgerechnet jetzt funktionieren? Sie alle sind schon so lange auf der Suche, wieso sollten Sie gerade jetzt den Durchbruch haben?«

Ihr Lächeln ließ mich frösteln. »Jetzt haben wir euren Boss.« Erneut nickte sie dem Arzt zu.

Mir schwante schon, was jetzt kommen würde, denn mit einem Mal nahm ich seine Gefühlssignatur wahr. Doloris trat vor den letzten Raum.

Der Arzt drückte erneut auf seine Fernbedienung, und im nächsten Moment wurde das Glas durchsichtig. Doloris Humphrey legte ihre Hand auf die gläserne Tür, und ihre Hand wurde gescannt, bevor die Tür sich mit einem leisen Klicken öffnete.

Direktor Roberts, der ebenfalls festgeschnallt war, richtete wütend seine Augen auf Doloris Humphrey. Sein Mund war zugeklebt.

»Hallo, mein Lieber«, begrüßte sie ihn mit rauer Stimme und blinzelte ihn aufreizend an, während sie an sein Bett trat.

Er kniff seine Augen zusammen.

»Ich habe ein paar deiner Schützlinge hier.« Sie deutete auf uns.

Während sie sich leicht wegdrehte, scannte er schnell die Umgebung und entdeckte erst mich und dann Agnes. Doch bevor Doloris Humphrey dies überhaupt bemerken konnte, hatte er seine Aufmerksamkeit auch schon wieder auf sie gerichtet.

Im nächsten Moment beugte sie sich vor und legte ihre Finger an seine Wange. »Ich habe dich so vermisst«, hauchte sie, packte das Ende des Klebebandes und riss es mit einem Ruck ab.

Ein roter Abdruck blieb zurück, doch der Direktor zuckte nicht mal mit der Wimper. »Von mir aus hättest du deine Strafe vollständig absitzen können.«

»Dann hätten wir uns lebenslänglich nicht mehr gesehen«, erwiderte sie mit gespieltem Bedauern. »Das ist eine so lange Zeit.«

»Nicht lang genug, wenn es nach mir ginge.«

Sie schob die Unterlippe vor und strich ihm über die Brust, die in einem Kittel steckte. »Aber wir hatten so viel Spaß.«

»Das war vor langer Zeit. Da waren wir noch Trainees. Du solltest der Vergangenheit nicht hinterhertrauern. Ich jedenfalls tue es nicht.«

Sie lächelte schief. »Wieso? Bist du etwa immer noch sauer, weil ich die Seiten gewechselt habe?« Ihr kurzes Auflachen war hart und voller Hohn. »Nachdem ihr frauenfeindlichen Arschlöcher mich übergangen habt.« Sie bohrte ihren Finger in seine Brust. »Jeder wusste, dass ich die Direktorin hätte werden sollen. Nicht du!«

Vor Neugier und Überraschung hoben sich meine Augenbrauen.

Direktor Roberts betrachtete sie ernst und ohne Hohn. »Ich habe den Job bekommen, weil ich qualifizierter war.«

»Sicher«, zischte sie. »Wir haben dieselbe Ausbildung!«

Sein Mundwinkel zuckte. »Das stimmt. Aber emotional warst du damals schon labil. Du hast es gut versteckt, aber wir haben es alle gesehen. Als du danach deine Familie im Stich gelassen und die Seiten gewechselt hast, haben sich alle im Recht gesehen.«

Sie kniff ihre Augen zusammen. »Ohne diese Fehlentscheidung wäre ich geblieben! Ihr habt mich dort rausgeekelt!« Nun nahm ihre Stimme einen hohen, schrillen Ton an. Sie schien es selbst zu bemerken und strich sich über ihren perfekt sitzenden Rock, bevor sie einen Schritt zurücktrat. Ihr Gesicht wurde ausdruckslos, doch in ihren Augen flackerte weiterhin ein wütendes Feuer. »Scheiß drauf«, sagte sie kalt. »Jetzt geht es um mehr als albernes Kompetenzgerangel.«

»Worum geht es hier genau?«, fragte der Direktor. »Wozu braucht ihr das Serum? Was nützt es euch?«

Ein kaltes Lächeln legte sich auf ihre Lippen. »Wir wollen es aus demselben Grund haben, weshalb ihr es einsetzt – um Waffen erschaffen zu können, die ganze Nationen außer Gefecht setzen können. Es ist nicht fair, dass nur das Empire so etwas besitzen darf. *Das* denken übrigens so einige meiner potenziellen Kunden. Du ahnst nicht, wie stark sie schon mit den Füßen scharren, um bei euren Spielereien mitmachen zu dürfen.«

Direktor Roberts schien unbeeindruckt. Doch für einen kurzen Moment spürte ich seine Sorge. Dann lächelte er. »Dann wirst du deine Kunden wohl enttäuschen müssen.«

Sie kniff leicht die Augen zusammen, ließ sich aber ansonsten nicht von ihm provozieren. Stattdessen drehte sie ihm den Rücken zu und verließ seinen Raum. »Ich muss jetzt zu einem Termin. Aber Dr. Meier wird sich später um euch kümmern.«

Dr. Meier. Ich brauchte einen Moment, um den Namen zuzuordnen.

Oh Shit.

Das war doch diese kranke Ärztin, die Grace *großgezogen* hatte. Die Ärztin, die Kinder entsorgen ließ, die nicht stark genug waren.

Ich schluckte und wappnete mich innerlich. In den folgenden Minuten wartete ich, dass sie hereinkam und es zu Ende brachte. Stattdessen folgte Stille.

Der Arzt verrichtete weiter seine Arbeit, als wären wir gar nicht da. Dabei drückte er zwischendurch auf der Fernbedienung herum. Ich wusste sofort, dass alle Geräusche und Kräfte gedämmt wurden. Direktor Roberts' Gefühlssignatur verblasste, und meine Hoffnung, mit ihm reden zu können, sobald der Arzt verschwand, sank gegen null.

Mist!

»Was machen Sie mit meinem Blut?«, fragte ich, nur, um der Stille zu entkommen.

»Bist du Biologin?«, fragte er gelangweilt und notierte irgendwas auf einem Klemmbrett.

»Nein.«

»Chemikerin?«

»Nein.«

»Dann wirst du es nicht verstehen«, erwiderte er mit einem müden Seufzen. Dann sah er auf und betrachtete mich ernst. »Was hast du vorhin mit mir gemacht?«

»Ich wollte Sie dazu bringen, mich freizulassen«, antwortete ich ehrlich und bemerkte zum ersten Mal, dass irgendwer meine Gummistiefel ausgezogen und durch etwas zu große und abgetragene Turnschuhe getauscht hatte.

»Das solltest du besser nicht mehr versuchen.«

»Weil Sie sonst sterben?«

Er hob eine Augenbraue und lächelte zum ersten Mal, seit ich hier aufgewacht war. Dabei hob er eine Spritze aus seinem Kittel. »Nächstes Mal bin ich darauf vorbereitet. Dann könnte ich dir vielleicht das falsche Zeug injizieren.«

Ich lachte auf, ehrlich beeindruckt von dieser Drohung. »Tragen Sie immer Spritzen einfach so mit sich herum?«

Er verstaute die Spritze wieder und nahm dann den Koffer mit dem Blut und das Klemmbrett unter den Arm. »Nur bei den besonders interessanten Fällen«, erwiderte er und ging in Richtung Tür. Dort zögerte er kurz. »Dr. Meier wird deinen Humor aber nicht zu schätzen wissen.«

»Ich weiß. Ich habe schon ein paar Horrorgeschichten von ihr gehört.«

Er schnaubte leise und sah mich über seine Schulter hinweg an. »Vermutlich ist jede einzelne davon wahr.«

24. Kapitel

Alexis

»Alexis.« Deans Stimme war sanft, warm und lockend. Sie hatte etwas Neckendes, wie früher schon immer.

Ich hatte ihn kommen hören, in dem Moment, als er die Tür geöffnet hatte. Dieses gläserne Gefängnis hatte so viel mit meiner vorherigen Zelle gemein, außer, dass ich nun in einem erstaunlich bequemen Bett gefangen war und über mir eine Kamera blinkte.

Langsam öffnete ich meine Augen, nachdem ich die letzten Stunden versucht hatte, mich ein wenig auszuruhen. Vielleicht war ich auch weggedöst. Ich war mir nicht sicher. Das ständig leuchtende Neutralweiß der Lampen und die milchigen Wände ließen alles so steril wirken wie nur möglich. Dennoch roch es hier nach Blut und Tod.

Ich hatte mich wach halten wollen, nachdem der Doktor verschwunden war. Doch als eine Ewigkeit lang nichts passiert war, kam ich zu dem Schluss, dass es vielleicht Sinn machen würde, meine Kräfte zu bündeln.

Mein Blick fand den von Dean, fuhr über sein Gesicht, seine Haare, seinen Oberkörper. Er trug ein dunkles Hemd, das locker in einer dunklen Jeans steckte. Sicher trug er dazu Lackschuhe. So wie Thomas.

»Was wird das hier?«, fragte ich ihn völlig ruhig und schaffte es irgendwie, den Sturm in mir zu bezwingen. »Wieso bist du hier? Seit wann arbeitest du für die Bösen?«

»Noch nicht lange«, gestand er und lächelte mich schief an. »Außerdem ist der Begriff Böse ziemlich dehnbar.«

Ich schnaubte. »Aha. Und warum bist du plötzlich *böse?*« Das Wort betonte ich mit all meinem Spott, zu dem ich in dieser bescheuerten Situation fähig war.

»Aus Gründen«, erwiderte er und wurde ernst. »Es tut mir ehrlich leid, dass du hier bist. Aber natürlich musstest du genau dort auftauchen, wo die größte Gefahr lauert.«

Meine Schultern wollten sich heben, doch ich war so festgeschnürt, dass ich mich kaum bewegen konnte. »Gefahr ist mein zweiter Vorname und so.« Meine Augenbrauen hoben sich. »Du weichst mir aus. Denkst du wirklich, ich würde das nicht merken? Wir wurden gemeinsam ausgebildet. Ich kenne dich besser als sonst irgendjemand.« Nicht eine Sekunde lang glaubte ich, dass er wirklich die Seiten gewechselt hatte.

»Andersrum ist das genauso«, erinnerte er mich, und das Lächeln verschwand. »Ich merke dir sehr wohl an, dass du wütend bist.« Ein freudloses Schnauben entfuhr ihm. »Vermutlich würde es mir nicht anders gehen. Was genau wolltest du überhaupt dort?«

»Ein Gegenmittel für Cassie suchen. Sie stirbt.« Diese beiden Worte brannten wie Säure in meinem Hals. Ich konnte kaum darüber nachdenken, wie es ihr mittlerweile gehen musste. »Und da ich nun hier feststecke, werde ich ihr wohl nicht mehr helfen können.«

Mitgefühl trat in seine Augen. »Es war bereits für sie zu spät, als ihr das Zeug injiziert wurde. Es gibt nichts, was ihr helfen könnte.«

Seine Gefühle waren nicht intensiv genug, damit ich sie

wahrnehmen konnte, und sein Gesichtsausdruck verriet mir nicht, ob er die Wahrheit sagte. »Du lügst«, erwiderte ich, einfach weil es so sein musste. Es konnte so nicht zu Ende gehen.

»Sorry«, meinte er halbherzig.

Am liebsten wäre ich aufgesprungen und hätte ihn geschüttelt, so flapsig klang er. »Denkst du nicht, dass ich wenigstens den Grund verdient habe, weshalb du jetzt vor mir stehst, während ich hier festgeschnallt bin? Hast du nicht vor wenigen Wochen noch gesagt, dass wir immer auf einer Seite standen?«

»Hast du nicht zuerst die Seiten gewechselt?«

»Ich wurde von diesen Irren erpresst! Sie wollten meine Schwester töten!«, schrie ich und verlor für einen Moment die Fassung. Ich kniff meine Augen zusammen und atmete tief durch. »Dann spiel dieses beschissene Spiel eben weiter. Es ist mir egal. Was willst du hier?«

Dean reagierte überhaupt nicht auf meinen Wutausbruch. Na ja, fast nicht. Sein Mundwinkel zuckte verdächtig, und er schien ein wenig amüsiert. »Du meinst jetzt im Moment?«

Ich hätte ihm am liebsten ins Gesicht gespuckt. Dean hatte es noch immer drauf, meinen Puls zum Überkochen zu bringen. »Ja, zum Teufel!«

Er ging zur Wand neben dem Bett und lehnte sich dagegen, während er seine Hände locker in die Hosentaschen schob. »Ich möchte mich nur ein wenig mit dir unterhalten. Irgendwie hatte ich das Gefühl, dass unser Wiedersehen nicht so abgelaufen ist, wie es hätte sein sollen.«

»Wie hätte es denn sein sollen?« Ich presste die Worte heraus und versuchte gleichzeitig meinen Puls zu beruhigen.

Er lächelte mich an. »In meinen Träumen habe ich mir immer vorgestellt, dich zu küssen. Der Geschmack deiner Lippen scheint jeden Morgen auf meinen zu sein.« Dean beugte sich leicht vor und fügte leise hinzu: »Ich habe dich vermisst.«

Plötzlich wurde ich ganz ruhig, als mir klar wurde, was hier los war. Dean war ein Doppelagent. So musste es sein. Er tat nur so, als hätte er die Seiten gewechselt, und arbeitete weiterhin heimlich mit dem MI20 zusammen. Das war die einzig logische Erklärung für sein Verhalten. Die Agentin in mir schaltete sofort um.

»Ich dich auch«, erwiderte ich zögerlich und biss mir sofort auf die Unterlippe, als wären mir die Worte einfach so entschlüpft. Ich schaute weg, als würde ich mich dafür schämen, und räusperte mich, bevor ich mein Kinn trotzig hob. »Niemals hätte ich gedacht, dass du uns so verraten könntest.«

»Uns?«

»Das MI20.«

Deans rechte Augenbraue hob sich. »Du siehst dich noch als Teil davon?«

»Natürlich«, erwiderte ich selbstsicher.

»Sie haben dich fallen lassen. Was denkst du denn, warum der Direktor sich nicht mehr bei dir gemeldet hat? Du wurdest für schuldig befunden, einfach weggesperrt und wärst nie wieder rausgekommen.«

Seine Worte waren eine Lüge, zumindest teilweise, und das hier war nur ein Spiel, das wir für mögliche Zuschauer spielten. Aber dennoch taten seine Worte weh, und ich musste den Schmerz in meiner Stimme nicht simulieren. »Das glaube ich nicht.«

Erneut lag da dieser Anflug von Mitleid in seinen Augen. »Es tut mir leid, aber das ist die Wahrheit. Du warst in so vielen Hinsichten ein Opfer der Umstände. Der Direktor musste dich für deine Taten bestrafen, und dass du Doloris begegnet bist, war wohl Pech für dich, aber Glück für uns.«

»Wenn ich sowieso das Opfer bin, kann ich doch auch erfahren, warum du plötzlich der Täter bist.«

»Netter Versuch. Aber die Geschichte ist lang, und ich habe keine Lust, mit dir darüber zu sprechen.«

»Und wieso bist du dann hier?«

Er grinste. »Um dort weiterzumachen, wo wir letztes Mal aufgehört haben.«

Meine Augenbrauen sprangen hoch. »Das letzte Mal, als wir uns sahen, wurde ich von Mr Turner abgeführt. Davor hast du Vivien von den Erpresserkarten erzählt.«

»Und davor haben wir diese wunderschöne Nacht miteinander geteilt. Wir haben ja nicht einmal miteinander geschlafen.« Den letzten Satz sagte er mit viel Bedauern. Ich erkannte Dean kaum wieder. Er spielte die Rolle des Bösewichtes wirklich erschreckend gut. Zweifel wollten in mir aufkommen, doch ich drängte sie zur Seite. Wir waren dafür ausgebildet worden zu lügen. Dean tat, was er tun musste, und ich durfte mich nicht von meinen Gefühlen von ihm ablenken lassen.

»Darüber bin ich auch wirklich froh«, erwiderte ich mit Nachdruck. »Das mit uns war ein Fehler. Ohne die ständige Angst um meine Schwester wäre ich sicher nicht so dumm gewesen, mich von dir küssen zu lassen.«

»Ein Fehler also?« Er lächelte, und ich hätte nicht sagen können, ob ihn meine Worte verletzten.

»Wir waren nie mehr als Konkurrenten füreinander«, meinte ich wegwerfend und presste meine Lippen zu einem dünnen Lächeln aufeinander. »Diese Küsse waren nur das Ergebnis eines Hormonüberschusses.« Ich wollte meinen Worten glauben, doch Dean hier vor mir zu sehen, brachte etwas in mir zum

Flattern, von dem ich mir vorher erfolgreich eingeredet hatte, dass es nur Einbildung gewesen war. Dieses Gefühl von Leichtigkeit und Schwere zugleich. Fast, als würde die Nähe zu ihm die Gesetze der Physik außer Kraft setzen.

Dean befeuchtete seine Lippen. Ich folgte dieser kurzen Bewegung seiner Zunge, ohne mich abwenden zu können.

Er grinste und stieß sich von der milchigen Glaswand ab. »Rede dir das ruhig ein.« Mit langsamen Schritten kam er näher, bevor er mir so nahe kam, dass ich die Wärme seiner Haut spüren konnte. »Wir wissen doch beide, dass du jegliche Kontrolle verlieren würdest, wenn ich dich jetzt küssen würde.«

Ich entblößte meine Zähne, während mein verräterisches Herz schneller schlug. »Versuch's doch.«

»Ich wusste schon immer, dass du Spuren hinterlassen würdest.« Er lachte leise und lehnte sich wieder zurück. »Schade, dass unser Interesse füreinander erst so spät kam. Unsere Ausbildungszeit hätte schon so viel früher so viel interessanter werden können.«

Seine Worte taten weh. Ich fühlte mich auf einmal billig und verletzlich. Das gefiel mir überhaupt nicht. Doch ich schluckte den Schmerz herunter und konzentrierte mich auf meine nächsten Worte. »Was genau willst du hier, Dean? Oder bist du nur hier, um dein Ego ein wenig aufzupolieren?«

»Ich bin nur hier, um etwas Schönes an diesem grauen Tag zu sehen«, neckte er mich.

Ich starrte ihn an. »Deine Flirtversuche waren auch schon besser.«

»Ach Alexis, du gönnst mir auch keinen Funken Spaß, oder?«

»Ich verstehe einfach nicht, was der Unsinn hier soll!«

Plötzlich ging Dean in Richtung Tür. »Ich sagte doch bereits, dass ich nur ein wenig mit dir plaudern wollte.«

Ich starrte ihn an, versuchte herauszufinden, ob in seinen Worten ein versteckter Code steckte, den ich einfach nicht verstand. Doch egal, wie sehr ich auch grübelte, ich kam nicht drauf. Dean wandte sich gerade um, da fiel mir noch etwas ein: »Du und Thomas, seid ihr jetzt einfach wieder beste Freunde?«

Dean zuckte mit den Schultern. »Wir waren jahrelang die besten Freunde. Sein vermeintlicher Tod hat daran nichts geändert.«

Dean spielte seine Rolle fast zu gut. Sicher war er wütend auf Thomas, auch wenn er dies vor den Überwachungskameras niemals zugeben würde. Doch in seiner Stimme war nicht ein Funken Gefühl, als hätte er sie gänzlich abgeschaltet.

Dean hob seinen Arm und schaute auf seine Uhr. Es war die des MI20. Warum trug er sie überhaupt noch?

Plötzlich überkam mich das dumpfe Gefühl von Argwohn. Irgendwas stimmte hier ganz und gar nicht.

»Wie schön, es gibt neue Probanden.«

Ich blinzelte. »Du meinst Testpersonen?«

»Ich muss jetzt gehen«, überging er meine Frage und zwinkerte mir zu. »Wir sehen uns bald wieder.«

Er legte seine Hand auf das milchige Glas. Ein Scanner erschien, und kurz darauf schwang die Tür auf. Ich sah ihm hinterher, hin und her gerissen von meinen Gefühlen. Er war Doppelagent, dessen war ich mir sicher – und ich sollte ihm keine Fallen stellen, die ihn das Leben kosten könnten. Ich sollte das Opfer spielen und ihm helfen. Vielleicht würden wir alle das Drama hier dann unbeschadet überstehen. Und trotzdem ließ er mich mit einem äußerst unwohlen Gefühl in der Zelle zurück, das ich nicht so recht zuordnen konnte.

Die Zeit verging, ohne dass ich sagen konnte, ob Tag oder Nacht war. Nur meine Müdigkeit wurde stärker, aber das musste nichts heißen. Normalerweise hielt ich lange ohne Schlaf durch, wenn es sein musste. Doch durch das immer gleiche Licht und die milchigen Wände war ich völlig konfus.

Ich schloss meine Augen und atmete tief durch, sortierte die letzten Ereignisse. Die Entführer, Leute vom Projekt Herakles, hatten den Direktor, Agnes und mich gefangen genommen. Die Überlebenschance von uns beiden Trainees war eher gering – sie würden sicher an uns Tests durchführen wollen.

Direktor Roberts hingegen würden sie behalten. Allein wegen der Informationen, die er ihnen geben konnte. Außerdem war er das perfekte Druckmittel.

Bedauern kam in mir auf. Ich hatte ihm misstraut, nachdem ich Cassies Akte gefunden hatte. Doch vielleicht hatte er dieses Misstrauen gar nicht verdient, und es gab für alles ganz einfache Erklärungen. Wenn ich das Gespräch zwischen ihm und Mr Turner richtig interpretierte, hatte er sich sogar für Cassie in Gefahr begeben.

»So ein Mist«, murmelte ich, um die erdrückende Stille zu durchbrechen.

Als hätte ich damit etwas heraufbeschworen, wurde mein milchiges Gefängnis plötzlich durchsichtig.

Ich versuchte mich aufzurichten, doch die Fesseln hinderten mich daran. Jeder meiner Muskeln war angespannt, als ich sah, dass eine kleine Frau auf mich zukam. Gekleidet war sie in einem Kittel, sie trug eine altmodische Krankenschwesternhaube, und ihre Augen wirkten hinter ihrer dicken Hornbrille riesig. Würden ihre Augen nicht eine Eiseskälte ausstrahlen, könnte ihre großmütterliche Erscheinung durchaus als sympathisch bezeichnet werden.

Sie ließ ihren Blick nicht von mir ab, während sie ihre Hand scannen ließ und die Tür aufschwang. »Hallo Alexis«, begrüßte sie mich ohne jede Regung und schloss die Tür hinter sich. »Ich bin Dr. Meier.«

»Hallo Dr. Meier«, begrüßte ich sie und sah, dass sie eine Fernbedienung aus ihrem Kittel holte. Kurz darauf wurden Direktor Roberts' Zimmerwände ebenfalls durchsichtig. Er wirkte ungewohnt zerbrechlich, so festgeschnallt in diesem Bett.

Wir sahen einander an, bereit, für was auch immer jetzt kommen würde.

Ich hatte keine Angst, aber wohl fühlte ich mich auch nicht gerade.

»Mein Kollege hat Ihr Blut entschlüsselt. Ausgesprochen starke mentale Fähigkeiten.« Sie betrachtete mich, als wäre ich ein Versuchsobjekt – was ich in ihren Augen vermutlich auch war. Der Gedanke ließ Ekel in mir aufsteigen. »Das konnten Sie nur anhand meines Blutes feststellen?«, fragte ich ehrlich überrascht und konzentrierte mich auf ihre Gefühlssignatur. Sie war eindeutig ein Mensch ohne zusätzliche Fähigkeiten. Ihre Gefühle lagen mir völlig offen dar, und als ich sie streifte, wurde mir noch schlechter. Diese Person gehörte zu der schlimmsten Sorte Mensch, denn sie war von ihren Taten absolut überzeugt.

Einer ihrer Mundwinkel zuckte in leichter Belustigung. Sie sah mich an, als wäre ich ein Welpe, der verzweifelt versuchte, einen Hundekuchen für ein kleines Kunststück zu bekommen. »Allerdings.«

»Und was wollen Sie jetzt von mir?«

Sie trat noch einen Schritt näher und blieb direkt neben meinem Bett stehen. Dann steckte sie ihre Hand in ihre seitliche Kitteltasche und holte ein kleines Etui heraus. Mit spitzen

Fingern öffnete sie es und zog ein schmales Messer heraus. Dann sah sie zu Direktor Roberts.

Ich folgte ihrem Blick und sah, dass er etwas brüllte. Durch die Scheiben konnte ich jedoch nichts hören.

Doch ich wusste bereits, was jetzt kommen würde.

Mein Blick wurde fest, und ich suchte seine Augen. Dann nickte ich, auch wenn die Angst mein Blut zum Gefrieren brachte.

»Jetzt werde ich deinen Boss dazu bringen, mir ein paar seiner Geheimnisse zu offenbaren.« Ich konnte ihre aufwallende Begeisterung spüren, die wie eine Sturmflut durch ihre Adern rauschte. *Dieses kranke Miststück.*

Direktor Roberts hörte auf zu brüllen, und in seinen Augen lag eine Entschuldigung, die ich nicht annehmen konnte. Es war nicht seine Schuld.

Ein Teil von mir wollte seine Augen schließen, als ich das kühle Metall des Messers auf meiner Haut spürte. Sachte strich sie über meinen Unterarm und murmelte leise vor sich hin. »Ich habe gehört, dass du seine Lieblingsschülerin bist. Thomas' Informationen waren sehr hilfreich.«

Meine Augen verhakten sich mit denen des Direktors, als sie mir in den Unterarm schnitt. Schmerz durchzuckte mich, doch ich zwang mich, ruhig zu bleiben.

Dr. Meier sprach indes weiter, als wäre sie nicht gerade dabei, mich aufzuschneiden. »Er war schon immer einer meiner liebsten Kinder. Ich habe sie großgezogen, musst du wissen. Sie sind alle meine Kinder. Manche haben meine Liebe mehr verdient als andere. Aber er ganz besonders. Er hat sich als einer der Besten erwiesen.«

Sie führte das Skalpell über meine Haut, das in die erste Schicht schnitt, als wäre sie aus Butter.

Tränen schossen in meine Augen. Ich spürte Blut über meinen Arm laufen, schwer und gleichzeitig schnell. Es wärmte meine Haut, während mir innerlich eiskalt war.

»Leider hast du ihn wohl ertappt.« Dieses Mal schnitt sie tiefer, und kurz flackerte ein so großer Hass in ihr auf, dass ich ein Stöhnen unterdrücken musste.

»Aber du kannst nichts dafür. Du hast nur das getan, wofür du ausgebildet wurdest. Du hast den bösen Jungen geschnappt.« Sie schnaubte. »Nun, das war ärgerlich. Doch Thomas wird seinen Platz finden.«

»Bestimmt«, presste ich heraus und atmete laut durch die Nase ein und aus. Der Schmerz zog sich wie Feuer durch meine Adern. Eine Träne wollte sich aus meinem Augenwinkel lösen, doch ich blinzelte sie weg. Diese Genugtuung wollte ich ihr nicht geben.

Ich spürte Dr. Meiers Blick auf mir, spürte ihren Ärger, als ich im Augenwinkel bemerkte, wie sie zu Direktor Roberts sah. »Du kannst versuchen, stark zu sein, aber irgendwann wird er einknicken.«

Ein Rausch durchzuckte ihre Gefühle.

Im nächsten Moment rammte sie mir das Skalpell in den Unterarm, so tief, dass es auf der anderen Seite in die Matratze stach.

Vor Überraschung und Schmerz schrie ich auf und kniff meine Augen zusammen. »Sie sind doch krank!«

Das Skalpell machte ein schmatzendes Geräusch, als sie es herauszog und Dr. Meier höhnisch lachte. »Das habe ich schon öfter gehört.«

Ich öffnete meine Augen und sah, wie Direktor Roberts erneut brüllte und sich in seinem Bett herumwandte, sich wehrte und versuchte freizukommen.

Ich suchte seinen Blick und setzte ein zittriges Lächeln auf.

Im nächsten Moment stach Dr. Meier erneut zu. Doch diesmal war es mein Hals.

Vor Entsetzen erstarrte der Direktor, bevor das Glas wieder trüb wurde und unser Blickkontakt abbrach.

Ein Röcheln entkam meiner Kehle, und ich krallte meine Hände in die Matratze unter mir.

Schwärze ummantelte mich, und Blitze zuckten vor meinen Augen.

Ich hörte die Tür aufgehen. Am Rande nahm ich eine weitere Person wahr, doch ich konnte sie nicht erkennen. Ich spürte nur noch den Schmerz.

»Kümmere dich um sie«, sagte Dr. Meier gelangweilt.

Dann wurde ich ohnmächtig.

25. Kapitel

Dean

»Ich möchte, dass der Direktor leidet«, zischte Doloris, die ihren Blick auf die Monitore vor sich gerichtet hatte. Das bläuliche Licht erhellte den ansonsten völlig im Dunkeln liegenden Überwachungsraum.

Stocksteif stand ich neben meinem Onkel und betrachtete mit emotionsloser Miene, wie Dr. O'Malley Alexis untersuchte. Blut lief in Strömen über ihren Hals und ihr Dekolleté.

Meine Hände ballten sich zu Fäusten, als ich die leise Panik in den Augen des Arztes sah, der mit geübten und doch hektischen Handgriffen versuchte, die Blutung zu stoppen.

Dr. Meier packte indes in aller Ruhe ihr Werkzeug zusammen.

»Dr. Meier soll das Mädchen nicht umbringen, sonst verlieren wir nur unser Druckmittel.« Doloris fauchte und erwartete keine Antwort von uns, während sie aussah, als würde sie am liebsten etwas zertrümmern.

Langsam löste ich meine verkrampfte Faust und atmete lautlos durch. Alexis würde überleben. Das machte sie immer.

Ich tat weiter, was ich tun musste, doch spürte zugleich, dass sie mir gefährlich werden könnte. Ihr Anblick hatte mich dazu hingerissen, sie zu besuchen, mit ihr sprechen zu wollen, nur um zu sehen, wie es ihr ging.

In dem Moment, als sie den Mund aufmachte, wusste ich,

sie würde mir das alles hier nicht leicht machen. Sie hatte mich sofort durchschaut, und doch hatte ich ihre Zweifel gesehen. Zweifel, die dieses Spiel hier noch realistischer machen würden.

Das perfekte Team, das wir noch vor ein paar Wochen gewesen waren, gab es jedoch nicht mehr.

Was auch immer für Gefühle zwischen uns hingen – ich durfte nicht zulassen, dass sie meinen Auftrag gefährdeten.

Doloris Humphrey fuhr zu mir herum, und ihr eisiger Blick bohrte sich in meinen. »Sorgen Sie gefälligst dafür, dass sie redet.« Ihre Lippen verzogen sich für einen Moment voller Missfallen, während ihre Augen von mir zu meinem Onkel sprangen. »Zu irgendwas müsst ihr ja gut sein.«

Ich nickte knapp und stumm, denn ich wusste, sie würde keine Antwort von mir verlangen.

Als sie sich wieder zu den Monitoren drehte, folgte ich ihrem Blick und betrachtete wieder Alexis. Der Arzt hatte ihre Wunden versorgt.

Sie lebte. Noch.

26. Kapitel

Alexis

Jemand strich mit einem feuchten Lappen über meine Stirn. Es war das Erste, was ich spürte, während ich aus einem dämmrigen Schlaf erwachte.

Die Wunden an meinem Unterarm pochten, juckten und verheilten bereits. Ich kannte dieses Gefühl.

»Du bist wach.« Deans Stimme erklang neben mir, gerade als ich seine Anwesenheit wahrnahm. Seine Gefühle waren wie von einem Schleier verdeckt. Ich spürte ihn nicht. Oder war er es gar nicht, der neben mir saß? Spielten meine Sinne mir einen Streich?

Langsam öffnete ich meine Augen und drehte meinen Kopf. Doch. Dort saß Dean, unverkennbar. »Ich kann dich nicht wahrnehmen.« Meine Stimme war ein gekrächztes Flüstern.

»Ich habe ein paar dieser Tabletten von Dr. Sam organisieren können.«

Ich starrte ihn an.

Er deutete mein Starren wohl als Frage, denn er erklärte: »Na die, mit denen die Kräfte unterdrückt werden. Dr. Meier meinte, das wären richtig gute Dinger, und sie war mir sehr dankbar dafür. Aber sie war natürlich auch angepisst, dass ich nicht direkt das Rezept dafür mitgebracht habe.«

Allein die Tatsache, dass er den Namen dieser grausamen

Person so selbstverständlich aussprach, ließ Übelkeit in mir aufsteigen. »Ich weiß, was für Tabletten das sind! Wieso hast du ihr die gegeben?«

Er legte seinen Kopf schief, und ein leiser Tadel, der mich früher schon immer so wahnsinnig gemacht hatte, lag in seinen Augen. »Weil du sonst noch jemanden dazu bringen könntest, dich freizulassen.«

Meine Lippen teilten sich, doch meine dämmrigen Gedanken konnten sich zu keinem klaren Satz zusammenbauen. »*Was?*« Dean spielte seine Rolle als Doppelagent gut – fast *zu* gut.

»Du bist noch nicht wirklich wach, was?« Er seufzte und strich mir erneut mit einem feuchten Lappen über die Stirn. Meine Haare fühlten sich schon ganz klamm an. »Du hast auch ziemlich viel Blut verloren. Aber Direktor Roberts hat leider dichtgehalten. Deshalb wird Dr. Meier es wieder tun müssen.«

Ich schluckte hart. Das war eine Warnung. »Ach ja?«

»Ja. Außer natürlich, du bringst den Direktor dazu, uns zu sagen, was wir wissen müssen.«

Uns. Dieses Wort hing wie ein Messer in der Luft, bereit zuzustechen. Ich musste mich zusammenreißen! Dieses ganze Chaos nahm mich emotional viel zu sehr mit. Natürlich hatte ich Dean schon bei Einsätzen gesehen und wusste auch, wie perfekt er seine Rolle spielen konnte. Vielleicht war es endlich an der Zeit, dass ich wieder anfing, wie eine Agentin zu denken.

»Wieso sollte ich das tun?«, fragte ich kühl und spannte meinen Unterarm an, der immer noch nicht aufgehört hatte zu pochen.

»Du kannst dich immer noch für die richtige Seite entscheiden«, erklärte er mir und kam mir so nahe, dass seine Lippen meine Schläfe berührten. »Du musst hier nicht sterben.« Sein Flüstern verursachte mir eine schmerzhafte Gänsehaut.

»Wie schön. Ich hatte nämlich auch nicht geplant zu sterben«, erwiderte ich und drehte meinen Kopf, sodass unsere Lippen sich beinahe berührten. Meine Augen fanden seine, und einen Moment lang verharrten wir in Stille und sahen einander nur an.

»Ich habe dich vermisst«, flüsterte er.

»Wie traurig.«

Ich drehte meinen Kopf weg und spürte, wie seine Lippen meine Wange streiften. »Aber du wirst sicher darüber hinwegkommen.«

»Wir könnten auf derselben Seite stehen.« Seine Stimme klang lockend und sanft. Er legte seine Hand auf meine Schulter, und ich spürte seine Finger an der empfindlichen Stelle in meiner Halsbeuge. »Du müsstest nur den Direktor dazu bringen, uns zu geben, was wir brauchen.«

Ich tat, als würde ich zögern, als wüsste ich nicht, ob ich das wirklich tun wollte.

Deans Finger strichen hinauf und berührten mich unterhalb meines Ohrs. Ich erzitterte ganz automatisch bei dieser hauchzarten Berührung. »Es wäre doch nur fair. Das MI20 hat es nicht verdient, dass sie die Einzigen mit dieser Waffe sind. Wir würden die Welt nur wieder zu einem fairen Ort machen.« Er sprach die Worte aus, als würde er tatsächlich an sie glauben. Allein der Gedanke daran war unsinnig. Dean war ein guter Trainee, der das Regelwerk ehrte. Er war jahrelang unser Klassensprecher gewesen, ein Besserwisser, der zu den Besten gehört hatte. Niemals hätte er die Regeln des MI20 gebrochen.

Das alles sagte ich mir immer wieder, nur, um mich nicht von seinem perfekten Schauspiel blenden zu lassen.

»Ich könnte es versuchen«, stieß ich aus, als hätte es mich meine ganze Kraft gekostet, und blinzelte zu ihm hoch. Noch immer waren wir uns so nahe, dass ich seine Körperwärme spürte und mich nur leicht vorbeugen müsste, um ihn berühren zu können.

Sein rechter Mundwinkel hob sich, und er legte den Kopf ein wenig schief. »Das sagst du jetzt, und doch glaube ich es dir nicht.« Sein angedeutetes Lächeln verblasste plötzlich, und er zog sich ruckartig zurück. Dabei nahm er den feuchten Lappen von meiner Stirn, der die ganze Zeit dort gelegen hatte. Ich hatte es gar nicht bemerkt.

»Was?« Meine Lider flatterten. Wieso tat er das?

»Die Alexis, die ich kenne, würde sich niemals von ein paar netten Worten einlullen lassen.«

»Stimmt«, erwiderte ich und schaute weg. »Aber diese Alexis gibt es nicht mehr. Sie ist irgendwo während meiner Haft verloren gegangen.«

Er lachte kurz und hart auf. »Wieso? Bist du jetzt auf einmal böse und durchtrieben?«

Meine Schultern hoben sich, zumindest so weit, wie es meine Fesseln zuließen. »Ich bin aus einem Gefängnis ausgebrochen.«

»Das hätte ich dir tatsächlich nicht zugetraut«, gab er zu und neigte in einer anerkennenden Geste seinen Kopf. Er brachte noch mehr Abstand zwischen uns.

»Ich kann wirklich mit dem Direktor sprechen«, sagte ich, denn diese Chance musste ich nutzen. Dean müsste das doch sehen. *Wieso machte er es mir so schwer?*

»Du wirst schon noch die Gelegenheit dazu bekommen.«

Er ging in Richtung Tür und nahm den Lappen mit. »Aber dann wird dein Anblick schon ein guter Anreiz sein.« Sein Blick fiel auf meine Unterarme, und ich folgte ihm. Rote Narben überzogen meine Haut, doch ich sah, dass sie bereits dabei waren zu heilen. Zumindest die meisten, lediglich die Stichwunde sah noch ziemlich übel aus.

»Leider musstest du sofort ohnmächtig werden.« Er seufzte, und Bedauern lag in seiner Stimme. »Aber Dr. Meier wird das nächste Mal besser aufpassen.«

Ich blinzelte und hatte keine Ahnung, was ich dazu sagen sollte. »Ich muss mal auf die Toilette.«

Er schnaubte leise und nickte. »Ich gehe jetzt raus, und dann werden sich die Schnallen öffnen. Du hast eine Minute Zeit, bevor du dich vor Schmerzen krümmen wirst. Ich rate dir, dich schnellstmöglich wieder aufs Bett zu legen, bevor es so richtig wehtut.«

Dean ging, und kurz nachdem die Glastür hinter ihm zugefallen war, ertönte ein leises Surren. Ich hatte geglaubt, die Schnallen wären wie Lederriemen gewesen. Stattdessen waren sie starr und öffneten sich wie Sicherheitsbügel.

Ohne zu zögern richtete ich mich auf, und meine Muskeln zitterten, weil sie so lange geruht hatten.

Ich kletterte vom Bett und wankte zur Toilette, um mich zu erleichtern. Nachdem ich mir die Hände gewaschen hatte, lief ich durch die kleine Zelle und suchte nach möglichen Ausgängen.

Als die Minute verging, spürte ich es sofort. Hitze breitete sich in meinen Venen aus, als würde Gift durch sie hindurchfließen. Ich wusste nicht, wie sie das machten, aber ich wollte meinen Körper auch nicht noch mehr schwächen. Also kletterte ich zurück ins Bett. In dem Moment, als ich lag, klappten die Bügel wieder zu und drückten mich in die Matratze.

Kurz erwartete ich, dass Dean zurückkommen würde. Doch das tat er nicht.

*

Als sich das nächste Mal die Tür öffnete, war es überraschenderweise Thomas, der eintrat.

Wir fixierten einander. Ich rang mit den verschiedensten Emotionen, während er grinste, als müsste er sich einen Lachanfall verkneifen. Sein Blick fiel kurz auf meinen Unterarm, und er zog in einem kurzen Anflug von Missbilligung seine Augenbrauen zusammen. Ich spürte seine Emotionen wieder, was bedeutete, dass die Tabletten nachließen. All die Jahre hatte ich immer seine Gefühle wahrnehmen können. Wie war es ihm möglich gewesen, mich derart zu täuschen?

»Dr. Meier hat sich scheinbar nur aufgewärmt.«

»Gut zu wissen«, erwiderte ich und beobachtete, wie er sich am Fußende meines Bettes gegen das milchige Glas lehnte und die Arme verschränkte. »Was willst du hier?«

»Darf ich nicht eine alte Freundin besuchen? So wie ich gehört habe, hast du ziemlich um mich getrauert. Das tut mir fast ein wenig leid.«

»Mir auch«, erwiderte ich trocken und betrachtete ihn. Sein blondes Haar war kürzer, als er es sonst getragen hatte, und er war blasser. »Lassen sie dich seitdem nicht mehr an die frische Luft, oder wieso siehst du so aus, als hättest du schon seit Wochen kein Tageslicht mehr gesehen?«

Thomas kniff seine Augen zusammen, dann lachte er, als könne er gar nicht anders. »So ist es. Leider ist meine Tarnung aufgeflogen, und in London sollte ich wohl nicht mehr herumlaufen, solange das MI20 meinen spektakulären Tod noch so stark in Erinnerung hat.«

»Du Ärmster.« Ich schob meine Unterlippe vor. »Das macht dich bestimmt traurig, immer nur mit dieser verrückten Ärztin abzuhängen, muss auf Dauer echt belastend sein.«

Thomas schnaubte. »Verrückt ist sie wohl echt ein bisschen.«

Ich erinnerte mich an Grace' Erzählungen über sie. »Hat sie dich auch aufgezogen?«

Er kniff seine Augen zusammen. »Woher weißt du von ihr?«

»Ich habe so meine Kontakte.« Grace' Grinsen tauchte vor meinen Augen auf, und ich spürte tiefe Erleichterung darüber, dass sie nicht ebenfalls gefangen genommen worden war. In mir kam die Frage auf, ob Doloris – als ehemalige Leiterin der Forschungsabteilung – gewusst hatte, wer Grace war.

Aber es schien fast so, als wäre dem nicht so. Sicher hätte sie es sonst irgendwann zur Sprache gebracht.

Thomas sah aus, als würde er mit sich ringen. Ich konzentrierte mich ganz auf ihn, und obwohl alles wegen der Restwirkung der Tablette noch schwammig wirkte, spürte ich deutlich, dass er wütend war.

»Ich habe also recht«, sagte ich und war gleichzeitig überrascht, als meine Gedanken zu seinem Vater schweiften. Ich hatte ihn damals auf der gefakten Spendengala mit Direktor Roberts sprechen sehen. *Lukas Walker*, erinnerte ich mich an seinen Namen. Er war ein Mitarbeiter von Heal Inc., diesem riesigen Pharmaunternehmen. Und er war Teil von Herakles, die sich unter dem Deckmantel einer Forschungsabteilung hinter dem Unternehmen versteckten. Adam hatte es mir vor einiger Zeit im Gefängnis erklärt. »Was ist mit deinem Dad? Hatte er etwa keine Zeit für dich?«

Ein kurz aufflackernder Schmerz aus seiner Richtung bestätigte meine Vermutung.

Meine Augenbrauen hoben sich in gespielter Überraschung. »Er hat dich also bei dieser Irren gelassen.« Meine Worte hingen zwischen uns, und kurz war seine Wut so stark, dass ich glaubte, er würde jeden Moment ausflippen.

Stattdessen passierte das Gegenteil. Sie flachte auf einmal ab, und auch seine Haltung entspannte sich. »Tja, besser eine harte Schule als gar keine Schule. Muss genauso beschissen gewesen sein, wie in einem Heim zu leben.«

Seine Worte waren wie ein Messer auf mich gerichtet, doch sie taten mir nicht weh. »Ich hatte meine Eltern mein ganzes Leben an meiner Seite.«

»Bis sie es irgendwann nicht mehr waren.«

Plötzlich wurden die milchigen Wände durchsichtig, und ich sah Dr. Meier durch die Tür zwischen den Glaskästen kommen. Josef Pavlacek löste sich von seinem Posten an der Tür und folgte ihr wie ein Schatten. Sie schritt durch die Gänge und diskutierte dabei mit ihm, während sie immer wieder Blicke auf uns warfen, als würden sie uns wie Laborratten betrachten. Vielleicht waren wir auch nichts anderes für sie.

Kurz hinter ihnen tauchte Lukas Walker auf, Thomas' Vater. Hochgewachsen und mit einem perfekt sitzenden Anzug sah er aus, als käme er direkt aus einem wichtigen Meeting. Zwar wusste ich, dass er der Leiter von Herakles war, aber ihn jetzt hier zu sehen, machte dieses Wissen noch einmal realer. Lukas Walker hattet tatsächlich seinen eigenen Sohn für diese Zwecke missbraucht. Was für ein Mensch tat so etwas?

Er gesellte sich zu den anderen beiden, und gemeinsam stellten sie sich vor die Zelle des Direktors.

Dieser sah so wütend aus, dass ich mich nicht gewundert hätte, wenn er allein mit der Kraft seiner Gedanken irgendwas in die Luft gesprengt hätte.

Clyde und der andere Typ bewachten noch immer mit stoischen Mienen die Türen. Ich fragte mich, was hinter ihnen lag.

Thomas' Worte geisterten durch meinen Kopf, und ich zwang mich, ihn anzusehen. »Was weißt du über meine Eltern?«

»Willst du wissen, wer sie umgebracht hat, während er Adam holen sollte?«

Er. Der Mörder meiner Eltern war ein Mann gewesen.

Thomas wollte mich locken, wollte mich provozieren, und es funktionierte! Meine Finger gruben sich in die Matratze. »Wer. War. Es?«

Sein Blick wanderte zu den drei Personen, die noch immer vor Direktor Roberts' Glaszelle standen. Er lächelte. Ich spürte, dass er es liebte, mich derart am Haken zu haben.

»Oh, schau«, meinte er. »Möchtest du zuhören?«

Ich folgte seinem Blick und sagte nichts, wusste nicht, ob das ein Trick war, eine Falle. Natürlich wollte ich wissen, was dort passierte. Andererseits wollte ich auch wissen, wer meine Eltern auf dem Gewissen hatte.

Thomas holte eine kleine Fernbedienung aus seiner Hosentasche, und im nächsten Moment prasselten sämtliche Geräusche auf mich ein. Es fühlte sich an, als würde jemand schalldichte Kopfhörer von meinen Ohren nehmen. Thomas lenkte damit von meiner Frage ab, doch ich bezweifelte sowieso, dass er mir eine Antwort gegeben hätte.

»Ich hätte es wissen müssen«, sagte Direktor Roberts gerade

und starrte Thomas Vater voller Hass an. »Sie haben Ihren Sohn benutzt, um an das MI20 zu kommen, und waren Teil dieser kranken Versuchsabteilung von Herakles!«

Lukas Walker lächelte höhnisch. »All die Jahre hatten Sie keine Ahnung, nicht?« Er genoss die Situation sichtlich. »Sie haben um Heal Inc. herumscharwenzelt und es niemals geschafft, wirklich Informationen zu bekommen oder herauszufinden, wo genau sich die Herakles-Forschungsabteilung befindet. Wie traurig, dass sogar Ihr eigener Mitarbeiter sich uns angeschlossen hat.«

Meinte er Dean? Ich war verwirrt und wollte die Frage laut stellen, bis mir wieder bewusst wurde, dass Thomas und ich nicht auf derselben Seite standen.

»Sie haben sich als einfacher Mitarbeiter ausgegeben und tun so, als würden sie nach Heilmitteln suchen. Wie viel weiß Ihr Boss von diesen kranken Dingen, die Sie hier anstellen?«

Ich erinnerte mich daran, wie ich auf der Spendengala zu Beginn unserer Abschlussprüfungen gesehen hatte, dass Direktor Roberts sich mit Lukas Walker und dem CEO, David Matthews, unterhalten hatte. Es musste ihn sicher wahnsinnig machen, nun zu wissen, dass er mit Lukas Walker den Bösen die ganze Zeit von der Nase gehabt hatte.

Thomas' Vater zuckte mit den Schultern. »Matthews hat keinen Schimmer. Wenn man nach einem Heilmittel für Krebs forscht, werden einem unanständig viele Gelder zur Verfügung gestellt. Glücklicherweise erwartet niemand schnelle Ergebnisse.« Er lachte. »Vermutlich hätten wir diese Abteilung noch über Jahrzehnte aufrechterhalten können.« Sein Blick verfinsterte sich. »Wenn nicht plötzlich diese Untersuchungskommission aufgetaucht wäre. Ich habe noch keine Ahnung, wer Heal Inc. bestohlen hat, aber sollte deshalb unsere Tarnung auffliegen, werden wir ganz besondere Mittel und Wege finden, uns dafür zu bedanken.«

Ich erinnerte mich an die Berichterstattung im Fernsehen, wo Mr Matthews, der CEO von Heal Inc., zu sehen gewesen war. Er hatte von Unstimmigkeiten gesprochen, die bei der veröffentlichten Bilanz aufgefallen waren, und einer Untersuchungskommission, die sich darum kümmern würde.

Mein Blick fiel auf Dr. Meier, die direkt neben ihm gestanden hatte und sich für einen vermeintlichen Fortschritt in der Heilung von Brustkrebs hatte feiern lassen.

»Deshalb also plötzlich diese Eile«, stellte der Direktor fest, als wären nun einige offene Fragen beantwortet. Ein hämisches Lachen entfuhr ihm. »Ihr seid kurz davor aufzufliegen!« Sein Grinsen verging jedoch so plötzlich, wie es gekommen war. »Jetzt kann ich abwarten und zusehen, wie ihr untergeht.«

Lukas Walker schnaubte und verschränkte die Arme vor der Brust. »Bis die irgendwas finden, können Monate vergehen. Und bis dahin werden Sie verhungert sein.« Ich konnte zwar seine Gefühle nicht wahrnehmen, sah aber an dem leichten Zucken um seine Augenwinkel, dass er log. Er wirkte auf mich wie ein in die Ecke getriebenes Tier. Der Direktor hatte recht gehabt. Ihnen blieb nicht mehr viel Zeit, die Gelder von Heal Inc. zu nutzen. Deshalb waren sie auch das Risiko mit seiner Entführung eingegangen. Ich fragte mich, wer diese Gelder gestohlen hatte, und in mir keimte die Vermutung auf, dass das MI20 etwas damit zu tun hatte.

Walkers Kiefer spannte sich an, als würde er die Zähne zusammenpressen.

»Dein Dad findet das wohl gar nicht komisch«, sagte ich zu Thomas, der die Szene genauso wie ich beobachtet hatte.

Er schnaubte, sah mich aber nicht an. Er hatte nur Augen

für seinen Vater. »Roberts spuckt ganz schön große Töne, dafür, dass er an ein Bett gefesselt ist.«

»Du glaubst also, er wird euch einfach so sagen, wie das Serum zusammengesetzt ist? Weiß er das überhaupt? Er ist immerhin kein Chemiker, sondern ein Agent.« Ich erinnerte mich an die Worte des Doktors, der mir hier das Blut abgenommen hatte. Man konnte zwar Dinge wissen, aber ohne die entsprechende Ausbildung machten sie vielleicht gar keinen Sinn.

»Er hat die nötigen Berechtigungen. Wir brauchen nur sein Passwort, und schon sind wir im System des MI20. Dann können wir uns alles nehmen, was wir brauchen.«

Mist. Ich betrachtete weiter die Szene hinten im Raum, wo der Direktor erneut zu sprechen ansetzte. »Gebt es endlich auf. Wie viele Leben wollt ihr noch opfern für – ja, was? Macht? Reichtum? All diese Kinder, die ihr über die Jahre getötet und misshandelt habt, sind sie das wirklich wert?«

Keiner der drei sagte etwas, obwohl Josef Pavlacek aussah, als würde er etwas entgegnen wollen. Doch auch er schwieg stoisch.

»Das bringt heute nichts mehr.« Mr Walker wandte sich zum Gehen. »Dr. Meier, rufen Sie mich, wenn er endlich redet. Mr Pavlacek, Sie helfen ihr.«

Er ging direkt auf meine Zelle zu, und als er sah, dass sie durchsichtig war und Thomas bei mir war, wirkte er ganz und gar nicht glücklich.

Thomas versteifte sich, als sein Vater bellte: »Komm sofort her!«

Thomas ging, ohne mich noch einmal anzusehen.

Gerade als das Glas wieder milchig wurde und die Tür hinter ihm zufiel, hörte ich noch, wie sein Vater sagte: »Für deine dummen Machtspiele ist hier kein Platz! Dieses Mädchen hat alles mitangehört!«

»Sie wird am Ende sowieso sterben«, erwiderte Thomas kalt.

Dann war die Tür zu, und Stille umgab mich, die nur von meinem plötzlich viel zu lauten Atem durchbrochen wurde.

27. Kapitel

Alexis

Als Dr. Meier das nächste Mal auftauchte, war ich fast schon ein wenig erleichtert, weil meine eigenen Gedanken mich wahnsinnig machten. Im nächsten Moment bereute ich es aber auch schon, als ich den Werkzeugkasten in ihrer Hand sah.

Bedächtig stellte Dr. Meier ihn auf das Fußende ihres Bettes, während sie so tat, als wäre ich gar nicht da.

»Wieso tun Sie das alles?«, fragte ich die alte Frau, deren dürre Finger wirkten, als könnten sie dennoch gut zupacken.

»Für ein höheres Ziel.« Sie lächelte in meine Richtung, ohne mich wirklich anzusehen. »Deine Kräfte sind äußerst stark ausgeprägt. Damit sollten wir etwas anfangen können. Mentale Kräfte sind einfacher zu übertragen als körperliche.«

»Wieso werden die *Numbers* so schnell ohnmächtig, wenn man gegen sie kämpft?«, fragte ich weiter und dachte an die Jugendlichen, gegen die wir gekämpft hatten, als wir Cassie gerettet hatten.

Dr. Meiers Augenbrauen hoben sich missbilligend, und ich dachte schon, sie würde mir nicht antworten. Doch dann sah sie gedankenverloren auf und seufzte, als würde ihr dieser Umstand wirklich etwas ausmachen. »Ihre Körper können die beim Kämpfen produzierte Energie nicht ordentlich verwerten, und bei einem Energieüberschuss springen quasi ihre Sicherungen raus. Sie werden ohnmächtig, regenerieren sich und stehen wieder auf.« Sie zuckte mit ihren Schultern und sah dann wieder auf den Werkzeugkoffer. »Sobald wir diesen Fehler korrigiert haben, ist der Heraklestrank endlich fertiggestellt.«

»Arbeiten Sie schon lange daran?« Ich hoffte ihre unerwartete Redseligkeit ein wenig ausnutzen zu können, um ein wenig Zeit zu schinden. Noch war das Glas milchig, und ich ging davon aus, dass sie mir erst wieder wehtun würde, sobald Direktor Roberts freie Sicht hatte.

»Eine Ewigkeit schon.«

»Wie lange ist eine Ewigkeit?«

Sie starrte vor sich hin, kniff dann ihre Augen zusammen und sah mich an. »Diese Geschichte kennen nicht viele.«

»Ich habe heute gehört, dass ich das hier sowieso nicht überleben werde.«

Die Ärztin lachte kurz und hart auf. »Wie wahr.«

Ich schluckte schwer.

Einen Moment lang herrschte Stille.

»Mein Vater arbeitete bereits in den Dreißigerjahren an dem Trank. Es war ein militärisches Projekt. Als die Großmächte Deutschland überfielen, wurden alle militärischen Daten beschlagnahmt. Mein Vater schaffte es noch, mich und meine Mutter nach England zu schicken. In unseren Taschen hatten wir Kopien der Unterlagen für die Zusammensetzung des Tranks. Wir kamen bei einem alten Schulfreund meiner Mutter unter, dem späteren Geschäftsführer von Heal Inc., und gemeinsam mit ihm bauten wir eine neue Abteilung auf.« Sie lächelte. »Jetzt stehe ich hier.«

Einen Moment lang starrte ich sie an. Also kam das jetzige Serum ursprünglich aus Deutschland und war gestohlen worden. Deshalb dieser Hass. Das MI6 hatte daraus einen funktionierenden Superheldentrank gemacht, während sie noch immer forschten und nicht weiterkamen.

Ich befeuchtete meine Lippen, denn ich musste ihre Redseligkeit nutzen. »Die Geschäftsführer wissen nichts von dieser Abteilung?«

Sie schnaubte. »Einer von den Alten hat vor einigen Jahrzehnten Wind von der Sache bekommen und wollte uns zwingen, die Forschung einzustellen.« Sie schüttelte verächtlich ihren Kopf. »Wir haben uns um ihn gekümmert und die Forschung an einem versteckten Ort weitergeführt.«

»Woher nehmen Sie die Kinder, an denen Sie das Serum testen?«, fragte ich leise.

Sie betrachtete mich argwöhnisch, bis ihr scheinbar wieder einfiel, dass ich gefesselt und das hier kein Verhör war. All meine Fragen waren meiner Neugier geschuldet, und sie schien es offensichtlich zu genießen, mir unter die Nase zu reiben, dass sie zum Ursprung dieser Forschungsabteilung gehörte. »Zunächst haben wir Straßenkinder überredet, Obdachlose. Doch die Erfolgsquote war so gering, dass es den Entsorgungsaufwand nicht rechtfertigte.«

Entsorgungsaufwand. Ich hatte das Gefühl, mich gleich zu übergeben.

Dr. Meier bekam davon nichts mit. »Irgendwann war unsere Abteilung groß genug, um unsere Mitarbeiterinnen auf Agenten des MI20 anzusetzen. Mit den daraus resultierenden Kindern lief die Arbeit sehr viel einfacher.«

»Und diese Mütter haben Ihnen ihre Kinder einfach für Versuchszwecke überlassen?« Obwohl mir Grace bereits dasselbe erzählt hatte, war ich fassungslos zu hören, mit welcher Grausamkeit hier vorgegangen wurde.

»Sie alle sind Teil von etwas Größerem, das war ihnen klar.

Und wer nicht mitspielen wollte …« Sie ließ den Rest des Satzes ungesagt und zuckte erneut mit ihren Schultern. Dann wandte sie sich wieder ihrem Werkzeugkoffer zu. »Genug geplaudert.« Sie zog die Fernbedienung aus ihrem Kittel und ließ die Wände wieder durchsichtig werden.

Ich sah den Direktor an, als Dr. Meier eine Zange aus ihrem Koffer holte. Dann atmete ich tief durch und machte mich auf den kommenden Schmerz gefasst.

*

Nichts hätte mich darauf vorbereiten können, was Dr. Meier mir antat. Mein Körper bestand nur noch aus Schmerz und Blut. Ich schrie, doch meine Augen sagten dem Direktor, dass er nicht nachgeben durfte. Egal, was sie mir antaten. Uns beiden war klar, dass sie uns töten würden, sobald sie hatten, was sie brauchten. Sie würden nicht einmal mit der Wimper zucken.

Wir mussten schweigen und hoffen, dass uns irgendjemand rettete.

Als ich das nächste Mal zu Bewusstsein kam, war mein Bettlaken blutgetränkt.

Eine Person hielt mir einen Becher Brühe an die Lippen. Der Geruch war so intensiv, dass mein Körper sich dagegen wehren wollte. Doch mein ausgetrockneter Mund öffnete sich wie von selbst. Ich nahm drei winzige Schlucke und öffnete schließlich meine Augen. Neben mir stand der Arzt, der mir zu Beginn Blut abgenommen hatte. »Danke, Mr- Wie heißen Sie eigentlich?«

Er lächelte, und sein Mitleid und leichte Sorge umspülten mich. »Dr. O'Malley.«

»Was machen Sie hier, Dr. O'Malley?«

»Einen Test und eine kurze Kontrolle, ob Sie noch leben.«

Ich schluckte. »Wieso? Hat Dr. Meier bei ihren Foltereien etwa schon mal jemanden versehentlich umgebracht?« Es sollte ein dummer Scherz sein, nur um mich selbst aufzulockern.

Dr. O'Malley lachte nicht. Die Gefühle in ihm, *Trauer, Bedauern, Wut,* sagten mir alles, was ich wissen musste. Und noch so viel mehr. Er schien nicht mit ihren Methoden einverstanden zu sein.

Ich befeuchtete meine Lippen, die salzig von der Brühe schmeckten. »Arbeiten Sie freiwillig hier, oder werden Sie gezwungen?« Meine Stimme war so leise, dass hoffentlich nur er mich hören konnte.

»Freiwillig«, antwortete er knapp, doch sein kurz angebundener Tonfall sagte mir, dass mehr dahintersteckte.

Plötzlich keimte in mir die Hoffnung auf, aus ihm einen Verbündeten machen zu können. Doch dafür musste ich behutsam vorgehen. »Dr. Meier hat mir erzählt, dass sie quasi die Gründerin dieser Abteilung ist.«

Er nickte und bückte sich zu einem kleinen Koffer. Diesen stellte er am Fußende des Bettes auf, wo noch wenige Stunden zuvor der Werkzeugkasten gestanden hatte. Allein die Erinnerung daran ließ mich zusammenzucken.

Er kniff leicht seine Augen zusammen, doch er kommentierte mein Verhalten nicht, während er die Kombination der Schlösser eingab und die Verschlüsse des Koffers mit einem lauten Klack aufschnappten. Als er den schwarzen Lederdeckel öffnete, kamen Spritzen mit einer blassrosa Flüssigkeit darin zum Vorschein. *Der Heraklestrank.* Er musste es sein.

Ich erinnerte mich noch genau daran, dass die Farbe des Serums etwas kräftiger gewesen war, als das MI20 es mir vor Jahren verabreicht hatte.

»Mir wurde das Serum bereits injiziert.« Ich wollte zurückweichen, als er die Spritze aus dem Koffer holte.

Ein freudloses Lächeln erschien auf seinen Lippen. »Ich weiß.«

»Wozu dann diese Spritze?«

»Wir testen die Auswirkungen unseres Serums auf deinen Körper. Sobald wir die richtige Zusammensetzung haben, dürfte es dir nichts mehr anhaben.«

»Und falls doch?«

Dr. O'Malley sah mich nicht an. »Dann könnte es hässlich werden.«

Wieder wollte ich zurückweichen, als er mit der Spritze näher kam, doch die Gurte ließen mir keine Chance. »Und was dann?«

»Dann bekommst du das Gegenmittel, und wir arbeiten weiter.«

Ich erstarrte vollständig, und zum ersten Mal seit ich hier war, erlaubte ich mir, länger über Cassie nachzudenken. »Es gibt ein Gegenmittel?« Meine Stimme war ein hoffnungsloser Hauch.

Er hob eine Augenbraue. »Wieso?«

»Haben Sie …« Ich schluckte den Kloß in meinem Hals herunter. »Haben Sie meiner Schwester diesen Heraklestrank verabreicht? Ein blonder Teenager, der entführt wurde.«

»Cassie Young«, sagte er, als würde er erst jetzt die Zusammenhänge erkennen.

Ich nickte atemlos.

»Ja, sie hat eine ältere Version davon erhalten.«

Vor Hoffnung schlug mein Herz hart und fest gegen meine Rippen. »Gibt es dafür auch ein Gegenmittel?«

Er nickte langsam, dann lenkte er seinen Blick auf meinen Arm und stach zu. »Ich weiß aber nicht, ob es ihr noch helfen würde. Sie ist der Version des Serums schon einer ganze Weile ausgesetzt.«

»Ich muss es versuchen«, stieß ich aus und sah zu, wie er mir die blassrosa Flüssigkeit injizierte. Ich konnte mich kaum darauf konzentrieren, was gerade passierte, denn plötzlich war da dieser Hoffnungsschimmer, an den ich kaum noch hatte glauben können.

Erst seine geballte Ladung Mitleid zerrte mich zurück in die Realität. Ich konnte ihr nicht helfen. Nicht, solange ich gefesselt war.

»Ich kann sie nicht aufgeben«, stieß ich aus und konnte nicht verhindern, dass mir eine einzelne Träne über die Wange lief. Ich schloss meine Augen und schluckte schwer. Dabei wurde ich mir des Brennens bewusst, das langsam durch meine Venen zog. Unbehagen keimte in mir auf. Dort, wo zuvor in meinen Gedanken Cassie gewesen war, wurde mir klar, dass er mich gerade als Versuchsobjekt benutzte.

»Du solltest dich zusammenreißen«, raunte mir der Arzt zu, ohne mir zu nahe zu kommen. »Sie werden jede deiner Schwachstellen ausnutzen.«

Als ich meine Augen öffnete, sah er mich nicht an. Ich betrachtete ihn verblüfft. Hatte er mir damit gerade helfen wollen?

Ich nickte knapp und schluckte den Schmerz herunter. Ich sollte mich jetzt auf das Positive konzentrieren. Es gab ein Gegenmittel. Es gab etwas, womit ich Cassie helfen konnte! Doch dafür musste ich hier erst mal raus, also wandte ich mich erneut an Dr. O'Malley, der die Instrumente gerade wieder in seinem Koffer verstaute.

»Was ist das hier eigentlich für ein Ort? Sitzen wir hier wie Ratten in einem Käfig und nebenan ist ein riesiges geheimes Labor?«

Er sah mich mit einem fragenden Seitenblick an. »Wieso interessiert dich das?«

Ich zuckte mit den Schultern. »Na ja, mir wurde gesagt, ich würde hier sterben. Geben Sie mir wenigstens die Illusion, dass ich mich mit diesen Informationen irgendwie retten könnte.« Uns beiden war klar, dass ich die Fesseln und Glaswände nicht so einfach würde überwinden können.

»Das Labor befindet sich an einem anderen Ort.«

»Wieso?«, fragte ich ehrlich verwirrt.

»Weil die Arbeit an dem Heraklestrank zu brisant ist, als dass man sie in einer großen Lagerhalle würde durchführen können. Sollte irgendwer uns erwischen, ist es sicherer, an vielen kleinen Orten zu forschen.«

Also waren wir in einer Lagerhalle. Ich wusste nicht, ob er mir den Hinweis absichtlich oder unabsichtlich gegeben hatte. Nicht, dass er mir was nützte. Nachdem ich ins Gefängnis gekommen war, hatte man mir jegliche Kommunikationswege zum MI20 abgeschaltet. »Also sind auch die Numbers woanders untergebracht?«

»Das ist korrekt.«

»Gar nicht so blöd«, murmelte ich und räusperte mich dann. Mein Blick glitt zu meinem Arm, von dem eine unnatürliche Wärme ausging. »Ab wann spüre ich die Nebenwirkungen?«

»Wenn wir es richtig gemacht haben, gar nicht.«

»Haben Sie nicht«, sagte ich und schlug die Augen nieder, als mir mein Fehler bewusst wurde.

»Woher willst du das wissen?« Sein Argwohn lag schwer auf meiner Zunge.

»Ich vermute es einfach.« Ich hob mein Kinn. »Wäre nämlich echt beschissen für mich und alle anderen Gefangenen, wenn Sie es gefunden hätten.«

Langsam, als würde er noch abwägen, ob er mir glauben konnte, nickte er. »Allerdings.«

Ich schluckte, als mir noch etwas anderes einfiel. »Wie geht es dem anderen Mädchen? Ich habe sie nicht mehr gesehen, seit wir hier sind. Lebt sie noch?«

»Das tut sie.«

»Danke«, erwiderte ich leise und betrachtete weiterhin meinen Arm. Fast befürchtete ich, dass er sich in einen riesigen Tentakel verwandeln würde. Doch nichts passierte. Mit einem Mal spürte ich diese kleine, juckende Furcht, dass sie es vielleicht doch geschafft hatten und meine Erinnerung an das Serum nur getrübt war. Immerhin hatte ich damals mehr im Delirium aus überbrodelnden Emotionen gesteckt, als wirklich klar denken zu können. Ich schluckte schwer und konnte nur noch auf das Beste hoffen.

*

Etwas zerrte mich so ruckartig aus dem Schlaf, dass ich wie eine Ertrinkende nach Luft japste. Feuer loderte in meinem Innern und fraß sich durch jede einzelne Ader meines Körpers. Ich schrie, schrie so laut, dass meine Stimmbänder zu reißen drohten.

Die Tür wurde aufgestoßen, und der milchige Schimmer

der Glaswände verschwand. Ich sah in die entsetzten Gesichter von Direktor Roberts und Agnes, bevor sich eine Gestalt in mein Sichtfeld schob.

Dean tauchte vor mir auf, und er hielt seine Hände oben, als würde er mich damit beruhigen wollen. »Alles wird gut.«

Ich schrie, schrie vor Schmerz und wollte nur noch, dass es aufhörte. Ich wehrte mich gegen meine Fesseln, zerrte an ihnen, riss an ihnen, wollte mich endlich aus diesem Käfig befreien.

Meine Schreie wurden immer lauter und wilder. Ich konnte mich kaum auf etwas konzentrieren.

Gefühle. Überall waren Gefühle. Ich spürte sie, ungefiltert prasselten sie auf mich ein. Es mussten die Gefühle aller Menschen dieser Welt sein. Es waren so viele, dass ich würgen musste. Mein Körper bebte, und ich wollte nur, dass es endlich aufhörte.

Plötzlich kam Dr. O'Malley in meine Zelle gerannt.

Er zögerte nicht, als er mir erneut eine Spritze in den Arm rammte, die bräunliche Flüssigkeit enthielt.

Meine Augen durchbohrten ihn, während ich weiter schrie. All diese Gefühle schossen durch mich hindurch wie Gewehrkugeln und hinterließen ein Schlachtfeld auf meiner Seele.

Und dann war es vorbei.

Die Gefühle verstummten, als wäre nie etwas gewesen.

Mein Schrei sackte in sich zusammen, genauso wie mein Körper.

Süße, wundervolle Ohnmacht packte mich und zerrte mich mit sich.

Das Letzte, was ich sah, war Deans entsetztes Gesicht. Ich spürte seine Erleichterung und lächelte schwach, während meine Augen zufielen.

28. Kapitel

Alexis

»Schade«, sagte Dr. Meier am nächsten Morgen. Ich fühlte mich ausgeschlafen, und auch sie sah nicht gerade aus, als hätte sie die Nacht durchgemacht. Heute waren meine Glaswände bereits klar, doch sie hielt meine ganze Aufmerksamkeit auf sich gerichtet, als sie mich mit zusammengepressten Lippen betrachtete. »Dabei sind wir so nah dran.«

»Fühlte sich nicht so an«, erwiderte ich und wünschte mir, ich könnte meine Hände bewegen, und sei es nur, um mir die Haarsträhnen aus dem Gesicht zu wischen.

Die alte Dame funkelte mich zornig an, und zum ersten Mal konnte ich spüren, welchen Hass sie in sich trug. *Hass auf das MI20*, wenn ich es mir richtig zusammenreimte.

Ich sagte kein Wort mehr, denn diese Intensität erschütterte mich. Ich war vielleicht ausgeschlafen, aber ich spürte noch immer die körperlichen Nachwirkungen des Experiments.

Mein Blick fiel auf die Narben, die ihr letzter Besuch auf meinen Armen hinterlassen hatte. Ich wusste nicht, ob sie jemals vollständig verblassen würden.

Aber das war das geringe Übel. Ich war mir zumindest fast sicher, hier drin nicht sterben zu müssen. Immerhin war Dean hier.

Dean würde mich rausholen. Er hatte einen Plan, und ich würde solange durchhalten müssen.

Im nächsten Moment wurde die Tür zum Flur zwischen den Glaskästen aufgestoßen.

Wir beide hoben unsere Köpfe und sahen, wie Doloris Humphrey eintrat. Heute trug sie ein fliederfarbenes Kostüm und hatte die Haare zu einem tiefen Dutt gedreht. Auf ihrer Nase lag eine mit Leopardenmuster gerahmte Brille. Ihre Pumps zierten dasselbe Muster. Flankiert wurde sie von Thomas und seinem Vater Lukas. Beide trugen dunkle Anzüge.

Zugleich wurden alle anderen Glaskästen sichtbar.

Entsetzen packte mich, als ich sah, wer in dem noch freien Glaskasten gefangen war.

»Nummer 17«, stieß Dr. Meier neben mir aus, und ich hätte nicht mal meine Kräfte gebraucht, um zu spüren, wie wütend sie war.

Grace. Allein ihren Namen zu denken tat weh, denn es bedeutete, dass etwas fürchterlich schiefgegangen war.

»Alexis!« Grace entdeckte mich und schenkte mir ein strahlendes Lächeln. »Wie schön, dass du lebst! Ich hatte gehofft, dass wir uns sehen!«

Mein Mund klappte auf, und ich blinzelte mehrmals hintereinander. »Ich ehrlich gesagt nicht.«

Sie kicherte. »Meine Rettungsmission ist etwas schiefgegangen.« Als sie Dr. Meier neben mir entdeckte, verrutschte ihr Lächeln ein wenig, doch sie fing sich schnell wieder. »Das bekommen wir schon hin!« Ihr Blick flog über die verschiedenen Anwesenden, und als sie Clyde sah, spürte ich ihren tiefen Schmerz.

Ich folgte ihrem Blick und sah, dass Clyde ebenso entsetzt war, sie hier zu sehen. Es war das erste Mal, dass ich Gefühle aus seiner Richtung wahrnahm, und sie überrumpelten mich derart, dass ich zusammenzuckte, als ich neben mir ein Schnalzen hörte.

»Wie unerfreulich für sie«, murmelte Dr. Meier neben mir, und ihr Tonfall machte deutlich, dass sie noch eine Rechnung mit ihr offen hatte.

Ich schluckte, wollte Grace anbrüllen, wissen, wieso zum Teufel sie hier war. Sie hatte von einer Rettungsmission gesprochen. *So eine hirnrissige Idee.*

Ein kleiner, selbstsüchtiger Teil von mir freute sich, sie zu sehen. Doch der andere, klar denkende Teil wollte am liebsten ausflippen und ihr die Meinung sagen.

»Willkommen zurück«, begrüßte Mr Walker sie steif. »Offensichtlich sind Sie nicht tot.«

Sie lachte und warf ihm einen Kuss zu, drängte ihren Schmerz über Clydes Anwesenheit zurück. »Wie man sieht. Schön, dass Sie noch immer der Boss sind.« Ihr Blick fiel auf Doloris Humphrey. »Ich war sicher, Sie müssten abdanken, sobald sie ihren alten Posten zurückhaben will.«

»Grace«, sagte Doloris Humphrey mit einem strahlenden Lächeln. »So lustig wie eh und je. Ich wollte *dir* danken. Ohne dich wäre ich immer noch nicht frei. Und wie erfrischend, dass du eine *Number* bist. Du hättest mir das wirklich früher sagen können.«

»Gern geschehen, wie wär's mit einer Gegenleistung?« Grace guckte auf ihre Gurte hinunter, die sie ans Bett fesselten, und überging Doloris Humphreys letzten Sätze. »Ein bisschen Freiheit für mich im Gegenzug zu Ihrer Freiheit?«

Doloris Humphrey seufzte schwer. »Ich wünschte, das ginge. Aber wie du schon so treffend angemerkt hast, habe ich hier nichts zu sagen.« Sie sah zu Mr Walker herüber, der sie stoisch anstarrte. Dann zuckte sie mit ihren Schultern und lächelte Grace wieder an. »Aber vielleicht möchtest du uns ein paar Fragen beantworten.«

»Vermutlich nicht«, säuselte Grace süß zurück.

»Ich stelle sie trotzdem«, erwiderte Doloris Humphrey nun etwas härter. »Wie hast du uns gefunden?«

»Bin der Brotkrumenspur gefolgt.« Grace zwinkerte ihr zu. »Waren echt riesige Krümel, die ihr habt fallen lassen.«

»Lass den Scheiß!«, zischte Thomas plötzlich, der sich die ganze Zeit im Hintergrund gehalten hatte. »Antworte ihr gefälligst!«

Grace ignorierte ihn und sah stattdessen seinen Vater an. »Mr Walker, Sie sehen noch genauso heiß aus wie damals, als Sie mich auf die Suche nach Adam geschickt haben.«

»Hätte ich gewusst, dass du lieber im Gefängnis wärst als bei uns, hätte ich das schon früher einrichten können«, erwiderte dieser, ohne preiszugeben, was in ihm vorging. Ich spürte deutlich seine Wut, das Brodeln unter seiner gespielten Gleichgültigkeit. »Es sei denn, du ziehst mittlerweile den Tod vor.«

»Nee«, meinte Grace und schüttelte mit kraus gezogener Nase den Kopf. »Aber danke für das Angebot.«

»Wir bringen das hier jetzt zu Ende«, verkündete Mr Walker auf einmal und holte sein Handy heraus, um darauf herumzutippen.

Plötzlich ging erneut die Tür zwischen den Zellen auf, und Dean erschien und neben ihm ein mir fremder Mann. Sie beachteten weder mich noch die anderen Gefangenen, während sie geradewegs auf die Gruppe zuliefen.

Doloris betrachtete beide eindringlich, und ich spürte ihr Misstrauen. Scheinbar war sie ganz und gar nicht überzeugt von ihrer Anwesenheit.

»Dean. Du musst dich noch beweisen«, meinte Mr Walker gelangweilt und deutete auf Grace. »Wir haben keine Verwendung mehr für sie.«

Dean nickte und holte eine Waffe unter seinem Jackett hervor.

Ich hielt die Luft an.

Grace versuchte sich aufzurichten und wurde bleich. »Moooment mal«, rief sie lang gezogen, und Angst ließ ihre Stimme schrill klingen. »Ich könnte euch noch nützlich sein!«

Thomas öffnete unbeeindruckt mit dem Handscanner die Glastür und trat mit Dean hinein. »Keine Angst, Nummer 17. Dean wird es schnell machen.«

»Kommt schon«, rief Grace panisch. Mein Herz explodierte schier in meiner Brust, während ich voller Unglauben die Szene beobachtete. Dean würde doch nicht …

In dem Moment, als Dean den Arm hob und auf sie zielte, ging ein Ruck durch Dr. Meier. Sie verließ mein Zimmer und ihre herrische Stimme schien all das Glas um uns herum dröhnen zu lassen. »Ihr werdet sie am Leben lassen!«

Alle drehten sich gleichzeitig um.

Doloris Humphrey grinste verschlagen und nickte. »Dr. Meier, wenn ich gewusst hätte, dass Sie noch Verwendung für sie haben, hätten wir sie irgendwohin geschafft, wo Sie ungestört experimentieren können.«

»Tötet mich!«, schrie Grace, als sie Dr. Meier sah, und ihre Angst und Panik waren plötzlich so stark, dass sie mich wie ein Faustschlag trafen. Ich würgte, und meine Muskeln verkrampften. Ihre Gefühle übermannten mich.

»Nein!« Grace brüllte nun, während Dr. Meier sich ihrer Zelle näherte. »Verschwinde, du bösartige Hexe!«

Ihre Schreie stachen mir mitten ins Herz, und ich wäre am liebsten aufgesprungen, um sie zu retten.

Ich spürte Clydes plötzliche Panik durch mich hindurchzucken, doch dieser Feigling bewegte sich nicht einen Millimeter.

»Diese Machtspielchen sind Verschwendung von Ressourcen«, schaltete sich Mr Walker auf einmal ein, und kurz wallte Ärger in ihm auf, den aber sonst niemand zu bemerken schien.

Dr. Meier stoppte und sah sie fragend an.

»Wir gehen«, entschied Doloris Humphrey mit einem letzten Lächeln in Richtung des Direktors. »Und sobald Dr. Meier mit Nummer 17 fertig ist, wird sie sich um Alexis … kümmern.« Die Drohung dahinter war unüberhörbar.

Mr Walker hob eine Augenbraue und sah sie an.

Doloris bemerkte seinen abwartenden Blick und legte eine gespielte Sanftheit in ihr Lächeln, das jeder auf noch so große Entfernung durchschauen musste. Zärtlich legte sie ihre Hand auf seinen Oberarm und strich über den teuren Stoff seines Hemdes. »Natürlich nur, wenn es dir recht ist, Boss.«

In seinen Augen tauchte etwas auf, das ich nicht zuordnen konnte. Ein flackerndes Gemisch aus Vorsicht und Missmut. Ich spürte die zündelnden Flammen in seiner Brust und war sicher, er war sich über die Gefahr seiner Gefühle nicht bewusst. Und wie angreifbar es ihn machte, dass er scheinbar noch nicht mit der neuen Rollenverteilung klarkam. Doloris Humphrey nahm sich ihren Thron zurück, und wie ich schon aus dem Gefängnis wusste, würde sie nicht einmal vor Mord zurückschrecken.

»Natürlich«, sagte Mr Walker, und ich war beeindruckt, wie neutral seine Stimme klang. Er hatte das perfekte Pokerface. Vielleicht würde ihn das länger am Leben erhalten. Vielleicht hoffte ich aber auch nur, dass dieses Bündnis zwischen den beiden bereits feine Risse zeigte.

Grace' Schreie verklangen so plötzlich, dass ich zusammenzuckte. Dr. Meier war in ihrer Zelle verschwunden und das Glas undurchsichtig. Meine Brust hob und senkte sich hektisch, auch wenn ich versuchte, ruhig zu bleiben.

Mein Blick suchte den von Agnes, der die Panik ins Gesicht geschrieben stand. Sie schien aufzuatmen, als unsere Augen sich fanden. Soweit ich erkennen konnte, war sie unversehrt.

Ich lächelte ihr gepresst zu und hoffte, es würde ihr ein wenig Mut schenken. Keine Ahnung, ob es was brachte, denn ich selbst spürte nur Entsetzen bis in die Tiefen meiner Knochen.

Direktor Roberts war im Gegensatz zu uns so erfüllt von Wut, dass ich glaubte, irgendetwas würden gleich in Flammen aufgehen.

»Lasst uns zu Mittag essen«, meinte Mr Walker auf einmal und bedachte jeden Einzelnen von uns mit einem nachdenklichen Blick. »Wir sind nahe dran, und Dr. Meier wird sicher bald schon Erfolge verbuchen können.«

»Was macht dich da so sicher?«, fragte Doloris Humphrey hörbar argwöhnisch. »Sie ist schon ewig hier. Vielleicht wird es Zeit, sie zu ersetzen.«

Mr Walker schüttelte leicht seinen Kopf, lächelte aber beschwichtigend. »Sie kennt den Heraklestrank so gut wie niemand sonst. Ich glaube daran, dass sie Erfolg haben wird.«

Doloris rümpfte ihre Nase und sah zu Dean, Thomas und dem Fremden, die sich die ganze Zeit im Hintergrund hielten. »Wir werden sehen.« Ich spürte den Argwohn aus ihr herausquellen wie eitrigen Schleim, zäh und hartnäckig. »Aber ja, Mittagessen klingt … nett.«

Mr Walker holte eine dieser kleinen Fernbedienungen heraus, und im nächsten Moment starrte ich wieder gegen milchige Wände.

Mein Herz pochte einmal fest gegen meinen Brustkorb, und ich erlaubte mir, laut und zittrig auszuatmen. »Fuck«, flüsterte ich und konnte die Tränen nicht mehr aufhalten. Grace' Schreie hallten in meinen Ohren wider, während Panik mir die Luft abschnürte.

*

Ich konnte nicht schlafen, denn in meinem Kopf dröhnten noch immer die Schreie, als seien sie real. Von Grace. Von Agnes. Vom Direktor. Von *mir*.

Erst als Dr. O'Malley den Raum betrat, verstummten sie.

»Lebt sie?« Meine eigene krächzende Stimme, getränkt mit Angst, verursachte mir eine Gänsehaut.

»Du solltest dich hüten, deine Gefühle so offen zu zeigen«, murmelte der Arzt, so leise, dass ich ihn kaum verstehen konnte. Dann räusperte er sich, als wären seine vorherigen Worte nur ein Hüsteln gewesen. »Ja.«

Erleichterung ließ meine angespannten Muskeln zittern.

»Noch«, fügte er dann leise hinzu. »Aktuell ist sie alleine.«

Ich schluckte und nickte langsam. Währenddessen konzentrierte ich mich auf den Arzt. Diesmal konnte ich seine Gefühle deutlich wahrnehmen. »Wieso unterdrücken Sie eigentlich nicht mehr meine Kräfte?«

»Möchtest du das etwa?«, antwortete er ausweichend und holte eine Spritze aus seinem Koffer.

»Nein, aber …« Ich kniff meine Augen zusammen. »Sie haben nichts mehr davon, und Dr. Meier hat es noch nicht geschafft, die Tabletten zu kopieren, oder?«

»Nein.« Mehr sagte er nicht, aber es reichte aus, um zu wissen, dass er log.

Ich ließ es darauf beruhen und betrachtete die rosa Flüssigkeit, die sich noch immer von dem ursprünglichen Serum unterschied, wenn auch nur noch minimal. »Ist das eine neue Version?«

»Das ist es. Wir machen Fortschritte.«

»Sie sagen das, als wäre es etwas Gutes.«

Er sah mich nicht an, und ich spürte einen Hauch Unbehagen in ihm aufsteigen. Langsam, ganz langsam näherte ich mich dem Gefühl und streifte es, damit es wuchs. »Das ist es auch.«

Der Doktor klang unsicher, und ich verbuchte es als Erfolg. Ich durfte nicht zu forsch vorgehen. Sicher gab es hier Kameras, und Doloris Humphrey würde sofort merken, wenn ich versuchte, ihn zu stark zu manipulieren. Sie hatte deutlich gemacht, dass sie den Arzt dafür bestrafen würde.

Dr. O'Malley injizierte mir die neue Version ihres Serums und verstaute dann die Spritze wieder in seinem schwarzen unscheinbaren Aktenkoffer.

Ich blinzelte, als mir plötzlich seine Worte in den Sinn kamen. *Das Labor war an einem anderen Ort.* Mein Atem verschnellerte sich, und ich musste ein plötzlich aufflackerndes Lächeln unterdrücken. Und Dr. O'Malley wusste, wo sich dieser Ort befand. Meine Gedanken schossen durcheinander, und mit einem Mal schien die Lösung vollkommen klar zu sein.

Um Herakles endgültig das Handwerk zu legen, musste also das MI20 diesen Ort finden und ihn in Schutt und Asche legen. Im besten Fall nahmen sie dabei alle Leute fest, die in diesem geheimen Labor arbeiteten.

»Sind eigentlich nur Sie und Dr. Meier auf der Suche nach dem Serum? Oder arbeitet im Hintergrund eine ganze Armada von Laboranten und Assistenten?« Meine Finger vibrierten vor Aufregung, und ich zwang mich, sie ruhig auf der Decke liegen zu lassen.

Eine seiner Augenbrauen hob sich, und er schien mich so langsam zu durchschauen. Aber ich hatte ja schon zugegeben, dass ich alles wissen wollte, um mich besser zu fühlen. *Weil ich ja angeblich sowieso sterben würde.*

»Wir arbeiten mit zwei Assistenten zusammen«, meinte er schließlich, und dabei zog er so leicht seine Nase kraus, dass es mir beinahe nicht aufgefallen wäre. Schuld wallte in ihm auf, doch er unterdrückte sie schnell, als würde er sich innerlich selbst beruhigen.

»Lassen Sie mich raten – diese Assistenten arbeiten nicht unbedingt freiwillig für Sie?«

Er drehte sich weg, damit ich sein Gesicht nicht sehen konnte. »Sie sind die besten auf ihren Gebieten. Sobald wir den Trank haben …«

»Werden sie zum Schweigen gebracht«, beendete ich seinen Satz, denn auch wenn er sich das alles selbst einreden wollte – ich wusste es besser.

Dr. O'Malley schwieg und sah mich schließlich resigniert an. »Wollen Sie sich noch erleichtern?«

»Sie meinen, bevor ich gleich wieder wegen Ihres verkorksten Tranks ausflippe?«

Sein Mundwinkel zuckte, und er ging zur Tür. »War das ein Ja?« Meine vorherige Frage blieb unbeantwortet.

»Ja, bitte«, nickte ich und lächelte ihn dankbar an.

Er nickte zurück und verließ den Raum. Ich meinte einen Hauch von Sympathie zu spüren. *Fing er etwa an, mich zu mögen?*

Kurz nachdem er die Tür hinter sich geschlossen hatte, öffneten sich meine Fesseln, und ich erhob mich mit zittrigen Muskeln.

Ich hatte wieder ein paar Informationen mehr bekommen, und Grace lebte. Das waren Fortschritte, auch wenn ich mich fühlte, als würde ich auf der Stelle stehen und zusehen müssen, wie um mich herum die Welt auseinanderbrach.

29. Kapitel

Alexis

Ich dämmerte gerade in einen unruhigen Schlaf, als die Wände unserer Zellen das nächste Mal durchsichtig wurden. Ich hatte keine Ahnung, wie viel Zeit vergangen war. Minuten? Stunden?

Schnell ließ ich meinen Blick über die anderen Betten schweifen. »Alles okay?«, fragte ich Agnes.

Sie schenkte mir ein zittriges Lächeln. »Körperlich unversehrt.«

Direktor Roberts knurrte. »Wir werden hier irgendwie rauskommen! Das MI20 wird uns finden! Wir müssen nur weiterhin standhaft bleiben.«

Agnes und ich nickten zeitgleich, und ich traute mich, zu Grace herüberzusehen.

Sie lag in ihrem Bett. Die weiße Bettwäsche war mit Blutspritzern überzogen, ebenso der Boden um sie herum.

Sie lag völlig regungslos da, blass, und ich sah nicht, ob sie noch atmete.

Ein erschrockener Laut entwich mir.

Als hätte sie mich gehört, riss sie plötzlich ihre Augen auf. Sie blinzelte, schien sich zu orientieren, und als sie mich entdeckte, breitete sich ein erleichtertes Lächeln auf ihren Lippen aus.

Agnes keuchte. »Oh nein!«

»Es sind nur Zähne«, beschwichtigte Grace sie, und ihr blutiges Lächeln schien noch eine Spur breiter zu werden. Auf ihrer Lippe hatte sich bereits eine dunkle Kruste gebildet.

Doch das war nicht das Schockierende.

»*Grace*«, flüsterte ich, angesichts der Schmerzen, die sie hatte erleiden müssen. Ihre rechten Eckzähne fehlten, sodass sich die beiden Lücken zu einer großen vereinten.

»Sieht schlimmer aus, als es ist. Was meint ihr, wie ich meine Milchzähne losgeworden bin?« Sie lachte, wollte uns beruhigen, doch ich spürte ihren Schmerz, ihr Entsetzen und ihre Angst.

»Wir kommen hier raus«, meinte ich ernst und krallte meine Finger in das Bettlaken unter mir.

Grace' Blick flog zur Seite, zur Tür, an der Clyde stand und sie anstarrte. Sein Gesichtsausdruck gab nichts preis, doch seine Gefühle waren ein Chaos aus Emotionen. »Du dreckiger Verräter«, rief sie ihm zu. »Schau ruhig zu, wie dieses Miststück mich zerstückelt. Wir werden ja sehen, ob du dann noch gut schlafen kannst! Und dich habe ich mal geliebt, du Arschloch!«

Clydes' Worte und Gefühle waren voller Reue. »Ich mache, wozu ich ausgebildet wurde.«

»Bilde dir das ruhig ein. Schau weiter zu, wie sie kleine Kinder wie Ratten benutzen, aber hör auf, mir diesen Unsinn zu erzählen.« Ihre Stimme zitterte vor Wut und Enttäuschung.

Die Tür zwischen unseren Zellen schwang auf, bevor Clyde noch etwas erwidern konnte.

Kurz wallte heftige Angst in Grace auf, doch verrauchte im selben Moment, als sie Dean, Thomas und den Fremden hereinkommen sah. »Besuch! Wie wundervoll!« Nun strahlte sie, und ich spürte, wie viel Kraft es sie kostete, die Scharade aufrechtzuerhalten. *Das* war ihre Art von Stärke.

»Ich wusste doch, du würdest dich freuen«, meinte Thomas und grinste Grace an. Dabei sah er sich um und betrachtete uns alle nacheinander. »Mein Vater meinte, es wäre hier ein bisschen zu voll geworden. Wir brauchen den freien Platz sicher bald wieder, und Dr. Meier hatte jetzt genug Spaß.«

Als mir die Aussage hinter seinen Worten klar wurde, spannten sich all meine Muskeln an. »Lasst sie in Ruhe!«

Thomas drehte sich mit einem falschen Lächeln zu mir um. »Sorry, Alexis. Ich weiß, du hattest schon immer ein Faible für seltsame Freunde. Nimm es einfach nicht so persönlich.«

»Du elender Bastard!«, rief Grace und kämpfte nun gegen ihre Fesseln. »Du warst schon immer eine falsche Schlange und wirst auch immer eine bleiben!«

»Vielleicht.« Sein Mundwinkel zuckte. »Aber dafür bin ich eine lebendige Schlange.« Sein falsches Lächeln verblasste, und er sah zu Dean und dann zu dem Fremden. »Du und dein Onkel könnt euch um sie kümmern und meinem Vater und Doloris …«, er sprach den Namen zögerlich und nur mit Widerwillen aus, » … beweisen, dass ihr jetzt wirklich mit in unserem Team spielt.«

Deans Onkel? Ich wusste, dass er einen hatte – aber der war Agent beim MI20. Vor Schreck klappte mein Mund auf. Deans Onkel gehörte zu den Bösen? Oder war er ebenfalls ein Doppelagent?

Seine Gefühle gaben nichts preis, als er geradezu charmant lächelte. Aber seine Augen waren eiskalt. »Kein Problem.«

»Sehr gut.« Thomas schien noch etwas sagen zu wollen, sah dann aber auf seine Uhr und stieß angespannt den Atem aus. »Beeilt euch, bevor die Hexe zurückkommt und ihr Spielzeug fordert.« Hass kochte in ihm hoch, und auf einmal wurde mir bewusst, dass er tatsächlich ebenfalls von dieser Frau großgezogen worden war.

Was zum Teufel ging hier vor sich?

Dean nickte und holte eine Waffe aus seinem Jackett.

Grace lachte, aber in ihren Augen blitzte Panik auf. »Dr. Meier wird euch dafür fertigmachen.«

»Wenn man groß ist, verliert selbst diese alte Frau an Schrecken«, erwiderte Thomas kalt und sah sie voller Verachtung an.

Wieder sah er auf seine Uhr herunter und seufzte genervt. »Ich muss jetzt gehen. Befolgt die Anweisung meines Vaters. Sollte jemand fragen, könnt ihr denjenigen darüber in Kenntnis setzen.« Ein Machtspiel.

Dean und sein Onkel nickten und betraten Grace' Zelle. Währenddessen verließ Thomas den großen Raum und knallte die Tür hinter sich zu.

Dean hob seinen Arm und richtete den Lauf der Waffe direkt auf Grace.

»Dean! Hör sofort auf!«, rief der Direktor, der scheinbar aus seiner Schockstarre erwacht war. »Ben! Lass nicht zu, dass dein Neffe zum Mörder wird!«

Ben, offensichtlich der Name von Deans Onkel, hob seinen Kopf und sah voller Hass zu dem Direktor herüber. »Sagt derjenige, der Unschuldige sterben lässt. Wenn hier jemand ein Mörder ist, dann sind Sie es!«

»Wir haben getan, was wir konnten«, rechtfertigte sich Direktor Roberts, doch ich spürte die plötzliche Schuld auf seiner Brust, die mir kurz die Luft zum Atmen nahm.

»Thomas hat diese Liste mit Namen gestohlen«, erwiderte

Dean kalt. »Sie wussten genau, welches der Kinder in Gefahr war. Es wäre viel mehr Schutz nötig gewesen.«

»Die Kapazität …«

»Bullshit!«, fuhr Dean dazwischen und starrte den Direktor vor Wut bebend an. »Christophers Cousine ist tot, weil Sie ihr Leben als nicht wichtig genug erachteten. Die Trainees hätten sie bewachen können!«

»Ich habe Fehler gemacht«, räumte der Direktor ein, und ich spürte, wie stark seine Reue war. Gleichzeitig lauschte ich entsetzt Deans Anschuldigungen. Seit wann war der Direktor so leichtsinnig? Wie hatte er die Gefahr nur derart unterschätzen können?

»Ich habe mich auf Agent Bens Informationen verlassen!«

Dieser zuckte mit den Schultern. »Ich habe Ihnen gesagt, was ich wusste. Was Sie mit den Informationen gemacht haben, ist Ihre Sache.«

Scheinbar war Deans Onkel Ben ein Doppelagent gewesen – und jetzt zu Heal Inc. übergelaufen. War das wirklich real? Hatte Dean ebenso dem MI20 den Rücken gekehrt? Es war immerhin sein Zuhause, und er liebte seine Ausbildung.

Verachtung triefte aus der Stimme des vermeintlich abtrünnigen Agenten. »Dann mussten Sie mich kündigen, weil Sie die Kritik nicht länger ertragen konnten.«

»Sie haben Informationen des MI20 weitergegeben!« Direktor Roberts wurde immer wütender.

Schlagartig wurde Deans Onkel verdächtig ruhig, und er grinste den Direktor schief an. »Wir wissen beide, dass Sie mir das nicht nachweisen können. Und bevor Sie mich ohne Beweise in Ihr schmutziges Gefängnis hätten werfen lassen, musste ich eben eine Lösung für mich finden.«

»Und dennoch haben Sie Ihren Neffen ebenfalls mit reingezogen!«

Dean schnaubte. »Ich treffe meine eigenen Entscheidungen, und so langsam kann ich mir den Unsinn hier nicht mehr anhören. Direktor, sehen Sie einfach ein, dass Sie verloren haben.«

Ich öffnete meinen Mund und wollte etwas sagen, doch spürte plötzlich Schwindel in mir aufkommen. *Das mussten die Nebenwirkungen des Serums sein …*

»Bringen wir es hinter uns«, entschied Deans Onkel.

Dean nickte und konzentrierte sich wieder auf Grace.

Diese wurde ganz blass. »Ich finde nicht …«

»Ruhe!«, knurrte Deans Onkel und holte eine Fernbedienung aus seinem Jackett.

Ich blinzelte, versuchte, meine Augen scharf zu stellen, und spürte, wie sich eine unangenehme Hitze in meinem Körper ausbreitete.

Plötzlich schien alles wie in Zeitlupe abzulaufen.

Dean hob seinen Arm.

Grace schrie.

Dean drückte den Abzug.

Grace' Kopf wurde nach hinten in ihr Kissen geschleudert.

Blut. Überall Blut.

Schreie.

Entsetzen.

Das Glas wurde milchig.

Ich wollte schreien. Doch dann wurde alles schwarz.

*

Dean ist der Mörder von Grace.

Dieser Gedanke durchzuckte mich, als ich erwachte. Neben mir spürte ich Dr. O'Malley, der mich beobachtete.

Er hat Grace getötet.

Ich schlug meine Augen auf. Mein Atem glich einem Keuchen, und mein Herz schlug viel zu schnell.

Ohne mit der Wimper zu zucken.

Mir war so übel, dass ich meine Lippen zusammenpressen musste. Dr. O'Malleys Blick ruhte abwartend auf mir. Er gab mir Zeit, mich zu sammeln.

»Hallo.« Mein Hals war trocken, und mein Magen war ein einziger Knoten. Dennoch fühlte ich mich, als könnte ich mich jeden Moment übergeben. »Ist Grace … ist sie wirklich …« Unfähig, die Frage auszusprechen, presste ich meine Lippen wieder zusammen.

»Tot?« Dr. O'Malleys Mitleid war wie ein Faustschlag.

Ich konnte nur knapp nicken.

»Wenigstens musste sie nicht leiden«, sagte er nach einer langen, erdrückenden Stille. Ich spürte sein Bedauern, als hätte er Grace nicht nur als Number, sondern als Menschen gesehen.

»Das ist Ihnen doch egal«, fuhr ich ihn an und spürte, wie meine Fassade bröckelte. Ich wollte stark sein, mich nicht angreifbar machen, und doch hatten sie mir meine Freundin genommen.

»Das ist es nicht«, sagte er leise und schaute weg. »Ich kannte sie. Nummer 17 …«

»*Grace!* Sie hatte einen Namen!«

Er nickte, und ein kurzes Lächeln flackerte auf seinen Lippen auf. »Der Name passt zu ihr. Sie war eine der aufregendsten Kinder hier. Eine gute Agentin.«

»Sie war keine Agentin«, stieß ich aus. »Sie war das, was

dieser Verein hier aus ihr gemacht hat. Eine Mörderin, eine Söldnerin, ein Werkzeug. Eine Agentin würde für einen guten Zweck arbeiten. Das einzig Sinnvolle, was sie getan hat, ist, sich ins Gefängnis einweisen zu lassen.«

»Allerdings«, murmelte er und starrte einen Moment lang auf den Boden. »Ich hatte immer gehofft, dass sie etwas Besseres für sich findet.«

»Und jetzt lebt sie nicht mehr«, stieß ich aus und konnte das Schluchzen nicht länger aufhalten. »Und Dean ist ihr Mörder …«

»Dieser Ort bringt nichts als den Tod.«

Ich sah den Arzt an und befeuchtete meine rissigen Lippen. »Sie können es aufhalten.«

Er schüttelte den Kopf, als hätte er mich nicht gehört, als wollte er mich nicht hören.

»Gehen Sie in dieses Labor. Rufen Sie von dort aus die Nummer 644420. Mehr müssen Sie nicht tun. Es ist eine Notfallnummer. Die werden Ihren Standort raussuchen, und alles andere ist dann nicht mehr Ihre Aufgabe.« Ich sprach so leise, dass hoffentlich nur er mich hörte.

Wieder schüttelte er seinen Kopf. »Ich muss dir jetzt Blut abnehmen. Der letzte Versuch war deutlich erfolgreicher als der vorherige. Wir sind ganz nah dran. Du wirst dann Teil dieses Erfolgs sein.«

»Dieses Pack hier wird mich erschießen, sobald sie das Serum nachgestellt haben. Das wissen wir beide. Ich werde sterben. Und weil die das Serum verkaufen wollen, werden auch Sie diesen Erfolg nicht überleben. Sie werden dann keine Verwendung mehr für einen Doktor haben, der zu viel weiß.«

Dr. O'Malley schwieg. Dennoch regte sich eine dumme, kleine Hoffnung in mir. Würde er die Nummer wählen, könnte das MI20 das Labor finden. Sie könnten das Gegenmittel finden und Cassie retten.

Ich zitterte noch Stunden später, so angespannt war ich allein durch den Gedanken daran, dass es vielleicht schon zu spät sein könnte.

*

Dr. Meier ließ ihre gesamte Wut an mir aus.

Als sie ging, war überall Blut, und ich ertrank förmlich in Schmerz.

Agnes' Schluchzen erfüllte meinen Kopf. Sie und der Direktor hatten zusehen müssen.

Direktor Roberts weinte nicht, aber seine Wut war so groß, dass selbst meine geschwächten Muskeln davon erzitterten.

Dr. Meier verließ meine Zelle, und ich sah panisch zu, wie diese Wahnsinnige direkt auf Agnes' Zelle zuging.

Ich hielt den Atem an, während Agnes völlig starr wurde.

Sie wusste, was sie erwartete, denn sie hatte in den letzten Stunden zusehen müssen, was sie mir antaten.

Die Tränen verschwanden aus Agnes' Augen, und sie schien mit einem Mal deutlich gefasster.

Direktor Roberts ließ sich nicht anmerken, dass seine Furcht plötzlich um das Tausendfache anstieg. Dabei zusehen zu müssen, was sie mir antat, setzte ihm bereits zu. Agnes hingegen war erst seit Kurzem Trainee. Erst seit wenigen Monaten. Bisher war sie vor Schlimmerem verschont geblieben. Diese Dr. Psychopathisch durfte ihr das nicht kaputt machen!

Ich ballte meine Hände zu Fäusten. »Wollen Sie sich jetzt etwa an Unschuldigen vergehen? Denken Sie etwa, Sie könnten mich damit brechen?« Ich spuckte demonstrativ auf den

Boden neben mir. Speichel und Blut. »Ich kann noch Stunden so weitermachen, Sie Schreckschraube!«

Dr. Meier schnaubte und stellte sich neben Agnes' Bett. Sie lächelte mich an, geradezu fröhlich. »Keine Angst. Ich werde der Kleinen nur ein wenig Blut abnehmen. Heute habe ich nämlich nicht mehr viel Zeit. Aber glaube mir«, sagte sie und schaute zu Agnes herunter, während ihr Lächeln in sich zusammenfiel. »Auch für dich habe ich ein paar besondere Werkzeuge bereitgelegt, die nur darauf warten, endlich zum Einsatz zu kommen.«

Agnes hob den Kopf und versuchte, mutig zu sein. Doch das Zittern ihrer Hände war unübersehbar.

Dr. Meier lachte voller Hohn und labte sich an ihrer Angst, während sie eine riesige Spritze herausholte und sie in Agnes' Oberschenkel rammte.

Diese zuckte zusammen und presste ihre Lippen aufeinander, um nicht aufzuschreien.

»Keine Angst, Kleines, ich nehme mir nur ein bisschen Knochenmark. Vielleicht finden wir ja bei dir etwas, das der Direktor und Alexis nicht haben.« Sie lachte erneut auf.

Als sie fertig war, begann sie zu summen. Ich kannte die Melodie nicht, doch erschauderte bei diesem grässlich-gruseligen Geräusch.

Dr. Meier verließ Agnes' Zelle und ging in Richtung Ausgang. Aber erst als sie die Zellen wieder milchig werden ließ, konnte ich durchatmen. Wir hatten Pause – vorerst.

30. Kapitel

Dean

Meine Hände zitterten, während ich den Leichensack aus dem Gebäude schaffte. Obwohl wir unter uns waren, sagte ich nichts, bis der Wagen das Gelände verließ. »Wir haben das Richtige getan.«

Onkel Ben nickte neben mir knapp. »Das haben wir. Zweifle nicht. Wir sind auf dem richtigen Weg.«

Ich schaute aus dem Fenster und sammelte mich. Das war nicht die erste Prüfung, und es würde auch nicht die letzte sein.

Auch wenn Onkel Ben und Mr Walker alte Schulfreunde waren, bedeutete das noch lange nicht, dass sie sich hundertprozentig gegenseitig trauten.

Im Augenwinkel sah ich den Leichensack auf dem Rücksitz liegen und lehnte meinen Kopf gegen das kühle Glas, während ich tief durchatmete.

Wir würden es schaffen. Daran durfte ich keinen Moment zweifeln.

31. Kapitel

Alexis

»Du dummes Miststück!« Thomas' Brüllen peitschte mir entgegen, während er die Tür aufwarf und sie klirrend gegen die Glaswand schlug. Ich erwartete schon, dass sie zersplitterte, doch nicht einmal ein Kratzer blieb zurück. *Mit meinen Kräften würde ich das Glas also nicht zerbrechen können.*

Fragend sah ich Thomas an, als ich bemerkte, dass Dean ihm folgte.

Er hatte Grace umgebracht …

In seinen Augen lag Eiseskälte, und seine Augenbraue hob sich fragend. Früher hatte diese Geste etwas Charismatisches gehabt, nun war sie nur noch grausam.

»Wie konntest du das nur tun?«, fragte ich ihn leise, voller Unglauben in meiner Stimme. »Wie konntest du sie nur umbringen?«

»Sie war nur noch Ballast!«, fuhr Thomas mich wutschnaubend an. »Genauso wie du! Sag mir sofort, wie du das gemacht hast!«

»Was habe ich gemacht?«

Thomas kniff seine Augen zusammen. »Dr. O'Malley wollte uns hintergehen.«

»Dann hat ja wenigstens einer in dieser Organisation den Mut, das Richtige zu tun!«, giftete ich zurück und funkelte ihn zornig an. Ich durfte mir nichts anmerken lassen. Auch wenn plötzlich so viel Hoffnung meine Brust durchströmte, dass ich lachen wollte.

»Wir haben ihn ausgeschaltet«, erwiderte Thomas kalt. »Wir können nämlich keine Verräter gebrauchen.«

Er erstickte mein Hochgefühl im Keim, doch ich behielt meinen Trotz bei. »Hat das irgendwas mit mir zu tun? Ist dir aufgefallen, dass ich hier gefesselt bin? Was habe ich mit euren Personalproblemen zu tun?«

Thomas stürzte sich auf mich. »Ich könnte dich …«

Wie automatisch wollte ich seinen Angriff abwehren, doch die Fesseln hielten mich zurück.

Bevor er mich berühren konnte, ging Dean dazwischen. »Deswegen sind wir nicht hier!«

Thomas schnaubte, machte sich von Dean los und beruhigte sich langsam. »Dr. Meier macht Fortschritte. Auch ohne diesen Verräter.«

»Verreck in der Hölle«, zischte ich und wünschte mir, dass er vor mir in Flammen aufging. Stattdessen zeigte er mir nur seinen Mittelfinger und ließ mich wütend zurück.

*

»Was ist hier los?!«

Schlagartig wurden meine Wände durchsichtig.

Alle Zellen waren hell erleuchtet, und gerade lief Mr Walker einer sehr aufgebrachten Dr. Meier hinterher.

Ich erstarrte. Deans Onkel versuchte gerade, Agnes wiederzubeleben. Neben ihm standen Dean und Thomas.

Thomas wirkte gelangweilt und ein wenig wütend. Dean war undurchschaubar.

»Was ist passiert?«, fauchte Dr. Meier und stürmte in Agnes' Zelle. Sie stieß Deans Onkel zur Seite und trat an ihr Bett.

»Wir haben ihr Blut entnommen, und plötzlich hatte sie einen Anfall«, erklärte Thomas gelangweilt und sah zu seinem Vater. »Ich glaube, sie hatte einen Herzinfarkt.«

»Sie ist nicht mal volljährig!«, erwiderte Dr. Meier wütend und untersuchte Agnes mit fahrigen Bewegungen.

»Dann hat sie das Zeug nicht vertragen, was Sie ihr heute Morgen gespritzt haben«, meinte Thomas mit einem Schulterzucken.

»Ihr Blut ist der Schlüssel!«, schrie Dr. Meier. »Beide Testpersonen haben keine Reaktionen auf das Serum gezeigt, das wir mithilfe des Blutes von dieser Probandin erstellt haben! Wir brauchen ihr Blut! Lebendes Blut! Wir brauchen es für weitere Tests!«, fügte sie wütend hinzu.

Thomas hielt einen Beutel Blut hoch. »Ein bisschen was haben wir noch.«

Dr. Meier fauchte wie ein wild gewordenes Tier und trat dann schnaubend von Agnes' Bett zurück. »Sie ist tot. Schafft den Körper weg. Tod ist sie nutzlos.«

Ein Keuchen entfuhr mir. Fassungslos suchte ich Direktor Roberts' Blick. Auch ihm stand der Schock ins Gesicht geschrieben.

Agnes war tot.

Erst Grace und jetzt Agnes.

Dr. Meier hatte es vielleicht geschafft, das Serum nachzustellen.

Galle stieg in mir hoch.

Fassungslos sah ich zu, wie Dean und sein Onkel Agnes' leblosen Körper aus dem Bett hoben und wegtrugen. Als sie an mir vorbeigingen, konnte ich nicht aufhören, sie anzustarren. Am liebsten hätte ich gebrüllt, dass sie Agnes loslassen sollten.

Doch durch meinen Mund drang kein Wort. Schock und Trauer lähmten mich.

Erinnerungen strömten auf mich ein.

Unser Kennenlernen beim Unterricht bei Dr. Sam.

All die Fragen, mit denen sie zu mir gekommen war. Die zarte Freundschaft, die zwischen uns aufgeblüht war.

Das gelegentliche gemeinsame Abhängen im Gemeinschaftsraum.

Agnes war wie eine kleine Cousine gewesen.

Und nun war sie tot. Einfach gestorben …

Nein!

Mein Herz polterte vor Wut, während ich Dean und seinen Onkel anstarrte. Die beiden waren bei ihr gewesen. Sie mussten sie getötet haben.

Dr. Meiers Stimme drang zu mir durch, als Dean und sein Onkel längst verschwunden waren.

Sie tobte weiter vor Wut und riss Thomas den Beutel mit dem Blut aus der Hand.

Oder ihr beschissenes Serum hatte Agnes getötet, so, wie Thomas es gesagt hatte. Was auch immer die Ursache war, irgendwer würde dafür bezahlen!

»Ihr nichtsnutziges Pack!«, wütete Dr. Meier und war völlig außer sich.

Thomas starrte sie mit einer unnatürlichen Kälte in den Augen an, doch ich spürte das Brodeln in seiner Brust. Etwas Dunkles lauerte in ihm, und ich konnte fühlen, wie sehr es darauf drängte, Dr. Meier leiden zu lassen. Doch er hielt sich zurück, auch wenn es ihm schwerfiel. Und auf einmal wusste ich, was zu tun war. Ich musste es einfach versuchen.

Ich konzentrierte mich auf seine Dunkelheit, lockte sie und

versuchte sie zu lenken, bis ich die Flammen in Thomas' Augen sah.

»Was kann denn so schwer sein, dieses Kind am Leben zu halten? Du warst schon immer ein ...«

Thomas' Arm schoss nach vorne und packte ihre Hand, die seinem Gesicht so nahe gekommen war, als hätte sie ihn ohrfeigen wollen. »Passen Sie bloß auf«, zischte er mit vor Hass triefender Stimme. »Ich bin nicht mehr das *unartige* Kind, das Sie nach Belieben maßregeln konnten. Nein, *formen*«, betonte er angewidert. »Dieses Wort haben Sie ja so geliebt.« Er schnaubte und schubste ihre Hand weg. »Aber das ist jetzt vorbei.«

»Wie kannst du es wagen?« Dr. Meier knurrte vor Wut. Sie hatte keine Angst vor ihm. Da war nur Hohn und Wut. Sie sah in Thomas nur einen kleinen Jungen, das war unübersehbar. Ich konzentrierte mich auf sie, auf ihren Hohn, und ließ ihn sanft, aber stetig wachsen.

Dr. Meier kniff ihre Augen zusammen und lächelte dann bösartig. »Du dummer Junge. Du glaubst, nur weil dein Vater mein Boss ist, hast du etwas zu sagen? Er hat dich mir schon als Kind überlassen, obwohl er meine Erziehungsmethoden kannte. Denkst du, ihn interessiert es jetzt, wie ich mit dir spreche?« Sie lachte voller Spott. »Du bist ein armseliges Stück Dreck und kannst dankbar sein, dass du beim MI20 aufgenommen wurdest, anstatt als eines meiner Experimente zu enden.« Sie senkte ihre Stimme. »Ich hatte die Erlaubnis dazu, wusstest du das?«

Bei Thomas brannte eine Sicherung durch. Er stieß einen Schrei aus und stürzte sich auf Dr. Meier.

Diese realisierte zu spät, was passierte, und wurde mit voller Wucht von Thomas zu Boden geworfen.

Ich riss die Augen auf und witterte meine Chance. Ich wollte mit meinen Kräften gerade noch ein weiteres Mal nachhelfen, als die Türen zu beiden Seiten aufgeworfen wurden und jeweils zwei Jungs und Mädchen in grauen Overalls hereingerannt kamen. *Numbers.* Sie warfen die Tür der Zelle auf, in der Thomas gerade Dr. Meier würgte, und rissen ihn von ihr herunter.

»Ihr ätzenden Versuchskaninchen«, brüllte Thomas und wollte auch auf sie losgehen, doch sie schubsten ihn tiefer in die Glaszelle, trugen Dr. Meier heraus und sperrten ihn ein.

Thomas brüllte und schlug auf das Glas ein, doch natürlich bewegte es sich keinen Millimeter. Plötzlich hielt er inne und tastete nach etwas. *Die Fernbedienung!* Der Junge, der Thomas geschubst hatte, hielt wie automatisch die Fernbedienung auf der anderen Seite des Glases hoch. In seinem Gesicht lagen weder Hohn noch Belustigung. Er war wie eine Maschine, bereit zu tun, was getan werden musste.

Thomas brüllte erneut. Seine Augen waren wie im Wahn aufgerissen. »Ich werde dich umbringen!«

»Viel Erfolg«, erwiderte der Junge ohne Furcht, drehte sich um und folgte den anderen, die Dr. Meier nach draußen halfen.

Die Tür fiel schließlich hinter ihr und ihren Rettern zu.

Zurück blieben der noch immer brüllende Thomas, Direktor Roberts und ich.

Plötzlich flog die Tür erneut auf, und Doloris Humphrey trat ein.

Sie ging mit zielstrebigen Schritten auf die Zelle zu, in der Thomas gefangen war, und hatte ein Handy am Ohr. »Natürlich«, säuselte sie gerade. »Ganz wie du möchtest, Boss.« Sie nahm das Handy runter und blieb vor Thomas stehen. Mit leichtem Tadel im Blick schüttelte sie ihren Kopf. »Ach Thomas, so *impulsiv.*«

Thomas bebte innerlich, hielt sich aber zurück und schaffte es, beinahe unbeteiligt zu wirken. »Die Frau kann einen in den Wahnsinn treiben.«

Sanft lächelte Doloris Humphrey, während sie »allerdings« sagte, bevor ihre Mundwinkel herabfielen. »Dummerweise hättest du beinahe die einzige Person getötet, die unsere Eintrittskarte in die Welt der Mächtigen ist. Sie steht kurz vor dem Durchbruch, und es ist absolut nicht okay, sie umzubringen, verstanden?«

»Verstanden. Kann ich jetzt gehen?«

Sie seufzte schwer, als läge eine unendliche Last auf ihren Schultern. »Leider kann ich dir nicht glauben, dass es dir leidtut. Du versuchst ja nicht mal, es glaubhaft rüberzubringen.«

Thomas' Augen verengten sich. »Was soll das?«

»Ich habe die Erlaubnis deines Vaters zu handeln, wie ich es für richtig halte«, erklärte sie ihm ernst. »Und da ich dir nicht traue und wirklich *dringend* möchte, dass Dr. Meier das Serum finalisiert, wirst du solange hierbleiben müssen.«

»Was?!«, brüllte er und riss sich schnell wieder zusammen, schüttelte dabei immer wieder seinen Kopf. »Das ist ein Scherz, oder? Mein Vater will mich ein wenig schmoren lassen, nicht?« Er hob den Kopf und sah direkt in eine der Kameras, dabei lachte er trocken. »Sehr witzig, Dad.«

»Sorry, aber mir ist nicht nach Scherzen«, erwiderte Doloris Humphrey und zog die Fernbedienung aus der Rocktasche ihres grünen Kostüms.

Thomas brüllte, und im selben Moment wurden alle Zellen milchig. Stille umfing mich, und ich stieß einen panischen

Seufzer aus. Sie standen kurz vor der Fertigstellung des Serums. *Wir waren so gut wie tot.*

32. Kapitel

Alexis

»Danke«, hörte ich Thomas sagen, als im selben Moment das Milchglas durchsichtig wurde.

Thomas saß auf dem Bett seiner Zelle, dort, wo Agnes zuvor gelegen hatte. Bei dem Gedanken an sie schluckte ich schwer.

Dean stand ihm gegenüber und schüttelte seinen Kopf. »Ich bekomme richtig Ärger, wenn ich das mache.«

»Du bist nur wegen mir hier«, erwiderte Thomas gereizt und streckte ihm seine Hand entgegen.

»Nein.« Dean schnaubte. »Ich bin wegen meines Onkels hier. *Er* hat mich ins Team geholt.«

»Und ich könnte dich wieder rauskicken«, knurrte Thomas und machte erneut eine auffordernde Geste mit seiner ausgestreckten Hand. »Wir tun so, als hätte ich dich überwältigt.«

»Das wird euch niemand glauben«, rief Direktor Roberts aus seiner Zelle. »Dean war schon immer stärker als du.«

»Halten Sie den Mund! Sie sind als Nächstes dran, falls Sie es noch nicht wissen.«

»Das will ich sehen.« Der Direktor hob sein Kinn und schenkte Thomas diesen Blick, den er sich für aufmüpfige Schüler aufhob, die ein zu großes Ego hatten. Herablassend. »Du warst schon immer nur ein mittelmäßiger Schüler.«

»Klappe!«, brüllte Thomas und sprang vom Bett auf.

Dean trat zurück, damit er ihm nicht zu nahe kam, und ging rückwärts zur Tür. »Ich sollte jetzt wieder gehen.«

Und dann entschied ich mich, es erneut zu versuchen. Ich konzentrierte mich auf Thomas, strich über seine Wut, seine Scham, seine Angst, reizte sie und spürte, wie seine Emotionen ruckartig wuchsen.

Mach ihn unschädlich. Er steht dir nur im Weg. Dean steht zwischen dir und der Tür. Und jetzt will er abhauen und dich zurücklassen.

»Du bleibst gefälligst hier!« Thomas stürzte sich auf Dean. »Ich lasse nicht zu, dass du mich noch einmal zurücklässt!«

In seinen Augen loderte es, und in mir machte sich Freude breit. Ein Glücksgefühl durchströmte mich, als mir klar wurde, dass ich ihn manipuliert hatte, ohne dass er davon wusste. Thomas warf Dean zu Boden, der die Heftigkeit seines Angriffs wohl unterschätzt hatte.

»Thomas!«, brüllte Dean und schubste ihn von sich. Dann rutschte er nach hinten und sprang auf, bevor Thomas nach seinem Bein packen konnte. »Du hast dich nicht unter Kontrolle.«

Ich kniff meine Augen zusammen und starrte Thomas an, spürte die Enge in seiner Brust, die Angst davor, in dieser Zelle zu stecken. *Er will dich nur wieder einsperren*, dachte ich und verstärkte seine Angst.

»Ich lasse mich nicht von dir wegsperren!«, brüllte Thomas und sprang aus der Hocke auf Dean zu.

Sein Angriff war so heftig, dass Dean wankte und Thomas nur mit Mühe von sich schubsen konnte. »Was soll der Scheiß? Beruhig dich wieder!«

»Du bist ein beschissener Freund!«, erwiderte Thomas und schaffte es, Dean zu packen und ihn zu Boden zu werfen.

Mit geballten Fäusten ging er auf ihn los und prügelte auf Deans Gesicht ein.

Ich schluckte, als Blut den Boden benetzte, doch zwang mich hinzusehen und mich weiter auf Thomas zu konzentrieren. Dieser wurde von kurzer, heftiger Hoffnung durchzuckt, als er die Fernbedienung in Deans Hand fixierte.

Ich verstärkte die Hoffnung. *Du brauchst den Schlüssel, um rauszukommen.*

Dean stöhnte, als Thomas ihm einen weiteren festen Schlag verpasste. Er packte Thomas am Kragen und warf ihn von sich.

Thomas stieß ein triumphierendes Geräusch aus, und ich sah, dass er die Fernbedienung von Dean in der Hand hielt.

Ich hielt die Luft an. Jetzt musste ich ihn irgendwie dazu bringen, erst sich und dann uns zu befreien.

Thomas erhob sich wankend, und erst jetzt bemerkte ich seine aufgeplatzte, blutende Lippe. Er wischte sich über sein Kinn und verteilte das Blut. »Geh einfach zur Seite.«

Dean erhob sich und spuckte ebenfalls Blut auf den Boden, doch nahm seinen entschlossenen Blick nicht von Thomas. »Komm schon, mach keinen Scheiß.«

Thomas schluckte, wankte.

Er will dich einlullen, dachte ich und reizte seinen Argwohn.

Thomas richtete sich leicht auf. »Lass mich einfach gehen. Ich regle meinen *Scheiß* selbst.«

»Dafür könnten sie uns beide umbringen«, knurrte Dean und lockerte seine Angriffshaltung, vermutlich, um Thomas ein wenig zu beruhigen.

»Mein Dad …«

»Dein Dad hat zugelassen, dass seine neue Chefin dich hier einsperrt«, unterbrach Dean ihn.

»Mein Dad ist immer noch der Boss«, erwiderte Thomas gereizt.

»Wirklich?«, fragte Dean so leise, dass ich ihn fast nicht verstanden hätte. »Ich wäre mir da nicht so sicher.«

Der Zweifel, den Dean mit seinen Worten auslöste, hätte mir nicht besser in die Hände spielen können.

Thomas' Wut wurde erneut entflammt. »Dann muss sich wohl jemand mal um sie kümmern!«

Im selben Moment, als Thomas sich ein weiteres Mal auf Dean stürzte, wurde die Halle durch zahlreiche Numbers gestürmt. Vermutlich hatte Clyde sie gerufen, denn er hielt ein Handy am Ohr.

Dean nutzte Thomas' Zögern, riss ihm die Fernbedienung aus der Hand und brach sie entzwei.

Die Glaswände flackerten. Milchig. Durchsichtig. Milchig. Durchsichtig.

Dann endete es plötzlich, und ich hörte irgendwo eine Sicherung rausfliegen. Ein Kurzschluss.

Die Numbers stürmten die Zelle und zerrten Thomas und Dean auseinander.

Thomas wurde zurück in die Zelle geworfen, während Dean herausgeholt wurde.

Gerade als sie die Zellentür schlossen – mit einem Schlüssel, weil die Fernbedienungen offensichtlich nicht mehr funktionierten, tauchten Doloris und Mr Walker auf.

»Dad!«, schrie Thomas und richtete sich auf, während er sein zerknittertes und mit Blutspritzern übersätes Hemd richtete. »Was soll der Scheiß? Lass mich hier raus!«

Mr Walkers Miene war unbewegt, während er sich neben Doloris vor der Zelle aufstellte. Dean und die Numbers positionierten sich hinter ihnen.

»Was soll dieser Unfug?« Die Distanziertheit in seiner Stimme stach in Thomas' Herz. Ich spürte es und verstärkte das Gefühl. Ganz leicht.

Dabei starrte ich auf Doloris' Hinterkopf und achtete auf jedes Zeichen, dass sie meine Manipulation bemerken könnte.

»Nicht mehr lange, mein Junge.«

»Ich bin nicht Ihr Junge!«, erwiderte Thomas und presste seinen Kiefer zusammen, während er wieder zu seinem Vater sah. »Und was jetzt? Wollt ihr mir Hausarrest aufbrummen, oder was?«

»Wir sollten dich erschießen«, antwortete Doloris anstelle seines Vaters und legte den Kopf leicht schief. »Für deinen Ungehorsam, der so langsam zum Problem wird. Wir sind nicht mehr viele und brauchen jeden Mann.«

Thomas zitterte, doch er sagte nichts. Der Hass in seinen Augen sprach Bände.

Ich konzentrierte mich auf seinen Vater, reizte seinen Unmut über ihre Einmischung.

Mr Walker drehte sich zu Doloris. »Was wir mit ihm machen, ist immer noch meine Sache.«

Doloris' Lächeln fiel in sich zusammen, und die demütige Haltung war so gespielt, dass es jedem auffallen musste. »Natürlich!«

Bevor Mr Walker etwas sagen konnte, ertönte ein Piepen, was beide erstarren ließ, bevor sie ruckartig ihre Handys aus den Taschen zogen und die eingegangenen Nachrichten überflogen.

Doloris war die Erste, die aus der Starre erwachte und schrie. »Wir haben es geschafft!«

Mir wurde eiskalt.

Meine Manipulation sackte in sich zusammen, während Angst mir die Kehle verengte.

Mr Walker blieb gefasster und wandte sich zu seinem Sohn. »Du bleibst hier, bis wir alles erledigt haben.«

»Was?« Fassungslosigkeit breitete sich in Thomas aus. »Ihr werdet mich nicht zurücklassen! Ich kenne den Plan! Während ihr den Heraklestrank verkauft, werden die Spuren vernichtet! Ich war dabei, als wir den Plan besprochen haben!«

»Du bleibst zurück«, herrschte Mr Walker seinen Sohn an und wandte sich von ihm ab, bevor er schleunigst die Halle verließ. Dean und die Numbers folgten den beiden.

Ich teilte Thomas' Entsetzen.

»Dean!«, brüllte Thomas und schlug mit aller Kraft gegen die Glastür, die sich aber keinen Millimeter rührte. »Dean! Lass mich nicht zurück! Das kannst du nicht machen!« Seine Schreie wurden immer wilder. Seine Stimme war ein lautes Beben. »Dean!«

Doch Dean reagierte nicht, während er mit den anderen verschwand.

Thomas brüllte und schlug weiterhin auf die Scheibe ein.

»Was passiert jetzt?« Direktor Roberts' Frage ließ Thomas innehalten.

Höhnisch starrte er den Direktor an, bevor sein Lächeln humorlos in sich zusammenfiel. »Sie haben den Trank verkaufsreif gemacht. Jetzt werden die Spuren verwischt.«

»Was bedeutet das?«, rief der Direktor ungeduldig.

»Dass wir alle sterben werden«, knurrte Thomas. »Gemeinsam mit so vielen Agenten des MI20 wie möglich. Während diese Ratten das Schiff verlassen, wird Ihr Standort an das MI20 übermittelt. Das Rettungskommando für Sie als Direktor wird sicher immens sein.« Thomas schnaubte und wischte sich über sein Gesicht. »Wir sind alle so gut wie tot.«

33. Kapitel

Dean

Ich folgte meinen Chefs durch ein mit Neonlicht beleuchtetes Tunnelsystem, in dem sich die unterirdische Lagerhalle mit den Gefangenen befand.

Noch immer hatte ich keine Ahnung, wo das Labor eingerichtet war. Dr. O'Malley war gestorben, direkt nachdem er das MI20 angerufen hatte. Leider war das Telefon verwanzt gewesen, und eine Wache des Labors hatte ihn umgebracht, bevor das MI20 den genauen Standort hatte ermitteln können. Doch sie durchkämmten nun die Gegend, in der es ungefähr sein musste. Ich hatte keine Ahnung, wie lange es noch dauern würde, bis sie das Labor gefunden hatten.

Als Ben mir diese Informationen gegeben hatte, war ich fast durchgedreht. Wir waren so nah dran, und trotzdem schienen sie uns immer einen Schritt voraus zu sein.

Mr Walker stieß die vor ihm liegende Tür mit mehr Gewalt als nötig auf. Es war ihm sichtlich schwergefallen, seinen Sohn zurückzulassen.

»Es ist so das Beste«, versicherte Doloris und legte ihre Hand auf seinen Unterarm, während sie neben ihm die Treppenstufen hochging.

Mr Walker machte ein unbestimmtes Geräusch, und in den nächsten Minuten hörte man nur noch unsere Schritte durch den fensterlosen Treppenaufgang schallen. Die Halle, in der

Thomas, Alexis und Direktor Roberts lagen, war eine Falle, begehbar durch zwei Tunnel. Sie lag knapp zwanzig Meter unter der Erde. Von der einen Seite kam man in das Firmengebäude, hinter dem sich Herakles aktuell versteckte. Von der anderen Seite gelangte man tiefer in das Tunnelsystem, das sich endlos unter dem Industriegebiet außerhalb Londons erstreckte.

»Ich werde alles in die Wege leiten«, meinte Doloris und zog ihr Handy hervor. Sie wählte eine Nummer, und es dauerte nicht lange, bis sie die Kontaktperson erreicht hatte. »Wir sind so weit. Wir kommen zum Verkaufsort. Die Auktion beginnt um Mitternacht.«

Sie machte ein zustimmendes Geräusch und legte dann auf, bevor sie eine weitere Nummer wählte. »Dr. Meier, alles ist in die Wege geleitet. Wir treffen uns um Mitternacht am vereinbarten Ort. Wenn Sie es versauen, werden wir Sie finden. Das wissen Sie.« Sie machte eine kurze Pause, und ein Lächeln war in ihrer Stimme zu hören, als sie »sehr gut« sagte und dann auflegte.

»Dann bringen wir den Deal mal über die Bühne«, sagte Mr Walker. »Wurde auch Zeit.«

»Erstaunlich, dass das Blut eines kleinen, frisch verwandelten Mädchens unserer jahrzehntelangen Suche ein Ende bereitet«, meinte Doloris Humphrey, und ich hörte in ihrer Stimme einen leisen Vorwurf mitschwingen. Sie selbst war jahrelang gefangen gewesen und hatte erwartet, dass das Serum längst fertig sei.

»Dr. Meier beharrte darauf, dass das injizierte Serum und die Kräfte sich vollständig entfaltet haben müssen, damit wir etwas damit anfangen können«, erwiderte Mr Walker kalt.

»Gut, dass wir sie bald nicht mehr brauchen.« Doloris

Humphrey lachte kalt und legte ihre Hand auf Mr Walkers Unterarm. »Aber ein bisschen wehmütig bin ich schon«, gestand sie. »Dann muss ich mir ein neues Projekt suchen.«

»Du wirst sicher etwas finden, das deine Langeweile in Zaum hält«, meinte Thomas' Vater mit seiner gewohnt gefühlskalten Stimme. Ich wunderte mich nicht eine Sekunde darüber, warum sein Sohn ebenfalls so geraten war.

»Da bin ich mir sicher«, meinte sie zustimmend und kicherte, als wäre ihr bereits die nächste kranke Idee in den Sinn gekommen. Dennoch schwieg sie.

Ich wagte einen kurzen Seitenblick auf die Numbers um mich herum, das stumme und ziemlich gefügige Gefolge der beiden. *Die würden noch zum Problem werden.*

Aber es gab nicht mehr viele von ihnen, wie Thomas mir vor ein paar Tagen mit seiner üblich arroganten Art erzählt hatte. *Entsorgt.* Sie hatten die meisten von den Numbers einfach ausgeschaltet und nur die stärksten zwanzig am Leben gelassen. So blieben weniger Beweise übrig, falls die Untersuchungskommission ihnen auf die Schliche kommen sollte.

Vor lauter Ekel hatte ich ihn erwürgen wollen.

Stattdessen hatte ich nur gelacht und mich selbst dafür gehasst.

Dennoch war es eine Rolle, die ich spielen musste, wenn wir Herakles endgültig zu Fall bringen wollten.

Onkel Ben hatte seinen Abgang perfekt geplant. Er hatte vor den Augen der Akademie gekündigt und mich mitgenommen. Für alle musste es so ausgesehen haben, als hätten wir dem MI20 den Rücken gekehrt. Etwas, worauf Onkel Ben Wert gelegt hatte, falls Herakles noch irgendeinen unbekannten Verräter in das MI20 eingeschleust hatte, von dem er nicht wusste.

Dabei zweifelte Mr Walker nicht eine Sekunde an Bens Loyalität. Als mein Onkel mich Mr Walker vorgestellt hatte, war mir erst bewusst geworden, wie viele Informationen er mit Erlaubnis des Direktors an Herakles weitergegeben hatte. Das durfte nicht umsonst gewesen sein!

Als wir das Ende der Treppen erreichten, öffnete Mr Walker eine weitere Tür, die uns in den Eingangsbereich einer kleinen Firma führte.

»Bereit machen zum Absprung«, rief Mr Walker. Eine weitere Number, getarnt als Sekretärin, sprang vom Empfangstresen auf und eilte sofort in das Großraumbüro hinter ihr.

Dort reihten sich sofort weitere Gefolgsleute auf, genauso wie mein Onkel Ben.

Wir tauschten einen kurzen Blick. Ich blinzelte, übermittelte ihm die Nachricht, dass niemand gestorben war.

»Wir machen uns zum Absprung bereit«, meinte Mr Walker knapp, und alle nickten, denn jeder hier kannte den Plan.

»Die Sicherungstruppe hilft Dr. Meier«, befahl Mr Walker, und sofort lösten sich achtzehn Numbers aus der Reihe und verließen den Raum. Zwei blieben als zusätzlicher Schutz für Lukas Walker und Doloris Humphrey zurück.

»Wir sollten gehen«, meinte Doloris Humphrey gerade und schaute dabei auf ihr Handy. »Dieser Ort ist ab jetzt nur noch Ballast. Das MI20 sollte jeden Moment auftauchen, und ich habe keine Lust, wieder im Gefängnis zu landen, bevor ich nicht als reiche Frau alt geworden bin. Und selbst dann würde ich gerne in Freiheit sterben.«

Mr Walker nickte. »Richtig.« Er ging voraus in Richtung des Ausganges, worauf wir anderen ihm folgten.

Kurz vor der Tür blieb er plötzlich stehen und tastete seine Taschen ab. »Ich habe mein Handy unten vergessen.«

Doloris seufzte. »Die Zerstörung ist eingeleitet. Es bleiben kaum mehr als fünf Minuten, bis der Untergrund in Trümmern liegt.« Sie schaute auf ihr Handy und stieß dann die Tür auf. »Mach, was du willst, ich warte im Wagen.«

Onkel Ben schaute auf sein Handy und sagte, ohne aufzublicken: »Laut dem Londoner Überwachungssystem müsste das MI20 in zwei Minuten hier sein.«

»Gehen Sie«, befahl Mr Walker allen anderen und starrte dann mich an. »Holen Sie mein Handy.«

Ich nickte und wollte schon losgehen, doch er hielt mich zurück.

Die Tür schloss sich hinter Doloris, und sein Blick wurde eindringlich, seine Stimme leise. »Retten Sie meinen Sohn, und schaffen Sie es in Gottes Namen innerhalb der nächsten fünf Minuten hier raus, ohne dass das MI20 Sie erwischt. Wir warten am Treffpunkt.«

Ich nickte langsam und ließ mir von ihm einen Schlüsselbund geben, mit dem man manuell die Türen passieren konnte.

»Gehen Sie durch die andere Tür. Der Weg nach draußen ist länger, aber Thomas kennt ihn.«

»Verstanden, Sir.«

Er sah mich eindringlich an. »Vermasseln Sie es nicht.«

»Ich werde Sie nicht enttäuschen«, versicherte ich ihm und hielt seinem Blick stand.

Ein kurzes Lächeln huschte über seine Lippen. »Ben hatte recht, du bist ein wertvolles Mitglied für *meinen* Kreis.« Es wurde deutlich, dass er Doloris Humphrey nicht damit einschloss. »Jetzt geh und sei fertig, bevor hier alles in die Luft fliegt. Und vergiss bloß nicht mein Handy. Es liegt vor Thomas' Zelle.« Es war offensichtlich, dass er es absichtlich dort platziert hatte.

Ich nickte erneut, drehte mich um und öffnete die unauffällige Seitentür, die mich in das dunkle Treppenhaus führte. Dann begann ich zu rennen.

Der Weg fühlte sich viel länger an als vorhin, vielleicht, weil mir die Warnung in den Ohren klingelte, dass jeden Moment alles um uns herum hochgehen könnte.

Ich schaute auf meine Uhr. Mir blieben noch vier Minuten.

Als ich die Tür unten erreichte, war ich völlig außer Atem.

Mit dem Schlüssel öffnete ich die Tür und sogleich schlugen mir die Stimmen von Alexis, Thomas und Direktor Roberts entgegen. Sie brüllten sich gegenseitig an. Als sie mich entdeckten, verstummten sie schlagartig.

Thomas stieß vor Erleichterung die Luft aus. »Ich wusste doch, dass er mich hier nicht verrecken lassen würde!«

»Der Absprung wurde bereits eingeleitet«, informierte ich ihn.

Jegliche Farbe wich aus seinem Gesicht. »Wann?«

Ich musste nicht auf die Uhr sehen, denn ich zählte innerlich die Sekunden. »Vor knapp zwei Minuten.«

»Er wollte also wirklich …«

»Er hat mich hergeschickt. Ich soll dich retten, *heimlich*«, fügte ich hinzu und blieb vor Alexis' Zelle stehen, die mich anstarrte, als wüsste sie nicht, was sie von meiner Rückkehr halten sollte. Sie musste mich hassen – und das auch zu Recht. Aber jetzt war keine Zeit für lange Erklärungen. Sie musste mir vertrauen.

»Aber ich tue es nur unter einer Bedingung.«

»Was soll das heißen?« Thomas schlug vor Wut gegen seine Zellenwand. »Lass mich gefälligst raus!«

Ich warf ihm einen kurzen Blick zu und öffnete dann Alexis' Zelle. »Du wirst den Direktor und Alexis mitnehmen«, entschied ich und konzentrierte mich dann ganz auf sie, auf Alexis. »Ich lasse dich jetzt raus. Du kannst mich angreifen, aber ich an deiner Stelle würde es nicht tun. Wir werden hier jetzt alle gemeinsam abhauen und überleben.«

»Was soll das?«, brüllte Thomas weiter.

»*Du* auch! Sie haben dich zum Sterben zurückgelassen, und jetzt bin ich hier, um dich zu retten«, rief ich ihm zu. Doch ich sah noch immer Alexis an.

Sie hatte vor Argwohn die Augen zusammengekniffen. »Woher wissen wir, dass das keine Falle ist? Ich könnte dich außer Gefecht setzen, sobald du dich umdrehst, und du würdest es nicht kommen sehen.«

Ich ging zu ihrem Bett, um ihre Gurte zu lösen. Der Automatismus war zerstört, nachdem Thomas ausgeflippt war. »Dann sterben wir beide.«

Wir verschränkten unsere Blicke, und ich wusste, dass sie mit sich rang. Ich atmete tief ein und öffnete mich für sie, zeigte ihr alles, was ich fühlte. Ich zeigte ihr, was ich so lange tief in mir vergraben hatte, und rang mir ein Lächeln ab. Ich hasste es, mich derart verletzlich zu machen, aber wir beide verdienten die Wahrheit. Ich war verdammt noch mal total verknallt in sie, und das würde auch nicht wieder weggehen, egal wie sehr ich es mir auch einzureden versuchte. »Rette den Direktor. Ich kümmere mich um Thomas. Wir haben nur noch knapp zwei Minuten, bevor hier alles hochgeht. Wenn wir nicht innerhalb einer Minute durch die Tür dahinten gehen, werden wir alle sterben. Wir müssen jetzt zusammenarbeiten.«

Alexis nickte langsam. Ihre Augen waren geweitet, ihre Lippen einen Spalt breit geöffnet. Sie war wunderschön.

»Okay«, hauchte sie und ging voraus, zögerte nicht, mir den Rücken zuzudrehen, und verschwand aus ihrer Zelle.

Ich folgte ihr und streifte mit meiner Hand ihre, als ich die Zelle von Direktor Roberts öffnete und dann weiter zu Thomas ging.

Er starrte mich an – er wusste jetzt Bescheid. »Du Verräter.«

»Ich rette dir dein beschissenes Leben«, knurrte ich und zögerte einen Moment, die Glastür zu öffnen. »Wenn du mich angreifst, sterben wir beide. Dein Dad wollte, dass ich dich rette. Also mach es mir nicht so schwer.«

»Er wollte aber sicher nicht, dass du die Geiseln rettest!«, erwiderte Thomas grollend.

Plötzlich hörte ich schwere Schritte auf der anderen Seite der Tür, durch die ich gekommen war. Im nächsten Moment wurde die Tür aufgestoßen. Zwei Dutzend Agenten in schwarzer Montur stürzten in den Raum, die Waffen erhoben. Vorne weg waren meine Lehrer Mr Mazur und Mr Turner.

Mr Turner erfasste die Lage sofort und sah mich an. »Lagebericht!«, bellte er.

»Gleich geht hier alles hoch. Das ist eine Falle«, rief ich und deutete auf die Tür hinter mir. »Der einzige Weg führt hier raus, wenn wir nicht wollen, dass meine Tarnung auffliegt.«

Mr Turner nickte und sah zu, wie Direktor Roberts und Alexis von zwei Agenten gestützt aus der Zelle geholt wurden. Ihre Muskeln mussten sich nach der langen Zeit des Liegens vermutlich erst mal regenerieren. »Dann los!«

Ich deutete auf Thomas. »Wir brauchen ihn, weil ich den Weg nicht kenne.«

Hinter Mr Turners Maske sah ich sein diabolisches Lächeln

aufblitzen. »Ich warte schon lange darauf, diesen Verräter in die Finger zu kriegen und ihn zu verhören!«

»Tuen Sie mir etwas an, wird mein Vater es herausbekommen, und Ihr ganzer beschissener Plan wird auffliegen!«, erwiderte Thomas, der zu merken schien, dass es langsam eng für ihn wurde.

»Ich öffne jetzt deine Zelle«, sagte ich und sah ihn eindringlich an. »In weniger als einer Minute explodiert der Laden hier, und egal auf welcher Seite wir stehen, ich bin sicher, dass wir beide an unserem Leben hängen.«

Thomas zögerte und sah zu, wie bereits ein Großteil der Agenten samt Direktor und Alexis durch die andere Tür verschwunden waren.

»Fünfundzwanzig Sekunden«, presste ich heraus und sah zu, wie sein Widerstand bröckelte. Gleichzeitig bückte ich mich nach dem Handy seines Vaters und verstaute es in meiner Tasche.

»Okay«, sagte Thomas langsam, als würde der Anblick des Handys etwas in ihm auslösen, als würde er dadurch verstehen, dass sein Vater mich zu seiner Rettung geschickt hatte.

Gerade als Thomas zur Tür kam, überholte Mr Turner mich und hielt ihm Handschellen hin. »Entweder so oder gar nicht.«

»Fünfzehn Sekunden«, knurrte ich, als Thomas etwas erwidern wollte.

Thomas schnaubte und streckte dann seine Hände aus. »Na gut. Aber nur weil ich weiß, dass ich irgendwann wieder frei bin und Ihnen dann den Arsch aufreißen kann.«

Mr Turner lachte kurz und hart auf. »Das will ich sehen.«

»Los, alle raus!«, rief ich und hielt die Zellentür weit geöffnet. »Acht Sekunden!«

Thomas sprintete mit gefesselten Händen los. Mr Turner folgte ihm, und ich war dicht hinter ihnen.

Ein Agent hielt uns die Tür auf, und ich stellte erleichtert fest, dass es eine Stahltür war. Dahinter durchkämmten bereits alle Agenten die sich aufreihenden geschlossenen Türen.

»Vorletzte Tür auf der linken Seite«, rief Thomas und sprintete an den vordersten Agenten vorbei. »Los!«

»Danach dritte Tür rechts und dann die Treppen hoch!«, instruierte Thomas und rannte so schnell, als wäre der Teufel hinter ihm her.

Im nächsten Moment löste sich die erste Detonation. Der Boden bebte, und es rieselte von der Decke.

Zwei Agenten trugen Alexis und den Direktor. Sie hatten zunächst protestiert, schließlich aber wohl eingesehen, dass sie mit ihren geschwächten Muskeln zu langsam sein würden.

Ich gehörte zu den Letzten und kam ins Schwanken, als der Boden erneut bebte. Brocken lösten sich von der Decke und rieselten auf den Flur. Die Neonröhren an der Decke flackerten. Dieser ganze Flur würde jeden Moment komplett in sich zusammenstürzen. Ich fluchte, als eine erneute Detonation den Boden noch heftiger beben ließ und ich gerade noch einem riesigen Geröllbrocken ausweichen konnte. Dann erlosch das Licht, und Dunkelheit umfing uns. Doch meine Augen gewöhnten sich schnell an die schlechte Sicht.

Als ich zu den Treppen gelangte, krachte hinter mir die Decke des Flurs runter. Der Aufprall war so laut, dass mein Trommelfell sich anfühlte, als würde es platzen. Staub und Splitter schossen auf mich zu. Ich schlug die Stahltür zu, und im nächsten Moment donnerte es dahinter.

Ich wartete nicht ab, was als Nächstes passierte, sondern

rannte den anderen hinterher, die sich alle auf der Treppe befanden.

»Die Treppen werden auch einstürzen«, hörte ich Thomas brüllen. »Wir sind erst oben wirklich sicher!«

Als wären seine Worte der Startschuss gewesen, wankten plötzlich auch die Stufen wie auf einer Hängebrücke.

Rufe wurden laut, und ich spürte mein Herz bis zum Hals klopfen. Wir würden das schaffen. *Ich* musste es schaffen. Diese Doloris Humphrey war so unberechenbar, dass es mich nicht wundern würde, wenn sie nicht gleich auch noch Thomas Vater einfach umbrachte. Und außerdem wäre Onkel Ben dann völlig auf sich allein gestellt.

Ich stieß einen Schrei aus, als ein dicker Steinbrocken auf meiner Schulter landete und mich in die Knie zwang. Ich spürte Knochen splittern und stöhnte vor Schmerzen auf, bevor ich mich aufrappelte und mich zwang weiterzurennen.

Der Agent hatte sich umgedreht, um mir zu helfen, wurde im nächsten Moment jedoch von einem riesigen Brocken am Kopf getroffen und ging bewusstlos zu Boden.

»Nein! Wir werden hier nicht verrecken!«, brüllte ich und versuchte, ihn aus der Gefahrenzone zu ziehen. Der Schmerz, der mir durch die Glieder schoss, ließ mich die Zähne zusammenbeißen.

»Weiter!«, brüllte plötzlich Mr Mazur und tauchte vor mir auf. Er schulterte den Mann ohne zu zögern und zerrte mich hinter sich her. »Wir lassen niemanden zurück!«

Ich biss die Zähne noch fester zusammen, nickte und rannte ihm hinterher, während der Stein um uns herum wütend grollte. Ich hatte keine Ahnung, wie wir das schaffen sollten, und wusste auch nicht, wie weit es noch war.

Mr Mazur brüllte, als eine der Stufen einfach wegsackte

und er ins Leere trat und umknickte. Sein Knöchel knackte. Ich packte die Beine des Agenten, den er geschultert hatte, und brüllte: »Weiter!«

»Immer diese beschissen vorlauten Trainees«, knurrte Mr Mazur und rannte weiter, wenn auch humpelnd.

Ich schaute hoch und sah, dass die anderen Agenten bereits ein ganzes Stück vor uns waren. Irgendwo weiter vorne erkannte ich ein schwaches Licht.

In diesem Moment ertönte ein ohrenbetäubendes Donnern, und alles um uns herum begann einzustürzen.

Wir würden es nicht mehr schaffen!

34. Kapitel

Alexis

Schockiert sah ich zu, wie der tunnelartige Weg vor uns in sich zusammenfiel, kurz nachdem mich ein Agent rausgetragen hatte.

Mein Mund öffnete sich zu einem stummen Schrei, während mich Deans Augen trafen, bevor er von Trümmern vergraben wurde.

Nein!

»Holt sie da raus!«, brüllte Direktor Roberts und wurde neben mir runtergelassen.

Seine Muskeln zitterten, doch sein Kopf war erhoben und sein Blick gefährlich.

Sofort stürzten Agenten zu der Tür, hinter der sich die Trümmer häuften, und trugen mit ihren bloßen Händen riesige Brocken heraus.

Ich keuchte, als ich plötzlich eine Hand entdeckte.

Im nächsten Moment ertönte ein dumpfes Stöhnen. »Macht mal schneller«, keuchte Dean. »Ich kann das hier nicht ewig halten!«

Vor Erleichterung schluckte ich, während mir die Tränen in die Augen schossen. *Er lebte!*

Schock und Entsetzen breiteten sich in mir aus. Wie konnte ich nur derart erleichtert sein, nach allem, was er getan hatte?

Ich konnte nicht fassen, dass meine Gefühle noch immer

derart stark waren. Aber ich konnte sie nicht verleugnen. Nicht, nachdem er mir gerade seine gesamte Gefühlswelt offenbart hatte. Seine unerschütterliche Zuneigung war es gewesen, die mich dazu gebracht hatte, aus der Zelle hinauszutreten – und das Wissen, dass ich ansonsten vermutlich sterben würde. Die Agenten zogen weitere Steinbrocken heraus und legten eine kleine Höhle frei. Dean stand dort und stützte mit seinen Armen ein großes Stück Decke. Es drückte ihn herunter, und seine Beine zitterten so stark, als wären sie Streichhölzer, die jeden Moment zerbrechen würden. Neben ihm lagen zwei Agenten. Einer bewusstlos, der andere stark blutend.

Mehrere Agenten quetschten sich in den kleinen Hohlraum, zerrten den bewusstlosen Mann heraus und befreiten dann auch Dean und den anderen Agenten.

Zwei weitere eilten herbei, hielten das Gewicht der Decke, und als alle gesichert waren, sprangen sie heraus, bevor alles mit einem großen Knall in sich zusammenkrachte. Staub stieß mir ins Gesicht, und ich hustete und blinzelte, doch ich konnte nicht aufhören, Dean anzustarren.

Dean hatte uns gerettet. Er arbeitete tatsächlich mit dem MI20 zusammen.

Und trotzdem hatte er Grace getötet.

Ein schrecklicher Gedanke ließ die Kälte in meiner Brust wachsen. *Was, wenn er diesen Mord im Auftrag des MI20 begangen hatte?*

Ich schluckte schwer.

Dean klopfte sich den Staub von seiner Kleidung und bedankte sich bei den Agenten. Dann lief er direkt auf mich zu.

Ich öffnete meinen Mund, wollte etwas sagen, doch er legte nur seine Hände an meine Wangen und zog mich zu sich heran.

Ich konnte kaum reagieren und war wie erstarrt, während er mich so fest umarmte, dass ich nur nach Luft schnappen konnte.

Im nächsten Augenblick presste er seine Lippen auf meine, und in meinem Körper explodierte ein kribbelnder Tornado. Ich erwiderte seinen Kuss drängend und so intensiv, dass es wehtat. Wut und Verlangen kämpften in mir um die Oberhand.

Und obwohl ich ihn am liebsten weiter festhalten wollte, stieß ich ihn letztendlich entschieden von mir. Was auch immer dieser Kuss in mir auslöste – er änderte nichts an dem, was geschehen war. »Stopp. Dean … nein. Wir reden später.« Mein Atem ging schnell, und mein Herz raste, aber ich würde mich nicht von einem Kuss durcheinanderbringen lassen. Dafür war weder der richtige Ort noch der richtige Zeitpunkt.

»Definitiv.« Er grinste mich schief an, legte seine Hand auf meine und drückte sie kurz und fest. Wie konnte er sich nur so plötzlich wieder wie derselbe Dean von früher verhalten, obwohl sich doch alles verändert hatte? Wie konnte er noch grinsen und mir damit das Herz rausreißen?

Ich war genauso wütend wie erleichtert und wusste, dass wir hier und jetzt nichts würden klären können. Aber ich wollte, dass dieser Albtraum endlich endete.

Dean schaute an mir vorbei, und die Wärme verschwand aus seinen Augen. »Thomas, sag dem MI20, wo sie lang müssen, ohne dass Heal Inc. sie bemerkt!«

Ich folgte seinem Blick und entdeckte Thomas, der von zwei Agenten flankiert wurde, während seine Hände vor seinem Körper in Handschellen lagen. Seine Gefühle tobten vor Wut und dem Gefühl, verraten worden zu sein. Dennoch flackerte darin auch Dankbarkeit – Dean hatte ihn gerettet. »Was habe ich davon?«

»Dein Dad möchte wissen, ob du lebst. Nur deswegen hat er mich runtergeschickt«, erwiderte Dean und schüttelte leicht seinen Kopf. »Mach es nicht schwerer, als es ist.«

»Und was hast du vor? Willst du meinen Vater in eine Falle locken?«

»Wir wollen lediglich den Trank«, antwortete ihm Direktor Roberts und humpelte zu ihm herüber. Ich sah, dass er am Unterschenkel verletzt war. Blut tränkte seine Hose. »Wir wollen ihn nicht umbringen. Wir nehmen ihn lediglich fest.«

»Und dann?«

»Dann landet ihr gemeinsam im Gefängnis«, sagte ich und spürte im selben Moment eine immense Erleichterung in Thomas aufwallen. Er *wollte*, dass sein Vater ins Gefängnis kam. Mit ihm. Dann würde es nur sie beide geben und nicht mehr dieses Projekt, für das sein Vater zu leben schien.

Thomas versuchte dieses Gefühl zu überspielen und hob sein Kinn. »Ich mache es.«

»Danke.« Dean drehte sich zu Mr Turner. »Mein Implantat wurde bei deren Scan beschädigt.«

Mr Turner nickte knapp und holte aus seiner Jackentasche eine kleine durchsichtige Wanze, die er in Deans Ohr steckte. »Das müsste vorerst reichen. Lass niemanden zu nah an dein Ohr.«

Dean schnaubte. »Sicher. Haben Sie eine Karte hier?«

Mr Turner streckte ihm sein Handy entgegen.

Dean nahm es sich und tippte darauf herum, bevor er Mr Turner das Handy zurückgab. »Das sind die Koordinaten. Hier werde ich mich gleich mit den anderen treffen und zum vereinbarten Ort fahren. Folgen Sie mir unauffällig. Die Auktion soll heute um Mitternacht beginnen.«

Mr Turner grinste, und ich spürte einen Stolz, den ich von ihm nicht gewohnt war. »Gut gemacht.«

»Das können Sie wiederholen, wenn wir das Serum in der Hand halten.« Dean drehte sich zu mir und schenkte mir ein kurzes Lächeln, bevor er dem Direktor zunickte. »Wir sehen uns später.« Dann ging er zu einer Tür und verschwand.

Ich schaute mich um und bemerkte erst jetzt, dass wir uns in einer Lagerhalle befanden. Hohe Fenster drängten sich an der Decke zusammen, staubig, voller Risse und Löcher. Hier war schon lange nichts mehr gelagert worden.

Ich sah den Direktor an. »Bitte um Erlaubnis an der Mission teilnehmen zu dürfen.« Ein Teil von mir wollte zurück zur Akademie, zu Cassie. Aber ich wusste nicht, ob ich es aushalten würde, nur rumzusitzen. Ich musste irgendwas tun. Ich wollte Dean helfen. Und dann … dann würde ich an Cassies Seite bleiben. Bis zum Ende. Für den Fall, dass wir das Labor doch nicht fanden.

»Sie sind ein entflohener Häftling«, knurrte Mr Turner mich an, bevor der Direktor die Chance hatte zu antworten. »Sie werden umgehend zurück ins Gefängnis gebracht!«

»Sie wird mitmachen«, widersprach ihm der Direktor und sah dabei nur mich an. Seine Gefühle gaben nichts preis. »Ihre Kräfte sind immens gewachsen. Wir können jede Hilfe gebrauchen.«

Als ich fragend meine Augenbrauen hob, lächelte er knapp. »Du hast Thomas angestachelt, nicht?«

»Was?«, brüllte Thomas, und sein Zorn wallte auf wie ein loderndes Feuer. »Das ist nicht dein Ernst!«

Ich grinste ihn knapp an und zuckte mit den Schultern. »Irgendwas musste ich ja tun.«

Mr Turner bebte, doch hielt zum Glück seinen Mund.

Ich grinste ihn an. *Penner.*

Er kniff seine Augen leicht zusammen und wandte sich dann von mir ab. »Wir warten ab, bis Dean uns Bescheid gibt, dass alle am Treffpunkt angekommen sind. Dann verlassen wir diesen Ort.«

Die Agenten nickten und überprüften ihre Ausrüstung, bereit zum Aufbruch.

Meine Beine zitterten noch leicht von dem tagelangen Liegen, doch ich genoss es, endlich wieder meine Muskeln zu benutzen.

Ich trat zu meinem ehemaligen Lehrer Mr Mazur und wippte auf und ab, belastete meine Waden und dehnte unauffällig meine Arme. »Kann ich Sie etwas fragen, oder hassen Sie mich auch?«

Mr Mazur lachte schnaubend und schaute mit einem schiefen Grinsen auf mich herunter. »Noch bist du nicht verurteilt. Frag ruhig.«

Seltsamerweise erfüllte mich bei seinen Worten Erleichterung, obwohl ich nicht auf seine Meinung angewiesen war. »Hat Dean die ganze Zeit mit dem MI20 zusammengearbeitet?«

Mr Mazur nickte. »Er hat dafür gesorgt, dass wir durch Direktor Roberts' Kontaktlinsen möglichst viel mitansehen konnten. Durch seinen Onkel sind wir überhaupt erst an Mr Walker herangekommen. Wir haben ewig gebraucht, um zu verstehen, dass *er* der Kopf der Forschungsabteilung ist. Glücklicherweise macht ihn diese Untersuchungskommission so nervös, dass er beginnt, Fehler zu machen.«

Direktor Roberts trat zu uns und verschränkte seine Arme vor der Brust. »Wir dürfen ihn dennoch nicht unterschätzen. Doloris Humphrey scheint ihn zwar aktuell unter ihrer Fuchtel zu haben, aber ein in die Ecke gedrängter Hund wird auch schneller zubeißen.«

»Er hat wegen dieser Frau seinen Sohn zurückgelassen.« Mein Blick wanderte zu Thomas, der trotz seines wütenden Gesichtsausdrucks irgendwie verloren wirkte. Er lehnte an einer Wand, wollte lässig wirken, und dennoch sah ich ihm seine Anspannung deutlich an. »Ich frage mich, warum Doloris so schnell die Position an seiner Seite bekommen hat. Immerhin war Mr Walker jetzt lange Zeit der Leiter von Herakles, während sie im Gefängnis saß.«

»Sie war früher die Leiterin dieser Abteilung«, erklärte mir der Direktor und folgte meinem Blick. »Sie hat sich genommen, was ihr zustand. Soweit ich weiß, war er all die Jahre wohl nur ein Platzhalter. Sie ist äußerst wütend, weil er die Abteilung so stark verkleinert hat.«

Ich runzelte meine Stirn, weil das für mich keinen Sinn machen wollte. »Aber mit weniger Leuten kann man doch viel besser untertauchen.«

»Sicher, aber zuvor war *sie* die mächtige Leiterin von Herakles. Jetzt ist sie nur noch Statistin. Es hat auch ohne sie alles wunderbar funktioniert«, sagte der Direktor. »Wäre sie nicht freigekommen, hätte es vermutlich keinen Unterschied gemacht – es wäre alles genauso weitergelaufen. So wie ich ihr Ego kenne, hat ihr das sicher ziemlich zugesetzt.«

»Wird sie Mr Walker töten?«

Direktor Roberts nickte, ebenso Mr Mazur, der mir antwortete: »Wir gehen davon aus, dass sie niemanden am Leben lassen wird. *Keine Zeugen* war schon immer ihre Devise.«

Ich dachte an Memphis und nickte. Dann dachte ich an Dean und atmete tief durch. Er wusste, was er tat, und er war nicht alleine.

Mein Blick fiel auf Mr Mazur. »Wie geht es Cassie? Und Adam?«

Ein mitfühlender Zug legte sich um seine Augen. »Adam ist in der Akademie und macht sich nützlich. Und Cassie geht es sehr viel besser. Es war … es war echt knapp. Aber sie wird sich erholen. Das hat zumindest Dr. Sam gesagt.«

»Also haben Sie das Gegenmittel gefunden?«, fragte ich überrascht. Doch bevor Mr Mazur mir antworten konnte, brach Tumult in der Lagerhalle aus.

»Wir müssen los!«, rief Mr Turner auf einmal und drückte seinen Zeigefinger ans Ohr, vermutlich um Dean besser über das Implantat hören zu können. »Alle zu den Autos! Der Direktor kommt mit mir. Alexis fährt mit Mr Mazur.«

Mr Turner starrte meinen Lehrer an. »Du behältst sie im Auge! Wenn sie abhaut, mache ich dich fertig!«

Mr Mazur salutierte und lachte dabei. »Alles klar, Sir.« Der Spott in seiner Stimme ließ mich grinsen, was ich aber verbarg, indem ich mir innen auf die Wangen biss.

Die Agenten strömten aus der Halle wie Dutzende schwarze Ameisen, angeführt von Thomas, der uns durch verschiedene Seitenstraßen führte. Dann schien die Gefahr gebannt zu sein, denn Mr Turner übernahm wieder die Führung und brachte uns zu einer Tiefgarage, in der diverse Einsatzfahrzeuge des MI20 standen.

Ich stieg in einen der schwarzen Geländewagen und konnte mich gerade noch anschnallen, als der Wagen auch schon mit einem Ruck losfuhr.

Ich schaute auf, um mir den Fahrer anzusehen, und hielt

den Atem an, als ich Evas Profil entdeckte. Mein Blick zuckte zum Rückspiegel, und ich bemerkte, dass sie mich bereits beobachtete. »Hey.«

»Hey«, erwiderte ich einfallslos und wusste zum ersten Mal nicht, wie ich mich ihr gegenüber verhalten sollte. Wir waren fast vier Jahre lang beste Freundinnen gewesen. Und jetzt? Es fühlte sich an, als wären wir bestenfalls alte Bekannte. Es war so viel passiert, so viel Zeit vergangen …

»Folgen Sie den Anweisungen von Mr Turner«, instruierte Mr Mazur sie. »Er wird vorausfahren und Mr Walker und den anderen folgen. Wir bleiben mit einigem Abstand zurück, damit wir nicht entdeckt werden.«

»Alles klar.« Eva nickte und warf einen Blick auf das Navi, auf dem ein roter Punkt zu sehen war.

»Das ist Mr Turners Auto«, erklärte mir Mr Mazur, und ich nickte. Das hatte ich mir fast schon gedacht.

Ich warf einen Blick auf die Uhr im Armaturenbrett. »Eine Stunde vor Mitternacht. Sie haben sich sehr kurzfristig für den Verkauf entschieden, wenn sie erst vor wenigen Stunden den Durchbruch erzielt haben.«

»Sie wollen die heiße Ware so schnell wie möglich loswerden«, antwortete mir Eva, da Mr Mazurs Handy plötzlich klingelte und er sich wegdrehte, um dranzugehen. Er besprach mit einem anderen Agenten das Vorgehen für den Einsatz. *Umzingeln. Abwarten. Serum ins Visier nehmen. Zugriff. Keine Gnade.*

Ich blendete ihn aus und betrachtete Eva durch den Rückspiegel, wusste aber nicht, was ich erwidern sollte.

»Wenn du mich noch länger anstarrst, musst du mich auf einen Drink einladen«, sagte sie plötzlich, und ich bemerkte, dass sie grinste. »Tut gut, dich zu sehen, auch wenn dein Fummel echt gammelig aussieht.«

In den letzten Tagen hatte ich nicht einen Gedanken an mein Outfit verschwendet und schaute nun bewusst an mir herunter. Noch immer trug ich die Klamotten, die Grace und ich nach unserem Ausbruch geklaut hatten. Die hellblauen Leggings und der weiße Pullover waren fleckig, zerrissen und klebten durch getrockneten Schweiß und Blut an meinem Körper. Meine nackten Füße fühlten sich feucht in den zu großen Turnschuhen an, die ich seit Tagen trug. Nur meine Jacke trug ich nicht mehr, seit Dean und Thomas mich außer Gefecht gesetzt hatten.

»Ich will gar nicht wissen, wie ich rieche«, stieß ich aus und verzog meinen Mund. »Urgh.«

Eva nickte der Person auf dem Beifahrersitz zu, die ich jetzt erst bemerkte. *Meine Aufmerksamkeit war auch schon mal besser gewesen.* »Wie gut, dass ich mitgedacht habe.«

Die Person drehte sich um, und erst jetzt erkannte ich meine ehemalige Lehrerin für Waffentraining. »Mrs Ansari!«

Sie hob ihre dunklen Augenbrauen und lächelte, fast schon ein wenig spöttisch. Dabei hielt sie mir eine schwarze Tasche hin. »Wieso so überrascht?«

Ich nahm ihr die Tasche ab und schüttelte meinen Kopf. »Ich freue mich nur, Sie zu sehen«, gestand ich und lächelte sie leicht an. »Nette Gesichter waren in letzter Zeit rar gesät.«

Ihre Züge wurden weich, bevor sie jedoch etwas sagen konnte, klingelte auch ihr Handy, und sie ging ran. Nächster Lagebericht eines anderen Autos, das irgendwo hinter uns war.

Ich öffnete die Tasche, bevor ich ein dankbares Lachen ausstieß. »Woher wusstest du …«

»Wir sind auf Rettungsmission, und ich bin fest davon ausgegangen, dass du dich nicht umbringen lässt, bevor wir auftauchen. Eigentlich hatte ich dich in Häftlingsuniform erwartet, aber man kann ja nicht alles haben.« Eva kicherte.

Erneut musste ich lachen und spürte gleichzeitig, wie meine Augen feucht wurden.

Ich drehte meinen Kopf weg und wischte mir unauffällig über die Augen. Doch als ich wieder nach vorn sah, bemerkte ich, dass Eva mich weiter durch den Rückspiegel beobachtete. Doch sie sagte nichts und schaute zurück auf die Straße. Dennoch spürte ich ihre Erleichterung. »Wir haben später noch eine ganze Menge zu besprechen, klar?«

»Klar.« Ich räusperte mich und ließ diesen einen Gedanken zu, den ich seit meiner Flucht so gut wie möglich verdrängt hatte und nicht mehr aufhalten konnte. »Mr Mazur hat mir gesagt, dass es Cassie besser geht.«

»Ja, viel besser.«

Ich stieß vor Erleichterung laut den Atem aus.

»Unsere Leute haben vor wenigen Stunden das Labor gefunden. Es befand sich in einem Londoner Industriegebiet in einem Bürogebäude. Ein Dr. O'Malley hat von dort aus angerufen. Doch bevor er uns die Koordinaten nennen konnte, brach die Verbindung ab. Es hat eine Weile gedauert, doch ein Agententrupp hat es schließlich geschafft.«

»Dr. O'Malley«, murmelte ich und konnte ein trauriges Lächeln nicht unterdrücken.

»Die Agenten des MI20 haben alles aus dem Labor mitgenommen. Darunter war auch das Gegenmittel für deine Schwester. Bevor wir aufgebrochen sind, konnte Dr. Sam es deiner Schwester verabreichen.«

Freudentränen schossen mir in die Augen. »Haben die Agenten dort noch jemanden festnehmen können?«

»Dort waren Laboranten, die sich wohl ohne Gegenwehr haben festnehmen lassen«, meinte Eva und hielt an einer roten Ampel. Dabei sah sie mich wieder an. »Was ich irgendwie seltsam finde.«

»Dr. O'Malley hat angedeutet, dass nicht alle unbedingt freiwillig dort gearbeitet haben«, antwortete ich ihr und umschlang die Tasche fest mit beiden Armen. »Wir müssen sie aufhalten, bevor sie es schaffen, diesen Heraklestrank zu verkaufen.«

»Das werden wir.«

Mein Nicken war an die Fensterscheibe gerichtet, als ich mich zur Seite drehte und nach draußen schaute. Lichter, Bäume, Häuser zogen an mir vorbei, ohne dass ich irgendwas davon wirklich wahrnahm.

Cassie lebt. Sie lebt …

Allein der Gedanke an sie reichte, um einen riesigen Brocken von meiner Brust zu nehmen. Ich wollte schreien und weinen zugleich, doch obwohl ich glücklich sein sollte, konnte ich die Freude nicht spüren, sie nicht zulassen. Noch nicht. Nicht hier, während wir auf dem Weg zu einem *Kampf* waren.

Langsam dehnte ich meinen Nacken, reckte meine Finger, streckte meine Zehen und machte mich dazu bereit, jemandem so richtig in den Arsch zu treten.

Mr Mazur telefonierte noch immer, ebenso wie Mrs Ansari. Sie waren angespannt wegen des bevorstehenden Einsatzes. Gut zu wissen, dass es auch den erfahrenen Agenten auch nach Jahren noch so ging.

»Wieso bist du eigentlich hier?«, fragte ich Eva nach einer Weile.

»Der Einsatz war recht kurzfristig. Es wurden mehrere Einheiten hinzugezogen, um getrennt nach dem Labor und nach der Forschungsabteilung zu suchen, in der ihr festgehalten wurdet. Wir hatten länger keinen Kontakt mehr zu Dean und seinem Onkel aufbauen können, und als wir ihn endlich wieder erreicht hatten, war es fast zu spät. Sie haben rekrutiert, wen sie kriegen konnten.«

»Sind die anderen auch da?«

»Ja.« Eva nickte und presste ihre Lippen zusammen.

»Vivien auch?«

»Nein.«

»Wieso nicht?« Ich wusste nicht, was ich davon halten sollte. Lag es daran, dass Doloris Viviens Mutter war? Ich verstand aber auch nicht, warum Eva plötzlich wütend wurde. War sie auf *mich* wütend?

»Sie ist seit deinem Verrat nicht mehr dieselbe.«

Ich öffnete meinen Mund, hörte meinen eigenen leisen Atem, der wie ein Rauschen klang.

Verrat.

Das Wort klang in meinen Ohren nach, und ich wünschte, ich könnte erklären, dass es nicht so einfach war, dass sie mich nicht so abstempeln durfte, aber konnte es nicht. »Wieso? Was ist passiert?«

Sie schüttelte ihren Kopf, als wollte sie nicht darüber reden. Ich spürte, dass ein Teil von ihr mir die Schuld für Viviens scheinbare Veränderung gab.

Nun wurde ich wütend und richtete mich in meinem Sitz auf. »Du kannst mir ruhig die Schuld an jedem Scheiß geben, wenn du dich dann besser fühlst. Aber du weißt genauso gut wie ich, dass sie eine fast vollständig ausgebildete Agentin ist, die kein Recht hat, so durchzudrehen. Klar, sie glaubte, Thomas wäre tot, aber …« Ich hielt inne und stöhnte. »Weiß sie, dass er lebt?«

»Bis vorhin wusste ich es nicht.« Eva schluckte hörbar und konzentrierte sich auf die Straße. »Also ist es wahr? Er hat uns die ganze Zeit benutzt?«

»Hat er«, bestätigte ich ihr und zwang mich, ruhiger zu werden. Vivien war ein Thema, mit dem ich mich später befassen sollte. »Er hat uns alle verarscht. Jahrelang. Thomas hat getan, wozu er geboren wurde.«

»Heißt das, er kann nichts dafür?«

Ich zuckte mit meinen Schultern. »Keine Ahnung. Ich wünsche mir einfach, dass ich dieses Kapitel beenden kann. Am besten noch heute Nacht.«

»Warum? Schuldgefühle?« Ich spürte, dass ihre Worte nicht wie ein Messerstich gemeint waren, und doch fühlten sie sich genauso an.

»Ich komme eh wieder zurück ins Gefängnis, also spar dir deine Gehässigkeit.« Meine Worte klangen bitter und waren nichts als die Wahrheit. Ich wusste, dass Eva noch wütend auf mich war, dass sie das alles persönlich nahm – und ich konnte sie verstehen. Aber ich wollte dieses Thema jetzt nicht ausdiskutieren. Egal was ich sagen würde, um mich zu entschuldigen – es würde hohl und abgedroschen klingen.

Wir mussten erst einmal die Bedrohung aus der Welt schaffen, und danach konnte ich Buße tun.

Eva öffnete ihren Mund, hielt dann aber inne, und ich konnte ihr ansehen, dass sie der Stimme in ihrem Ohr lauschte. Vermutlich Mr Turner. »Alles klar«, sagte sie dann.

Mr Mazur und Mrs Ansari beendeten im nächsten Moment ihre Telefonate und warteten auf ihren Bericht, der umgehend folgte. »Sie sind am Treffpunkt. Dean hat es geschafft. Jetzt folgt Mr Turner ihnen zum Verkaufsort.«

Ich atmete tief ein und plusterte die Wangen auf, bevor ich

wieder ausatmete und die Anspannung in meinem Bauch ein wenig linderte.

»Sie sollten sich vielleicht jetzt schon umziehen«, riet mir Mrs Ansari und deutete auf die Tasche auf meinem Schoß. »Wir wissen nicht, wie viel Zeit uns später bleibt.«

»Natürlich.«

Mr Mazur drehte sich weg und nahm erneut das Telefon zur Hand.

Ich öffnete die Tasche und zog mich schnell um. Ich roch wirklich nicht mehr … frisch.

Mein plötzliches Auflachen erfüllte den Wagen, als ich das Deo ganz unten in der Tasche entdeckte. »Du hast wirklich an alles gedacht, oder?«

»Ich wollte erst noch Trockenshampoo einpacken, aber das kam mir dann doch ein wenig übertrieben vor.« Eva lachte ebenfalls.

Ich grinste, während ich mich weiter umzog und mir klar wurde, dass wir irgendwie immer noch Freundinnen waren. Natürlich war sie wütend auf mich, und ich konnte es verstehen. Immerhin hatten wir nicht ein Wort seit meiner Festnahme reden können. Aber solange wir noch so miteinander lachen konnten, würde ich weiter hoffen.

Grace' Gesicht tauchte vor meinen Augen auf, und ein fetter Kloß bildete sich in meinem Hals, während Tränen sich in meinen Augenwinkeln sammelten. Ich wischte sie unauffällig weg und zwang mich, nicht an sie zu denken, auch wenn es mir wie Verrat vorkam.

Als ich mich umgezogen hatte, stopfte ich die dreckigen Sachen in den Rucksack und verstaute ihn unter dem Sitz von Mrs Ansari. Erst dann sprühte ich mich mit Deo ein.

»Vanille!«, keuchte Mr Mazur und wedelte mit seinem

Handy, mit dem er die ganze Zeit telefoniert hatte. Dabei sah er mich entsetzt an. »Nur Psychopathen sprühen mit Deo in einem geschlossenen Wagen herum.«

Mrs Ansari, Eva und ich lachten und öffneten alle gleichzeitig die Fenster des Autos, um frische Luft hereinzulassen.

Schlagartig wurde Eva ernst und konzentrierte sich, bevor sie sagte: »Dean und die anderen sind am Verkaufsort. Wir sollen uns vorsichtig nähern.«

Alle Blicke flogen wie automatisch auf den roten Punkt auf dem Navi.

Dann sah ich auf die Uhr. »Noch vierzig Minuten.«

Anspannung lag in der Luft, und Stille breitete sich aus, während alle auf das Navi blickten. Wir würden erst knapp vor Mitternacht ankommen, und ich konnte nur hoffen, dass es rechtzeitig war.

35. Kapitel

Alexis

Der Weg führte uns in das Herz von London. Obwohl es so spät war, pulsierte die Stadt um uns herum mit Tausenden Lichtern und Menschen, die die Nacht zum Tag machten. Wir schienen aus dem Südwesten Londons zu kommen, denn die Sehenswürdigkeiten der Stadt lagen in entgegengesetzter Richtung vor uns. Ich beugte mich vor, um auf dem Navi besser erkennen zu können, wo genau sich der Treffpunkt befand.

»Battersea.« Mr Mazurs Stimme klang unheilvoll.

»Mitten in der Stadt?« Entsetzt schüttelte ich meinen Kopf. »Oder meint ihr, die wollen in das ehemalige Kraftwerk einbrechen?«

»Diese Großbaustelle würde sich anbieten«, murmelte Mrs Ansari und vergrößerte die Karte. »Nein, das ist der Hubschrauberlandeplatz in Battersea.«

»Aber wieso …« Ich schluckte und ballte meine Hände zu Fäusten, als ich mir die Frage im nächsten Moment auch schon selbst beantworten konnte. »Die Käufer kommen mit Helikoptern.«

»Aber es gibt doch sicher eine zeitliche Begrenzung für Hubschrauberflüge innerhalb Londons, oder?«, fragte Eva und fädelte sich gekonnt durch den Nachtverkehr. Selbst jetzt war es voll auf den Straßen, doch wenigstens staute es sich nicht.

»Die gibt es.« Mr Mazurs Anspannung ließ alle Alarmglocken in meinen Ohren klingeln. »Sicher wollen sie alles schnell über die Bühne bringen. So schnell, dass sie fertig sind, bevor die Polizei auftaucht.«

Mrs Ansari zückte ihr Handy, wählte eine Nummer und hielt sich dann das Telefon ans Ohr. Während es in der Leitung piepte, sagte sie zu uns: »Das bedeutet für uns, dass wir zuschlagen müssen, sobald diese *Dr. Meier* mit dem nachgemachten Serum auftaucht.«

»Meint ihr, sie ist noch nicht da?«, fragte ich und spürte Nervosität in mir aufsteigen.

Mr Mazur schaute nach draußen auf die vorbeiziehenden Lichter Londons. »Dean sagte, sie würde als Letzte kommen, kurz vor der Auktion, damit ihnen nichts dazwischenfunken kann.«

Von allen Seiten strömte mir das Gefühl entgegen, sehenden Auges in eine Falle zu laufen, und ich teilte es den anderen mit. »Wie soll sie das machen? Ist die Gefahr nicht viel zu groß, dass sie zwischendurch aufgehalten wird? Sie hat sicher *Numbers* als Unterstützung bei sich, aber dennoch … so kurz vorm Ziel? Ich weiß nicht.« Nachdenklich schaute ich ebenfalls nach draußen und konnte meine Spiegelung in der dunklen Scheibe erkennen. Ich sah müde und abgekämpft aus, aber auch entschlossen.

»Keine Ahnung, wie sie das machen will, aber wir werden ihr auf jeden Fall einen gebührenden Empfang bereiten«, knurrte Mr Mazur voller Vorfreude, und fast glaubte ich, er würde sich jeden Moment die Hände reiben. Als wir Battersea erreichten, hielt Eva am Rande des Bezirks an. Sie und die anderen synchronisierten ihre Uhren, dann stiegen wir gemeinsam aus.

Ich folgte ihnen und zog den Reißverschluss meiner Jacke

höher. Der schwarze Stoff schmiegte sich an meinen Körper wie eine zweite Haut, und ich sog den typischen Geruch ein, der mich in den letzten Jahren meiner Ausbildung begleitet hatte. Herb und gleichzeitig irgendwie frisch.

Einen kurzen Moment lang fühlte ich mich, als hätte ich etwas wiedergefunden, was ich vor Wochen verloren hatte. Dann wurde mir klar, dass ich den Anzug bald schon wieder gegen eine Häftlingsuniform würde tauschen müssen.

Ich zog mich gerade und hob leicht mein Kinn, während ich den anderen durch die Nacht folgte.

Morgen.

Heute würde ich ein letztes Mal den Anzug eines Agenten des MI20 tragen und den Traum leben, der die letzten Jahre mein Leben bestimmt hatte.

Wir näherten uns dem Treffpunkt von Südosten. Über ihre Implantate waren die anderen Agenten stetig in Kontakt, und wir bekamen einen Punkt zugeteilt, von dem aus wir zugreifen würden.

Während der nächsten Minuten wurde ich quasi wie ein Anhängsel mitgeschliffen, und ich vermisste es, ein richtiger Teil des Teams zu sein. Zudem hatte ich keine Waffe.

Wir bezogen unseren Posten auf der nördlichen Seite des Hubschrauberlandeplatzes, auf dem Dach einer Lagerhalle. Sie schmiegte sich an das Gelände des Hubschrauberlandeplatzes und wurde nur durch einen schmalen Fußweg unterbrochen. Direkt gegenüber lag ein großes mehrstöckiges Hotel, das gerade renoviert wurde und dessen gesamte Front mit einem Gerüst und davor hängenden Planen zugebaut war. Im Osten lag der Eingang zum Landeplatz und im Westen die Themse. Dort stand ein kleines Häuschen – vermutlich so etwas wie ein

Kontrollzentrum, wie bei einem Flughafen – aus dessen Richtung ich aber keine Gefühlssignaturen spürte.

»Es ist sicher kein Zufall, dass niemand aus dem Hotel auf den Landeplatz runterschauen kann«, wisperte ich und nickte in Richtung des Gebäudes, wo die Planen, die an dem Gerüst angebracht waren, im Wind raschelten.

Wir vier legten uns nebeneinander flach auf das Dach. Sonst war niemand zu sehen, doch ich spürte so viele Gefühlssignaturen, dass ich den Drang unterdrücken musste, vor summender Anspannung mit dem Fuß zu wippen.

»Allerdings nicht«, bestätigte mir Mrs Ansari und holte aus ihrem Rucksack ein Scharfschützengewehr. »Laut Datenbank kam es vor einigen Wochen zu einem ungewöhnlich heftigen Vorfall von Vandalismus, bei dem die gesamte Frontseite zum Heliport zerstört wurde. Mehrere Hotelbesucher wurden verletzt, aber niemand konnte sich erklären, durch was die Glasscheiben gesprengt wurden.«

»Sie haben scheinbar schon vorgesorgt«, hörte ich Eva leise sagen, und kurz darauf klickte ihr Scharfschützengewehr.

»Was ist der Plan?«, fragte ich. »Dr. Meier taucht auf, und alle werden erschossen?«

»Wir sollen sie festnehmen«, erklärte Mr Mazur mir, und in seiner Stimme lag ein Hauch von Spott. »Es sind bereits Agenten in der Halle des Landeplatzes positioniert, die den Zugriff durchführen werden. Wir sind einer der Überwachungstrupps.«

»Aha«, murmelte ich und betrachtete die Halle am Rande des Landefelds, neben dem die Themse verlief. »Also haben wir den langweiligen Job bekommen?«

»Als ob Mr Turner jemand anderem als sich die interessanten Jobs geben würde.« Mrs Ansari räusperte sich sofort, als könnte dies ihre Worte ungesagt machen. »Aber natürlich obliegt dies seiner Entscheidung, da er der Leiter dieses Auftrags ist.«

»Mhm«, machten Eva und ich vielsagend und grinsten uns über Mrs Ansaris Kopf hinweg an, bevor wir uns wieder auf die Halle konzentrierten.

Dort irgendwo war auch Dean. Und er hatte Grace getötet.

36. Kapitel

Dean

Wir befanden uns in einem kleinen Kontrollzentrum des Landeplatzes vom Battersea Heliport und starrten durch die Fenster hinaus auf das unruhige Wasser der Themse.

Das Innere des Gebäudes war völlig verwüstet. Ein paar *Numbers* mussten hier gewesen sein, um für den kommenden Handel Platz zu schaffen. Sämtliche Möbel waren verschwunden, und teilweise waren auch Wände eingerissen.

Meine Schulter pochte noch immer schmerzhaft, nachdem mir in dem einstürzenden Tunnel ein Steinbrocken darauf gefallen war.

»So ein trostloser Ort für eine so wichtige Auktion«, zischte Doloris Humphrey, die mit jeder vergehenden Minute immer unleidlicher wurde.

Mr Walker brummte etwas Unverständliches. Er hatte diese Spitze gegen sich durchaus wahrgenommen. Als ich ihm kurz nach meiner Ankunft am Treffpunkt sein Handy zurückgegeben hatte, war für einen kurzen Moment Erleichterung in seinen Augen aufgeflackert. Doloris Humphrey hatte darüber nur ihre Augen verdreht, aber natürlich wusste sie auch nicht, dass es Mr Walker um mehr als nur um sein Handy gegangen war.

Ich stand neben meinem Onkel und zwei Numbers an der Wand des Häuschens und wartete darauf, dass endlich Dr. Meier auftauchte.

Dabei spürte ich den Kuss, den ich der überraschten Alexis auf die Lippen gedrückt hatte, noch immer bis in die Tiefen meiner Brust. Ich hatte keine Ahnung, was in mich gefahren war, aber sie zu küssen war mir in dem Moment als einzig logische Handlung erschienen. Inmitten dieses Chaos, der Rettung und all der Enthüllungen, war mein einziger Gedanke gewesen, dass ich sie nicht ohne einen Kuss gehen lassen konnte.

Ich war ein Idiot, als ich glaubte, meine Gefühle für sie würden mich schwach machen. Während ich zusehen musste, wie sie kämpfte, war mir klar geworden, dass sie es war, die mir half, in diesem ganzen Durcheinander einen klaren Kopf zu bewahren.

Doloris Humphrey schnaubte und schaute auf ihre Armbanduhr, die gedämpft aufleuchtete, als sie ihren Arm hob. Es war eine ähnliche Variante, wie das MI20 sie benutzte, nur mit viel weniger Funktionen, soweit ich das herausgefunden hatte.

»Noch fünf Minuten«, murmelte die inoffizielle neue Leiterin der Forschungsabteilung und schnalzte mit ihrer Zunge. Dann zog sie plötzlich ihre Waffe.

Ein eiskalter Schauer schoss mir vom Nacken in die Kopfhaut, und ich bemühte mich um ein weiterhin ausdrucksloses Gesicht.

»Was soll das?« Mr Walkers brummende Stimme klang gelangweilt, aber ich hörte den leicht beunruhigten Unterton.

»Weißt du, Lukas«, betonte Doloris Humphrey den Namen ihres Partners und machte einen Schritt auf uns zu, während sie ihn ansah. »Ich habe bei neuen Leuten immer so ein ungutes Gefühl.«

»Ach ja?« Er bemühte sich um einen sicheren Stand, versuchte, Selbstsicherheit auszustrahlen, aber mich konnte er nicht täuschen.

»Ja.« Sie streckte ihren Arm aus und schoss meinem Onkel in den Bauch, ohne auch nur mit der Wimper zu zucken. »Entschuldige, auch wenn er dein Freund ist. Aber einem ehemaligen Agenten kann ich einfach nicht vertrauen.«

Ich sprang nach vorn, um meinen Onkel aufzufangen, der unter der Wucht des Schusses gegen die Wand geschleudert wurde, bevor er daran entlang zu Boden sackte.

Er stöhnte und starrte ungläubig zu Doloris hoch. »Ich habe …« Weiter kam er nicht, denn ein Schwall Blut schoss aus seinem Mund, lief über sein Kinn, seinen Hals, benetzte sein Hemd.

Ein Zittern erfasste mich. Ich hielt ihn fest, klammerte mich an ihn, drückte ihn zu Boden und presste meine Hände auf seine Wunde. Alles auf einmal. Blut floss zwischen meinen Fingern hindurch. »Onkel Ben.« Mein Kopf war völlig leer.

Sein Blick fand meinen. Seine Hand legte sich auf meine. Blut wärmte meine Finger. »Pass auf dich auf«, flüsterte er und atmete tief und zittrig ein.

»Nein, ich …« Meine Stimme verebbte, als er plötzlich in sich zusammensackte. Seine Augen schlossen sich, und er starb. Direkt vor mir. In meinen Armen.

»Das war unnötig«, hörte ich Mr Walker sagen, leise und drohend. »Er war mein Freund.«

»Er hätte genauso gut ein Feind sein können. Außerdem kannst du dir neue Freunde suchen.« Ihre Stimme klang genervt und gelangweilt zugleich.

Meine Lippen teilten sich, als eine Woge aus Hass mich durchspülte. Ein Zittern erschütterte all meine Muskeln, und ich atmete tief durch, um mich zu beruhigen.

»Steh auf, Soldat.« Der Hohn dieser grausamen Frau traf mich mit voller Wucht, und doch gelang es mir, all den

Schmerz für einen Moment auszublenden und aufzustehen. Ich schaute der Mörderin meines Onkels in die Augen.

Sie lächelte. »Und du?«

Ich sagte nichts, wusste nicht, ob ich es schaffen würde, mich zurückzuhalten.

Ein dreckiges Schmunzeln umspielte ihre Lippen. Doch was auch immer sie sagen wollte, ging unter, als ihre Uhr unter einer eingehenden Nachricht ertönte.

Sie senkte nur langsam den Blick, als würde sie das hier genießen, und schaute schließlich auf ihr Handgelenk. Ihr Lächeln erstarb. Ich wurde unwichtig. Es war fast, als würde sie mich und das, was gerade passiert war, völlig vergessen. »Dr. Meier ist da. Noch zwei Minuten bis zur Auktion.«

37. Kapitel

Alexis

Der Schuss vibrierte in meiner Brust, in meinen Knochen, in meinem Kopf, und ich starrte auf das kleine Häuschen am Rande des Hubschrauberlandeplatzes, aus dem der Schuss gekommen war. »Jemand ist tot.«

»Was?« Mr Mazur spannte sich neben mir an. »Woher weißt du das?«

»Ich kann es spüren. Da sind Gefühlssignaturen aufgeflackert und eine davon ist … verblasst.«

»Könnte nicht jemand eine entsprechende Kraft haben, mit der man die Gefühlssignatur verschwinden lassen kann?«, fragte Mrs Ansari beunruhigt. Ihre Stimme war ein leises Wispern auf dem Dach.

»Vielleicht«, gab ich langsam, zweifelnd zu und konnte die Augen nicht von dem Häuschen abwenden. »Aber zuvor habe ich nichts wahrgenommen, als hätten sie sich abgeschirmt. Der Schuss muss sie aufgewühlt haben, und dabei ist eine der Gefühlssignaturen erloschen.«

»Ich kann keinerlei Wärmesignaturen von dort wahrnehmen«, knurrte Mr Mazur.

»Sie müssen sie irgendwie blockieren, damit niemand bemerkt, dass sie sich dort verstecken«, schlussfolgerte Eva, und ich hörte ihre Sorge, die ich mit ihr teilte. Dean und sein Onkel waren da drin.

Ich kniff meine Augen zusammen und konzentrierte mich wieder auf die Gefühlssignaturen, die nun aber wieder verschwunden waren. »Ich kann nicht sagen, wer alles da drin ist. Was auch immer die Wärmesignaturen blockiert, blockiert auch die Gefühlssignaturen. Ich weiß nur mit ziemlicher Sicherheit, dass gerade eine davon einfach … erloschen ist.«

Mr Mazur schnaubte voller Wut, und ich sah aus dem Augenwinkel, wie er seine geballte Faust auf das Dach drückte. »So ein Dreck!« Dann presste er einen Finger an die Stelle unter seinem Ohr. »Mr Turner? Hören Sie mich? Ja, haben wir gehört. Der Schuss kam aus dem Häuschen direkt vor uns. Laut Alexis ist eine Person verstorben, wir können aber nicht sagen, um wen es sich handelt.« Er machte eine kurze Pause. »Okay«, sagte Mr Mazur mit hörbarem Widerwillen in der Stimme. »Wir halten uns zurück und warten darauf, dass die Ärztin auftaucht.«

»Nicht sein Ernst«, knurrte Eva, deren Anspannung immer weiter anstieg. Sie schien kurz vorm Platzen zu sein.

»Beruhigen Sie sich. Sie wissen, dass wir Sie mit dieser übermäßigen Wut nicht weitermachen lassen können«, warnte Mr Ansari sie leise.

Evas Sturm flachte ab. »Ja, natürlich.« Sie klang reumütig. »Also, sollen wir jetzt abwarten? Ich könnte schnell mal reinschauen. Ich bin so schnell, dass sie mich nicht sehen würde«, bot Eva an.

Ich wollte nichts lieber als ihr zustimmen, wollte wissen, wer gerade erschossen worden war, wollte die Panik über Deans möglichen Tod endlich loswerden. Er durfte nicht sterben. Das würde ich nicht zulassen, denn er hatte mir noch so viel zu erklären!

»Das ist zu gefährlich. Es wäre eine Katastrophe, wenn dich

jemand bemerken würde und Dr. Meier dann mit dem Serum verschwindet. Sie würden untertauchen. Vielleicht haben sie unsere Informanten umgebracht. Wir wären wieder völlig am Anfang«, argumentierte Mr Mazur, und doch spürte ich seinen Widerwillen und den Drang, Eva einfach loszuschicken.

»Ich habe etwas gehört.« Mrs Ansaris Stimme ließ selbst die aufwallenden Gefühle verstummen.

Ich konzentrierte mich, hörte das Rauschen der Themse und die Geräusche der Nacht. Irgendwo hupte jemand, Autos waren unterwegs, und Menschen spazierten durch die Nacht. Ich blendete alles aus, schloss meine Augen und achtete nur auf die nähere Umgebung.

Ich spürte meine Lehrer und Eva neben mir, spürte einige andere Agenten um den Helikopterplatz herum und nahm auch vage die Gefühlssignaturen aus dem Flugkontrollzentrum wahr.

Doch da waren noch andere, von der Flussseite aus. »Am Fluss«, flüsterte ich. »Sie kommen über den Fluss.«

Sofort machte Mr Mazur Anstalten, die Nachricht zu übermitteln. »Mr Turner ...« Weiter kam er nicht, denn plötzlich warfen sich schwere Körper auf uns und drückten uns auf das Dach.

»*Numbers!*«, schrie Eva und warnte vermutlich über ihre Implantate den Rest des Teams.

Ich bäumte mich auf, doch der *Number* über mir war stärker als ich und drückte mich so hart gegen das Dach, dass ich glaubte, er würde mir jeden Moment meine Rippen brechen. Gleichzeitig hatte er seinen Arm um meinen Hals gelegt und drückte zu.

Neben mir hatten sich alle anderen bereits befreien können

und kämpften gegeneinander. Es waren leise Kämpfe mit präzisen Schlägen. Keiner von uns wollte entdeckt werden.

»Ich mache es schnell«, knurrte mir der *Number* ins Ohr, und ich schnappte nach Luft, als ich seine Stimme erkannte.

»Clyde!«, keuchte ich und versuchte mich aufzustemmen, scheiterte aber kläglich. »Ich bin's, Alexis!«

Sein Würgegriff lockerte sich minimal, doch es reichte, damit ich nach Luft schnappen konnte. Ich spürte sein Zögern, fühlte seine Erkenntnis und schloss meine Augen.

Du willst mir nichts tun!, dachte ich so intensiv, wie ich nur konnte, und konzentrierte mich auf den einzelnen Funken Sympathie, den ich in ihm glimmen spürte. »Ich gehöre zu Grace!«

»Verfluchter Mist«, stieß er aus und ließ mich los.

Im nächsten Moment stürzte er sich auf die anderen *Numbers.*

Ich drehte mich auf den Rücken, rang nach Luft und erhob mich, bevor wieder jemand auf den Gedanken kommen konnte, sich auf mich zu werfen.

»Gut gemacht!«, rief Mr Mazur mir zu, während Clyde grollend auf die anderen *Numbers* losging.

»Ich beeinflusse ihn gar nicht mehr«, erwiderte ich und stürzte mich nun ebenfalls auf einen der *Numbers*, der es gerade geschafft hatte, Eva nach unten zu ringen, und kurz davor war, ihr ein Messer in den Bauch zu rammen.

Ich rammte ihn mit voller Wucht, sodass er auf die andere Seite des Dachs geschleudert wurde. Sein Messer schlitterte über den Rand und landete klirrend auf dem Boden, und er sprang auf, kaum dass er sich orientiert hatte. Seine Augen schienen trotz der Dunkelheit zu glühen, und eine eisige Gänsehaut zog sich über meine Arme, als ich seinen Hass spürte.

»Ich mache dich fertig«, knurrte er und rannte auf mich zu.

Ich sprang zur Seite, an den Rand des Daches, und machte dann einen Satz nach oben, als er mich hinunterstoßen wollte.

»Versuch's doch«, erwiderte ich und trat ihm im Sprung mit voller Wucht gegen die Schulter.

Er wankte und griff nach meinem Bein.

Ich war zu langsam, und er schaffte es, mich zu fassen zu bekommen und mich von sich zu schleudern.

Mit einem schmerzvollen Ächzen kam ich hart auf dem Rücken auf, drehte mich nur Sekunden später und sprang wieder auf die Füße. Dann rannte ich mit einem wütenden Knurren auf den *Number* zu und rammte ihm meine Faust mitten ins Gesicht. Er stöhnte, sackte in sich zusammen und wurde ohnmächtig.

Adrenalin pumpte durch meine Adern, und ich stürzte mich auf die nächsten *Numbers*, die es geschafft hatten, Mrs Ansari einzukesseln.

Wir machten Stück für Stück alle *Numbers* unschädlich – bis auf Clyde.

Mr Mazur stand neben mir, die Hände zu Fäusten geballt, seine Knie leicht gebeugt, und legte eine deutliche Feindseligkeit in seine Stimme. »Was ist das hier für ein Spiel? Warum machst du deine eigenen Leute unschädlich?«

»Ich kenne ihn aus dem Gefängnis. Er ist auf unserer Seite«, erklärte ich und wollte auf Clyde zugehen.

Doch Mr Mazur streckte seinen Arm aus und hinderte mich am Weitergehen. »Also sollen wir einem Häftling vertrauen?«

»Ich bin selbst ein Häftling«, erwiderte ich und schob Mr Mazurs Arm weg, während ich seinen harten Blick erwiderte und leicht mein Kinn hob. »Er ist ein Freund. Wie Sie sehen, hat er uns geholfen, sobald er mich erkannt hatte.«

»Aber wieso?«, fragte Mrs Ansari, und ich spürte die Neugier unter ihrem Misstrauen. Dabei betrachtete sie Clyde eingehend. »Sie haben für Herakles gearbeitet, für Mr Walker, wieso haben Sie gerade jetzt die Seiten gewechselt? Wieso nicht schon gestern? Was waren Ihre Beweggründe?«

»Herakles war mein Zuhause«, antwortete er zögerlich. »Dort bin ich aufgewachsen. Es war irgendwie selbstverständlich, dass ich zu ihnen zurückging. Doch sie haben mir jemanden genommen, der sehr wichtig für mich ist … war«, berichtigte er sich und schluckte hörbar.

In meinem Hals wurde es eng. *Grace.*

Ach du Scheiße. Er hatte gerade zugegeben, dass sie ihm wichtig war.

Meine Augen brannten, als mir durch den Kopf schoss, dass sie vor Freude ausflippen würde.

Clyde seufzte und deutete auf mich. »Ich wusste nicht wohin, nachdem sie … starb. Aber jetzt weiß ich es.« Sein Blick fand meinen, und er lächelte knapp. »Das alles muss ein Ende haben. Grace hat dir vertraut. Deshalb tue ich es auch. Ich bereue, dass ich ihr nie gesagt habe, dass ich sie mag. Aber es war besser so.« Er seufzte leise. »Doloris Humphrey hätte sie sonst irgendwann benutzt, und das konnte und wollte ich nicht zulassen. Aber das ist jetzt ja sowieso …« Er verstummte, und Trauer umspülte uns.

Ich erwiderte sein Lächeln, auch wenn ich noch immer das Gefühl hatte, nicht richtig atmen zu können. Ich schluckte den Kloß in meinem Hals herunter. Jetzt brauchte ich all meine Konzentration. Meine Trauer würde später noch genug Raum bekommen. Mein Blick wanderte zur Flugkommandozentrale und dann zurück zu Clyde. »Weißt du, wer erschossen wurde?«

Er schüttelte den Kopf. »Nein, ich und die anderen haben den *Heraklestrank* und Dr. Meier beschützt. Kurz bevor sie an Land ging, wurden ein paar von uns vorausgeschickt, um die Gegend zu prüfen.«

Mr Mazur fluchte leise. »Wird es auffallen, wenn ein Teil von euch fehlt?«

»Nicht sofort«, antwortete Clyde ihm und schaute nun ebenfalls zu dem Gebäude. »Sie werden davon ausgehen, dass wir weiter die Umgebung sichern.« Sein spöttischer Blick fiel auf mich. »Hoffentlich ist der Rest von euch besser versteckt.«

»Ich wusste doch, dass wir Tarnkleidung hätten tragen sollen«, hörte ich Eva murmeln.

Clyde lächelte halb, aber ich spürte, dass das Lächeln sein Herz nicht berührte. »Also, was ist der Plan?«

Mr Mazur schnaubte mit erhobenen Augenbrauen. »Wieso glauben Sie, dass Sie jetzt Teil des Teams sind?«

»Pawel!«, schimpfte Mrs Ansari plötzlich und verdrehte ihre Augen, bevor sie mich ansah. »Sie denken, wir können ihm trauen?«

Ich brauchte einen Moment, um zu realisieren, dass Pawel vermutlich Mr Mazurs Vorname war, und nickte dann ernst.

»Gut, dann *ist* er Teil unseres Teams. Wir können ihn und seine Informationen gut gebrauchen.«

Wieder nickte ich nur, überwältigt von dem Vertrauen, das meine ehemalige Lehrerin mir entgegenbrachte.

»Na gut«, zischte Mr Mazur unwillig und schaute in die Runde. »Dann werden wir wieder in Stellung gehen und auf Mr Turners Anweisungen warten.«

Clyde lachte höhnisch und schob seine Hände in die Hosentaschen. »Könnten wir tun.«

»Aber?«, fragte Mr Mazur gereizt.

Er zuckte mit den Schultern. »Dann werdet ihr wohl zu spät kommen. Es gibt einen direkten Zugang zum Treffpunkt vom Fluss aus.«

»Was? Nein!«, knurrte Mr Mazur und hob den Arm mit seiner Uhr, vermutlich um sich mit Mr Turner zu verbinden. »Hallo? Ja, wir haben einen ... Gefangenen«, sagte er nach leichtem Zögern und sah ihn mit drohend erhobenen Augenbrauen an, damit Clyde vermutlich bloß nichts Falsches sagte. »Wir haben die Information bekommen, dass Dr. Meier durch einen direkten Zugang vom Fluss aus zum Treffpunkt gelangen wird.« Er hörte zu, was Mr Turner auf der anderen Seite sagte, und seine Augenbrauen zogen sich immer fester zusammen. »Aber Mr Turner ...« Mein Lehrer machte ein unwilliges Geräusch, bevor ihm hörbar der Kragen platzte. »Jetzt mach mal halblang! Sie ist jetzt in unserem Team, Direktor Roberts hat selbst gesagt, dass sie eine Bereicherung ist. Hör gefälligst auf mit diesem Unsinn, und verhalte dich professionell! Wir sind dem Treffpunkt am nächsten und werden uns jetzt nähern. Wenn du ein Problem damit hast, dann nimm uns fest!«

Als er aufgelegt hatte, sah er uns fest und entschlossen nacheinander an. »Neuer Plan. Wir nähern uns, versuchen, nicht erwischt zu werden und den Heraklestrank an uns zu bringen!«

»Ja, verdammt!«, rief Eva leise.

Prompt kassierte sie für den Fluch einen bösen Blick von Mrs Ansari.

Mr Mazur zog ein Messer aus seinem Stiefel. »Wir sollten dich nicht komplett unbewaffnet mit in den Kampf nehmen.«

Ich musste lächeln und nahm dankbar die Waffe an mich. Es war mehr als nur ein Messer. Es war ein Vertrauensvorschuss, den ich sicher nicht missbrauchen würde. »Danke.«
Er nickte und schaute dann zu dem Gebäude.

Uns trennte lediglich eine Backsteinmauer und ein schmaler Weg von unserem Ziel.

Die Flugkommandozentrale war so nah, dass wir einfach vom Dach aus auf die Mauer – und dann auf das Gebäude springen könnten.

Ich wandte mich Clyde zu. »Weißt du zufällig, wo sich die anderen *Numbers* positioniert haben?«

Er verzog bei der Bezeichnung den Mund. »Ja, die meisten sind direkt da unten.« Er deutete auf den schmalen Weg. »Das ist die Schwachstelle des Treffpunkts.«

Ich nickte langsam, lauschte dem Rauschen der Themse und musste plötzlich lächeln.

»Was schwirrt dir im Kopf herum?«, fragte Eva mit einem Grinsen in der Stimme. »Du hast einen Plan, oder?«

Ich deutete auf den Fluss. »Und wenn wir denselben Weg nehmen wie Dr. Meier? Vom Wasser aus?«

»Ein Versuch ist es wert«, nickte Mrs Ansari.

»Hätte ich mal einen Bikini eingepackt.« Eva seufzte, bevor sie leise lachte und den Reißverschluss ihres schwarzen Anzugs bis unters Kinn zog. »Ich bin dabei.«

Mr Mazur sah Clyde fragend an, wartete ab, was er von dem Plan hielt.

Ich spürte, wie ein warmes Gefühl in ihm aufstieg, genauso wie Unbehagen. Er war es nicht gewohnt, dass man ihn nach seiner Meinung fragte. »Könnte klappen«, sagte er nach einem leisen Räuspern.

»Dann versuchen wir es«, meinte ich.

»Ich gebe den anderen Bescheid.« Mrs Ansari wartete keine Erwiderung ab, sondern kontaktierte Mr Turner und teilte ihm unseren Plan mit. In ihrer Stimme war zu hören, dass sie keine Widerrede dulden würde, und nach weniger als einer Minute war das Gespräch auch schon vorbei. Sie lächelte uns alle an. »Dann gehen wir mal schwimmen.«

»Das müssen wir nicht mal«, informierte Clyde uns und nickte zum Häuschen. »Direkt daneben ist ein kleiner Streifen Sand.«

»Aber um zu dem zu gelangen, müssten wir an den Numbers vorbei. Das würde zu viel Aufmerksamkeit auf sich ziehen.« Ich deutete nach rechts. »Wir sollten am besten von weiter hinten ins Wasser zu der Sandbank schwimmen und von dort aus dann den Treffpunkt entern.«

»Ich glaube nicht, dass entern das richtige Wort dafür ist«, informierte mich Eva.

Ich lachte. »Der Satz gehört eindeutig zu Vivien.« Schon als ich den Namen ausgesprochen hatte, fiel mein Lächeln in sich zusammen. Ich versuchte es mit einem Räuspern zu überspielen, doch Evas mitleidiger Blick sagte mir, dass sie mich durchschaute.

»Der Plan ist gut. Machen wir es so«, entschied Mr Mazur und wandte sich ab.

Wir folgten ihm, liefen geduckt über das Dach und sprangen auf der anderen Seite über eine kleine Brücke, während wir uns in den Schatten der Nacht versteckten. Man hörte nur den fernen Londoner Verkehr und das seichte Wasserrauschen. Ansonsten umgab uns unheilvolle Stille.

38. Kapitel

Alexis

Wir schlichen uns zu dem Zaun, der vor einem Absturz in die Themse schützte, und schwangen uns darüber, nur um schließlich in das eisige Wasser zu sinken.

Keiner von uns sprach, während wir langsam gegen die seichten Wellen anschwommen und auf die Sandbank zuhielten.

Mr Mazur und Eva schwammen voraus und hatten das Ziel fast erreicht, als plötzlich etwas mein Bein packte.

Ich stieß einen leisen, erschrockenen Laut aus und konnte gerade noch nach Luft schnappen, bevor ich unter Wasser gezerrt wurde.

Eisiges Schwarz umschloss mich, während der Griff um mein Bein fester wurde und mich mit in die Tiefe nahm. Ich strampelte, versuchte etwas zu erkennen, aber selbst mit meiner verbesserten Sicht war ich so gut wie blind.

Panik stieg in mir auf, und ich strampelte heftiger, versuchte mich zu befreien, doch wer auch immer mich festhielt, war einfach zu stark für mich.

Plötzlich spürte ich einen weiteren Ruck, als irgendwer nach meinem Arm griff und mich in die entgegengesetzte Richtung zog.

Ich hob meinen Kopf und konnte Clyde schemenhaft wahrnehmen. Er hangelte sich an mir herunter, bis er mein Bein erreichte.

Dann sah ich, wie er mein Messer aus dem Gurt zog und es meinem Angreifer in den Arm rammte.

Im nächsten Moment war ich frei.

Sofort begann ich kräftige Züge in Richtung Wasseroberfläche zu machen.

Ich spürte, wie mir die Luft ausging, und kämpfte gegen den Drang an, meinen Mund zu öffnen und vergeblich nach Sauerstoff zu ringen.

Es war so dunkel um mich herum, dass ich einen kurzen Moment lang nicht wusste, ob ich mich in die richtige Richtung bewegte.

Doch dann durchbrach ich plötzlich die Wasseroberfläche. Ich sog tief Luft in meine Lungen und sah mich um. Ich befand mich auf der anderen Seite der Themse, etwa zwanzig Meter vom Landeplatz entfernt.

»Clyde!«, rief ich leise und presste meine Lippen zusammen. Kurz holte ich Luft und hielt meinen Kopf unter Wasser, doch ich konnte nichts erkennen.

Ein Fluch kam über meine Lippen.

Im nächsten Moment tauchte jemand aus dem Wasser auf. Und es war nicht Clyde.

Ich wollte nach meinem Messer greifen, doch fasste ins Leere.

»Der Verräter wird dir nicht noch einmal helfen«, gurrte das Mädchen, das eindeutig eine *Number* war. Ihr Gesicht war seltsam eingefallen und über ihren Hals zogen sich wulstige Narben. Doch Moment … waren das … Kiemen?

»Was bist du?«, stieß ich erschrocken aus.

Wut blitzte in ihren Augen auf, und ich spürte den Schmerz, den meine Worte in ihr auslösten.

»Halt dein dreckiges Maul!«, schrie sie und wollte sich auf mich stürzen.

Ich wich gekonnt aus und machte ein paar lange Züge, doch als ich über die Schulter sah, bemerkte ich, dass sie viel schneller war als ich.

»Arghh!«, schrie sie plötzlich voller Schmerz.

Ich wurde nicht langsamer, blickte mich aber dennoch erneut um.

In diesem Moment durchbrach auch Clyde wieder die Wasseroberfläche und hielt die *Number* mit festem Würgegriff umklammert. »Hau ab! Ich kümmere mich um sie!«

Ich zögerte nur kurz, sah dann aber ein, dass ich keine Chance hatte, und schwamm mit kräftigen Zügen weiter.

Die Strömung der Themse war stark und wollte mich immer wieder davonzerren. Das unzureichende Training der letzten Monate machte sich bemerkbar, und ich kam nur langsam voran.

Ein lautes Rauschen ertönte, und ich brauchte einen langen Moment, bis mir klar wurde, dass sich Hubschrauber näherten.

Das mussten die Käufer sein!

Ich biss die Zähne zusammen und kämpfte mich durch die eisigen Fluten der Themse. Im Hintergrund wurden die Kampfgeräusche von Clyde und der *Number* immer leiser, und kurz durchzuckte mich ein schlechtes Gewissen. Dann wurde mir klar, dass ich sowieso nur im Weg gewesen wäre. Clyde würde klarkommen. Das musste er. Sonst würde Grace mich als rachsüchtiger Geist heimsuchen.

»Er wird es schaffen«, versprach ich Grace mit einem Keuchen und mobilisierte meine Kräfte für die letzten Meter.

Als ich schließlich einen Steg unter meinen Füßen spürte, seufzte ich vor Erleichterung.

»Na endlich«, hörte ich Eva leise schimpfen, während ich mich aus dem Wasser kämpfte. Glücklicherweise sog meine Einsatzkleidung kein Wasser auf. Dennoch waren meine Haare nass und schwer und fühlten sich gleichzeitig innerhalb von Sekunden wie Eisklötze an, als der kalte Wind durch sie hindurchfuhr. Schnell scannte ich die Umgebung mit meinen Augen. Rechts führte eine Treppe hoch zur Landebahn. Direkt über mir ragte die Flugkommandozentrale auf, die am Rand des Hubschrauberlandeplatzes stand. Aus der oberen Fensterreihe drang Licht, aber ich konnte keine Personen ausmachen.

Ich stellte mich neben Eva an die Steinwand, an die die Sandbank grenzte, während ich mich umsah. »Wo sind die anderen?«

»Checken die Umgebung und das Boot dort hinten. Damit ist vermutlich Dr. Meier vorhin hier angekommen«, erklärte sie mir und nickte zum Wasser. »Als du weggerissen wurdest, haben wir entschieden, dass es Sinn macht herauszufinden, ob uns noch irgendwer hier draußen auflauern könnte.«

Ich nickte, denn es wäre tatsächlich ziemlich ärgerlich, wenn wir einen Überraschungsangriff starten und dann selbst überrascht würden. Schon wieder.

»Die Zeit wird knapp«, knurrte Eva und schaute hoch zu den Hubschraubern, die immer näher kamen. »Wir müssen endlich zugreifen.«

In diesem Moment tauchten Mr Mazur und Mrs Ansari aus dem Wasser auf und kamen an Land gewatet.

»Die Umgebung ist gesichert. Auch im Boot ist niemand.«

Die Hubschrauber wurden lauter, und Mrs Ansari drückte

wie automatisch ihre Hand an ihr Ohr. »Mr Turner? Hören Sie das? Wir gehen jetzt rein.«

Sie stoppte, gerade als sie fast das Wasser verlassen hatte. Fassungslosigkeit lag in ihren aufgerissenen Augen. »Wieso sollten wir warten?«

Mr Mazurs Kopf fuhr herum. »Was?«

Unsere Lehrerin schüttelte ihren Kopf. »Natürlich wäre es gut zu wissen, wer die Käufer sind. Aber je mehr Leute sich hier aufhalten, umso schwerer wird es für uns, an den Heraklestrank zu kommen!«

Mr Mazur machte eine Geste mit seiner Hand, als würde er seinen Hals durchtrennen.

»Entschuldigen Sie, Mr Turner, aber wir werden jetzt reingehen und unseren Job machen.« Sie schnaubte, legte den Kopf kurz schief und kappte damit die Verbindung. Ihr entschlossener Blick heftete sich auf uns. »Auf geht's.«

Eva machte ein ersticktes Geräusch, als müsste sie ein Lachen unterdrücken, und ich nickte ebenfalls knapp.

Mr Mazur grinste breit, doch sein Grinsen fiel in sich zusammen, als er mich ansah. »Wo ist der *Number?*«

»Clyde ist noch in der Themse und kämpft gegen die *Number*, die mich weggezogen hat«, erklärte ich ihm und ließ meinen Blick über das Wasser schweifen. Als ich sie nicht in den düsteren Wellen sah, krampfte sich mein Magen zusammen.

Das Dröhnen von Rotorblättern war nun fast ohrenbetäubend, und ich blickte in den dunklen Himmel. Drei Hubschrauber waren es, und sie kamen immer näher. »Er wird nachkommen.«

Mr Mazur nickte knapp und deutete dann zum Gebäude über uns. Dabei erschien ein grimmiger Gesichtsausdruck auf seinem Gesicht, gemischt mit einem vorfreudigen Lächeln, das ihn einen Mundwinkel heben ließ. »Lasst uns das hier zu Ende bringen.«

Einstimmig nickten wir.

»Dr. Meier wird durch den Zugang da vorne gegangen sein«, mutmaßte Mrs Ansari und deutete auf den Steg, der nach oben zum Landeplatz führte und wo sich auch der Haupteingang des Gebäudes befand. »Wir werden natürlich *nicht* da durchgehen«, informierte sie uns und deutete auf die steinerne Wand. »Ich hoffe, ihr habt Lust, ein wenig zu klettern.«

Ich lachte leise und betrachtete die knapp zwei Meter hohe Steinwand. »Sollte zu schaffen sein.«

»Wir werden erst einmal die Lage sondieren. Schaut durch die Fenster. Alexis, wenn du irgendwen beeinflussen kannst, dann tue es.«

Ich nickte auf ihren Befehl hin, und dann traten wir nebeneinander an die Steinwand.

Im selben Moment hörte ich, wie jemand aus dem Wasser kam, schnelle Schritte erklangen leise über den Steg.

Meine Muskeln spannten sich an, als ich mich umdrehte. Doch als ich in der Person Clyde erkannte, spürte ich so heftige Erleichterung, als würde ich Grace wiedersehen, als hätte *sie* überlebt und nicht er. Ich blinzelte, als meine Augen zu brennen begannen.

Er blutete an den Lippen und grinste schief, als er sich neben mich stellte und den anderen zunickte. Wasser perlte von seinen Haaren ab und hatte seine graue Kleidung schwarz gefärbt. »Sie wird kein Problem mehr für uns sein.« In seinen Augen lag eine Dunkelheit, die mich frösteln ließ. Dennoch nickte ich knapp und dankbar.

»Gut gemacht«, sagte Mr Mazur knapp.

Sofort spürte ich eine Euphorie in Clyde aufsprudeln, die ihm Angst machte. Vermutlich wurde er nicht oft gelobt und nickte deshalb nur knapp.

Mr Mazur erklärte ihm unser weiteres Vorgehen. »Wir wollen hier hochklettern und die Situation prüfen.«

»Alles klar«, sagte er und suchte Halt an der Steinwand.

Ich spürte Evas Blick und erwiderte ihr leises Lächeln, bevor ich es Clyde nachtat und langsam die Wand hochkletterte.

Als wir die Fenster erreichten, lugten wir vorsichtig hindurch, immer darauf bedacht, uns nicht erwischen zu lassen. Als wir sahen, wie viele Personen sich in dem großen Raum befanden, duckten wir uns blitzschnell.

»Was jetzt?«, fragte Clyde.

»Plan B«, murmelte Eva, holte etwas aus ihrer Jackentasche und klebte es an die Fensterscheibe, bevor sie sich von der Wand abstieß und runtersprang.

Wir folgten ihr.

Sie holte ein Handy aus ihrer Jacke, tippte darauf herum und stieß dann einen leisen Triumphruf aus. »Super, die Kamera hat die Themse überlebt.«

Sie stellte sich so hin, dass wir anderen ebenfalls auf den Bildschirm des Handys schauen konnten. Zu sehen war das Innere des Raumes.

Mrs Ansari und ich sogen gleichzeitig Luft ein, als wir die regungslose Person in der Ecke des Raumes sahen.

»Ben«, knurrte Mr Mazur, und ich spürte seinen Schmerz so deutlich, dass ich mein Schild für einen Moment schließen musste.

Dann konzentrierte ich mich wieder auf das Bild. Neben der Leiche des Agenten stand Dean, völlig erstarrt und dennoch aufrecht. Neben ihm befanden sich einige *Numbers*, insgesamt zehn, und Josef Pavlacek. An den Fenstern auf der anderen Seite des Raumes, zu der Landebahn hin, standen Mr Walker, Mrs Humphrey und Dr. Meier.

Dr. Meier überreichte Mrs Humphrey gerade einen Koffer.

»Das muss der Heraklestrank sein«, flüsterte Eva, und ich nickte stumm. »Was machen wir jetzt?«

»Leite das Bild an Mr Turner weiter«, befahl Mr Mazur knapp und rang noch immer mit seiner Trauer, doch ich spürte, dass er sie langsam in den Hintergrund drängte.

»Die Käufer sind fast da«, sagte Clyde und schaute nach oben in den Himmel, wo die Hubschrauber nun gefährlich nah waren. »Ich denke, wir sollten nicht zu lange warten.«

»Sehe ich auch so«, stimmte Mr Mazur ihm zu. Wieder spürte ich Clydes Freude und wurde für einen Moment unendlich traurig, weil es nur bewies, wie mies sein Leben bisher gewesen war.

»Aber wie? Einfach reinstürmen?« Eva starrte weiterhin auf den Bildschirm, auf dem Doloris Humphrey gerade den Inhalt des Koffers betrachtete. Es waren sicher zehn Phiolen mit einer rosa Flüssigkeit. *Der Heraklestrank. Die Kopie des Serums. Eine Waffe, die die Welt vernichten könnte.*

»Alexis, kannst du irgendwen beeinflussen?«, fragte Mr Mazur, schaute zum Haus hoch und blinzelte. Vermutlich checkte er die Wärmebildkamera seiner Kontaktlinsen.

Ich konzentrierte mich auf alle Gefühlssignaturen in meiner Nähe und legte meinen Kopf in den Nacken. Von hier aus spürte ich sie etwas deutlicher als vom Dach, aber noch immer verschwommen.

Dabei stach eine Gefühlssignatur besonders heraus. Anders als Doloris Humphrey und Dr. Meier schien er seine Gefühle nicht so unter Kontrolle zu haben. »Mr Walker.«

Mrs Ansari machte ein nachdenkliches Geräusch. »Bring ihn irgendwie dazu, den Koffer an sich zu nehmen. Ich denke, Doloris Humphrey ist der Part, den wir nicht unterschätzen sollten.«

»Sie ist deutlich gefährlicher«, stimmte ich ihr zu und konzentrierte mich ganz auf Mr Walker.

»Wir gehen rein«, entschied Mr Mazur.

Meine Augen öffneten sich. »Ich komme mit.«

Er schüttelte seinen Kopf. »Wir brauchen dich als Trumpf. Deine mentale Kraft hilft uns mehr als deine körperliche.«

Obwohl er recht hatte, konnte ich nur zögerlich nicken. »Na gut. Aber sollte irgendwas schiefgehen, komme ich nach.«

In diesem Moment ertönte ein Schuss aus dem Inneren des Hauses, der mir bis ins Herz drang. Und unwillkürlich hatte ich nur noch einen Gedanken:

Dean!

39. Kapitel

Dean

Doloris Humphrey senkte ihre Waffe und lächelte halb, während Dr. Meier sich an ihre blutende Brust griff und zu Boden ging.

»Danke für Ihren Einsatz«, säuselte sie und sah auf die sterbende Ärztin, während sich eine immer größer werdende Blutlache auf dem Boden ausbreitete.

Josef Pavlaceks Hände ballten sich neben mir zu Fäusten, doch ansonsten bewegte er sich nicht. Er war Dr. Meiers persönlicher Handlanger gewesen, doch er wusste vermutlich auch, dass er jetzt nichts mehr für sie tun konnte.

Dann erklangen die Rotorblätter der Hubschrauber so laut in unserer Nähe, dass ein Ruck durch die Menge ging.

»Raus mit dem Empfangsteam«, befahl Mrs Humphrey. Acht *Numbers* lösten sich sofort aus ihrer Formation an der Wand und gingen nach draußen. Durch das Fenster sah ich, dass sie sich in einer Reihe am oberen Rand des Landeplatzes aufstellten, ihre Taschenlampen hervorzogen und diese anmachten. Vermutlich als Zeichen, dass es sicher war zu landen.

Ich spürte das erkaltete Blut meines Onkels an meinen Händen, während ich Doloris nur anstarren konnte und hoffte, jemand würde mich aus diesem Albtraum befreien. *Onkel Ben …*

»Wirklich? War das nötig?«, fragte Mr Walker hörbar genervt und schaute seine Partnerin an, als wäre der Tod der Ärztin nur ein weiteres Ärgernis auf einer langen Liste.

Sie zuckte mit ihren Schultern und betrachtete ihn unter träge gesenkten Augenlidern hinweg. »Sie war im Weg.«

»Sollte einer der Käufer spezifische Fragen haben, können wir diese nicht beantworten«, erwiderte er, und plötzlich lag Gereiztheit in seiner Stimme.

»Das bekommen wir schon irgendwie hin.« Sie wedelte mit ihrer Hand, als würde sie seine Fragen nicht ertragen, und schaute mit einem seligen Lächeln zum Fenster heraus. Hinter dem draußen liegenden Landeplatz glitzerte die Themse, und in ihr spiegelten sich die vielen Lichter der Stadt.

»Gib mir den Koffer«, sagte plötzlich Mr Walker und streckte seine Hand nach dem Koffer aus, den Dr. Meier Doloris Humphrey gegeben hatte.

Sie kniff ihre Augen kaum merklich zusammen. Es war nur eine winzig kleine Regung, so unscheinbar, dass sie vermutlich keinem anderen auffiel. Doch ich war dafür ausgebildet, solche Feinheiten zu erkennen. *Argwohn.*

»Wieso? Willst du noch mal nachzählen?«

»Ich will mir den Heraklestrank genauer ansehen«, erwiderte er in einem Tonfall, der deutlich machte, dass er sich nichts weiter von ihr sagen lassen würde.

Ihre Lippen zuckten leicht. »Sag nicht, du bist sauer wegen deines Sohns. Er war schwach.«

Mr Walkers Gesicht verriet nichts von seinen Gedanken oder Gefühlen. Hätte ich Thomas nicht persönlich retten müssen, wäre ich nun sicher gewesen, dass sein Sohn ihm rein gar nichts bedeutete. »Er ist hier nicht das Thema. Gib mir den Koffer.«

Sie zögerte. Ihre Hand, mit der sie die Waffe noch immer hielt, zuckte ganz leicht.

Er bemerkte es und lächelte plötzlich. »Töte mich, und du wirst das Serum nicht los. Die Käufer kennen dich nicht. Sie vertrauen dir nicht. Sollte ich beim Verkauf fehlen, wirst du leer dastehen. Mit einem Serum, dass das MI20 sucht, und ich bin mir sicher, dass es nur eine Frage von Minuten ist, bis sie auftauchen.«

»Innerhalb dieser Minuten haben wir das Geschäft über die Bühne gebracht und sind längst weg.« Sie lachte und überreichte ihm den Koffer. »Natürlich weiß ich, dass du der Kontaktmann bist. Wir sind doch Partner.« Beleidigt verzog sie ihre Lippen zu einem Schmollmund. »Dass du mir so was zutraust.«

Mr Walker bedachte sie mit einem kurzen Blick, wobei er seine Augenbrauen vielsagend hob, und öffnete dann den Koffer. Seine Finger verharrten auf einer Phiole, und er zog seine Augenbrauen nun zusammen. Als hätte er etwas vergessen. Oder als wüsste er nicht, was er da gerade tat. Seltsam.

Ich betrachtete Doloris Humphrey wieder, bemerkte, dass auch sie sein Zögern sah, und auch, wie sich ihre Finger wieder fester um ihre Waffe legten. Sie würde ihn umbringen, sobald sich die Gelegenheit dazu ergab. Sie würde uns alle umbringen.

Meine Hände wollten sich zu Fäusten ballen. Was machte Mr Turner für einen Scheiß? Wieso brauchte er so lange?

Die Verbindung zu ihm war abgerissen, als wir dieses Gebäude betreten hatten, und seitdem wartete ich darauf, dass sie endlich zugriffen.

In mir schrie alles danach, dass ich selbst eingreifen musste, dass sie zu spät kommen würden. Doch es wäre praktisch Selbstmord, wenn ich jetzt die Aufmerksamkeit auf mich zog.

Doloris Humphrey würde mich erschießen, oder die *Numbers* würden mich angreifen. So oder so würde ich nicht rechtzeitig an das Serum kommen.

Verdammt! Wieso passierte denn nicht endlich was?

Im nächsten Moment explodierten alle Fenster, und Glas schoss durch die Luft wie Gewehrkugeln. Der Krach donnerte über mich hinweg, und ich riss meine Arme hoch, um mich vor dem herumfliegenden Glas zu schützen. Schreie hallten durch die Gegend und wurden von kaltem Wind und dem Geruch der Themse begleitet.

Doloris Humphrey stieß einen kurzen, wütenden Schrei aus, während Mr Walker den Koffer zuklappte und sich gegen die Wand drückte.

Plötzlich sprang ein riesiger, bulliger Kerl durch eines der zerstörten Fenster und starrte mich mit wildem Blick an. Es war der *Number*, der bei Herakles auf Alexis und die anderen aufgepasst hatte. Derjenige, der mich nach Grace' Tod angesehen hatte, als würde er mir persönlich den Hals umdrehen wollen. Und er sah aus, als hätte er noch immer eine ziemliche Wut auf mich. *Verdammt!*

»Lasst uns die Party starten«, knurrte er, während hinter ihm Mrs Ansari, Mr Mazur und Eva in den Raum sprangen, bevor er direkt auf mich zurannte.

40. Kapitel

Alexis

»Nein!«, schrie ich, doch meine Stimme ging im Kampflärm unter, als Clyde sich auf Dean stürzte. Ich klammerte mich an den Fensterrahmen und blieb außerhalb des Tumults, aber nach genug dran, um mich auf Mr Walkers Gefühle zu konzentrieren.

Eva kämpfte mit Mrs Ansari gegen zwei *Numbers*, während Mr Mazur sich auf Doloris Humphrey konzentrierte und ihr gerade die Waffe aus den Händen riss.

Meine Konzentration riss, ich hatte Mr Walker nicht mehr unter Kontrolle, und er nutzte diesen kurzen klaren Moment und sprang mitsamt dem Koffer in der Hand aus dem Fenster. Er rannte auf die Landebahn, wo gerade ein Hubschrauber landete. Genau dort, wo sich noch weitere *Numbers* befanden und unschlüssig zwischen der Kampfszene und ihrer Aufgabe hin- und hergerissen waren. Ich spürte nur einen Teil von ihnen, doch der Zwiespalt war immens. Ein Aufatmen ging durch die Menge, als sie Mr Walker auf sich zurennen sahen.

»Nein!«, schrie Doloris Humphrey in diesem Moment.

Ich sah nicht zu ihr herüber, sondern stürzte Mr Walker hinterher. Ich hievte mich nach oben auf das Dach, um das Chaos im Inneren des Hauses zu umgehen, kletterte darüber hinweg und landete eilig auf der Landebahn.

Das Drehen der Rotorblätter dröhnte über den Platz hinweg, und selbst aus einigen Metern Entfernung riss der erzeugte Wind an meinen Haaren.

Ich schrie so laut ich konnte, als ich sah, wie nah Mr Walker dem Hubschrauber kam. Sollte er es schaffen, ihn zu erreichen, würden er und der Käufer mitsamt des Heraklestranks verschwinden. Das würde ich auf keinen Fall zulassen. Ich mobilisierte all meine Kräfte und wurde schneller. *Nur noch ein paar Meter.*

Im nächsten Moment wurde ich zurückgerissen. Hände umschlossen meinen Hals, drückten fest zu, und in meinem Kopf hörte ich Doloris Humphreys Stimme. »Du wirst mir das nicht kaputt machen!«

Ich landete auf dem Rücken, zappelte, kratzte an meinem Hals und rang panisch nach Luft.

Gleichzeitig sah ich Doloris Humphrey an mir vorbeirennen. In ihren Augen stand der Wahnsinn, während sie Mr Walker folgte.

Ich riss meinen Kopf zur Seite, japste nach Luft und keuchte.

»Du mieser Schurke wolltest mich zurücklassen!«, schrie sie.

Mr Walker war kurz vor dem Hubschrauber, nur noch einen Meter entfernt. Er hob schon ein Bein, um hineinzuspringen. Ein Mann hielt ihm seine Hand entgegen, schrie etwas, das ich nicht hören konnte. Er hatte es fast geschafft.

Doch dann sackte Mr Walker auf einmal in sich zusammen. Der Koffer rutschte ihm aus den Fingern, während er auf die Landebahn fiel und seine Hände zu seinem Hals fuhren. Sein panischer Blick zuckte zu Doloris Humphrey.

Mir wurde schwarz vor Augen. Ich suchte nach Luft. *Luft!* Ich blinzelte, versuchte bei Bewusstsein zu bleiben.

Der Mann aus dem Helikopter sprang hinaus und schnappte sich den Koffer.

»Ohne Bezahlung abhauen.« Doloris Humphreys Lachen hallte trotz des Lärms über mich hinweg. »Das sind mir die Liebsten!« Auch dieser Mann sackte in sich zusammen, noch bevor er wieder in den Helikopter steigen konnte.

Der Pilot sah alles mit an. Eine weitere Person saß hinter ihm, wedelte mit den Armen. Der Helikopter hob vom Boden ab, den er kaum berührt hatte.

Ich blinzelte, spürte, wie ich nicht länger kämpfen konnte, und mein Körper hörte auf, sich zu wehren. Meine verkrampften Muskeln entspannten sich, und ich sah am Himmel, wie die zwei übrigen Helikopter kehrtmachten. Die Verkäufer verschwanden.

Ein schwaches Lächeln erschien auf meinen Lippen.

Wenigstens diesen Sieg hatten wir errungen.

Ich spürte, wie die Dunkelheit an mir zerrte, mich mitreißen wollte, mich umschlingen wollte, nur, um mich für immer zu verschlucken.

Plötzlich hallte ein Schuss durch die Nacht.

Im nächsten Moment verschwand das Würgen, und der Schmerz hörte auf. Luft strömte in meine Lungen, und ich hustete und würgte, als hätte ich tausend Liter Wasser aus der Themse geschluckt.

Gleichzeitig richtete ich mich auf, wusste, dass der Kampf noch nicht vorbei war.

»Das kann doch nicht wahr sein!« Doloris Humphreys Schrei hallte durch die Nacht.

Ich blinzelte, meine Sicht klärte sich, und ich entdeckte sie dort, wo noch kurz zuvor der Helikopter gestanden hatte. Sie drückte ihre Hand an ihren Bauch. Blut durchtränkte ihren hellen Hosenanzug. Ihr wilder Blick fuhr umher, und sie suchte den Schützen. In ihren Augen lag der Durst nach Rache. »Zeig dich, du Feigling!« Sie schrie, und plötzlich dröhnte es in meinen Ohren. Es dröhnte so laut, dass ich erneut in die Knie ging und mir übel wurde von dem Lärm in meinem Kopf.

Um mich herum wallten Gefühlssignaturen voller Schmerz auf.

Sie weitete ihre Kräfte aus, verletzte so viele Personen wie möglich. Die Scharfschützen, alle Agenten des MI20. Auch alle *Numbers*, die nun auf dem Landeplatz zusammengesunken waren und ihre Hände an ihre Köpfe drückten.

Gleichzeitig bückte sie sich wankend nach dem Koffer.

Ich hörte ein Rotieren, drehte meinen Kopf unter Schmerzen und entdeckte einen Helikopter über uns in der Luft. Abwartend.

Er wartete auf Doloris Humphrey, auf den Koffer und war bereit zuzusehen, bis eine Seite gewann.

Ich presste meine Lippen aufeinander. Mir war egal wer da drin saß, aber diese Person würde *niemals* den Koffer bekommen.

Ich starrte Doloris Humphreys Rücken an und kniff meine Augen zusammen. Ihre dunkle Gefühlssignatur hob sich von allen anderen ab. Sie wurde schwächer und schob alles, was ihr Körper für die Heilung bräuchte, in ihre Kraft. Ihr Körper starb, während ihr Geist schier explodierte. Ich griff nach dieser Schwäche, nach diesem kleinen Funken Zweifel, der in der hintersten Ecke ihrer Gefühle lauerte, und packte zu. »Lass den Koffer los!« Meine Stimme hallte über den Landeplatz. »Du wirst verlieren!«

Ich erhob mich wankend, während ihr Dröhnen meine Ohren so sehr schmerzen ließ, dass ich am liebsten meine Augen schließen und mich zu einer Kugel zusammenrollen wollte. Mein Kopf fühlte sich an, als würde er jeden Moment explodieren.

Doloris Humphrey zuckte unter den plötzlichen Zweifeln zusammen, die wie ein Feuer in ihr aufwallten. Doch ihre Hand griff dennoch nach dem Koffer, ihre Finger umklammerten den Griff. »Du solltest tot sein!«, schrie sie und konzentrierte sich auf mich, doch ihre Kraft reichte nicht aus, um alle anderen und auch mich zu kontrollieren. Ich spürte ihre imaginären Finger über meinen Hals kratzen, wie Schlingen, die meine Haut streifen, sich aber nicht festziehen konnten.

Doloris Humphrey erhob sich ein wenig, den Koffer nun fest umklammert.

Gleichzeitig sank der Helikopter hinter ihr nach unten.

»Und du wirst gleich tot sein!«, hörte ich jemanden schreien und zuckte vor Überraschung herum.

Direkt hinter mir hatte sich jemand aufgebaut und ging langsam wie eine Rachegöttin auf mich zu. Auf ihren Lippen lag ein Lächeln, voller Hohn und gleichzeitiger Freude. Ihre Augen blitzten mich an, als würden wir hier gerade eine Überraschungsparty schmeißen. Ihre Kleidung war so schwarz wie die des MI20, und ihre Haare wehten im Wind des über uns fliegenden Helikopters. Es fehlte nur noch, dass sie in Slow-Motion lief.

Grace!

»Was stimmt denn nicht mit euch?«, brüllte Doloris Humphrey außer sich. »Ihr solltet *alle* tot sein!«

»Sorry, Bitch«, erwiderte Grace und zeigte ihr ein strahlendes Lächeln. Ihre fehlenden Schneidezähne formten dunkle Löcher in ihrem Mund.

Plötzlich wurde mir klar, dass ihr die Kraft überhaupt nichts auszumachen schien.

Dasselbe schien auch Doloris Humphrey klar zu werden, denn ihr grimmiges Lächeln wurde zu einem entsetzten Starren. »Was soll das? Wie machst du das?«

Grace grinste höhnisch. »Deine Kraft reicht einfach nicht für alle, und ich bin in verdammter Bestform.«

»Das ist nicht möglich!«, schrie Doloris und wandte sich in Richtung des Helikopters. »Jetzt holt mich hier raus, ihr Volltrottel!«

Der Helikopter flog noch immer mehrere Meter über ihr, doch kam nicht näher, scheinbar verunsichert von Grace' Näherkommen.

Diese kicherte und blieb kurz vor Doloris stehen.

Sie war derweil in die Knie gesunken. Ihre Gefühlssignatur wurde immer dunkler, sie wurde immer schwächer. *Sie starb.* Doch sie gab nicht auf.

»Lass den Koffer los«, knurrte ich und spürte, dass ich erneut wankte, während ihre Kräfte aufwallten, gegen mich ankämpften. Dennoch blieb ich neben Grace stehen und konzentrierte mich weiter auf Doloris Humphrey, während meine Muskeln unter der mentalen Anstrengung und ihrem Angriff erzitterten.

»Du hast so gut wie verloren«, sagte Grace mit sanfter Stimme und streckte ihren Arm aus. »Gib mir den Koffer, und wir können vielleicht was aushandeln.«

»Niemals!«, zischte Doloris.

Grace schnalzte mit ihrer Zunge, doch ich hörte es kaum, weil das Dröhnen in meinem Kopf zunahm, wie eine Bombe, die kurz davorstand zu explodieren.

»Na«, machte Grace belustigt. »Das können wir sicher besser.«

»Verschwinde, du dreckiges Waisenkind!«, erwiderte Doloris voller Hass in ihren Augen und ihren Gefühlen und wankte nun unter dem Gewicht des Koffers und ihrer Kraft.

»Woah!«, machte Grace und griff sich in gespielter Empörung an die Brust. »Wie mies, so was als Beleidigung zu benutzen, nachdem Sie doch dafür verantwortlich sind, wie mein Leben ablief!«

»Das war der da!«, schob Doloris Humphrey die Schuld auf Mr Walker, der ohnmächtig auf dem Boden lag. Ich spürte seine Gefühlssignatur schwach pulsieren. *Er lebte noch.*

»Können wir jetzt mit dem Unsinn aufhören?«, fragte Grace nun doch genervt. »Ich habe echt nicht den ganzen Tag Zeit.«

»Ich habe dich von Dr. Meier erlöst!«, erwiderte Doloris Humphrey nun, als Grace einen Schritt auf sie zumachte.

Der Helikopter hob sich an, als würde er sich aus Grace' Reichweite bringen wollen. Doch er wartete weiter ab, wie ein Geier.

»Lass den Koffer los!«, knurrte ich erneut leise und spürte, wie Schweiß über meine Schläfen lief. »Gib ihn Grace!«

Doloris Humphrey wankte unter meiner Kraft, doch konnte sich ihr noch immer widersetzen.

»Dr. Meier hätte ihre gerechte Strafe auch so bekommen«, winkte Grace ab.

Doloris Humphrey mobilisierte ihre Kräfte und machte einen Schritt zurück. Ihre Augen blitzten.

Ich kniff die Augen zusammen, konzentrierte mich auf sie. »Lass den Koffer los«, flüsterte ich angestrengt. Der Schmerz in meinem Kopf wuchs, ich konnte kaum klar denken, doch drängte ihn immer wieder zurück.

Doloris Humphrey wankte unter meiner Kraft und biss ihre Zähne zusammen. Im nächsten Moment riss sie den Koffer hoch und warf ihn Grace entgegen. »Dann nimm ihn doch!«

Sie fuhr herum und rannte die Landebahn herunter, winkte dem Helikopter. »Los! Holt mich runter!« Sie streckte ihre Hand aus, in der eine rosa Phiole lag. »Holt mich hoch!«

Ich wollte losspringen, doch Grace knurrte. »Die gehört mir.« Dann warf sie den Koffer zu Boden, sprang drauf und zerstörte den gesamten Inhalt. »So nicht!«, schrie Grace.

Der Helikopter senkte sich, flog auf Doloris Humphrey zu, und ich sah, wie eine Strickleiter ausgeworfen wurde.

Ein Gefühl des Triumphes durchzuckte mich plötzlich, und ich sah mit Entsetzen, wie Doloris Humphrey das Ende der Strickleiter packte.

Grace lachte und holte mit etwas aus, das sie in ihrer Hand hielt.

Es sauste durch die Luft und knallte mit voller Wucht gegen Doloris' Hand, in der sie das Serum fest umklammert hielt. »AH!« Ihr Schrei hallte über die gesamte Landebahn, und das Dröhnen hörte so plötzlich auf, dass ich zusammenzuckte.

Ich sah, wie Blut sich in ihrer Hand sammelte, wo die Scherben der zerbrochenen Phiole in ihre Haut stachen.

Plötzlich sah ich etwas im Helikopter aufblitzen. Im nächsten Moment durchtrennte jemand die Strickleiter von oben.

Doloris Humphrey, deren Füße schon über dem Boden geschwebt hatten, fiel mit einem wütenden Schrei zu Boden. Gleichzeitig drehte der Helikopter ab und flog davon.

Grace erreichte sie und rang sie zu Boden.

Ich wankte zu ihr und zerrte die Handschellen aus meiner

Tasche, die zu meiner Ausrüstung gehörten, bevor ich Doloris Humphrey an Armen und Beinen fesselte.

»Hiermit bist du festgenommen!« Grace' Lachen hallte über die Landebahn.

Ich stieß einen tiefen Atemstoß aus und musste plötzlich ebenfalls lachen.

»Geben Sie das Serum her«, hörte ich auf einmal hinter mir Mr Turners Stimme.

Ich drehte mich um und fand seinen stechenden Blick. Ein Grinsen legte sich auf meine Lippen, und ich nickte zu dem am Boden liegenden Koffer. »Sorry, ist wohl gerade alles kaputt gegangen.«

Mr Turner wurde vor Wut rot. »Festnehmen!«

Ein Grinsen breitete sich auf meinen Lippen aus, während ich kindische Genugtuung über seine Wut empfand. Ich widersetzte mich nicht, als zwei Agenten mich festnahmen und abführten.

41. Kapitel

Dean

Ich schaute mich in dem völlig zerstörten Raum um, in dem Eva und ich gegen die *Numbers* gekämpft hatten. Mr Mazur und Mrs Ansari waren bereits vor wenigen Minuten durch die zerstörten Fenster nach draußen geeilt. Alles lag in Schutt und Asche. Selbst die Decke hatte Risse bekommen, und ich befürchtete, dass das Gebäude nicht mehr lange stehen würde. Das Licht flackerte und würde vermutlich jeden Moment ausgehen. Mein Blick fiel auf den *Number*, der sich für Grace" Tod hatte rächen wollen und nun bewusstlos in einer Ecke lag. Neben ihm lag Josef Pavlacek gefesselt und ebenfalls bewusstlos auf dem Boden. Agenten des MI20 kamen in das Gebäude gelaufen und trugen die Bewusstlosen nacheinander heraus.

»Alles klar?«, rief ich Eva zu, die Schutt von ihrem Körper klopfte und sich dabei wütend umsah.

»Ja«, erwiderte sie angepisst und verzog ihren Mund. »Diese Numbers waren hartnäckiger als gedacht.«

Ich nickte knapp und schaute zu der zerstörten Fensterfront, hinter der man die Landebahn sehen konnte. Mir wurde eiskalt, als ich Alexis sah, die von zwei Agenten abgeführt wurde. »Was ist da los?«

Ohne Evas Antwort abzuwarten, rannte ich los und hörte, wie sie mir folgte. Auf der Landebahn wimmelte es vor Agenten. Ich sah Mr Walker und Mrs Humphrey, die von diversen Mitarbeitern des MI20 umzingelt waren.

Alexis wurde gerade in einen der SUVs geschoben, als ich Mr Turner erreichte. Dieser stand mit zwei Kollegen in der Mitte der Landebahn und schaute hinunter auf den Koffer, unter dem die zerstörten Phiolen lagen.

»Was wird das?« Mir war klar, dass ich Alexis selbst nicht helfen konnte, denn die Agenten, die sie abführten, handelten selbst nur nach Befehl.

»Sie ist ein Häftling«, erinnerte er mich hart und schaute mich gar nicht erst an. Stattdessen war sein Blick voller Wut auf die zerstörten Phiolen gerichtet. Er trat gegen den Koffer, unter dem zerbrochenes Glas knirschte. »Sie haben den Heraklestrank zerstört! Wir hätten ihre Forschung sicher gebrauchen können! Außerdem sind es Beweise.«

Wut wegen seiner Ignoranz und seiner völlig unnötigen Verbohrtheit wallte in mir auf, und ich wollte ihn schütteln.

Bevor ich etwas erwidern konnte, baute sich Grace vor Mr Turner auf. »Sie Mistk…«

»Das verbitte ich mir!«, unterbrach er sie und nickte zwei Agenten zu, die im nächsten Moment hinter sie traten und ihr die Hände fesselten.

»Sie sind festgenommen«, knallte er ihr an den Kopf, ohne sein Gesicht zu verziehen.

»Sie sind ein Arschloch«, erwiderte Grace und reckte trotzig ihren Kopf, während sie abgeführt wurde.

Mr Mazur, der neben Mr Turner auftauchte, sah aus, als würde er ihn verhauen wollen. »Was ist eigentlich los mit dir? Die beiden haben uns gerade den Arsch gerettet, und du lässt sie festnehmen?«

»Alexis Young und diese *Number* haben gerade den Heraklestrank und damit wichtige Beweise zerstört!«, erwiderte Mr Turner. »Zudem sind sie beide entflohene Häftlinge!«

»Wir brauchen diesen Trank nicht!«, erinnerte Mrs Ansari ihn, die gerade zu uns herüberkam und aussah, als würde auch sie ihm ordentlich eine verpassen wollen. »Es geht hier um dein pedantisches Ego, mehr nicht.«

»Ich verbitte mir diesen Tonfall«, knurrte Mr Turner und funkelte sie an. »Immerhin steht ihr hier vor dem zukünftigen Direktor des MI20, und wenn ihr so weitermacht, seid ihr die längste Zeit Agenten gewesen.«

Ich brauchte einen Moment, um diese Worte sacken zu lassen, und schaute fragend zu Eva, die ihren Kopf schüttelte und scheinbar auch nicht wusste, was hier los war.

»Was ist mit Direktor Roberts?« Mr Mazurs Tonfall machte deutlich, dass er ihm kein Wort glaubte.

Mr Turner legte den Kopf leicht nach hinten, demonstrierte damit eine Überlegenheit, für die er eine Kopfnuss verdiente. »Er wird abdanken.«

»Unmöglich«, murmelte Mrs Ansari und schüttelte ihren Kopf. Dennoch hörte ich den leisen Zweifel in ihrer Stimme, geschürt von Mr Turners Selbstsicherheit.

Dann schaute sie Eva und mich an. »Ihr solltet gehen. Schreibt eure Berichte.«

»Was ist mit den übrigen *Numbers?*«, fragte Eva.

»Die meisten sind geflohen, nachdem Doloris Humphreys Kräfte nachließen. Aber es sind bereits Agenten auf sie angesetzt. Ihr könnt gehen.«

Eva legte ihre Hand auf meinen Arm und zog mich von den Lehrern weg, während ich nicht aufhören konnte, Mr Turner anzustarren. Dieser selbstsüchtige Bastard hatte sich als Teil des Teams ausgegeben. Wir hatten zusammengearbeitet.

Nein, er hatte uns in Sicherheit gewiegt, nur um jetzt Direktor Roberts' Stelle einzunehmen. Jetzt, da dieser geschwächt von der Entführung war.

»Lass uns in der Akademie herausfinden, wer hier die Wahrheit sagt.« Eva sprach damit genau meinen Gedanken aus.

Ich nickte und sah in ihr entschlossenes Gesicht. »Mr Turner ist ein Vollidiot, und ihn an der Spitze des MI20 zu sehen, würde mich wirklich daran zweifeln lassen, ob ich weiter für den Laden arbeiten will.«

Eva nickte, die Augenbrauen fest zusammengepresst. »Wir werden das verhindern. Und wir werden Alexis rausholen.«

Wir verließen die Landebahn und gingen zu dem SUV, den wir etwas weiter weg geparkt hatten.

Kurz bevor wir ihn erreichten, hob Eva ihren Arm und schaute auf ihre Uhr. »Christopher hat mir eine Nachricht geschickt. Sie sollen ebenfalls zurück zur Akademie fahren.«

»Schick ihnen unseren Standort. Dann fahren wir zusammen.«

Sie machte ein zustimmendes Geräusch und verschickte eine Nachricht.

Wir kamen zeitgleich mit Christopher und George beim SUV an.

»Oh Mann«, stöhnte Christopher und riss die hintere Tür auf, während ich mich vorne auf den Fahrersitz setzte.

»Was ist los?«, fragte Eva, die auf dem Beifahrersitz Platz nahm.

»Die *Numbers* sind alle abgehauen«, antwortete Christopher angepisst und schnallte sich an. »Wir konnten nichts machen. Diese Humphrey hat uns ausgeknockt. Als wir alle gleichzeitig wieder aus dieser ... keine Ahnung, Blase oder so was, rausgekommen sind, waren alle weg.«

»Die haben ja auch gemerkt, dass ihre Chefin auch vor denen nicht haltmacht«, meinte George, während er sich neben Christopher nach hinten setzte. »Dann wäre ich auch abgehauen.«

»Die sind gefährlich!«, knurrte Christopher.

»Wir werden sie schon finden«, versuchte Eva ihn zu beruhigen, klang aber selbst nicht ganz überzeugt.

»Sicher werden wir das«, stimmte George ihr zu. »Immerhin haben sie Kräfte. Früher oder später wird man auf sie aufmerksam. Vielleicht sind sie auch unvorsichtiger, so ganz ohne Führung. Mal sehen. Mich würde aber viel mehr interessieren, warum Alexis und ihre Freundin wieder festgenommen wurden. Sie haben schließlich alle gerettet.«

»Mr Turner hält daran fest, dass sie entflohene Häftlinge sind, und hat sie deshalb wieder festnehmen lassen«, erklärte Eva. »Zudem hat er uns gesagt, dass Direktor Roberts abdanken will und er dafür seine Stelle einnehmen wird.«

»Nein!«, stieß Christopher entsetzt aus. »Das glaube ich nicht!«

»Wir wollen uns in der Akademie ein Bild über die Situation machen«, mischte ich mich ein und lenkte den Wagen durch den Londoner Verkehr. »Glaubt ihr, sie bringen Alexis sofort zum Gefängnis?«

»Könnte ich mir vorstellen«, vermutete Eva leise.

Stille breitete sich zwischen uns aus, und mein Mundwinkel zuckte, als ich an Georges Worte denken musste. Alexis hatte alle gerettet. Stolz wallte in mir auf, und ich hielt mich an diesem Gefühl fest. Sorgen würde mich nur dazu bringen, Fehler zu machen und vorschnell zu handeln. Das konnte ich mir nicht leisten.

Für Mr Turner schien der Fall klar zu sein. Ich hoffte aus tiefstem Herzen, dass Direktor Roberts es anders sah, und auch, dass Mr Turner sich nur hatte wichtigmachen wollen. Aber er als neuer Leiter der Akademie? Ich wusste nicht, wie sehr das das MI20 verändern würde.

42. Kapitel

Alexis

»Dein Lehrer ist echt ein Arschloch.« Grace lehnte sich mir gegenüber im Sitz zurück, während wir durch die dunkle Nacht Londons gefahren wurden. Unsere Hände waren gefesselt, ebenso unsere Füße.

Die Agenten vorne lachten leise.

Ich sah Grace an. »Allerdings. Ich mochte ihn noch nie besonders. Aber es war klar, dass wir keine Blumen bekommen würden.«

»Was? Wieso? Ich habe der Welt quasi den Arsch gerettet. Dafür habe ich definitiv Blumen verdient«, empörte sich Grace, ernsthaft beleidigt.

»Tja.« Ich schmunzelte voller Bitterkeit. »Wir haben ihr ermöglicht, überhaupt erst auszubrechen.«

Grace seufzte, aber ich hörte die Einsicht in diesem Ton. »Zu dumm.«

Ein Lachen kitzelte meine Kehle. »Allerdings.«

Meine Freundin schaute sich um, doch durch die geschwärzten Scheiben konnten wir nicht nach draußen sehen. »Wo bringen die uns wohl hin?«

»Keine Ahnung«, antwortete ich ihr ehrlich. »Aber Grace … was mich aktuell viel brennender interessiert, ist, wie du … ich meine, du *lebst*«, stieß ich aus, während die Erinnerung an Deans Schuss meinen Kopf zum Pochen brachte.

»Dean hat dich *erschossen.* Du bist dort gestorben, vor meinen Augen.«

Grace nickte bedächtig und grinste dabei, als hätte sie noch nie größeren Spaß gehabt. »Das war der Wahnsinn! Er hat mir voll in den Hals geschossen. Übelste Schweinerei. Aber er hat so gut gezielt, dass ich nicht gestorben bin. Er und sein Onkel haben mich weggebracht. Zu dieser Ärztin. Die hat mich dann wieder zusammengeflickt. Ich hätte eigentlich gar nicht hier sein dürfen«, gestand sie mit einem vergnügten Blitzen in den Augen. »Aber ich musste irgendetwas tun. Ich konnte dich doch nicht im Stich lassen.«

»Du warst bei Dr. Sam?«, fragte ich erstaunt und versuchte mir im Kopf auszurechnen, wie wahrscheinlich es war, dass sie so eine Verletzung überleben konnte. Aber Dean war bestens ausgebildet. Auch ich hatte gelernt, jemandem Schusswunden zuzufügen, die wehtaten, bluteten und doch keine überlebensnotwendigen Arterien oder Organe beschädigten, wenn man sie traf.

Als würde ich erst jetzt all die vergangenen Stunden realisieren, explodierte plötzlich eine derartige Erleichterung in mir, dass ein Schluchzen meine Lippen verließ.

»Du lebst«, flüsterte ich.

Dean ist kein Mörder. Dieser eine Gedanke ließ eine derartige Erleichterung in mir aufkommen, dass ich ein verzweifeltes, verheultes Lachen ausstieß. Dean hatte alles nur gespielt. Er hatte Grace gerettet und uns aus diesem Loch rausgeholt.

Ich bereute es zutiefst, dass ich je an ihm gezweifelt hatte, und musste unwillkürlich grinsen. Er würde ein verdammt guter Agent sein.

Wärme trat in Grace' Augen, um die sich kleine Lachfältchen bildeten. »Zum Glück. Wäre richtig beschissen gewesen, wenn nicht.« Dann wurde sie ernst und schluckte hörbar. »Wie geht es Clyde. Ist er …«

»Er hat mit mir gekämpft. Aber ich habe ihn aus den Augen verloren«, gab ich zu und lächelte sie an. »Er wollte uns am Anfang erst fertigmachen. Aber dann hat er uns geholfen. Ich denke, er ist einer von den Guten.«

Einer ihrer Mundwinkel hob sich, und ihr leerer Blick wanderte an mir vorbei. »Ich wusste es.«

Der Drang, meine Hand auf ihre zu legen, wurde so stark, dass meine Finger in den Fesseln zuckten und meine Haut gegen das feste Plastik drückte. »Wir finden heraus, was mit ihm passiert ist.«

»Wenn er schlau ist, ist er abgehauen«, erwiderte sie, und dennoch hörte und spürte ich ihren Zwiespalt. Abzutauchen bedeutete Freiheit – aber ohne sie. Dass sie ihm das wünschte, bewies, wie stark ihre Gefühle für ihn wirklich waren.

»Er hat zugegeben, dass er auf dich steht«, schoss es aus mir heraus, und ich grinste sie an. »Ich schwöre dir, er ist so was von verknallt in dich.«

Grace stieß einen Triumphschrei aus, den man auf zehn Meilen Entfernung hören musste. Wenigstens hatte ich sie trotz unserer Situation zum Lachen gebracht.

*

Wir wurden in die Akademie gebracht. Eher gesagt, in die darunter liegenden Zellen.

Grace und ich bekamen gegenüberliegende Zellen, und aus welchen Gründen auch immer waren sie weder schall- noch blickdicht eingestellt, sodass wir uns unterhalten konnten.

Theoretisch.

Grace saß die erste halbe Stunde wegen ihres nervösen Magens auf dem Klo. Scheinbar hatte ihre Aufregung jetzt nachgelassen, und ihr Körper verdaute all die Erlebnisse auf ihre eigene Weise.

Ich war nicht dankbar, dass die Zellen nicht schalldicht waren.

»Ups!«, rief Grace mir zu, als ein eindeutiges Geräusch aus ihrer Richtung kam.

Ich lachte und spürte gleichzeitig, wie ich rot wurde, weil das alles hier so bescheuert war. »Unterhalte dich gefälligst nicht mit mir, während du auf dem Klo sitzt!«

»Wieso? Willst du so tun, als würdest du nichts hören?«

»Ja!«, rief ich und zerrte mir ein Kissen über den Kopf, während ich mich, der Wand zugedreht, auf meine Pritsche legte. »Ich würde gerne ein bisschen schlafen, bevor wir verlegt werden!«

»Ich habe mir mit Dutzenden anderen den Schlafsaal geteilt, in dem auch die Toiletten standen. Also ich schäme mich nicht für meine Körpergeräusche, wieso dann du?«, fragte sie, hörbar belustigt.

Kurz darauf ertönte die Spülung, und ich seufzte laut und erleichtert, während ich mir mal wieder dachte, wie beschissen und hart Grace' Kindheit gewesen sein musste.

Als plötzlich Schritte zu hören waren und wenig später auch Stimmen erklangen, erhob ich mich wieder von meiner Pritsche.

Grace und ich tauschten Blicke.

»Meinst du, wir werden jetzt abgeholt?«

»Möglich« Ich trat an die Glaswand und schaute in die Richtung, aus der die Schritte kamen. Als ich sah, dass Doloris Humphrey und Lukas Walker mit mehreren Agenten durch den Gang geführt wurden, sog ich scharf die Luft ein. Ich war davon ausgegangen, dass sie sofort ins Gefängnis gebracht worden wären. Direkt hinter ihnen war Josef Pavlacek, der ordentlich mitgenommen aussah.

Doloris reckte hochmütig ihr Kinn, während sie an meiner Zelle vorbei eskortiert wurde. Ihre Augen blitzten voller Hass und durchlöcherten mich förmlich. Sie musste es nicht aussprechen, aber ich wusste sofort, dass sie alles tun würde, damit ich bereute, was heute geschehen war. Sie tat zwar alles, um es zu verbergen, aber ich sah an ihrer Haltung und ihrem fahlen Gesicht, wie fertig sie war. Der Einsatz ihrer Kraft hätte sie beinahe umgebracht, doch ihre finsteren Augen zeigten, dass sie es jederzeit wieder tun würde, wenn sie dafür ihr Ziel erreichte.

Ich hob grimmig mein Kinn an und machte ihr deutlich, dass ich mich nicht von ihr fertigmachen lassen würde.

Grace war deutlich weniger subtil, als sie ihr den Mittelfinger zeigte.

Doloris Humphrey knurrte wütend. Sie trug dieselbe Fußfessel wie im Gefängnis und zusätzlich etwas um den Hals, das aussah wie eine riesige, eiserne Handschelle. Vermutlich dämmte es ihre Kräfte ein. Was anderes konnte ich mir nicht vorstellen, denn sonst wären sicher alle in ihrer Nähe längst tot.

Plötzlich hörte ich Mr Walker erleichtert einatmen. Er war schon an mir vorbei zur nächsten Zelle geführt worden. »Gott sei Dank. Du lebst.«

Verwirrt blinzelte ich und hörte plötzlich Thomas' Stimme aus meiner Nachbarzelle. »Dank dir.« Seine Stimme klang erstickt.

»War der da etwa die ganze Zeit?«, fragte Grace verwirrt.

»Ja! Und ich habe *alles* gehört«, erwiderte Thomas und lachte leise, hörbar entspannt und … glücklich?

Ich nahm seine Gefühlssignatur nicht wahr, und seine Anwesenheit überrumpelte mich, auch wenn es mich eigentlich nicht wundern sollte. Natürlich war er nach seiner Rettung festgenommen worden.

»Wieso sagst du denn nichts?«, fragte Grace lachend und vorwurfsvoll zugleich.

»Ich habe dich oft genug gehört«, erwiderte Thomas ebenso lachend.

Doloris Humphreys Stöhnen durchzog die Gänge, während ich zusah, wie sie in ihre Zelle geschubst wurde. »Haltet eure Klappen!«

Die Agenten drückten auf einen roten Knopf neben der Zelle. Das würde ihre Kräfte noch mal zusätzlich eindämmen.

Ich grinste sie an, als sich unsere Blicke trafen.

»Du wirst den Tag deiner Geburt verfluchen«, zischte sie mit solch einem Hass in ihrer Stimme, dass ich Gänsehaut bekam. Aber ich hatte keine Angst vor ihr. Es war eine rein instinktive Reaktion meines Körpers.

»Ja, ja«, winkte Grace laut ab und grinste mich an. »Diese blöde Gans«, flüsterte sie dann so laut, dass jeder es hörte.

Plötzlich ging ein Alarm los. Sofort spannten sich meine Muskeln an. *Code Red.* Das MI20 wurde angegriffen.

»Was ist hier los?«, rief Grace über das Dröhnen des Alarms hinweg, das hier unten noch lauter zu sein schien als bei all meinen bisher erlebten Probealarmen.

»Irgendwer greift das MI20 an«, rief ich ihr zu und beobachtete, wie die beiden Agenten den Zellenbereich eilig verließen.

Der Schließmechanismus war unüberhörbar, als die schwere

Tür zum Zellenbereich hinter ihnen zuging und sich automatisch verriegelte.

»Was passiert jetzt?« Grace ließ sich auf ihre Pritsche sinken und betrachtete genervt die Decke. »Jetzt sag mir nicht, dass wir uns diesen Krach noch länger antun müssen.«

»Kommt auf die Art von Bedrohung an.« Ich blieb weiterhin am Glas stehen, um hinauszusehen. Doloris Humphrey tigerte in ihrer Zelle hin und her, und unter dem Lärm konnte ich Thomas und seinen Vater miteinander reden hören, verstand aber nicht, was sie sagten.

Plötzlich verstummte der Lärm, dröhnte aber wie ein Echo in meinem Kopf nach.

Grace seufzte vor Erleichterung. »Das war ja echt kaum auszuhalten.«

Ich machte ein zustimmendes Geräusch und spürte gleichzeitig eine Gefühlssignatur näher kommen, die mein Herz ein wenig schneller schlagen ließ.

Der Türmechanismus wurde aktiviert, und kurz darauf schwang die schwere Tür auf, die uns vom Rest der Akademie trennte.

»Vivien«, flüsterte ich und schluckte schwer, als ich ihre dunklen Augenringe, ihre eingefallenen Wangen und ihre wirr herabhängenden Haare sah. Sie sah völlig fertig aus.

Doch als sie in den Zellentrakt eintrat, lag Entschlossenheit in ihren Zügen. Sie trug eine Hose und einen Hoodie sowie Sneaker. Die Sachen waren viel zu groß und sahen aus, als hätte sie sie sich von Eva ausgeliehen.

»Meine Tochter!« Doloris Humphreys Stimme hallte durch den zwischen uns liegenden Gang. Ihre Augen blitzten, und ihr Lächeln wirkte ehrlich erfreut. »Wie schön! Ich wusste, dass du mich retten würdest.«

Vivien sah mich nicht einmal an, als sie an mir vorbeiging. Es tat weh, dass sie so tat, als hätte es unsere Freundschaft niemals gegeben.

»Die sieht ja fertig aus«, zischte Grace mir zu. »Aber meinst du, die holt uns hier raus?«

Ich konnte nichts darauf erwidern, starrte Vivien nur weiter an und versuchte zu verstehen, was mit ihrer Gefühlssignatur los war. Ich erkannte sie, und gleichzeitig schien irgendetwas anders zu sein. Etwas, das sie leicht ... verschwommen wirken ließ.

»Mutter«, sagte Vivien und blieb vor deren Zelle stehen.

»Gut siehst du aus«, schleimte Doloris und lächelte immer breiter.

Ich konnte Viviens Gesicht nur halb erkennen, aber selbst von hier aus war klar, dass sie das Lächeln nicht erwiderte. »Wie unerfreulich, *dich* zu sehen.«

Doloris Humphreys Lächeln fiel in sich zusammen. »Du bist nicht wegen mir hier?«

»Sie ist wegen mir hier«, meldete sich Thomas zu Wort.

Mein Magen verwandelte sich zu einem steinharten Klumpen, als Vivien sich umdrehte und ihn anlächelte. Tränen standen in ihren Augen. »Ich bin so froh, dass du nicht tot bist.«

»Bist du bescheuert?«, flippte Grace aus und haute gegen das Glas. »Dieser Vollpfosten hat seinen Tod vorgetäuscht! Wie kann man sich darüber freuen?«

»Klappe«, zischte Vivien, sah aber nicht von Thomas weg, während sie aus ihrer Hosentasche einen Schlüsselbund zog.

»Warte!«, rief ihre Mutter, doch Vivien ging zu Thomas' Zelle.

Ich konnte sie nur noch halb erkennen und musste mich

näher gegen das Glas drücken, doch es sah so aus, als würde sie die beiden tatsächlich freilassen.

Panik breitete sich in mir aus. Das durfte sie nicht tun!

»Hör auf«, schrie ich und spürte, dass ein Teil meiner Kräfte durch das Glas gelangte. Ich kniff meine Augen zusammen und konzentrierte mich auf Vivien. *Hör auf!*

Im nächsten Moment wurde ich mental zurückgeschleudert und fühlte mich, als hätte mir jemand eine Kopfnuss verpasst.

Schockiert starrte ich zu Grace. »Jemand kontrolliert sie!«

»Thomas Walker, du kleiner Bastard!«, schrie im selben Moment Doloris Humphrey auf. »Halte dich aus dem Kopf meiner Tochter fern!«

Thomas lachte nur, erwiderte jedoch nichts.

Fassungslosigkeit machte sich in mir breit. »Nein!«

Grace schnaubte. »Thomas war schon immer ein beschissenes Wunderkind.«

Ich durfte das nicht zulassen. Ich schloss meine Augen, konzentrierte mich auf die Akademie, auf die nächsten Personen, deren Gefühle ich wahrnehmen konnte. Ich spürte ihre Aufregung wegen des Alarms, spürte alles und bündelte all meine Energie, während ich sie packte und festhielt.

»Hör auf damit«, stöhnte Grace leise. »Ich kriege Kopfschmerzen.«

Dann ließ ich eine Welle aus Angst und Aufregung los und hoffte, dass sie die Agenten hierherführte.

Die Flut der Energie zwang mich in die Knie. Ich sank zu Boden, knallte mit dem Kopf an die Scheibe und schaffte es, noch halbwegs aufrecht zu bleiben, während ich nur noch verschwommen sah.

»Hat es geklappt?« Ich stöhnte.

»Du hast mich quasi angeschrien. In meinem Kopf!«, zischte Grace.

Ich lachte vor Erleichterung erschöpft auf und atmete schwer. Mein Körper und mein Kopf fühlten sich an wie Gummi.

»Alexis!«, schrie Vivien, und ich hörte die Schlüssel klappern, während sie Thomas' Zelle öffnete. »Wie kannst du mir nur immer mein Leben versauen?«

»Oh Vivien«, flüsterte ich und sah die ganze Zeit zu ihr herüber, während tiefe Trauer mich umspülte. Mein Kopf pochte wie verrückt, und ein Teil von mir wollte bewusstlos werden und diesem Scheiß einfach nur entkommen. Gleichzeitig wollte ich weinen, weil wir so viel verloren hatten. Wieso konnte sie das nicht sehen? Wieso waren ihre Gefühle für Thomas stärker als jede Vernunft?

Im nächsten Moment flog die Tür zum Zellentrakt auf und Dutzende Agenten strömten hinein.

Ich atmete erleichtert aus, und das Glas vor meinem Gesicht beschlug.

Vivien kreischte, während Thomas und sein Vater wild fluchten. Keiner von den dreien wehrte sich, als sie festgenommen wurden.

Kurz darauf wurden alle Zellengläser milchig, sodass wir einander weder sehen noch hören konnten.

Mühsam schleppte ich mich zu der Pritsche und schloss meine Augen, um den Kopfschmerzen zu entfliehen. Ich würde alles dafür geben, um jetzt eine von Dr. Sams Tabletten zu bekommen.

Stattdessen blieb ich wie benommen liegen und musste an Adam denken, den ich seit der Entführung von Direktor Roberts nicht mehr gesehen hatte.

Gleichzeitig fiel mir plötzlich ein, dass er mir vor einer gefühlten Ewigkeit etwas gegeben hatte. Ich zog im Liegen eine kleine, völlig zerknitterte und wellige Blume aus meinem BH.

Ein Lächeln ließ meine Mundwinkel zucken, während ich mich daran erinnerte, dass Dean ihm die Blume für mich mitgegeben hatte.

Mir entfuhr ein Schnauben, als ich an all die Zweifel dachte, die Deans schauspielerische Bestleistung in mir hervorgerufen hatte.

Dabei war das alles nur ein Job gewesen.

Ich hielt die Blume fester und drückte sie an meine Brust, während ich meine Augen schloss.

Auch wenn sie mich wieder ins Gefängnis schicken würden, wäre das Wissen, dass er zu den Guten gehörte, und diese Blume das Schönste, was ich hätte mitnehmen können.

43. Kapitel

Dean

Als wir das Büro des Direktors erreichten, stand seine Sekretärin Pam sofort auf und stellte sich vor die Tür. »Er möchte nicht gestört werden.«

Wir hatten uns durch schwer bewaffnete Gruppen von Agenten und Trainees drängen müssen und hatten keine Ahnung, was los war. Doch das hier war wichtiger. Wir mussten die Wahrheit von Direktor Roberts erfahren, bevor wir uns um den Rest kümmern konnten.

»Aber es ist wichtig«, drängte ich und wollte mich an ihr vorbeischieben.

Pam richtete sich ein wenig mehr auf, wollte sich scheinbar von mir nicht einschüchtern lassen. »Direktor Roberts hat ausdrücklich gesagt, dass er nicht gestört werden will.«

»Ist es wahr, dass er Mr Turner seinen Posten überlassen will?«, fragte Eva ohne Umschweife und drängte sich neben mich.

»Was?« Pam wirkte ehrlich verwirrt, ihre abwehrende Haltung lockerte sich ein wenig. »Woher habt ihr denn diesen Unsinn?«

»Mr Turner hat es uns gerade gesagt«, antwortete Eva ihr. »Deshalb sind wir hier. Wir wollen wissen, ob es stimmt.«

»Er …« Pam räusperte sich und unterbrach sich damit

selbst. »Direktor Roberts wird das sicher aufklären. Nach seinem Termin.«

»Hat er den Termin mit Dr. Sam?«, fragte George und runzelte die Stirn, während er die Tür anstarrte. »Irgendwas stimmt hier nicht.«

»Was?« Pam, die Georges Kräfte kannte, wurde bleich, fuhr herum und riss die Tür auf.

Ich warf einen fragenden Blick zu George und sah, dass er mit viel Mühe ein Grinsen unterdrückte. Er hatte sie reingelegt.

Ich grinste ihn an und folgte Pam in Direktor Roberts' Büro.

Er saß hinter seinem Schreibtisch, und Dr. Sam saß neben ihm und maß gerade seinen Blutdruck.

Als er uns sah, richtete er sich auf und strich das Blutdruckmessgerät von seinem Arm. »Was ist hier los?«

»Ist es wahr?«, fragte Christopher. »Wollen Sie Mr Turner Ihren Posten überlassen?« Er sprach den Namen unseres Lehrers mit leichter Herablassung aus.

»Pam«, sagte der Direktor tadelnd. »Ich wollte nicht gestört werden.«

»Aber …« Sie verstummte und funkelte uns an. »Sofort raus!«

»Vielleicht sollten wir es ihnen sagen.« Dr. Sams Stimme ließ jeden von uns erstarren und zu ihr und dem Direktor herübersehen.

»Was sagen?«, fragte nun auch Pam voller Beunruhigung.

Direktor Roberts stand auf und musste sich am Tisch festhalten, um nicht zu wanken. Sein Körper wirkte schwach, doch seine Stimme war stark. »Ich werde als Direktor zurücktreten.«

»Wieso?«, fragte ich und schüttelte gleichzeitig meinen

Kopf. »Weil Sie entführt wurden? Das ist keine Schwäche. Sie haben gekämpft – und überlebt.«

»Das stimmt.« Er lächelte mich an, warm und herzlich, so, wie er auch Alexis immer angelächelt hatte. Ich sah ihr Gesicht vor meinen Augen und presste meine Lippen zusammen, während ich darauf wartete, dass der Direktor weitersprach. »Daran liegt es nicht. Es liegt daran, dass Dr. Sam bei der Nachuntersuchung herausgefunden hat, dass ich krank bin. Schwer krank. Ich werde meinem Körper deshalb die Ruhe und Zeit geben, die er braucht, um zu genesen.«

Keiner erwiderte etwas, nur Pam schniefte leise und trat einen Schritt nach vorn. »Sie werden wieder gesund, oder?«

»Vielleicht.« Er lächelte mit geschlossenen Lippen, warmen Augen und setzte sich langsam und schwerfällig wieder in den Sessel. »Dennoch ist es wohl ein Zeichen. Ich werde aufhören und einem jüngeren Agenten meinen Posten überlassen.«

»Aber *Mr Turner?*«, fragte Christopher und schaffte es schon wieder nicht, seine Abneigung zu verbergen. »Wieso macht das nicht Dr. Sam?«

Dr. Sam lachte leise auf. »Ich danke dir für dein Vertrauen, aber ich bin nicht geschaffen für diese Position. Ich sehe mich nach wie vor in einem Krankenzimmer oder einem Labor.«

Ich starrte die beiden an und atmete leise aus, bevor ich langsam nickte und meine persönlichen Interessen nach hinten schob. »Sie werden sicher das Beste für das MI20 wollen, und ich vertraue auf Ihre Entscheidung. Wir wollten nur sichergehen, dass wir keine falschen Informationen bekommen haben.«

Direktor Roberts lächelte mich an, doch ich sah in seinen Augen, dass ihm die Entscheidung nicht leichtgefallen war.

Er öffnete seinen Mund, doch was auch immer er sagen wollte, ging in dem Klingeln seines Telefons unter.

Als Zeichen, dass wir warten sollten, hob er seinen Zeigefinger und ging ran. »Direktor Roberts am Apparat.« Er hörte der Person auf der anderen Leitung zu, und seine Augenbrauen hoben sich. »Sind Sie sicher? Trainee Vivien Taylor?« Er machte ein fragendes, überraschtes Geräusch. »Bringen Sie sie in den Regenerationsraum. Ich übernehme die Befragung persönlich.«

Wir schauten einander fragend an, während er auflegte und dann aufsah. Er schien so überrascht, dass er uns die Information freiwillig gab. »Scheinbar hat Vivien gerade versucht, Thomas und seinen Vater aus unseren Zellen zu befreien.«

»Was?«, entfuhr es uns kollektiv und erschreckend laut.

Er sah zu Dr. Sam. »Du solltest mich begleiten.«

Diese nickte ebenso überrascht und erhob sich rasch.

Ich zögerte, doch gab mir dann einen Ruck. »Dürfen wir Sie begleiten?«

»Ich denke angesichts der Tatsache, dass sie eine derartige Tat verübt und offensichtlich versucht hat, zwei Schwerverbrecher freizulassen, wird uns allen klar sein, dass sie Hilfe gebrauchen kann. Ärztliche Hilfe«, fügte er hinzu und sah zu Dr. Sam. »Ich verstehe, dass Sie sich sorgen, aber ich denke, es wäre besser, wenn Sie sich zurückhalten und eventuell die Agenten im Zellentrakt unterstützen.«

Ich nickte sofort. »Natürlich, mit Ihrer Erlaubnis tun wir das sehr gerne.«

Er schmunzelte, griff nach dem Telefon und nickte gleichzeitig zur Tür. »Gehen Sie schon mal zur Empfangsdame des MI20 und lassen Sie sich den Weg zeigen.«

Wir ließen uns das nicht zweimal sagen und verließen schnell das Büro.

»Was war das denn?«, fragte Christopher. »Hat er uns jetzt echt erlaubt, die Gefangenen zu besuchen?«

»Ich denke, es geht eher um Alexis«, klärte Eva ihn auf und schaute ihn mit hochgezogenen Augenbrauen an. »Du weißt aber schon, dass es sich dabei nicht um einen Zoo handelt, oder?«

Ich blendete das Gerede der anderen aus und spürte, wie mein Puls mit jedem weiteren Schritt anstieg. Eine zuvor verdrängte Aufregung machte sich in mir breit, und ich musste mehrmals tief durchatmen, um mein Herz wieder halbwegs zu beruhigen.

Alexis.

Wochen waren vergangen.

Wochen, die alles verändert hatten.

Und ich wusste nicht, wie viel diese Wochen zwischen *uns* verändert hatten.

44. Kapitel

Alexis

Ich dämmerte gerade ein, als plötzlich meine Zellenwand durchsichtig wurde und eine Flut aus Gefühlen in mir explodierte.

Sofort schloss ich mein Schild und setzte mich auf.

Direkt vor meiner Glaswand entdeckte ich nur allzu bekannte Gesichter. Da waren Eva, Christopher und George. Und Dean. Ich spürte ihr Unbehagen, als ihnen klar wurde, dass ich hier in dieser Zelle festsaß.

Früher hätte ich neben ihnen gestanden, nun waren wir auf unterschiedlichen Seiten, obwohl wir noch vor wenigen Stunden gemeinsam gekämpft hatten. »Oh, wenn ich gewusst hätte, dass es hier eine Besuchszeit gäbe, hätte ich mich schick gemacht.«

Grace' Lachen durchzuckte die Stille, und ich musste unwillkürlich lächeln.

»Guter Spruch«, rief sie.

Christopher und George traten beiseite, damit ich sie sehen konnte. Sie saß im Schneidersitz auf dem Boden ihrer Zelle und sah aus, als wäre sie gerade bei einer Meditation gestört worden.

»Was verschafft uns die Ehre?«, fragte Grace, als sie bemerkte, dass mir die Worte fehlten. Sie blieb einfach weiter auf dem Boden sitzen und nickte zu den anderen Zellen. »Die anderen dürfen scheinbar nicht quatschen.«

»Thomas hat seinen Vater zum Reden«, antwortete Dean, ohne den Blick von mir abzuwenden.

Ich spürte nichts von seinen Gefühlen, und dennoch sah ich diese Flut in seinen Augen, die mir ein Herzrasen bescherte, das nicht einmal die Angst um mein Leben heraufbeschworen hatte. Sein Blick fiel auf die Papierblume, die ich zwischen meinen Fingern knetete, und sein Lächeln wurde schief.

Wie von allein erwiderte ich dieses Lächeln, leicht schmunzelnd und mit einem Funkeln in den Augen. Ein Lächeln wie das, was wir uns zugeworfen hatten, bevor wir miteinander kämpften. Doch dieses Mal bedeutete es so viel mehr, denn wir waren von nun an weder Konkurrenten noch Feinde.

Für einen Moment war es wie früher, und ich wusste, dass etwas zwischen uns war, mächtiger als das bloße Flirten von früher. Und dennoch würde es nie wieder so sein können wie damals.

»Ihr bekommt was wegen guter Führung und Rettung der Menschheit«, scherzte Eva und grinste, wobei sie zwischen mir und Dean hin- und hersah.

Ihre Worte ließen Hoffnung in mir wachsen, obwohl ich es nicht wollte. Vielleicht würde Direktor Roberts unseren Einsatz zu schätzen wissen.

Als sie mich ansah, hüpften ihre Augenbrauen, und für einen kurzen Moment war es, als wäre niemals etwas passiert, als wären wir noch immer dieselben Trainees und beste Freundinnen, wie vor ein paar Wochen.

»Also dürfen wir gleich rausgehen und ein Eis essen?«, fragte sie und grinste schief, wobei ihr Blick auf Christopher fiel, dem sie neckend zuzwinkerte.

Dieser lief rot an und versuchte gleichzeitig, cool zu bleiben. Ich presste meine Lippen zusammen, um mein Lachen zu verbergen. Mein Blick heftete sich auf Dean. »Du hast bei Herakles einen wirklich guten Job gemacht.«

»Scheint wohl so, wenn ich selbst dich getäuscht habe.«

»Tut mir leid, dass ich zwischenzeitlich dachte, du wärst der Böse.« Ich sog nervös meine Unterlippe ein und zuckte mit den Schultern. »Du warst wirklich überzeugend.«

Er grinste. »Tut mir leid, dass ich Grace erschossen habe.«

»Hey, die Entschuldigung sollte eigentlich an mich gehen«, rief Grace dazwischen und lachte laut. »Aber schon okay! Ich danke dir dafür!«

Dean lächelte, aber er sah weiter mich an, als könnte er seine Augen nicht von mir nehmen. »Als hätte ich mich nicht schon tausend Mal bei ihr entschuldigen müssen«, sagte er leise und zog seine Nase kraus. »Das war echt hart, dafür, dass wir unseren Abschluss noch vor uns haben.«

»Mal sehen, was als nächstes kommt.« Ich schaffte es zu lachen, auch wenn ich keine Ahnung hatte, ob wir überhaupt jemals gemeinsam unseren Abschluss machen konnten. Aber vielleicht ja doch. Hoffnung stieg in mir auf. Vielleicht würde unser vorheriger Kampf sich noch zu meinen Gunsten auswirken.

»Und, wie war es so im Knast?«, fragte Eva auf einmal, lehnte sich gegen das Glas und schob ihre Hände in die Hosentaschen ihres Anzugs, den sie noch immer trug.

Ich lachte und überlegte, was ich ihr antworten sollte, als sich die Sicherheitstür öffnete und Mr Turner in den Zellentrakt kam. »Sofort alle Trainees zurück in die Akademie!«, rief er aufgebracht.

»Sie sind noch nicht unser Boss«, erwiderte Christopher und hob sein Kinn.

»Aber ich bin immer noch in der Lage, euch das Leben zur Hölle zu machen«, erwiderte er leise, drohend und baute sich vor ihm auf.

»Lasst uns gehen«, lenkte Dean ein, der genauso wie ich wusste, dass Mr Turner recht hatte. Gleichzeitig fragte ich mich, was genau er damit meinte, dass er noch nicht *der Boss* war.

Dean schaute mich nochmals an, und ich erwiderte seinen Blick, wollte etwas sagen. Irgendwas. Aber dann verstrich der Moment, und er und die anderen waren weg.

»Und nun zu Ihnen.« Mr Turner drehte sich zu mir um. »Sie werden jetzt zurück ins Gefängnis gebracht. Alles andere wäre fahrlässig.«

»*Was?*« Grace sprang von ihrem Platz auf. »Und was ist mit Begnadigung? Wir sind verdammte Helden! Wir haben euch den Arsch gerettet!«

»Auch Sie gehören in den Knast«, erwiderte er und drehte sich zu Grace um. »Nummer 17.«

Ich sog scharf Luft ein und spürte Grace' Schmerz mit voller Wucht. Bevor ich ihm etwas an den Kopf knallen konnte, wurden unsere Zellen milchig.

»Arschloch!«, brüllte ich, doch leider hörte er mich nicht mehr.

Es dauerte keine Minute, da wurde die Tür aufgerissen, und zwei Agenten kamen in die Zelle.

Ich seufzte und spürte zugleich tiefe Trauer. Irgendwie hatte ein Teil von mir tatsächlich geglaubt, dass sie mir eine Chance geben würden. Ich streckte ihnen meine Hände entgegen. »Bringen wir es hinter uns.«

Die beiden Agenten lächelten ein wenig, und ich spürte ihre Sympathie und ihr Bedauern, mich festnehmen zu müssen. Auch sie trugen noch immer die schwarze Einsatzkleidung. Vielleicht hatte ich mit ihnen gekämpft. Ich wusste es nicht.

Als ich aus der Zelle geführt wurde, kam auch Grace gerade heraus und warf mir einen angepissten Blick zu. »So ein Scheißverein.«

Mr Turner war nirgends zu sehen.

Ich lachte und zuckte mit meinen Schultern. »Wenigstens verpassen wir nicht die Pasta in der Kantine.«

Grace verzog ihren Mund, während sie sich abführen ließ. »Mir wäre wirklich mehr nach einem Burger. Fettig. Doppelt Käse. Extra viele Zwiebeln.«

Ein Schnurren entkam meinem Hals, und ich schmeckte ihre Worte förmlich auf der Zunge.

»Vielleicht lässt sich da was einrichten«, raunte mir die Agentin neben uns zu.

»Ja!«, stieß Grace aus, die sie wohl gehört hatte.

»Das wäre toll«, gab ich zu und genoss ihre Zuneigung, auch wenn sie mich gerade abführte.

Die Agenten brachten uns in die Tiefgarage und bedeuteten uns, sich in einen der SUVs zu setzen, als wir eine Person an einem der Autos stehen sahen.

Grace riss die Augen auf. »Hey, Agent Sexy, was machen Sie denn hier?«

Ich fuhr herum und starrte in Agent Donalds' Augen. Dieser starrte finster zurück. »Ich bin verantwortlich dafür, Sie beide wieder heile zurück ins Gefängnis zu bringen.«

»Öde«, rief Grace und schaute mich an, während wir in den Wagen stiegen. »Ätzend, diese Agenten vom MI20.«

Ich reagierte nicht darauf, denn ich war mit meinen Gedanken woanders. Ich dachte an Dean und unseren Blickwechsel, den wir noch vor wenigen Momenten getauscht hatten. Ich genoss das Herzklopfen, das er in meiner Brust auslöste. Es fühlte sich richtig an.

Ich lächelte.

»Warum grinst du wie so ein Honigkuchenpferd? Liegt es etwa an dem heißen Trainee, der dich vorhin mit seinen Augen quasi ausgezogen hat?« Grace versuchte nicht einmal, ihr Grinsen zu verbergen.

»Ja«, gab ich seufzend zu und lehnte mich in dem Sitz zurück, während ich mein Spiegelbild in den getönten Seitenscheiben betrachtete. Meine Wangen waren warm und rosig, und ich lächelte, bis mir ein weiterer Gedanke kam, der es leicht verrutschen ließ. »Ich hätte ihm etwas sagen können. *Müssen.* Es war vermutlich erst mal meine letzte Chance. Keine Ahnung, wann ich endlich meinen Prozess bekomme. Oder ob er überhaupt jemals stattfinden wird.«

»Was genau hättest du ihm denn sagen wollen?« Ihre Neugier schwappte in Wellen zu mir herüber, genauso wie ein Hauch Wehmut.

»Dass ich ihn echt gerne habe.«

Sie lächelte mich an, schwieg dann aber, während sie zu Boden sah. Ich wusste, an wen sie dachte. Clyde.

»Meinst du, er konnte fliehen?«, fragte ich sie leise.

Sie schaute mich an und zuckte mit den Schultern, während Hoffnung in ihr flatterte. »Ich hoffe es. Es sah nicht so aus, als wäre er unter den Opfern gewesen.«

»Er hat es sicher geschafft.«

Sie nickte, seufzte schwer und lachte dann, während ihre Schuldgefühle wuchsen. »Es ist so dumm, aber ich wünschte mir, er hätte es nicht geschafft und wäre jetzt hier bei uns.«

»Ich auch«, gab ich zu, denn ich wünschte es mir – für sie.

»Außerdem habe ich überlegt, mir Goldzähne einsetzen zu lassen«, wechselte sie abrupt das Thema und deutete auf ihre zwei fehlenden Zähne, die wie Löcher in ihrem Mund aussahen.

Ein Lachen entfuhr mir. »Ich glaube, wenn jemand so was tragen könnte, dann bist du es.«

»Ich wusste doch, dass dir die Idee gefallen würde.« Sie lächelte, lehnte sich nun ebenfalls zurück und schloss ihre Augen. »Ich kenne da jemanden im Knast, der mir die vielleicht besorgen könnte.« Ihr Murmeln wurde leiser, und sie seufzte schwer.

Schweigen legte sich über uns.

Ich wollte endlich meinen Schlaf nachholen, als der Wagen plötzlich langsamer wurde und schließlich anhielt.

Erst dachte ich, es wäre nur eine Ampelphase, doch der Stopp dauerte länger.

Irgendwann öffnete Grace ihre Augen und runzelte ihre Stirn.

Im nächsten Moment fuhr die Trennwand zwischen unseren Rücksitzen und den Vordersitzen herunter. Der Duft von Burgern und Pommes wehte zu uns herüber, und als die Agentin uns zwei Tüten nach hinten reichte, waren wir schlagartig hellwach.

»Geil!«, rief Grace aufgeregt und reichte mir eine Tüte, bevor sie umständlich ihre eigene öffnete. Es war zwar schwer mit den Handschellen, aber nicht unmöglich.

»Lasst es euch schmecken, Ladys.« Die Agentin lachte und wollte die Trennwand wieder hochfahren, als plötzlich ein Ruck durch den Wagen ging.

Unsere Köpfe fuhren hoch und starrten zu der Delle, die direkt über unseren Köpfen auf dem Wagendach zu sehen war.

Mir war, als hätte ich ein Déjà-vu. »Oh«, machte ich und starrte zu Grace.

Sie stopfte sich hingegen schnell noch einen der Burger in den Mund. »Waf auf immer fier lof if, iff werwe nif auf mein Effen verfiften!«

Ich lachte und ließ die Tüte sinken, während auf dem Dach nun Schritte erklangen.

»Los!«, brüllte die Agentin Agent Donalds zu, der nun Vollgas gab. Scheinbar hatten sie extra auf einem abgelegenen Parkplatz haltgemacht, bevor sie uns die Burger gegeben hatten. Ich konnte durch die halb gesunkene Scheibe sehen, dass wir wieder auf eine Landstraße fuhren.

Grace hüpfte auf ihrem Platz auf und ab, stopfte weiterhin Essen in ihren Mund und sah aus, als wäre sie kurz davor, ihre Weihnachtsgeschenke auszupacken.

Ich schob meine Tüte unter den Sitz. »Wer greift uns an?«

»Keine Ahnung!«, rief die Agentin zurück. »Vielleicht ein *Number*, der euch dafür fertigmachen will, dass ihr deren Plan vereitelt habt.«

Ich nickte und spannte mich gleichzeitig an. »Das wäre natürlich möglich.«

»Kämpfen!«, stieß Grace durch ihren vollen Mund aus.

Obwohl diese Situation absolut nicht lustig war, musste ich lachen. So etwas passierte auch echt nur uns.

Im nächsten Moment schlug jemand die Frontscheibe mit seiner bloßen Faust ein.

Glassplitter flogen durch den Wagen, und ich versuchte, ihnen auszuweichen, spürte aber dennoch kleine Schnitte auf meinem Gesicht, während der Rest meines Körpers von meinem Anzug geschützt wurde.

»Ey!«, brüllte Grace, die fertig mit essen war. »Macht uns los, und ich mache wer auch immer da draußen ist fertig!«

»Grace! Ich bin's!« Clydes Stimme flog durch den Wagen, noch bevor sein Gesicht falsch herum vor der Frontscheibe erschien.

Die Agentin hob ihre Waffe.

»Nein!«, brüllte ich. »Er hat uns geholfen! Fragen Sie Agent Mazur!«

Die Agentin zögerte.

Clyde nutzte seine Chance, griff in den Wagen und entriss ihr die Waffe.

»Was macht der denn hier?« Agent Donalds drückte auf die Bremse, sodass der Wagen in einer Vollbremsung zum Stehen kam. Dabei wurde Clyde nach vorne auf die Straße geschleudert und blieb reglos liegen.

»Nein!« Grace' Schrei ging mir durch Mark und Bein. Als ich sie ansah, bemerkte ich die Tränen, die über ihre Wangen liefen. »Bitte! Nein!«

Die Agentin schüttelte ihren Kopf. »Kehr um!«

Agent Donalds wendete das Fahrzeug, doch ich konnte nicht aufhören, Clyde anzusehen. »Bitte! Lassen Sie ihn nicht liegen. Nehmen Sie ihn wenigstens fest!«

Die Agentin schüttelte ihren Kopf und zerrte ihr Handy aus ihrer Jackentasche. »Ich informiere das MI20. Sie werden sofort jemanden schicken.«

Als sie gerade die Nummer wählen wollte, begann es zu klingeln.

Sie ging ran, hörte zu und machte ein überraschtes Geräusch. »Begnadigt?« Sie öffnete vor Überraschung ihren

Mund, schloss ihn dann aber wieder. »Okay, wir kommen zurück. Ja, bis gleich, Direktor.«

»Was?« Agent Donalds warf ihr einen fragenden Blick zu.

Ich sah in Grace' Gesicht, deren Tränen versiegt waren und die plötzlich grinste, während sie nach hinten schaute.

Dann drehte ich mich um und sah, dass Clyde wieder aufgestanden war und nun dem Wagen hinterherrannte.

»Ihr seid begnadigt. Der Direktor hat entschieden, dass ihr sofort ins MI20 zurückkehren sollt«, erklärte uns die Agentin.

Schockiert riss ich meinen Mund auf und wollte schreien, jubeln oder vor Freude explodieren. Stattdessen richtete ich meinen vor Aufregung zitternden Finger nach hinten. »Super. Aber halten Sie bitte an. Sonst wird Clyde nämlich vermutlich dafür sorgen, und ich habe echt keine Lust, kurz nach meinen ersten Sekunden in Freiheit hier zu sterben.«

Sie fuhr herum, wollte nach hinten sehen. Im nächsten Moment sprang er wieder auf das Dach des Wagens und erzeugte eine neue Delle.

»Das ist euer Ding, oder?«, fragte ich Grace.

Sie lachte, frei und gelöst. »Er lebt!«

»Wie kann das sein?« Agent Donalds wurde schließlich langsamer. »Sie hat recht. Entweder wir versuchen ihn irgendwie festzunehmen, oder er wird uns alle umbringen!«

Als er anhielt, sprang Clyde vom Dach. Er grinste uns durch die zerstörte Frontscheibe an. »Hi. Sorry für die Störung, aber ich wollte das Mädchen besuchen, auf das ich echt schon eine ganze Weile stehe.«

»Lass dich festnehmen!«, rief Grace ihm zu und lachte noch lauter. »Hier gibt es Burger!«

Er machte ein erfreutes Geräusch und streckte seine Hände

nach vorne. »Ich konnte vorhin ganz knapp entkommen, aber bei Burgern kann ich echt nicht Nein sagen.«

»Ist das irgendein blöder Scherz?«, fragte mich die Agentin.

Ich lachte und schüttelte meinen Kopf. »Nein.«

Die Skepsis stand ihr ins Gesicht geschrieben. »Wird er uns Probleme machen?«

Ich sah zu ihm herüber und lächelte, während ich seine tiefe Freude spürte, weil er Grace gefunden hatte. »Nein, wird er nicht.«

»Na gut.« Die Agentin seufzte und stieg aus.

Wie vermutet, ließ Clyde sich ohne Probleme abführen.

Als er neben mir im Auto saß, Grace direkt gegenüber, sah er sie an, als würde eigens für ihn die Sonne aufgehen. »Hi.«

»Hi«, stieß sie geradezu schüchtern aus und wurde rot. Sie schaute auf ihre Knie, die sich beinahe berührten. »Das hier macht mich total an.«

»Oh bitte!«, rief ich aus und schaute nach vorne zu den Agenten, die misstrauisch zu uns nach hinten sahen. »Bitte fahren Sie los! Schnell!«

Grace und Clyde lachten, doch ich spürte die Anziehung zwischen den beiden so stark, dass ich sofort mein Schild hochziehen musste und den Rest der Fahrt mit hochrotem Kopf wegschaute, weil die beiden sich gegenseitig mit ihren Blicken auszogen.

Was auch immer die beiden vorher zurückgehalten hatte, schien nun nicht mehr von Bedeutung zu sein, und ich wollte echt nicht dabei sein, wenn sie dieses Auto hinter sich ließen.

45. Kapitel

Alexis

Als wir die Akademie erreichten, standen Direktor Roberts und Mr Turner draußen vor dem Haupteingang.

Die Agentin nahm uns unsere Handschellen ab. Ich dankte ihr und nahm meine Tüte mit Burger und Pommes aus dem Auto und drehte mich dann zu dem Direktor und Mr Turner um. »Ist es wahr? Sind wir wirklich freigesprochen?«

Der Direktor lächelte mich an. »Ja. Als Dank für euren Einsatz heute Nacht.«

Mr Turner schnaubte und hatte seinen Blick auf Clyde gerichtet. »Wer ist das?«

»Ein *Number*«, erwiderte Grace patzig. »Aber er hat uns geholfen. Fragen Sie Mr Mazur und Mrs Ansari. Die können das bezeugen.«

»Wir werden das prüfen«, schnitt Direktor Roberts Mr Turners vermutlich unhöfliche Antwort ab und lächelte uns alle nacheinander an. »Wenn das stimmt, wird er bleiben können.« Er sah mit strengem Blick zu Mr Turner, der aber nichts hinzufügte, sondern nur knapp nickte.

Ich verkniff mir ein schadenfrohes Grinsen und sah stattdessen wieder den Direktor an. »Heißt das, dass ich Cassie besuchen darf?«

In seinem Gesicht breitete sich ein Lächeln aus, das so voller Wärme war, dass ich das Gefühl bekam, wirklich *willkommen* zu sein. »Natürlich.«

»Wo …« Ich brach ab, als ich hinter den beiden in der Tür des Haupteinganges eine Bewegung wahrnahm.

Mein Hals fühlte sich an wie zugeschnürt, während Tränen in meinen Augen brannten. »Cassie …«

Meine kleine Schwester grinste und kam mir entgegen. Sie wurde von einem Jungen gestützt, den ich erst auf den zweiten Blick erkannte. Es war der Junge, den wir aus dem Haus gerettet hatten. Das musste schon eine gefühlte Ewigkeit her sein. Er war noch immer mager, aber seine Gesichtsfarbe war gesund. Er lebte. Das war alles, was zählte.

Er nickte mir zu, als wir vor ihnen stehen blieben. »Hallo.«

»Schön, dass es dir gut geht«, sagte ich und sah dann meine Schwester an. »Und dir auch.«

»Du hast echt so viel Mist gebaut … nur für mich«, stieß sie leise aus und begann plötzlich zu weinen.

Ich schlang meine Arme um sie und hielt sie fest, während Schluchzer meinen Körper beben ließen. »Das war es wert. Ich bin so froh, dass du lebst.«

»Ich auch«, stieß sie lachend und gleichzeitig weinend aus und löste sich dann so weit von mir, dass sie mich ansehen konnte. »Du hast mir echt eine Menge zu erzählen.«

»Das habe ich.« Ich lachte und konnte dennoch die Tränen nicht aufhalten. »Du aber auch.«

Sie nickte schnell und trat noch weiter zurück. Ihr Blick fiel auf die Tüte in meiner Hand, und sie lachte nun etwas gelöster. Gleichzeitig wischte sie sich die Tränen aus den Augen. »*Wirklich?*«

»Das Essen die letzten Wochen war echt nicht der Renner.« Ich bemerkte eine Bewegung im Augenwinkel und sah, dass

Grace und Clyde näher gekommen waren. Im Hintergrund standen Mr Turner und Direktor Roberts und unterhielten sich angeregt und leise, während der Direktor ein Handy an sein Ohr hielt. »Das sind meine Freunde, Grace und Clyde. Und das ist meine Schwester, Cassie.«

Beide begrüßten sie und sahen dann den Jungen an. Keiner von den dreien sagte etwas, aber ich spürte dieses unsichtbare Band, das sich zwischen ihnen spannte.

Im Augenwinkel sah ich Direktor Roberts langsam näher kommen. Obwohl er versuchte, aufrecht zu gehen, sah ich das leichte Zittern seiner Muskeln. Er schien die Entführung nicht so gut weggesteckt zu haben wie ich. »Wir haben es uns bestätigen lassen.« Er sah Clyde an. »Sie werden nicht festgenommen und können in der Akademie bleiben, bis wir entschieden haben, wie es weitergeht.«

»Danke, Sir«, antwortete er ernst und zog den Direktor zu einer festen Umarmung an sich. »Danke, dass Sie mir eine Chance geben.«

Direktor Roberts klopfte ihm auf den Rücken und nickte.

Als sie die Umarmung lösten, deutete er auf die Akademie. »Gehen Sie rein. Am Empfang müssen Sie sich anmelden, dann bekommen Sie ein Zimmer zugewiesen.«

Grace und Clyde gingen in die Akademie und gemeinsam mit meiner Schwester und dem Jungen folgte ich ihnen.

Als wir durch die Eingangshalle traten, schienen sich alle anwesenden Trainees und Agenten zu uns umzudrehen.

Ich hatte mein Schild hochgehoben und spürte ihre Gefühle nicht, einfach aus Angst, sie könnten mich mit ihrem Hass erschlagen.

»Wie seltsam«, raunte Grace gerade und wollte weitergehen.

Doch in diesem Moment begann jemand zu klatschen. Es

war erst einer, dann zwei, bis irgendwann die gesamte Eingangshalle von tosendem Applaus gefüllt wurde.

Grace hob ihre Arme in die Luft. »Yeah! *Das* ist eine Begrüßung nach meinem Geschmack!«

Ich lachte und verdrehte meine Augen, konnte aber dennoch nicht verhindern, dass mir ganz warm wurde.

Ich war endlich wieder daheim.

*

Nachdem der Applaus verebbte, teilte man Grace und Clyde die Zimmer zu.

Während wir in die oberen Stockwerke gingen, beobachtete man uns weiter mit unverhohlener Neugier. Aber wir wurden auch beglückwünscht, willkommen geheißen, gefeiert.

Es war beinahe zu viel für mich, nach all dieser Zeit, in der ich geglaubt hatte, mich würden sicher alle hassen.

Erst als ich unter der Dusche stand und den Dreck, den Schweiß und all die Tränen der letzten Wochen von mir waschen konnte, entspannte ich mich langsam.

Und als ich aus der Dusche trat und mich mit den super weichen Handtüchern der Akademie abtrocknete, erschien ein Lächeln auf meinen Lippen, das ich einfach nicht mehr abschalten konnte.

»Schau dir diese genialen Zimmer an!«, rief Grace, als ich aus dem Badezimmer kam.

Sie saß auf meinem Bett, als hätte sie auf mich gewartet.

»Meins sieht beinahe genauso aus wie deins. Total luxuriös!«

»Scheint so, als würde man sich drauf einstellen, dass du länger bleibst.«

Sie sah sich gedankenverloren um, und während ich kurz ihre Hoffnung spürte, merkte ich doch auch, wie sie diese sofort im Keim erstickte. Sie drehte sich auf den Rücken und gab sich unbekümmert. »Egal. Hauptsache, erst mal in einem richtigen Bett schlafen.«

»Stimmt«, gab ich zu und sah mich in meinem alten Zimmer um, das so ordentlich war, dass es sich gar nicht wirklich anfühlte, als wäre es mein Zimmer.

Ich ging zum Schrank, um nachzusehen, ob überhaupt noch irgendwelche Klamotten von mir übrig waren. Doch ich wurde überrascht. Sie waren allesamt ordentlich darin aufgehängt worden.

Ich spürte die Anwesenheit einer weiteren Person und drehte mich zur offen stehenden Tür.

Dort stand Eva, die Hände verschränkt, und lehnte sich gegen die Türzarge. »Ich hoffe, dir gefällt mein System.«

Ich schaute in den Schrank und stellte fest, dass sie alles nach Farben sortiert hatte. »Sieht besser aus als vorher.«

»Dein restliches Zeug habe ich in meinem Zimmer gebunkert.«

Ich hob meine Augenbrauen, mein Herz pochte schneller, und der Schmerz drückte gegen meine Brust. »Sie haben einfach …«

»Mr Turner meinte, wir müssten Platz schaffen.« Sie verdrehte ihre Augen. »Aber der Direktor hätte dich sowieso zurückgeholt.«

Ich zuckte mit meinen Schultern, denn da war ich mir nicht so sicher. Gleichzeitig wollte ich darüber jetzt nicht nachdenken. Vielleicht später, wenn ich mich trauen würde, dem Direktor diese Frage persönlich zu stellen. Bis dahin wollte ich meine Freiheit genießen und endlich ankommen. »Danke, ich werde das Zeug dann irgendwann später holen.« Ich drehte mich zu Grace, die uns neugierig beobachtete. »Grace, das ist Eva. Eva, das ist Grace.«

»Freut mich!« Grace sprang vom Bett, und mir fiel jetzt erst auf, dass sie den Jogginganzug der Akademie trug. Schwarz, unauffällig und für mich unverkennbar. Sie lief auf Eva zu und streckte ihr die Hand entgegen.

»Mich auch.« Eva ergriff sie und lächelte freundlich. Ich spürte, dass es ein ehrliches Lächeln war. »Willkommen.«

Nach einem kurzen Händeschütteln zog Grace ihre Hand zurück und klatschte in ihre Hände, als müsste sie sich dringend beschäftigen, weil Evas Freundlichkeit zu viel für sie war. »Also, der Burger war nicht sehr sättigend. Wann gibt es hier was Richtiges zu essen?«

»Um elf Uhr beginnt der Lunch.« Eva lachte und schaute auf ihre Armbanduhr. »In knapp zwanzig Minuten also.«

»Super!« Grace deutete auf mich. »Wenn du nicht im Handtuch unterwegs sein willst, solltest du dir jetzt was anziehen. Denn ich werde ganz sicher nicht ohne dich dahin gehen.«

»Alles klar.« Ich tauschte mit Eva ein Lächeln aus und zog mir aus meinem Schrank eine Jeans und einen rosa Pullover.

»Wie süß!«, stieß Grace aus. »Hast du so was auch für mich?«

Ich lachte und nickte.

Nachdem ich ihr ein ähnliches Outfit raussuchte und wir uns umgezogen hatten, hörte ich plötzlich ein Räuspern von der Tür.

Als ich mich umdrehte und dort Adam stehen sah, stieß ich ein überraschtes und zugleich freudiges Quietschen aus. Dann rannte ich auf ihn zu und warf ihn mit meiner Umarmung fast um. »Adam!«

»Lang nicht gesehen.« Er lachte und erwiderte meine Umarmung fest. »Ich hätte euren Kampf gerne mitbekommen. Aber Mr Turner hat mich abkommandiert, um auf die Jugendlichen aufzupassen, die wir gerettet haben.«

Ich grinste, als ich mich von ihm löste. »Ein vertrautes Gesicht war sicher nicht schlecht für sie.«

Er nickte, und sein Lächeln wurde zu einem Grinsen, als er über mich hinweg zu Grace sah. »Eigentlich sollte mir ja eine gewisse Madame dabei helfen, aber die wollte ja lieber die Welt retten.«

Grace kicherte und zeigte ihm mit beiden Händen ein Peace-Zeichen. »So bin ich.«

Wir lachten.

Adams Blick fiel auf Eva, und er lächelte sie an. »Hi.«

Ich spürte, wie ihr Herz stolperte. »Hi.«

Aha.

Mein Blick fiel zu Grace, die mit Mühe ein Kichern unterdrückte und ihre Augenbrauen hüpfen ließ, bevor sie in ihre Hände klatschte. »So, auf geht's zum Essen. Ich habe Hunger.«

Wir verließen mein Zimmer und gingen zu den Treppen, und ich beachtete die neugierigen Blicke der anderen Trainees nicht länger.

»Ich bin irgendwie ein bisschen nervös«, gestand Grace plötzlich.

»Wieso?« Neugierig sah ich zu ihr herüber und musste feststellen, dass sie zum ersten Mal, seitdem ich sie kannte, total *normal* aussah.

»Na, weil Clyde mich zum ersten Mal seit Ewigkeiten nicht

in einer Häftlingsuniform oder diesem schwarzen Killeroutfit von euch sieht.«

Ich musste mein Schild nicht öffnen, um ihre Unsicherheit zu spüren. »Er wird dich trotzdem noch mögen.«

»Sicher wird er das«, erwiderte sie irritiert. »Aber wird er mich auch attraktiv finden?«

Eva lachte erstickt neben mir. »Wieso nicht? Wenn er dich nur in Häftlingskluft sexy findet, solltest du dir vielleicht überlegen, ob du ihn überhaupt noch haben willst.«

Grace machte ein nachdenkliches Geräusch und nickte langsam, während sie mich vorließ, damit ich vor ihr die Treppe runtergehen konnte. »Stimmt!«, sagte sie schließlich. »Dann wäre er ein Trottel.«

Adam machte ein unbestimmtes Geräusch, als würde er lachen und sich gleichzeitig aus dieser Unterhaltung heraushalten wollen.

»Allerdings.« Ich lachte, doch das verging mir in dem Moment, als ich Christopher und George die Treppe hochkommen sah.

Sie blieben vor uns stehen, besorgt.

»Was ist los?«, fragte Eva.

»Wir wollten Vivien besuchen. Dr. Sam lässt uns aber nicht zu ihr. Scheinbar flippt sie völlig aus.« George presste seine Lippen zusammen, schien die nächsten Worte nicht aussprechen zu wollen.

Christopher sah weg und sagte: »Sie hat versucht, sich etwas anzutun. Das konnten wir noch hören, bevor wir weggeschickt wurden.«

Meine Brust wurde eng. »Ich verstehe das nicht …« Dann wurde mir etwas klar. »Wo ist sie?«

»In den Regenerationsräumen.« Christopher schaute mich an. »Wieso?«

»Etwas war seltsam an ihrer Gefühlssignatur, als sie vorhin im Zellenbereich war.« Ich erinnerte mich daran, dass etwas anders an ihr gewesen war. Nicht nur, weil Thomas sie kontrolliert hatte. Da war noch etwas gewesen. »Ich muss zu ihr.«

»Wir kommen mit«, entschied Eva.

Ich nickte und folgte Christopher und George, die vorausliefen. Adam, Eva und Grace folgten mir.

Die Eingangshalle der Akademie hatte sich deutlich geleert, und vermutlich waren die meisten Trainees und Lehrer bereits im Speisesaal oder machten sich für das Essen fertig.

Als wir durch die Verbindungstür zum MI20 gingen, wurde Grace von einem Agenten zurückgehalten.

»Sie gehört zu uns«, erklärte Eva ihm.

Doch er schüttelte seinen Kopf. »Für die *Numbers* gibt es keinen Zutritt zur Basis.«

»Sie ist keine *Number!*«, fuhr ich ihn an. »Grace hat einen Namen!«

»Ist schon okay«, beschwichtigte Grace mich ungewohnt sanft und lächelte den Agenten an. »Ich warte einfach hier.«

Ich öffnete meinen Mund und wollte etwas erwidern, wollte für ihre Rechte kämpfen, auch wenn ein kleiner Teil von mir diese Regelung irgendwie verstehen konnte. Immerhin gaben sie niemandem Zugang zur Basis des MI20, der nicht mindestens Trainee war.

Doch Grace kam mir zuvor und deutete zurück in die Eingangshalle der Akademie. »Schau, da ist Clyde. Ich werde einfach mit ihm hier warten. Die Sessel sehen doch ganz bequem aus.«

Ich folgte ihrem Blick und entdeckte ihn, gemeinsam mit Dean. Als sie uns sahen, kamen sie auf uns zu.

Mein Herz klopfte unwillkürlich schneller, während ich Dean beobachtete und mich fragte, was er fühlte, weil sein Gesichtsausdruck so … ernst war. Aber ich traute mich noch immer nicht, meinen Schild runterzunehmen und seine Gefühle näher zu ergründen.

»Was ist los?«, fragte er, als sie uns erreichten.

Clyde schlang sofort seinen Arm um Grace' Taille und lächelte auf sie hinunter. »Alles klar?«

Sie biss sich auf ihre Unterlippe und nickte. »Komm, lass die anderen ihren Superheldenkram erledigen und uns ein bisschen auf den Sofas da hinten kuscheln.«

Clydes Blick wurde beinahe wölfisch.

»Hier werden auch Kinder unterrichtet«, informierte ich sie leise und deutete mit dem Zeigefinger auf die beiden. »Wehe, ihr macht irgendeinen Schmuddelkram!«

»So würde ich das nicht unbedingt nennen«, zog Clyde mich auf.

Ich kniff die Augen zusammen, woraufhin er zu lachen begann. »Keine Angst. Wir werden nur reden. Ich werde den ersten Kuss an mein Mädchen doch nicht inmitten einer schnöden Eingangshalle verschwenden.«

Grace seufzte leise, verzückt und gleichzeitig enttäuscht. Dann winkte sie mir. »Geht ruhig.«

Gemeinsam schlenderten die beiden davon.

Ich drehte mich zurück zu den anderen und stellte fest, dass sie alle der Unterhaltung völlig gebannt gefolgt waren. Eva blinzelte irritiert und zugleich amüsiert. »Der erste Kuss?«

»Man kann sich im Gefängnis nicht wirklich nahekommen«, erklärte ich ihr und zuckte mit meinen Schultern. »Aber das erkläre ich euch später. Wir sollten zu Vivien.«

»Was ist mit Vivien?«, fragte Dean und stand so nah neben mir, dass ich die Hitze seines Körpers spürte.

»Sie ist durchgedreht und hat versucht, sich selbst was anzutun«, erklärte ihm Christopher.

»Was?« Entsetzen klang in seiner Stimme mit.

»Wir wollten gerade zu ihr gehen«, erklärte ich ihm.

Er erwiderte meinen Blick, ernst und nachdenklich. »Bist du sicher, dass das eine gute Idee ist?«

»Ja.« Mehr brachte ich nicht heraus. Seine Worte waren wie ein Faustschlag in den Magen. *Er traute mir also weiterhin nicht.*

»Lasst uns gehen.« Eva nahm meinen Arm und zog mich mit sich, schien diese Diskussion gar nicht erst führen zu wollen.

Ich folgte ihr und war dankbar, dass sie die Zügel in die Hand nahm.

Als wir die Regenerationsräume erreichten, dachte ich sofort an meinen letzten Aufenthalt hier zurück. Kurz nachdem ich angeschossen worden war und Dean mich gerettet hatte. Es fühlte sich an, als wäre seitdem ein ganzes Leben vergangen und als wäre ich jetzt jemand völlig anderes. Jemand mit Narben, die vermutlich für immer bleiben würden.

Wir klopften an der Schleuse, die zu den Regenerationsräumen führte. Diese war abgeschlossen, damit niemand einfach eintreten konnte.

Dr. Sam tauchte nach wenigen Minuten auf. Sorgenfalten standen auf ihrer Stirn. »Ich habe gerade wirklich keine Zeit.«

»Ich muss Vivien sehen«, sagte ich und hörte selbst das leichte Zittern in meiner Stimme. »Als sie vorhin im Zellenbereich war, da hat sich ihre Gefühlssignatur seltsam angefühlt. Irgendwas stimmt nicht mit ihr.«

Dr. Sam seufzte. Unsicherheit schwang in diesem Geräusch mit.

»Ich will ihr helfen«, stellte ich klar. »Egal was zwischen uns passiert ist, es wird die Jahre davor nicht einfach auslöschen können. Ich *muss* ihr helfen.«

Meine Entschlossenheit schien sie zu überzeugen. »Gut. Aber die anderen sollten hier warten.«

Keiner widersprach, als ich Dr. Sam in das Innere des Flurs folgte und die schwere Schleusentür hinter uns zufiel. Ihr Vertrauen erdete mich und gab mir Kraft, während gleichzeitig meine Angst um Vivien immer weiter anstieg.

Als wir bei den Regenerationsräumen waren, entdeckte ich Vivien in einem der Räume. Sie hatte sich zu einer Kugel zusammengerollt. Blut klebte an ihren Armen, dort, wo sie scheinbar versucht hatte, sich zu verletzen. Aber sie lebte. Ihre Muskeln zitterten, und ich konnte ihr Gesicht nicht sehen.

Ich schluckte das Schluchzen herunter, das in meinem Hals steckte.

Ich hatte ihr das angetan. Mein Verrat und der vermeintliche Mord an Thomas hatten sie gebrochen.

»Vivien«, flüsterte ich und ging vor dem Raum in die Knie.

Ihr Kopf hob sich ruckartig. Sie starrte mich an, und ihr Blick hatte etwas von einem wilden Tier, das gejagt und in die Ecke gedrängt worden war. Wut lag in ihren Augen. Doch als ich mein Schild senkte, spürte ich ihre Verwirrung, ihre Angst und ihre tiefe Verzweiflung.

Ihr Blick zuckte zu Dr. Sam. »Was will sie hier?«

Dr. Sam hingegen sah zu mir. »Was spürst du?«

Ich schloss meine Augen und konzentrierte mich auf Viviens

Gefühlssignatur. Wo zuvor klare Linien gewesen waren, schien nun alles durcheinander zu sein.

Langsam näherte ich mich mental ihren Gefühlen, dieser absoluten Verwirrung und diesem Chaos, das ich schon von Grace kannte. Aber bei Vivien war es anders. Das Chaos schien nicht aus ihr selbst zu kommen.

»Etwas … etwas beeinflusst sie«, flüsterte ich mit geschlossenen Augen. »Etwas ist in ihr.«

»Wie meinst du das?«

Ich schlug meine Lider auf und schüttelte den Kopf, versuchte selbst, es zu verstehen. »Etwas in ihr beeinflusst sie. Ich weiß nicht wie das möglich ist.«

»Wir haben bereits einen Scan gemacht, und außer der Implantate befindet sich nichts in ihrem Körper«, erklärte mir Dr. Sam.

»Was ist mit den Implantaten? Haben Sie die überprüft? Bevor ich ging, erwähnte Vivien, dass ihre Uhr ihre Vitalwerte zwischendurch falsch ermittelt hat.«

Dr. Sam schüttelte ihren Kopf. »Davon wusste ich nichts.« Sie schaute zu Vivien, die uns noch immer anstarrte. »Vivien, darf ich dich untersuchen?«

»Nicht, solange sie dabei ist«, fauchte sie.

»Ich gehe«, sagte ich schnell und verließ den Vorraum.

Kurz darauf hörte ich, wie Dr. Sam den Regenerationsraum betrat und die Tür hinter ihr zufiel.

Ich stand um die Ecke und wartete, während ich mein Schild wieder hochzog. Ich wollte mich vor all den Gefühlen schützen, die Vivien für mich empfand, vor ihrem Hass und ihrer Angst.

Dieses Mädchen in dem Regenerationsraum war nicht mehr meine beste Freundin, und das musste ich mir langsam eingestehen. Unsere Freundschaft war vorbei, und ich war daran schuld. Ich lehnte mich gegen eine der Mauern und ließ meinen Kopf nach hinten fallen. Dann schloss ich meine Augen und konnte nichts gegen die Flut aus Erinnerungen tun, die mein Herz nur noch schwerer werden ließ.

Als Dr. Sam irgendwann aus dem Regenerationsraum trat, spürte ich ihre Erschöpfung.

Ich zeigte mich nicht, weil ich nicht wusste, wie es Vivien ging, und wartete, dass Dr. Sam um die Ecke kam.

Als sie mich sah, stand ein leises Leuchten in ihren Augen. »An ihrem Implantat war eine kleine Kapsel befestigt.«

»Was?« Verwirrt schüttelte ich den Kopf. »Wie ist das möglich? Hätte sie dafür nicht jemand aufschneiden müssen?«

Dr. Sam nickte und ging voraus in Richtung Ausgang. »Da ist ein kleiner Schnitt. Ich konnte die Kapsel unter ihrer Haut ertasten. Sie wird gleich herausoperiert. Danach wissen wir hoffentlich mehr.«

Vor Erleichterung seufzte ich. »Meinen Sie, diese Kapsel könnte Viviens Verhalten erklären?«

Sie zuckte mit ihren Schultern und griff nach dem Telefon, das vor dem Ausgang an der Wand hing. »Ich hoffe es sehr. Bitte entschuldige mich jetzt. Sobald es was Neues gibt, werde ich mich melden.«

»Wirklich?« Unsicher sah ich sie an, legte aber schon mal eine Hand an die Ausgangstür.

Dr. Sam nickte, und ihr Blick war voller Zuneigung. »Du bist nicht schuld an ihrem Zustand. Was du getan hast, war nicht richtig, aber Vivien ist eine Erwachsene, die ihre eigenen Entscheidungen getroffen hat.«

Ich nickte, doch das löste meine Schuldgefühle auch nicht auf. Trotzdem lächelte ich sie an. »Danke.«

Sie erwiderte mein Lächeln und wählte dann eine Nummer.

Ich verließ den Regenerationsbereich und traf draußen auf Dean, Eva, Christopher, Adam und George.

Fragend sahen sie mich an, und ich erzählte ihnen alles, was ich erfahren hatte.

Dean nickte mir zu. »Danke, dass du das getan hast.« Er klang, als hätte er das nicht von mir erwartet.

Der Stich in meiner Brust tat weh, und ich öffnete meinen Mund, um ihm zu erklären, dass ich Vivien niemals hätte im Stich lassen können, egal was zwischen uns vorgefallen war.

Doch er kam mir zuvor, indem er sich einfach umdrehte und verschwand.

»Was war das denn?«, fragte Christopher, dem Deans komisches Verhalten wohl auch aufgefallen war und der ihm verwirrt hinterher schaute.

George sah mich an. »Ihr hattet was, bevor du …«

»Bevor ich festgenommen wurde?«, fragte ich mit sarkastischem Unterton und nickte. »Ja.« Es zu leugnen brachte nichts. Vermutlich sah jeder, dass irgendetwas zwischen uns stand. Etwas Persönliches.

»Okay, genug neugierige Fragen gestellt«, entschied Eva und stieß mich leicht mit dem Ellenbogen an. »Lasst uns was essen. Alexis ist bestimmt am Verhungern.«

Die Burger hatte ich längst verdaut, und obwohl mir wegen der Begegnung mit Vivien ein wenig flau war, nickte ich. »Ich würde echt gerne den Gefängnisfraß vergessen.«

»Krass«, murmelte Christopher und ging neben mir her, als wir zurückgingen. »Erzähl mal. Wie war es dort? Was ist das für ein Ort?«

»Es gibt echt so einiges, was sie uns hier nicht erzählt haben«, begann ich und schaute mich um, als wir die Eingangshalle des MI20 erreichten und sie durchquerten. »Aber vielleicht sollte ich euch das heute Abend erzählen. Mit Grace und Clyde. Im Gemeinschaftsraum.«

»Gute Idee. Ich bringe Popcorn mit«, entschied Christopher und lachte, während er seinen Arm um mich legte und mich kurz im Gehen an sich zog. »Es ist schön, dich wieder hier zu haben.«

Ich lächelte und spürte, dass er seine Worte ernst meinte. »Es tut gut, wieder hier zu sein.«

Wir gingen durch die Verbindungstür und erreichten schließlich die Eingangshalle der Akademie.

Auf dem Sofa vor dem Empfang saßen Grace und Clyde und unterhielten sich laut lachend.

»Gott sei Dank«, stieß ich leise aus und sah zu Eva herüber. »Ich hatte echt Angst, sie wären nackt.«

Sie lachte und schaute ebenfalls zu ihnen herüber. »Ich bin mir sicher, die werden sich nicht lange zurückhalten.«

Ich fiel in ihr Lachen mit ein, worauf Grace und Clyde auf uns aufmerksam wurden und Händchen haltend aufstanden.

»Na endlich!« Grace strahlte mich an. »Ich sterbe noch vor Hunger!«

46. Kapitel

Alexis

Das Essen verlief relativ entspannt. Dean war zu seiner Familie gefahren, die die Beerdigung seines Onkels ausrichtete, sodass er nicht am Lunch teilnahm.

Grace und Clyde wurden zwar neugierig beäugt, doch da die Jugendlichen, die wir gerettet hatten, ebenfalls momentan in der Akademie lebten, waren sie nicht ganz so außergewöhnlich, wie ich zunächst vermutet hatte.

Dennoch drückte Deans Abwesenheit auf meine Stimmung.

Als wir abends im Gemeinschaftsraum saßen, war Cassie ebenfalls dabei und saß dicht neben mir, während Grace, Clyde und ich von unserer Zeit im Gefängnis erzählten. Selbst ein paar der jüngeren Trainees hatten sich in die Nähe gesetzt und lauschten uns. Da uns niemand gesagt hatte, dass wir darüber schweigen sollten, ging ich davon aus, dass es kein Problem war, wenn wir davon erzählten. Auch Adam erzählte von seiner Zeit als Wärter, was mich zusätzlich motivierte.

Irgendwann, als alle neugierigen Fragen vorerst beantwortet waren, verteilten sich die Trainees wieder im Raum, und unser Jahrgang blieb in unserer typischen Ecke sitzen.

Ich beobachtete Cassie, wie sie versuchte, Billard zu spielen, und unglaublichen Spaß zu haben schien. Sie wirkte noch ein wenig schüchtern zwischen ihren neuen Klassenkameraden, aber ich war mir sicher, dass sie schnell Anschluss finden würde. Nicht zuletzt schien ihr Schatten, der von uns gerettete Junge, immer auf sie aufzupassen. Seinen Gefühlen nach tat er das nicht nur aus reiner Freundschaft. Doch ich würde mich da auf keinen Fall einmischen.

Plötzlich öffnete sich die Tür zum Gemeinschaftsraum, und eine kleine Blondine tauchte auf.

Ich stieß einen erschrockenen Schrei aus und sprang auf. »Agnes!«

Agnes, die mich sofort gesehen hatte, brach in Tränen aus. Wir rannten aufeinander zu und fielen uns mitten im Raum, unter den neugierigen Blicken der anderen, in die Arme. »Agnes«, wiederholte ich ihren Namen und drückte ihren schlanken Körper an mich, bevor ich zurücktrat und sie anstarrte, als wäre sie ein Geist. Tränen rannten über meine Augen. »Aber wie …«

»Dean und sein Onkel haben meinen Tod vorgetäuscht.« Sie schluchzte nun ebenfalls. »Dean hat mir gesagt, dass sie mich … sie hätten mir all mein Blut genommen. Deshalb hat er mir eine Tablette gegeben. Sie hat mein Herz für zwei Minuten aussetzen lassen. Das war …« Sie erzitterte und schlang ihre Arme um sich, bevor sie mich angrinste. »Ich war bewusstlos, und als ich aufwachte, waren überall Agenten des MI20. Sie haben mich gerettet.«

Mein Herz quoll beinahe über, als ich hörte, dass Dean nicht nur Grace', sondern auch Agnes' Leben gerettet hatte.

»Mr Turner wird sicher ein beschissener Direktor«, hörte ich Christopher gerade sagen.

Verwirrt drehte ich mich zu ihm um. »Wie meinst du das? Wieso sollte Mr Turner Direktor werden?«

Um mich herum wurde es still, und alle starrten mich an.

»Was ist hier los?« Meine Stimme wurde drängend.

Eva machte ein bedauerndes Geräusch. »Direktor Roberts tritt zurück. Eine seiner letzten Amtshandlungen war es, dich und Grace freizusprechen.«

»Aber warum?«

»Er ist krank«, antwortete George leise und voller Kummer in seiner Stimme. »Dr. Sam hat es herausgefunden, nachdem ihr befreit wurdet.«

Meine Augen suchten Agnes' Blick, doch auch sie sah mich so traurig an, als wäre es ernst.

Das konnte doch nicht wahr sein … »Ich muss mit ihm sprechen.«

Die anderen nickten nur, und ich spürte ihre Blicke, als ich eilig den Raum verließ.

Die Welt flog an mir vorbei, während ich durch die Akademie rannte und mir einzureden versuchte, dass da ein Irrtum vorliegen musste.

Als ich sein Büro erreichte, war seine Tür offen, und Licht brannte. Pam, seine Sekretärin, war nirgends zu sehen. Ich trat an seine Tür und blieb im Türrahmen stehen. Mein Schild war geöffnet, deshalb spürte ich seine Erschöpfung, während sie sich auch in seinem Gesicht und in seiner gekrümmten Haltung spiegelte.

Er starrte auf das Foto hinter sich, auf dem auch meine Eltern zu sehen waren.

»Hallo«, sagte ich leise, um ihn nicht zu erschrecken.

Er drehte sich zu mir herum und lächelte, als er mich sah. »Alexis, ich habe dich erwartet.« Er deutete auf die Stühle, die seinem Schreibtisch gegenüberstanden.

»Wirklich?« Ich stieß mich vom Türrahmen ab und setzte mich.

»Es war klar, dass du meinen Rücktritt nicht unkommentiert lassen würdest. Aber sei versichert, trotz Mr Turners manchmal recht anspruchsvollem Charakter wird er seinen Job ganz gewiss gut erledigen.«

Ich presste meine Lippen kurz zusammen und schüttelte meinen Kopf. »Er wird tun, was er tun muss. Aber was ist mit Ihnen? Wie schlimm ist es?«

Er seufzte und rieb sich die Augenbrauen. »Schlimm, aber ich werde kämpfen. Dr. Sam wird mir eine große Stütze sein.«

Ich konnte nur nicken.

»Hör zu, ich möchte, dass du deine Ausbildung beendest und eine genauso großartige Agentin des MI20 wirst, wie deine Eltern es waren.« Er legte seine Fingerspitzen aneinander und stütze sich mit seinen Unterarmen auf seinen Schreibtisch. »Du hast einen harten Weg hinter dir. Du kannst alles schaffen, da bin ich mir sicher.«

»Hätten Sie mich aus dem Gefängnis geholt?«

Er nickte, ohne zu zögern. »Sobald die Gefahr eingedämmt gewesen wäre.«

Eine Erleichterung, die so groß war, dass es mich selbst erschütterte, breitet sich in meiner Brust aus und ließ meine Augen brennen. »Wieso haben Sie sich nicht mehr gemeldet?«

»Es tut mir leid, Alexis. Ich wollte nie, dass du das Gefühl hast, wir würden dich im Stich lassen.«

Es war keine Antwort, aber irgendwie brauchte und wollte ich im Moment auch keine Erklärungen. Ich glaubte ihm jedes Wort, und das war im Moment das Einzige, was zählte. »Ich weiß. Ich bin froh, dass ich wieder hier bin. Danke, dass Sie mir das so einfach ermöglicht haben. Und Grace, Clyde und den anderen *Numbers* ebenfalls.«

»Sie werden noch überprüft«, erklärte er mir. »Aber sollten

sie es ernst meinen, haben sie gute Chancen, ebenfalls eine Ausbildung zu absolvieren. Falls sie denn möchten.«

Ich konnte mir Grace so überhaupt nicht beim Lernen vorstellen und musste grinsen. »Mal sehen. Ich würde mich freuen, wenn sie bleiben könnten.«

»Die geretteten Kinder haben sich alle dazu entschlossen, Teil des MI20 zu werden. Ebenso Cassie«, erklärte er mir und lächelte. »Ich bin froh, dass ihr sie gefunden habt.«

Bei der Erinnerung daran, wie wir sie gefunden hatten, wurde mir übel. »Ich auch.«

Schweigen breitete sich zwischen uns aus, und ich atmete tief ein. »Wann werden Sie die Akademie verlassen?«

»Nach der Beisetzung der gefallenen Agenten beginnt meine erste Behandlung.«

»Also in knapp einer Woche«, murmelte ich und dachte an Dean und seinen Onkel. »Wird Deans Onkel nicht hier beigesetzt?«

»Doch, aber Deans Familie bekommt eine eigene Trauerfeier. Hier wird die offizielle Veranstaltung stattfinden, der sie natürlich nicht beiwohnen dürfen. Dean müsste morgen zurückkommen.«

Eine weitere Frage brannte in meiner Brust, und ich brauchte einen langen Moment, um sie stellen zu können. »Warum wurde Doloris Humphrey in den offenen Vollzug verlegt? Wäre sie in einer für immer verschlossenen Einzelzelle nicht besser aufgehoben gewesen?«

Direktor Roberts nickte kurz. »Sie wird nie wieder freikommen, das verspreche ich dir. Dennoch war es Teil eines Deals. Sie hat uns Adressen von ehemaligen Verstecken von Herakles genannt. Dass sie so schnell fliehen konnte, war natürlich niemals Teil des Plans gewesen. Doloris Humphrey wäre noch innerhalb desselben Monats unter irgendeinem Vorwand wieder verlegt worden.«

Mein Mund öffnete sich überrascht.

Direktor Roberts lächelte mit einem halb erhobenen Mundwinkel. »Glücklicherweise konntet ihr sie aufhalten.«

Ich nickte. Mein Herz machte einen Sprung. »Danke, dass Sie so ehrlich zu mir waren.«

»Danke, dass du durchgehalten hast.«

Ich nickte knapp, als meine Gedanken weiter zu Thomas wanderten. »Thomas hat angedeutet, dass derjenige, der die Schuld am Tod meiner Eltern hatte, ebenfalls dort war. Wissen Sie was darüber?«

»Josef Pavlacek.« Er seufzte leise. »Er wird nie wieder freikommen, und ich gestehe, dass mir das eine enorme Erleichterung verschafft.«

Langsam nickte ich, denn ich vergaß zu schnell, dass nicht nur ich meine Eltern verloren hatte, sondern er seine besten Freunde. Gleichzeitig spürte ich, dass ich zwar erleichtert war, dass Josef Pavlacek für seine Taten büßen würde, es aber nichts an der Situation änderte. Ich liebte meine Eltern, war dankbar für alles, was sie uns gelehrt, und für all die Liebe, die sie uns zu Lebzeiten geschenkt hatten. Ich wollte diese Gefühle nicht mit Rachsucht oder Wut überschatten. Dennoch gab es noch genug Fragen, die offen waren. »Ich habe so viele Dinge im Gefängnis erfahren. Ist es wahr, dass Trainees, deren Kräfte nach Verabreichung des Serums verrücktspielen, dort hingeschickt werden?« Caesars Gesicht tauchte vor meinen Augen auf, seine zuckende Gestalt, und für einen Augenblick erlebte ich seinen Tod erneut. Schnell blinzelte ich meine aufsteigenden Tränen weg.

»Nur die, die es anders nicht schaffen. Alle anderen kommen in ein Resozialisierungsprogramm. Wenn sie nicht wieder unter Menschen leben können, gibt es so einen Ort, an dem sie gemeinsam mit anderen leben können.«

Mir wurde flau im Magen. »Aber sie können nie wieder zurück?«

Er lächelte sanft und öffnete seine Gefühle für mich. »Diejenigen, die wir nicht resozialisieren können, *wollen* nicht zurück.« Er sagte die Wahrheit.

Wir lächelten einander traurig an. Einem plötzlichen Impuls folgend, erhob ich mich, umrundete seinen Schreibtisch und drückte ihn zu einer festen Umarmung an mich. Er schnaubte an meiner Schulter und erwiderte die Umarmung.

»Ohne Sie wird die Akademie total langweilig sein.«

»Ich komme zu Besuch«, versprach er mir.

Ich trat zurück und lächelte ihn an. »Das hoffe ich doch.« Plötzlich überkam mich ein Schwall Nervosität, und ich befeuchtete meine Lippen, bevor ich die nächste Frage stellte. »Könnten Sie mir eventuell Mortimers Nummer geben? Er ist der Agent, den ich getäuscht habe, als wir Cassie gerettet haben. Er … mir tut es leid, dass ich ihm das angetan habe, und ich habe gehört, dass er nicht mehr hier arbeitet.«

»Ihm wurde nicht gekündigt, falls du das vermutest«, versicherte Direktor Roberts mir. »Aber er wurde auf eigenen Wunsch versetzt. Scheinbar findet seine Frau die Tagschichten in unserem Außenposten besser. Nicht zuletzt, weil sein Heimweg wohl auch kürzer ist. Ich kann dich aber verstehen.« Er tippte auf seiner Uhr herum und notierte dann die Nummer auf einem Zettel. »Ich werde ihn über deinen kommenden Anruf informieren.«

Ich nahm ihn an mich und hielt ihn mit beiden Händen fest umschlossen. »Danke.«

Er erwiderte stumm mein Lächeln.

Ich wollte schon gehen, stoppte dann aber an der Tür und drehte mich noch einmal zu ihm um. »Wissen Sie, wie es Vivien geht?«

Er nickte langsam, als hätte er die Frage bereits erwartet, und lächelte sanft. »Es geht ihr gut. Aber sie wollte selbst mit euch sprechen. Morgen.«

»Okay«, sagte ich langsam und neugierig, ließ es dann aber darauf beruhen. »Gute Nacht.«

»Gute Nacht.«

Auf dem Rückweg konnte ich nicht verhindern, dass ich weinte, und ich war dankbar, dass ich niemandem mehr begegnete. Es war vorbei. Cassie war gesund. Vivien würde es besser gehen. Grace und Agnes lebten. Ich hatte mein Leben zurück, und dennoch musste ich weinen und ließ die Tränen zu, die ich viel zu lange zurückgehalten hatte.

Als ich bei den Schlafräumen ankam, hatte ich mich langsam beruhigt. Ich betrat mein Zimmer und fiel in einen tiefen traumlosen Schlaf.

*

Am nächsten Tag wachte ich schon mit einem Flattern im Magen auf, während draußen gerade die Sonne aufging.

Ich schmiss mich in meine Sportklamotten und schlich durch die Stille der Gänge. Die meisten meiner Mitschüler schliefen noch.

Feiner Regen prasselte auf die Welt hinunter und wurde auf dem dichten Blätterdach des Waldes vor unserer Akademie zu dicken Tropfen.

Ich lief hinaus in den Wald und joggte in gemütlichem

Tempo die mir so vertraute Runde. Der Weg war rutschig, und heruntergefallene Äste knackten unter meinen Füßen.

Ich genoss die Kühle des frühen Morgens und dachte über all die letzten Wochen nach. Es war so viel passiert, und jetzt war es einfach vorbei. Ich konnte kaum glauben, dass ich nun endlich Frieden finden würde. Cassie war bei mir. Wir würden gemeinsam für das MI20 arbeiten und das Erbe unserer Eltern fortführen. Es war alles, was ich mir immer erträumt hatte.

Und trotzdem war da dieses Drücken in meinem Bauch.

»Du bist aber früh wach.«

Ich war so vertieft in meine Gedanken gewesen, dass ich Deans Anwesenheit erst bemerkte, als er mir in den Weg trat. Ich konnte nicht mehr stoppen und rannte voll in ihn hinein.

Er packte mich, wollte sich vermutlich festhalten. Doch es war zu spät.

Wir landeten mitten auf dem Weg. Matsch spritzte herum, und ich spürte Deans Ellenbogen in meiner Seite.

»Uff.« Ich stöhnte und rollte mich von ihm herunter. »Entschuldige! Ich war in Gedanken.« Ich stand auf und streckte ihm meine Hand entgegen, um ihm aufzuhelfen.

»Kein Problem«, erwiderte er, nahm meine Hand und zog sich hoch. Statt dann aber zurückzutreten, blieb er genau vor mir stehen und sah auf mich herunter.

Ich legte meinen Kopf in den Nacken und blickte zu ihm hoch. Feine Matschspritzer bedeckten sein Gesicht. Doch ich sah nur seine ernsten Augen, die voller Trauer waren. »Mein Beileid.«

»Danke«, flüsterte er und atmete hörbar ein. »Meine Eltern denken, er wäre bei einem Autounfall gestorben.«

»Dabei war er ein Held«, sagte ich ebenso leise.

Deans Mundwinkel zuckte, als würden ihn meine Worte

glücklich machen. »Das war er wohl. Ich schätze, er hätte dich gemocht.«

»Dann ich ihn vermutlich auch.« Ich erwiderte sein schiefes Lächeln, wusste aber nicht, was ich tun oder sagen sollte.

Deans Blick wanderte über mein Gesicht, blieb lange an meinen Lippen hängen, fuhr über meine Wangen und endete bei meinen Augen. Fast, als würde er sich jeden Zentimeter genauestens einprägen wollen. »Ich bin froh, dass der Direktor dich begnadigt hat.«

»Ich auch. Ist hier so viel schöner«, versuchte ich zu scherzen, aber heraus kam nur ein lahmes Lachen. Deans Anwesenheit, diese Ungewissheit, diese Gefühle – das alles war zu viel für meine Coolness.

Er schmunzelte, als würde er spüren, wie blöd ich mich fühlte. »Ich habe dich vermisst.«

»Wirklich? Wieso hast du dann nie auf meinen Brief geantwortet?«, fragte ich ihn und presste meine Lippen aufeinander, als ich den Vorwurf in meiner Stimme hörte.

Sein Blick war nun fest und offen. Als ich mein Schild senkte, spürte ich sein Bedauern, seine Scham und noch etwas, das mein Herz rasen ließ – der unbändige Drang, mich zu küssen. »Weil ich ein Idiot war. Ich wollte dir antworten. Aber ich wusste nicht, was ich dir sagen sollte. Du hast dich mir geöffnet, obwohl du mich verdächtigt hast, dass ich etwas mit der Entführung deiner Schwester zu tun hatte.« Er schluckte hörbar und lächelte dann schamvoll. »Aber ich habe eingesehen, dass es nie um mich ging. Es ging um deine Angst, um deine Schwester, darum, dass du alles für sie getan hast.« Er legte seine Hand an meine Wange und strich mit seinem Daumen über meine regennasse Haut. »Ich weiß nicht, ob ich genauso gehandelt hätte, und hoffe, dass ich niemals in diese Situation komme. Aber ich weiß, dass ich ein Trottel bin. Und ich hoffe, dass du mir verzeihen kannst.«

Ich nickte und musste schlucken, weil es beinahe wehtat, diese riesige Last zu verlieren, die die letzten Tage auf mir gelegen hatte. »Danke, dass du mich verstehst. Ich habe so viel falsch gemacht.«

»Scheiß drauf«, unterbrach er mich, bevor ich mich entschuldigen konnte. »Du hast getan, was du für richtig gehalten hast. Wir haben beide Fehler gemacht. Aber wenn ich etwas weiß, dann, dass ich diese Nacht mit dir niemals, nicht einmal eine Sekunde lang bereut habe.«

Ich legte meine Hand auf seine und lehnte mein Gesicht in seine Berührung. »Ich auch nicht.«

»Gut«, flüsterte er und kam mir mit seinem Gesicht so nahe, dass unsere Lippen sich ganz zart berührten. »Weil ich nicht vorhabe, dich jemals wieder gehen zu lassen.«

Mein Herz raste, und in meiner Brust schienen all meine Gefühle überzukochen. Ich stellte mich auf die Zehenspitzen, packte Dean am Kragen und zog ihn noch weiter zu mir herunter. Unsere Lippen trafen voller Sehnsucht aufeinander, und mir entfuhr ein leiser, beinahe verzweifelter Seufzer, der aus den Tiefen meines Herzens kam.

Er erwiderte meinen hungrigen Kuss und umschlang mich mit beiden Armen, als würde er mich wirklich nie wieder loslassen wollen.

Wir berührten uns überall, und Hitze stieg in mir auf. Ich wollte ihn *ganz sicher* nie wieder loslassen.

»Okay, wir gehen dann mal woanders lang.« Evas Stimme riss mich aus dem Strudel aus Verlangen. Ich löste mich von Dean, doch er hielt mich noch immer fest. Er lachte leise, beinahe verzweifelt, und legte sein Gesicht in meine Halsbeuge. »Wieso müssen die gerade jetzt auftauchen?«

Ich kicherte und sah zur Seite. Dort standen Eva und Adam, beide in Sportklamotten und von einem Ohr zum anderen grinsend. »Oh, hi.«

»Ich denke in deinem Zimmer seid ihr besser aufgehoben«, neckte Eva mich.

Ich musste lachen.

Dean machte ein grummelndes Geräusch und sah nun ebenfalls auf. Als er Adam entdeckte, bekam seine Umarmung etwas Besitzergreifendes. »Hallo.«

Adam trat vor, als wüsste er genau, was Dean empfand, und legte ohne Umschweife los. »Ich möchte jetzt hier mal was klarstellen.« Er deutete auf mich. »Alexis und ich sind Freunde. Ich stehe nicht auf sie. Sie steht nicht auf mich. Da war niemals etwas zwischen uns. Nicht mal eine Sekunde lang. Also lass uns diesen stillen Krieg begraben und endlich Kumpels werden.«

Eva biss sich auf die Unterlippe und schaute Adam an, als würde sie jeden Moment zu sabbern beginnen. *Oh ja, sie stand definitiv auf ihn.*

Unsere Blicke trafen sich, und ich öffnete mein Schild. Da war eindeutige Erleichterung über seine Worte.

Dean löste sich von mir, strich mir über meinen Arm und ging auf Adam zu. »Danke.« Er streckte ihm die Hand entgegen.

Adam nahm sie und zog Dean zu einer kurzen Umarmung an sich, wobei er ihm beinahe väterlich auf den Rücken klopfte. »Aber ich kann dich schon verstehen. So einer wie ich ist schließlich eine echte Konkurrenz.«

Eva und ich brachen gleichzeitig in Gelächter aus, während Dean Adam gegen den Arm boxte und dann ebenfalls lachte.

47. Kapitel

Alexis

Nach dem Frühstück bekamen alle eine Nachricht, dass wir uns in Direktor Roberts' Büro einfinden sollten. Obwohl ich noch keine Uhr hatte, ging ich davon aus, dass ich ebenfalls gemeint war. Auch Grace, Adam und Clyde kamen mit.

In seinem Büro angekommen, wurden wir davon überrascht, dass Vivien neben ihm am Schreibtisch stand. Sie wurde von Dr. Sam gestützt.

Wie schon früher immer, stellten wir uns in einer Reihe vor dem Schreibtisch des Direktors auf und warteten.

Doch anstelle des Direktors ergriff Vivien das Wort. »Ich weiß nicht genau, wie ich am besten anfangen soll«, gestand sie und räusperte sich hörbar nervös.

Ich senkte mein Schild und spürte ihre Nervosität und ihre Scham. Als ich meine Augen schloss und mich auf ihre Gefühlssignatur konzentrierte, spürte ich sie viel klarer und deutlicher als zuvor.

Als ich meine Augen wieder öffnete, begegnete ich Viviens Blick. Sie lächelte bedauernd und sah dann zu Boden, bevor sie weitersprach. »In den letzten Wochen war ich nicht ich selbst. Ich habe es auch nicht so recht verstanden. Es war, als wäre ich ein ganz anderer Mensch. Aber das habt ihr ja selbst mitbekommen.« Sie lachte nervös und strich sich über die Stirn.

Dann seufzte sie und schaute zu Dr. Sam. »Könnten Sie vielleicht?«

Die Ärztin nickte und strich ihr beruhigend über den Arm, bevor sie sich uns zuwandte. »Viviens Implantat wurde quasi gehackt. Thomas ist es gelungen, ihr eine Kapsel zu implantieren, die sie beeinflusst und abgehört hat. Die Kapsel hat außerdem Stoffe abgegeben, die zu Hormonschwankungen geführt haben. Deshalb waren ihre Handlungen und Gefühle in den letzten Wochen auch so unberechenbar.«

»Es tut mir wirklich leid«, ergänzte sie leise, und ich hörte die Tränen in ihrer Stimme.

»Schon okay, du konntest doch nichts dafür.« Eva ging auf sie zu und umarmte sie.

Nacheinander folgten die anderen und beteuerten, dass sie ihr nicht böse und alle froh waren, dass der Spuk vorbei war.

Alle, außer mir. Ich war mir sicher, dass ihre Entschuldigung nicht mir galt. Deshalb tauschte ich einen kurzen Blick mit dem Direktor aus, und er nickte, sagte mir so, dass ich gehen durfte.

Grace und Clyde folgten mir nach draußen, weil auch sie nichts wirklich damit zu schaffen hatten.

»Krasse Nummer von Thomas«, sagte Grace im Flur.

Clyde schnaubte. »Von dem war doch nichts anderes zu erwarten. Der wollte doch immer nur seinem Dad gefallen und von ihm Aufmerksamkeit bekommen.«

Meine Augenbrauen zogen sich finster zusammen. »Im Gefängnis wird er davon noch genug bekommen.«

»Alexis?« Viviens Stimme hallte durch den Flur.

Ich drehte mich überrascht um und sah zu, wie sie auf mich zukam.

»Ich wollte mich auch bei dir entschuldigen.« Sie wurde langsamer, bis sie zwei Meter vor mir stehen blieb.

»Du hast getan, was eine gute Agentin tun sollte.«

Sie befeuchtete nervös ihre Lippen. »Vielleicht. Aber ich habe nicht gehandelt wie eine Freundin. Das tut mir leid. Ich hätte dich nicht in eine Falle locken dürfen. Ich hätte mit dir sprechen müssen. Stattdessen habe ich mich wie eine Ratte verhalten.«

»Es ist okay. Ich möchte wirklich nicht mehr in der Vergangenheit leben und nach vorne sehen.«

Enttäuschung breitete sich auf ihrem Gesicht aus. »Du kannst mir nicht verzeihen, oder?«

Nun war ich diejenige, die auf den Boden schauen musste. »Ich wünschte, es wäre so einfach. Ich bin nicht sauer«, stellte ich klar. »Aber das alles tut noch immer weh, wenn ich ehrlich bin.«

Sie biss sich auf ihre Lippe, als wüsste sie nicht, was sie jetzt tun sollte.

Ich machte einen Schritt auf sie zu und streckte ihr meine Hand entgegen. »Aber vielleicht können wir es einfach langsam angehen lassen.«

Sie kam mir entgegen und ergriff sie. »Danke.«

Als ich meine Hand wieder zurückzog, bemerkte ich die anderen, die im Hintergrund gewartet und uns beobachtet hatten.

Ich spürte ihr Verständnis, und Erleichterung durchflutete mich. Denn obwohl ich zu meinen eigenen Gefühlen stand, würden sie diesen Neustart nicht unbedingt leichter machen.

Vielleicht würden Vivien und ich niemals wieder dieselbe Freundschaft aufbauen können wie zuvor, aber wir würden dennoch auf derselben Seite stehen. Das war die Hauptsache.

An diesem Abend saß ich mit Cassie zusammen auf einer Bank auf der Rückseite der Akademie. Wir hatten uns warm angezogen und beide dampfende Tassen mit heißer Schokolade umklammert.

»Meinst du, Mom und Dad wären stolz auf uns?«, fragte Cassie mich und schaute hoch zu den Sternen, die sich langsam am Himmel blicken ließen.

»Nicht auf alles«, vermutete ich und folgte ihrem Blick. »Aber bei den meisten Sachen schon.«

Cassie lachte leise, glockenhell und gelöst. »Ich bin froh, dass wir hier sind.«

»Wieso? Wegen deines süßen Schattens, der dir überallhin folgt?«, zog ich sie auf und sah zu ihr herüber.

Sie wurde rot. »Wir sind nur Freunde.«

»Sicher«, murmelte ich und pustete in meine Tasse, bevor ich einen vorsichtigen Schluck nahm.

»Du bist blöd!«

Ich musste kichern. »Sind dafür nicht ältere Schwestern da?«

Sie lachte ebenfalls und verstummte dann, bevor sie ihre Tasse auf den Boden stellte und etwas aus der Hosentasche zog. Eine Papierblume, die aussah, als hätte sie schon so einiges mitmachen müssen. Es war eine von den Papierblumen, die ich immer für sie gefaltet hatte, während ich ihr die Geschichte des Prinzen und der Prinzessin erzählte.

»Die hatte ich die ganze Zeit bei mir«, gestand sie mir leise und drückte sie an ihre Brust. »Ich habe den Kindern die Geschichte erzählt und die Blume so oft auseinander- und zusammengefaltet, dass ich Angst hatte, sie könnte sich auflösen.«

»Hat die Geschichte ihnen denn gefallen?«, fragte ich leise. In meinem Hals hatte sich ein dicker Kloß gebildet.

Cassie lächelte. »Ja.«

Ich legte meinen Kopf an ihre Schulter und brauchte einen Moment, um zu verstehen, dass sie inzwischen fast so groß war wie ich. Sie war nicht mehr das kleine Mädchen von früher, das ich noch immer in ihr sah. Cassie war nun ein Trainee. »Schön.«

48. Kapitel

Alexis

»Was genau wolltest du mir jetzt zeigen?« Ich kicherte, während Deans Finger sich fester um meine schlossen und er mich durch den Wald hinter der Akademie führte.

Mondlicht blitzte zwischen den Baumkronen hindurch, und unter unseren Füßen knisterten abgebrochene Äste und Laub.

»Wie kann man nur so neugierig sein?« Deans Stimme war ein Schmunzeln, und obwohl ich seine Gefühle nicht wahrnahm, hörte ich die Zuneigung in seinen Worten.

»Dafür werde ich immerhin ausgebildet.« In meinem Bauch flatterten Schmetterlinge umher, und ich konnte kaum fassen, dass nur wenige Tage seit meiner Begnadigung vergangen waren. Sofort hatte ich wieder am Unterricht teilnehmen müssen, und während jeder freien Minute war ich ansonsten noch immer mit Papierkram und der Eingliederung von Grace und Clyde beschäftigt. Ich grinste wie blöd, weil ich so glücklich war, dass sie sich entschlossen hatten zu bleiben – und sei es nur, um den anderen ehemaligen Numbers zu helfen.

Deshalb freute ich mich umso mehr, als Dean heute Nacht an meine Tür geklopft und mich zu einer Überraschung entführt hatte. »Wehe, es ist nichts Cooles, wofür ich auf meinen Schlaf verzichte«, fügte ich hinzu.

»Wenn ich gewusst hätte, dass du lieber schlafen wollen würdest, hätte ich mich einfach zu dir ins Bett gelegt«, säuselte

Dean und wurde langsamer, um mir einen zarten Kuss auf die Wange zu schenken. »Wir sind fast da.«

Ich stieß einen zittrigen Laut aus, als alle meine Schmetterlinge jubelten. In dem Moment, als mir klar geworden war, dass Dean sowohl Agnes als auch Grace gerettet hatte, waren all meine verbliebenen Zweifel verschwunden. Er hatte seine Rolle als Bösewicht so gut gespielt, dass ich nicht daran zweifelte, dass er dem MI20 als Agent sehr gut dienen würde.

Wir traten auf eine kleine Lichtung inmitten des Waldes, direkt auf einer unserer Joggingrouten, die wir jeden Morgen entlangliefen. Eine Decke lag dort ausgebreitet mit Getränken und Dosen.

»Du willst mit mir ein Mitternachtspicknick veranstalten?« Entzückung und Verwirrung teilten sich den Satz.

Dean zog mich auf die Decke. »Richtig.« Er setzte sich und zog mich so nah an sich, dass ich fast auf seinem Schoß saß. Dann öffnete er nacheinander die Dosen und offenbarte Obst, Sandwiches und Cookies. »Ich habe sogar alles selbst gemacht – falls ich dafür Extrapunkte bekomme.«

Ich grinste, während er eine der kleinen Wasserflaschen öffnete und mir reichte. »Das ist unglaublich süß von dir. Aber … warum all das?«

Er lehnte sich leicht an meine Schulter und trank einen Schluck, bevor er mir antwortete. »Genau hier sind wir vor knapp vier Jahren das erste Mal aneinandergeraten. Es war der dritte Tag unserer Ausbildung, und du hast versucht, mich hier an dieser Stelle zu überholen. Dann bist du über eine Wurzel gestolpert und hast behauptet, ich hätte dir ein Bein gestellt.«

Mir entkam ein Kichern, als ich mich daran erinnerte. »Ich war so wütend auf dich – als ich später die Wurzel gesehen habe, war ich zu dickköpfig, um es zuzugeben.«

»Es ist der perfekte Platz für unser erstes Date.« Er legte seinen Arm um mich, und seine Wärme ging auf mich über, während er mit seinen Fingern über den Streifen Haut strich, der zwischen meinem Hals und meiner Jacke frei geblieben war. Es war eiskalt, doch diese Berührung ließ Hitze in mir aufkommen. »Ich fand dich so schrecklich – was aber auf Gegenseitigkeit beruhte.«

»Oh ja.« Lachend nahm ich auch einen Schluck Wasser und drehte dann die Flasche zu, bevor ich mir einen Cookie nahm. »Aber es hat echt Spaß gemacht, dieser kleine Konkurrenzkampf zwischen uns.«

»Vielleicht weil ein Teil von uns immer wusste, wie es enden würde.« Deans leise Stimme strich über meine Wange, sodass ich mich zu ihm drehte. Das Mondlicht ließ sein dunkles Haar bläulich glänzen. »Ich bin so froh, dass du wieder da bist.«

»Ich auch«, flüsterte ich und beugte mich vor, bis unsere Lippen einander berührten. »Und ich habe nachgesehen – ich habe noch immer die Chance, in den Abschlussprüfungen besser als du abzuschneiden.«

Dean entfuhr ein dunkles, kehliges Lachen, während er mich fest an sich zog und küsste.

49. Kapitel

Dean

Einige Wochen später

Langsam näherte ich mich der Hausecke und umklammerte dabei fest die Waffe mit meinen Händen. Es war eisig kalt, der Wind fegte orkanartig zwischen den Häusern hindurch und zerrte an meiner Mütze.

Meine Wangen brannten wegen der beißenden Kälte, und doch spürte ich gleichzeitig die Hitze der Aufregung in meinen Adern pulsieren.

Als ich die Ecke erreichte, verharrte ich einen Moment lang und sammelte mich, bevor ich einen kurzen Blick wagte.

Erleichterung und Triumph ließen meine Mundwinkel zucken.

»Hast du sie gesehen?« Alexis' Stimme war ein Flüstern in meinen Ohren, so nah, dass sie neben mir stehen könnte, doch sie kam aus dem Implantat.

»Ja. Zwei Personen. Sie machen sich an der Hausfassade zu schaffen.«

Alexis schnaubte. »Vermutlich denken die, dass keine Alarmanlage losgeht, wenn sie durch die Wand in die Bank einbrechen und nicht durch die Fenster.«

»*Numbers*«, murmelte ich.

»Das habe ich gehört«, empörte sich Grace in meinem anderen Ohr.

»Konzentration!«, mahnte Eva, während Christopher lachte und George »Scht!« machte.

»Ob das was wird …«, murmelte Adam, und ich wusste, dass er mir gegenüber auf der anderen Seite des Hauses war.

»Ausprobieren!«, rief Clyde.

»Diese Bitches werden sehen, was sie von uns Agenten zu erwarten haben!«, rief Grace im selben entschlossenen Tonfall.

»Nein!«, zischten wir anderen gleichzeitig. Im selben Moment sprangen Clyde und Grace vom Dach und landeten grazil direkt vor den beiden *Numbers*, die gerade versuchten, in die Bank einzubrechen.

Gleichzeitig brach die Hölle los, als von allen Seiten *Numbers* auf uns einstürmten.

»Das kann nicht euer Ernst sein!« Mr Turners Brüllen erfüllte die Luft, während die Simulation schlagartig endete und die vermeintlichen *Numbers* sich in Luft auflösten. Die Schwärze des Simulationsraums hüllte uns ein, und nacheinander nahmen wir unsere Simulationsbrillen ab.

»Wie oft muss ich euch das noch erklären?«, brüllte Mr Turner weiter und stampfte auf Grace und Clyde zu.

Alexis tauchte neben mir auf und grinste. Ihre Hand streifte meine. »Wenigstens bist du dieses Mal nicht schuld an meinem versauten Schnitt.«

Ich musste so laut lachen, dass ich prompt von Mr Turner aus dem Simulationsraum geworfen wurde.

Doch das war es mir wert.

Bevor ich gehen konnte, packte Alexis meinen Arm, zog mich zurück und drückte mir einen Kuss auf den Mund, der mir den Atem raubte. »Du hast versprochen, niemals ohne Kuss zu gehen«, raunte sie mir dann zu.

»Trainee Young! Verlassen Sie sofort den Simulationsraum! Dieses Verhalten dulde ich hier nicht!«

»Natürlich, Sir!« Alexis tat, als würde sie angesichts Mr Turners Wut zusammenzucken, gleichzeitig zwinkerte sie mir zu und lief voraus zum Ausgang. Dabei lag ein herausfordernder und lockender Blick in ihren Augen.

Mir entfuhr ein leises Lachen, und ich folgte ihr. Ich würde ihr überallhin folgen.

Ende

Danksagung

Ich sitze hier, kurz vor Mitternacht, nachdem ich fast den ganzen Tag am Lektorat saß, und ich bin so wehmütig! Normalerweise freue ich mich immer sehr darauf, meine Projekte zu beenden, aber Alexis, Dean und Co. fehlen mir schon jetzt ein bisschen.

Ich danke meiner Agentin, Frau Härle - ich bin noch immer so glücklich, dass sie mich zu ONE gebracht hat.

Ich danke meiner Lektorin. Anni, es ist so schön, mit dir zu arbeiten.

Ich danke meinen Testleserinnen, weil sie einfach die Besten sind!

Ich danke meinem Mann, weil er meine größte Stütze ist.

Und ich danke Euch - meinen Lesern. Danke, dass ihr Alexis' Abenteuer begleitet habt, und ich hoffe, euch gefällt ihr Happy End genauso sehr wie mir.

Und falls ihr es vergessen habt: Die besonderen Kräfte schlummern alle tief in euch - das Serum verstärkt sie nur.

Eure Valentina

Leseprobe

Shadow Tales – Das Licht der fünf Monde

Isabell May

Der Auftakt einer neuen High Fantasy-Dilogie!

An ihrem 18. Geburtstag erfährt Lelani, dass sie eine Mondmagierin ist. Zusammen mit ihrem besten Freund Haze macht sie sich auf die Reise, ihre wahre Herkunft herauszufinden. Lelani wurde als Waisenkind aufgezogen, in Wahrheit aber ist sie die rechtmäßige Thronerbin des Königreichs Vael. Eine uralte Fehde zwischen Lelanis Mutter und ihrer Zwillingsschwester hat damals dazu geführt, dass Lelani nicht am Hof, sondern weit entfernt von ihrer eigentlichen Familie aufgezogen wurde. Auf ihrer Reise muss sie sich verschiedenen Gefahren stellen und trifft nicht zuletzt auf den Prinzensohn Daljen, der ihr Herz schneller schlagen lässt. Doch das scheint wiederum Haze so gar nicht zu gefallen. Es dauert nicht lang und Lelani gerät in einen Strudel aus Gefühlen, Selbstfindung und dunkler Magie …

Prolog

Er ist und atmet Schatten, wandelt in ihnen, ist Teil von ihnen. Sein Fuß berührt kaum den Boden. Fackeln an den Schlossmauern werfen ihr flackerndes Licht auf weißschimmernden Marmor, tanzend und zuckend, aber mehr noch als das werfen sie Schatten, die er nutzt, um sich ungesehen und unbemerkt durch Korridore und Säle zu bewegen.

Wachen in schimmernden Rüstungen flankieren die Türen, bereit, jeden Eindringling aufzuhalten, doch ihn bemerken sie nicht, für sie ist er unsichtbar. Tief atmet er die Schatten ein, die sich verdichten, tiefer werden, wie lebende Wesen auf ihn reagieren und ihn ganz durchdringen. Schwarzen Schwaden gleich kriechen sie in Ecken entlang an den Wächtern vorbei, unter Türen hindurch, durch Schlüssellöcher, und kein Winkel, den sie erreichen, bleibt dem Schattengänger verschlossen.

Dieser Bereich des Schlosses ist am strengsten bewacht, die wenigsten Menschen setzen je einen Fuß hierher, und niemand tut es ohne Einladung. Niemand, außer ihm, für den Schlösser und Türen kein Hindernis darstellen.

Der Marmor an Böden und Wänden ist spiegelglatt, silbrige Schlieren durchziehen das Weiß. Mondsichelförmige

Ornamente zieren die Kronleuchter und schweren Möbel, Mondsteine sind in Kerzenständer und die Deckenfresken eingelassen. All der Prunk und Protz, diese Zurschaustellung von Macht, befremdet ihn immer noch, wenngleich er schon lange hier ist, so fern seiner Heimat. Hier gilt er als Exot, doch ihm erscheinen dieses Schloss, dieses Land und die Menschen darin exotisch.

Durch die dicken Mauern, selbst hier im Herzen des Westflügels, hört er das Rauschen des Ozeans, der unermüdlich gegen das Schloss anstürmt, als wollte er es niederreißen. Jenseits dieses Ozeans befindet sich seine Heimat, und diesen Ozean musste er überqueren, um an den Ort zu gelangen, an dem er sich nun befindet – nicht aus freien Stücken, sondern um zu sühnen für das schwerste aller Verbrechen, das er beging: eine Lüge.

Vor ihm liegen die Gemächer der Lady: private Räumlichkeiten, der intime Rückzugsort der öffentlichsten Person des Reichs, die Gemächer, in denen sie sich sicher fühlt. Doch vor *ihm* ist sie nicht sicher, niemand ist das.

Wie dunkle, immaterielle Finger kriechen die Schatten an Boden und Wänden entlang, strecken sich der Tür zu, wispern von Tod und Vernichtung. Er gibt sich ihnen hin, gleitet mit ihnen, überwindet das letzte Hindernis: Die letzte, mehrfach verschlossene Flügeltür.

Er hört ihre Stimmen, bevor er sie sieht: Eine Frau und ein Mann, die sich ernst miteinander unterhalten, doch dann nimmt seine Stimme einen neckenden Tonfall an und ihr Lachen ist sanft und leise wie der Abendwind. Der Schattengänger versteht die Worte nicht, wenngleich er die Sprache gut beherrscht – er *will* nicht zuhören und verstehen, sondern die Distanz wahren.

Sie sehen ihn nicht, als er sich in den dunklen Winkeln und Ecken des Raumes nähert, aber er kann sie sehen. So zart und blutjung ist die Frau, dass man kaum glauben mag, welche Verantwortung in ihren schmalen Händen liegt. Ein Geschöpf mit milchweißer Haut, schön wie eine Lilie, die in der Dunkelheit blüht. Die Haare, die sie bei Tage in kompliziert geflochtenen Zöpfen um ihr Haupt gelegt trug, fallen nun offen, gleich einem Vorhang aus Seide, über ihre Schultern und ihren Rücken.

Er sieht ihr Gesicht nur im Profil, ihre schmalen Züge, etwas zu kantig, um wirklich hübsch zu sein, aber doch unbestreitbar schön. Dann lächelt sie, und ein weicher Ausdruck legt sich auf ihr Antlitz und glättet die Sorgenfalten, die sich wegen ihrer verantwortungsvollen Position schon in jungen Jahren in ihre Stirn gegraben haben.

Sie blickt den Mann an, der etwas zu ihr sagt und sich dabei mit der Hand über den Hinterkopf streicht, durch sein bernsteinfarbenes Haar, welches er der aktuellen Mode entsprechend bis zum Kinn trägt. Die schmucke Uniform in Blau und Silber weist ihn als hohen Offizier aus, doch der Schattengänger weiß, dass er mehr ist als das: einer der fünf Mondlords, der höchsten Adeligen und engsten Berater der High Lady. Auf seinem jungenhaft glatten Gesicht zeichnet sich Zärtlichkeit ab, als er die Hand der Frau an seine Lippen führt, sie sanft küsst und dann auf seine Brust legt, genau da, wo sich sein Herz befindet.

Einen Moment lang wirkt das Paar so glücklich und innig, als gäbe es nur sie auf der Welt und als könnte nichts und niemand diese Harmonie zerstören. Doch dann sagt sie etwas, verzieht kummervoll das Gesicht und wendet den Blick ab. Sie entzieht dem Lord ihre Hand und entfernt sich von ihm. Aber er tritt hinter sie, legt die Arme von hinten um ihre Schultern und lehnt seinen Kopf gegen ihren.

Aber der Schattengänger ist nicht gekommen, um zu beobachten, er hat einen Auftrag auszuführen. Er tut es nicht gerne, es bereitet ihm keinerlei Freude, doch es ist sein Schicksal, und nur Narren und kleine Kinder stellen Dinge infrage, die unausweichlich sind.

Er tritt aus den Schatten auf sie zu. Sobald die Frau ihn bemerkt, erkennt er in ihrem Blick, dass sie weiß, dass ihr Schicksal besiegelt ist, und doch ist ihre Haltung bewundernswert. Wenngleich er ihr ansieht, dass Qual und Trauer ihr Herz in tausend Scherben brechen, erwidert sie seinen Blick hocherhobenen Hauptes. Die tiefblauen Augen sehen ihn mit einer Intensität an, die sogar jemanden wie ihn frösteln lässt, doch niemand hält den Schattengänger davon ab, seinen Auftrag zu erfüllen, nicht einmal sie.

Als er das Schloss später verlässt, ist er nicht alleine, sondern hat etwas bei sich – und das Land, das er zurücklässt, ist nicht mehr, wie es zuvor war. Unsichtbare Ketten, die ihn gebunden hatten, lösen sich. Nun ist er frei, doch niemals wird er es vergessen können. Und doch wird er nach Kuraigan zurückzukehren und in der Heimat genau das versuchen: die Dinge, die er getan hat und die Narben in seiner Seele hinterlassen haben, aus seinem Gedächtnis zu löschen.

Niemand hält ihn zurück. Als er noch ein letztes Mal zurückblickt, sieht er, dass der gesamte Westflügel lichterloh in Flammen steht – eine blutende Wunde in der weißen Mauer, die sich auf dem Ozean spiegelt und ihn in ein gewaltiges Flammenmeer verwandelt.

Kapitel 1: Dämmerkatze

17 Jahre später

Das Mondlicht tauchte meine Haut in flüssiges Silber. Es rief nach mir, zog mich an unsichtbaren Fäden, und ich wehrte mich nicht gegen seinen Sog.

In Nächten, in denen die Monde so hoch am Himmel standen, war an Schlaf nicht zu denken. Ich schwang die Beine aus dem Bett, mit wenigen Schritten war ich am Fenster und kletterte auf den Sims. Tief atmete ich die Nachtluft ein, die nach Sommer und Freiheit schmeckte.

Meine Augen weiteten sich, als ich die fünf Monde sah: die Zwillingsmonde Lua und Mar wie immer nah beisammen, Lagan im Westen, Dalon im Osten, der große Umbra überstrahlte die anderen groß und bleich. Doch heute war etwas anders als sonst, der Nachthimmel hatte etwas Besonderes an sich. Das sah ich nicht nur, ich spürte es mit jeder Faser meines Körpers, wie ein seltsames Kribbeln, das mir keine Ruhe ließ. Eine Gänsehaut zog sich über meine Unterarme und meinen Nacken.

Beinahe standen die Monde in einer geraden Reihe, mit jedem vergehenden Augenblick näherten sie sich dieser perfekten Stellung weiter an. Nicht mehr lange, dann würden sie eine schnurgerade Linie am Nachthimmel bilden. Eine solche Konstellation hatte ich noch nie gesehen, und dass, obwohl ich jeden Abend in den Himmel starrte wie eine liebeskranke Wölfin, wie mein bester Freund Haze wenig schmeichelhaft zu sagen pflegte.

Ich wusste, ich sollte nachts nicht rausgehen. Ich sah förmlich Aphras hochgezogene Augenbrauen vor mir, wenn sie mich aufforderte, in der Hütte zu bleiben und zu schlafen wie jeder normale Mensch. Doch wie hätte ich das tun sollen, wenn die Monde nach mir riefen? Mein Körper handelte wie von selbst, als hätte ich keinen eigenen Willen mehr. Ich zog einen dicken, dunkelgrauen Wollumhang über mein Nachthemd, schlüpfte in weiche Lederstiefel, setzte mich aufs Fensterbrett, schwang die Beine hinaus und ließ mich sachte auf die Wiese fallen.

Das hohe Gras der Lichtung dämpfte meine Schritte, der kühle Nachtwind spielte mit meinen schwarzen Haaren und umfing mich wie eine Umarmung. Die Blumen des Tages hatten ihre Blüten längst geschlossen, aber die Finsterlilien blühten knochenweiß im Mondlicht und verströmten ihren betörend süßen Duft. Wie Sterne leuchteten sie aus der Wiese empor.

Mit raschen Schritten überquerte ich die Lichtung, auf der Aphras Holzhütte stand, und hielt auf den höchsten Baum zu, eine uralte Eiche.

Das Klettern fiel mir so leicht wie ein Spaziergang. Aus dem Stand sprang ich hoch, bekam den untersten Ast zu fassen, zog mich daran hoch und langte sofort mit der Hand nach dem nächsten. Instinktiv spürte ich, welche Äste stark genug waren, um mich zu tragen, und welche nachgeben würden, wenn ich mein Gewicht darauf verlagerte. Das Silberamulett, das ich schon mein ganzes Leben tagtäglich trug, klimperte leise an seiner feingeschmiedeten Kette hin und her. Der Wind fuhr raschelnd durch die Blätter und sang mir ein Lied, dessen

Worte ich nicht verstand. Flink kletterte ich weiter, bis ich so hoch war, dass die Äste und Zweige bei jeder Bewegung schaukelten und schwankten. Hier suchte ich nach sicherem Halt, machte es mir gemütlich und schaute aus großen Augen zu den Monden, die ich noch nie so voll und leuchtend erlebt hatte.

Plötzlich merkte ich, dass ich nicht alleine war. Ich spürte seine Anwesenheit immer, noch bevor ich ihn sah – ich wusste einfach, dass er da war, so als änderte sich etwas in der Atmosphäre. Er trat aus dem Schatten der Bäume auf die Lichtung, blickte zu mir hoch, entdeckte mich zwischen den dichten Blättern sofort, und ein breites Grinsen trat auf sein Gesicht.

„Wenn ich dich nicht kennen würde, hätte ich dich glatt mit einer Dämmerkatze verwechselt", spottete er.

Ich verzog das Gesicht. Die Wildkatzen mit den runden gelben Augen konnten jeden Baum erklimmen und lebten in den höchsten Wipfeln, waren mit ihrem struppigen schwarzen Fell aber wahrlich keine Schönheiten.

„Deine Komplimente werden von Tag zu Tag reizender", maulte ich.

„Komplimente kann ich. Eine meiner vielen, unzähligen Stärken." Haze strich sich die widerspenstigen schwarzen Haare aus der Stirn, seine dunklen Augen funkelten vergnügt.

Als er mit geschmeidigen Schritten über die Lichtung lief und sich meinem Baum näherte, sah ich den Bogen in seiner Hand und einen Köcher voller Pfeile, den er sich umgeschnallt hatte. Nicht weiter verwunderlich: Haze war der Sohn des Jägers. Was ihn nachts in die Wälder trieb, war nicht der herrliche Anblick der Monde, sondern die Jagd auf Wildschweine, Dämmerkatzen und Rasselböcke.

Er kletterte zu mir hinauf, etwas weniger geschickt als ich, aber fast genauso schnell. Haze war in den Wäldern zuhause, das merkte man jeder seiner Bewegungen an. Als er mich erreicht hatte und vorsichtig auf einem Ast knapp unter meinem Platz nahm, stieg mir der Duft von Tannennadeln, Moos und Leder in die Nase, der meinem besten Freund stets anhaftete.

„Was treibt dich so spät nachts hier raus?" Dann schüttelte er den Kopf über sich selbst, wieder blitzte sein Grinsen auf. „Warum frage ich eigentlich? Du starrst wie üblich den Nachthimmel an."

Ich zuckte mit den Schultern und sagte leise: „Sieh sie dir nur an. Aufgereiht in einer perfekten Geraden." Ich kniff die Augen zusammen, um besser sehen zu können, und korrigierte mich: „Zumindest beinahe. Noch stehen sie ein winziges bisschen unregelmäßig, aber es dauert bestimmt keine Stunde mehr, bis sie die perfekte Konstellation erreicht haben."

„So besessen, wie du von den Monden bist, würde es mich nicht wundern, wenn du eine Magierin wärst."